古田诗文丛书·张肖枫 主编

历代名家玉田诗集汇编

游友基 编著

海峡出版发行集团

海峡文艺出版社

图书在版编目(CIP)数据

历代名家玉田诗集汇编/游友基编著. 一福州：海峡文艺出版社,2023.8
(古田诗文丛书/张肖枫主编)
ISBN 978-7-5550-3232-8

Ⅰ.①历… Ⅱ.①游… Ⅲ.①古典诗歌－诗集－中国 Ⅳ.①I222

中国版本图书馆 CIP 数据核字(2022)第 246549 号

历代名家玉田诗集汇编

游友基 编著

出 版 人	林 滨	
责任编辑	林鼎华	
出版发行	海峡文艺出版社	
经 销	福建新华发行(集团)有限责任公司	
社 址	福州市东水路 76 号 14 层	
发 行 部	0591－87536797	
印 刷	福州力人彩印有限公司	
厂 址	福州市晋安区新店镇健康村西庄 580 号 9 栋	
开 本	889 毫米×1194 毫米 1/32	
字 数	550 千字	
印 张	26.25	插页 8
版 次	2023 年 8 月第 1 版	
印 次	2023 年 8 月第 1 次印刷	
书 号	ISBN 978-7-5550-3232-8	
定 价	158.00 元	

《古田诗文丛书》编委会

游友基

　　游友基，1942年生，福建省古田县人。福建师范大学文学院教授、享受国务院政府特殊津贴。长期从事中国文学与闽都文化研究。已单独出版学术专著9部：《中国现代诗潮与诗派》《中国现代女性文学审美论》《冯梦龙论》《九叶诗派研究》《中国社会小说通史》《守望与展望——中国文学与闽籍作家论集》《闽都文学与文化漫论》《张以宁论》《古田诗歌读本》；整理明·张以宁诗文集《翠屏集》（简体横排版，鹭江出版社；繁体竖排精装版，广陵书社），编选《九叶诗人杜运燮研究资料选》《玉田典籍选刊》；点校《玉田识略》；与人合著著作4部（第二作者）。参编教材、辞书9部。在国家级、全国核心期刊、本科大学学报等刊物发表学术论文160余篇。著述总字数逾450万字。

歷代名家玉田詩集彙編

阮憲鎮題

宁德师范学院教授、宁德市书法家协会主席、乡贤阮宪镇为本书题签

朱　熹

《四库全书》收录《南岳倡酬集》全文

林用中

新建的欣木亭

《四库全书》收录《南岳倡酬集》全文

杨德周《玉田识略》为重刻《南岳倡酬集》作序

张以宁

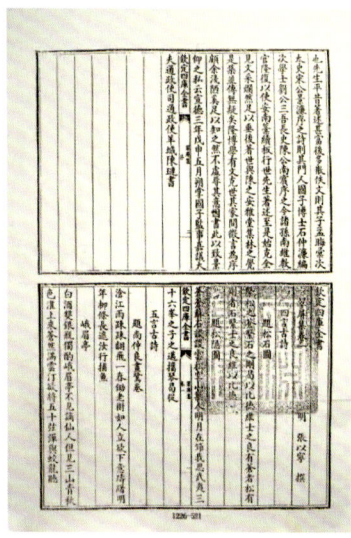

《四库全书》收录《翠屏集》全文　　　广陵书社《翠屏集》内页

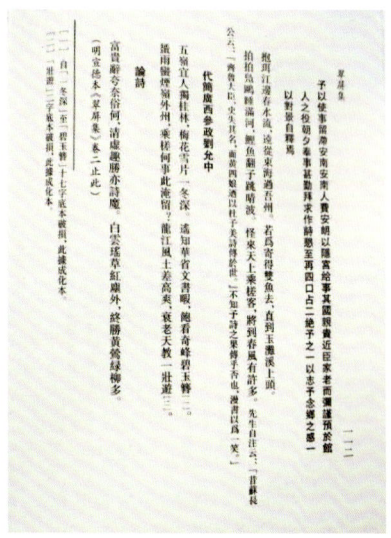

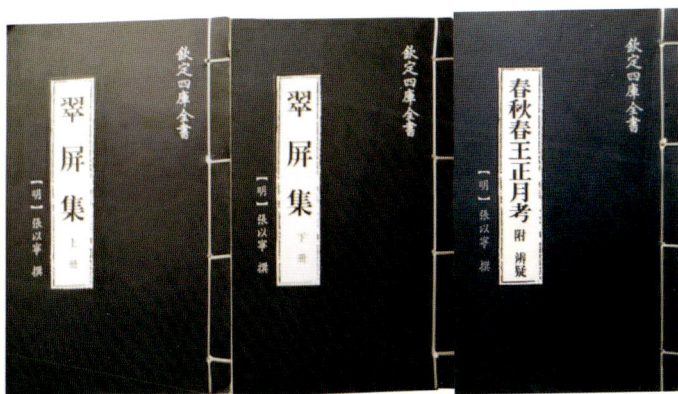

《翠屏集》书影

《春秋春王正月考》书影

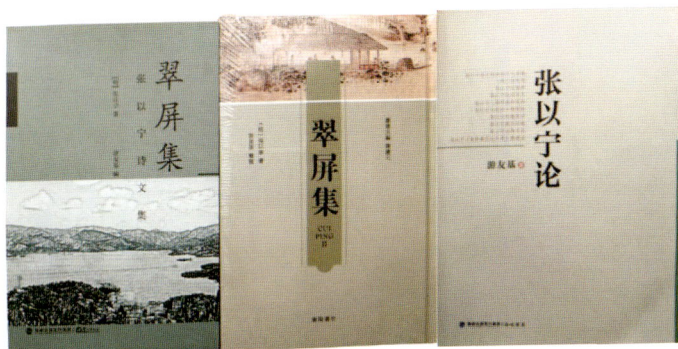

《翠屏集》书影

《张以宁论》书影

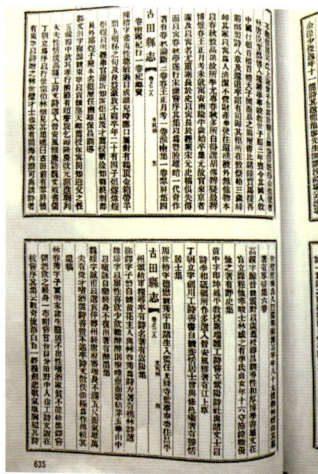

《中国地方志集成·福建府县志·辑⑮·民国古田县志》载郭文涓、林春秀传

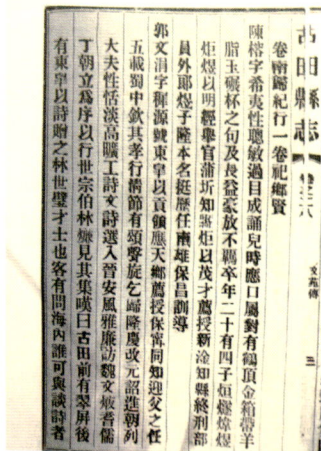

2022年3月，吴谨、郑建英整理影印的《古田县志》（民国版）载郭文涓传

杨德周《亨帚集选·序》

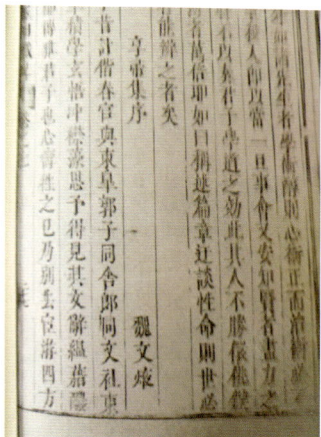

《玉田识略》载魏文焕《亨帚集·序》

林春秀

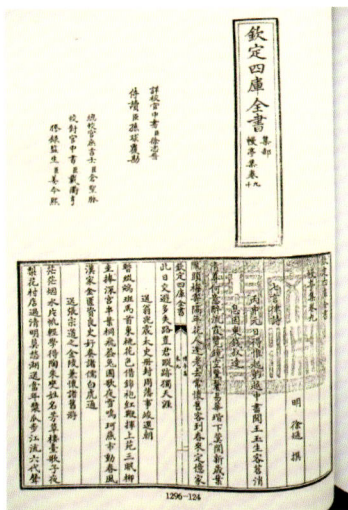

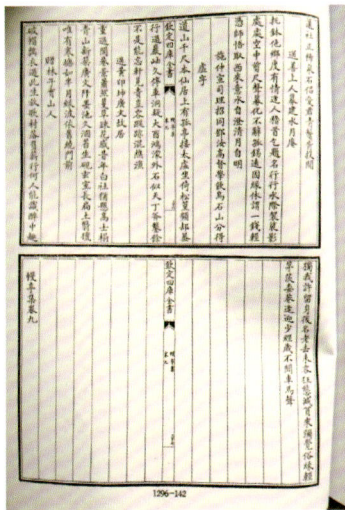

徐熥《幔亭集》收录《赠林子实山人》一诗

《古田县志》（吴谨、郑建英影印本）载林春秀传

陈庆元《徐兴公年谱长编》有关林春秀的记载

余文龙

余文龙故居

余珍玉、余尊玉姐妹图（选自《福建前洋》一书）

余尊玉《绮窗叠韵》书影

崔世召祖居（余尊玉婆家）

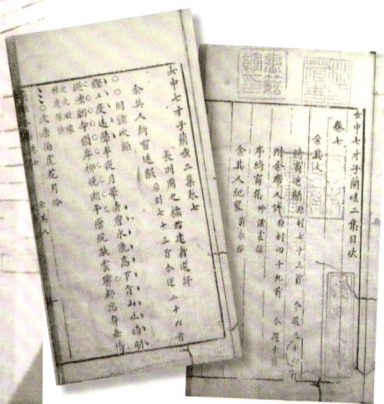

陈　瑸

陈瑸著作及研究专著书影

李若初

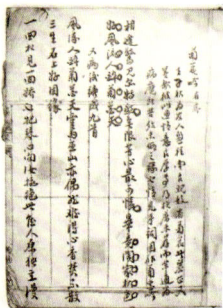

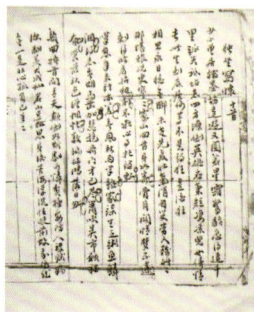

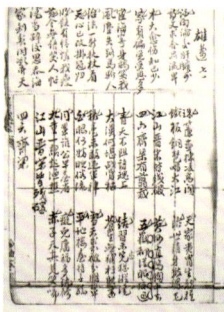

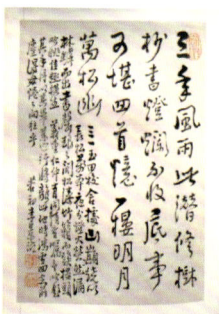

李若初诗、书法作品

序

陆开锦

我的家乡古田，着实是个诗意的存在。

从构字法来看，"古"与"田"分别占据"湖"与"画"二字的核心位置，呈现出"在湖中，在画里"的意趣，使得人们光是凭借字面就能对"古田"这一方山水产生无限的想象。现实情景也与字的寓意十分契合。为了建设中华人民共和国首批十大重点工程之一——古田溪水电厂，古田人民献出天赐丰水之地，让一座承载千年历史的美丽家园淹没在"八闽明珠"翠屏湖的浩淼烟波之中。而今，古田的城乡环绕分布于闽江、敖江和翠屏湖这"两江一湖"之畔，自然景观与人文底蕴兼备，湖光江色，尽显诗情画意。

从拆字法来看，"古田"二字呈现出"十口在内，十口在外"的架构，成为当地人口向外流动性强这一县情的隐喻。早在唐代，古田"峒豪"刘疆就带领各部族首领长途跋涉，抵达长安"率土归唐"，历经千辛万苦，成功建立县治。自此，古田乡亲就有了"走出去"的开拓精神。在外古田人或习艺求学，或为官经商，名人辈出，成就斐然，折射出"闽东之光"最初的绚烂。清朝末年，岁月动荡，古田人迫于时势，开始有规模有组织地远渡重洋，到东南亚垦荒种植，成为"下南洋"的主要先驱力量之一。继而，在中华人民共和国建立初期，毅然奉献了家园，大批古田老乡再度扶老携幼移民县外。"十口在内，十口在外"的古田乡亲，相互间长久挂念与短暂相逢的惊喜，交织成行行重行行的乡愁，历久弥新，诗意盎然。

正因为如此，有着"千年儒释道，百代菌果茶"美誉的古田，盛产诗情和画意，盛产诗人和诗歌。在"闽派诗歌"发展的滚滚洪流中，有着古田诗歌不可或缺的强劲浪潮。

从现有资料来看，虽因跌宕起伏的搬迁历程导致极有可能存在的"古田版唐诗"缺失，但五代时期古田本土已有以余轩、余巘、余仁椿等人为代表的诗作留存，继而有宋代苏大璋和余孔惠、状元余复父子为代表的本土诗篇传世。宋太宗八世孙赵汝腾与张以宁的伯祖父张疆系古田籍同乡，身为礼部尚书兼给事中的赵汝腾，对时为翰林院太学生、持有御赐尚方宝剑的张疆很是器重，以"未见狂者，吾里有张。议论杰然，名压上庠。恶彼佞臣，请剑尚方"等句称赞这位小自己13岁的乡亲才子。这一时期，古田上榜进士达160多人，文风蔚然。以林用中、林允中兄弟为代表的古田籍"朱子十八门人"，把闽派诗歌创作推进一大步。南宋孝宗乾道三年（1167）冬天，朱熹携高足林用中赴湖南会见张栻，三人在银妆素裹的南岳衡山相互唱酬，得诗百四十余篇结集为"名山唯一、南岳第一"的《南岳倡酬集》，在诗歌史上留下"风花雪月"的别样光芒。

到了元代，出现了"北漂诗人"张以宁。诚如百度词条所记载的："闽派较早的代表人物是张以宁，他上承严氏，下启闽中十子。张氏多题画之作。""他善于选用富于色彩的词藻，描绘图画中的各种景色。"这里所说的"上承严氏"，是指南宋时期著有《沧浪诗话》的邵武诗人、诗评家严羽，"下启闽中十子"则指明代以林鸿为领袖的闽中诗派崛起。作为闽派诗歌的一座高峰，张以宁的艺术修养很大程度上得益于家乡山水的陶养。他在诗中表达了"平生酷恨李太白，不到闽山独欠诗"的遗憾，从侧面反映出他对家乡山水的无比热爱。张以宁还在《题米元晖山水》中回忆起自己的家乡，可见在他心目中，古田山水与米芾、米元晖父子笔下的"米氏云山"有着极其相似的朦胧意境。

　　明代，罗荣、郭文涓、黄中、林春秀、洪士英、高国定等古田诗人异军突起，在八闽诗坛大放异彩，他们凭借闽江黄金航道承载的经济文化繁荣景象，与南来北往的诗人、学者、官宦、商家、僧侣乃至贩夫走卒、翁媪渔夫交往互动，留下许多寄情山水的浪漫之作。最可称道的是布衣诗人林春秀与其诗酒之交郑铎的"二奇"故事，林春秀诗才横溢却家徒四壁，嗜酒如命却酒德狂劣，好在闽江之畔有知音，郑铎三十年如一日为他提供酒肉佳肴，并订制个性化的时尚锡壶，刻有"云波"雅款，由诗友春秀专用。林春秀"醉后则酒狂不可禁"，有时耍起酒疯，醉骂主人达半日之久。有时美酒微醺，他那"奇警不凡"的诗句又如江水涛涛，随意挥洒。这故事被收录到明清诸多典籍之中。明代郑善夫的《全闽诗话》、徐㶿的《笔精》，清代徐景熹的《福州府志》、周亮工的《闽小记》等，都津津乐道。郭文涓于明朝嘉靖年间在四川保宁府任同知，机缘巧合间在其辖区内的李白故里江油县诗仙读书处题写了"读书台"匾额，草隶相间的三个大字倚侧有致，遒劲浑厚，落款"郭文涓"和印章清晰可见，至今仍为当地一道人文景观。当然，作为诗人，郭文涓还在该景区留下传世之作《秋日同戴西岭游大匡山觅李太白读书台怀吊四首》，对李白的思念和敬仰之情洋溢于字里行间。从张以宁对李白无由作诗酬慰古田山水的遗憾，到郭文涓为诗仙觅怀赋诗留传巴山蜀水的快意，古田诗人与外界交流的诗情诗缘可见一斑。

有清一代，古田诗歌进一步与闽派诗歌交相辉映，同中华诗词融合发展。李斌、曾光斗、陈日照、姚作桂、林首达、郭植、丁得舆、林国梁、翁文达、李枝春、翁哲、曾元荫、余良骏等诗人享誉诗坛。后来走出了爱国诗僧圆瑛大师，他留传禅诗、怀乡诗和爱国诗篇四五百首。大师一生"一元救国、八下南洋、九主佛门、十驻名山、十国弘法"，德行与诗情相得益彰。清初出身于古田诗礼世家的余珍玉、余尊玉两姐妹擅诗才，有《绮窗叠韵》合集传世。古田的诗坛因着布衣、僧道、闺秀的加盟，显得多元立体，光彩夺目。

近现代以来，古田诗坛创作颇丰。除上文提及的圆瑛大师外，先有李若初诗书画样样精通，作品为当今藏家所珍视。继而出现"九叶诗人"杜运燮，他与辛笛、陈敬容、唐祈、唐湜、穆旦、郑敏、袁可嘉、杭约赫等人结集出版诗集《九叶集》，以其归侨身份成为"九叶诗派"中独特的那一叶。后因一首新诗《秋》被当时部分诗评家误读出"令人气闷的朦胧"，引发20世纪80年代关于"朦胧诗"的争论，进而成为"朦胧诗"的滥觞之作。当代作家敬文东指出："跟同一个阵营的其他诗人（比如北岛、舒婷、顾城）及其作品相比，杜运燮和他的《秋》要老辣、稳重、成熟得多。这既源于杜运燮的知识教养远超北岛们，也源于杜运燮年长于北岛们整整一辈的生命体验。前者对诗歌的影响自不必说，后者对诗歌的作用尤其不能被低估。"至此，杜运燮不但是继张以宁、圆瑛大师之后的第三座古田诗歌高峰，而且成为闽派诗歌、海内外华文诗坛的标杆人物，他对当今新诗创作的影响惊涛拍岸、震声如雷。

近年来，在古田县委、县政府领导和有关部门的重视下，经由乡贤游友基教授大力倡导，在年届耄耋的江山先生、业已作古的李扬强先生等本地文史专家的共同努力下，在张敏熙、吴谨、余新锋、阮以敏、汪荣、林兴华、王国刚、程灵章、欧阳瑾等一批批中青年后起之秀的全力推动下，古田历史典籍、历代诗作得以陆续重见天日，在一定程度上弥合了旧城淹没造成的文脉伤痕。

如今，游友基教授编著的《历代名家玉田诗集汇编》即将由有识之士推动出版，真是可喜可贺。我应邀请，继《古田诗歌读本》《玉田典籍选刊》之后，第三次为游教授编撰的作品作序。我惊喜于古田诗歌能在崭新的时代喷涌而来，为乡村振兴赋能。衷心祝愿家乡古田迎来新时代的文艺复兴、文化繁荣，促进社会经济各项事业的发展百花齐放、欣欣向荣。

顺便说一下，古田水蜜桃远近闻名，真是好吃！借用一句广告语，邀请诸位："又美又甜，快来古田！"

2023 年 8 月于福州

（本文作者系福建省政协秘书长）

序

陈庆元

　　游友基教授，享受国务院政府特殊津贴专家，早年在宁德师专（后升格为宁德师范学院）供职，二十多年前，由于学科建设的需要，调来福建师范大学中文系。友基教授研究现代诗歌流派，著有《中国现代诗潮与诗派》（广西师范大学出版社，1993年）、《九叶诗派研究》（福建教育出版社，1997年）、《九叶诗人杜运燮研究资料选》（海峡文艺出版社，2018年）；现代文学研究之余，兼及中国古代文学及文学欣赏等领域，著有《中国社会小说通史》（江苏教育出版社，1999年）、与人合著《文学欣赏漫谈》（云南人民出版社，1982年）。友基教授还是宁德地区较早倡导冯梦龙研究的专家之一，著有《冯梦龙论》（西南师范大学出版社，1996年）。友基教授的研究还包括闽籍作家、闽都文化，成果累累。

　　游友基教授，古田县人。自 20 世纪 90 年代始，我本人热衷福建乡邦文献的整理与研究，友基教授是学长，见识广，学识高。知音难觅，凡涉及古田、宁德文史，我便找他相与论析解疑，乐此不疲，如是者有年。他退休之后，"变本加厉"，对于古田文献，由关注一变而为热爱，再变而成一邑之专家。他四处搜集文献资料，往往得宝（例如《玉田识略》搜集了两种本子，包括美国哈佛大学图书馆藏本），然后校理编排，纂辑成书，心领神会，又撰成论文著作，已经出版张以宁诗文集《翠屏集》（简体横排版，鹭江出版社，2012年）、繁体竖排版《翠屏集》（广陵书社，2016年；获华东古籍图书二等奖）、《张以宁论》（海峡书局，2017年）、《古田诗歌读本》（海峡文艺出版社，2020年）、《玉田典籍选刊》（海峡书局，2021年）等，卓然鹤立。

继《玉田典籍选刊》之后，友基教授《历代名家玉田诗集汇编》一书又已编就，交海峡文艺出版社出版。付梓前嘱序弁其端，不敢辞，试勉而为之。

《历代名家玉田诗集汇编》系古田县"古田诗文丛书"第一辑。古田县，明清属福州府，今属宁德市。传说其地产青玉，建县之前名"青田乡"，建县之后别名"玉田县"。古田历史悠久，文化积淀丰厚。宋代与闽县等县同列为"望县"；古田县是朱子过化之地，朱子作《水口行舟》诗二首，脍炙人口；据传朱子曾在水口讲学，后人建青山书院，立朱子祠于院内。临水夫人陈靖姑祖祠（顺懿庙），建于邑东三十里，张以宁为之作《临水顺懿庙记》，称其"英灵著于八闽"（万历《古田县志》卷十二《艺文》）。明代福建盐运使公署设于困关，转运副使浙人屠本畯曾与诗人陈鸣鹤、陈价夫、陈荐夫、徐熥、徐𤊹、高景、王昆仲等人酬倡于此；诗人曹学佺亦曾于此地建别业，作《困关八景》（《西峰六四草》）、《嵩溪三峡桥八咏》（《西峰六七集诗》）。明万历年间，鄞县杨德周出任古田知县，编了一部《玉田识略》，八卷，此书具有方志的性质，卷四至卷八共五卷保留了古田历代诸多诗文，可视为古田文献最早的汇编。近年，古田县继承这一好传统，先后推出"古田社科文丛""玉田文献丛书""古田诗文丛书"三种丛书，在福建各县中并不多见。古田县相关领导组织这些丛书，邀请本地籍学者游友基教授加盟，颇具眼光；友基教授则不计酬劳，默默奉献，无疑是古田文化建设的一段佳话。

友基教授这部新著包括朱熹、林择之、张以宁、郭文涓、林春秀、余尊玉、陈瑛、李若初八位诗人之诗集。① 朱熹、陈瑛非古田籍；林择之诗，见《南岳倡酬集》，今存。张以宁有《翠屏集》，今存。李若初，古田籍，经历晚清、民国，一直活到 20 世纪 70 年代。朱熹等暂且不论，借此机会说说明代两位诗人郭文涓和林春秀，前者有《享帚集》、后者有《枕曲集》，都已经亡佚。郭文涓，字稚源，古田人，嘉靖十六年（1537）乡贡，历官保宁府同知。友基教授论郭文涓，以为是张以宁之后古田最重要的诗人，颇合史实。谢肇淛列数嘉、隆以来闽中诗人各自有集、各成一家的先辈诗人三位，以为郭文涓"彬彬皆正始之音"（《小草斋集诗话》卷一），将其列于第一位。徐㶿论郭诗，以为可与"晚唐刘、许辈颉颃艺林"（《榕阴新检》卷十六《诗话》引《竹窗杂录》）。友基教授从《晋安风雅》《古田县志》《全闽明诗传》等典籍辑出郭诗数十首，实属难得，为整理郭文涓诗之功臣。林春秀是明代古田另一重要诗人。春秀，字子实，号云波，逸夫（徐㶿有《林孝孙传》，《幔亭集》卷十七）之父。春秀是与徐㶿兄弟、谢肇淛同一代的闽中诗人。谢肇淛序其诗云："子实之诗操心深而寄兴远，万度饬而神情恬，学博而才雄，气宏而理约。至于歌行，浑泓踸踔，步伍不乱，尤得初盛之轨，近时罕见其伦。"（《枕曲集序》，《小草斋文集》卷五）我们知道万历中

---

① 2022 年 11 月 23 日序中无"余尊玉"，"八位诗人"原为"七位诗人"。因 2023 年 4 月游友基教授新增余尊玉《绮窗叠韵》，故作此修改。

邓原岳、徐熥、谢肇淛、徐燃、曹学佺等人倡导重振闽中风雅，徐熥因此编了一部《晋安风雅》加以鼓吹，郭文涓作为前辈诗人入选其集，林春秀则作为同辈诗人的中坚入选，二位诗人入选的数量较多。友基教授辑录林春秀诗多达50首，为我们深入研究万历间闽中诗坛提供了便利。

如果说辑佚是辑成此书的必不可少的一个重要环节，那么为作品作注便是作者付出的另一种辛劳。古籍整理，只点校辑佚不作注行不行，回答是当然行。考虑到本书阅读对象主要是古田本县的读者，为了古田本地读者阅读的便利，友基教授花了很多功夫在注释这一环节上。所谓注释，无非是注语词典故、人与事、地名及建筑物等。依据我个人的经验，语词典故似乎容易些，因为当今检索手段比较发达，而人名、地名却比较难。古人有字、有号、有室名甚至爱称、昵称，作品有时出现的是字号室名或其他，考订起来比较困难。山人布衣、名级低微的诗人，结友往往是逸人隐士或野衲道人，名不见经传，即便是方志也不容易查到姓名，遑论生平事迹。其次是地名和建筑物。不要以为本县本市的读者就一定了解熟悉本地的地名和建筑物。地名的注释涉及的问题不少，首先是行政区划，前面说过古田县明清属福州府，当今属宁德市。因为明代属福州府，所以《晋安风雅》有古田一席之地。地名中一地多名很常见。古田的困关，或写作渊关，或称困溪、渊溪，又称水口（驿），这是一地多名。古今地名不同也是值得重视的一个问题。至于本县的一座祠庙、古墓，一处楼台、宫署，当年建在何处、现在存或不存，也是需要认真考订的。友基教授在注释方面也做了很大的努力。

再次，《历代名家玉田诗集汇编》还对作品作了"解读"。解读的目的是引导读者读懂作品，深入了解作品，友基教授为读者想得很周到。读者的文化水平有高下之分，同一文化层次的读者群也有领悟深浅的差别。友基教授从事古田文史研究，颇多心得，"解读"是把自己的心得写出来和大家分享。解读之外，该书的附录部分也编得很好。郭文涓一集，附有陈荐夫的《郭文涓传》以及谢肇淛、徐㷿等人的郭集序，都是研究郭氏很有用的材料。林春秀集，附有谢肇淛、徐㷿、徐熥的酬倡诗及谢、徐赞誉春秀子逸夫的文字，足见谢、徐与林氏两代人的交情深厚，以及他们对林春秀诗的肯定。此外，还附有作者写的一篇《徐㷿、徐熥兄弟与林春秀、林逸夫父子的深厚情谊》。本人以为，在阅读古田诸家诗的"解读"时，应同时阅读附录部分的诗文，相互发明，相得益彰。这或许是友基教授编辑此书的用心良苦之处。

读了友基教授《历代名家玉田诗集汇编》，意犹未尽。此书是"古田诗文丛书"第一辑，相信今后还会有第二辑、第三辑……友基教授不妨移师编辑一部《历代诗人咏玉田》。《历代诗人咏玉田》可分为两编，上编，搜集历代古田籍的作家咏古田之诗；下编，搜集非古田籍诗人咏古田之诗。特别是后一编，数量可能不小，单单从数种版本的《古田县志》，以及《雪峰志》中的《艺文志》就可搜集可观的作品。此外还有很多零散的作品，搜集起来也挺有意思。据王应山《闽都记》卷三十《郡之北古田胜迹》所记，古田县名胜古迹六七十处，杨德周《玉田识略》所记山川驿站、古迹古墓、公署祠庙等也有数十处，每一处当有数量不等的诗。例如上文提到的困关，屠本畯与闽中士子在盐运公署酬倡，不下数十篇；曹学佺居住困关写的诗至少有一两百篇，其中写青山书院、朱子祠诗都是名篇。曹学佺晚年，福州西峰里第与困关别业轮番居住，亲朋往来，甚至远道从省外来访的朋友络绎不绝，曹学佺每有作，和者甚众，产生很多作品。徐𤊟子徐延寿、孙徐钟震亦时往陪侍，在困关写了不少诗。困关即水口水驿，从福州上水至延平，或从延平下至福州，行旅者多在此歇脚，文人骚客不能无诗。总之，《历代诗人咏玉田》大有可为。假如友基教授尚有余勇可贾，不妨再编《玉田历代文钞》或《历代文人记述古田文》……古田文献汇辑，不朽之盛事，舍友基教授其谁欤！

友基教授在《玉田典籍选刊》等书的《后记》里称自己为"蠢耄老人"。蠢耄老人而笔耕不辍，成果迭出，不由肃然起敬。

2022 年 11 月 23 日

于福州仓山华庐

（本文作者系福建师范大学文学院原院长、学科带头人、博士生导师、二级教授）

凡　例

一、本书以发掘古田县典籍，为研究者提供资料为目的，亦可供古诗爱好者阅读鉴赏之参考。

二、本书时限上溯宋代，下迄出生于晚清者。

三、本书入选各诗集包括正文、附录两部分，正文包括原诗、解读两部分。

四、本书采用简化字横排。

五、为方便读者阅读方便，本书一般采用简化字，但因一字多音、多义，简化字统一为一个字，而易产生歧义者，则保留原书所用之繁体字。

六、为体现原书面貌，适当保留通假字。

七、古人语涉书名时，往往简称之，本书整理点校时仍冠以书名号。

八、人名、地名、官职名一仍原书。

九、因年代久远，原书脱落、模糊的字，用□表示。

十、入选本书的诗一律连排，不分段。

目　录

二、林择之玉田诗集

三、张以宁《翠屏集》诗集

四、郭文涓《享帚集》（辑佚）

五、林春秀《枕曲集》（辑佚）

附录

六、余尊玉《绮窗叠韵》（选集）

七、陈瑸玉田诗集

八、李若初玉田诗集

引　言

游友基

　　本书名为《历代名家玉田诗集汇编》，系"古田诗文丛书"第一辑，收录以下诗集：一、朱熹玉田诗集（含《南岳倡酬集》朱熹诗，《东归乱稿》赠、和林择之诗，其他与古田相关诗）；二、林择之玉田诗集（《南岳倡酬集》林择之诗）；三、张以宁《翠屏集》诗集、辑佚；四、郭文洎《享帚集》（辑佚）；五、林春秀《枕曲集》（辑佚）；六、余尊玉《绮窗叠韵》（选集）；七、陈瑛玉田诗集（咏古田）；八、李若初玉田诗集（辑佚）。

　　点校、辑佚上述八本诗集，体现对典籍的抢救、保护；注释、浅析体现对典籍的利用、转化。编著者的努力目标是把抢救、保护与利用、转化结合起来。点校、辑佚具有一定的学术性，注释、赏析、提供背景材料，既具学术性，又具普及性，而采用简体横排，完全是为了适应普通读者阅读之便利。力求雅俗共赏，是本书的重要追求。八本诗集均分"正文""附录"两部分，"正文"即原诗及其解读，"附录"收入相关资料。八本诗集全部予以点校、整理，每一首诗均作解读。重视调动读者的积极性，注意提示解读方法，"授人以渔"。重视注释，但力求简明扼要：原诗较浅显者，一般不予注释；典故，凡融入诗境，不注释亦可读懂，一般亦不予注释；因古诗浩翰宛若江海，一句诗，与其相近、相似者不少，一般也不予收录供类比。这样节省篇幅，着重对作品思想、艺术作些评介，因此，本书附录则选载个人论文及相关资料，为一般的诗文研究著作。笔者曾编著《古田诗歌读本》，本书与之走的是同一条路子，只不过《古田诗歌读本》是选本，求"精"，本书为"诗集汇编"，求"全"，不管优劣，只要确认其为此人作品，一概收入。有时，因找到一首入选诗人的诗，会高兴半天，这种心境或许只有做同样工作的人才会理解。

本书原拟收入十本玉田名家诗集。赵汝腾《庸斋集》收诗约120首，因只作了点校；圆瑛《一吼堂诗集》收诗约420首，因只对部分诗作了解读，其体例与他书不一，为保持一致，只能割爱。

所谓名家，我想也是分层级的，本书所收朱熹，那是公认的国家层面的名家。张以宁，我觉得亦应列为国家这一级，还有李若初，在福建也有较高知名度。不管怎样，入选本书的诗人对于古田县来说，那一定称得上名家。朱熹、陈瓘，不是古田人，但前者与其古田籍得意门生林择之往来密切，同赴岳麓会讲，偕游南岳衡山，一路东归，之后，诗文书信来往不绝。李瑛是广东雷州人，但他第一任官职是古田县令，虽只在古田一年，但建树颇丰，清廉至极，古田人为之建生祠。本书收朱熹诗约140首（以诗篇计，不以诗题计，下同）。其中，许多是给林择之的赠诗、和诗。可惜，除了《南岳倡酬集》的55首外，林择之的诗全都散佚了。林择之的生平活动，只能从其流传的这55首诗和朱熹《东归乱稿》等的诗、信件、逸事记载中约略窥见。

朱熹登览衡山的诗，写客观之景，因景缘情，抒自我之心志。往往抓住景物特征，随物赋形，或数笔勾勒其状貌，发掘其景趣；或略加点染、夸张，摄山水之奇之丽；或展开想象，引入神话传说，赋予其诗以浪漫主义色彩；或巧妙化用古人诗句，而无斧凿之痕；或比兴；或白描，表现手法多样。时露理趣，偶有谐趣，注意情、景、趣相融。南宋王柏《朱子诗选·跋》谓朱子诗"寄兴于吟咏之际，亦往往推原本根，阐究微眇，一归于义理之正，尽洗诗人嘲弄轻浮之习……足以见其精微之蕴，正大之情……以至山川草木、风云月露，虽一时之所寄，亦皆气韵疏越，趣味深长，而其变化阖辟，又皆古人尽力于诗者莫能闯其户牖，亦未必省其为何等语矣。"（转引自郭齐《朱熹诗词编年笺注》第 937 至 938 页）概括朱子之诗风、格调，颇为精当。从朱熹赠答林择之等古田人之诗，可窥见其唱和诗某些特色：他每以诗与友人相勉，叙友情、忆往事、寄思念、表谢意、述情怀、励志气，情真意切，直截了当。

　　林用中《南岳倡酬集》里的诗，清新淡雅，意趣盎然。他擅写五律、七绝，对理学钻研深入，努力探求人生、事物真谛，深感学无止境，真懂事理不易，关注现实人生，诗多闪露知性之光。诗风深受朱熹影响，有理趣。总体而言，格调较平和，意境颇新奇，诗艺臻成熟。有些诗，立意、构思不让朱熹、张栻。惜林用中大量的诗散佚。

　　张以宁《翠屏集》无疑是本书最重要的诗集。它为完帙，加上辑佚的几首，近 470 首。《翠屏集》以诗体分类排序，即四言古诗、五言古诗、七言古诗、五言律诗、五言长律、七言律诗、七言律诗拗体、七言长律、五言绝句和七言绝句、词。为了让读者能较容易地把握其诗歌的写作背景、思想内容、艺术特色，本书打破以诗体排序的模式，那采取什么模式最好呢？首选当然是编年笺注。但因史料阙失，无法给诗系年，而大部分诗却可纳入他生活、创作的四个时期，即求学、仕进时期（1301—1338），张以宁 37 岁前；滞淮十年时期（1339—1349）；居燕廿载时期（1349—1368）；入明三秋时期（1368—1370）。张以宁多题画诗、交游诗。故特设两个专题，收入其相关诗作。在四个时期、两个专题的框架内部，则按题材内容分类。因原诗及其解读，所占篇幅大，故附录只收其一副联、一篇赋，其余历代述评、他人赠诗、世系简表、年表等一律不收。敬请读者参阅笔者点校的《翠屏集》（繁体竖排版，广陵书社 2016 年版）附录所收资料。

又，萨都剌是张以宁的同年、诗友，萨都剌有《寄志道张令尹》二首，而未见张以宁赠、和萨都剌的诗。张以宁与宋濂同是元明之交著名诗人，张长宋 9 岁，两人惺惺相惜，但直至明洪武二年（1369），两人才在南京会面，时人称为"双星聚会"。张以宁在赴安南途中，为宋濂《潜溪集》作序，张逝后的七月一日，宋濂为张以宁《翠屏集》作序，两人都高度评价对方的诗文创作成就，但未见两人的诗词唱酬之作。迺贤，突厥族，汉语名字马易之，元代杰出诗人，张以宁的诗友。张为其作《马易之金台集序》，但未见二人赠答诗篇。张以宁与张弼等闽南诗人群过从甚密。张弼有诗赠张以宁。约十年后张弼被朱元璋派往安南吊祭安南王陈日煃，与张以宁携手共同完成重大外交任务。但未见张以宁赠张弼诗。张以宁早年曾应邀赴泉编泉州诗选，共编入 98 位泉州诗人之诗，名为《桐华诗稿》，张为之作序，并应约"掇南游近述赘于右"，但今未见张以宁诗。根据全书体例，上述诗人都无法进入张以宁"交游诗"专题之中。若读者需要了解这方面情况，可参阅笔者所著《张以宁论》（海峡书局 2017 年版）。

　　郭文涓是个有着传奇色彩的诗人。他以《易》膺选贡，嘉靖十六年（1537）登应天乡试，授四川保宁府同知（县丞）。入蜀途中，游历名山大川、名人遗迹，其诗"思幽调古"。蜀中五载，有"孝行清节"，但不谐仕途，疏于心计，终"以《固镇驿题壁》一诗败官归"。该诗描述固镇驿周遭一片败破景象。杨德周《享帚集选·序》提及此事，但来龙去脉、前因后果不详，唯知其是个"诗案"。这种境遇，影响其诗作，虽"无侘傺穷愁之态，而亦时露嵚崎历落之感"。

　　返古后，却因救助一书生侠士而蒙诟。嘉靖三十八年己未（1559）岛夷寇闽，攻陷宁德，且至古田，有一福清黄生自恃胆略，入古侦察倭情，被诬为贼，且谋将接应，为邑人逮送监狱。他写诗向郭文涓求救，郭惜其才，担保出监，寻逸去。邑人诬郭与黄生通谋为乱，执系庑下。得县令王所保护，郭保全一命。但邑人讹传不休。文涓益自放纵诗酒间，"牢骚无聊以讽诵自遣"。闽中诗人陈价夫应聘，与修《古田县志》，拟撰郭文涓传入"文苑"，县令刘曰旸权衡利弊，未允。此事引起徐𤊹极大愤慨，谓"俗吏之刚愎自用如此！"隆庆改元（1567），郭文涓升朝列大夫。但其长子坐奸党诬，掠死于狱。郭文涓垂老，郁郁不得志，竟以此卒。虽高寿（80 岁），但其命运多舛。

　　郭文涓"文屡蹶公车，一官踯躅万里外"，但其诗歌创作，杨德周评其"与夫楚屈宋之搴佩，蜀李杜之属毫，靡不橐括而汇其胜，先生可不谓倔起一方，尚论千古，称振世之杰哉！""才人自才人耳，亦何关宦达事？即先生既以篇什鸣，又安必以宦达显？"（杨德周《享帚集选·序》）余文龙曰："张先生《翠屏集》、郭先生《享帚集》并行传世，铮铮不朽已。"（杨德周《骚垒同声集·序》）林宗伯嫌见其集，叹云："古田前有翠屏，后有东皋。"此成闽中诗人共识。林嫌又曰："君负旷世才，集传《享帚》，今之子云，后世必子云知之。"（《骚垒同声·序》）魏文焲曰："余读其全集，贯穿诸家，取裁拾遗，璀璨炫目，烂然盛矣。"对郭诗予以很高评价，并说："使东皋在中州，当与数子者并建旗鼓，争鸣当世矣。何至良贾深藏，白首默读博士业耶！"（《享帚集·序》）杨德周亦认为，郭生于玉田山川闭塞、文献寂阒之地，未尝与嘉隆七子中原旗鼓相当，故影响其诗名。对其诗艺，魏文焲云："身所涉历，吊古挥毫，寤寐往哲。其气逸，故其词潇洒；其思深，故其词沉郁；其志迈，故其词悲壮。要其矩度，则自学杜而有得也。排律、近体，肆笔辄成百余韵，自韩退之《南山》、杜子美《北征》《夔州咏怀》等篇，不多见也。""予读《享帚集》，爱其体裁、音节可入唐调，固信其可传也。"（《享帚集·序》）杨德周认为："其于诗诸体各擅所长，并臻厥美而金枞玉撞，七言古尤得少陵遗法。"（《享帚集选·序）

郭文涓还擅写联句。当时闽中盛行折枝诗。徐熥《骚垒同声·序》谓"联句之诗无孱词，无懈语，又且成自急逼，困于偏枯，最难工者。今先生出奇无穷"，众诗友"时出雄师，交相攻应，谓之骚垒"。"先生与诸名公联句诸作"，"词致浑雄，声词稳叶，联络衬合，若出一人"。杨德周《骚垒同声·序》赞郭文涓折枝诗曰："先生于此道，正不芰葩，丽不归雅，虽绚烂之极而不之浑厚。骚坛之上，执蝥弧先登，推冠军宜矣。"林嫌《骚垒同声·序》云："东皋郭君，自命千秋逸才旷世，时浩歌纵饮，与同响者游，触境感情，辄成吟咏。"而众诗人："忽然相值，顷刻数十韵，不加点窜，烁人耳目，虽退之《石鼎》《斗鸡》诸联句，唱酬工敏，遏以逾斯。”对其联语，予以高度评价。

惜《享帚集》失传，《骚垒同声集》未见。读书人一声长叹！

林春秀是古田县草根诗人的代表，他的创作状态是"醉吟"，人们以为他"酒狂不可禁"，实际上，正如谢肇淛所指出的，他"好饮辄醉，醉则乌乌微吟，久而盈袖，故自名曰'枕曲'也"。他是在"醉酒"中寻找精神寄托，酝酿诗篇。"众人不皆醉而子实独醒"（《枕曲集·序》）。林春秀个性独特，徐𤊟在诗中归纳其人格特征为：林春秀是不改的书虫，有桀骜不训的个性，他是放歌原宪的诗人，放诞纵酒的刘伶，是一丘一壑寄闲身的隐士，乐于穷巷萧然的山人，肯将名姓落红尘、淡泊名利的高人，虔诚参禅的居士，忠诚交友的善人，教授学童的先生……林春秀的诗也很有创作个性，他歌吟自己的生存状态，以村野为重要题材，有赞美、有愤慨，富有草根的苦味与韧性，诗的脉搏跃动强劲有力。表达方式也独特，直人快语，不追求含蓄蕴藉，但有韵味，有余味。徐𤊟帮林春秀诗集《枕曲集》梓行，为之作序。"子实生平苦吟，人无知者，自余识子实为之述，世乃知古田有诗人。余又为之梓《枕曲集》行于世，予不负子实矣。"（《题子实遗稿》）把林春秀推介到闽中诗坛，为之延誉扬名。谢肇淛序其集，曰"子实咀茹九流，沉湎六籍，其才气勃勃，谓青紫可俯首拾，而数奇流落，白首一经，拊剑悲歌，气填胸臆"，"子实之诗操心深而寄兴远，风度伤而神情恬，学博而才雄，气宏而理约。至于歌行，浑泓蹀躞，步伍不乱，尤得初盛之轨，近时罕见其伦"。对林春秀诗评价很高，对其诗特点概括到位。

惜《枕曲集》及后来写的诗散佚，今辑得50首，或可约略领略其风貌。

　　余尊玉《绮窗叠韵》是现存古田县古代唯一的女性诗集，国内仅上海图书馆藏其清刻本，但直至本书发稿，该诗集尚未到手，故本书无法编入。不意正当责编结束初审、将书稿退改时，得友人相助，从上海图书馆、日本内阁文库同时复制到该书，于是赶忙整理、注析，及时编入本书。真是大快人心之事。现在我们所能看到的是《绮窗叠韵》的选集，周之标所辑明代闺阁之作，展示了当时女性文人的文思才情。说来也凑巧，明代古田人郑文昂编有《古今名媛汇诗》20卷，分12册。郑文昂字季卿，太学生，为四川泸州判。他辞官赴南京，用20年时间编成《古今名媛汇诗》。有明泰昌元年（1620）张正岳刻本。此书广为流传。余文龙当时在南京任工部主事，对郑文昂编选、出版《古今名媛汇诗》予以支持与帮助。并为该书写了序。此书当为余家传家宝，余珍玉、余尊玉姐妹肯定阅读、研习过此书。姐妹俩的诗歌创作传承中国女性诗歌的优良传统，并具有自己独特的风格。余尊玉著《绮窗叠韵》，郑文昂编《古今名媛汇诗》，说明古田文人是十分重视女性诗文的。旧时代，古田知识女性少，不可能出现清袁枚随园里才女们的女性诗歌书写，也不可能拥有民国时期福州名士何振岱门下八大才女的诗词风雅，她们的诗显得那么孤单、寂寞，但有特殊意义。

　　陈瑛的诗是典型的官员诗（此提法为杜撰）。作为邑令，常处于两难境地，一方面要忠于朝廷，完成征收赋税的任务，另一方面又要宽厚爱民。两者有时处于激烈矛盾冲突之中。古田多年未能如数缴纳田赋，陈瑛以爱民之心，严厉治吏，体恤逋民之苦，在两者中取得巧妙的平衡，故上司乃至朝廷满意，百姓也拥戴。他还是天下第一清官，生活极其俭朴。本书所选他的涉古诗约80首，主要是描述下乡催征情况，此类诗在中国古代诗史上极为罕见，因此，陈瑸玉田诗集具有很高的史料价值。它在描述官员面对百姓疾苦，又不得不催征的内心状态，可视为一个有爱民之心官员的心灵史。他的诗直截了当，明白如话，诗风近元、白。

李若初先生是古田县跨越晚清、民国，直至中华人民共和国成立后的正直多才知识分子的代表人物。约20岁前历清光绪、宣统二朝。民国元年，20岁，毕业于闽优级师范，入教坛、诗坛。57岁，迎来解放，此后至82岁，曾执教南平师专、省二师院，退休杉洋故园，笔耕不辍。他被誉为"诗、书、画三绝"，愚以为，究其成就，似应为书、画、诗三绝。而就其诗而言，当然堪称一绝。其诗艺造诣深厚，擅写七言律绝，擅写题画诗，善于将诗与画融为一体，为时代留下了印痕，为自我留下了心灵的轨迹。他一生最爱梅，写得最多的是咏梅诗。他的人格，他的诗歌，也体现了梅之姿、梅之魂。他常以墨梅画、咏梅诗送人，多赠答酬唱、忆旧怀人之作，在平平常常的答谢、劝勉、忆旧中抒情言志，自然贴切，富有情致，风骨苍劲。

在本书八位诗人中，他是笔者拜见过的先生，那是在20世纪70年代，笔者跟随学友李扬强在夏庄学稼楼拜见他，除了深深一鞠躬外，就是听他说话。我心中默念：这是我的先生（古田话称老师为先生）！他后来手书毛主席诗词各一首赠我夫妻，还画一幅"墨梅"赠送我。这种对后学的关爱精神影响了笔者后来的教师生涯。笔者在本书中解读他的诗，为其编年表，都称他为先生，似乎不用"先生"这二字，是亵渎了对他的敬重之情。请读者恕笔者在这一点上，未能做到与全书保持一致。

他创作丰厚，正如其所言："画留长卷三千轴，诗有成篇九万言。"但因种种原因，他的诗集《鹬寄轩诗草》及后来结集的《退思室吟集》，或被毁，或散落民间。现辑得诗约 120 首，诗钟 100 首，联句（含春联）约 140 副。其中诗钟、联句未必全是他的创作，有些明显是抄录他人之作供自己创作参考，但留有他的手泽余香，亦很珍贵。

《历代名家玉田诗集汇编》收诗 1000 多首，约 80 万字。它的出版或具有填补古田文化研究空白的意义；可供研究者（尤其是基层研究者）研究地域文化之参考；有助于提高普通读者接受、欣赏优秀传统文化之水平。

一、朱熹玉田诗集

朱熹（1130—1200），字元晦，一字仲晦，号晦庵，晚称晦翁，又称紫阳先生、考亭先生、沧州病叟、云谷老人、逆翁。谥文，又称朱文公。祖籍南宋江南东路徽州府婺源县（今江西省婺源），出生于南剑州尤溪（今属福建三明市）。南宋著名的理学家、思想家、哲学家、教育家、诗人、闽学派的代表人物，世称朱子，是孔子、孟子以来最杰出的弘扬儒学的大师。

（一）《南岳倡酬集》朱熹诗

〔宋〕朱熹、张栻、林择之　著

宋乾道三年（1167）八月一日，朱熹携门人林用中赴潭州拜访湖湘学派领袖人物张栻，九月八日与张栻会于长沙岳麓书院，开始两个月的讲学活动。朱、张广泛讨论儒家经典学说。十一月六日，张栻、朱熹、林用中自潭州渡湘水往游南岳衡山，初十日至南岳山麓，十三日登山，十六日下山，凡七日。三人完全撇开讲论话题，以十分放松的心态寻求登山之乐，一路作诗唱酬，集为《南岳倡酬集》。十一月二十三日，朱熹和林用中告别张栻，会同范念德东归，"道途次舍舆马杖履之间，专以讲论问辨为事，盖已不暇于为诗。而间隙之时，感时触物，又有不能无言者，则亦未免以诗发之"。师生走了 28 天，于十二月二十日回到五夫。朱熹沿途诗作，集为《东归乱稿》，其中不少是赓和林用中的诗作的。

朱熹是孔孟之后，中国历史上最为著名的思想家、哲学家、教育家。一生以建立、弘扬理学为己任，从事教育五十载，门人广布闽浙赣皖湘粤，见于文献有姓名者达 400 多人，其中古田籍门人 20 多人。

张栻（1133—1180）字敬夫，号南轩，南宋汉州绵竹（今四川绵竹县）人。中兴名相张浚之子。乾道元年（1165），主管岳麓书院教事，后历知抚州、严州、袁州、江陵，任吏部员外侍郎、起居郎侍立官兼侍讲、右文殿修撰，提举武夷山冲佑观，为著名理学家、教育家、湖湘学派集大成者。他与朱熹、吕祖谦齐名，时称"东南三贤"。著有《南轩文集》44 卷等刊行于世，卒谥宣。朱熹志其墓。淳祐初年从祀孔庙，后与韩愈、周敦颐、朱熹、黄榦等七人同祀石鼓书院七贤祠，世称石鼓七贤。

林用中，字择之，号东屏，福建古田县西山村人，其生卒年不详，有文章认为生卒年为 1136—1207 年。林用中是朱熹的古田籍高弟与畏友。

《南岳倡酬集》集前有张栻序，称得诗百四十有九篇。朱熹在《东归乱稿序》中也称得诗百四十余首。但后来收入《四库全书》中却只有 57 题。三人同赋，互相唱和，寄兴自然，抒写怀抱，表现出各自的思想境界、学识水平与诗歌创作艺术，可谓各具特色。而每一组倡酬诗，又能融为一体。论才情，似乎难分高下。林用中写诗之才气，并不亚于其师辈。朱熹与之亦师亦友，彼此之间无尊卑之别。

《南岳唱酬集》今存明弘治刻本、清抄本。现据《四库全书》
（集部八）刊本标点、整理。正如四库总目提要所言："用中为紫
阳高弟，著作多就湮没，惟此本尚可考见。"对于古田而言，《南
岳唱酬集》的价值不言而喻，故明杨德周在古田县令任上曾刻印
此书。

《四库全书·南岳倡酬集·提要》载："《南岳倡酬集》系宋
朱子与张栻、林用中同游南岳倡和之诗也。用中，字择之，号东
屏，古田人，尝从朱子游。是集作于乾道二年十一月。其游自甲
戌至庚辰凡七日。朱子《东归乱稿序》称得诗百四十余首，张栻
序亦云百四十九篇，今此本所录只五十七题。"

朱熹《南岳倡酬集序》曰："诗本言志，则宜其宣畅湮郁，
优游平中，而其流几至于丧志。群居有辅仁之益，则宜其义精理
得，动中伦虑，而犹或不免于流，况乎离群索居之后，乃物之变
无究，几微之间，毫忽之际，其可以荧惑耳目，感移心志者，又
将何以御之哉！"认为诗的审美、社会功用巨大，却又担忧诗之
流几至于"丧志"，对诗的态度颇为矛盾。张栻序叙述三人行程，
描写一路所见景物，俨然一篇生动的写景散文。二序都述及辑录
《南岳倡酬集》的原委："耳目所历""兴寄所托"，"异日或有考
焉。"（张栻序）

收入《四库全书》的《南岳倡酬集》计有诗57题，其中3
题为联句，即朱熹、张栻、林择之三人合作，共同完成一首诗；
2题为朱熹独自创作；围绕一个诗题，三人各写一首诗，共52
题，即有52个组诗。同一题目，主题可以各异；亦可相互呼应，
从不同角度抒写同一主题。诗的格调未必相同，表现手法自然更
为多样，故读之，不觉单调，反有丰富多彩之感。

钦定四库全书提要

臣等谨案：《南岳倡酬集》一卷、《附录》一卷，宋朱子与张栻、林用中同游南岳倡和之诗也。用中，字择之，号东屏，古田人，尝从朱子游。是集作于乾道二年十一月，前有栻序，称："来往湖湘二纪，梦寐衡岳之胜，丁亥秋，新安朱元晦来访予，湘水之上偕为此游。"而朱子诗题中亦称栻为张湖南，盖必栻当时官于衡湘间，故有此称。而《宋史》本传止载"栻，孝宗时任荆湖北路转运副使，后知江陵府安抚本路"，不言其曾官湖南。疑史有脱漏也。其游自甲戌至庚辰，凡七日，朱子《东归乱稿序》称得诗百四十余首，栻序亦云百四十有九篇。今此本所录止五十七题，以《朱子大全集》参校，所载又止五十题，亦有《大全集》所有而此本失载者，又每题皆三人同赋，以五十七题计之，亦不当云一百四十九篇，不知何以参错不合。又卷中联句往往失去姓氏、标题，其他诗亦多依朱子集中之题，至有题作次敬夫韵而其中又有敬夫诗者，皆非体例。疑已出后人重编，非当日原本矣。后有朱子与林用中书三十二篇、用中遗事十条及朱子所作字序二首，则后人因用中而采掇附入者。用中为紫阳高弟，著作多就湮没，惟此本尚可考见其遗诗，录而存之，庶不致无传于后云。

乾隆四十三年五月恭校上。

> 总纂官臣纪昀、臣陆锡熊、臣孙士毅
> 总校官臣陆费墀

《南岳倡酬集》原序　朱熹

南岳倡酬讫于庚辰，敬夫既序其所以然者而藏之矣。癸未发胜业，伯崇亦别其群，从昆弟而来。始闻水帘之胜，将往一观，以雨不果。而赵醇叟、胡广仲、伯逢、季立、甘可大来饯云峰寺，酒五行，剧论所疑而别。丙戌至樁州，熹、伯崇、择之取道东归，而敬夫自此西还长沙矣。自癸未至丙戌凡四日，自岳宫至樁州凡百有八十里，其间山川林野，风烟景物，视向所见，无非诗者，而前日既有约矣。然念夫别日之迫，而前日所讲盖有既开其端而未竟者，方且相与思绎讲论，以毕其说，则其于诗固有所未暇者焉。

丙戌之暮，熹谂于众曰："诗之作，本非有不善也。而吾人之所以深惩而痛绝之者，惧其流而生患耳，初亦岂有咎于诗哉？然今远别之期近在朝夕，非言则无以写难喻之怀。然则前日矫枉过甚之约，今亦可以罢矣。"皆应曰"诺"，既而敬夫以诗赠，吾三人亦各得答赋以见意。熹又近而言曰："前日之约已过矣，然其戒惧警省之意，则不可忘矣。何则？诗本言志，则宜其宣畅湮郁，优游平中，而其流几至于丧志；群居有辅仁之益，则宜其义精理得，动中伦虑，而犹或不免于流。况乎离群索居之后。事物之变无穷，几微之间，毫忽之际，其可以荧惑耳目、感移心志者，又将何以御之哉？故前日戒惧警省之意，虽亦小过，然亦所当过也。由是扩充之，庶几乎其寡过矣。"敬夫、择之曰："子之言善。"其遂书之，以诏毋怠。于是尽录赠答诸诗于篇而记其说如此。

自今暇日，时出而观焉，其亦足以当盘盂几杖之戒也夫。

丁亥，新安朱熹记

《南岳倡酬集》原序　张栻

栻来往湖湘逾二纪，梦寐衡岳之胜，亦尝寄迹其间，独未得登绝顶为快也。乾道丁亥秋，新安朱元晦来访予，湘水之上，流连既久，取道南山以归。洒始偕为此游。而古田林用中择之亦与焉。

越十一月庚午，自潭城渡湘水，甲戌过石滩，始望岳顶，忽云起四合，大雪纷集，须臾深尺许。予三人者饭道旁草舍，人酌十巨盃，上马行三十里，投宿草衣岩。一时山川林壑之观，已觉胜绝；乙亥抵岳后，丙子小憩。其日暮雨未已，从者皆有倦色。湘潭彪居正德美来会，亦意予之不能登也。予独与元晦、择之决策：明当冒风雪亟登。而夜半雨止，起视明星烂然。比晓，日升旸谷矣。德美以怯寒辞归。

予三人联骑渡兴乐江，宿雾尽卷，诸峰玉立，心目顿快。遂饭黄心，易竹舆由马迹桥登山。始皆荒岭，弥望杳无烟火，林壑岩边，时有积雪。溪流甚驶触断冰，其声琅琅。日暮抵方广，气象深窈，八峰环立，所谓莲花峰也。登阁四望，霜月皎皎，寺皆版屋，问老宿，云：“用瓦，辄为冰雪冻裂，自此如高台、上封皆然也。”戊寅明发，穿小径，入高台。门外万竹森然，间为风雪所折，特青爽可爱。住山子信有诗声，云：“良夜月明窗，牖间有猿啸。”清甚。出寺，即行古木寒藤中，阴崖积雪厚几数尺，望石廪如素锦屏，日影下照，林间冰堕，铿然有声。云阴骤起，飞霞交集，顷之乃止。出西岭，过天柱下福岩，望南台，历马祖庵，由寺背以登，路不甚狭，遇险辄有石磴可陟。逾二十余里，过大明寺，有飞雪数点，自东岭来，望见上寺犹萦迂数里许，乃至山高草木坚瘦。门外寒松皆拳曲、臃肿。樛枝下垂，冰雪凝缀，如苍龙白凤。然寺宇悉以板障蔽，否则云气嘘吸其间，时不辨人物。有穹林阁侍郎胡公题榜，盖取韩子云"壁潭潭穹林攸擢"之语。予与二友姑息肩，望祝融绝顶，褰裳径往。顶上有石可坐数十人，时烟霞未澄彻，群峰峭立远近，异态其外。四望渺然，不知所极。如大瀛海环之真奇观也。湘水环带，山下五折，乃北去，寺僧指苍莽中云："洞庭在焉。"晚归阁上，观晴霞横带千里。夜宿方丈。月照雪屋，寒光射人，泉声隔窗，泠然通夕，恍不知此身踞千峰之上也。

乙卯，武夷胡寔广仲、范念德伯崇来会。同游仙人桥。路并石，侧足以入。前崖挺出，下临万仞之壑，凛凛不敢久驻。再上绝顶，风劲甚，望见远岫次第呈露，比昨观殊快。寒威薄人，呼酒举数酌，犹不胜。拥毡坐，乃可支。须臾，云气出岩腹，腾涌如馈馏。过岭南，为风所飘，空濛杳霭，顷刻不复见。是夜风大作。庚辰，未晚，雪击窗有声，惊觉，将下山，寺僧谓："石磴冰结不可步。"遂极由前岭以下，路以滑甚，有跌者。下视白云瀚浮，弥漫吞吐林谷，真有荡胸之势。欲访李邺侯书堂，则林深路绝，不可往矣。行十三里抵岳市，宿胜业寺劲节堂。

盖自甲戌至庚辰，凡七日，经行上下数百里，景物之美不可殚叙。间亦发于吟咏，更迭倡酬，倒囊得百四十有九篇。虽一时之作不能尽工，然亦可以见耳目所历与夫兴寄所托，异日或有考焉。乃裒而录之。方己卯之夕，中夜凛然，拨残火相对。念吾三人是数日间亦荒于诗矣。大抵事无大小、美恶，流而不返皆足以丧志，于是始定约束，异日当止。盖是后事。虽有可歌者，亦不复见于诗矣。嗟乎！览是篇者其亦以吾三人自儆乎哉！作《南岳倡酬》序。

广汉郡张敬夫云

七日发岳麓道中寻梅不获，至十日遇雪，赋此

三日山行风绕林，天寒岁暮客愁深。心期已误梅花笑，急雪纷纷更满襟。

附 敬夫诗：

眼看飞雪洒千林，更著寒溪水浅深。应有梅花连夜发，却烦诗句写愁襟。

[**解读**]

十一月七日出发，岳麓道中寻梅不获，至十日遇雪，朱子一行不得不停下，等待雪霁。前二句写在山路上行走三天，山风绕林狂吼不已，天寒岁暮客愁深。后二句写心中的期望都在寻找梅花迎着众人笑，可这场大雪把这给耽误了，急雪纷纷，更灌满胸襟。表现大雪封山，无奈等待的愁襟。

十三日晨起雪晴，前言果验，用定王台韵赋诗

北渚无新梦，南山有旧台。端能成独往，不肯遽同回。磴滑初经雪，林深不见梅。急须乘霁色，何必散银杯。

附 敬夫诗：

烟岚开岳镇，云雨断阳台。日出寒光迥，川平秀色回。兴随天际雁，诗寄岭头梅。盛事他年说，凭君记一杯。

[解读]

十三日晨起雪晴。朱子很是开心，赋此诗。首联言前时潭州之事不再入梦，而今心思只在南岳。即一心只想着南岳，足见对南岳的倾慕。二联假设若真能独自前往，不肯匆忙与同伴回来，表达对南岳的深情。三联描写登山路途景色：石阶初经下雪，十分溜滑；树林茂密，不见梅花。末联认为急须乘着大雪初霁登山，何必还停下休息，分发银杯喝酒。流露出急切一睹衡山雄姿的心理。"何必散银杯"，化用韩愈"逐马散银杯"诗意。

敬夫用熹定王台韵赋诗，因复次韵

新诗通造化，催出火轮来。云物低南极，江山接汉台。心期千古迥，怀抱一生开。回首狂驰子，纷纷政可哀。

附 敬夫诗：

珍重南山路，驱羸几度来。未登乔岳顶，空说妙高台。晓雾层层敛，奇峰面面开。山间元自乐，泽畔不须哀。

[解读]

定王台：在今长沙浏正街南侧的小巷深处，是历朝文人到长沙后必去览胜之处。定王刘发是汉景帝第十子，以孝著称。他封王长沙后，年年运上好大米至长安孝敬母亲，带回京都之土累而筑"望母台"。望母台即望唐姬墓，亦称定王台。 造化：造物主，自然界的创造者。 汉台：指定王台。 狂驰子：狂热奔竞钻营的人。

首联谓新诗与造化（自然）相通，催出太阳升起。二联写定王台景物：云物低南极，江山接汉台。三联写情怀：虽然千古心期迥然有别，但怀抱一生却一时敞开。末联言志：回看那些狂热奔竞钻营的人，纷纷乱乱，正可令人哀怜。对之表示鄙视。

至上封用林择之韵

畴昔朱陵洞，如今白帝城。天高云共色，夜永月同明。万象争回巧，千峰尽乞盟。登临须我辈，更约羡门生。

附 敬夫诗：

两寺清闻磬，群峰石作城。风生云影乱，猿啸月华明。香火远公社，江湖鸥鸟盟。是中俱不著，俯仰见平生。

[解读]

仲晦诗首联写行程。颔联写上封寺天高云淡，月色溶溶，空间开阔，景物已十分吸引人。颈联写万象呈巧，千峰乞与我辈结盟，人与景几为一体。尾联写山峰等待我辈登临，才显得有生气，还要约上仙人羡门生一起，我辈简直也成神仙了。想象丰富。敬夫诗前六句写景。末二句寄意。择之诗前四句写白雪映照，上封寺周围宛若不夜城。野烟、涧水也助其明亮。面对同样的景，仲晦奇思妙想，与千峰结盟，邀神仙遨游；敬夫写实，感觉群峰是石头城；择之则注重山峰的光影颜色。后四句写诗人行程多新句，与青山结有旧盟。身世堂堂，漫说三生。

后洞山口晚赋

日落千林外，烟飞紫翠深。寒泉添壑底，积雪尚崖阴。景要吾人共，诗留永夜吟。从教广长舌，莫尽此时心。

附 敬夫诗：

石裂长藤瘦，山围野路深。寒溪千古思，乔木四时阴。幽绝无僧住，闲来有客吟。山行三十里，钟磬忽传心。

[**解读**]

广长舌：指佛祖的舌头。据说佛舌广而长，能覆面至发际。此喻能言善道之人。

前二联描写后洞山口景色：日落千林外，境界开阔；烟飞紫翠深，境界幽深。境界寒冷：山谷壑底增添寒泉，积雪向阳的山崖尚且阴冷。后二联抒情：吾人要与景物偕而与共，所作诗篇留于永夜吟咏。人、景、诗融为一体。就让那能言善道者，也没能说尽我此时的心情。

马上口占次敬夫韵

几日城中歌酒昏，今朝匹马向孤村。迎人况有南山色，胜处何妨倒一尊。

附 敬夫诗：

向来一雪压霾昏，晓跨征鞍傍水村。七十二峰皆玉立，巍然更觉祝融尊。

[**解读**]

前二句言几日城中歌酒昏，今朝匹马向衡山山麓的孤村进发。后二句言来迎接的人况且有衡山的特色，到了名胜之处，何妨倒一尊酒来庆祝。字里行间充盈着进入衡山的喜悦。

马上举韩退之话口占

昨日风烟接混茫，今朝紫翠插青苍。此心元自通天地，可笑灵宫枉炷香。

附 敬夫诗：

扰扰人心压渺茫，更于底处问穹苍。今朝开霁君知否，春到无边花草香。

［解读］

混茫：原指上古人类未开化混沌蒙昧状态，此指世俗喧嚣的城市生活。 灵宫：指寺庙，引用韩愈原话："森然魄动下马拜，松柏一径趋灵宫。"（《谒衡岳庙遂宿岳寺题门楼》）

前二句写行程：昨日，还生活于风烟连接世俗喧嚣的城市；今朝，已来到紫翠青苍直插云天的山峰上。后二句言志。韩愈以反佛著称于世。朱熹吟韩愈，指出"此心元自通天地"，不必通过佛寺的炷香来沟通上界与人间，流露出反佛崇儒的思想倾向。

雪消溪涨见山色尤可喜，口占

头上琼冈出蒨青，马边流水涨寒汀，若为留得晶莹在，突兀长看素锦屏。

附 敬夫诗：

一见琼山眼为青，马蹄不觉渡沙汀。如今谁是王摩诘，为写新诗入画屏。

［解读］

据《朱子可闻诗集》卷五：一、二句直叙雪消，三、四转欲雪不消，盖山色之佳，正在此欲消未消之际。反复说来，时题中"尤可喜"三字情景。

登山有作次敬夫韵

晚峰云散碧千寻，落日冲飚霜气深。霁色登临寒月夜，行藏只此验天心。

附 敬夫诗：

上头壁立起千寻，下列群峰次第深。兀兀篮舆自吟咏，白云流水此时心。

[解读]

冲飚：急风。　行藏：行止。　天心：天意。

前二句描写傍晚山中景色：傍晚，山峰云散，千寻碧色；日落，急风吹过，霜气加深。后二句言志：霁色登临寒月夜，只此检验自己的行藏是否符合天意，亦即立身处世当如霁色夜月般高洁。

马迹桥

下马驱车过野桥，桥西一路上云霄。我来自有平生志，不用移文远见招。

附 敬夫诗：

便请行从马迹桥，何须乘鹤造丛霄。殷勤底事登临去，不为山僧远见招。

[解读]

马迹桥，距南岳方广寺三十里，北接衡阳界。前二句写过马迹桥情景：下马驱车而过马迹桥，桥的西边一路直上云霄。后二句表白我来此处自有平生大志，完全是自觉的行动，用不着山僧远远地发文来召唤。

方广道中半岭少憩，次敬夫韵

不用洪崖远拍肩，相将一笑俯寒烟。向来活计蓬蒿底，浪说江湖极目天。

附 敬夫诗：

半岭篮舆小驻肩，眼看已觉渺云烟。山头更尽无穷境，非是人间别有天。

[解读]

方广：指方广寺，在衡山莲花峰下，南朝梁天监二年（503）建。宋徽宗书"天下名山"四大字悬于佛殿。 洪崖：传说中的仙人。郭璞《游仙诗》之三："左挹浮丘袖，右拍洪崖肩。" 活计：原指生计，引申为学问功夫。 蓬蒿：蓬草、蒿草，泛指草丛。此以"蓬蒿"喻浅狭。

前二句谓此行不是求仙慕道而来，我登上半山，与游伴相视一笑，俯看寒烟。写法上把传说与现实、自己与仙人联系起来，给诗作增添浪漫游仙的色彩。后二句谓自己向来做学问颇为浅狭，却浪说可极目江湖天地。这是自谦，亦可解为在做学问、尊自然方面自己仅得皮毛或仅持一隅之见。暗示自己具有开辟新天地，创建当代新儒学——理学的雄心壮志。朱熹"浪说江湖极目天"，张栻却觉"非是人间别有天"，感受各异，其诗艺难言孰高孰低。

道中景物甚胜，吟赏不暇，敬夫有诗，因次其韵

穿林踏雪觅钟声，景物逢迎步步新。随处留情随处乐，未妨聊作苦吟人。

附 敬夫诗：

支筇石壁听溪声，却看云山万叠新。总是诗情吟不彻，一时分付与吾人。

[解读]

敬夫先吟诗，朱子和之。叙事：穿林踏雪觅钟声，视角为"我"，"我"是主动者。写景：景物逢迎步步新，移步换形，景物逢迎"我"，"我"是被动者，遂有"步步新"之感，"我"由主动变被动。抒情：随处留情随处乐，抒发自由、放任、欢快之情。言志：未妨聊作苦吟人。此一篇警策也。

崖边积雪取食清甚，次敬夫韵

落叶疏林射日光，谁分残雪与同尝。平生愿学程夫子，恍忆当年洗俗肠。

附 敬夫诗：

阴崖积雪射寒光，入齿清甘得味尝。应是山神知客意，故将琼液沃诗肠。

［**解读**］

程夫子：指程颢、程颐。　俗肠：世俗心肠。

敬夫先吟诗，朱子次其韵。先写落叶疏林射日光，谁分残雪与同尝。后言平生愿学程颢、程颐，恍然忆得当年以二程理学洗涤世俗心肠的情景。表达了强烈的使命感。化用程颢《草堂长啸岩中得冰以石敲餐甚佳》之"老仙笑我尘劳久，乞与云膏洗俗肠"，以喻其崖边积雪取食清甚，同程夫子一样洗却俗肠。

后洞雪压竹枝横道

石滩联骑雪垂垂，已把南山入小诗。后洞今朝逢折竹，却思联骑石滩时。

附 敬夫诗：

山行景物总清奇，知费山翁几许诗。雪急风号联骑日，月明霜净倚栏时。

［**解读**］

石滩，地名。朱子一行三人各自骑马接连经过石滩，已见大雪纷飞。南山：即后洞。他已把南山写入小诗。今朝，大雪压折了后洞的竹子，路甚难行，不禁想起三人联骑过石滩时"月明霜净"的情景。《朱子可闻诗集》卷五指出，此诗避免字面重复与故意重复的特点：南山，即后洞也，乃更换以避重，而石滩联骑，则故重之。首尾回环，章法便尔灵趣。

方广圣灯次敬夫韵

神灯照夜唯闻说，皓月当空不用寻。个里忘言真所得，便应从此正人心。

附 敬夫诗：

阴壑传闻炯夜灯，几人高阁费追寻。山间光景祇常事，堪笑尘寰万种心。

［**解读**］

张栻先赋诗，阴壑传闻炯夜灯，却有人于高阁费力去追寻。认为鬼火乃山间平常事，堪笑尘寰万种心。朱子次其韵，"以神灯明月为喻，表明'异端邪说'虚妄，'圣门学问'真实的观点"。（郭齐：《朱熹诗词编年笺注》，巴蜀书社 2000 年版，第443 页）

壁间古画精绝，未闻有赏音者，赋此

老木樛枝入太阴，苍崖寒水断追寻。千年粉壁尘埃底，谁识良工独苦心？

附 敬夫诗：

山松夹路自清阴，溪水有源谁复寻？忽见画图开四壁，悠然端坐慰予心。

［**解读**］

太阴：月亮。日月对举，日称太阳，故月称太阴；极盛的阴气；幽暗、阴湿之所。

前二句写登山所见风光：拨开老树向下弯曲的树枝，进入幽暗的地方，苍崖寒水阻断了追寻之路。后二句写忽然看到崖壁间、尘埃底，千年古画精妙绝伦，却未听说有赏识者、知音者，感慨谁能认识到当年良工画匠独自的良苦用心？亦可把整首诗当作一个比喻，感叹世间多少俊才匠意被埋没！

方广奉怀定叟

偶来石廪峰头寺，忽忆画船斋里人。城市山林虽一致，不知何处是真身？

附 敬夫诗：

路入青山小作程，每逢佳趣忆吾人。山林城市休关念，认取临深履薄身。

［解读］

定叟：张构，字定叟，张栻弟。　石廪峰：衡山一座山峰，以形似廪而得名。　真身：佛教语，即为度脱众生而化现的世间色身，如佛、菩萨、罗汉等。此借用指本我。

前二句言偶来石廪峰头寺，身处山林，忽忆画船斋里人，想起城里人。此二句为后二句铺垫，意在逼出末句。虽说城市山林是一样的，但不知何处才是真身？作者认为，"身在山林方得本我"。（郭齐：《朱熹诗词编年笺注》第443页）

赋罗汉果

目劳足倦登乔岳，吻燥肠枯到上方。从遣山僧煮罗汉，未妨分我一杯汤。

附 敬夫诗：

黄实累累本自芳，西湖名字著诸方。里称胜母吾尝避，珍重山僧日煮汤。

[解读]

朱熹一行攀登至山顶的寺庙。张栻先写了首诗，写出罗汉果外形、特质、名气，山僧珍惜，用以煮汤。朱熹和其诗。谓登上"上方"峰顶，目疲脚累，饥肠辘辘，山僧煮罗汉，望能分我一杯汤。从物质层面写出登山的生理感觉与需求，略显诙谐幽默。

方广版屋

秀木千章倒，层甍万瓦差。悄无人似玉，空咏小戎诗。

附 敬夫诗：

葺盖非陶埴，年深自碧差。如何乱心曲，不忍诵秦诗。

[解读]

版屋：用木板构筑的房屋。 章：大木材，后引申为计量大树的量词。 层甍：高楼的屋顶。 小戎：指《诗经·秦风·小戎》，诗云："言念君子，温其如玉。在其板屋，乱我心曲。"表现妇人深切怀念出征的丈夫。

前二句写方广板屋的木板构造和瓦片屋顶：秀木、大木材被砍倒，用来构建木板屋，屋顶用万片的瓦片参差覆盖。后二句写此处并无似玉之人，静悄悄，只能空咏《小戎》诗。

泉声次择之韵

空岩寒水自悲吟，遥夜何人为赏音？此日团圞都听得，他年离索试追寻。

附 敬夫诗：

试问今朝涧底声，如何三叹有余音？堂中衲子还知否，月白风清底处寻？

[**解读**]

林择之先吟诗。张栻和诗，前二句写泉水涧底有余音，接着宕开一笔，转换角度，谓堂中僧人还知道月白风清何处去寻找涧水三叹有余音的秘密？朱熹和诗，前二句写泉水滴落，敲打岩洞，似人在悲吟，漫漫长夜，无人欣赏其声音。后二句写此日大家团聚，都听到它的声音了；他时离别，试着去追寻它的清音。诗写了过去、现在、将来三种时态，听泉水不同的心态。表现对泉水的喜爱，隐含一种锲而不舍的精神。

霜月次择之韵

莲花峰顶雪晴天，虚阁霜清绝缕烟。明发定知花薿薿，如今且看竹娟娟。

附 敬夫诗：

月华明洁好霜天，遥指层城几暮烟。妙意此时谁与寄，美人湘水隔娟娟。

[**解读**]

前二句描写莲花峰顶之晴雪与楼阁的清朗之气。后二句预想明天出发定知踩得雪花薿薿响，如今且看竹林娟娟曼妙的风姿。整首诗都笼罩在美好的氛围中。

枯木次择之韵

百年蟠木老鬖牙，偃蹇春风不肯花。人道心情顽似汝，不须
持向我侬夸。

附 敬夫诗：

阴崖虎豹露须牙，元是枯槎著藓花。不向明堂支万纪，玄冬
苦节未须夸。

[解读]

第一句谓百年盘蟠地上的树木，老得像鬖牙般参差不齐。第
二句写困顿在春风中，不肯开花。此二句为客观描写。第三句意
为：人们说，我的心性顽固倔傲得就像你这枯木。第四句指出：
你不必拿你的衰老苦节向我们夸耀。此二句是与枯木对话，是诗
人主观的写意抒情。诗以枯木意象寄托诗人不肯苟且世俗，老而
弥倔的情怀。

夜宿方广闻长老守荣化去，敬夫感而赋诗，次韵

拈椎竖拂事非真，用力端须日日新。只么虚空打筋斗，思君
辜负百年身。

附 敬夫诗：

夜入精蓝意自真，上方一笑政清新。山僧忽复随流水，可惜
平生未了身。

[解读]

乾道三年（1167）十一月十三日，三人宿于方广寺。方广寺

耸立于衡山青莲八峰之中，原为惠海禅师坐化之处。适逢长老守荣坐化，张栻作《闻方广长老化去有作》赞扬长老坐化"意自真""上方一笑政清新"。朱熹和之，作此诗。指出"拈椎竖拂事非真""只么虚空打筋斗"，佛教通过修炼而"圆寂"，脱离一切烦恼，进入自由无碍境界的"涅槃"说是虚妄的。"思君辜负百年身"，守荣长老如此坐化而去，可惜了。"用力端须日日新"，儒家格物致知等修养方法只需用心用力，就能日日达到新境界，这是唯一可取的至理。委婉规劝湖湘学派摆脱病禅倾向。诗的思想境界高出一筹。

莲花峰次敬夫韵

月皎风清堕白莲，世间无物敢争妍。如何今夜峰头雪，撩得新诗续旧篇？

附 敬夫诗：

玉井峰头十丈莲，天寒日暮更清妍。不须重咏洛神赋，便可同赓云锦篇。

[解读]

前二句言皎月清风从天上堕下白莲，世间无物敢与之斗艳争妍。这就确立了莲花峰至高无上的地位。巧为设譬，更兼夸张，艺术表现十分成功。后二句故作设问：如何今夜峰头雪，撩得新诗续旧篇？点明上述白莲指的是莲花峰，为什么是白莲而非红莲？因峰头积满白雪。这一独特景观激发了诗人的创作欲，故而新诗续旧篇。

感尚子平事

翩然远岳恣游行，慨想当年尚子平。我亦近来知损益，只将惩窒度余生。

[解读]

此诗"四库本"无，据《朱子集》补。

前二句写自己在衡山翩然游行，慨然想到当年的尚子平。尚子平，即向长，东汉朝歌人。建武中，子女婚嫁已毕，遂不问家事，出游名山大川，不知所终。后二句写我近来亦知损益。损益，《易》有《损》《益》二卦，皆涉山水，谓当减少游山玩水，亦言当克制，涵养其心性。只将惩忿窒欲（克制怒气，杜塞利欲）来度过余生。此诗的特点是直寻，即直抒胸臆，把自己的想法倾泻而出，不藏不掖。

残雪未消次择之韵

脚底悲风舞冻鸦，此行真是蹑苍霞。仰头若木敷琼蕊，恍是人间玉树花。

附 敬夫诗：

兀坐竹舆穿涧壑，仰看石径接烟霞。是间更有春消息，散作千林琼玉花。

[解读]

本篇巧用视角转换手法，前二句视角为"脚底"，后二句转变为"仰头"，从而全方位地描绘雪融未消的场景。本篇善用夸张，形容行走半山，乃蹑足苍霞之中，脚底之悲风令乌鸦飞舞，以避寒冻。本篇长于比喻，谓若木（神话中日落处的一种树木）敷上层层琼蕊，它恍若人间玉树花，用"琼蕊"比喻冰霰雪花，意犹未足，再用"玉树花"喻之，把雪融未消描写得美丽、跃动。

行林间几三十里，寒甚，道傍有残火，温酒举白，方觉有暖意，次敬夫韵

千林一路雪毵堆，吟断饥肠第几回。温酒正思敲石火，偶逢寒烬得倾盃。

附 敬夫诗：

阴崖冲雪寒肤裂，野路燃薪春意回。旋暖提壶倾浊酒，陶然绝胜夜堂杯。

[解读]

前二句写一路雪堆，饥肠辘辘。后二句写正思敲石取火以温酒，却发现道旁有残火，因而能够倾杯而饮，身上才觉得有了暖意。

福岩寺回望岳市

昨夜相携看霜月，今朝谁料起寒烟。安知明日千峰顶，不见人间万里天？

附 敬夫诗：

回首尘寰去渺然，山中别是一峰烟。好乘晴色上高顶，要看

清霜明月天。

［解读］

三人到佛教圣地福岩寺悠游。择之先咏一首，张栻和诗写"回首尘寰"，去山顶佛国，"要看清霜明月天"。湖湘派诗人对于禅有难以割舍的感情。朱熹反其意，和了这首诗。诗人想象明日登山，只见山顶都是佛寺，"不见人间万里天"，唱出了尘世之音，以表示逃禅归儒。

福岩寺读张南湖旧诗

楼上低徊掺别袖，山中磊落见英姿。白云未属分符客，已有经行到处诗。

附 敬夫诗：

兹游奇绝平生事，只欠瀛仙冰雪姿。元是经行题品地，却从山际诵新诗。

［解读］

郭齐、尹波点校《朱熹集》（四川教育出版社，1996 年版），此题作《福岩寺读张湖南旧诗》。据郭齐《朱熹诗词编年笺注》："张湖南，指张孝祥。"张孝祥（1132—1170），字安国，别号于湖居士，历阳乌江（安徽省和县）人，生于明州鄞县（今浙江宁波），南宋著名词人，书法家。父张祁。少年时阖家迁居芜湖（今安徽省芜湖市）。绍兴二十四年（1154）廷试，高宗（赵构）亲擢为进士第一。授承事郎，签书镇东军节度判官。因上书为岳飞辩冤，为权相秦桧所忌，诬陷其父张祁有反谋，并将其父下狱。次年秦桧死,授秘书省正字。历任秘书郎、著作郎、集英殿修撰、中书舍人等职。隆兴元年(1163),张浚出兵北伐,被任为建康留守。此外还出任过抚州、平江、静江、潭州等地的地方长官。出守六郡,所到皆有惠政。乾道五年(1169)年,以显谟阁直学士致仕。是年夏于芜湖病死,葬南京江浦老山。年三十八岁。词《六州歌头》(长淮望断)"忠丰气填膺"。他与张元幹为宋南渡时期豪放爱国词之双璧,有《于湖居士文集》传世。其写南岳的诗有《丙戌之夕,入衡阳境,独游岸傍小寺》《福岩》《汎湘江》《上封寺》《发衡山》《福岩寺行者堂》等。　别袖:挥袖道别。　分符:帝王分官授爵,分给受封者符节的一半作为信物。

前二句写自己于福岩寺楼上徘徊不已,正要挥袖与之道别,却仿佛在衡山中见到你磊落的英姿。后二句写青山白云本不属于你们这些接受封官授爵者,却在你经行之地,到处传诵你写的美好诗篇。此诗对张孝祥的坦荡胸襟、豪放爱国诗词深表赞赏。

登祝融口占用择之韵

今年缘底事,浪走太无端。直以心期远,非贪眼界宽。云山于此尽,风袂不胜寒。孤鸟知人意,茫茫去不还。

附 敬夫诗:

祝融高处好,拂石坐林端。云梦从渠小,乾坤本自宽。回眸增浩荡,出语觉高寒。明日重来看,宁应取次还。

[解读]

首联谓今年不知因为何事,浪走不息,太无理由,似在自责。次联自作辩解：只因心仪、期许的友人在远方，故来此论学，并非只贪图拓宽眼界而游山玩水，似在自慰。朱熹以博览群书、开创理学新境界为首要使命，唯恐游览、写诗浪费了时间，故有此心理活动。三联转而写景：祝融为衡山最高峰，云与山到此已尽、已断，大风吹动衣袂，不胜寒冷。尾联写孤鸟不再南飞。衡阳有雁回峰，传大雁至此北还。诗人推想：孤鸟知人意，茫茫去不还。结句翻出新意。

晚　霞

日落西南第几峰，断霞千里抹残红。上方杰阁凭栏处，欲尽余晖怯晚风。

附 敬夫诗：

早来雪意遮空碧，晚喜晴霞散绮红。便可悬知明旦事，一轮明月快哉风。

[**解读**]

朱熹诗写出夕阳余晖扫过一座又一座山，千里天空抹上晚霞红光的美丽景色。诗人凭依在高耸楼阁的栏杆上，想要看尽日落前的余晖，却又畏怯晚风带来的寒意，这样的心绪波动，被表现得十分微妙。这是首纯粹的写景诗。有人把它解读为景物寓意诗：以"落日""断霞""残红"暗喻或象征南宋国势日衰、山河破碎，表现诗人关心国事又无力回天的矛盾心态。微言大义，似较勉强。张栻诗是纯粹的纪游诗，写早晚天气变化，明日"一轮明月快哉风"的胜景。

赠上封诸老

夜宿上封寺，翛然尘虑清。月明残雪里，泉溜隔窗声。楮衲今如许，绨袍那复情。炉红虚室暖，聊得话平生。

附 敬夫诗：

上方元是好，一榻有余清。祗趁晨钟起，宁闻山鸟声。高僧足幽事，野客富诗情。试问峰头景，今朝作么生。

[解读]

朱熹等人离开高台寺，前往上封寺游览，当晚宿于上封寺。朱熹感到"尘虑"清净，悠然自在。残雪在月光的映照下，分外洁白，窗外的泉水发出叮咚的响声，环境相当美好。寺僧能诗会画，红色炉火温暖着居室，与他们纵论诗文，闲话人生，气氛十分融洽。朱熹虽"逃禅归儒"，认为佛道于人生无用，但对德行高尚的僧道甚为敬重。张敬夫诗写早起闻鸟声，回忆昨夜谈论诗文人生，突出其"高僧足幽事，野客富诗情"的情调，推想今朝峰顶会出现什么样的风景，流露出欢欣与惬意。

醉下祝融峰

我来万里驾长风，绝壑层云许荡胸。浊酒三怀豪气发，朗吟飞下祝融峰。

附 敬夫诗：

云气飘飘御晚风，笑谈嘘吸满心胸。须臾敛尽云空碧，露出天边无数峰。

［解读］

醉下祝融峰，张栻诗展现下山时见云雾散尽，露出天边无数峰头的奇美之景，与师友相聚游山同饮，乘醉下山的畅快。朱熹的诗充满豪迈之情，"来"（登山），绝壑层云如此荡涤心胸。此处化用杜甫《望月》"荡胸生层云"诗意；"下"（下山），则痛饮浊酒三杯，豪气大发，朗声吟诗，飞下祝融峰。一"驾"一"飞"，豪情满怀，快意十足。

林间残雪时落，锵然有声，赋此

青鞋布袜踏琼瑶，十里晴林未觉遥。忽复空枝堕残雪，恍疑鸣璬落丛霄。

附 敬夫诗：

林中光洁尽琼瑶，未觉郁蓝宫殿遥。石壁长林冰筯落，铿然玉佩响层霄。

［解读］

敬夫诗视觉色彩感强，白雪之"光洁"、宫殿之"郁蓝"，对比强烈。听觉意象鲜明，"石壁长林冰筯落，铿然玉佩响层霄"。择之诗描述了登山途中雪花漫天飞舞的情景，行人感觉路遥的心理，林畔残枝雪落下声音清脆响亮的听觉感受。朱熹诗先写行程感觉：青鞋布袜踏在布满琼瑶般美丽的雪花的山路上，穿过十里晴朗的树林不觉得遥远。步态轻快，心情欢快。后二句写忽然听到空枝堕下残雪的声音，恍惚怀疑是佩玉鸣叫着，从重重云霄四散开来，纷纷落下。这显然是主观感觉。三人都把登山活动写得十分美好！

石廪峰次敬夫韵

七十二峰都插天，一峰石廪旧名传。家家有廪高如许，大好人间快乐年。

附 敬夫诗：

岿然高廪倚晴天，独得佳名自古传。多谢山中出云气，人间长与作丰年。

[解读]

石廪峰：形如仓廪（粮仓）。朱熹诗前二句赞叹衡山七十二峰高插云天，石廪峰盛名久传。后二句联想家家都有石廪峰那样高的粮仓，那将是"大好人间快乐年"了，充分体现朱熹的民本思想与博大胸襟。敬夫诗表达"人间长与作丰年"的美好愿望。择之诗希望"好推佳惠敷寰宇"，气象比前二诗更宏伟，"始信人间大有年"，只有这样，才相信人间大有年。这能实现吗？给读者以遐想。

自西园登山宿方广寺

俗尘元迥隔，景物倍增明。山色四围碧，泉声永夜清。月华侵户冷，秋气与云生。晓起寻归路，题诗寄此情。

附 敬夫诗：

雨后溪重碧，木落山增明。西风肃群物，感此秋气清。振衣千冈远，俯瞰万籁生。起来追遐慕，政尔未忘情。

[解读]

首联总写宿方广寺感受：此处与俗尘远远隔开，景物倍加分明。颔、颈联描写四周及寺内景物、天气：四围山色碧绿，泉声整夜清脆可听。月光照进窗户，感觉寒冷，秋气与云气同生共存，感受到秋之肃杀之气。尾联写次日起来寻找归路，题诗寄托感慨之情。

路出山背，仰见上封寺，遂登绝顶联句

我寻西园路，径上上封寺。竹舆不留行，及此秋容霁。磴危霜叶滑，林空山果坠。崇兰共清芳，深壑递幽吹。不知山益高，但觉冷侵袂。路回屹阴崖，突兀耸苍翠。故应祝融尊，群峰拱而峙。金碧虽在眼，勇往讵容憩。绝顶极遐观，脚力聊一试。昔游冰雪中，未尽登临意。兹来天宇肃，举目净纤翳。远迩无遁形，高低同一视。永惟元化功，清浊分万类。运行有机缄，浩荡见根柢。此理复何穷，临风但三喟。

［解读］

诗按登绝顶祝融峰行程顺序来写，可分为三个层次。先写弃竹舆改徒步，从山背的石路登山、仰见上封寺，登祝融峰沿途所见风景及生理感觉、心理感受：景物美好，具高山寒冬特点。石磴陡峭，铺满霜叶，路滑难行；树林落尽，果实坠落；兰花吐清香；深壑吹幽风。感觉是一个字"冷"。接着，峰回路转，看到祝融峰，苍翠耸立，群峰拱峙。感受是祝融峰金碧辉煌，须勇往直上，不容休憩，因绝顶极遐观，故脚力聊一试。后回忆往昔冰雪游，未尽登临意，此次来到此境，天宇肃穆，举目瞭望，洁净无纤微遮蔽，远近无所遁形，高低尽收眼底。诗人感慨，大自然的神奇功用，永远凭借元化之功，清浊分万类，运行有规律，浩

荡见根柢。深感此中道理无穷无尽，只能临风反复感喟而已。诗由赞祝融之壮美，进而颂造化之神奇伟力。意境深邃，富有哲理。这三个层次或许就是三位诗人分工配合，巧妙连缀而成一体乎？

十五日再登祝融峰用台字韵

江流围玉带，天影抱琼台。拄杖云霄外，中岩日月回。箕山藏遁许，吴市隐仙梅。一笑今何在，相期再举杯。

附 敬夫诗：

今朝风日霁，共约再登台。人在云端上，僧从天际回。岩头风戛竹，林畔雪欺梅。浊酒消寒气，无妨饮数杯。

[解读]

玉带：指衡山上下的白雪世界。　天影：青天。　琼台：指祝融峰。　箕山藏遁许：《吕氏春秋·求人》载，尧让天下于高士许由，许由不受，遂往箕山之下、颍水之阳自耕而食，终其一生。　吴市隐仙梅：《汉书·梅福传》载，汉梅福避王莽乱，弃妻子，变姓名，隐于会稽，为吴门卒，后传其成仙。

首联写衡山、祝融地理环境与景观特征：江流围绕雪白之衡山，青天怀抱祝融峰。颔联写再登祝融峰情景：拄杖峰顶，宛若身置云霄之外，感觉中岩日月，同悬宇宙。前四句从空间视角极言眼界之宽广。颈联祝融怀古，由此方外之地，联想到历史上许由、梅福隐居山野的高风亮节。从时间维度再现衡山、祝融所蕴含的内在精神。尾联回到现实：历史人物、故事，一笑今何在，寄望未来我们再次在此举杯庆贺吧。"后四句言心期远"。(《朱子可闻诗集》卷三)

中夜祝融观月联句

披衣凛中夜，起步祝融巅。何许冰雪轮，皎皎飞上天。清光正在手，空明浩无边。群峰俨环列，玉树生琼田。白云起我傍，两腋风翩翩。举酒发浩歌，万籁为寂然。寄声平生友，诵我山中篇。

[解读]

首二句谓中夜披衣起，举步祝融巅。干嘛？为观月。中十句描写观月情景：先把月亮比喻为皎皎飞上天的冰雪轮，比喻新鲜巧妙。次直接描写月光，从近处看，清光正在我手中；从大处望，空明浩无边。续写月光下的群山，群峰俨然环列四周，玉树生长于琼田。再写云与风，白云生起于我身旁，风翩翩穿过我的两腋。这是只有绝顶峰才能见到的景致，才能有如此非同寻常的感受，真切、独特。后举酒发出浩歌，万籁为我寂然无声。尾二句收束，寄语平生友，诵我山中此首诗。一气呵成，了无三人联句之痕迹。

方广寺睡觉，次敬夫韵

风檐雪屋澹无情，巧作寒窗静夜声。倦枕觉来听不断，相看浑欲不胜清。

附 敬夫诗：

僧舍孤衾寄此情，庄生梦破晚钟声。浮沤踪迹原无定，惆怅西风一夜清。

[解读]

写方广寺睡觉情景。山风吹过屋檐进入雪屋，显得那么冷淡无情，却巧妙地成为寒窗静夜的声音。疲倦地躺在枕席上，醒来听不断的秋声，与寒风秋声相对而视，简直不胜清。末句套用杜甫《春望》："白头搔更短，浑欲不胜簪。"杜甫望春，未得到任何快慰，却为"感时""恨别"所困，终至烦躁不安，频频抓挠头发。头发愈来愈少，简直连簪子也插不上了。"浑欲"意为"将要"。朱熹把秋声拟人化，可与诗人相看，这"清"含义丰富，清冷、清净、清静（以声衬静）……

渡兴乐江望祝融，次择之韵

江头晓渡野云遮，怅望山岐映暮霞。人值风波几千里，济川舟楫我依夸。

附 敬夫诗：

今日溪云迷小槎，层层锦浪映晴霞。须臾直至前村去，遥望群峰真可夸。

[解读]

前二句写渡兴乐江而将遥望祝融峰情景：清晨，兴乐江头的渡口被野云遮住，怅望祝融峰正映照着晚霞的余晖。后二句诗人由景生情，联想到人值风波几千里，你我都夸赞渡江的舟楫，喻国家需要济世治国之人才。

岳后步月

衡岳山边霜夜月，青松影里看婵娟。正须我辈为领略，寒入衣襟未得眠。

附 敬夫诗：

清光冰魄浩无边，桂影扶疏吐玉娟。人在峰头遥指望，举杯对影夜无眠。

［解读］

前二句写景：点明望月地点是衡岳山边青松影里。气候特点是：有霜。可见衡山望月情景比较独特。后二句叙事：正须我辈领略月色之际，寒气侵袭衣襟，人不能寐。

过高台获信老诗集

萧然僧榻碧云端，细读君诗夜未阑。门外苍松霜雪里，比君佳处尚高寒。

附 敬夫诗：

巍巍僧舍隐云端，坐看君诗兴不阑。读罢朗然开口笑，旧房松树耐霜寒。

［解读］

信老：即信无言，僧人，南宋名僧宗杲弟子，绍兴十年（1140）尝集宗杲语为《大慧禅师宗门武库》一书。前二句写夜读信老诗集情景。读诗地点：碧云端萧然僧榻上，读诗时间：夜未阑，读诗态度：认真细读。后二句写读诗感受：信老诗之佳处，比起门外苍松霜雪，还让人觉得高寒。

自上封下福岩道傍访李邺侯书堂，山路榛不可往矣，遂赋此

石壁巉岩路已荒，人言相国旧书堂。临机自古多遗恨，妙策当年取范阳。

附 敬夫诗：

山道榛芜大道荒，令人瞻望邺侯堂。怀贤空自悲今昔，泪滴西风恨夕阳。

[解读]

李泌（722—789），字长源，祖籍辽东郡襄平县（今属辽宁省辽阳），出生于京兆府（今西安）。唐朝中期著名政治家、谋臣、道家学者。自幼聪颖，博涉经史，善属文，尤工诗。辅佐过唐玄宗、唐肃宗、唐代宗、唐德宗。官至中书侍郎、同平章事，封邺县侯，世称"李邺侯"。安史之乱爆发，太子李肃北上灵武即位。李泌为肃宗分析天下大势，制订了不亚于《隆中对》的平乱策，郭子仪、李光弼之后能平定叛乱均遵行李泌的平乱方略。李泌对大唐中兴立下功劳。他与肃宗极为亲密的关系，招致权臣崔圆、李辅国猜忌。两京收复后，平叛大局已定，李泌便主动要求离开权力中心，遁避入衡山修道，肃宗下诏赐李泌三品俸禄及隐士服，还为他建造居室。

前二句写通往邺侯堂的路上尽是石壁巉岩，且山径已荒凉，但人们还是喜欢谈论相国旧书堂。后二句怀古，议论史上自古面临机遇多有遗恨的教训，但当年李泌制订的平乱妙策，却帮助唐军攻取范阳，取得结束安史之乱的胜利。诗人热情歌颂了李泌的历史功绩。

穹林阁读张南湖七月十五夜诗，咏叹久之，因次其韵

南岳天下镇，祝融最高峰。仰干几千仞，俯入数万重。开辟知何年，上有释梵宫。白日照雪屋，清宵响霜镛。极知瓌特观，仙圣情所钟。云根有隐诀，读罢凌长风。

[解读]

张南湖，《朱熹集》作"张湖南"，指为张孝祥，因曾任潭州太守，故称。此为朱熹单独的作品，未见张栻、林择之有和诗。

穹林阁：在上封寺内，宋胡寅取韩愈文中"云壁潭潭，穹林攸擢"之意而命名。 "张南湖七月十五夜诗"，当指张孝祥《上封寺》诗："七月十五夜，我在祝融峰。与世隔几尘，上天通九重。手取白玉盘，纳之朱陵宫。群山罗豆登，万籁酬笙镛。尽酌五湖水，劝我酒一钟。为君赋长言，写向西北风。" 镇：此指古称某一地区最大最重要的名山、主山为镇。 镛：大钟。云根：指深山云起之处。 隐诀：隐居的秘诀，指张孝祥诗文。在潭州时，张孝祥关注农事，勤勉公事，善待于民，使得"狱事清静，庭无留滞"。（《敬简堂记》）。其《水调歌头·泛湘江》云"买得扁舟归去""蝉蜕尘埃外，蝶梦水云乡""唤起九歌忠愤，拂拭三闾文字，还与日争光"。曾游衡山，作《望江南·南岳铨德观作》："朝元去，深殿扣瑶钟。天近月明黄道冷，参回斗转碧霄空，身在九光中。 风露下，环佩响丁东。玉案烧香萦翠凤，松坛移影动苍龙。归路海霞红。"其他词中多次提及衡山，如"独立衡皋暮"（《念奴娇》）、"岳镇耸，倚天青壁"（《二郎神》）。乾道三年（1167）十月十三日，朱熹与张栻、张孝祥登

定王台、赫曦台，有诗酬唱。朱熹作《登定王台》，张栻作《十三日晨起霜晴用定王台韵赋此》，张孝祥作《酬朱元晦登定王台之作》。

开首视界宽广，称"南岳天下镇，祝融最高峰"，两句提挈全诗。次言仰望衡山，高几千仞，俯看，则数万重山，用夸张之笔，勾勒衡山雄姿。又说衡山历史悠久，为佛国胜地，山上建有佛寺，但不知何年开辟。再写日夜景观"白日照雪屋，清宵响霜镛"，暗示衡山拥有佛道精神，极知其奇特，乃仙圣情之所钟。末二句点题，深山云起之处存有人生秘诀（指张孝祥七月十五夜诗），读罢勇气大增，可凌御长风也。

夜得岳后庵僧家园新茶，甚不多，辄分数碗，奉伯承

小园茶树数千章，走寄萌芽初得尝。虽无山顶烟岚润，亦有灵源一派香。

附 敬夫诗：

新英簇簇灿旗枪，僧舍今朝得味尝。入座半瓯浮绿泛，鸦山乌啄不如香。

［解读］

岳后僧家小茶园有茶树数千株，刚萌芽新茶，量不多，煮后，分注几碗。诗人初次尝到今年的衡山僧家园新茶，十分高兴。后两句写初尝新茶的感受：虽无山顶烟岚的滋润，却也有灵源的一派香味，表明对它颇为珍惜。

自方广过高台赋此

素雪留青壁，苍霞对赤城。我来阴壑晚，人说夜灯明。贝叶无新得，蒲人有旧盟。咄哉宁负汝，安敢负吾生。

附 敬夫诗：

高处避红尘，凝眸望古城。雪深山自老，崖壁色鲜明。野竹通溪径，遥峰结旧盟。自来人不到，寒草傍台生。

[**解读**]

首联写自方广寺至高台寺所见风景。颔联写行程。颈联写读佛经没有新的心得，我在佛界曾有旧时的朋友。回忆自己十余年援佛入儒，最终一无所得，披示自己"逃禅归儒"的心路历程。尾联表示：为了追求"理"，我宁可辜负你（佛），哪敢辜负天下的苍生。后四句是全诗重点。在唱和中对张栻的涅槃佛说进行了批评。张栻诗纯粹写景，未见寄托寓意。

自上封登祝融峰绝顶，次敬夫韵

衡岳千仞起，祝融一峰高。群山畏突兀，奔走如曹逃。我来雪月中，历览快所遭。扪天滑青壁，俯壑崩银涛。所恨无十辖，一掣了六鳌。遄归青莲宫，坐对白玉毫。重阁一徙倚，霜风利如刀。平生山水心，真作货食饕。明朝更清澈，再往岂惮劳。中宵抚世故，剧如千猬毛。嬉游亦何益，岁月今滔滔。起望东北云，茫然首空搔。

[**解读**]

这是朱熹一个人的作品。诗题为"次敬夫韵"，但四库本未见张栻诗。

辖：神话中阉割过的牛，犍牛。《庄子·外物》："任公子为大钩巨缁，五十辖以为饵。" 掣：牵引。 鳌：传说中海里的大鳖或大龟。"共工氏怒触不周山，天柱折，地维缺，女娲氏断鳌足以立地之四极"。 遄：速。 青莲宫：佛教寺庙。 玉毫：此指佛像。

上封寺位于南天门与祝融峰之间。祝融峰为衡山最高峰，海拔1290米。朱熹今日终于可了却登览祝融峰之夙愿矣，兴奋之情，不言而喻。他浮想联翩，挥就此诗。诗共24句。前12句写祝融峰之景，后12句写由此引发的感慨。首四句描绘衡山千仞而起，而祝融一峰独高，以群山畏惧祝融之突兀，如群兽般奔逃，来衬托祝融之高峻。群山奔逃的意象，用拟人化手法，显得格外生动。次四句描写"我"在雪月中，历览衡山之景，而今来到祝融峰，上扪青天之滑壁，俯览壑崩之银涛。用夸张之笔，进一步描绘祝融之壮美，暗寓已为其深深吸引。9至12句用古籍典故与神话传说使此次登览祝融沾上历史悠长之情韵与神仙之气息。诗人"所恨无十辖"，以之为饵，牵拽六鳌，不能像传说中的仙人那样叱咤风云，凌御自然。只能速归青莲宫，坐对白玉制成的佛像。流露出对自然的敬畏，也更加渲染祝融的高峻、神奇。13至16句写诗人徙倚在佛殿重阁，感觉霜风利如刀。他平生山水之心，真像饕餮食货一样，对自然痴醉。17至20句写明朝天气更清澈，再前往祝融峰探奇，岂怕劳碌？但中宵回顾半生，抚想世故，自己19岁中进士，24岁出任同安县主簿，27岁任满闲居在家，现已37岁，一晃十年，事业未竟，岁月流失，如有千只刺猬之刺深扎身上，剧痛难耐，已离开吟咏祝融峰主题，而深掘内心世界之秘辛。21 至 24 句直言"嬉游亦何益，岁月今滔滔"。诗人起望东北之云彩，"茫然首空搔"。朱熹以建立理学为终极目标，视游览写诗为身外之事，可为之不可溺之也。但又不自觉地爱自然、喜咏诗，构成矛盾，这也许是"茫然首空搔"的原因之一吧？

无尽之思，跌宕起伏，缠绵有致，无疑是《南岳倡酬集》中的上乘之作。

胡丈广仲与范伯崇自岳市来，同登绝顶，举酒极谈，得闻比日讲论之乐

我已中峰住，君从何处来？莫留岩底寺，径上月边台。浊酒团圞坐，高谈次第开。前贤渺安在？清酹寄余哀。

附 敬夫诗：

久憩珠林寺，高轩自远来。携朋上乔岳，载酒到琼台。论道吟心乐，吟诗笑眼开。遥观松柏树，风韵有余哀。

[解读]

胡广仲：名实，崇安县（今武夷山市）人，胡宏弟。居湖南，为湖湘学派主要人物之一。尝与朱熹、张栻往来辩论，不肯苟合。 范伯崇：名念德，建安人，如圭子。从学朱子，为所器重。

首联写胡、范自岳市来。叙我已在中峰珠林寺住下，请问你们二位从何处来？明知故问，使行文有所变化，较为活泼。次联以规劝语气告诉胡、范二人，莫留在岩底的寺庙止步不前，要径直登上高至月亮旁边的瑶台。点明"同登绝顶"。三联写五人同

登绝顶，团团而坐，痛饮浊酒，按顺序发言，高谈阔论。点明
"举酒极谈"。表现朋友、师生欢聚衡山之巅的欢快、豪迈之情。
末联写怀念前贤，寄托哀思：前贤渺远，他们在哪里呢？让我们
以清酹一杯，来寄托余哀吧。表达了继承前贤志向，勇创新说的
决心。

题福岩寺

掷钵岩前寺，肩舆几度来。楼台还旧观，杉桧总新栽。湘水
堂堂去，秋山面面开。徘徊千古思，风壑有余哀。

附 敬夫诗：

天竺西方寺，人从此地来。寒泉流玉漱，瑶草倚云栽。梵寺
依岩舍，禅宫傍日开。踌躇怀往事，清兴写余哀。

[解读]

首联写多次坐肩舆来到掷钵峰前的福岩寺。颔、颈联写福岩
寺景观：楼台依旧，杉桧新栽，此乃近瞰；湘水"堂堂"去，秋
山面面开，此为远望。大笔如椽，境界开阔。尾联，诗人徘徊寺
内外，发千古之幽思，风吹过山壑间，声响里有余哀。这是诗人
的主观感受，因风声无所谓哀与乐。实际上，是诗人把自己对历
史的哀思融进壑中风声。

晨钟动雷池望日联句

浮气列下陈，天净澄秋容。朝暾何处升，仿佛呈微红。须臾
眩众采，阊阖开九重。金钲忽涌出，晃荡浮双瞳。乾坤豁呈露，群

物光芒中。谁知雷池景，乃与日观同？徒倾葵藿心，再拜御晓风。

[解读]

联句为朱熹、张栻、林用中三人合作，因原文没有注明，故难以分辨谁写了什么句子。这是望日联句，共 14 句。祝融峰有两峰，祝融殿在祝融峰，高 1290 米，是衡山最高峰；日观台在喜阳峰，高 1266 米，是观日出的最佳处，峰下是上封寺。雷池，位于祝融峰上封寺旁，是一个面积 4 平方米、深 0.33 米的小石池。传说，每当峰顶雷霆怒发时，池上就会金蛇乱闪，暴雷炸裂，池畔小穴就会烟雾缭绕，涛声阵阵。在雷池望日，别有一番景象与感受。天空澄净，雾霭云岚等浮气罗布下面而非上方，似离太阳更近了。联句就从这太阳升起的大背景下笔。太阳从何处升起？只见天空呈现一片微红，片刻光辉眩耀众采，天上宫殿打开了九重大门。一面金色的大锣忽然涌出，光芒晃荡，浮动在我的双瞳。整个乾坤豁然呈露，天下万物都沐浴在光芒之中。诗人感叹：谁会想到雷池观日出的景象，乃与独享观日盛名的日观台一样？我们平常展示的葵藿朝阳之心，在此徒然无用，让我们对着朝阳拜而再拜，御晓风而飞翔吧。对太阳的崇敬、膜拜，跃然纸上，浪漫主义的结尾让人遐想不已。

题南台

相望几兰若，胜处是南台。阁迥规模稳，门空昼夜开。回风时浩荡，高岭更崔巍。漫说石头滑，支筇得往来。

附 敬夫诗：

步入招提境，云间有古台。管弦山鸟弄，琼玖雪花开。方外人稀到，山头势更巍。登临思不尽，何日再重来？

[解读]

兰若：即阿兰若，为佛教名词，此处泛指佛寺。　南台寺：位于南岳衡山掷钵峰下，南朝梁天监年间海印禅师创建此寺，唐天宝年间定名为南台寺。素有"天下法源"之称。

首联写与多个佛寺相望，胜处是南台。在比较中，突出南台寺的地位。颔联写南台寺特征：寺院台阁年代久远，规制格局稳当，寺门昼夜大开。这是就南台寺本身所作的描写。颈联写南台寺周围景色：回风时浩荡，高岭更崔巍。尾联自勉：漫说石头路溜滑，拄着竹杖能够往来其间。

同游岳麓，道遇大雪，马上次敬夫韵

仙人乔岳顶，散发吹参差。唤我二三友，集此西南垂。列筵命洛公，侑坐迎江妃。道之千羽旄，投以万璧玒。缤纷一何丽，晻霭难具知。众真亦来翔，恍觉丛霄低。茫茫云雾合，一一琼瑶姿。回首谢世人，千载空相思。吾衰怯雄观，未敢探此奇。短衣一匹马，幸甚得所随。天寒饮我酒，酒罢赓君诗。人生易南北，复此知何时。

附 敬夫诗：

驱车望衡岳，群山政参差。微风忽南来，云幕为四垂。炎官挟薄收，从此万玉妃。庭荧亦何有，尺璧仍珠玒。奇货吾敢居，妙意良自知。林峦倏变化，辙迹平高低。乔松与修竹，错立呈瑰姿。清新足遐寄，浩荡多余思。平生湘南道，未省有此奇。况复得佳友，晤言相追随。茅檐举杯酒，旅榻诵新诗。更约登绝顶，同观霁色时。

[解读]

张栻先吟诗，他先从"驱车望衡岳，群山政参差"大处落墨，接着描写微风南来、云幕四垂、雪落如散珠玑、林峦倏然变化，一路写来，穿插"炎官""万玉妃"等典故，感叹"平生湘南道，未省有此奇"。与佳友饮酒作诗，最后以"更约登绝顶"作结。朱熹受其启发，避开行程、景物等切实描述，一开始即诉诸丰富的想象，把同游岳麓、道遇大雪的情景，描绘得如同仙境般美好。起句奇特，将大雪飘飞的情景想象为仙人立于衡岳之顶，头发被大风吹拂，飘飘洒洒。仙人招唤我二三友人，集聚在此西南边陲。这四句是开首，定下全诗飘飘欲仙的基调。第五至第十六句描绘雪景，仙人摆设宴席，命洛公陪坐，并迎来江妃。洛公，传说中的仙人。江妃，女仙，"游于江汉之滨，遇郑交甫，以佩珠相赠"。（刘向《列仙传》）以千百旌旗为先导，投洒万颗珠玑以示欢迎。诗人赞叹这缤纷奇丽的场景，惋惜云雾浓重，难于全部知悉详情。众仙闻讯纷纷飞来，翩跹起舞，恍惚间感觉层层云霄也显得低矮。茫茫云雾合而拢之，仙人的琼瑶之姿一一显露，他们回首告谢世人，此后千载对人间只有空相思了。简直把写景诗写成游仙诗。第十七至第二十二句，从仙境回到登山现实，感喟自己衰弱，怯于雄观，未敢探此奇幻境界。"短衣一匹马"，庆幸还能够跟随在友人的后面前行。最后四句，写饮酒赓诗，乐极而生友人南北分离之悲。洪力行《朱子可闻诗集》卷二认为："严沧浪云：'诗有别趣，非关理也。'如此篇游山，乃谓仙人唤我，咏雪更拟众真来翔，真无其理而有其趣，此先生集中最奇之作。"

游南岳风雪未已，决策登山，用敬夫春风楼韵

披风兰台宫，看雨百常观。安知此山云，对面隔霄汉。群阴
匝寰区，密云渺天畔。峨峨雪中山，心眼凄欲断。吾人爱奇赏，
递发临河叹。我知冱寒极，见晛今当泮。不须疑吾言，第请视明
旦。蜡屐得雁行，篮舆或鱼贯。

附 敬夫诗：

隆堂谨前规，杰阁耸奇观。凭栏俯江上，极目渺云汉。主人
沂上翁，顾肯吟泽畔。俯仰一喟然，冲融无间断。我来亦何幸，
屡此承晤叹。平生滞吝胸，一若层冰泮。继今两切切，保合勤旦
旦。万事尽纷纭，吾道一以贯。

[**解读**]

兰台：战国楚台名，传说在今湖北钟祥县东。宋玉《风赋》：
"楚襄王游于兰台之宫，宋玉、景差侍。"此借指临风之处。　百
常观：古代八尺为寻，两寻为常，则一常为十六尺；百常为一千
六百尺，此极言观之高峻。　临河叹：深叹，长叹。典出《史记·
孔子世家》："孔子不用于卫，将西见赵简子，至于河而闻窦鸣犊舜
华之死也，临河而叹曰：'美哉，水洋洋乎！丘之不济，此命也
夫！'"　冱寒：寒气凝结，谓极寒。　见晛：晛，日气。见晛，
见到日气，天晴日暖。　蜡屐：涂蜡的木屐。　泮：融解。泮
池，古代学宫前的水池，清代称考取秀才为入泮。此指融解。

前八句写衡山风雪不已情景：临风看雨中衡山高耸之宫观，
哪知此山之云，对面隔着霄汉，雨云不断涌来。群山阴气布满寰
区，密云连接渺远的天畔。面对峨峨雪中之山，登山受阻，我心
凄目欲断。后八句写下定决心，决策明日登山：正因为吾人爱赏

奇景，才会发此深叹。我知道寒气凝结到了极点，就会看见天晴日暖。不须怀疑我的话，但请视明天早上的天气状况。穿上打蜡的木屐像大雁那样排队前行，或坐着篮舆如鱼贯一般上山！由此可看出朱子一往无前的决绝气魄。

四库本此诗为第五十三题，置于《将下山有作》前。郭齐、尹波点校《朱熹集》置于《南岳倡酬集》卷端《十三日晨起霜晴，前言果验，再用敬夫定王台韵赋诗》前。

将下山有作

五日山行复下山，爱山不肯住山间。此心无著自长健，明岁秋高却往还。

附 敬夫诗：

芒鞋踏破万重山，五日淹留在此间。行客归来山下望，却疑身自九天还。

[**解读**]

郭齐、尹波点校《朱熹集》之《南岳倡酬集》无此诗。

"五日山行复下山"，交代行程。"爱山不肯住山间"揭示一般人的逻辑思维：爱山之美，但不想当隐士，即不肯"住山"，只是"游山"而已。"此心无著自长健"，此句为转捩处，谓此心无执念，此身自长健。"明岁秋高却往还"，透露对衡山还是有依恋的感情。

十六日下山，各赋二篇，以纪时事云

绝顶来还晚，寒窗睡达明。连床渺归思，三宿怅余情。云合山无路，风回雪有声。岳祇珍重意，只此是将迎。

附 敬夫诗：

归袂随云起，篮舆趁雪明。山僧苦留客，世故却关情。小倚枯藤杖，聊听绝涧声。如何山下客，一笑已来迎。

[**解读**]

首联写来绝顶太晚了，未能完全领略其美景，在寒意中每晚都能熟睡到天明。颔联写三人连床而睡归思渺，在山上过了三宿，余情尚怅。颈联回应其所怅，写"云合山无路，风回雪有声"，气候变化了。尾联写大雾大雪，这是衡岳的神灵有意在挽留我们吧。表现下山前与衡岳、与友人依依难舍的感情。敬夫诗写山僧苦留，但世故关情。分别将至，再倚杖听一听绝涧的声响吧。想象山下之客，已来笑迎我们。没有朱子那样的惆怅，情感平和、调子轻快。

又和敬夫韵

蜡屐风烟随处别，下山人事一番新。世间不但山中好，今日方知此意真。

附 敬夫诗：

青山不老千年在，白发如丝两鬓新。历尽高山数万里，未知何路是为真。

[**解读**]

第一句写风烟里穿蜡屐，随处与衡山告别。第二句写下山后感觉人与事别有一番新意。三、四句议论，谓"世间不但山中好，今日方知此意真"，表达对人间的热爱。郭齐《朱熹诗词编年笺注》："此篇下山后作。朱熹在岳市会见胡氏诸人及湘中学子，受到热情接待，诗中反映出其舒畅心情。"

登山回和择之韵

仰止平生事，今年得到来。举头天一握，倚杖雪千堆。讲道心如渴，哦诗思涌雷。出山遗语在，归骑莫徘徊。

附 敬夫诗：

旧说峰头寺，真成杖屦来。却寻泥路滑，更喜野云堆。寒积三冬雪，阳生九地雷。城中几亲友，为说看山回。

[解读]

此篇亦下山后作。首联云今年有机会前来衡山一游，得偿平生仰止之事。颔联写衡山风光：举头而望，天只有一拳头大小；倚杖，身边雪千堆。写得真实、生动而有气魄。颈联表示对事业与创作的追求："讲道心如渴，哦诗思涌雷。"尾联写"出山遗语在，归骑莫徘徊"。

此为四库本《南岳倡酬集》最末一首诗。《朱熹集》以《二诗奉酬敬夫赠言，并以为别》，为《南岳倡酬集》最末一首诗。

（二）《东归乱稿》

游罢南岳，乾道三年（1167）十一月二十三日，朱熹、林用中告别张栻，踏上东归之路。"道涂次舍，舆马杖履之间，专以讲论问辨为事","以见吾党直谅多闻之益,不以游谈宴乐而废""而间隙之时,感时触物,又有不能无言者,则亦未免以诗发之"。与林用中、范念德一路唱酬,共计200多篇,集为《东归乱稿》。

《东归乱稿》序

　　始,予与择之陪敬夫为南山之游,穷幽选胜,相与咏而赋之。四五日间,得凡百四十余首。既而自咎曰:"此亦足以为荒矣。"则又推数引义,更相箴戒者久之。其事见于《倡酬》前后序篇,亦已详矣。自与敬夫别,遂偕伯崇、择之东来。道涂次舍、舆马杖屦之间,专以讲论问辨为事,盖已不暇于为诗,而间隙之时,感事触物,又有不能无言者,则亦未免以诗发之,盖自楮州历宜春,泛清江,泊豫章,涉饶、信之境,缭绕数千百里,首尾二十八日,然后至于崇安。始尽肷其橐,掇拾乱稿,才得二百余篇。取而读之,虽不能当义理、中音节,然视其间,则交规自警之词愈为多焉。斯亦吾人所欲朝夕见而不忘者,以故不复毁弃,姑序而存之,以见吾党直谅多闻之益,不以游谈燕乐而废。至其时或发于一偏,不能一出于正者,亦皆存而不削,庶乎后日观之,有以惕然自省而思所以改焉。是则此稿之存,亦未可以为无益而略之也。若夫江山景物之奇,阴晴朝暮之变,幽深杰异,千态万状,则虽所谓二百篇犹有所不能形容其仿佛,此固不得而记云。

　　　　　　乾道丁亥冬十二月二十有一日,新安朱熹序

读林择之二诗有感

笋舆随望入寒烟，每诵君诗辄黯然。今夜定知连榻梦，一时飞堕锡山前。

竹舆傲兀听呕哑，合眼归心已到家。游子上堂慈母笑，岂知行李尚天涯！

[解读]

第一首前二句写坐着笋舆随望进入寒烟之中，每诵择之的诗作辄黯然有感。后二句写定知今夜连榻倾谈，酣然做梦，一时间飞堕在长沙东南三里的锡山前。意为梦寐难忘长沙之行。第二首前二句写端坐竹舆，听着抬动它时发出的呕哑之声，一合眼，迷离间归心已先到家。后二句先写到家情景：游子上堂拜见慈母，慈母脸露笑容。诗意转折：岂知行李尚天涯！未免失望。二诗反映朱子东归途中思家念亲的心情。

马上赠林择之

与君归思渺悠哉，马上看山首共回。认取山中奇绝处，他年无事要重来。

[解读]

朱熹与门生范念德、林择之策马踏上归途，三人归思急切而悠远。第一句写心理活动。三人又舍不得就此离开衡山湘水，不约而同地回首看山。第二句刻画依依不舍的动作。三、四句嘱咐范念德、林择之"认取山中奇绝处，他年无事要重来"，表明对衡山的热爱。

择之所和生字韵，语极警切，次韵谢之，兼呈伯崇

不是讥诃语太轻，题诗只要警流情。烦君属和增危惕，虎尾春冰寄此生。

[解读]

讥诃：亦作"讥呵"，讥责非难；稽查盘问。　流情：流俗之情。　虎尾春冰：比喻极其危险的境地。《尚书·君牙》："心之忧危，若蹈虎尾，涉于春冰。"《尚书孔传》："虎尾畏噬，春冰畏陷，危惧之甚。"

前二句言不是讥诃，是话语的分量太轻，题诗只是要你警惕流俗之情。后二句谓麻烦你和诗是要你增强面对危险的警惕性，我们是要在虎尾、春冰这样危险的境地寄托这一辈子的。这既是对门徒的训示，也是对自己的警示。

再答择之

兢惕如君不自轻，世纷何处得关情？也应妙敬无穷意，雪未消时草已生。

[解读]

前二句赞择之时加戒慎，不自轻贱；世情纷纷何处要关心重视？施一设问，自问自答。后二句认为，也应当发挥出"敬"的

精妙之无穷意味。程颐曰："涵养须用敬，进学则在致知。"也就是说，修身养性要时刻警惧，防微杜渐。雪未消时草已生，要注意事物的苗头。此诗既为训人，亦为自警。

次择之韵，聊纪秦事

不知四海已扬汤，舞殿歌台乐未央。五帝威神等牛马，六王子女尽嫔嫱。仙心久已攀姑射，辩口从教泣华阳。行客讵明千古意？虚疑霞佩响琳琅。

[解读]

四海已扬汤：指秦始皇不知海内鼎沸、乱象丛生，天下将发生巨大变化，依然舞殿歌台乐未央。 五帝六王：五帝六王乃互文，指战国之齐、楚、燕、韩、魏、赵六国之君。 姑射：传说中的仙山。 辩口：能言善辩之口，指当时主张合纵抗秦的苏秦等人。 华阳：华山之阳。武王灭商大定天下后，归马于华山之阳，表示从此息兵止战。 行客：指世人。 霞佩：仙人的饰物。 琳琅：指仙界。

首联云天下已乱，唯秦皇不知，依然沉溺于声色歌舞之中，无休无尽。颔联谓秦始皇将五国君王的威神等同于牛马，六王的子女全当作嫔嫱奴才。颈联写秦始皇热衷仙道，其心久已攀附姑射仙山，派徐福等人入海求长生不死之药，使那些能言善辩之士哭泣于华山之阳。尾联指出世人哪能明白天下兴亡的道理，只会虚疑霞佩在神仙世界叮当作响。此诗主题看法严重分歧：郭齐《朱熹诗词编年笺注》认为："此篇咏史，歌颂了秦灭六国的历史功绩，写出了秦始皇一统天下的恢宏气势。"胡迎建《朱熹诗词研究》："窃以为未必然，相反，此诗对秦始皇是持鞭挞态度的。"

次韵择之听话

语道深惭话一场，感君亲切为宣扬。更将充扩随钩索，意味从今积渐长。

［**解读**］

前二句写听择之一席话，我深感惭愧，感觉到你准确贴切的发挥。后二句写如何将内心体验与读书讲论结合起来：要将仁义礼智此四端扩而充之，要在经籍整理研究方面钩索探求，二者要相结合，这样日积月累，事理意味便能逐渐生长。

奉答择之四诗，意到即书不及，次韵

为闵人疲上马行，此时消息尽分明。更怜跣足无衣苦，充此直教天下平。

君看灞桥风雪中，南来北去莽何穷？想应亦有还家客，便尔讥诃恐未公。

东头不见西头是，南畔唯嫌北畔非。多谢圣门传大学，直将絜矩露天机。

安肆真同鸩毒科，君言虽苦未伤和。解嘲却是生回互，政恐纷纷事转多。

[解读]

第一首写为怜悯人疲劳，遂上马而行，此时事物的端倪已经很清晰了；更可怜赤脚无衣的痛苦，把这种同情扩充开来，能够教天下太平。表现出朱子的人道主义思想。第二首写灞桥风雪中，南来北往人流莽莽撞撞，何时能穷尽？想想其中应该也有回家之客，那么，就这样讥笑他们恐怕是不公平的。表现出朱子有全面公平看待事物的科学态度。第三首前二句引用民间俗语揭示事物有两面性，后二句写多谢圣门传授《礼记·大学》，直将"絜矩"的天机真理显露出来。絜，度量；矩，画方形的用具。儒家以此象征人际关系中推己及物、不偏不倚、一视同仁的道德规范。依此，天下平矣。第四首写安乐放纵，真同鸩毒一样。传说鸩为毒鸟，以其羽浸酒，饮之立死。你的话虽苦涩却未伤中和。解嘲却是生回互，正恐纷纷事转多。四首诗对不同的问题分别阐明看法。

答择之

长言三复尽温纯，妙处知君又日新。我亦平生伤褊迫，期君苦口却谆谆。

[解读]

这是对林择之三次进言的答复。前二句赞扬其三次长篇发言态度、语气都很温婉纯洁，知道你钻研学问获得妙处日日新鲜。后二句检讨自己，我这辈子受到褊急、急迫的损害，期望你继续苦口规劝，谆谆不辍。

次韵择之见路傍乱草有感

世间无处不阳春，道路何曾困得人？若向此中生厌斁，不知何处可安身。

[解读]

此诗用反问的句式，阐述应当如何做人的问题："世间无处不阳春，道路何曾困得人？"做人当不为境遇所困，随遇而安，如野草不择地而生那样。从反面说，若向此中产生厌败之情，那就不知何处可安身立命了。因物言理，颇为深刻。

同林择之、范伯崇归自湖南，袁州道中多奇峰秀木怪石清泉，请人赋一篇

我行宜春野，四顾多奇山。攒峦不可数，峭绝谁能攀？上有青葱木，下有清泠湾。更怜湾头石，一一神所剜。众目共遗弃，千秋保坚顽。我独抱孤赏，喟然起长叹！

[解读]

全诗写我行宜春山野所见所感。头四句写山"四顾多奇山"，何奇？山峦攒集，不可胜数，且高峻难攀。五、六句写树：青葱树木长于上，下临清水湾，可谓山清水秀。以上描写都在为推出顽石作准备。七至十句写更应怜惜那些湾头石，每一块都是天神所雕刻。它在众人眼中遭遗弃，但千秋万代却葆有坚硬、顽强。末二句宣称我孤高自傲，见此顽石，喟然起长叹！触物比兴，叹坚顽得全僻境，更以顽石自比，谱了一曲顽石赞叹调。

分宜晚泊江亭，望南山之胜绝，江往游将还，而舟子不至，择之刺船径渡呼之，予与伯崇伫立以俟，因得二绝

寒水粼粼受晚风，轻舠来往思无穷。何妨也向溪南去，徙倚空林暮霭中。

一棹翩然唤不回，两筇江畔久徘徊。早知君有如神技，同下中流亦快哉！

[解读]

到了分宜县境，拟晚泊江亭，望南山之胜景，渡江一游可往返，但撑船人没来，择之点开小船直接渡江去呼叫他，朱子与伯崇伫立以等待。面对此情此景，朱子忍不住吟诗二首。第一首前二句写"寒水粼粼受晚风"，看江中轻舟来往，引发无穷遐思。后二句写何妨也向溪南去游览，移步倚靠在空林暮霭之中。诗人刚从衡山回来，依然向往自然、喜爱自然。第二首前二句写择之一棹翩然而去唤不回，我与伯崇两人拄着拐杖在江畔久久等候、徘徊。后二句写早知道择之你有如此神技，那我们一同下船泛舟中流亦痛快哉！表达的意愿仍是亲近山水，喜好自然。

道间厌苦泥淖，思亟还家安坐讲习，用择之韵呈二贤友

客路泥涂正所忧，可堪云物更油油！向来结友轻千里，此去还家且一丘。妙处自应从我得，躬行肯使叹吾犹？两贤定许相提挈，厚意何胜杂佩酬。

[解读]

油油：阴云密布貌。　吾犹：《论语·述而》："文，莫吾犹人也。躬行君子，则吾未之有得。"朱熹《四书集注》："犹人，言不能过人，而尚可以及人。"

这是在路途困顿，极为想家，安坐讲习之际所写之诗。首联写"客路泥涂正所忧"，可堪阴云密布！颔联写向来结交朋友不在乎千里之遥，此去还家只隔一座山。表达急切回家的心情。颈联写妙处自应从我得到，躬行肯叹息：吾不能过人，而犹可以及人？（我不能超过别人，但还可以达到别人的水平）乃自谦之词，但亦透露己有所短，当学别人之所长的意思。尾联直接点明：伯崇、择之两位贤人定会在学术上提挈、帮助我，你们的厚意胜于夹杂玉佩酬谢。伯崇、择之都是朱熹的学生，朱子对他们如此推重，除了他们学有所成外，朱子治学的虚怀若谷由此可窥一斑。

再和油字韵

楚山黄落正离忧，喜见寒杉卷碧油。倦客今年真白发，羽人何日定丹丘？奇兵捷出吾当避，狭路争先子不犹。个里竟能无一语，应惭二鸟起相酬。

[解读]

羽人：传说中的飞仙。　丹丘：羽人所居之处。　不犹：不犹豫。　二鸟：举韩愈《感二鸟赋》，应指白乌鸦与白鸲鹆。

此篇为上篇的继续。首联写楚山黄叶纷纷落下，我们正沉浸在离忧之中，却喜见耐寒的杉树翻卷起油油的碧绿。颔联写我们这些羁旅倦客今年真是白发人，传说中的飞仙羽人何时定居在丹丘？把羁旅倦客与定居丹丘的飞仙作比较，意在以后者反衬前者，突出我们之辛劳。颈联转折诗意，谈论人生哲理：奇兵捷出吾当避，狭路争先你们不要犹豫。尾联感慨无知无识的鸟蒙皇恩受宠幸，而有才德的人却被疏离，人与鸟比，深感惭愧，起身向你们致谢。

次韵择之怀张敬夫

往时联骑向衡山，同赋新诗各据鞍。此夜相思一杯酒，回头犹记雪漫漫。

[解读]

此篇次择之韵，怀念张栻。前二句回忆同游衡岳的情景。第三句写"此夜相思一杯酒"。第四句写"回头犹记雪漫漫"。可见南岳的雪景给朱子留下深刻印象。

次韵择之发临江

千里烟波一叶舟，三年已是两经由。今宵又过丰城县，依旧长江直北流。

[解读]

前二句写当下行程：从临江出发，"千里烟波一叶舟"，三年已是两次经由此处了。后二句预计今晚行程"今宵又过丰城县"，依旧是赣江直北，流入长江。水路行舟的迅疾，配以轻快的节奏，显示出朱子似箭的归心与畅快的感情。

次韵择之漫成

落日晴江更远山，远山犹在有无间。不须极目伤怀抱，且看渔船近往还。

[解读]

《朱子可闻诗集》卷五评此诗曰："此临江望乡之作。起言山远在江之外，故乡又远在山之外。第三句反点伤怀。四句语松而意紧，言渔人却往还而不远也，与杜诗'信宿渔人还泛泛'同一借物形己法。"郭齐《朱熹诗词编年笺注》卷五下："此篇借景言理，谓治学切忌谈玄说妙，好高骛远，而当切问近思，注重日常修养。"愚以为，此诗仅写诗人面对落日晴江、似有若无之远山、近处往返渔舟产生的一时感触。"不须极目伤怀抱"，且看眼前之风光吧。微言深意，乃诗评家的想象发挥。这说明，读诗，读者是可以掺入主观意识的，甚至可以误读。误读，别有一番情趣。

次韵择之，将近丰城有作

老矣身如万斛舟，长风破浪若为收。江山若有逢迎意，到处何妨为少留。

[解读]

首句将老矣之身比作运载万斛（十斗为一斛）的巨船。次句言此巨船乘风破浪怎样才能停止。后二句回答这个问题：江山若有逢迎之意，何妨到处为之稍作逗留。表明自然山水对朱熹有深深的吸引力。正如郭齐所言："抒发了作者的阳刚豪迈之情。"

（《朱熹诗词编年笺注》卷五下）

舟中见新月，伯崇、择之二友皆已醉卧，以此戏之

舟中见新月，烟浪不胜寒。与问醉眠客，岂知行路难。残阳犹水面，孤雁更云端。篷底今宵意，天边芳岁阑。

[解读]

归途舟中，师生三人畅饮，范念德、林择之酩酊大醉，朱熹仰望新月初升，在烟浪中似经不起寒意；近视门生醉卧酣睡，感慨遽生，他不禁要问：你们岂知人生之路难行吗？眼前之景是：残阳犹铺水面，波光粼粼，孤雁更在云端飞翔。虽美好，却有几分凄清、孤寂。他深感今晚船舱中的深情厚谊，已难赓续，分别在即，美好的岁月时光将尽矣。行路难之感叹，今宵意之难续，勾画出朱熹酒后难眠的复杂心理。

次韵择之舟中有作二首

一江烟水浩漫漫，昨夜扁舟寄此间。共向船头望南北，不知何处是家山？

一席三人抵项眠，心知篷外水如天。起来却怪天如水，月落乌啼浦树边。

[解读]

写归途船上生活情景。第一首前二句写扁舟昨夜航行于一江

烟水浩漫漫中。后二句写三人共向船头望南北，却不知何处是家山？思乡也。第二首前二句写"一席三人抵项眠"的情况和"心知篷外水如天"的共同心理活动。后二句写起来看江景：从水如天到天如水，经历了天将黑到天将晓的时间，描画不同时间水天一色的微妙区别，细致生动。"月落乌啼浦树边"的景物描写，增添了几分乡愁。

次韵择之进贤道中漫成五首

白酒频斟当啜茶，何妨一醉野人家。据鞍又向冈头望，落日天风雁字斜。

笑指斜阳天外山，无端长作翠眉攒。岂知男子桑蓬志，万里东西不作难。

夜宿林冈月满川，归期屈指正茫然。也知地脉无赢缩，只把阴晴更问天。

谁作窗间拥鼻声，更哦乐府短歌行？从教永夜清无寐，只恐晨鸡不肯鸣。

日暮重冈上，人劳马亦饥。不妨随野雀，容易宿寒枝。

[解读]

此组诗写进贤道中所见所思所感。第一首写喝酒当饮茶、一醉人家、据鞍回望、落日雁斜。此乃写景之作，反映行进途中情景，为以下四首借景抒情、言志铺垫。第二首将斜阳天外山，比作翠眉攒，作者对之"笑指"，表现出豪迈之气。宣示男儿四方之志，万里东西不作难，简直豪气冲天。第三首写夜宿林冈，归期茫然，知大地脉络无长短之别，只能问天明日阴或晴。关心天气，是旅人共同的心理。第四首写吟诗作赋，永夜无寐，盼望天明。诗人学者与普通旅客不同，吟哦诗词总伴随其旅途。以上四首为七绝，第五首乃五绝。表明朱熹编此组诗时以内容为据。第五首写"日暮重冈上，人劳马亦饥"，作者由此产生的想法出人意料。一般人会想赶快找家旅舍住下，但诗人不一样，他想的是"不妨随野雀，容易宿寒枝"。他愿宿寒枝，与民间保持密切联系，于无写处，挖掘出新意、深意。

次韵择之夜宿进贤客舍

白日照寒野，缅然千里平。驰晖一以没，浩荡惊飚生。露彩林表见，月华波上明。同行鲁狂士，忽发商歌声。洗耳金石奏，信知尘累轻。

[解读]

缅然：遥远貌。　驰晖：飞驰的日光。　露彩：五光十色的露水。　狂士：指志向高远、勇于进取之士。《孟子·尽心下》："孔子在陈，何思鲁之狂士？"　金石：指钟磬一类乐器。　尘累：佛教语，指烦恼、恶业的种种束缚；世俗事务的牵累。

据胡迎建《朱熹诗词研究》，朱熹一行到达南昌，游览了城中的东湖、城北的列岫亭、城中的上蓝寺、城西的滕王阁，均有诗。然后改乘船，经信江，溯流而上，过南昌城东南的进贤县，夜宿进贤客舍，作是诗。首联写白日原野之景：太阳光下，辽远的田野千里平坦。次联写黄昏之景：太阳一落山，惊风顿生，浩荡而过。三联写月夜之景：林表见露珠，月光明朗，在江波上闪亮。四联写狂士高歌：同行的狂士忽然唱起悲凉的歌声。尾联写听歌感想：洗净耳根，听取金石般的节奏，信知世俗牵累分量很轻。重锤落在"信知尘累轻"。思想上的解脱，感情上的奔放，一种超凡脱俗的境界。

次韵择之润陂有作

我行欲安适？莽莽穷山陂。晨装远林表，午憩通川湄。旷望想慈亲，行役嗟吾儿。喟然陟岵叹，归心浩无涯。晓霜徒御寒，暮雨朋俦悲。前期谅非远，无为苦愁思。

［解读］

川湄：河边。　陟岵：《诗经·魏风·陟岵》："陟彼岵兮，瞻望母兮。"　徒御：挽车御马的人。

开首设问：我此行想到哪里去？回答：到莽莽苍苍的穷山陂去。为下文悲情布下荒凉背景。三、四句写行程：早晨远离树林，中午在通往河边的地方歇息。五至八句写思亲情切：旷野远望，想念慈爱的母亲，母亲嗟叹行役中的吾儿。儿子喟然吟诵《诗经·陟岵》，思母情何深！归心浩无涯！写就想象中的母子心灵牵挂图。九、十句描写归途晓霜御寒，暮雨引友人悲伤。末二句安慰友人：前面落脚地不太远了，不必愁苦啦。

次韵择之金步喜见大江有作

江头四望远峰稠，江水中间自在流。并岸东行三百里，水源穷处即吾州。此江发源分水岭，故前诗有"楚水闽山喜接连"之句。

[解读]

船行将至闽赣交界之分水岭，林择之吟《喜见大江》。至金步，计程七日可到家。朱熹喜而作是诗和之。一、二句描写万山丛中，江水缓流的壮阔情景，三、四句回溯从长沙至此，并岸东行三百里，路途不可谓不远，此际，则喜见水源尽处即吾州福建了！喜悦之情溢于言表。末句为回应林择之"楚水闽山喜接连"之句而言之。

次韵择之余干道中

寒尽春生草又青，化工消息几曾停？因君一咏陵陂麦，恍忆侬家老圃亭。亭下予家种麦处也

[解读]

化工：指造物者。　消息：指消长、盈虚、盛衰等变化。

行至余干县道中，择之赋诗，朱子和之。一、二句写季节变化，"寒尽春生草又青"，指出：自然规律几曾停止？后二句因择之诗中有咏陵陂麦之句，引发朱子恍然忆起"予家老圃亭下"种麦地矣。朱子诗词 1200 多首，其中写得最多的是七言绝句，达 372 首。这首小诗，写得亲切自然，富有生活情趣。此类诗，多有此特色。

次韵择之过丫头岩

四面晴冈紫石崖，如何浑作白皑皑？须知暖入阴泉溜，不是寒封积雪堆。

[解读]

全诗由一设问句构成。"四面晴冈紫石崖"，怎么就变成白皑皑的呢？须知那是暖的阴泉水从上往下溜滑，"不是寒封积雪堆"。

次韵择之章岩

驱马倦长道，投鞭憩此岩。来应六鳌戴，迹是五丁劂。泉脉流青润，林稍拥碧巉。老禅深闭户，客子且征衫。

[解读]

舟行信江，至铅山河口镇改行陆路，游章岩。章岩：在铅山县信江北岸，河口镇西北。整个山体属丹霞地貌，岩洞呈半圆形，高为35米，最宽处约80米，最深处达50米。北宋宣和年间（1119—1125），章岩洞中开始塑佛建屋，称"章岩寺"，它躺卧在雄伟宏大的天然石窟中。铅山有两书院，鹅湖与章岩。南宋淳熙二年（1175）夏月，朱熹、吕祖谦、陆九龄、陆九渊等巨擘在鹅湖寺辩论，三年（1176）春，朱熹自婺源省亲扫墓后返程，途经铅山，曾在章岩寺讲学，时长半月有余，授业学子20多人。朱熹留下两首题咏章岩的诗作。其一为《章岩·在鹅湖西北》，其二为《次韵择之章岩》，朱熹曾亲笔手书"宣梵院"三个大字，今犹镌刻在岩洞正顶岩壁上。　六鳌：传说渤海之东，有五山互不相连，随波上下，天帝命禺疆使臣鳌十五更迭举首而戴，五山始峙。　五丁：传说中的五个力士，"天为蜀王生五丁力士，能献山"。（《艺文类聚》卷七引扬雄《蜀王本纪》）

首联写道行疲乏：陆路驱马长道行，身已疲倦，下马投鞭休憩此章岩。颔联写有关开辟章岩的传说故事：天帝派六鳌来此举首而戴成章岩，又派五丁来此劙削开辟而成道路。以此突显章岩的宏伟气势。颈联写章岩景色：一条泉脉流淌，滋润两旁青翠，林稍簇拥着碧绿的巉岩，愈见章岩之高峻。尾联以寺中老衲深闭门户淡定坐禅，反衬客子犹穿行装赶路的辛劳。

次二友石井之作三首

一窦阴风万斛泉，新秋曾此弄清涟。人言湛碧深无底，只恐潜通小有天。

联骑君登泉上亭，黄尘双眼想增明。篮舆独向溪南路，惆怅不成同队行。

泉嵌侧畔一川明，水石萦回更有情。闻说近来疏葺好，想应仍是旧溪声。

[解读]

二友当为范念德、林择之，他们陪同朱子离湘返闽，一路上吟咏不绝。石井者，大石头中有一泉眼，水声汩汩也。朱子读之，次其韵作此三首和之。诗作于乾道三年（1167）。第一首回应二友石井之作，描写石井特点，谓其一个洞，吹着阴凉的风，那里却有万斛的泉水，新秋时节在此漾起清清的涟漪。人说湛碧深无底，只怕它暗通道家所传洞府小有天。小有天，据说在今河南济源县西王屋山。杜甫《秦州杂诗》之十四："万古仇池穴，潜通小有天。"用传说给石井披上神秘的面纱，激发人们的想象。第二首描述三人行路情景：你们联骑登上泉上亭，想让那被黄尘遮蔽的双眼增加些明亮度。我坐篮舆独自向溪南路进发。身影孤单，心情惆怅不成行，忙与你们会合，同队结伴前进。暗示三人十分亲密，不可分离。第三首写在此泉眼侧畔，有一溪流，十分明丽，水石萦回更有情。听说近来疏葺状态良好，想应仍是旧时的溪声吧。三首诗围绕石井，或直接歌咏之，或登泉上亭，或听泉侧溪声，生动地反映了师生东归的情景与彼此间深挚的感情。

次韵择之铅山道中二首

几月高堂阙问安，归途不管上天难。诵君两叠思亲句，也信从来取友端。

行尽江湘万叠山，家山犹在有无间。明朝渐喜登闽岭，涧水分流响佩环。

[解读]

第一首前两句写几个月来高堂缺少我问安，归途即使有上天之难，我也不管、不怕。后两句写诵读择之君二首思亲的诗篇，我深信从来选择朋友以为人端正为原则是对的。既赞择之孝道，又言自己择友有眼光。第二首前两句写"行尽江湘万叠山，家山犹在有无间"。此为后两句张目：明朝渐喜登上闽岭了，连涧水分流的声响都如佩环叮当般悦耳动听。爱家乡，推而广之，爱闽山、爱闽水。

次韵择之发紫溪有作

明日振衣千仞冈，夜分起看月和霜。久知行路难如此，不用悲歌泪满裳。

[解读]

紫溪：即今紫溪镇，在赣闽交界的分水岭之北。前两句写明日将登上千仞高冈振衣，夜里起来看月与霜。月与霜，日常习见，为何要夜分起看？只因月是故乡明，透露对故乡的情与爱。后两句写早就知道行路难至如此，因而，不用悲歌泪满裳，换言之，应高兴、快乐，勇往直前。

次韵别林择之

暂时相别不须悲，楚调凄凉政尔为。几曲清溪足相送，一天明月岂曾离？上堂嘉庆多为问，缘道风光少赋诗。更谢同袍二三子，夜来幽梦满春池。

[解读]

入分水关，分别在即。择之吟诗，朱子和之。洪力行《朱子可闻诗集》卷四对此诗的评述十分透辟：起二句，一戒其不须依别为悲，一戒其不可为凄凉楚调。三、四申明首句，言尔今别后，几曲清溪，一天明月，我二人身虽隔而神自通，何必以暂别为念。五、六申明次句，却是一转一合，言上堂嘉庆，归家有许多天伦乐事，则道上之风光寂寞，岂可复为凄凉楚调乎。一结念及其兄弟，仍只收到择之诗上。

（三）其他

有怀南轩老兄呈伯崇、择之二友二首

忆昔秋风里，寻盟湘水傍。胜游朝挽袂，妙语夜连床。别去多遗恨，归来识大方。惟应微密处，犹欲细商量。

积雨芳菲暗，新晴始豁然。园林媚幽独，窗户惬清妍。晤语心何远，谓日与择之讲论 书题意未宣。谓数收伯崇近书 悬知今夜月，同梦舞雩边。

[解读]

此篇作于乾道四年戊子（1168）暮春三月。林择之于去年十二月与朱熹、张栻南岳酬唱后，随朱熹东归，一路吟咏不绝。归家，年后，又来见夫子，夫子日与讲论。

第一首首联写忆昔寻盟湘江畔。颔联写相处情景：清早出发胜游，手挽手，衣袂相牵；夜里，连床而卧，热烈交谈，妙语连珠。颈联写别后多遗恨，归来收获大，即能识理学之大略。尾联认为："惟应微密处，犹欲细商量。"由此可见，朱子治学，既重大局，又重细节，态度认真。第二首首联写连日雨，芳菲暗，天转晴，始豁然。颔联写新晴美景：园林妩媚幽静独特，窗明几惬意清妍。颈联回忆当年与择之日与讲论，心意何远，数收伯崇来信未及打开、回覆。尾联写三人异地同赏明月，同梦在雩台边载歌载舞。舞雩边，象征继承孔学的理学得到普及，获得胜利！

雪中与林择之、祝弟登刘园之宴坐岩，有怀南岳旧游，赋此呈择之属和，并寄敬夫兄

风雪集岁晏，掩关聊自休。今辰展遐眺，倚此寒岩幽。同云暗空室，皓彩迷林丘。崩奔小涧歊，飞舞增绸缪。仰看鸾鹤翔，俯视江汉流。乾坤有奇变，颒洞惊两眸。三酌不自温，倚杖空冥搜。悲歌动华薄，璀璨忽满裘。向来一杯酒，浩荡千里游。亦复有兹赏，微言寄清酬。解携今几许？光景逝不留。怀人眇山岳，省己纷愆尤。对此奇绝境，一欢生百忧。茫然发孤咏，远思谁能收？

[解读]

祝弟：即祝康国，字济之，朱熹内弟。　同云：《诗·小雅·信南山》："上天同云，雨雪雰雰。"《朱熹集传》："同云，云一色也。将雪之候如此。"因以为降雪之典。　皓彩：皎洁的月光。绸缪：紧密缠缚，连绵不断，出自《诗·豳风·鸱鸮》："迨天之未阴雨，彻彼桑土，绸缪牖户。"　颒洞：弥漫。　愆尤：过失。

乾道四年（1168），林用中秋试后又来潭溪见朱熹。朱熹与林、祝偕游屏山刘氏庄园宴坐岩，作是诗。"本篇叙写岁暮出游，雪中朗吟，怀人省己，一欢百忧的感慨，表现了朱熹时时萦绕于胸的治学紧迫感"。（郭齐《朱熹诗词编年笺注》第 522 页）首四

句写岁晏闭关，今晨出游，登宴坐岩。五至十二句写岩上所见风光：下雪，空房更显幽暗，雪花像皎洁的月光铺在林丘上，原先奔腾的溪涧停止了流动，雪花飞舞，连绵不断。仰望天空，峦鹤飞翔，俯视地面，江汉奔流。面对雪景，诗人感叹：天地有奇变，弥漫惊双眼。十三至二十四句边叙边议，即边看雪景，边生发感触：三酌，不必自我安慰；倚杖，巡视漠漠太空。悲歌震动花草丛生之处，璀璨的雪花忽然沾满衣裳，我向来一杯酒，浩荡千里游。也有过这样赏景，微言寄托清酬。自衡山分别后现今经过多少时间？那景象已逝，不会保留。怀念友人在那遥远的山岳，反省自我，纷纷寻找过错。末四句总结全诗，提出希望：对此奇绝境，一欢生百忧。茫然发此孤咏，如此深远的思虑，谁能够接受？这一警诫，凝聚了全诗的精华。此为五言古诗，朱熹写了300多首，学界有人认为，五古是朱熹最擅长的。

（以上诗辑自《朱熹集》卷五）

寄林择之

故人千里寄书来，三复尘襟顿豁开。劝我从容深燕养，莫将占毕苦沉埋。杖藜此日应同趣，挥麈何时得供陪？珍重相期俱努力，自惭殊未竭渊才。

[解读]

三复：犹言三遍。《新唐书·张巡传》：“读书不过三复，终身不忘。”谓反复诵读。　尘襟：世俗的胸襟、杂念。唐黄滔《寄友人山居》诗：“茫茫名利内，何以拂尘襟。”　燕养：保养。占毕：泛指诵读。　挥麈：挥动麈尾，泛指谈论。

乾道四年（1168）择之至崇安，朱熹处之馆舍，请教其子朱塾、朱埜。冬，择之返回古田。此篇即朱熹收到择之信后的答书。首联言故人千里寄书来，我多次阅读，世俗的胸襟顿时豁然开朗。次联概述择之来信要点：劝我从容深保养，不要辛苦沉埋于诵读。三联答应择之的劝慰，与之同趣，询问择之何时回来陪我谈论。尾联相期珍重，共同努力，自惭馆舍未尽其渊才达学。

送林择之还乡赴选三首

青骊去路欲駸駸，回首犹须话此心。一别便成三数月，有疑谁讲过谁箴？

门外槐花似欲黄，高堂应望促归装。个中自有超然处，肯学儿曹一例忙？

今朝握手送君归，马上薰风拂面吹。不用丁宁防曲学，寒窗久矣共心期。

[解读]

青骊：青马、黑马，此泛指马。　駸駸：马疾驰貌。　曲学：邪说，指非儒学正宗学说、言论。

乾道四年戊子（1168）朱熹39岁。六月，林择之离别朱熹回古田准备明春的省试。朱熹作此三首送之。第一首写择之离去赴考，将一别数月，感叹说：如有疑难，谁来讲论；如有过失，谁来指正。第二首写"门外槐花似欲黄"，点明送别时间，想象择之的父母应望促归装；认为择之胸中自有超然之处，肯学儿曹一样忙？第三首写送别情景"今朝握手送君归，马上薰风拂面吹"，不用我叮咛你防止与儒学正宗相违背的学说、言论，你寒窗苦读很久了，折桂蟾宫，是我们共同的期望。三首诗除表达惜别之情外，谆谆告诫择之善处功名，坚守儒学正传。

题林择之欣木亭

危亭俯清川，登览自晨暮。佳哉阳春节，看此隔溪树。连林争秀发，生意各呈露。大化本无言，此心谁与晤？真欢水菽外，一笑和乐孺。聊复共徜徉，殊形乃同趣。

[解读]

宋乾道三年（1167）八月一日，朱熹携林用中赴潭州拜访湖湘学派领袖人物张栻，九月八日与张栻会于长沙岳麓书院，开始两个月的讲学活动。朱、张广泛讨论儒家经典学说。十一月六日，张栻、朱熹、林用中自潭州渡湘水往游南岳衡山，三人一路作诗唱酬，集为《南岳倡酬集》。回闽后，朱熹想起旧游，于宋乾道四年（1168）三月，写诗给林用中："忆昔秋风里，寻盟湘水傍。胜游朝挽袂，妙语夜连床。别去多遗恨，归来识大方。惟应微密处，犹欲细商量。积雨芳菲暗，新晴始豁然。园林媚幽独，窗户惬清妍。晤语心何远，书题意未宣。悬知今夜月，同梦舞雩边。"林用中回到古田后，于宋乾道四年（1168）在故乡溪山书院旁另建欣木亭和草堂，在那里精研潜修，有时也设帐授徒，对朱子理学传播于古田，起了引领作用。欣木亭建成后，他写信给朱熹，讲述建亭地点、环境及其用意，求诗。朱熹率先凭借想象作诗《题林择之欣木亭》，此后张栻、林之奇、薛季宣等名家皆有和诗。庆元三年（1197）初，林用中等人侍陪朱熹避祸、讲学古田，朱熹才得以亲眼目睹欣木亭的风姿。

危亭：指耸立于高处的亭子。　大化：指大千世界所形成的，与生命心灵相契合的宇宙之气。　水菽：菽水，豆与水，指所食唯豆和水，形容生活清苦，常指晚辈对长辈的供养。成语菽水承欢，指身虽贫寒而尽心孝养父母。　聊复：聊复尔尔是一个成语，意思是姑且如此而已。　徜徉：彷徨，心神不宁；陶醉于某事物当中。

开头两句写欣木亭耸立于高处，俯看清清的流水，无论清晨，还是傍晚，人们都喜欢登临游览。这是总写。三至六句具体写从欣木亭看隔溪树木之景，美好的阳春时节，连片树林争着长出绿意，郁郁葱葱，各各呈露其勃勃生机。七、八句写大化本无言，此心与谁晤？这里包含着物与我、客体与主体的辩证关系。九、十句写林用中一家贫困，菽水承欢，生活虽然清苦，但笑着与孺子和睦而快乐地相处，精神生活还是很富足的。末两句总结全诗，姑且共同陶醉于欣木亭的美景之中，形态虽不一，志趣却相同。郭齐概括此诗主题曰："本篇言天地无心，以生物为心。观于阳春之木，当体此理，各遂真性，不负此生。"（《朱熹诗词编年笺注》第530页）可供参考。

择之诵所赋拟吕子进元宵诗，因用元韵二首

何处元宵好？山房入定僧。往来衣上月，明暗佛前灯。实际徒劳说，空华讵可凭？还教知此意，妙用一时兴。

何处元宵好？寒龛独寐人。月窗同皎皎，灯镜自尘尘。静鉴通天地，潜思妙鬼神。却怜迷路子，狂走闹城闉。

[**解读**]

吕子进：名希纯，寿州人，哲宗时累官至中书舍人，后入党籍。其元宵诗题作《元夕》有一联云："词臣侍宴诗能好，颖客披图事莫传。"　实际：此为佛教语，犹言实相，即"真如""法性"境界，指宇宙事物的真相或本然状态。　空华：佛教语，指隐现于病眼者视觉中的繁花状虚影。　静鉴：静心体察。　潜思：沉思、深思。　城闉：城内重门，泛指城市。

前首首联设问："何处元宵好？"答曰："山房入定僧。"二联写好在哪里？"往来衣上月，明暗佛前灯"，摒弃繁华热闹，尽享清净无为。三联发表评论：宇宙事物的真相予以戏论是徒然的，眼疾者视觉中虚幻的繁花影子，难道能作为凭据？还教你明白此意，妙用一时兴起，即无穷妙用也。第二首首联句法与前首首联同，二联意思与前首二联相近。元宵乃热闹场，翻出枯寂境界，胸中别有天地也。三联指出，静心体察可通天地，深思熟虑奇妙如鬼神。末联称狂走于城内闹元宵的人为"迷路子"，乃奔走于利途者，作者对其态度为一"怜"字。如此描写元宵，诗中罕见。

次韵择之梧竹二首并呈季通

竹坞深深处，檀栾绕舍青。暑风成惨淡，寒月助清泠。客去空尘榻，诗来拓采梣。此君同一笑，午梦顿能醒。

永日长梧下，清阴小院幽。自怜风袅袅，客赋雨浏浏。作别
今千里，相思欲九秋。更怜同社友，复此误淹留。

[解读]

竹坞：即寒泉坞。　檀栾：秀美貌，多形容竹。　惨淡：凄
清悲凉。　拓：开。　棂：窗户；栏杆上雕有花纹的格子。

据郭齐《朱熹诗词编年笺注》：作于乾道七年（1171），"此
篇答林用中，时用中有宁国府远役，蔡元定在朱熹舍中"。一说，
乾道九年（1173），林用中来朱熹处，初秋七月初，归古田，朱
熹作此诗送之。（束景南《朱熹年谱长编》卷上，华东师范大学
出版社 2001 年版，第 495 页）第一首首联写竹坞深处，秀美青
翠之竹环绕房舍。次联回忆择之在时，暑风显得凄清悲凉，秋寒
之月助竹坞清泠。三联写择之去后，灰尘铺满客房卧榻，择之诗
来我高兴地打开窗户。末联写"此君同一笑，午梦顿能醒"，赞
择之人格、学问都有魅力。第一首写"竹"，第二首写"梧"。首
联写梧下环境幽美。次联回忆与择之相处情景：我怜爱小院微风
袅袅，你吟咏雨声浏浏。三联写作别今相隔千里，要相思好几年
才能见面。尾联写同社诗友因此处清幽，而在此淹留，令人高
兴。抒发了对择之等社友的深挚感情和他们离去后的落寞情绪。

择之寄示深卿唱和乌石南湖佳句，辄次元韵三首

未识南湖景，遥欣二子游。赏心并胜日，妙语逼清秋。剩欲
携书卷，相将买钓舟。微吟归去晚，杜若满汀洲。

平湖渺空阔，积水暮生寒。但见绿千顷，不知深几竿。人间

元迫隘，世路足艰难。若了沧洲趣，无劳正眼看。

年来年去为谁忙？三伏炎蒸忽变凉。阅世谩劳心悁悁，怀人空得鬓苍苍。诗篇眼界何终极，道学心期未遽央。安得追寻二三子，舞雩风月共徜徉？

[解读]

深卿：即李泳，闽县人，从朱熹问学。　乌石山：在侯官县，南湖为山中一景。　悁悁：忧闷貌。　遽央：终尽。

乾道五年（1169），林师鲁卒，熹遣林用中祭之。秋，林用中偕友游乌石山南湖，之后，寄唱和诗给朱熹，朱熹次韵和之。第一首首联写自己未识南湖景，欣喜择之、深卿二子曾游览之。次联写他们赏心悦目于胜日，所咏诗篇妙语直逼清秋。三联写剩下的事是携带书卷，一起买船钓鱼去了。末联推想他们耽于微吟归去晚，只见汀洲长满了杜若花，对二子游乌石南湖并作唱和诗表示欣赏。第二首前四句描写南湖美景：浩渺而空阔，言其广；"积水暮生寒"，言其天气；"但见绿千顷"，言其绿；"不知深几竿"，言其深。这都是根据二子的唱和诗予以想象的。后四句对人生问题发表议论：朱子对人生的根本看法是"人间元迫隘，世路足艰难。批评深卿诗'市廛差可隐，未暇泛沧洲'，此两句便是个因循犹豫底意思"。（朱熹《与林择之》六）指出：如果了结了游沧洲的兴趣，那就不劳正眼去看他了。因此，这第二首"即针对深卿之诗而发"，进行了批评。（郭齐《朱熹诗词编年笺注》第535页）第三首首联提出人的一生为谁忙的问题，这是个社会领域的问题。三伏天忽变凉这是自然界反常的问题。两个都是难解的问题。颔联写阅世心常忧闷，怀人空得老去。颈联谓诗篇眼界没有终极，道学理想未有尽头。尾联表达心愿："安得追寻二三子，舞雩风月共徜徉？"全诗弥漫道学气象。

小诗奉送择之仁友赴漕台之招后篇，喜赵公之得士而不敢致私怨焉，然别怀黯然不能成章，亦足以见区区也二首

之子论交久，深衷两自知。提携方有赖，离索遽成悲。圣处应无致，书来肯见私？临分莫惆怅，努力共心期！

珍重东台老，英声旧所闻。能怀吐哺意，岂但枉书勤。得士看如许，持心定不群。愿言推此志，清浊见朋分。

[解读]

淳熙十年（1183），福建路安抚使赵若愚招致林用中入幕府，朱熹作此二诗送之。漕台，指福建转运司。赵公，指赵汝愚，他是宋宗室，累官至宰相，庆元党禁中被列为党魁后死于贬所。时以集英殿修撰知福州、福建路安抚使。朱熹与他交情深厚，曾写信举荐林择之。第一首首联写自己与择之论交已久，彼此了解对方的内心深处。颔联写正想得到你的提携帮助，离索遽然变成悲伤。颈联写进入圣人境地应无妨碍，书信寄来，岂肯私致怨？尾联写面临分别不要惆怅，努力完成共同的心愿。这一首主要是勉励择之积极进取。第二首主要是歌颂赵汝愚品德。东台老指赵汝愚。东台，指门下省，唐高宗时曾改门下省为东台，故称。赵汝愚曾任给事中，为门下省之要职。首联要择之珍重东台老，其英

声早有所闻。颔联写他怀有吐哺的诚意，传说周公"一沐三握发，一饭三吐哺，犹恐失天下之士"，后以"吐哺"为礼贤下士、求才若渴之典。他求贤若渴，岂止屈尊而屡次求贤信。颈联写他如许看重得到人才，秉持的心志定然不凡超群。尾联表示愿意推重这个志向，让清浊被我们一起分清楚。

择之贤友归途左顾示以四明酬唱，焕烂盈编，三复咏叹，想见聚游之乐，辄用黄山即事之韵，赋呈择之兼怀子重老兄、顺之贤友

十年身卧白云堆，已分黄尘断往回。不是幽人遗俗去，肯寻流水渡关来。三秋风月从头说，千里湖山觌面开。久欲过逢须一快，岂知劳结倍难裁！

[解读]

四明山在绍兴、明州之间。石𡐜淳熙元年（1174）尤溪任满，于淳熙四年（1177）归绍兴新昌，林用中不久赴浙中往见。秋七、八月间，丞相史浩荐石𡐜于朝廷，入朝除官，林用中遂离浙中而归，途经五夫，访朱熹。朱熹作此诗。咏林来访。

分：甘愿。　觌面：迎面。　劳结：劳碌之结，谓百务缠身。

首联写自己"十年身卧白云堆"，已愿与黄尘隔断往回。颔联谓你若不是因为清闲之人石𡐜被荐入朝，遗弃俗世，离开浙中，你肯走水路进入分水关来见我吗？这是种委婉的说法，意思是若石𡐜没入朝为官，你就会留在浙中，你就不会来五夫见我了。颈联写你们在四明山酬唱的诗篇灿烂非凡，这秋天三个月的聚游之

乐你从头对我说起，为我迎面打开了千里湖山的美景。尾联写我早就想要和你相逢，须来一场畅快的聚会，岂知百务缠身，令我倍加难于裁除。诗中有赞美，也有歉意。

夜闻择之诵师曾题画绝句，遐想高致，偶成小诗

一幅潇湘不易求，新诗谁遣送闲愁。遥知水远天长外，更有离骚极目秋。

[解读]

作于淳熙四年丁酉（1177），朱熹48岁。秋中，林用中自浙东归闽，特意去看望先生，有诗吟唱。写作背景与上一首同。这首咏其别离。　曾：疑当作"鲁"，指林师鲁。林师鲁，林芸斋的儿子，芸斋系朱熹父亲朱松在古田时结交的挚友。林师鲁是一位很有学问的人，林用中曾从学于他。林用中投入朱熹门下后，也把师鲁带到朱熹处。朱熹在给林师鲁的信中提到："去年择之不鄙过门……因扣其师友渊源所自，而得三人者焉，曰程深父，曰林熙之，而其一人则向所闻吾芸斋公之子也。"（《朱熹别集》卷六）朱熹十分看重林师鲁，称他"美才高志"。朱熹在给林用中的信中赞道："师鲁寄来论解数篇极佳，未暇细读，已觉尽有合商量处。"因朱熹与林师鲁多了一层父执关系，故对师鲁感情也特别深。朱熹曾应林师鲁之请，为其父林芸斋公的遗文写跋。林师鲁志长寿短，他病重时，朱熹"第闻师鲁遽不起疾，深为悲惋，美才高志，未克有成，既足深惜，而朋从零落，道学寡助，此尤深要忧也"。听到师鲁去世的消息，朱熹还为他写了一篇言辞十分悲切的祭文，专托林用中代为祭奠。

前二句肯定原画与题画诗的价值，谓一幅潇湘之画不易求得，林师鲁题画新诗送来闲愁？后二句写林用中在水远天长之外吟诵林师鲁题画绝句，"更有离骚极目秋"。潇湘图令人联想屈原的《离骚》，也表达了林用中远离故里的离愁。

次林扩之开善避暑韵二首

炎官虐焰遍山村，也到萧萧柳下门。水玉秋菰那可得？羡君行处午阴繁。

山斋几日旱尘昏，欲拂朱弦已惮烦。凉意感君持寄我，雨声花思满胸存。

[解读]

林允中（1141—1202），宇扩之，用中胞弟。乾道八年（1172）九月与用中一同向朱熹问学于崇安五夫紫阳楼，朱熹为之作字序。后又从学于寒泉精舍。二人时有书信往来和诗词唱酬。朱熹在与他人的书信中也多次赞扬扩之。在给林择之的信中说："得扩之朝夕议论，相助为多。幸甚！"（《朱熹集·卷四十三》）在另一封信中又说："扩之来此相处，极为益。其专志苦学，非流辈所及。但于展拓处终未甚满人意耳。"（《朱熹别集》卷六）既肯定其优点，又指出其欠缺。"扩之亦来，得数日游谈，少快幽郁之怀"。（《朱熹别集》卷六）林允中著有《草堂集》十五卷，翰林学士真德秀为之作序，惜已失传。

炎官：神话中的火神。 水玉：水晶的古称。 秋菰：多年生草本植物，其嫩茎基部即茭白。

第一首写火神虐焰遍山村，也到了萧萧柳下门。问水晶、秋菰哪里能得到？羡慕你避暑开善寺，行走之处树木繁茂，中午还很阴凉。第二首写山斋连日干旱，尘土飞扬，天昏沉沉的，我欲拂朱弦，已怕其麻烦，谓酷暑难耐，懒得弹琴。感谢你拿开善寺避暑的诗寄给我，也给我带来凉意，雨声、花思充满了心胸。

送林熙之诗五首

君行往返一千里，过我屏山山下村。浊酒寒灯静相对，论心直欲到忘言。

仁体难明君所疑，欲求直截转支离。圣言妙缊无穷意，涵泳从容只自知。

天理生生本不穷，要从知觉验流通。若知体用元无间，始笑前来说异同。

十年灯火与君同，谁道年来西复东。不学世情云雨手，从教人事马牛风。

古镜重磨要古方，眼明偏与日争光。明明直照吾家路，莫指并州作故乡。

[解读]

明万历版《古田县志》载："林大春，字熙之，朱文公门人也。尝题十六字云：'仲尼再思，曾子三省，予何人哉，敢不修警。'号糙斋,家世宗尚理学,临卒戒子弟不得用浮屠法,至今子孙犹以文行世。其家同邑林师鲁号芸公亦文公门人。"林大春去世后,其神位入古田县乡贤祠。

朱熹与林大春长期有书信、诗文往来,师生情谊深厚。诗中论交论道,感情至深。第二、三、五首,用诗的语言,向林大春表达圣贤之学奥妙无穷,要用心研讨、增加理性认识和实践的道理;同时告诉大春要自我磨砺,坚定信念,不入歧途。

第一首写林熙之往返千里,到屏山下小山村来拜访我。寒灯下我们安静地饮酒相对,谈心论志简直快要到忘言的地步。这就是所谓"心灵默契"吧?

第二首论仁。仁体,指仁之本体。难于明白仁之本体的定义,是你所疑之处。想要直截了当地揭示"仁"的本质含义是很难的,反而会转移为支离破碎的探讨。孔子《论语》的圣言妙蕴有无穷的意味,只有深入体会从容探索,才能逐渐理解,全面把握。

第三首论天理的特点,其理性把握与实践体验是统一的。天理生生不息,原本无穷无尽,要从知觉体验上使之流通。如果知道了"体"和"用"原无间隙,是融合统一的,没有无用之体,也没有无体之用,那么才会笑着前来与我讨论二者的异与同。

第四首叙情言志,谓十年灯火与君相共,切磋砥砺,谁道年来各奔东西,但我们坚守道德操守,不学世俗那些翻手为云覆手为雨的伎俩,从教人事与马牛无关系,不相干,风马牛不相及也。

第五首论存天理,明仁体,古镜要重磨,古训要刻苦学习,明明直直地照亮我儒家学习圣贤之路,莫指并州作故乡,要防止误入歧途。

此诗作于乾道四年（1168）。

彦集、圭父、择之同饮白云精舍，以醉酒饱德为韵，熹分得饱字，醉中走笔奉呈

奔趋名利场，祸福急相绞。夜窗一反侧，肤垢纷两爪。岂知亲朋集，晚食聊一饱。心期共悠悠，文字各稍稍。华烛既屡更，诗肠亦频搅。寒更尽渠深，孤讽宁至卯。

［解读］

彦集：朱熹妹夫刘子翔，刘韫之子。刘韫曾典二州，后隐居崇安县南，其五夫里旧居已赠朱熹，子翔于里中营造新别墅，以便随时来归。　圭父：刘圭甫，刘珪。

此诗作于乾道三年（1167）林择之从学朱子后至淳熙间朱子迁居建阳前。诗以议论开篇，揭示题旨：奔趋名利场，祸福急相纠缠、绞杀。理清名利与祸福的关系。三、四句具体描写奔趋名利者的心态与过失：为攫取名利绞尽脑汁，夜间辗转反侧。皮肤上的污垢沾满双手，比喻所做亏心事多。五、六句写作为平常人，亲友晚上相聚聊且吃一饱饭，何等安闲！以平常人与名利追逐者构成鲜明对照。回应题目，即与彦集、圭父、择之同饮白云精舍。七、八句写作者与择之等人诗中的共同心愿、理想，悠悠久长，只不过文字表达稍稍各异而已。九、十句写大家诗兴正浓，光亮的蜡烛已屡次更换，诗肠亦频频被搅动。末二句呼应开头，谓寒夜已更深，但孤讽热衷名利者的诗篇宁可写到天亮。郭齐《朱熹诗词编年笺注》归纳其主题为"嘲奔趋名利之悲，赞栖

身世外之乐",是准确的。《朱子可闻诗集》卷一谈及该诗押韵上的特点曰:"'爪'字、'稍'字、'卯'字押得如此奇妙,险韵自然,舍韩昌黎外,未易臻此化境。"有兴趣的读者不妨对旧体诗的押韵之妙做些探讨。

(以上诗辑自《朱熹集》卷六)

和林择之黄云之句,兼简同游诸兄

登览日云晏,归车眇重冈。天风振余旆,夕露沾我裳。数子情未厌,春山杳茫茫。还瞻长江白,迥眺飞云黄。当念尘中友,心期邈相望。无为跨鸿鹄,决起凌青苍。

[解读]

淳熙八年(1181),朱熹52岁。他于南康任上开仓赈灾,广被传颂;闰三月二十七日,罢郡出城,二十九日,偕林择之、王光朝、余偶、黄榦等登庐山黄云观,作是诗和择之。

诗从游观后即将归来写起。头四句写游罢将归情景:登览黄云观后,天色已晚,归车从渺远的重重山冈回来。天风振起剩下的旗幡,夕露沾上我的衣裳。中四句写数友游兴未尽,依然看山、看水、看云,流连忘返。末四句期望众友人、门生,心期邈相望,跨鸿鹄,冲云天。

山北纪行十二章,章八句

祗役庐山阳,矫首庐山阴。云峰不可觌,碧涧何由寻?昨朝解印章,结友同窥临。尽彼岩壑胜,满兹仁知心。予以闰月二十七日罢郡，是夕出城，宿罗汉。二十八日宿白鹿，二十九日登黄云观，度三峡，窥玉渊，憩西涧，饮西原，宿卧龙。四月一日过开先，宿归宗。二日浴汤泉，入康王谷，观水帘，宿景德观。三日与清江刘清之子澄、永嘉张扬卿清叟、寻阳王阮南卿、周颐龟父、长乐林用中择之、洛阳赵希汉南纪、会稽陈祖永庆长、武当祁真卿师忠、温陵吴兼善仲达、庐陵许子春景阳、新安胡荦尹仲、建安王朝春卿、长乐余偶占之、陈士直彦忠、黄斡季直、临淮张彦先致远、会稽僧志南明老俱行。

窥临事若何？请从圆通说。逶迤山门路，悄蒨修篁列。溪仍侯家名，屋是屡王设。何救黍离歌？喟焉伤覆辙。圆通寺地名侯溪，本侯氏所居，李后主取以为寺。无它奇，但门径竹木深茂可观耳。

行逢石门雨，解骖寒涧东。朝跻锦绣谷，俯仰春冥濛。悬泉忽淙琤，杂树纷青红。屡憩小亭古，幽探思无穷。石门涧正在天池山下，有小庵三四。是夕宿所谓广福庵者。来日登山，道锦绣谷，再过小桥。桥皆有亭，上又有亭基二、小亭一。

竦身长林端，策足层崖表。仰瞻空界阔，俯叹尘寰小。天池西嵌鍪，佛手东窈窕。杖屦往复来，凭轩瞰归鸟。尽锦绣谷，登山稍高，无复林木，坡陀而上，至天池院，在小峰绝顶，乃有石池，泉水不竭。东过佛手岩，石室嵌空，中有井泉，僧缘崖结架以居。下临锦绣谷，又有石榻，名远公讲经台。

斯须暮云合，白日无余晖。金波从地涌，宝焰穿林飞。僧言自雄夸，俗骇无因依。安知本地灵，发见随天机。天地院西数步，有小佛阁，下临绝壑，是游人清灯处。僧云灯非祷不见，是日不祷而光景明灭，顷刻异状。诸生或疑其妄，予谓僧言则妄，而此光不可诬。岂地气之盛而然耶？

深寻两林间，清波贯华屋，莲社有遗踪，草堂非旧筑。修廊余故刻，好丑杂珉玉。亦复记经行，深惭后人读。五日下山，至东、西林两寺，相去不百步。一溪清驶，横贯其间，皆自方丈前廊庑下过，他处所无有也。白莲池在东林法堂前，白公草堂基在寺东，久废。近岁复创数椽，制殊狭陋，然亦非其正处矣。是日题名，属寺僧刻于咸通庄田记石。

行轩复东鹜，祠城当晚游。胡然冠盖集，不尽心期幽。夜厌百谷喧，且失千峰稠。出门有遗恨，回首空绸缪。晚至太平兴国宫，唐九天使者祠也。江州教授翁名卿载酒肴与乡人游应和、欧景文及其诸生二十余人皆至。

山水诚乃奇，云谁究终始？昙远亦何人？神君岂其鬼？东西安采获，诬谄共恢诡。百世踵谬讹，彝伦日颓圮。东林慧远杂取孔、老之言以附佛学，尝著《沙门不敬王者论》。唐明皇自言亲见使者降于殿庭，因立此宫，而群臣造为妖妄以迎合者甚众。本朝仍赐宫额、神号，置提举官云。

以兹游览富，翻令怀抱伤。谁哉可告语？举俗昏且狂。乾坤有真心，日月垂休光。茫茫宇宙内，此柄孰主张？

北度石塘桥，西访濂溪宅。乔木无遗珠，虚堂唯四壁。竦瞻德容晬，跪荐寒流碧。幸矣有斯人，浑沦再开辟。

平生劳仰止，今日登此堂。愿以图像意，质之巾几傍。先生寂无言，贱子涕泗滂。神听傥不遗，惠我思无疆。六日，拜濂溪先生书堂遗像，子澄请为诸人说《太极图》义。先生之曾孙正卿、彦卿，玄孙涛为设食于光风霁月之亭。

明晨江矶寺，尊酒聊对设。孰是十日游，遽成千里别！英僚树嘉政，素友厉孤节。努力莫相忘，清宵共明月！七日，薛洪持志、王仲杰之才携酒自南康来。饮罢，与张、陈、赵、南还军。子澄、许、张归庐陵，南卿、龟父还家，择之之湖南，予与王、余、陈、黄东度湖口而归。

[解读]

宋淳熙六年己亥（1179），朱熹50岁，三月三十日，赴任至江西南康，交接郡事。四月，首布榜牒，下教三条，以养民力，敦风俗，砥士风；整顿军学，立濂溪周敦颐祠于学宫，以二程配祀，又立五贤祠；六月，捐俸钱作卧龙庵，祀诸葛武侯；以劄奏乞减星子县税钱。翌年，三月，白鹿洞书院建成，自任洞主，定白鹿洞书院学规。八年，朱熹52岁，二月，陆九渊来访，邀至白鹿洞书院讲论"君子小人喻义利"章。朱熹在南康通过讲学、交游、唱酬，以其"平淡自然"的诗学追求严重冲击了江西诗派的奇峭雕镂，又以其对理学的探索，吸引了闽、浙、赣、皖的众多学子像朝圣似地纷纷负笈南康，其高弟蔡元定、黄榦、林用中等都围绕在他的身旁，古田人余偶、林夔孙也厕身其中。朱熹亲往讲论，并让黄榦、林用中、余偶等充当讲师，在白鹿洞书院讲学，刮起了一股宣扬理学的旋风。闰三月二十七日罢郡东归，带着友人、士子，乃至会稽僧志南作庐山十日游，作长诗《山北纪行》。

此次游庐山，从山的东南麓绕到山的西北面登山，再沿山的西北小道下山，这是朱子最后一次游庐山之南，首次游庐山之北。这是朱熹诗集中篇幅最长的一首诗。长诗由 12 首诗和若干自注组成，每首有相对独立性，但又从不同的时间、地点、角度表现登山的经历与感受，十二章成一章也。第一章"尽彼岩壑胜，满兹仁知心"是全篇之纲。

祇役：是役，这次行役。　觌：见。　窥临：指游览。　悄蒨：草茂境静。　孱王：懦弱的君王。此指南唐后主李煜。　黍离：《诗经·王风》篇名。东周大夫出行至旧都镐京（今陕西长安县韦曲乡西北），见宗庙宫室毁坏，伤感而作此诗。此借指李后主事。　跻：升，登。　策足：骑马代步行进。　嶔崟：山高貌。　佛手：即佛手岩，今仙人洞。　斯须：须臾、片刻。　金波：谓月光。　宝焰：即灯，野灯，俗称鬼火，即磷火。　莲社：指东晋高僧慧远与慧永等18人于庐山东林寺所结白莲社。　珉：一种似玉而非玉的石。喻丑劣，多用作谦辞。　白公草堂：指唐元和十一年（816）白居易贬江州司马时所建草堂。　咸通：唐懿宗年号。　祠城：祀神之处。　冠盖：官员的礼帽和车盖，代指仕宦者。　昙远：昙，指昙鸾，后魏五台山高僧；远，指东晋高僧慧远。一说，昙远即慧远。　神君：神灵、神仙。　诬诡：虚妄荒诞。　踵：追随。　彝伦：常理、常道。　休光：光华，比喻美德功业。　柄：权力，此指历史变迁规律。　濂溪宅：在庐山北莲花峰下小溪旁，为周敦颐讲学之所。朱熹于六日到此拜濂溪先生书堂遗像。　睟：润泽貌。　浑沦：犹囫囵，此指旧有的轮廓。　图像：指周敦颐所作《太极图》及《太极图说》。朱熹有《太极图说解》。　巾几：巾与几案，泛指日常起居用品。湖口：县名，即今江西湖口县。

第一章，交代先南后北的登山路线，罢郡出城结友游山的背景，举起"尽彼岩壑胜，满兹仁知心"的全篇总纲。纲举目张，以下各章缘此总纲展开描述、议论。

第二章，游览之事，从圆通寺说起。记叙圆通寺由来，描写其周围景色，因屋是屠王设，引出亡国之君南唐李后主，感喟他面对《离黍》悲歌的历史，却重蹈覆辙。

第三章，描绘锦绣谷景致，诗人游兴正浓，"幽探思无穷"。

第四章，诗人游罢锦绣谷，西登天池峰。东攀佛手岩，深感仰瞻空界阔，俯叹尘寰小。

第五章，暮云合，日无晖，月光涌，鬼火飞，僧言妄，须批评。表现朱熹反对奉磷火为"佛灯"之说，坚持"格物致知"的求知态度。

第六章，写寻访白莲社、白居易草堂遗址等经过，表现访古的热情。

第七章，写诗人至太平兴国宫夜宴情况，下山后与江州教授等人分别的心情。

第八章，写庐山东林寺高僧慧远杂取孔老之言以附佛学，"东西妄采获，诬诡共恢诡"，百世追随其谬讹，致使彝伦日见倾圯。表明反对佛教废三纲五常的态度。

第九章，游览多，怀抱伤：道不行，俗昏狂。问苍天："茫茫宇宙内，此柄孰主张？"

第十章，写访濂溪宅，瞻仰周敦颐遗像，感叹"幸矣有斯人"，表达无限崇敬之情。

第十一章，写自己平生对濂溪先生有高山仰止之崇敬，今日众人在濂溪宅研讨先生之《太极图说》，"先生寂无言，贱子涕泗滂"。祈求先生在天之灵,"惠我思无疆"!

第十二章,首是冒,尾是结。写诗人与诸生告别共勉:树嘉政,厉孤节,齐努力,莫相忘,"清宵共明月"!

全诗感情真挚,思想深刻,别开生面,开阖自如,自然生动,观之何止一篇庐山游记耶!

（以上诗辑自《朱熹集》卷七）

用林择之韵别陈休斋

别离不觉岁时侵,两地相望共此心。今日还成一尊酒,它年应记百篇吟。伤情后会无期定,握手交情有旧深。多谢晚风知此意,不催寒日下疏林。

[解读]

淳熙十年（1183）受赵汝愚（时为福建路安抚使）、陈俊卿之邀,南下先至福州,遂携林用中（时在赵汝愚幕下）往莆田、泉州,与陈知柔游,吊傅自得;然后北归经莆田,与陈俊卿游,经福州与赵汝愚游。

陈知柔（?—1184）:字体仁,号休斋居士,永春县（今属泉州市）人。宋理学家。居升平里七都（今美中村）,绍兴十二年（1142）进士。曾任台州判官,建州、漳州教授,督理学政。后调任循州、贺州知州,均具政绩。以不附秦桧解官,主管冲佑观。有《诗声谱》二卷、《休斋诗话》五卷等,已佚。朱熹早年官同安主簿,即与知柔熟悉。

首联写别离已久,两地相望,此心相同。颔联写今日樽酒作别,他年应记取今朝百首唱酬诗篇。颈联写后会无期,交情更深。朱子此次来泉，去作簿时 27 年矣。今一旦更复归去，恐难再至，故感慨系之。尾联写眼前离别情景，谓感谢晚风亦知此中深情别意，不催促夕阳急速落下疏林，其意为：让寒日迟些下山，让我与知柔好友多待些时间。足见依依惜别之深情。

和林择之凤凰山韵

木落髻鬟拥，湖平妆镜空。荒亡余旧事，惨澹只悲风。兴发千山里，诗成一笑空。诸君莫惆怅，吾道固当穷。

[解读]

淳熙十年（1183）十月下旬，朱熹至泉州，与陈知柔追游莲华、九日山、凉峰、凤凰山、云台山之间，多有诗韵。《和林择之凤凰山韵》《次林择之凉峰韵》为其中二首。偕游者林择之作咏凤凰山诗，朱子和之。凤凰山在福建南安县。一说在兴化府莆田县，又名南湖山，其山临湖。（《朱子可闻诗集》卷三）。当以前说为是。首联写木落湖空之景：树木落叶，乱枝耸立，如妇女之发髻；湖平如镜，空空荡荡。因吊暗好友，访旧从人，非死即老，故心情惆怅。以此观景，难免黯然。颔联写五代王审知治闽，轰轰烈烈，然时过境迁，也只留下些旧事在民间传颂，现只有惨淡悲风吹过。颈联写游兴、诗兴生发于千山里，诗成一笑空。尾联劝慰诸君莫惆怅，我们坚守道学本应甘于穷困。"本篇以冬日的萧条景象喻学道者处境之穷困"。（郭齐《朱熹诗词编年笺注》第 757 页）此诗"前半吊古，后半咏怀"。（《朱子可闻诗集》卷三）

次林择之凉峰韵

解辔林间寺，归鸦晚欲盘。望中岚翠合，愁外夕阳残。尊酒何妨尽，羁心且自宽。无端满窗月，遥夜不胜寒。

[解读]

凉峰：在南安境。首联写解辔林间寺，见归鸦欲盘栖树上。第二句即物见人，寓意旷达，言昼动晚息，乃物理之自然。次联写望中之景：山岚之紫色与峦峰之青翠融为一体，吾心愁怀之外，夕阳西下。三联言何妨尽享尊酒，暂且舒解羁心，宽慰自我。末联写没来由满窗明月照射，然遥夜不胜寒冷。

用林择之韵呈陈福公

昔公秉钧衡，金玉我王度。中年几湖海，偃息安国步。岿然九鼎重，翩若孤云去。俯仰天地间，谁哉此同趣？

[解读]

陈福公：即陈俊卿（1113—1186），字应求，宋兴化军（今福建莆田）人。绍兴八年（1138）进士，历官中书舍人，知泉州，尚书左仆射，同中书门下平章事兼枢密使等。乾道六年（1170）以观文殿大学士知福州，后以少保魏国公致仕。在任时曾多次举荐朱熹。淳熙十年（1183）朱熹自崇安赴泉州、莆田吊唁友人，南游北归，顺道拜访了陈俊卿，住陈宅。陈之子陈实等四人、孙陈厚等二人，执弟子礼向朱熹问学，朱熹赠以《大学章句》《中庸章句》《孟子集解》。朱熹作是诗颂扬陈俊卿的功德：

"昔公"二句言陈福公在位时执掌很大的权限，为国家做出重要贡献。"中年"二句写陈福公几经沉浮，出任地方官员，罢任还家，他的出没进退，都关系到国家的命运。"岿然"二句写陈福公岿然如山，对社稷有九鼎之重，却退隐归乡，翩若孤云般离去，决不留恋荣华富贵。"俯仰"二句谓俯仰天地之间，谁能与此同一志趣。

用前韵答方直甫

小儒谈大方，任意略权度。未行要疾走，跟踬不成步。唯应过量人，不作与么去。请君敞书帷，为我说归趣。

[解读]

方秉白：字直甫，号草堂，莆田人，隐居教授乡里，不仕。孝宗时以孝廉荐，不起。有《草堂文集》。本篇批评好高骛远的的为学态度，肯定方直甫饱学而不事夸耀的求实精神。诗的大意为：小儒谈论大道，不分轻重缓急，随意大略进行权度，妄加评议。还不会走路，就要疾步快跑，跟跟跄跄不成步伐。唯有饱学之士，不跟他那个样子去走。请你直甫这样的饱学之士，敞开书斋大门，为我说说其中的指归大义。

用前韵答林史君

十年剧倾驰，此日际风度。胡然龚黄最，未接夔龙步。诗成肯遽休？客醉那得去？却恐驿书来，湖山适成趣。

[解读]

林史君，即莆田守林元仲。林元仲于淳熙十年（1183）二月建成艾轩祠堂，陈俊卿作《艾轩祠堂记》，赵汝愚书写，朱熹题额，刻石立碑。这是用择之诗韵写给林史君的答书。诗的大意为：我十年来东奔西走，今天遇到林使君这样有美好举止姿态的人。难道是汉朝良吏龚遂、黄霸之后最好的官员？却尚未接续上传说中舜的两位辅佐大臣夔与龙的步伐？（盛赞林史君乃最好官员与辅佐大臣，惋惜其未得重用）诗成肯遽然停笔？客醉哪能够离去？却害怕有驿书来，征召你高就重要职位（预测林史君将获大用）。

腊月九日，晚发怀安，公父教授、寿翁知丞载酒为别，而元礼、景嵩、子木、择之、廷老、考叔、舜民诸贤相与同舟，乘便风，顷刻数十里，江空月明，饮酒乐甚。因以"星垂平野阔，月涌大江流"分韵，熹得"星"字，醉中别去，乃得数语，略纪一时之胜云

挂帆望烟渚，整棹别津亭。风水已云便，我行安得停？离樽枉群贤，浊醪愧先倾。二公厨船未至，先饮舟中余尊 谈笑不知远，但觉江流清。江水上流接建、剑溪，潮所不及，水益清驶 猎猎甘蔗洲，茫茫白沙汀。斯须复回首，只有遥山青。甘蔗、白沙，两地名，相去十许里，顷刻而过 野色一以暝，川光晶孤明。中流漾华月，极浦涵疏星。酒酣客散归，茫然独宵征。起视天宇阔，此身一浮萍。难追五湖游，未愿三闾醒。且咏《招隐》作，孤舟转伶俜。

［解读］

怀安：福州府属县。建、剑溪分别在建宁府、南剑州境，自北南流入闽江。　五湖游：指春秋时范蠡辅越王灭吴，功成身退，隐于太湖事。　三闾：指屈原。其《渔父》云："举世皆浊我独清，众人皆醉我独醒，是以见放。"　伶俜：孤单貌。

这是一次盛会。淳熙十年（1183），朱熹结束泉、莆之行后西归，众友人、门生为其送行，于舟中饮酒、分韵作诗。朱熹此诗前半写众人饯别送行场面，极尽欢快；后半写月夜孤舟独行之景，寄托身老沧洲之志，抒发浩然愁思。（参见《朱熹诗词编年笺注》第771页）

（以上诗辑自《朱子集》卷八）

水口行舟二首

昨夜扁舟雨一蓑，满江风浪夜如何？今朝试卷孤篷看，依旧青山绿树多！

郁郁层峦夹岸青，青山绿水去无声。烟波一棹知何许？鹧鸪两山相对鸣。

［解读］

庆元初年，韩侂胄专权，朱熹等人的道学被斥为"伪学"，朱熹等59人都被斥为"伪党""逆党"及至"死党"。朱熹好友赵汝愚被罢相。朱熹在所谓"伪党""逆党"中名列第五，于庆元元年（1195）遭落职罢祠，回到武夷冲佑观避祸。庆元二年（1196），"党禁"不断升级，与"伪学"有牵连的官员或贬或罢，大批理学经典著作都将被毁。朱熹还被监察御史罗列十大罪状上奏。有人甚至上书乞斩朱熹。朱熹随时可能大难临头。以林用中为代表的一批古田籍朱熹门人，表现出对理学的坚定理念和尊师的一片忠心，他们要和朱熹患难与共。考虑到朱熹在闽北的危难，林用中兄弟和其他几位古田籍门人便把朱熹接到古田避难。庆元三年（1197）年初，林用中等人侍陪朱熹从建阳南下，行舟至古田县水口镇稍事休整。朱熹触景生情，写下《水口行舟二首》。

又据束景南《朱熹年谱长编》：淳熙十四年（1187）正月，朱熹南下莆中吊陈俊卿；至泉州访旧，归，途经福州，与士友游鼓山。二月，离福州，经水口，作《水口行舟二首》。

第一首通过昨夜风雨大作、风浪满江，与今朝试卷孤篷观看，"依旧青山绿树多"的鲜明对比，借对自然景观的描述，抒写尽管遇到巨大危难，理学前程仍充满希望，透露这位理学大师的坚定信念与乐观心境。用设问方式，先自问风雨风浪其意若何？后自答依旧青山绿树多！言简意赅，意象生动，诗意蕴藉。

第二首紧承上一首之诗意，进一步描写风雨过后山青水绿、杜鹃对鸣的美丽景色，寄托这位理学家作为平常人对美好事物的喜爱与憧憬，全诗充满生活情趣。

(以上诗辑自《朱子集》卷十)

附录

朱子在古田的讲学活动

游友基

朱熹（1130—1200），祖籍徽州婺源（今江西婺源），出生于南剑尤溪（今福建尤溪），卒于建阳（今福建建阳）。14 岁时，父朱松去世，他迁居崇安，受教于武夷三子胡宪、刘勉之、刘子翚。19 岁时考中进士，担任的第一个官职是泉州同安县主簿。此后历任多种职务。进士及第后的 50 年中，他实际任职仅 9 年，在朝廷侍讲仅 40 多日。他的大部分生涯在福建度过。生于斯，长于斯，其理学思想体系也主要形成于福建。作为理学家、教育家，他兴办书院，传经授学，在福建培养了众多的理学门徒。他既受到福建自然景观、人文景观的熏陶，又丰富、扩充了福建的地域文化。作为文学家，他在福建创作了大量诗文。他的诗作多达 1500 首，其中大部分是写于闽时的作品。因而，研究朱子与福建文化的关系，是很有意义的命题。

1. 讲学概况

朱熹的足迹不仅遍布闽北大地，而且到过莆田、漳泉，还曾游学福州、古田。他在古田时间虽短，却为古田留下极宝贵的文化遗产。其中，有几个问题需要认真梳理：

其一，游学古田的时间。乾隆版及 1997 年中华书局版《古田县志》对朱子在古田的活动，均有记载。乾隆版云："庆元间，韩侂胄禁伪学，迁居古田。""宝祐三年（1255），晦翁朱夫子避地至止，始拓其宇，曰'溪山第一'。"中华书局版云：庆元三年（1197），朱子"避难古田，先后在城乡书院讲学。"这离他去世的庆元六年（1200），仅三年时间。朱子何时离古，文献未予记述。可以肯定的是，这是其晚年，在仕途和理学遭受极其沉重打击的情况下来古田的，在古田时间短暂。

朱熹在绍熙五年（1194）65 岁时因斥责权臣韩侂胄，旋被免职。庆元二年（1196），韩侂胄发动反对道学的斗争，称道学为

"伪学"，进而列其为"逆党"。当时，监察御史沈继祖诬告朱熹犯有十罪，有人上书乞斩朱熹。庆元四年（1198）朝廷制定《'伪学逆党'籍》，朱熹赫然列名其中。其生命与理学面临巨大危险。但他坦然视之。离沧州精舍，入古讲学，不改初衷，并无畏惧，直至逝世前几天，仍在修改书稿。束景南《朱子大传》云："事实上整个庆元党禁期间，朱熹离开建阳外出仅一次，那就是庆元三年八月黄榦丁忧，他曾到顺昌去吊丧。"① 这与《古田县志》记载有严重出入，不知束著凭何论定。

其二，入古路线。当时，古田通往外地的古道与朱子入古有关者，有三条：一是福延路。全长 231 千米，该路自福州西门起，沿闽江北岸西上至延平（今南平市），途经闽侯、闽清二县。由闽清县牛头塘入古田县境，经水口、莪洋、谷口、黄田等与南平相接。古田县境内路段 60 千米，路宽 1.5～2 米，路面用块石或卵石铺砌。宋宣和六年（1124），设嵩溪、使华亭（今黄田）二驿。二是福瓯路。该路自福州至建瓯，全长 240 千米，自福州北门起，经闽侯大湖、雪峰，由闽清县渡塘入古田境。经常洋、横洋、大桥、沽洋，至东门头搭船过渡到对岸的溪山书院，出北门经黄柏口、苏墩、凤埔、峦垅、官亭、西溪、洗马池、旧镇、出筹岭隘入建瓯境。古田县境内路段 105 千米，路宽 1～1.5 米，路面用石块或卵石铺砌。三是古宁路。起自县治，出东门过渡，经金鸡岭、大桥、公馆、吉洋、西门、鹤塘、杉洋、宝桥、大甲等地，出境接宁德界。全长 95 千米，古田县境内路段 65 千米。②

---

① 束景南：《朱子大传》，福建教育出版社 1992 年 10 月版，第 966 页。
② 据《古田县志》第十篇交通第一章陆路第一节古道，中华书局1997 年 12 月版，第 290～291 页。

　　朱子入古田，可能取道福瓯路，从建阳境出发，经旧镇、洗马池、西溪、官亭、峦垅、凤埔、苏墩、黄柏口，至县治东北溪山。也可能取道福延路，从延平入谷口，再经谷口县治古道，到达县治。离开古田，也只能走这两条路线中之一条。能否经考证，确定朱子入古路线图，尚有待时日。

　　其三，在古活动。朱子在古田的活动为讲学。他讲学的书院主要有：（1）溪山书院，"在县北，宋淳化二年（991）建。朱晦翁书其匾曰'溪山第一'"。明邑人周于仁《溪山书院记》："宝祐三年（1255），晦翁朱夫子避地至止，始拓其宇，曰'溪山第一'。自是名贤继起，有林蒙谷、林择之、扩之、蒋康国诸君子，亲炙儒宗，教泽之渐渍于玉田者渥矣。地灵人杰，非就前此之一丘一壑也。至人观化，毫无着迹，拓胸豁眼有超出于峙水流之外者"，"有紫阳讲席，而溪山遂以第一矣。名贤过化，百世闻风。"（2）浣溪书院，在八都（今罗华、局下、浣溪一带），朱晦翁书匾。（3）螺峰书院，在九都螺坑（今仕坂、螺峰、半岭一带），宋时建，"朱晦翁与黄勉斋，讲学于此，今废为田，惟存朱晦翁'文昌阁'三字"。（4）蓝田书院，在杉洋，"朱晦翁书匾，盖其门人余偶立也"。（5）兴贤斋，在县东三十五都龙津境。"朱晦翁书匾，盖门人余范立也"。（6）西斋，在杉洋镇之西，"朱子门人余偶、余范读书处，晦庵书匾"。

　　可见，朱子讲学之所，多在县治及其附近乡村，远至杉洋。他的门人在县治附近三十五都（今利洋一带）及三十六都杉洋建了兴贤斋、蓝田书院、西斋等讲习之所。朱子"往来于三十九都徐、廖二大姓……螺峰、浣溪、杉洋诸所，皆其游息而训诲也"。① 朱子到杉洋、三十九都（今鹤塘一带），是从县治出发，取道古宁古道前往的（"都"为清时建制）。

朱子在古田门人众多，"得理学之传者数十人，而择之、扩之兄弟为最，故至今犹称之曰二林"。"文公尝曰：'东有余李，西有王魏。'盖自纪其众乐云"。朱子"往来于三十九都徐、廖二大姓，尝书：'大学户庭，中庸闸奥；文章华国，诗礼传家。'"对其学习经学、诗礼传家予以褒扬。除二林外，著名的还有：林夔孙、蒋康国、余偶、余范、程若中、林大春、程伯荣等人②。

朱子讲学，成效显著：乾隆版《古田县志·艺文》所列宋代有经史子籍者9人，计11种著作，而朱子门人占5人7种，具体如兹：

林用中《东屏集》；

林允中《草堂集》十五卷；

林夔孙《尚书本义》十卷，《中庸章句》一卷，《蒙谷集》一卷；

余 偶《克斋集》一卷；

程若中《檠涧集》一卷。

2. 讲学内容

朱熹在古田讲学内容，志书虽无记叙，但从其晚年已将新儒学（理学）儒学化、精细化，不仅集理学之大成，且有新开拓创新的情况看，理学思想必渗透其中。主要有经学、文学两个

---

① 据乾隆版《古田县志·学校》。
② 据乾隆版《古田县志·学校》。

方面。

朱子一生，著述甚丰，代表作为《四书章句集注》《四书或问》。经学方面有《诗集传》《周易本义》《易学启蒙》《孝经刊读》《仪礼经传通解》等；史学方面有《资治通鉴纲目》《八朝名臣言行录》《伊洛渊源录》等；文学方面有《诗集传》《楚辞集注》《楚辞辨证》《韩文考异》等，编纂有《近思录》《太极图说解》等。其季子朱在将其诗、奏章、书信、论著汇编为《朱文公文集》，经后人屡加增补，包括文集 100 卷、续集 11 卷、论集十卷。以明嘉靖间胡岳刻本较为完备，1936 年被中华书局收入《四库备要》。其讲学语类 97 家弟子各有所记，后被分类汇编为《朱子语类》。

关于经学。他曾与吕祖谦一起，为青少年编《近思录》，精选宋代理学家重要言论 622 条，分类汇编，不仅精要，且"切于口用"，使后学"得其门而入"。他在古田，理应向青少年讲述这一著作。朱子影响最大的经学之书，当推《四书章句集注》。这是他对学有所成的门生传授的主要著述。

朱子理学的集大成与创新，有着丰富坚实的思想资源。它远承孔孟的"仁义礼知"，近接周敦颐、二程（程颢、程颐）的"天理""太极"，改造庄子的"道"、华严宗的"理事"和禅宗的"心性"，吸收张载的"气"，在上述基本范畴的基础上，融汇创造出"天理"的概念，将儒学的伦理规范、道德精神提升为宇宙本体，通过理本气末，理一分殊论证世界万物的产生及其统一性，以"性即理"为中心命题，从宇宙本体中推行出人性与物性，并以天地之性与气质之性来论证人性的善恶问题，最后再通过居敬穷理的修养功夫，达到人性的完善、人性与天理的统一。

具体而言，主要观点是：

（1）宇宙本体论："理本气末"。朱子思想体系，有"理""气""性""心"等基本范畴，其最高范畴为"理"即天理、太极。其涵义包括伦理意义和宇宙论意义，视"理"为人类社会的必然法规与最高道德准则，认为"理"乃宇宙万物的唯一本原与共同本质，又是万物的普通法则，是宇宙必然性与合理性的根据，是"天下公共之理"（《语类》卷九十四），"宇宙之间，一理而已"（《文集》卷七十《读大纪》）。用"理"统辖自然与社会，万物与人类。他把三纲五常的封建伦理道德提升为"天理""公共之理""宇宙之理"，拥有普遍性、至上性。他认为理、气关系是"理本气具""理本气末""理主气从"。但二者又相互依存。

（2）方法论："理一分殊"。这是对事物统一性与特殊性关系的提示。"理一"即理乃万物的唯一本原和共同本质，为多样性之所以统一的根据。"分殊"即统一之理表现为多样性的万物，"物物各具此理，而物物各异其用"（《语类》卷十八）。朱子思想具有一定的辩证法。如"一分为二"说，一分为二的过程，具有无限性，阴阳二元对立，相互渗透，互相作用；又如"动静论"，提出"动静无端"的观点，"静中有动，动中有静"（《语类》卷九十四）；再如变化观，认为"化"是缓慢、细微的变化过程，"变"是急剧变化形态，"化是渐化，变是顿变"（《语类》卷七十一），但事变而理不变，"三纲为常，终变不得"。因建立在唯心主义基础上，其辩证法有局限性。

（3）人性论："性即理""心统性情"。这是对"理"—"性"—"心"关系的探讨。他说："性即理也，在心唤作性，在事唤作理。"(《语类》卷五)人性根源于天理。认为"性"是人的内在本质，"性"是"性"感于外物表现出来的具体感性；"心"则贯通于性情、作用、动静的全部过程之中，而成为思维的主宰性。

（4）认识论："居敬穷理"。他提出"学者功夫，惟在居敬穷理二事"。(《语类》卷九)"居敬"主要通过主体自身的道德修养，以达到"心与理一"，"居敬"的实质便是存理去欲。"穷理"的根本途径是"极物致知"。与认识论相适应，他的治学方法采取：遍注群经，结集《四书》，以理解经；怀疑经传，断以己意；"严密理会，铢分毫析"；先博后约。(《语类》卷八)

朱子新儒学体系丰富且复杂，绝非上述所能包括。其在古田讲解，也不可能悉数教示，但上述基本观点，是贯穿于他讲学的全过程的，他与高足弟子，进行了广泛而深入的探讨。

关于在古田讲学的另一重要内容——文学，并入教育思想内阐述。

3. 教育思想

朱子一生从事教育，长达50年之久，为中国教育史所罕见。他任官职间也重视教育。任泉州同安县主簿时，开设县学，内分设四斋："志道""据德""依仁""游艺"。每斋各设斋长一人，主持教事，招收县民中优秀子弟，入学受教。知江西南康军时，修复白鹿洞书院，并制订《白鹿洞书院教条》，出示给学生，他亲自主持、讲学。知漳州时，创设州学，提拔勤于办学之人，奖励学行优异学生。任湖南潭州知府时，对州、县学大加提倡，并亲自讲学，复兴岳麓书院。

65岁时，他由崇安迁居建阳，定居于考亭，建"竹林精舍"，更名为"沧州精舍"，取其宏大之意，表示"永弃人间事，吾道付沧州"。从 66 岁至 71 岁，退出官场，专事教育。其门生、女婿黄勉斋（榦）撰《朱子行状》，赞朱子曰："从游之士，迭诵所习，以质其疑，意有未喻，则委曲告之，而未尝倦；问有未切，则反复戒之，而未尝隐。务学笃则喜见于言，进学难则忧形于色。讲论经典，商略古今，率至夜半。虽疾病支离，至诸生问辨，则脱然沉疴之去体。一日不讲学，则惕然常以为忧。"在古田讲学，此一精神得到充分体现。

朱子一生，对书院教育极为重视。书院之名始于唐代，书院制度形成于宋代。南宋书院勃兴，数量增多，规模扩大，活动内容更加充实、丰富，藏书、供祀、讲学齐备，书院进一步制度化。朱子拟订的《白鹿洞书院教条》确立为学之目的："父子有亲，君臣有义，夫妇有别，长幼有序，朋友有信"；教育基本原则："博学之，审问之，慎思之，明辨之，笃行之"，提出修身、处事、接物的基本要求，实际上为书院制定纲领性规程。古田各书院规模虽远不如白鹿洞书院，但朱子在古兴办书院，仍然贯彻了这些办学规程。

朱子的教育思想已体系化，主要是：

（1）教育的宗旨、目的："明人伦为主"。他反复强调"先王之学以明人伦为本"（《近思录》卷九），即"存天理，灭人欲"，"革尽人欲，复尽天理"。他认为"圣人教人为学，非是使人缀辑言语，造作文词，但为科名爵禄之计"，而应当"格物、致知、诚意、正心、修身，而推之以至于齐家、治国，可以平治天下，方是正当学问"。（《玉山讲义》）

（2）教育的阶段内容：教育分"小学""大学"两个阶段，

两个阶段内容紧密衔接，不可分割。"小学"阶段，主要是进行洒扫应对进退的训练，同时传授礼乐射御书数的知识，大约在15岁左右完成。"大学"阶段的教育在"小学"教育基础上进行，其主要任务是格物致知而无所不尽其道。

（3）课程设置。他总结了三条原则：教有定本、大小（学）有别、有用之学。

（4）教学形式。他采取三种教学组织形式：升堂讲学、讲论答题、抽签自讲。

（5）讲学原则：启发诱导、循序渐进、温故知新、因材施教、熟读精思、虚心静虑、切己体察。

（6）教学方法：示始正终、先易后难、博物约礼。

（7）重视文学教育。朱子在教育弟子时，除了讲解儒家经典、探讨性理之学外，还重视文学教育。他在书信中谈到对儿子的教育："此儿读《左传》向毕，经书要处，更令温绎为佳。韩、欧、曾、苏之文，滂沛明白者，捡数十篇，令写出，反复成诵，尤善。"（《文集》卷四十四，《答蔡季通》）又说："东坡文字明快，老苏文雄浑，尽有好处。如欧公、曾南丰、韩昌黎之文，岂可不看？柳文虽不全好，亦当择。舍数家之文择之，无二百篇，下此则不须看，恐低了人手段。"（《语类》卷一三九）提倡文学教育应选择名家佳作，而无需篇篇过目。文学教育与文学研究不同，朱子提倡"选择"说很有道理。他还常提醒学生注意儒家经典的文学因素。他说"看《传》，义理外更好看他文章。且如《谷风》，他只是为此说出来，然而叙得事曲折，先后皆有次序"。（《语类》卷八十）又说："读《孟子》，非惟看它义理。熟读之，便晓作文之法。首尾照应，血脉贯通，语意反复，明白峻洁，无一等闲。人若能如此作文，便是第一等文章。"（《语类》卷十九）据乾隆版《古田县志》，他在古田讲学时，门人蒋康国"尝从朱子讲论《楚辞集解》，多质之"。朱子的文学观，内容相当丰富，这里仅略举文学教育之数端，以求观一斑而知全貌。

朱子在古田讲学，对古田的书院、教育、教化都产生深远的影响，真可谓"连林争秀发，生意各呈露"①！

---

① 朱熹：《题林择之欣木亭》，见本书第84页。

二、林择之玉田诗集

《南岳倡酬集》林择之诗

七日发岳麓道中寻梅不获，至十日遇雪，赋此

昨日来时万里林，长江雪厚浸犹深。苍茫不见梅花意，重对晴天豁晚襟。

[解读]

林择之此诗，着眼于万里深林、长江雪厚，境界开阔，虽"苍茫不见梅花意"，但"重对晴天豁晚襟"，毫无愁意，有的是开朗豁达。

十三晨起雪晴，前言果验，用定王台韵赋诗

今朝风日好，抱病起登台。山色愁无尽，江波去不回。客怀无老草，节物又疏梅。且莫催归骑，凭栏更一杯。

[解读]

老草：草率；潦草。宋朱熹《训学斋规·读书写文字》："凡写字未问写得工拙如何，且要一笔一画，严正分明，不可老草。"

节物：作为；行事；各个季节的风物景色。晋陆机《拟明月何皎皎》诗："踟蹰感节物，我行永已久。"应节的物品。宋陆游《老学庵笔记》卷二："靖康初，京师织帛及妇人首饰衣服皆备四时，如节物则春幡、灯毬、竞渡、艾虎、云月之类。"

　　首联谓晨起雪晴，前言果验，今朝风日好。可能是感冒了，抱病起来，登上定王台，游兴正浓。次联描写定王台所见四周景色：群山连绵，无边无尽，江波奔流，一去不回。气势宏伟，境界阔大。三联表示关注寻梅，与上一首呼应：游客心中不想草率了事，但此季节关注的景物只有疏梅。末联表达流连不舍之情："且莫催归骑，凭栏更一杯"。

敬夫用熹定王台韵赋诗，因复次韵

　　寂寞番君后，光华帝子来。千年遗故国，万事只空台。日月东西见，湖山表里开。从知爽鸠乐，莫作雍门哀。

　　[解读]

　　定王台：相传汉景帝子长沙王刘发，用京都（今西安）土在今长沙浏正街筑台以望其母，后人名之曰定王台。　番君：秦人吴芮曾为番阳县（今江西鄱阳县）县令，甚得民心，后人称他为番君。　爽鸠：鹰类，此处指上古官名，掌刑狱。　雍门：战国齐人雍门周，周居雍门（今西安西北），曾以琴见孟尝君，孟尝君曰："先生鼓琴亦能令文悲乎?"周以琴而鼓，孟尝君涕泣增哀，下而就之曰："先生之鼓琴，令文立若破国亡邑之人也。"事见汉刘向《说苑·善说》。

　　此诗前四句怀古，首联写登台而缅怀定王的业绩与风范。颔联感慨千年故国，而今只剩空台。颈联描述定王台周围壮阔景色，透露向往国家安定、天下太平之心愿。尾联表示要做脚踏实地、善于治民的地方官，不做国家衰亡、偏隅而泣的陪臣。

至上封

岳背三冬雪，真同不夜城。野烟何晃荡，涧水助空明。行橐多新句，青山有旧盟。堂堂身世事，渠漫说三生。

[解读]

前四句写白雪映照，上封寺周围宛若不夜城。野烟、涧水也助其明亮。面对同样的景，朱子奇思妙想，与千峰结盟，邀神仙遨游；敬夫写实，感觉群峰是石头城；择之则注重山峰的光影颜色。后四句写诗人"行橐多新句"，与青山结有旧盟。身世堂堂，漫说三生。

后洞山口晚赋

西岭更西路，云岚最窈深。水流千涧底，树合四时阴。更得寻幽侣，何妨拥鼻吟。笑看云出岫，谁似此无心。

[解读]

拥鼻吟，《晋书·谢安传》："安本能为洛下书生咏，有鼻疾，故其音浊，名流爱其咏而弗能及，或手掩鼻以效之"，后以"拥鼻吟"指用雅音曼声吟咏。 云出岫：晋·陶潜《陶渊明集》卷五《归去来兮辞》："云无心以出岫，鸟倦飞而知还。"辛弃疾

《浣溪沙·赋清虚》："山上朝来云出岫，随风一去未曾回。"

首联指明通往后洞山口的方向与道路："西岭更西路"，那儿，"云岚最窈深"。次联描绘后洞山口的特点：水流千回百转直到底，树木包含春夏秋冬四个季节。三联描述人的活动：更能找到寻幽探胜的伴侣，何妨用雅音曼声吟咏游历洞口的诗篇。末联写：笑看云朵自由出入山岫，谁似此那么无心无意。

马上口占次敬夫韵

寒雪飘飘白昼昏，征骢晓发向孤村。途中风物来时异，吟罢新诗击酒尊。

[解读]

第一句写继续游览前行的自然环境：寒雪飘飘，白昼昏暗。第二句写此次游览的目的地：清晨骑马出发前往孤村。第三句写途中景物：途中风物与来时差异明显。第四句写吟诗饮酒：与老师朱子、友人张栻吟罢新作的诗篇，击打酒尊，开怀畅饮。

马上举韩退之话口占

天寒愁思正茫茫，匹马周行野树苍。遥想韩公昔年事，声名留得后来香。

[解读]

此诗歌颂韩愈昔年事，"声名留得后来香"，着力点与朱子、敬夫各不相同，主题也不一样，但都围绕韩愈而发。

雪消溪涨见山色可喜，口占

雪消山色自青青，水涨溪流拍小汀。行客悠悠心目快，漫题新句在空屏。

[解读]

在衡山之上，看见雪消溪涨，山色可喜，那种体验与在平地所见所感完全不一样，新奇、刺激自不待言。触景生情，大大激发了诗人的创作灵感。"漫题新句在空屏"，那"空屏"是广阔的天空。林择之的诗气概不凡。

登山有作次敬夫韵

壁立崔嵬不计寻，千峰罗列献奇深。等闲伫立遥观遍，流水高山万古心。

[解读]

前两句描绘衡山的高峻、绵亘、奇深：山峦壁立崔嵬，难以用"千寻"来计量其高低，千峰罗列，连绵百里，奉献"奇深"的独有特征。后两句描写诗人悠闲伫立，远远地观遍这景致，抒发感叹"流水高山万古心"。自然永恒！

马迹桥

此日驱车马迹桥，远从师友步青霄。登临不用还歧想，为爱山翁喜见招。

［解读］

前两句写跟从师友前往马迹桥。后两句写登临不用有别的想法，为爱山翁向我们高兴地招手。

方广道中半岭少憩，次敬夫韵

岭峻山高且息肩，芒鞋踏破野云烟。须臾直入上方去，又是乾坤一洞天。

［解读］

朱熹"浪说江湖极目天"，张栻却觉非是人间别有天，择之则深感此境"又是乾坤一洞天"。三人感受各异，其诗艺难言孰高孰低。

林择之的唱和诗往往闪露其知性的闪光。如"源头深处细追寻"（《泉声》）、"底信清光永夜娟"（《霜月》）、"何须把节向人夸"（《枯木》）、"始信人间大有年"（《石廪峰次敬夫韵》）、"相从结大还"（《登祝融》）等，都凝结着他对人生世事的冷静思考。

道中景物甚胜，吟赏不暇，敬夫有诗，因次其韵

天外云端磬有声，道中景物倍增新。徘徊吟赏天将暮，好向平原问主人。

［解读］

前两句写道中景物。前句写天外云端，佛磬有声。后句直接

说"道中景物倍增新"。后两句写天将暮，徘徊吟赏不已，好向平原问主人。

崖边积雪取食清甚，次敬夫韵

崖边琼玖吐清光，偶到山间得味尝。一段奇香今已会，冰牙冷齿裂人肠。

[解读]

琼玖：琼和玖，泛指美玉；后世常用以美称礼物；喻冰雪、喻贤才。《诗·卫风·木瓜》："投我以木瓜，报之以琼玖。"

崖边冰雪吐出清光，"偶到山间得味尝"。一段奇香，今已尝味，"冰牙冷齿裂人肠"。

后洞雪压竹枝横道

山中景物自新奇，乘兴幽人写小诗。洞里竹枝遭雪压，何人扶起向明时。

[解读]

写山景新奇，乘兴写诗。聚焦于后洞雪压竹枝，横亘路上，期望天亮时有人把它扶起，使道路畅通。

方广圣灯次敬夫韵

灯长三世火长明，千里遗踪子细寻。自是神光能永夜，不妨金偈更降心。

[解读]

衡山方广寺：在莲花峰下。始建于南朝梁天监二年（503），后屡废屡兴，保存至今外貌完好。沿南天门山脊南行，经西岭顺北麓约行 5000 米，就到了深邃幽雅的方广寺。该寺古木森森，银泉淙淙，周围八座山峰如莲花瓣，方广寺就是莲心。　金偈：佛祖所说的韵语。唐陆龟蒙《寒夜同袭美访北禅院寂上人》诗："自是海边鸥伴侣，不劳金偈更降心。"

前两句写方广寺圣灯长达三世，火焰长明不灭，仔细寻觅其千里遗踪。后两句对长明灯发表议论：自是神光，能永夜不熄，不妨诵读金偈，更能降伏心魔。表明儒释道是相通的。

此诗"圣灯"之意，与朱子、张栻同题诗迥然相异。朱、张之"圣灯"指鬼火，林择之的圣灯指佛寺里的长明灯。主题南辕北辙。朱子编诗集时尊重择之所写。

壁间古画精绝，未闻有赏音者，赋此

老树参横傍古阴，浓烟淡月试追寻。自来无会丹青意，可惜良工苦片心。

[解读]

壁间古画精绝，未闻有赏音者，令人感慨，赋此抒怀。前两句写老树枝丫纵横，参差不齐，依傍于古阴之旁。他们一行人于浓烟淡月中，尝试追寻古代留下的壁画。后两句慨叹自来无人领会壁画的深意匠心，可惜良工苦费片心，却找不到赏画知音人。借此隐约透露怀才不遇之感。

方广奉怀定叟

相从偶到招提寺，独对西风忆羽人。澹泊烟霞深处卧，百年
衣钵此生身。

[解读]

定叟：张栻弟张构，字定叟。 羽人，古代中国神话中的飞
仙，与其他的仙人不同，有翅膀。《楚辞·远游》："仍羽人于丹
丘兮，留不死之旧乡。"道教将道士称羽士。羽人因身有羽翼能
飞，因此与不死同义。

第一句写行踪：相从老师朱子、友人张栻偶尔来到招提寺。
第二句写怀人，点题，独自迎着西风回忆道士仙人。第三句写仙
人卧于烟霞深处，对人世已十分淡泊。第四句写他传承百年道教
衣钵，此生除了这个身躯外，什么都没有了。言外之意似为：他
为追求道教真谛看淡人生，我们为创建当代儒教——理学，也应
抛却一切。

赋罗汉果

团团硕果自流黄，罗汉芳名托上方。寄语山僧留待客，多些
滋味煮成汤。

[解读]

择之此诗新意在于"寄语山僧留待客"，表现了宽广的胸怀。

方广版屋

上方古栋宇，年久自参差。动我行人想，相看各赋诗。

[解读]

前两句描写方广寺的木板屋是古旧的栋宇，年久失修，显得参差不齐。后两句写这古老的建筑激发行人的灵感，我们相视而思，各自写诗。

泉　声

穿云络日苦悲吟，涧底潺潺觅好音。弦管笙簧寒碎玉，源头深处细追寻。

[解读]

林择之先吟诗，朱子、张栻次其韵。前两句写诗人穿云络日于路途，苦苦吟诗作赋，寻觅到涧底潺潺的美好声音。此乃点题。第三句写泉水的声音像乐器奏出的音乐那样动听。第四句写要到源头深处细细追寻泉水这么动听的原因。借吟咏泉声言人生哲理：要寻根究底，到哪里寻？到源头深处寻。怎么寻？要细细寻。

霜　月

雪霁云收月满天，冰轮碾转净无烟。几回寒色侵人冷，底信清光永夜娟。

[解读]

底：疑问代词。何，什么。南宋范成大《双燕》："底处飞双燕，衔泥上药栏。"底事：何事；底物：何物；底处：何处；底许：几许，多少。

前两句写雪霁月满净无烟。后两句写霜月寒色侵人冷，信什么清光永夜娟好。此是对霜月的玄思臆想，不信月光永远美好。似在启示人们思考：月的属性有多样性，其象征意义亦有多样性。

枯　木

数年抱叶不萌芽，终岁奄奄绝藓花。廊庙大材工舍用，何须把节向人夸。

[解读]

林择之先吟《枯木》，朱子、张栻和之。前两句描绘枯木形象：多年叶子不萌芽，整年奄奄一息，连苔藓都不长花。后两句指出枯木已失去价值：工匠建造廊庙不用它，又何必拿那一段枯木苦节向人夸耀呢。它富有哲理，似在提醒人们：万物之中，生命力最重要，丧失了生命力，不仅外观丑陋，而且毫无存在价值。

夜宿方广闻长老守荣化去，敬夫感而赋诗，次韵

上方长老已寻真，禅室空存锡杖新。自是屋梁留夜月，可怜漂泊系留身。

［解读］

乾道三年（1167）十一月十三日，三人宿于方广寺，适逢长老守荣坐化。张栻作《闻方广长老化去有作》，朱熹和之，作《夜宿方广闻长老守荣化去，敬夫感而赋诗，次韵》，用中亦和之，谓长老坐化，"禅室空存锡杖新"，一个"空"字，透露林用中是追随其师的"排佛"思想路线的。

莲花峰次敬夫韵

十丈花开自白莲，峰头花色更鲜妍。分明会得濂溪趣，强作新诗续古篇。

［解读］

在南岳衡山之岳庙西 20 千米，有一座莲花峰，是衡山诸峰中最美的一座。整座山由 8 块石头围成，像一朵莲花。方广寺，建于"莲花心"中，于南朝梁天监二年（503）惠海大师始建。方广寺前有小溪，旁有石涧潭。山谷幽深，多泉石、枫树和杉树，深林密竹；寺内，多罕见之珍稀树木，如伯乐树、银鹊树、红豆杉等，为南岳之一绝。将方广寺比作神仙洞府。有"不游方广，不知南岳之深"之说。方广寺于明崇祯（1628—1644）重建，清初毁于火，后又经修葺。寺右有二贤寺，祀朱熹和张栻，盖因朱熹、张栻与林择之偕游南岳，共著《南岳倡酬集》云尔。

前二句赞叹莲花峰的壮丽美妍：白莲花开十丈，十分巨大，峰头花色更见鲜妍。后二句把莲花峰与《爱莲说》中莲花的文化含义相联系，谓自己分明领会到濂溪先生周敦颐《爱莲说》的志趣，勉强作此新诗篇，来接续古代圣贤的精神。

周敦颐（1017—1073），又名周元皓，原名周敦实，字茂叔，谥号元公，北宋道州营道楼田堡（今湖南省道县）人，世称濂溪先生。周敦颐是北宋五子之一，是宋朝儒家理学思想的开山鼻祖，文学家、哲学家，著有《周元公集》《爱莲说》《太极图说》《通书》（后人整编进《周元公集》）。他提出的无极、太极、阴阳、五行、动静、主静、至诚、无欲、顺化等理学基本概念，为后世的理学家反复讨论和发挥，构成理学范畴体系中的重要内容。

残雪未消

冻压林巢欲坠鸦，素花飘落结烟霞。阴风惨淡青山老，不辨梅花与雪花。

[解读]

描写残雪未消情景。第一句写大雪冻压林中鸟巢，乌鸦都快从窝里坠落。第二句写白花飘落凝结成烟霞。二句对雪景作客观描述。第三句布置整个环境氛围：阴风惨淡，使得青山显老，渗入主观情感。末句把雪花写得很美：雪花还在飘落，分不清哪是梅花哪是雪花了。画面从暗淡转为明丽。

行林间几三十里，寒甚，道傍有残火，温酒举白，方觉有暖意，次敬夫韵

高山绝顶雪千堆，凛裂冰肤这几回。行到林间得残火，借他燃烬暖寒杯。

［解读］

张栻先吟诗，朱子、林择之次之。前二句极言高山绝顶之严寒，冻裂肌肤。后二句写林间得残火，借以温暖寒冷的酒杯。

福严寺回望岳市

福岩宝地几千年，宫殿朦胧锁暮烟。游客回眸怀想望，自知身在寂寥天。

［解读］

岳市：地名，在衡山县西南岳之麓。择之诗肯定"福岩宝地几千年"，登临至此，"自知身在寂寥天"，除了"寂寥"之感外，别无喜悦之情。

福严寺读张南湖旧诗

名公有意著新书，翰墨精神碧玉姿。今日山中才读罢，经行已续少陵诗。

［解读］

张南湖：《朱熹集》作"张湖南"。张湖南，指张孝祥。

赞张孝祥有意著新书，具有翰墨精神与碧玉般的美好身姿风度。今天在山中才读完其旧诗，经行之间他已在写学杜甫的诗了。赞其才华横溢，善于学习。

登祝融

托身天际外，寄足在云端。俯仰心犹壮，登临眼尽宽。乾坤真景界，风雪倍朝寒。忽起烟霞想，相从结大还。

[解读]

祝融峰拔 1300.2 米，高耸云霄，雄峙南天，是南岳衡山七十二峰的最高峰和主峰。有老圣殿、上封寺、望月台、南天门、会仙桥诸景。"祝融万丈拔地起，欲见不见轻烟里"，"祝融峰之高"被誉为"南岳四绝"之首。祝融是华夏族上古神话人物，号赤帝，后人尊为火神，古时三皇五帝的五帝之一。据《山海经》记载，祝融的居所是南方的尽头衡山，是他传下火种，教人类使用火的方法。又一说，祝融死后，葬在南岳衡山之阳，后人为了纪念他，就把南岳最高峰称为祝融峰。

首联写朱子一行登上南岳七十二峰最高峰祝融峰，大有"托身天际外，寄足在云端"的感觉。此从身体的感觉而言。额联写心理感觉：俯仰之间心志犹壮，登临之际眼界尽宽。颈联感悟、感觉混写：感悟乾坤真是无尽的风景境界；感觉风雪比清晨的寒冷要加倍。尾联表达心愿：忽然产生隐居自然、寄身烟霞的想法，相从朱子以完结（实现）远大理想。

晚　霞

晚霞掩映祝融峰，衡岳高低烂熳红。愿学陵阳修炼术，朝餐一片趁天风。

［解读］

前二句描写祝融峰晚霞的美丽，后二句表示愿修炼成仙的心志。陵阳修炼术，指西汉窦子明（伯玉）苦练神仙之术，功成，在陵阳（今安徽青阳县）乘白龙升天的传说。（《列仙传》）诗人愿趁天风吹来，朝餐白云一片，修炼成仙。可见儒学并不排斥道学。

赠上封诸老

上封台观静，夕霁景偏清。月下闻禅语，风中有磬声。龙池留古蹟，雁塔寄余情。借问房前树，东窗忽偃生？

［解读］

林择之诗描述上封寺周遭，台观幽静、夕霁景清、月下禅语、风中磬声、龙池古迹及雁塔余情的景物、古迹。末尾发问：东窗外房前的树，怎么偃倒地上，却忽然生机勃勃？于一般的吟咏寺庙的诗中别开生面。

醉下祝融峰

祝融高处怯寒风，浩荡飘凌震我胸。今日与君同饮罢，愿狂酩酊下遥峰。

［解读］

《醉下祝融峰》，朱熹的诗充满豪迈之情，张栻诗展现下山时见云雾散尽，露出天边无数峰的奇美之景。择之的诗抒写与师友相聚游山同饮，乘醉下山的畅快。

林间残雪时落，锵然有声，赋此

天花乱落类琼瑶，游赏行人觉路遥。林畔残枝犹被压，数声佩玉遍青霄。

[解读]

诗描述登山途中雪花漫天飞舞的情景，行人感受路遥的心理，林畔残枝雪落下声音清脆响亮的听觉感受，把登山活动写得何等美好！

石廪峰次敬夫韵

石廪峰高直插天，芳名耿耿旧流传。好推佳惠敷寰宇，始信人间大有年。

[解读]

敬夫先吟诗，朱子、择之次其韵。南岳衡山，五岳独秀，山势连绵数百里，山峰72座，其中最著名者为祝融峰、天柱峰、芙蓉峰、紫盖峰、石廪峰。石廪峰，形如仓廪（粮仓）。择之诗希望"好推佳惠敷寰宇"，气象比朱熹、张栻诗更宏伟，"始信人间大有年"，这能实现吗？给读者以遐想。

自西园登山宿方广寺

登山极目望，梵宇自鲜明。风度闲花落，云低野树清。夜长人不寐，地僻月初生。明发又归去，何能已此情。

[解读]

自西园登山宿方广寺，这一登山路径，将提供新的视界。一、二联写景：登山极目远望，寺庙十分鲜明，风吹过，花闲落，云低垂，野树清。三、四联抒情："夜长人不寐，地僻月初生。"为什么睡不着？可能因为明天出发要回去了，怎么能抑制住（控制住）这种游览名山的依依不舍之情！

路出山背，仰见上封寺，遂登绝顶联句

我寻西园路，径上上封寺。竹舆不留行，及此秋容霁。磴危霜叶滑，林空山果坠。崇兰共清芳，深壑递幽吹。不知山益高，但觉冷侵袂。路回屹阴崖，突兀耸苍翠。故应祝融尊，群峰拱而峙。金碧虽在眼，勇往讵容憩。绝顶极遐观，脚力聊一试。昔游冰雪中，未尽登临意。兹来天宇肃，举目净纤翳。远迩无遁形，高低同一视。永惟元化功，清浊分万类。运行有机缄，浩荡见根柢。此理复何穷，临风但三喟。

[解读]

见朱熹同名诗。

十五日再登祝融峰用台字韵

惆怅独徘徊，晴岚绕古台。日从东海上，人自北山回。峰老曾经雪，天寒不放梅。野僧怜我倦，相劝酒盈杯。

[解读]

朱子一行取道北山下山，故再登祝融峰。首联写再登祝融峰，"晴岚绕古台"，交代天气晴朗，但诗人心情不佳，"惆怅独徘徊"，感情基调为惆怅。二联写"人自北山回"。要回去了，这是惆怅的原因。三联写祝融峰风景"峰老曾经雪，天寒不放梅"，景物萧条。末联写"野僧怜我倦，相劝酒盈杯"，未能走出惆怅的意绪。

中夜祝融观月联句

披衣凛中夜，起步祝融巅。何许冰雪轮，皎皎飞上天。清光正在手，空明浩无边。群峰俨环列，玉树生琼田。白云起我傍，两腋风翩翩。举酒发浩歌，万籁为寂然。寄声平生友，诵我山中篇。

[解读]

见朱熹同名诗。三人联句，虽分不清哪句是谁人创作，但整首诗却能黏合紧密，了无隙痕，意境完好。此联句写景抒怀，明白如话。

方广寺睡觉，次敬夫韵

寒溜山房太惨情，夜长枕畔听泉声。起来独自浑无语，牢落凄凉澹泊清。

[解读]

牢落：犹寥落。稀疏零落貌；零落荒芜貌；孤寂，无聊。南宋刘克庄五律《牢落》："牢落吾何恨，先贤未免穷。宁为田舍子，不作国师公。萤影穿窗隙，蛩声出壁中。残书殊有味，读到角吹终。"

在方广寺睡觉，敬夫先写诗，朱子、择之和之。写山房寒气重，夜不能寐，长夜听泉声。睡不着起来，独自一人，无语。通过动作描写，表现心情。末句谓心情寂寥、凄凉、澹泊，直接进行心理描写。

渡兴乐江望祝融

日上宁容晓雾遮，须臾碧玉贯明霞。人谋天意适相值，寄语韩公不用夸。

[解读]

宁容：哪里容许。唐杜荀鹤《题所居村舍》："家随兵尽屋空存，税额宁容减一分。"韩公：指韩愈，其《游祝融峰》云："祝融万丈拔地起，欲见不见轻烟里。山翁爱山不肯归，爱山醉眠山根底。山童寻着不敢惊，沉吟为怕山翁嗔。梦回抖擞下山去，一径萝月松风清。"本篇写渡兴乐江时回望祝融峰的情景与感受：太阳升起，哪容许晨雾遮挡它的光芒，一会儿，只见青翠如碧玉般的祝融峰直插明丽的彩霞中。此景乃人谋与天意刚好相遇合，寄语韩公就不用夸耀祝融峰了。

岳后步月

转缺霜轮出海边，故人千里共婵娟。山阴此夜明如练，月白风清人未眠。

[解读]

由圆转缺的月亮从海边升起，我与朋友们虽相隔千里，却共同沐浴在美好的月光下。衡山山北此夜月光明亮，如同白练一样，月白风清，人们尚未入眠，正在赏月呢。这首《岳后步月》第二句化用苏东坡"但愿人长久，千里共婵娟"词意，十分贴切自然，融入自己创造的意境中，全诗纯用白描，简洁生动。

过高台获信老诗集

今朝移步野云端，幸得新诗读夜阑。识破中间真隐诀，月明风雪道休寒。

[解读]

首句写今朝过高台，移步野云端。第二句为获取信老新诗集夜里能拜读，表示欣喜，流露对信老的崇敬。信老，即信无言，僧人，南宋名僧宗杲弟子，绍兴十年（1140）尝集宗杲语为《大慧禅师宗门武库》一书。三、四句写信老诗文能让人识破真隐的秘诀，月明风雪不觉寒。

自上封下福岩道傍访李邺侯书堂，山路榛不可往矣，遂赋此

百年古路已成荒，今日人称相国堂。麟凤已归天上去，空留遗像在斜阳。

[解读]

诗写百年古路已芜荒，今日人称那儿曾是李泌的相国堂；功德堪比麟凤的李邺侯已归天上去，空留其遗像挂在斜阳之中。历史沧桑感溢于言表。

夜得岳后庵僧家园新茶，甚不多，辄分数碗，奉伯承

芽吐金英风味长，我于僧舍得先尝。饮时各尽卢仝量，去腻除繁有远香。

[解读]

卢仝（795—835）：汉族，自号玉川子，范阳（今河北涿州市）人，"初唐四杰"之一卢照邻的嫡系子孙，中国唐朝中期诗人；早年隐少室山，刻苦读书，博览经史，工诗精文，不愿仕进，后迁居洛阳，死于甘露之变。卢仝诗风奇诡险怪，人称"卢仝体"，有《玉川子诗集》《茶谱》等传世，是韩孟诗派重要人物之一。唐元和六年（811），卢仝收到好友、谏议大夫孟简寄送来的茶叶，便邀韩愈、贾岛等人在桃花泉煮饮，并作著名的《走笔谢孟谏议寄新茶》，其中写道："一碗喉吻润，二碗破孤闷。三碗搜枯肠，唯有文字五千卷。四碗发轻汗，平生不平事，尽向毛孔散。五碗肌骨清，六碗通仙灵。七碗吃不得也，唯觉两腋习习清风生。蓬莱山，在何处？玉川子，乘此清风欲归去。山上群仙司下土，地位清高隔风雨。安得知百万亿苍生命，堕在巅崖受辛苦！便为谏议问苍生，到头还得苏息否？"有人将其七碗茶诗句，称为《七碗茶歌》，卢仝被推为"茶仙"。沈长波为茶圣、茶仙撰联云："陆羽六羡西江水，卢仝七碗玉川泉。"七碗茶，七种境

界，体现了返朴归真、质朴无华的茶道精神。更可贵的是他关注百万亿苍生的命运，有强烈的为民请命意识。

前两句写于僧舍饮到新茶"我于僧舍得先尝"，芽吐金英就采摘制作的新茶，味道好，风味长，隐约流露欣喜的心情。第三句对饮茶提出要求："饮时各尽卢仝量"，因茶不多，不能畅饮，像卢仝那样连喝七碗，但可以发扬"七碗茶"精神。第四句写茶的功用：去腻味，除繁杂之气，有远香。

自方广过高台赋此

山云迷古寺，曙色照孤城。禅境风偏好，空门眼倍明。逢僧叙旧话，对客结新盟。□□□□□，□□□□生。

[解读]

从"禅境风偏好，空门眼倍明"，可看出对禅境空门有喜爱之情。因尾联脱落，不知是否逆转前六句之诗意。

胡丈广仲与范伯崇自岳市来，同登绝顶，举酒极谈，得闻比日讲论之乐

自得中峰住，怜君冒雪来。共登福岩寺，齐上古层台。斗酒酬佳兴，诗怀喜独开。飘然尘世隔，谈论转堪哀。

[解读]

胡广仲与范伯崇自岳市来到衡山，与朱熹一行同登绝顶，饮酒剧谈，让他们得知当时三人讲论儒学之乐。首联言朱子一行已

在中峰住下，欢迎他们冒雪来到衡山。次联，谓与他们"共登福岩寺，齐上古层台"。三联写五人聚会情景：斗酒增添佳兴，诗兴更浓。末联抒怀：飘然有隔绝尘世之感，想不到谈着谈着心情反倒变得悲哀起来。为什么？作者没有言明，请读者自行猜想。

题福岩寺

久慕云间寺，相从此日来。山僧留客坐，野老把松栽。地拱千寻险，天遮四面开。殷勤方外望，尘事不胜哀。

[解读]

衡山是中国著名的道教、佛教圣地，环山有寺、庙、庵、观200多处；是上古时期唐尧、虞舜巡疆狩猎祭祀社稷，夏禹杀马祭天地求治洪方法之地。其山神是民间崇拜的火神祝融，他被黄帝委任镇守衡山，教民用火，化育万物，死后葬于衡山赤帝峰，被当地尊称南岳圣帝。道教"三十六洞天，七十二福地"，有四处位于衡山之中。福严寺创建于南朝，至唐开元元年（713），佛教禅宗七祖怀让和尚在此宣讲"顿悟法门"之学说，故此寺又被称为"天下法院"，宋朝改名为福严寺，延称至今。福严寺寺内有岳神殿、方丈室、祖堂、藏经阁等古香古色的殿堂。寺外的山岩上有三生塔。寺东有一口方形的石井，井壁上有"虎跑泉"石刻，泉旁有镌刻石碑，碑文记述当年慧思祖师开辟道场的轶事。

此诗描述登临福岩寺所历、所见、所感。首联写久慕这座云雾缭绕中的福岩寺，此日相从来此瞻仰。颔联写受到欢迎场景：山僧留我们坐下休息，野老忙着把松树苗栽。颈联写所见天地之景；大地拱起千寻之高的险峰，天空遮住了四面群山。殷勤地向方外瞭望，世间尘事不胜哀愁！

晨钟动雷池望日联句

浮气列下陈，天净澄秋容。朝暾何处升，仿佛呈微红。须臾眩众采，阊阖开九重。金钲忽涌出，晃荡浮双瞳。乾坤豁呈露，群物光芒中。谁知雷池景，乃与日观同。徒倾葵藿心，再拜御晓风。

[**解读**]

见朱熹同名诗。

题南台

山高耸楼观，天际有瑶台。地僻烟霞静，门空云雾开。舆图真绝域，形胜实崔巍。久以平生慕，今年始得来。

[**解读**]

首联写南台耸立天际。二、三联写南台景观特征：地僻安静，云雾缭绕。位置真是绝域，形胜在于崔巍。末联写此次登临，实现了平生意愿。

同游岳麓，道遇大雪，马上次敬夫韵

遥瞻衡岳顶，云尽碧参差。人从南方至，雪坠西崖垂。谈玄问老子，鸣佩邀神妃。飞花舞琼瑶，青壁比珠玑。平生山水兴，行止只自知。飘飘凌浩荡，犹恐太白低。松持岁寒操，梅放冰雪姿。迢递昆仑巅，俯仰动遐思。兹峰名天下，突兀真绝奇。行行将易晚，去去尚追随。我爱君饮酒，君爱我赋诗。相看各惆怅，勉旃在明时。

[解读]

全诗24句，可分为三个层次。前八句描写衡山的风景与历史传说：遥望衡山顶峰，云尽处碧翠参差不齐。人是从南方来到这里，雪却坠垂在西边的崖壁。交谈之间就问起老子的故事，还流传鸣佩邀神妃的传说。雪花像飞舞的琼瑶，青壁宛若珠玑般美丽。中八句表达平生山水志趣：自知虽有山水之兴，所至之处却不多，但登临之意却很坚定，飘飘凌越浩荡长空，犹恐太白星太低。有着松树般岁寒之节操，梅花绽放般冰雪之美姿，迢迢千里攀登昆仑巅峰的壮志，俯仰之间涌动妙想遐思。后八句写衡山乃天下之名山，其景色突兀绝奇，行行天将晚，与朱熹、张敬夫"去去尚追随"。我爱你喝酒，你爱我赋诗，相看各各惆怅，努力在明天！勉旃：努力。多于劝勉时用之，旃，语助词，之焉的合音字。

游南岳风雪未已，决策登山，用敬夫春风楼韵

人言南山巅，烟霞耸楼观。俯瞰了坤倪，仰攀接天汉。勇往愧未能，长吟湘水畔。兹来渺遐思，风雪岂中断。行行重行行，敢起自昼叹。我闻精神交，石裂冰可泮。阴沴驱层霄，杲日丽旭旦。决策君勿疑，此理或通贯。

[解读]

风雪未已，是否登衡岳之巅，摆在朱熹一行的面前，三人意

见高度一致，各自提出不畏风雪登山的理由。本篇每四句为一个意象群，表达一个意旨，共同指向"决策登山"。首四句写衡山巅的雄姿：烟霞之中耸立楼观，俯瞰能了然乾坤的端倪，仰攀可接霄汉。次四句写由此引起的心潮起伏：惭愧未能勇往，只能在湘水之畔长吟。此来渺远的遐思，岂能因风雪而中断？有愧意，有诗作，有遐想，有主张：不能中断登山。再四句写有精神支撑，石可裂，冰可融解，意为下决心，没有克服不了的困难。后四句预测明日天气，决策登山勿疑：把天地四时阴气不和而产生的灾害驱入层霄，明天，太阳将很明丽，决策登山勿迟疑，此气候之理、精神之理，或者是贯通一气的。

将下山有作

昔日乘舆住此山，爱山五日住山间。今朝忽动思归兴，得伴先生杖屦还。

[解读]

此诗对登览衡山作了简要的回顾，前二句点明主要交通工具是竹舆，住山间的时间为五日，表达对衡岳的感情——"爱山"。后二句写"今朝忽动思归兴，得伴先生杖屦还"，除了表达归思外，更表示追随老师朱熹的意愿。全诗感情真挚，明白如话。

十六日下山，各赋二篇，以纪时事云

匹马返归程，天寒雪眼明。无穷身外事，难了世间情。客向天边去，风含玉佩声。别离与僧约，明岁再来迎。

［解读］

择之诗中强调"无穷身外事，难了世间情"，包含游览、聚会都是暂时的，应对世间无穷事，才是长久的责任之理。与僧约定，明年再来。态度淡定。

又和敬夫韵

山中好景年年在，人事多端日日新。不向青山生恋着，只缘身世总非真。

［解读］

前二句谓山中好景年年常在，人事多端日日变新。在比较中揭示了自然界与社会领域的不同特点，前者相对稳定，后者变化多端。后二句议论，认为人不生生恋着青山，只因为身世总不是真的。此近谈禅也。

登山回

胜概峰头寺，寻幽客自来。泉声涧分细，山色翠成堆。踏破千崖雪，还闻一夜雷。东林期拟结，卧石梦忘回。

［解读］

林择之先赋诗，朱子、敬夫分别和之。此为四库本《南岳倡酬集》最末一首诗。《朱熹集》以《二诗奉酬敬夫赠言，并以为别》，为《南岳倡酬集》最末一首诗。

三人下山，结束了七日的行程。

首联写峰头寺的胜概，吸引着寻幽客前来游览。这是总提，以下分叙"客自来"的原因。颔联写泉声分细涧，清匀绵长；"山色翠成堆"，十分美丽。从泉声、山色两个角度写出峰头寺之胜概。颈联写白天"踏破千崖雪"，夜间还听到响雷，那是雪崩的声音。此乃突出其大雪覆盖群峰的特点，概括了冬天南岳的整体风貌。尾联写此次讲论、游山将作个了结，就要下山了，却卧在石头上做梦，忘了回去，表现对衡山充满了眷恋之情。

总体而言，林择之的诗，格调较平和，意境颇新奇，诗艺臻成熟，似不逊于其师其友。

附录

林用中：朱熹的古田籍高弟与畏友

游友基

朱熹（1130—1200），是孔孟之后，中国历史上最为著名的思想家、哲学家、教育家。一生以建立、弘扬理学为己任，从事教育五十载，门人广布闽浙赣皖湘粤，见于文献有姓名者达400多人，其中古田籍门人20多人。

林用中，字择之，号东屏，福建古田县西山村人，其生卒年不详，有文章认为生卒年为1136—1207年。

林用中是朱熹的古田籍高弟与畏友。

一、改从朱子

林用中早年从学古田程深父、林大春（字熙之）、林鲁山（字师鲁）三先生。又从学林光朝。林光朝（1114—1178），字谦之，福建莆田人，隆兴元年（1163）登进士第，累官至国子监祭酒兼太子左谕德。曾在多个书院讲学，时间长达 20 多年。其办学在东南独树一帜，被人尊称为"南夫子"；以伊洛之学首倡东南；宋孝宗听其讲《中庸》，赞不绝口；是位知名的理学家。

绍兴二十七年（1157），朱熹离同安主簿任，回崇安授徒讲学，从事著述活动。朱熹拜师李侗，承袭二程"伊洛"之学，建构"朱子理学"，一时名震闽北。林用中于隆兴元年（1163）赴京应试，中进士，毅然弃举业而致力学问。《古田县志》（乾隆版）载："（林用中）曰：'吾当求所谓明德新民止至善者以毕吾志。'闻朱子授徒建安，遂弃举业往从。"从乾道二年（1166）起，入夫子门而善其学，直到庆元党禁，30 多年坚贞不渝，"从文公游最久"，终于成为朱子理学的助手和传人。

林用中追随朱熹初始，参与两次重大的讲学论道活动，展示出卓异的才学风貌。

二、从游潭州

（一）岳麓会讲

乾道三年（1167），朱熹 38 岁，八月一日偕林用中、范念德（朱熹姻弟）从崇安起程，前往潭州（今长沙）与友人张栻探讨儒学。九月初八到潭州。时张栻官主湖南，并主管岳麓书院教事，亲自主讲于岳麓、城南两书院。他热情款待朱熹师生三人，并邀请朱熹在岳麓书院讲学，一时盛况空前，从各地赶来的听课者多达千人，一时舆马之众，饮池水立涸。"朱张会讲"乃岳麓书院史上一场盛事，开中国学术史、教育史会讲之先河。朱熹为岳麓书院讲堂手书"忠孝廉节"四字，后被书院奉为规训。讲学之间，又共同探讨学术难题。朱、张之间讨论的主要是《中庸》

中的"中和",《太极》中的"太极"等问题,既有契合,又有分歧,未能相融。林用中经历会讲,拓宽了思路,增长了见识。此即潭州之行的"岳麓会讲"。

(二)南岳倡酬

朱熹和林用中到长沙讲论两个月后,与张栻一起游览南岳。是年十一月初六自潭城出发往南岳,初十至南岳山麓,十三日登山,十六日下山,凡七日。三人完全撇开讲论话题,以十分放松的心态寻求登山之乐,相互唱酬,得诗百余首。

诗词酬唱在中国诗史上已形成传统。北宋闽北人杨亿便编纂《西崑酬唱集》,这是杨亿、刘筠、钱惟演等17人的唱和诗集。景德二年(1005)九月,宋真宗命王钦若、杨亿等人编纂《册府元龟》,册府是宋代的藏书处秘阁,在秘阁参加编纂工作时的唱和诗集,称之为《西崑酬唱集》,取《穆天子传》"天子升于崑苍之丘,至于群玉之山,先王之所谓册府"之意。该集收杨亿诗75首,刘筠73首,钱惟演54首,其他人1~7首不等,计250首。参加酬唱的17人政治观点并不一致,甚至有很大分歧,但都反映了这些文学侍从之臣的思想感情。

《南岳倡酬集》集前有张栻序,称得诗"百四十有九篇"。朱熹在《东归乱稿·序》中也称得诗"百四十余首"。但后来收入《四库全书》中却只有57题。三人同赋,互相唱和,寄兴自然,抒写怀抱。表现出各自的思想境界、学识水平与诗歌创作艺术,可谓各具特色。而每一组倡酬诗,又能融为一体。论才情,似乎难分高下。林用中写诗之才气,并不逊于其师辈。朱熹与之亦师亦友,彼此之间无尊卑之别。

（三）东归问辨

游罢南岳，十一月二十三日，朱熹、林用中告别张栻，踏上东归之路。"道涂次舍，舆马杖履之间，专以讲论问辨为事"，"以见吾党直谅多闻之益，不以游谈宴乐而废"，"而间隙之时，感时触物，又有不能无言者，则亦未免以诗发之"。与林用中、范念德一路唱酬，共达200多篇，集为《东归乱稿》。①

三、白鹿讲学

鹅湖论辩②归来，朱熹接受陆氏对其学说"流于支离"的批评，全神贯注地致力于理学思想的体系化。淳熙四年（1177）完

① 《南岳倡酬集》，连同朱熹的《东归乱稿·序》，朱、张两人的《南岳倡酬集·序》，均收入《四库全书》。连带还收入"朱子与林用中书32篇，用中遗事十条及朱子所作字序（指朱熹的《林用中字序》与《林允中字序》）二首"。《东归乱稿·序》见《朱熹集》（七），卷七十五，第3941页。

② 鹅湖论辩：淳熙二年（1175）五月十六日，朱熹、吕祖谦等人从建阳寒泉出发，前往铅山鹅湖寺与陆九渊、陆九龄兄弟相见。在此之前，朱熹在吕祖谦协助下编就《近思录》，简要明晰地阐述了二程的理学体系，与陆九渊兄弟的"心学"形成对立。这次论辩，来者众多，有知名的学者，还有当地知州等达官名流。陆氏兄弟从道在吾心出发，主张简易的发明本心，而反对朱熹的格物致知、读书穷理。在"教人"问题上进行争论。朱、陆之辩，两家各持己见，未能达成共识。虽因观点不同不欢而散，但仍体现"君子和而不同"的气度。这是一次有深刻影响的盛会，开历史上学术辩论之风气。在返闽至闽赣分水岭时，朱熹吟诗赋感，作《过分水岭有感》："地势无南北，水汊有东西。欲识分时异，应知合处同。"对这次论辩活动做了总结。今武夷响石岩有朱熹题刻："何叔京、朱仲晦、连嵩卿、蔡季通、徐宋臣、吕伯恭、潘叔昌、范伯崇、张元善，淳熙乙未五月廿一日，晦翁。"（《闽中金石志》卷九、《崇安县志》卷十）此即是朱、吕赴鹅湖经武夷游览所留题，正可见随朱熹赴鹅湖之会之人。（束景南：《朱熹年谱长编》卷上，华东师范大学出版社2001年版，第529~530页）摩崖石刻没有林用中名字，说明林用中没有参加这次鹅湖论辩的活动。

成《四书集注》，成为他经学思想发展的新起点。

淳熙六年（1179）三月，朱熹受命知南康军州事。七年（1180）三月，朱熹修成白鹿洞书院，自为洞主，主持院务并亲自执教。林用中作为讲师跟随朱熹在此升堂讲说，黄榦、刘清之、林子武（熙之）等亦在讲师之列。白鹿洞书院内设宗儒祠，祠祀周（敦颐）、朱（熹），并以林用中等人从祀，从南宋至明、清，历代成规。白鹿洞历代祭祀的对象，有先圣、先儒、先贤、朱门等七大类。朱门所祀者即朱熹门人林用中、黄榦等人，以纪念他们为白鹿洞振兴做出的杰出贡献。

四、高弟畏友

朱熹称林用中为"畏友""仕友""友人""同人"。朱熹在给其高弟、同安学者许顺之（许升）的信中说："今岁却得择之在此，大有所益，始知前后多是悠悠度日。自兹策励，不敢不虔。"① 在另一封给许顺之的信中说："择之所见日精，工夫日密，甚觉可畏。如熹辈，今只是见得一大纲如此，不至堕落邪魔外道耳。若子细工夫，则岂敢望渠也。"② 朱熹在给他的弟子与学友、邵武学者何叔京的一封信中说："熹碌碌讲学亲旁，思索不敢废。但所见终未明了，动静语默之间，疵吝山积，思见君子，固所以洒濯之者而未可得。今年却得一林同人在此（名用中，字择之）相与讨论。其人操履甚谨，思索愈精，大有所益，不但胜己而已。"③ 在另一封给何叔京的信中说："熹近来尤觉昏愦，无进步处。盖缘日前媮坠苟简，无深探力行之志。凡所论说，皆出

---

① 郭齐、尹波点校：《朱熹集》（四），四川教育出版社1996年10月版。
② 《朱熹集》（四），卷三十九，第1781页。
③ 《朱熹集》（四），卷三十九，第1860页。

入口耳之余，以故全不得力，今亦觉悟，欲勇革旧习而血气已衰，心志亦不复强，不知终能有所济否。今年有古田林君择之者在此，相与讲学，大有所益。区区稍知复加激励，此公之力为多也。"① 朱熹在给林用中的一封信中说："终日愦愦，自救不了……思与吾择之相聚，观感警益之助，何可得耶？瞻仰非虚言也。"② 在另一封信中说："相去既远，难得相聚，相聚往往又不能尽所怀，别后令人常有耿耿不满之意。后会不知复在何时。又不知便得相见，果能廓然，无许多遮障隔否。他人固难语此，而于择之犹不能无遗憾，不知择之又自以为如何也。"③ "择之所造想日深，累日不闻益论，尘土满襟矣！"④ 给予林用中以高度评价。

林用中在学问上与朱熹相砥砺，成为朱熹的畏友。

林用中毕竟是朱熹的门生，无论其理学根基之深广，还是学识之厚重，自不能与朱熹比肩。林用中曾请朱熹为他更名改字，朱熹于乾道二年（1166）三月撰《林用中字序》，曰："古田林子用中过予于屏山之下，以道学为问甚勤，予不能有以告也。然与之言累日，知其志之高，力之久，所闻之深而所至之不可量也。"朱子以"择之"字之，"精择而敬守之耳"。⑤ 这是对林用中的要求与勉励。朱熹作为严师，对择之治学十分严格，他在致

---

① 《朱熹集》（四），卷四十，四川教育出版社，第1862页。
② 《朱熹集》（七），卷七十五，第3935页。
③ 《朱熹集》（九）、《别集》卷六，第5476页。
④ 《朱熹集》（九）、《别集》卷六，第5479页。
⑤ 《朱熹集》（四），卷四十三，第2031页。

林择之的许多信中，都询问其"不知进学功夫如何？深以为念也"①，指出择之缺点，望其改正。《答林择之》云："然择之向来亦颇有好奇自是之弊，今更当虚心下意，向平实处加潜玩浸灌之功，不令小有主张之意，则自益益人，功庶乎其两进矣。"② 对具体的理论问题，朱子亦曾指出择之偏颇之处，要求他仔细深入考察之。如在另一封答林择之的信中，朱熹说："大抵近见择之议论文字诗篇及所以见于行事者，皆有迫切轻浅之意，不知其病安在？若如此书所论，则凡经典中说性命仁学处皆可删，而程、张诸公著述皆可焚矣。愿深察之，此恐非小病也。"③ 正是由于朱子精心培育，匡谬指正，择之才能学业大进，成为理学重要传人。

林用中参与二次重大学术活动时期，正是朱熹理学集大成与体系化的形成时期，林用中作为朱熹四大门人（蔡元定、黄榦、范念德）之一，在这一过程中，起了辅佐、促进的作用，成为朱子理学的辅创者之一。林用中博学多思，穷究义理，对儒学的许多问题，都能提出独立鲜明的见解，得到朱熹的赏识。《答林择之》云："所答二公问（指《论语》中齐景公和鲁定公问政于孔子——引者）甚精当，熹亦尝答之，只说得大概，不能如此之密。"④ 又《答林择之》云："所论颜、孟不同处，极善极善！正要见此曲折，始无窒碍耳。"⑤ 朱熹遇到某些要探究的问题，也会

① 《朱熹集》（九）、《别集》卷六，第 5481 页。
② 《朱熹集》（九），卷四十三，第 2039 页。
③ 《朱熹集》（九），卷四十三，第 2054 页。
④ 《朱熹集》（四），卷四十三，第 2030 页。
⑤ 《朱熹集》（四），卷四十三，第 2030 页。

请林用中帮忙解疑，如对佛学的理解、对天文历法的探讨。其疑难之处，朱熹同样写信"更烦择之仔细询考"。又如对"太极"的讨论，其中一些具体问题，众说纷纭，朱熹也是"更请择之亦下一语，便中早见喻也"。①

五、得力助手

在日常生活、事务方面，林用中是朱熹的得力助手。

例一：被聘塾师。宋乾道二年（1166），林用中到崇安五夫里后，便被朱熹聘为塾师，负责其两个儿子的教育。朱熹在《与祝直清书》中提到："恨此中前辈寥寥，幸得古田林择之邀至家馆，教塾、垫二人，其见明切。"②

例二：筹办出书。朱熹"为贫谋食"，自乾道九年（1173）始，在当时被誉为"图书之府"的建阳崇化书市建立同文书院，撰著编印书籍出售。印务中的资金，多由林用中费力筹办。印书业中的编印出售业务，经费往来，朱熹也常交由林用中料理。

例三：代祭友人。林师鲁（芸谷）英年早逝，朱熹撰《祭芸谷文》，委托林用中代为祭奠。朱熹门人程深父去世，朱熹也委托林用中代行师职，办礼设祭，"烦为于其灵前焚香点茶，致此微意"③

林用中著有《东屏集》十五卷，由南宋理学家真德秀作序。惜未能传世。

《朱熹集》中朱熹给林用中的信札达55件，诗词唱和数十首。《朱子语类》问答中与林用中有关的也有数十条。师生文字

---

① 《朱熹集》（九），卷四十三，第2054页。
② 《朱熹集》（九）、《别集》卷六，第5481页。
③ 《朱熹集》（九）、《别集》卷六，第5472页。

往来之繁，不亚于张（栻）、吕（祖谦）、蔡（季通）等学者，从中可以想见林用中对朱子理学的形成和发展做出的杰出贡献。

六、尤溪执教

宋乾道七年（1171），朱熹的朋友石子重在尤溪任知县。林用中也是石子重的朋友。石子重上任伊始，即延请林用中到尤溪办学。朱熹为石子重写的墓志铭《知南康军石君墓志铭》曰："县故穷僻，学校久废，士寡见离，不知所以为学。君至，即命其友古田林用中来掌教事，而选邑子愿学者充弟子员……或异邦之人，皆裹粮来就学。……于是士始知学而民俗亦变。"①

据尤溪县《朱熹在尤溪的同道》一文记载，朱子在尤溪的同道共12人，林用中名列其二，所叙文字最多。林用中去世后，尤溪人士把他的神位列入名宦祠从祀名宦。

七、办学古田

林用中在尤溪掌教的时间不长。明万历版《古田县志·人物》载："石宰尤溪，延掌学政，仅为一往，后不复出。"林用中在尤溪治教取得显著成效的时候遽然离去，其重要原因是，古田石宰为在本地兴学，请林用中回乡掌教。朱熹在答许顺之的信中提到："尤川（即尤溪）学政甚肃，一方向风，极可喜。择之书来，云古田宰闻之亦欲效颦，果尔则石宰之化不止行于尤川矣！"② 石宰果然把林用中请回古田办学。朱熹在给林用中的回信中说："闻学中已成次第，甚喜。但尤川学者不无恨于遽去耳。更能到彼少留，以慰其意否？"③

----

① 《朱熹集》（八），卷九十二，第 4677 页。
② 《朱熹集》（四），卷三十九，第 1788 页。
③ 《朱熹集》（九）、《别集》卷六，第 5474~5475 页。

　　林用中在古田掌教，取得可喜成绩。朱熹在给林用中的信中说："闻县庠始教，闾里乡风之盛，足以为慰。"① 林用中因石子重解官离任，很快也辞职。

　　林用中除了在尤溪和古田掌教一小段时间外，别无他事，仍然潜心他的理学研究。在朱熹身边时，则促膝论道；在古田家居时，则在溪山书院旁另建欣木亭和草堂，在那里精研潜修，有时也设帐授徒，对朱子理学在古田的传播起了引领作用。

　　林用中深得赵汝愚赏识。赵汝愚，乾道二年（1166）状元及第，南宋宗室大臣，曾任右丞相，系朱熹的好友。淳熙九年（1182），赵汝愚以集贤殿修撰出任福建军帅。林用中是朱熹高足，与朱熹的朋友、门人交谊深厚，学识渊博，从而赢得赵汝愚的器重。《八闽通志·人物》《古田县志》（乾隆版）俱载："赵汝愚帅闽日，尝亲过其门，访以政事。"就因这"亲造问政"，林用中曾被赵汝愚请往福州当幕僚。赵汝愚第二次出知福州时，于绍熙二年（1191）九月二十日写下《同林择之姚宏甫游鼓山》一诗，诗云："几年奔走厌尘埃，此日登临亦快哉。江月不随流水去，天风直送海涛来。故人契阔情何厚，禅客飘零事已灰。堪叹世人只如此，危栏独倚更徘徊。"此诗后刻于鼓山摩崖。

　　八、患难与共

　　朱熹是否到古田等地避难，学界有两种看法：一种认为没有，一种认为有。

　　本文从后者。

　　庆元初年，韩侂胄专权，朱熹等人的道学被斥为"伪学"，

---

　　① 《朱熹集》（九）、《别集》卷六，第5478页。

一场严酷的"党禁"拉开帷幕。朱熹等59人都被斥为"伪党"
"逆党"及至"死党"。朱熹好友赵汝愚被罢相。朱熹在所谓
"伪党""逆党"中名列第五,于庆元元年(1195)遭落职罢祠,
回到武夷冲佑观避祸。庆元二年(1196),"党禁"不断升级,与
"伪学"有牵连的官员或贬或罢,大批理学经典著作都要被毁。
朱熹还被监察御史罗列十大罪状上奏。有人甚至上书乞斩朱熹。
朱熹最得意的门人之一蔡元定遭遣送管制,客死途中;朱熹好友
赵汝愚罢相后于庆元二年(1196)暴死衡州;朱熹女婿黄榦也被
株连问罪。建阳因是朱熹理学的根据地,建阳县令遭降级,并令
其永不得任地方官……《宋史》载:"方是时,士之绳趋尺步,
稍以儒名者,无所容其身。从游之士,特立不顾者,屏伏丘壑;
依阿巽懦者,更名他师,过门不入,甚至变易衣冠,狎游市肆,
自别其非党。"这些给予朱熹以沉重打击,他在危难之中很希望
得到朋友、门人的慰藉。他曾写信给林用中,问"秋冬间能同扩
之一来慰此哀苦否"?① 同时,他也十分关心林用中兄弟的安危,
写信告诫林用中:"某杜门如昨,无足言者。但吾人罪戾踪迹显
不可揜,只得屏迹念咎,切不可多与人往来,至如时官及其子弟
宾客之属,尤当远避,勿与交涉,乃可自安。此不惟择之当深戒
之,如扩之亦不可不知此意也。"②

　　遭受仇敌猛烈攻击,朱熹随时可能大难临头。

　　以林用中为代表的一批古田籍朱熹门人,表现出对理学的坚
定理念和尊师的一片忠心,他们要和朱熹患难与共。"党禁"方

---

① 《朱熹集》(九)、《别集》卷六,第5482页。
② 《朱熹集》(九)、《别集》卷六,第5482页。

严，林用中和朱熹照常往来，师生互相慰藉，仍坚持理学研究。赵汝愚病逝后，林用中到赵汝愚的故里江西余干吊唁，返乡时到朱熹处议论党禁之祸。考虑到朱熹在闽北的危难，林用中兄弟和其他几位古田籍门人便把朱熹接到古田来避难。庆元三年（1197）年初，林用中等人侍陪朱熹从建阳南下，行舟至古田县水口镇稍事休整。朱熹触景生情，写下《水口行舟二首》。其一："昨夜扁舟雨一蓑，满江风浪夜如何？今朝试卷孤篷看，依旧青山绿树多。"其二："郁郁层峦夹岸青，春山绿水去无声。烟波一棹知何许，鹢鹉两山相对鸣。"朱熹借自然景观的描述，抒写尽管罹难，对理学前程仍充满乐观的心境。

古田县城有溪山书院，该书院始建于宋淳化二年（991），林用中的家乡西山村离书院不远。林用中曾执教其中。后又在书院旁建草堂和欣木亭。朱熹到古田后，林用中兄弟安排朱熹在书院安顿下来，并设帐讲学。

朱熹为溪山书院题"溪山第一"四字，后刻石嵌于书院门顶。在报恩寺书"不贰室"三字。据《古田县志》（民国版），朱熹还游览平湖镇富达畲族村，写下《蓝洞记》一文。乾道四年（1168），朱熹曾为林用中所建的欣木亭作《题林择之欣木亭》诗："危亭俯清川，登览自晨暮。佳哉阳春节，看此隔溪树。连林争秀发，生意各呈露。大化本无言，此心谁与晤？真欢水菽外，一笑和乐孺。聊复共徜徉，殊形乃同趣。"此次得以亲临观赏。

其时，他除了在溪山书院讲学外，还"往来于三十九都徐、廖二大姓，尝书：'大学户庭，中庸闳奥；文章华国，诗礼传家。'螺峰、浣溪、杉洋诸所，皆其游息而训诲也。文公尝曰：

'东有余李，西有黄魏。'盖自纪其众乐云。"[1]

风声仍紧，古田县城亦非久安之地。于是，依杉洋的门人余偶、余范等人邀请，林用中等人护送朱熹到边远的杉洋镇避难。在杉洋期间，朱熹在林用中等人陪同下，浏览了几处名胜，如杉洋的三井瀑布、卓洋乡的廖厝温泉森林等。

在古田，朱熹加紧其《〈楚辞〉集注》的撰述。他在古田时"得古田一士人所著《补音》一卷，亦甚有功"，因而朱熹又编写《〈楚辞〉音考》，计划附于《〈楚辞〉集注》一书之后。朱熹在蓝田书院讲学之时，还为蓝田书院留下许多珍贵的墨迹。如题"文运昌明"横匾置于文昌阁阁门之上；题"引月"二字，署"茶仙"，后刻石于留云洞不远处天然泉水池，等等。

之后，应长溪（霞浦）等地的门人坚请，由林用中、余偶等人一路护送朱子至长溪（霞浦），继续在闽东避难。

庆元五年（1198），朱熹回到建阳考亭。朱熹病重期间，林用中兄弟到建阳问候。林用中的同乡、同门林子武在朱熹易箦之日还侍奉在侧。庆元六年（1200）三月朱熹病逝。享年71岁。

朱熹去世后，林用中将溪山书院改为"晦翁祠"，祠中供朱熹遗像及木主。

作为朱熹的高弟和畏友，林用中去世后，古田县令洪天锡匾其门曰"通德"，并为之在县城立牌坊，后改为"承流"。林用中神座也被邑人祀于晦庵祠，"历元迄明，有常享"，同时，其神位还以教谕的身份入福州府先贤祠。

---

[1] 《古田县志》（乾隆版），福建省古田县地方志编纂委员会整理，1987年版，第340页。

林用中字序

朱 熹

古田林子用中过予于屏山之下，以道学为问甚勤。予不能有以告也。然与之言累日，知其志之高，力之久，所闻之深，而所至之不可量也。

一日语予，求所以易其名与字者。予曰："名者，子生三月而父命之，非朋友所得变。字虽可改，然前辈有言，名字者，己所假借以自称道，亦人所假借以称道己之辞尔，奚以求胜为哉？"林子曰："不然。用中之名，在《中庸》实舜之事，非后学所宜假借以自名者，故常病其大而不自安，非敢小之而复求胜也。且亦素请于家君矣，愿得一言若可用以自警者而称焉，则所望也。"予嘉其礼与辞之善也，则告之曰："舜诚大圣人，不可及也。而古之人有颜子者，其言曰：'舜何人也？予何人也？有为者亦若是。'夫岂不知舜之不可以几及，而必云尔者？盖曰学所以求为圣人，不以是为标的，则无所望走而之焉耳。子诚能志颜子之志而学其学，则亦何歉于名之大而必曰易之邪？且子不观于子思之《中庸》耶？《中庸》之书，上言舜，下言颜子。用其中者，舜也。择乎中庸，得一善则拳拳服膺而弗失者，颜子也。夫颜子之学所以求为舜者，亦在乎精择而敬守之耳。盖择之不精，则中不可得；守不以敬，则虽欲其一日而有诸己且将不能，尚何用之可致哉？今子必将道颜而之舜，则亦自夫择者始而敬以终之，无他事矣。故予谓子之名则无庸改，而请奉字曰'择之'，又曰'敬仲'，二字惟所称。子以是为足以有警乎，无也？"林子曰："子之教，敢不奉以周旋。"

予因稍次序其语，书以赠之。

乾道二年三月癸亥

《南岳倡酬集》序

邓 怀

予韦布时阅《闽通志》，有宋大儒林择之《倡酬集》行于世。慨生也晚，恒以不见是集为歉。

比出守襄阳，有寅友林君希仲者，顾予视篆之余，持出是集求予毋靳一言为序。予喜而叹曰："吾慕是集，盖亦有年矣，今得见焉，则未毕之愿其遂偿耳！"庄诵数日，乃知山川之明秀，与夫台阁之峥嵘，其详备具于张南轩、朱考亭之《序》，固不待言也。然独念先生隐居学道，不干仕进，师晦庵而友群彦，渊源之懿，有所自来。今见兹集，犹见三先生矣。惜乎历岁既久，而字画为蠹所残坏者尤多。不有贤子孙搜求考正于数世之下而表章之，则先生平日之所用心、所授受，不因是而遂泯乎？乃补其阙略，始克成编，图锓诸梓，以广其传。上以续斯文于不坠，下以承休德于无穷。庶后之观是集者，得以集者，得以知其家世源流之所自云。

先生讳用中，字择之，东屏其别号也。

《南岳倡酬集》序

余文龙

东屏林先生，予乡先达，理学名儒也。向从游于朱晦翁之

· 161 ·

门，与建安蔡元定齐驱并驾。晦翁至推为畏友，甚敬礼之。通悟修谨，足不出户。偶偕晦翁走潭州，访守张敬夫，因有南岳之游。所著《倡酬》诗百四十余首。会中叶散佚，久失流传，遂不获与《翠屏》《享帚》二集并行于世，识者衔之。即文龙燥发以来，知有林先生，杳不闻有《倡酬集》也。崇祯辛未，四明广石杨明府，世胄名公，秘函宿学。甫下车，即搜访石英，表章逸德，得其遗稿于西河氏。残断蠹蚀，重加较次，付之剞劂，征序于不佞文龙。文龙曰：文章显晦，与仕途通塞互相关者也。先生遁迹鹿门，忘情鼠吓，身既隐矣，焉用文之唱酬之作？无非借景写怀，适鸣天籁，以志师友一时追随之盛云尔。然言为心声，蕴必有泄。其一种灵睿之气，阴为鬼神所呵护，故历今数百岁而琰琬犹烂然星芒，脍炙人口也。行笃而文益灿，迹秘而名益彰，先生之谓耶？予曩筮仕衡阳凡七年，所登眺南岳诸峰者屡矣，愧无如椽之笔，堪探其奇。别去二十载，梦魂尚依依衡麓之侧也。今读先生诸咏，与往时所见，一一印符。赫赫山灵，且快先生为知己矣！乃议者，以宋不及唐为病。夫诗本性情，《三百》皆情也。先生幽贞之趣，直以明新为标的；则其阐发之词，亦直以达意为指归。况唐工风格，宋宗理道，其分途旧矣，又何必生吞李杜，欢嚼白刘，轧句敲字，聱牙噤齿于清平世界，作魑魅魍魉语哉？广石之刻，实先生之功臣。九原有知，当不以予言为盲聋者。

镌《南岳倡酬集》序

杨德周

古邑僻在万山深处，名贤递有衰旺。而宋绍兴间，林东屏、草堂两先生，兄弟崛起，授业紫阳皋比下，与蔡季通齐名。道德渊源，沿流可溯已。县北有书院，题曰"溪山第一"，是紫阳手迹，今虽失其真者，笔法尚遒劲合法。此即当时诸友讲学处。后人即地祀紫阳，二林先生配焉。

周幸莅兹土，窃尝凭吊山川。寤寐耆旧，顾卒卒鲜以祀。宋之余应者，迩肇举林剑溪先生外建文事，祀诸学宫；其后人因示以《南岳倡酬集》，则东屏先生偕紫阳、南轩两先生历览衡岳，凡于喝之作尚在。盖剑溪先生即东屏先生九世孙，道学忠节，后先辉映。即兹集，亦天犀月批之一斑也。窃叹大贤存神过化之远，豪杰响答共嘘斯道薪火之传，且其时党禁方严，从游诸公始终无易操，而一时杖屦登临，觉舞雩游咏之趣，俨焉未散。今观《南轩记》云："吾三人数日间，亦荒于诗矣。事无大小美恶，流而不返，皆是丧志。"而朱子云："诗非不善，惧其流而生患。夫诗，犹惧其荒也。有如荒甚于诗者，可令诸先生见耶！"盖圣贤冰渊治心，了非后人学问能步趋万一。惟是大道绝续，上为主盟，次则羽翼，又次则表章。自昔流风遗韵，暂或式微，久必重朗。虽中经兵燹煨烬，烟蔓剥蚀，而陡露迸现，定不终归澌漫。

我国家右文阐幽，凡名贤遗编，忠节旧迹，无不揭经天之曜，而玉田俎豆巨典，已祀剑溪先生，又再锓是集，缀姓氏，附声施，夫何敢妄居表章？倘得闻风景行者上之，羽翼又上之，主盟诸先生实式灵之，而驽劣如周，自揣门外汉，非敢附弟子之列也。他若子武先生《蒙谷集》、扩之先生《草堂集》、邵景之先生《玉波集》、余占之先生《克斋集》、程宝石先生《盘涧集》，俱无从觅原本，所望后来，同心搜采幽绪。夫今日之不泯文献者，即后日文献之必不可泯者也。盖周为斯土斯文，昕夕望之矣！

刻《晦翁与林东屏先生书及遗事》序

杨德周

德周既刻《南岳倡酬集》,已从徐兴公借诸书,得朱夫子与择之先生书及遗事数则,定作后卷,而赘言之曰:

夫汉唐以来,集诸儒大成有逾朱子哉?末学未窥门墙,辄骂呵佛,肆为无忌,无已则曰:"吾为紫阳功臣也。"以名教衡之,此罪人耳,何功臣云?乃当时代兴不乏人,大半出于紫阳皋比下,中心诚悦。谁强之而致德邻,而从游诸贤羹墙俎豆,风洋洋在千古士,奈何不慎皈依哉!

周细绎当时,授受微言,心灯意药,语有别会,而茗柯勃窣入其玄中。虽不敏如周,恍有触发,况具利根者、妙契勤行不晦者、文不朽者,心岂小补耶?或曰:"前卷以诗行,此以学训,骚苑儒林,固同传欤?"周应曰:"西河之业,以四诗称崇门。夫景物虽美,何似性灵,流连易荒,不如涵咏。今取诸先生帙,诵诗、读书、尚友、论世,三复之余,知不必歧为两截矣。诚正禹子其为杓之人者,诚宜束置高阁,而大儒真儒超然膚鼎拘墟之外,如诸先生者,学术醇则心术正,而治术必不至杀人。即以当一旦事会,又安知贤者尽力之时,不以奏君子学道之效?此其人,不胜儇佻锼薄者万倍耶!如曰:"称述篇章,迂谈性命,则世必有能辨之者矣。"

三、张以宁《翠屏集》诗集

张以宁（1301—1370），福建古田人，字志道，号翠屏山人。泰定四年（1327）登进士第，为元代古田县唯一进士。任黄岩州判官、真州六合县尹，有惠政及民。以丁内艰去官服阙。此后，留滞江淮十年，以授馆为生。至正中，征为国子助教，累官至翰林侍讲学士、中奉大夫、知制诰、兼修国史。明洪武元年（1368），68岁，应召到南京，复原官。洪武二年（1369）出使安南封其国王。于驿馆，撰成《春秋春王正月考》。洪武三年（1370），因不辱使命及廉洁自律，朱元璋赐以勅书，比之陆贾、马援，并御制诗八篇奖谕之。回朝复命归途中，病逝于安南境内驿馆。今存《翠屏集》四卷、《春秋春王正月考》二卷，均收入《四库全书》。其诗对明初闽中诗派产生深刻影响。宋濂评其文为"一代之奇作"。《春秋春王正月考》通过考证，纠正千年来纪时之差错。

张以宁生平创作道路可分为四个时期：（一）求学、仕进时期（1301—1338），38岁前；（二）滞淮十年时期（1339—1349），39岁至49岁；（三）居燕廿载时期（1349—1368），49岁至69岁；（四）入明三秋时期（1368—1370），68岁至70岁。

四库全书总目提要

《翠屏集》四卷　浙江汪汝瑮家藏本

明张以宁撰。以宁有《春王正月考》，已著录。是集为宣德三年所刊，陈琏为之序，称以宁文集为其子孟晦所编，宋濂序之；诗集为其门人石光霁所编，刘三吾、陈南宾序之。其孙南雄教官隆复以《安南稿》续板行世。今三序，皆冠集首。而诗文集总题光霁编次，嗣孙德庆州训导淮续编，与序不同，未喻其故。

其文，神锋隽利，稍乏浑涵深厚之气。其诗，五言古体，意境清逸；七言古体，亦遒警，惟《倦绣篇》《洗衣曲》等数章，稍未脱元季绮缛之习；近体皆清新，间有涉于纤仄者，如《次李宗烈韵》诗"浮生万古有万古，浊酒一杯复一杯"之类，然偶一见之，不为全体之累也。

《明史·文苑传》称："以宁在元，以翰林侍读学士知制诰，在朝宿儒虞集、欧阳元、揭徯斯、黄溍之属，相继物故，以宁有俊才，博学强记，擅名于时，人呼'小张学士'云云。则以宁兼以文章显，不但以《春秋》名家。"

徐泰《诗谈》称："以宁诗，高雅俊逸，超绝畦畛，如翠屏千仞可望而不可跻。虽推挹稍过，然亦几乎近似矣。"

（《四库全书总目·集部·别集类》）

《翠屏集》序　宋濂

呜呼！濂尚忍序先生之文耶？先生长濂凡九岁，濂初濡毫学文，先生已擢进士第，列官州邑，及其教成均，入词垣。先生之文益散落四方。濂得观之，未尝不敛衽，而以未能识面为慊。去年春，始获与先生会于京师，各出所为旧稿，相与剧论至夜分，弗知倦，且曰："吾生平甚不服人，观子之文，殆将心醉也。"濂窃以谓先生素长者，特假夫褒美之辞，以相激昂尔，非诚然也。

曾未几何，先生使安南，道次大江之西，特造序文一首相寄，其称奖则尤甚于前日者。濂读而疑之，酸咸之嗜，偶与先生同，故先生云然，非濂之文果有过于他人也。方将与先生细论，而九原不可作矣。

呜呼！濂尚忍序先生之文耶？文之难言久矣。周秦以前固无庸议，下此唯汉为近古。至于东都，则渐趋于绮靡，而晋宋齐梁之间，俳谐骩骳，岁益月增其弊也为滋甚，至唐韩愈氏始斥而返之。韩氏之文，非唐之文也，周秦西汉之文也。韩氏之文固佳，独不能行于当时。逮宋欧阳修氏始效之。欧阳氏之文，非宋之文也，周秦西汉之文也。欧阳氏同时而作者，有曾巩氏，有王安石氏，皆以古文辞倡明斯道，盖不下欧阳氏者也。欧氏之文，如澄湖万顷，波涛不兴，鱼龙潜伏而不动，渊然之色，自不可犯。曾氏之文，如姬孔之徒复生于今世，信口所谈，无非三代礼乐。王氏之文，如海外奇香，风水啮蚀已千余祀，树质将尽，独真液凝结，崒然而犹存。是三家者，天下咸宗之。有元号称多士，或出入其范围，而櫽括其规模者，辄取文名以去。故章甫逢掖之徒，每骄人曰"我之文，学欧阳氏也，学曾王氏也"，殊不知三君子者，上取法于周、于秦、于汉也。所以学欧阳氏而不至者，其失也纤以弱；学曾氏而不至者，其失也缓而弛；学王氏而不至者，其失也枯以瘠。此非三君子之过也，不善学之，其流弊遂至于斯也。文之信难言者，一至如是乎！濂与先生剧论时，未尝不抚卷而三叹。奈何狂澜既倒，滔滔从之，而无有如先生之所虑者也。不亦悲夫！

今观先生之文，非汉、非秦、周之书不读，用力之久，超然有所悟入。丰腴而不流于丛冗，雄峭而不失于粗厉，清圆而不涉于浮巧，委蛇而不病于细碎，诚可谓一代之奇作矣！先生虽亡，其绚烂若星斗，流峙如河岳者，固未始亡也。信诸今而垂于后者，岂不有在乎！如濂不敏，童而习之，颠毛种种犹不得其门而入。凡先生之称奖者，皆濂之所甚愧者也。

先生之子孟晦乃持翠屏稿来，征为之序。呜呼！濂尚忍序先生之文耶？故举先生相与论文者，书之于篇端，庶几流俗知所自警，而读先生之文者，亦将知其用意之所在也。夫诗若干卷，文若干卷，春秋经说若干卷，不在集中。先生讳以宁，字志道，姓张氏，福之古田人，泰定丁卯进士，仕至翰林侍讲学士云。

洪武三年秋七月一日友弟翰林学士金华宋濂谨序

《翠屏集》序　陈南宾

福之张公学士，号翠屏先生，登丁卯进士第，以诗文鸣天下。予少年读书时闻其名籍甚，心窃慕之。洪武己酉夏六月，蒙朝廷以贤士举赴京，获一见先生面。先生许可之。七月，予有山东行，不得侍教左右，以偿其夙愿。未几，而先生逝矣。

越十有六年，予助教太学，与同寅石仲濂交。仲濂旧从先生游，每论及此，未尝不慨然也。今年春，仲濂遣其子诣维扬，购先生遗稿，得诗百余篇，遂以示予。予伏而读之，其长篇，浩汗雄豪似李；其五七言律，浑厚老成似杜；其五言选，优柔和缓似韦，兼众体而具之。信乎！名下无虚士也。

读毕，仲濂谓予曰："吾沐先生之教多矣。先生之诗文虽未获其全，今姑以其存者锓诸枣，而其未得者，续当求而传之。吾兄尝见知于吾先生，曷一言以弁其首。"予观昌黎韩公诗有云：

"李杜文章在，光焰万丈长。流落人间者，泰山一毫芒。"则昔人之诗遗逸者多矣。先生平日所为诗不知其若干首，兵燹以来，其全稿不可复见。而百篇之诗，读者莫不击节称叹，况求而有得乎！

予也重先生之学，嘉仲濂之义，若挂名其文字间，以识其高山景行之意，岂非夙昔之所愿哉？于是执笔谨书以序其颠末云。

洪武己巳二月望日后学长沙陈南宾序

《翠屏集》序　刘三吾

自予习举子业，则闻古田张志道翠屏先生有古文声，未之见也。后乃得其令六合时所赠吾里彭彦贞文，读之，金石镆鸣，作而叹曰："时文举子，顾有此作也耶？"又三十余年，再得其文二、三通于先辈胡古愚之子季诚所。其时所地在禁林，文名埒潞公，笔力则霜余水涸，涯涘洞见矣。然每恨不得其文集之完而观之。文集之完，治世之音之完不完所繇见也。

今年春，其子炬以岁贡上庠，携其诗若文全集过乃翁高第弟子春秋博士石仲濂所。仲濂一见，悲喜交集。先生生光岳浑全之，时文得大音完全之体，虽制作当瓜分幅裂之际，而其正气浑涵，有不与时俱磔裂，而节制以柳，宏放以韩，与苏醲经饫史，吞吐百氏，治世之音完然也。仲濂以予知先生之素，俾其子献请序其首，而寿诸枣。予嘉仲濂之能不私其所有，视世之秘不以示人者，其为人贤不肖何如也。元至治辛酉，进士蜀杨舟梓人寓鼎宋本，诚夫相颉颃以古文鸣。未科第之先，宋有《至治集》盛行前代，而梓人孙宣靳其传，人无得见之者。宣既死，其祖之文亦

· 169 ·

因以泯没无传。予尝忽遽中一借观，杨之文，古而该博；先生之文，古而精粹，皆能脱去时文窠臼，而自成一家者。然则仲濂以其徒而情之亲不让李汉，炬以其子而不靳其父之文，贤于杨宣远矣。咸可书也。因不辞而为之序。

洪武甲戌六月戊寅翰林学士刘三吾书

《翠屏集》序　陈琏

闽中近代诸儒多以文章知名。惟国子监丞陈公众仲、翰林直学士林公清源与国子祭酒张先生志道其尤著者。

先生，福之古田人。少有志操，邃于经史，登泰定丁卯进士第。释褐列官郡邑，有循良风。后丁时多艰，留淮南者久之。复力学不倦，锐志古文辞。自先秦两汉唐宋以来诸大家文章，靡弗周览详究。剡所友，皆一时鸿儒硕士，论辨淬砺者有年，积之既久，渊渟涌溢，沛乎其莫能御。每操觚立言，引物连喻，贯穿经史百氏，而一本于理。其气深厚而雄浑，其辞严密而典雅，不务险怪艰深以求古，不为绮靡缛丽以徇时。其五七言古诗及近体诸诗，沉郁雄健者，可追汉魏；清婉俊逸者，足配盛唐，盖可谓善学古人者也。在至正中，尝传经璧水，视草玉堂。寻拜大司成之命，所历皆宜其官，声名赫然，与陈、林二公相埒，不惟中朝重之，四方举重之矣。圣朝初定天下，例徙南京，复为学士。奉使安南以卒，实洪武三年庚戌也。

先生平昔著述甚富，后多散佚。文则其子孟晦汇次，太史宋公景濂序之；诗则其门人国子博士石仲濂编次，学士刘公三吾、长史陈公南宾序之。今诸孙南雄教官隆复以使安南稿续板行世，先生著述至是始克全见。文采烂然，足以垂后著世，与陈之《安雅堂集》林之《觉是集》并传无疑矣。隆博学有文，克世其家，间征言为序。顾余浅陋，奚足以知之。然不虚辱其意，因书此以致景仰之私云。

宣德三年戊申五月朔掌国子监事嘉议大夫通政使司通政使羊城陈琏书

（一）求学、仕进时期（1301—1338）

丁卯会试院中次诸友韵（二首）

欲向青云易白衫，区区别却旧灯龛。方知取贵凭文字，可信封侯只笑谈？直拟横空轻似鹗，莫为作茧老如蚕。不知鏖战三千士，他日何人步斗南。

踪迹飘蓬西复东，共来折桂向蟾宫。云烟满纸文裁锦，星斗罗胸气吐虹。礼乐兴隆千载后，人材涵养百年中。主文正拟公输子，共喜无私别众工。

[解读]

次韵：亦称步韵，是和韵作诗的方式之一，即用某人某篇的原韵原字，且先后次序都须相同。大多和诗采用此种方式。用韵，即用原诗韵的字，而不必依照其次序。依韵，即与被和作品同在一韵，而不必用其原字。

　　这是张以宁最早的诗。表达欲通过科举，改变命运，考中进士，前程远大；人生当如轻鹗横空，莫作老茧熬到头才蜕变为蚕的认知。对今后人生之路充满乐观与自信，暗示自己有宏大志向。全诗充满昂扬之气，展现了张以宁的青春形象：踌躇满志、风流倜傥。

　　描写众多举人踪迹如飘蓬，齐聚京城，"折桂蟾宫"。同年进士才高八斗，气势如虹。认为发展理学、培养人才是千秋伟业、百年大计。希望礼乐兴隆延续到千载之后，"人材涵养"能在百年之中完成。表达自己及他们这一代人的雄心壮志：仿照大师，主导文坛。该诗巧妙地把个人的独唱融进众进士的大合唱之中。

奉上御芝隐公

　　曹州贩儿奋臂呼，长安夜啼头白乌。唐家龙种李公子，观风南国停辂车。象狮献状龟食兆，爱此山水清而姝。初来山林尚荜路，厥后蕃衍蜂房居。录公大材殿闽服，丹书铁券烨如珠。五星聚奎文气旺，家家弦诵而诗书。达官联翩入台寺，卑者亦剖刺史符。一村两姓世冠盖，门户未肯低崔卢。兹山创寺昉五季，苍林从古翔凤雏。坡陀欲尽土囊合，豁然天设开奥区。祠堂济济想剑佩，梵宇郁郁闻钟鱼。燎黄昔日岁不乏，拜前拜后几千余。昭陵麦饭久寂寞，杏梁桂柱亦须扶。乃知儒泽世不泯，浮荣歘忽无根株。海田变迁古亦有，霜露怵惕人谁无。平生铁脊老，慨然尊祖念厥初。颁香亲捧丹凤诏，堂构重立新龟趺。麦舟丞相不复姑苏见，义田而今已荒芜。今人乃有古人事，读碑令我长嗟吁。会看芝诏起芝老，明堂一柱须人扶。

［解读］

此诗是我们所能见到的张以宁最早的诗作之一，未收入《翠屏集》，从古田县杉洋镇《李氏总谱：天潢衍派》中抄录。诗题标明"黄岩州判官张志道"，尽管非诗人自题，乃撰谱者所加，但亦表明此诗可能作于张以宁黄岩州判官任上或离任后不久。张以宁到宁德读书，往返于古田、宁德之间，途中要在杉洋住宿逗留，他对杉洋的地理、人文、历史、掌故有所了解，对开创、复兴杉洋的李氏先祖十分钦佩，故作此诗。该诗通过李氏三代先祖（即开基杉洋的始祖李海、祠堂创始者大录公李灞和复兴家族的芝隐公）荜路蓝缕，开创"五星聚奎文气旺，家家弦诵而诗书"的家族兴旺局面，展示一个宗族、一个村庄发展及演变的历程。全诗以赋为主，夹以议论、抒情，气势豪放，体现了张以宁早期诗歌的特点。

（二）滞淮十年时期（1339—1349）

1. 写景诗

忆六合

江北淮南三月时，水烟漠漠柳丝丝。好花一夜霜都落，却是春风总未知。

［解读］

约于至顺二年（1331），张以宁 31 岁，升任真州六合县尹，有惠政及民。后作忆念六合或与六合有关的诗多首。历代《六合县志》均有收录。

六合，位于现在江淮地区的南京和扬州之间，宋代属"淮南路"，元朝时属扬州，明初改属南京，现属南京市六合区。《忆六合》写六合之景：一、二句描写六合阳春三月之美；三、四句写好花在夜间突然而至的寒霜中纷纷凋零，但虽寒犹暖的，是春风呀，人们却总是感觉不到。春风，显示春之生机威力。此乃诗人美好的回忆。

长芦寺

达磨来东土，兹峰天下闻。楼明涂水月，钟度蒋山云。梵呗江龙出，僧斋野鸽分。一帆风力便，吾欲谒神君。

[解读]

长芦是六合长江边的一座古老名镇，也是古代重要的水陆交通要道。张以宁曾多次由此乘船，或北上大都，或南下南京，并曾参观当地著名的禅宗寺院长芦寺。

首联叙长芦寺的由来。颔联写涂水月、蒋山云之明丽，此乃远景。颈联描长芦寺的近景：江面欢腾，僧斋鸽飞。诗中提到多处六合的地名和民间故事：达摩是梁武帝时期从印度而来传法的中国禅宗始祖，是长芦寺主要供奉的佛教高僧；涂水，是流经六合，穿过县城，经过县衙并可直航长芦寺而入长江的主要内河。可见对六合的景观、掌故十分熟悉。尾联表示要"谒神君"，透露向往之情。

长芦渡江往金陵

　　春日三竿上翠屏，晓风五两下芦汀。水兼天去无边白，山过江来不断青。沙嘴潮回平雁迹，海门雨至带龙腥。升平不复后庭曲，睡起渔歌烂漫听。

[解读]

　　首联写行程及风景：春天的太阳升到翠绿山峰之上三竿之高，晓风五两吹下长满芦苇的沙汀。诗人从长芦出发，将渡江前往南京。颔、颈联写所见长江风光：水天相连，白浪无边，状其宽阔；山脉横过江来，不断青绿，言其绵长。潮回沙滩，抹平了大雁留下的足迹，雨从长江出海处带来鱼腥气息。尾联写升平景象中不再有《后庭花》之类的靡靡之音，在船上睡起，烂漫的渔歌尽兴听取、欣赏。透露对奢靡的排斥，对清新刚健风格的赞许、对民歌的肯定。

戏作杭州歌（二首）

　　吴姬鱿冠望若空，泪妆眼角晕娇红。染得罗裙好颜色，西湖新柳绿春风。

　　西陵渡口潮水平，十十五五发舟行。楼中燕子惯见客，不怕渡头津鼓声。

[解读]

　　鱿冠：用鱼脑骨架制成的帽子或头部装饰物。在我国古代，人们把系在头上的装饰物称为"头衣"，主要有冠、冕、弁、帻四种。冠的种类非常多。吴姬，此指西施。

第一首咏西施，刻画其高戴鴂冠、红妆泪眼、罗裙翠绿的美好形象，由其罗裙的好颜色，联想到"西湖新柳绿春风"，将美女西施与西湖美景联系起来。

第二首描写西陵渡口众船竞相出发的繁忙景象，燕子见惯了客来客往，不怕渡头击鼓声，自在而逍遥。饶具生活情趣。

峨眉亭

白酒双银瓶，独酌峨眉亭。不见谪仙人，但见三山青。秋色淮上来，苍然满云汀。欲将五十弦，弹与蛟龙听。

[解读]

这是张以宁滞淮时期写景诗的代表作之一。李白曾漫游南京，作《登金陵凤凰台》，他从凤凰台眺望长江，但见凤去台空，魏晋繁华一去不复返，慨叹历史无情，自然永恒。张以宁从另一独特视角——峨眉亭观看长江，与李白异曲同工。此诗构思巧妙，从峨眉亭独酌落笔，自然忆起独酌问月的李白，然而，想见其人而未能见到，唯见南京西南长江东岸边，三峰并立，南北相连，无边秋色从淮水之上，漫延至长江两岸，苍苍茫茫布满了沙洲，勾画出峨眉亭四周雄浑苍茫景象。在陶醉中产生弹奏音乐的欲望，人间知音难觅，只好将五十弦"弹与蛟龙听"，蛟龙何曾听得懂，实际上是弹给自己听，透露出寂寞感。脱胎于李贺诗句，而意境天然浑成。清沈德潜十分推崇此诗，谓"'秋色淮上来'二十字，何减太白!"

　　江苏扬州张永昌《对〈峨眉亭〉一诗与张以宁在江苏省六合地区居住地的相关考证》一文对《峨眉亭》的解读完全颠覆对此诗的传统认知。据《扬州张氏族谱》（民国十二年版），张以宁是扬州张氏第一世始祖，张永昌是张以宁第 23 世孙。他认为：在今南京市六合区八百桥镇与仪征后山区月塘镇交界地区，有一山脉，叫峨眉山，南北走向，绵延数十里，是两省（苏、皖）三县（苏之仪征、六合，皖之天长）交界处。张以宁在六合县做官时，住在八百桥镇区城内，当时的地名叫塔山塘堡，今地名为小张庄，位于峨眉山西麓。峨眉山东麓，半山腰有一招贤寺，寺中住持房间至今保存一幅古画，画上山巅有一小亭，名峨眉亭。张以宁常到此散步，作《峨眉亭》诗。诗中"三山"，指西北方向的金牛山、东北方向的横山、亭子南方的乌山。峨眉亭北边是淮河流域，符合"秋色淮上来"的诗意。招贤寺门前有一山洞，叫老龙潭，传说潭里有蛟龙。"欲将五十弦，弹与蛟龙听"是对老龙潭传说产生的美妙联想。张以宁居住地，今叫峨眉社区。据此，《峨眉亭》一诗大可作写实维度之解读。这表明，诗的解读方式是多种多样的。

泊十八里塘

　　系舟古柳根，一犬吠柴门。欲记诗成夜，问人何处村。

　　[解读]

　　古柳系舟，犬吠柴门，乃郊外常见景物。妙在诗人写诗入神，竟不知昨晚宿于何村。

题小景

雀啅江头秋稻花，颠风吹柳一行斜。渔舟细雨独归去，白石沧江何处家？

[解读]

张以宁描写的江南风光多呈现柔美形态。雀啄稻花、颠风吹柳、细雨归舟，选取一景一物，予以描绘，视角别致。

太和县

晓挂船窗看，苍茫暝色分。前山知有雨，流出满江云。

[解读]

从船窗看太和县的暮色、山峰、江云，构成一帧精致的画幅。

书所见

浦外青山浪作堆，淡云将雨送秋来。停舟荻岸西风里，闲爱野花无数开。

[解读]

寓情于景，所写景色虽阔大，而诗人以悠闲心情观看之，故诗的情调亦随即变得柔和。所见有浦外青山、作堆白浪、淡云送雨、舟停荻岸、西风吹拂、野花竞开，物理空间相当大。末句著一"闲"字、一"爱"字，景物染上诗人的感情色彩，充盈着悠闲与喜悦。

渡　江

几载途中月，窥愁酒半酣。送人杨柳色，今日是江南。

[解读]

虽载着"愁"，却是江南月、杨柳色，十分柔美。

浙江亭沙涨十里

重到钱唐异昔时，潮头东击远洲移。人间莫住三千岁，沧海桑田几许悲！

[解读]

绝句也可写得充满阳刚之气。"潮头东击远洲移"的巨大地理空间，钱唐今昔的时间长河，"人间莫住三千岁"的人生感慨，"沧海桑田几许悲"的厚重历史感与悲怆情，使得此诗具有阳刚之美。

严州大浪滩

东来乱石如山高，长江斗泻湍声豪。蛟鼍奔走亡其曹，青天白雪扬洪涛。舟子撑杀白木篙，长牵百丈嗟尔劳。侧身赤足如猿猱。舟中行子心忉忉，山木龙嵸杜鹃号。

[解读]

张以宁滞淮时期的写景诗已具有多样风格。此诗乃句句押韵的柏梁体诗。诗中的意象充满了"力",意象之间处于冲突状态,具有紧张的"张力",展现舟子与险滩恶浪搏斗的壮阔画面,而且这画面在不断变动中,富有动态感。画面还伴随着巨大的声响,长江洪涛斗泻的湍声轰鸣,舟子的吆喝呐喊,岸边不绝的杜鹃啼声,汇成严州大浪滩多声部的交响乐。声画叠加,气势雄浑,产生宛若当今电影记录片的艺术效果。

高　邮

长陂云气满淮东,下隐蛟龙万仞宫。潮岸楼台连海上,水田粳稻似吴中。古藤酒醒春风在,毉社珠寒夜月空。四海升平须进酒,卖鱼柳畔见南翁。

[解读]

展现高邮那淮东的独特风景与风俗。"潮岸楼台连海上,水田粳稻似吴中",是高邮独特的景。此间为江北,但有南人来此做生意,故能"卖鱼柳畔见南翁"。

江南曲

中原万里莽空阔,山过长江翠如泼。楼台高下垂柳阴,丝管啁啾乱花发。北人却爱江南春,穿碑城外如鱼鳞。青山江上何曾老?曾见南人是北人。

[解读]

出现在读者眼前的江南是群山"翠如泼",高楼下"垂柳阴"，丝管音乐中"乱花发"，城外北人的穹碑"如鱼鳞"，碰见的南人实际上是北人。景观、人物与地处淮东的高邮绝不相同。

扬州广城店

潮落邗江夜，先将梦到家。扬州无赖月，独自照琼花。

[解读]

展示的扬州月、照琼花，为扬州所独具。可见，张以宁已注意在诗中突出地域特征。

登闽关

独步青云最上梯，八闽如井眼中低。泉鸣万鼓动哀壑，山饮双虹垂远溪。家近尚无鸿雁信，客愁复有鹧鸪啼。书生未老疏狂意，更欲昆仑散马蹄。

[解读]

故乡风光在张以宁笔下尽显山区景观之奇特。点出闽关最重要的特点是"独步青云最上梯，八闽如井眼中低"。抒写日近乡关的"客愁"与"书生未老疏狂意，更欲昆仑散马蹄"的豪情。

闽关水吟

闽关之水来陇头，排山下与闽溪流。闽溪送客东南走，直到嵩溪始分手。客居溪上云几重，乌啼月出门前松。天风吹云数千里，飘飘直度长江水。清淮浩荡连黄河，碧树满地黄云多。梦中

长记关山路，陇水潺湲似人语。觉来有书不得将，海潮不上嵩溪
阳。平原春晚生芳草，杜鹃声里令人老。行人归来动十年，潺湲
陇水声依然。安得湘弦写呜咽，弹作相思寄明月。

[解读]

　　此诗吟水思乡，两句一换韵，押平声韵与押仄声韵相间。全
篇从"水"的角度写行踪、写乡情，把闽水与长江、淮河、黄河
联成一体。在众水组成的交响曲中，陇水始终是主旋律。这陇水
就是张以宁家乡古田溪水。因此，这是一首古田溪的赞诗，祖国
江河的颂歌，雄浑豪迈，与张以宁思乡、恋乡的缠绵悱恻之情巧
妙地统一在"闽关水吟"里。诗的头四句写闽关之水的源流，送
客至水口。闽关指困关，即水口。困关的水来自陇头。陇头即后
垅头，陇通垄、垅。张以宁家就在后垅头附近。古田溪支流北
溪、西溪汇入剑溪，到水口附近与嵩溪汇合，入闽江。陇水排山
而下，与古田溪的水，流到了一起。这里的闽溪指古田溪。古田
人送客沿着古田溪往东南方向走，直送到水口附近的嵩溪码头才
与客分手。四句把古田溪从后垅头到水口汇入闽江的特点叙写得
十分具体、生动。五至八句写客行千里，远涉长江。张以宁长期
漂泊外地，此身常似客，故这里的"客"，亦可指诗人自己。他
原居住在溪边，溪上飘浮着一重重云朵，鸟儿啼鸣，月出东山，
门前广植松树，风景十分美丽。但他像"天风吹云数千里"般，
"飘飘直度长江水"。诗人离乡，从陇水到了长江水。叙行踪简
洁，句句不离开，把古田溪纳入广袤的江河水系。9至12句写自
己流落淮河、黄河之间，梦中长忆故乡水。淮水浩荡连着黄河，
史载：绍熙五年（1194）黄河主流夺淮入海，之后黄河主流入淮

河。黄淮流域碧树满地多黄云（地面的黄水染黄了天上的云）。诗人梦中长记回乡所经关山之路，故乡陇水潺潺而流，似对着人说话。表明陇水始终在他心中，成为潜意识，化作梦境。13 至16 句写一觉醒来，就意识到书信寄不到陇水，正像海潮不上嵩溪阳一样，晚春的黄淮平原生满芳草，杜鹃声声，更增离愁，催人衰老。17 至 20 句写回乡艰难，只能遥寄相思。行人（诗人）动辄十年才归来一次，人事半非，唯有潺潺陇水声依然那么轻柔、亲切。怎么能够借助湘瑟，来倾吐苦恋家乡的伤心哽咽之音，弹作相思之曲，寄与天上明月呢，只有明月才能照着行人（诗人），同时也照着家乡与亲人啊！反复抒写，把思念、热爱故乡及亲人的感情通过诗韵平仄相间的变换推向高潮。

登大佛岭雨中，云在其下

　　大佛岭尽小石来，黑崖削铁悬崔嵬。泉翻松根六月雪，雨老石路千年苔。我行忽落青天外，白云四望茫如海。黛痕三点见蓬莱，明星玉女遥相待。九华天姥省见之，人间有山无此奇。平生酷恨李太白，不到闽山独欠诗。

[解读]

　　大佛岭：即古田县西南的五华山，有"玉田八景"之一"华顶秋霞"。它是实景：大佛岭尽处见到小石山，黑色的崖壁呈削铁状，崔嵬高峻，勾勒出大佛岭的山体、山形特征。泉水在松树根部翻滚，像六月雪花；雨水滴落在古老石路，石路上长着千年苔藓。但雨中，云在其下，我行走其间，忽落于青天之外，四望白云，苍茫如海。突出此山之奇。它又是虚景：浅淡的三点黛痕，看见的是蓬莱三岛，天上的明星玉女遥相侍待。它是虚无缥缈的仙境。五华山实际上无法与九华山、天姥峰相比，但在热爱家乡的诗人眼里，它最奇、最美：连"九华"与"天姥"都"省见"，"人间有山无此奇"。此山唯一的欠缺是李白未题诗，张以宁甚至埋怨李白没有游历此山，没有留下诗篇，所以，平生"酷恨"李太白了。这是一种委婉的修辞法，"恨"，实为"憾"。

游句容同林景和县尹子尚规登僧伽塔赋

嵯峨崇明塔，拔地一千丈。我攀青云梯，倏到飞鸟上。微风韵金铎，初日丽银榜。维时十月交，叶脱天宇旷。群山东南奔，平川叠波浪。云间三茅峰，圈立俨相向。碧瓦浮鳞鳞，兹邑亦云壮。鸡鸣四关开，攘攘异得丧。塔中宴坐仙，怜汝在尘埃。古时登临人，今者亦何往？俯观世蜉蝣，仰叹彼龙象。乃知昆仑巅，可以小穹壤。同游皆隽英，超遥寄心赏。霜飙天际来，毛发飒森爽。太白去千年，吾何独惆怅！

[解读]

写景与怀古、感时相结合是这一时期张以宁写景诗的又一特色。前18句都在描摹登句容僧伽塔所见壮丽景色。在此基础上，怀古人："古时登临人，今者亦何往？"叹息古人今何之。怀李白："太白去千年，吾何独惆怅！"惆怅之情充盈胸臆。感慨世间万物："俯观世蜉蝣，仰叹彼龙象。"感悟人生真谛："乃知昆仑巅，可以小穹壤。"写景、怀古、感时等融为一体。

鉴清轩

幽居鉴湖上，湖水直到门。爱彼湖水清，作此湖上轩。水清可以鉴，皎若玻璃盆。轻风蘋末来，万波生微痕。散乱眉与须，感兹默忘言。端坐鉴此心，澄之在其源。微风既不动，止水何由浑。湛然鲵桓渊，照见天地根。群物芸芸动，中有不动存。寄谢轩中人，细与静者论。

[解读]

诗由"幽居鉴湖上"水清可以鉴，皎洁得像玻璃盆那样透明清澈。轻风吹来草蘋之末，万波生出涟漪微痕。面对清轩之镜，诗人自在地散乱眉与须，感受到这一寓意，默然忘言。认识到端坐于此，可以照见此心，水之澄澈在于其源头清澈干净。水清可以鉴，端坐鉴此心，澄之在其源。水清在于源，心净亦在于源，止水何由浑。"群物芸芸动，中有不动存"，动与静存在辩证关系。学唐诗，学李白，不在诗中生硬地发议论，并非不言"理"，而是要寓理于景，理由景生。张以宁此时期的写景诗完全实现了这一审美要求。

舒啸轩

幽居苍竹林，永啸白云岑。自吐虹霓气，人闻鸾凤音。野烟乔木晚，江雨落花深。亦有东皋兴，何当一抱琴。

[解读]

诗人在江淮过着大隐于市的生活，写景诗透露了这方面的信息。陶渊明《归去来兮辞》云："登东皋以舒啸，临清流而赋诗。"东皋，东边的高地。舒啸轩，即隐居之处。诗的大意是：幽居在苍竹林，永啸于白云端。吐出那虹霓之气，世人听着，以为是鸾凤发出鸣音。野外的烟霭缭绕在高大的树木间，春花被雨吹打，落入深深的江水之中。偶尔也有登上东边高地大口舒气、大声喊叫的意愿，又何妨抱起琴来弹奏，以纾解胸中的烦忧。

麋家店 (广陵)

睡起秋怀入倚阑，蟋蟀啼雨豆花寒。途穷俗眼寻常白，宦拙臣心一寸丹。平子四愁诗最苦，休文多病带频宽。吾亲已老身仍系，写就家书阁泪看。

[**解读**]

诗人宿于广陵，环境颇为凄清。途穷常遭俗人白眼，虽宦拙，流落草野，但臣之寸丹心，毫无改变，表示愿为朝廷出力，感叹"平子四愁诗最苦，休文多病带频宽"。东汉张衡，字平子，时天下渐弊，张衡郁郁不得志，为《四愁诗》，以四处寻找不到美人喻天下找不到贤人、明君，因而充满危机感。沈约，字休文，南朝史学家、文学家，博学多才，体弱多病，病体日渐消瘦，腰带经常变宽了，却仍勤于著述，有《晋史》（已佚）《宋史》（今传世）等著作。诗人以张衡、沈约自比，感慨难以遇见贤人举荐自己再度出仕做官，为朝廷服务，只能不停地写诗著文。"吾亲已老身仍系，写就家书阁泪看"。远在家乡的亲人已年老，诗人挂念他们，写毕书信忍不住泪噙满眶。身在野而心系朝廷，身在外而心系家里，是张以宁滞淮十年常常经历的心灵煎熬。

2. 赠答诗

张以宁的赠答诗虽为与朋友之间的应酬，却充满了真挚的友情。《翠屏集》中有送别诗 34 首。惜别、思念、重逢、褒奖、欣喜、希冀，意蕴深厚、感情真挚。

别王子懋、赵德明

御河船上月，相送到扬州。共饮忽为别，独吟方觉愁。水花苕渚晚，云树浙江稠。归雁长淮早，裁诗寄与不。

[解读]

古人送别，或于长亭相送，或送友人到码头。诗中言坐夜行船，"御河船上月，相送到扬州"，足见之间情谊深厚。非言友人乘船相送到扬州。"共饮忽为别，独吟方觉愁"，惜别之情不言而喻。别后希望早日得到"归雁"的信息，不知友人能否寄诗给自己？全诗充满惜别、别后期盼之情，感人至深。

予别黄岩十又六年，谢焉德薄，父老当不复记，然区区常往来于怀也。如晦上人来见，语亹亹不能休，别又依依不忍释。予不知何也，赋此以赠

朗公相见广陵春，自云家世黄山人。老夫畴昔黄山客，江海见之情转亲。坡陁石上曾披雪，遍海莲华白于月。新诗句句斗清妍，高诵长风动疏樾。清晨言别索题诗，我衰诗减黄山时。春潮

日夕海门去，归报山中耆旧知。

[解读]

诗人离开黄岩 16 年，黄岩常萦系于怀。如晦上人来扬州拜访他，"自云家世黄山人"。因"老夫畴昔黄山客"，故"江海见之情转亲"。相见语不休，告别又依依不忍释手，遂作此诗畅叙友情，谓两人见面，"新诗句句斗清妍，高诵长风动疏樾"，请如晦山人将自己的近况告诉"山中耆旧知"。

梅所歌为朱奂彰作

梅之所，梅之所，不在罗浮之村西湖之屿，乃在淮左竹西最佳处。主人治地劚云根，纯种寒芳托幽趣。翠禽呖呖月沉山，玉笛惝惝霜绕树。嗟梅之所兮，谁争子所？昔时金谷桃李园，倏忽春荣安足数！何时天雪新霁道少人，邛竹扶持老夫去。百壶清酒十首诗，造君梅所谁宾主？醉倒参横楚天曙。

[解读]

叙梅之所"不在罗浮之村西湖之屿，乃在淮左竹西最佳处"，是"主人治地劚云根，纯种寒芳托幽趣"；盼望天雪新霁时，老夫邛竹扶持前往。与朱奂彰"百壶清酒十首诗"，分不清梅所谁是宾谁是主，"醉倒参横楚天曙"。

分题芜城烟雨送吴原皙教谕

芜城路，年去年来自烟雨。冉冉春浓湿燕丝，蒙蒙晓暗迷莺树。鲍照愁绝未归来，为画当时断肠赋。登高怅望正思君，帆影微茫又东去。

[解读]

张以宁的赠答诗大多具有一定的社会内容。与诗友会集，分到"芜城烟雨"之题，有着命题作诗的意味。张以宁即以此诗赠送吴原皙教谕，前四句写"芜城路，年去年来自烟雨"之景，五六句自然地联想到《芜城赋》，该赋是南朝文学家鲍照所写，为南朝抒情小赋之名篇。芜城指广陵（今扬州市）。此赋通过往昔广陵的繁华热闹与眼前的荒草离离、河梁圮毁的鲜明对比，谴责屠城的暴行，警告统治者，寄寓今昔兴亡之感。张以宁借此典故含蓄地对元军的残暴行径予以批判，使诗的内涵有了历史的深度与现实的厚度。末二句抒写对吴原皙教谕的思念，感情深挚。

送宪掾孙德谦北上

孙君宪府之白眉，拱璧莹然廊庙姿。往年少府寔初笺，当道好官多见知。鸂鶒夜自金滩起，骔骊晓上青天驰。淮霜秋清古柏树，海月夜白扶桑枝。宪家宏纲甚照耀，绣衣使者常嗟咨。飞剡如云集台阁，束书即日趋京师。恭闻先公古遗爱，只今古道人犹思。高门翼翼后必大，天道昭昭今在兹。紫微华盖森列辅，灵芝朱草祥明时。蜚腾去去君莫迟，舜琴待和薰风诗。

[解读]

此乃典型的赠送诗，从孙府祖辈歌颂到宪掾孙德谦本人，有许多客套的成分，但诗末云："蜚腾去去君莫迟，舜琴待和薰风诗。"用"舜琴""薰风诗"典故，希望朝廷思贤若渴、广揽人才，以"解吾民之愠，阜吾民之财"。(《南风诗》)尽管只是主观愿望，却有积极意义。

送宣掾李伯鲁北上　父李子实御史

忆昔君家先柱史，肮脏不与世低昂。春秋千古寸心赤，风雪十年霜鬓苍。丹穴之雏有文章，早陪时髦欻高翔。东行吴会西江湘，鹭车所历飞秋霜。崎岖五岭求盗使，何能恩君此彷徨？英英大阃殿南服，淮海襟带环其疆。幕中芙蓉白日静，笔下玉蕊春风香。三年笑谈此日别，别意已觉随飞樯。莺啼冥冥江树绿。雁去漠漠河流黄。天街析木霄汉上，列宿清润垂光芒。君家世德理必复，君今升矣我所望。人生变化安可量，人生变化安可量。

[解读]

宣掾李伯鲁升迁北上，其父为李子实御史。"肮脏"古义为刚直倔强，不阿不屈。故诗的开头是在歌颂李伯鲁祖辈刚直不阿、不与世俗同流合污的人格品行。接着，批判"丹穴之雏有文章，早陪时髦欻高翔"的卑劣钻营行径。此二句亦可解为："丹穴"指凤凰，李商隐诗中有"雏凤清于老凤声"句赞韩偓，此二句是褒义，而非批判。诗末指出"君家世德理必复，君今升矣我所望"，感叹"人生变化安可量"。

送帖金宪赴山北

大宁城郭枕江雄，前代豪华在眼中。山外貔貅闲夜月，海东鹰隼待秋风。天围松岭云垂幕，霜下金源水若空。益访民风上天子，忽忘家世是元功。

[解读]

赞"大宁城郭枕江雄，前代豪华在眼中"。希望帖金宪到任后"益访民风上天子，忽忘家世是元功"。

送完者金宪赴江东

公家世践台阶上，江国新瞻使节来。一雨洗冤行列郡，诸星执法近崇台。山川尚似玄晖赋，父老皆怜李白才。宛水敬亭如历遍，乔云高处是蓬莱。

[解读]

言完者金宪是官宦世家，江东正等待他这位使节的到来："公家世践台阶上，江国新瞻使节来。"期盼他此行能"一雨洗冤行列郡，诸星执法近崇台"。

送叶景山掾史赴都

海上青山仙者家，飘飘杂佩上飞霞。牧之旧重淮南幕，博望今随斗北槎。黄道夜平星合璧，紫台秋冷雪成花。君行正及观光便，五色云中望帝车。

[解读]

言叶景山像杜牧那样原只在淮南幕府供职，如今要像博望侯张骞那样乘槎去建功立业了。祝叶景山鹏程万里。张以宁诗中常用博望侯张骞乘槎出使立功的典故，因为张骞是张氏家族的荣耀与骄傲。

次韵答茅壶山

乾坤纳纳知音少，岁月悠悠行路难。老我南山仍射虎，何人东海与持竿。风前薜荔秋衣薄，露下芙蓉古剑寒。欲借茅亭无限月，携诗满意为君看。

[解读]

慨叹知音少，行路难，表示自己仍有南山射虎、东海钓鱼的豪情。可眼下只能写诗给友人看，透露出几分无奈。

送思齐贤调浙东掾

浙水东边幕府开，扶桑朝景拖高台。熊旗虎节层霄下，龙户缇人绝岛来。碧海清时稀警报，金天爽气盛文材。君行长笑金鳌顶，须有声名彻上台。

[解读]

写浙东幕府肃穆显赫。"碧海清时稀警报，金天爽气盛文材"。警报稀，文材盛。愿友人此去建功立业："君行长笑金鳌顶，须有声名彻上台。"

次随太守刘侯素轩韵

黄柳莺啼惊早春，白沙羁客又淹旬。喜逢邺下刘公幹，曾识山阴贺季真。漠漠林峦开雪色，欣欣草木荷天仁。汉庭词赋皆扬马，薄技何因奏下尘。

［解读］

以刘桢、贺知章比太守刘侯。刘桢（？—217），字公幹，"建安七子"之一。因曹操曾据守邺城，故"建安七子"亦称为"邺下七子"。刘桢曾被曹操召为丞相掾属，因在曹丕席上平视丕妻而获罪，后贬为小吏。与陈琳、徐干、应场等同染疾疫而亡。其五言诗创作为时人所重，后人将其与曹植并称为"曹刘"。贺知章（约659—约744），字季真，唐代著名诗人，越州永兴（今浙江萧山）人。　山阴：泛指越州一带。史书称贺知章"善谈笑，当时贤达皆倾慕之"，官至银青光禄大夫兼正授秘书监，健康高寿，80多岁仍骑马行于长安街上，常与文化名人诗酒酬唱。

初度日次人韵

垂弧夙志负生朝，滥点鹓行从百僚。风雪十年双鬓短，山川万里一身遥。君如黄鹄方高举，我匪苍松愧后凋。已矣劬劳嗟莫报，愿持贞白奉清朝。

［解读］

初度日：即"生朝"，生日也。首联点题，谓今逢生日，但有负夙志，只能随处于百官之后。次联"风雪十年双鬓短，山川万里一身遥"，写自己十年来感受。三联"君如黄鹄方高举，我匪苍松愧后雕"，以对比感叹友人升迁，自己仍为布衣留滞江淮。结联"已矣劬劳嗟莫报，愿持贞白奉清朝"。表白身历劬劳，愿持身守正清白，为朝廷效力。

分韵得覃字送中丞张叔静之西台

西台执法雪盈簪，奉诏之官驾两骖。玉节秋霜飞渭北，锦衣昼日照终南。道迎背褓遗民集，庭列腰刀大将参。花外小车行处好，棠边茇舍种来甘。清时有象今重见，圣泽无私正远覃。莫忆山中黄石约，五云天上近台三。

[解读]

首六句写张中丞赴任盛况。后六句希望其严明执法，称颂圣恩无私。

次李宗烈韵（二首）

倒着乌纱醉几回，白鸥门外莫相猜。浮生万古有万古，浊酒一杯复一杯。棕叶响交风色异，豆花飞满雨声来。青灯独似儿时好，一卷遗书自阖开。

坐来落叶两三声，野菊开时雨满城。作客愁多仍岁晚，还家梦远易天明。古时豪杰有遗恨，秋日溪山无俗情。君可归欤吾未得，百年怀抱向谁倾？

[解读]

前首首联写诗人对友人李宗烈倾吐衷肠："倒着乌纱醉几回，白鸥门外莫相猜。"自己过着清闲、无所作为的生活。次联感叹浮生在浊酒中消磨："浮生万古有万古，浊酒一杯复一杯。"三联描写眼前景色："棕叶响交风色异，豆花飞满雨声来。"暗寓诗人希望"风色异""雨声来"，改变目前的境况。末联写青灯夜读，独似儿时那样美好，一卷遗留在桌上书被风吹着，自在地合起来，又打开；亦可解为：一卷书，随意开合地阅读。

后首的诗眼在"古时豪杰有遗恨"，这遗恨就是徒有满腹经纶却无用武之地。纵有百年怀抱、壮志凌云，能向谁倾诉，能向谁奉献？使人想起辛弃疾"把阑干拍遍，无人会、登临意"的名句。比起李宗烈，诗人觉得自己此情更何以堪，李宗烈尚有家可归，而自己无所作为，却还要羁留此地，有家归未得，真是"作客愁多仍岁晚"也。

次李宗烈见赠韵

秋风同是天涯客，独对黄花酒屡赊。报主力微怜老骥，念亲心在愧慈鸦。故人渐少逢君晚，新句能多对客夸。每见诗来欢喜极，却愁吟罢转思家。

[解读]

李宗烈赠诗给张以宁，张以宁次其韵写此诗。首联云与李宗烈同是天涯沦落客，与之分手后，"独对黄花酒屡赊"，贫穷潦倒。颔联谓自己忠心报主，但力量微薄，希望朝廷能垂怜老骥；思念亲人，却未能侍亲，于心有愧。从两个侧面表现诗人对国家、对家庭都勇于担当，又因未能尽责而深感愧疚。颈联叙与李宗烈交往情景：故人渐少，相见恨晚，能常对客夸奖李宗烈的诗歌新作。尾联由每见李宗烈寄诗来，都欢喜至极，诗的感情遽然转折，喜极而愁，吟罢赠诗，转而思念家乡及亲人。于结尾处，辟出又一天地，与"念亲心在愧慈鸦"相呼应，表明念亲思家是张以宁诗歌的重要主题。

送馆主朝宪使之淮西四十韵

宇宙开昌运，山川产荩臣。周邦多士贵，鲁国一儒真。江海襟无际，风雷笔有神。渊涵珠皎洁，山立玉嶙峋。剀切三千牍，飞扬四十春。粤从游辇毂，早已冠成均。泮水开重席，中书擢荐绅。赞戎淮甸左，参宪粤天垠。南纪孤飞隼，中台一角麟。太声摇列岳，爽气动高旻。出使方廉察，为郎已选抡。治邦用轻典，大礼佐宗禋。笋立清班峻，荷香紫橐新。琼林无横赋，肺石绝冤民。台省流荣屡，朝廷注意频。庸田俱利导，在野不嚬呻。全浙推崇剧，雄藩藉拊循。申侯仍作翰，召伯复来旬。海舶回诸国，星轺出八闽。层城狐一扫，绝岛兽皆驯。冰蘖俱吾素，珠犀讵尔珍？绣衣才受斧，芝检又颁纶。云近蓬莱殿，河澄析木津。紫垣依日月，黄道上星辰。鼎铉须贤佐，纲维借旧人。飞霜迎玉节，沛雨逐朱轮。包尹祠堂外，张公水庙滨。楚峰凉浸露，淝浪净无尘。秉笔应多暇，题诗必绝伦。列城俄镇静，六辔更咨询。晚节看黄菊，清秋倚碧筠。公心思绿野，帝命简彤宸。昔者开科选，先公赞国钧。文风今有赖，盛德岂无因。骨相宵人薄，心期令弟亲。同年俱踔厉，此日独沉沦。恋主肝犹赤，思亲鬓似银。十年长自苦，孤志若为伸。岂意长淮客，叨陪翘馆宾。铭心感知己，报国愿终身。

[解读]

张以宁此赠答诗全面谈及为官之道。对馆主朝宪使的功绩大歌大颂，如"剀切三千牍，飞扬四十春。粤从游莘毂，早已冠成均""全浙推崇剧，雄藩藉拊循""海舶回诸国，星轺出八闽""层城狐一扫，绝岛兽皆驯"……突出其贤臣的气节、品质的如："江海襟无际，风雷笔有神……治邦用轻典，大礼佐宗禋……琼林无横赋，肺石绝冤民……庸田俱利导，在野不嚬呻。"诉说自己曾经沉沦江淮的遭遇："同年俱踔厉，此日独沉沦。"表达"恋主肝犹赤，思亲鬓似银"的情感和"铭心感知己，报国愿终身"的决心。

倦绣篇为云中吕遵义作

蘼芜叶暗江云暖，翡翠单飞怨春晚。陈女多情玉镜分，陆郎薄幸斑骓远。宝鸭团炉百和春，锦鸳方褥五文章。阴阳垂柳笼书幌，点点飞花落绣床。双鸾欲寄金龟倩，燕月吴云不相见。柔肠万转逐回文，乱绪千条萦弱线。女贞枝上燕双栖，夜合花前思欲迷。停针嘿嘿无人会，但觉春山两叶低。晓嘶绣勒门前路，夜炙银灯帐中语。指点香茸旧唾痕，见妾朝朝断肠处。

[解读]

同情女子的不幸，表现出人道主义的情怀。为多情女"代言"，以女子自述口吻，叙述故事，有较强的叙述性。此诗写一对情人分别，女子十分思念，遂绣回文诗寄托心意。

洗衣曲同唐括子宽赋

洗衣女郎足如雪，寒波晓浸鸦头袜。笑移纤笋整细裙，素腕微鸣玉条脱。罗衣泪粉痕斑斑，欲洗未洗沉吟间。波寒恐洗郎思去，不洗复恐傍人看。红颜娟娟照清泚，秪惜芳年驶如水。西风梦冷鸳鸯起，露滴红香藕花死。洗衣洗衣复洗衣，小姑嗔妾归去迟。小姑十二方娇痴，此恨他年汝自知。

[解读]

为洗衣女"代言"。写洗衣女郎洗衣裳，"波寒恐洗郎思去，不洗复恐傍人看"，洗衣将洗去与郎相处的痕迹，不洗又怕旁人看见污渍而遭耻笑，心里产生了矛盾；"洗衣洗衣复洗衣，小姑嗔妾归去迟。小姑十二方娇痴，此恨他年汝自知"，又担心回去迟了，小姑嗔怪，刻画了女子微妙的心理活动。

洗衣辞再同仲宽赋

妾身内郡良家女，双鬟嫁作东邻妇。寒机霜夜织流黄，输与官中了门户。嫁时春衣裁白苎，是妾手中织成布。相从箕帚不暂离，虽有新衣不如故。忆曾女傅授妾诗，被服浣濯古后妃。妾家贫素无侍儿，携衣洗洗妾不辞。妾人不是西家施，浣纱石上扬蛾眉。妾人不比溧阳女，杀身急义中道亏。河之水，清且漪，中有鲤鱼红尾肥。堂上老姑日午饥，洗衣洗衣须早归，河上风尘缁妾衣。

［解读］

写贫家女嫁作东邻妇，"寒机霜夜织流黄，输与官中了门户"，织布纳税。"妾家贫素无侍儿，携衣洗洗妾不辞"，自谓不是西施，不妒蛾眉；"妾人不比溧阳女，杀身急义中道亏"，也不是义女，只是普通的贫家女，见到"河之水，清且漪，中有鲤鱼红尾肥"，想到"堂上老姑日午饥"。"洗衣洗衣须早归，河上风尘缁妾衣"，接触到贫家女的境遇问题，有一定的现实意义。张以宁滞淮期间，能感受到下层人民的艰辛。后至京城，囿于馆阁之内，与百姓拉大了距离，很难写出这样的诗作，这说明生活是创作的源泉，有什么样的生活，便有什么样的作品。

赋段节妇

莫磨青铜镜，莫理冰丝弦。黄鹄不重行，女贞难再妍。嗟嗟未亡人，寂寂长自怜。百死何足惜？但惜负所天。嫁时旧巾帨，不忍弃且捐。所天谅有知，携之见黄泉。

［解读］

此诗《翠屏集》未收，辑自清·钱谦益《列朝诗集》甲十三。写节妇虽苦寂，却坚贞守节。

春晖堂诗

上天生万汇，何物能报之？所以古孝子，感兹蓼莪诗。况母红芳年，手提黄口儿。独于霜雪际，回此阳春熙。昔为断蓬根，今如芳兰枝。母恩虽莫报，子职当何为？愿将一寸草，化作倾阳葵。上以承君宠，下以报母慈。

[解读]

此诗《翠屏集》未收，辑自清·钱谦益《列朝诗集》甲十三。

歌颂母爱，青春红芳之年，即已"手提黄口儿"，抚养子女长大，母恩浩大，宣扬孝道。这是广义的孝道，即"愿将一寸草，化作倾阳葵。上以承君宠，下以报母慈"。

仪真范氏义门

浇风久矣变淳源，范氏犹称古义门。四世于今千指盛，十年似尔几家存？棠华煜煜宜兄弟，竹笋攒攒长子孙。故里相从何日遂，秋风江上战尘昏。

[解读]

此诗《翠屏集》未收。言世风浇薄已久，需要正本清源，仪真范氏是榜样："浇风久矣变淳源，范氏犹称古义门。"赞扬范氏四代兄弟友爱、子孙孝顺，家族旺盛："四世于今千指盛，十年似尔几家存？棠华煜煜宜兄弟，竹笋攒攒长子孙。"呼吁四乡故里向其学习，慨叹何日才能成功："故里相从何日遂，秋风江上战尘昏。"张以宁一贯重视以孔孟之道、朱子理学建设良好的家族文化，以净化社会风气，于此诗可窥见一斑。

横阳草堂次谢叠山韵

迤逦中州二水回，参差杰阁五云开。银钩透壁诗人去，铁笛裂岩仙客来。竹度蝉风凉白帢，松翻鹤露泻清杯。何时夜半梅花月，溪上吟篷带雪推？

[解读]

在赠答诗中描写景物，表达沉浸于自然风光的意愿。赞美谢叠山的横阳草堂地理位置好，草堂建筑堪称杰构，既是诗人住所，又是仙客过往之地："迤逦中州二水回，参差杰阁五云开。银钩透壁诗人去，铁笛裂岩仙客来。"希望自己也能陶醉其间："竹度蝉风凉白帢，松翻鹤露泻清杯。何时夜半梅花月，溪上吟篷带雪推？"

环翠楼为危子绎作　楼在光泽县铁牛关

新构清溪溪上山，天开罨画翠回环。栏横星汉高寒外，坐入烟岚晻霭间。衣桁暖生云冉冉，琴床清滴雨斑斑。癯儒夙有楼居好，归欲从之结大还。

[解读]

前四句绘出环翠楼及四周风景，五、六句写高山高楼上隐士高士的日常生活场景，结二句赞"癯儒夙有楼居好"，表示自己要由异乡归来，追随癯儒隐居于此，了结"大还"的愿望。

云岩诗为傅元刚题

千岩翠色晓纷纷，远树微茫路不分。应是林端飞瀑布，春风吹作满川云。

[解读]

描写春天晓色：千岩翠色、远树微茫、林端飞瀑、满川春云。由四幅各自独立而又相互联系的景物构成一个完整、生动的图画，表现了诗人对自然的喜爱之情。

送李叔成游茅山

山头丹光涌日红，不尽幡幢来碧空。李白独骑一赤鲤，茅君导此双青童。纤云上衣橯叶雨，坠雪扑帽松花风。仙人笑指海水落，相约蓬莱之上宫。

[解读]

此时期的某些诗还具有浪漫主义色彩，主要是把故事传说、神仙世界引入诗中，并与现实生活场景相揉合，对之予以歌咏，以表达特定的"意"与"情"。此诗把古与今，李叔成游茅山的实景与"李白独骑一赤鲤"传说的虚景融为一体，"仙人笑指海水落，相约蓬莱之上宫"，更把诗中人物与读者带入仙境。这首诗有浓厚的浪漫主义色彩。

七夕吟仝张士行赋

银河迢迢向东注，玉女盈盈隔秋渚。金梭飞飞掷烟雾，织作青鸾寄幽素。青鸾织成不飞去，仙郎脉脉愁无语。无语相望朝复暮，白榆摇落成秋树。藕花香冷鸳鸯浦，天上银桥宝车度。风清蕊殿开瑶户，云屏雾褥芙蓉吐。经年香梦遥相许，一夕离肠为郎诉。羿姬姤人留不住，天鸡角角扶桑曙。龙巾荏苒啼红露，乱点云开逗飞雨。伯劳西飞燕东鹜，河乾石烂愁终古。翠楼乞巧娉婷女，镜里青螺扫眉妩。博山沈烟袅双缕，不识人间离别苦。

［解读］

诗人与张士行都吟七夕，完全是在用诗语再现古代玉女、仙郎的爱情悲剧故事，仅最后四句写现实生活中"翠楼乞巧娉婷女"，忙着画眉，根本"不识人间离别苦"。以现实人生反衬神话传说，重点仍在神话传说，共同诉说着天上、人间的离别之苦。

次韵唐括仲宽照磨雪中

西山翠湿蓬莱股，勾陈苍苍星聚五。长风吹雪渡海来，凤城佳节如龙虎。瑶林不断接九天，银界滉漾开三千。灵姬相顾一启齿，霓旌羽节何纷然。道人宴坐歌云门，天光盎然万籁停。玄圃日出春无痕，白鹤载我三山行。

［解读］

叙与西山凤城有关的神仙世界之事。言春日自己将离开讲堂，作"三山行"，回故乡去。或可解为，作"三山行"，寻海上三神山去。

雪坡歌为丁彦亨作

昆仑月窟西坡陀，太古有雪高嵯峨。金天爽气几万里，下压雪外之蓬婆。乾坤何处着清致？只有珠湖明月扬清波。丁君胸次有如此，相逢索我题雪坡。我歌不工奈君何，何时一舸夜相过？

阆风玄圃渺倒景，琼林玉树交寒柯。题诗呼起雪堂老，置酒酌之金叵罗。然后蹑积石，俯黄河，直骑白凤青冥表，共听瑶池黄竹歌。看君散此太古雪，下与草木回春和。

[解读]

此为应丁彦亭之请而题诗。只有大自然是纯洁美好的，表示愿与雪堂老一起去游历天下，抒写喜爱大自然的情感，愿在旅游中陶冶情操。在诗中，张以宁展开丰富的联想与想象。这一点，在居燕 20 年诗歌创作中得以保留并发挥。

送侯邦彦自南谯游建业

君向金陵去，云帆百尺悬。杯摇江色里，诗堕菊花前。涂水明秋月，钟山起暮烟。凤台逢李白，一为问青天。

[解读]

写送侯邦彦往南京。两人诗酒酬唱，十分倾心。想象涂水月明、钟山暮烟，侯邦彦能在凤台与李白相逢，一起向青天明月发问。透露仰慕李白之情，这在滞淮时期尤为突出。

送崔士谦侍亲还嵊县

剡中李白题诗处，我昔因之访隐君。天姥树低山似渚，曹娥潮上水如云。怀人夜雪孤舟远，送子秋风一雁闻。捧檄高堂须一笑，白鱼青笋渐纷纷。

[解读]

写送别崔士谦侍亲还嵊县，却由"剡中李白题诗处，我昔因之访隐君"落笔，而天姥峰、曹娥江之景亦是李白诗所吟咏，可见李白在张以宁心中具有何等重要地位。在我这一方，怀人、送子之情深厚，而在你父母那一方，接到儿子将归的书信，该忙于准备白鱼青笋来接待了吧。

春日怀李叔成上舍

今代李公子，诗看老杜亲。江湖留雁久，风雨恼花频。竹屋灯悬夕，椰瓢酒漾春。殷勤海子水，待汝濯红尘。

[解读]

首联写李叔成仰慕杜甫，中二联写别后对李叔成的思念，末联写殷勤的海水，正等待李叔成来洗濯尽红尘，寄托了诗人的期盼与祝福。

送马仲达秋试

杯酒秦淮初识子，虬髯玉面气如虹。扬州杜牧诗偏好，梁苑相如赋最工。翠湿帆前杨叶雨，香飘衣上桂花风。送行已有金台句，双阙春云五色中。

[解读]

首联写初识马仲达，他留给诗人的印象，"虬髯玉面气如虹"。次联赞马仲达诗比杜牧，赋如司马相如。三联写送行情景。

结联表祝福，预祝马仲达秋试成功。

衢州咏烂柯山效宋体（二首）

人说仙家日月迟，仙家日月转堪悲。谁将百岁人间乐，只换山中一局棋？

洞里仙人笑客痴，斧柯烂却忘归时。人间宇宙无穷事，只似山中一局棋。

［解读］

对人生进行哲理式的思索，在张以宁的赠答诗中亦可偶尔见之。山中只一日，世间已百年。这是神话世界的说法。人们总认为神仙最快乐。此诗第一首反其意而言之，谓"仙家日月转堪悲"，不值得拿"百岁人间乐"，来换取"山中一局棋"。第二首指出："人间宇宙无穷事，只似山中一局棋。"这是参透了神仙世界与人间万事真谛的智者之卓见。

3. 怀古诗

严子陵钓台

故人已乘赤龙去，君独羊裘钓月明。鲁国高名悬宇宙，汉家小吏待公卿。天回御榻星辰动，人去空台山水清。我欲长竿数千尺，坐来东海看潮生。

［解读］

此诗在张以宁此时期怀古诗中称得上佼佼之作。严光，字子陵，曾与汉光武帝刘秀为同窗好友。刘秀登基后多次征召他为谏议大臣，严光婉拒，避居富春江。浙江桐庐富春江畔有巨石高耸，相传为严子陵垂钓之处。诗的大意是：故人刘秀已乘赤龙而去，做了天子，你严子陵独自披羊裘垂钓于月明之中。鲁国的孔子立德立言，享有高名，名垂宇宙；汉代的公卿却像小吏般侍奉皇上，显得多么拘谨卑微！史载：光武帝召引严光，"因共偃卧，光以足加帝腹上。明日，太史奏客星犯御座甚急，帝笑曰：'朕故人严子陵共卧耳。'"如今，严子陵早已离开这钓台，人去台空，唯剩下山清水秀。我想要手持长达数千尺的长竿，坐在东海边垂钓，看潮落潮生！其尾联："我欲长竿数千尺，坐来东海看潮生。"何等大气！清·沈德潜赞此诗为"明人咏严陵者，以此章为最"，确实大大超越了无数吟咏严子陵钓台诗之题旨，深具创意。

九江庙

遗台上古城，剑气夜峥嵘。天地英雄恨，春秋父老情。蜀岗来楚尽，涂水近江平。往事何劳问，长陵草自生。

[解读]

九江庙指九江关帝庙，为纪念三国时蜀国大将关羽而建。"天地英雄恨，春秋父老情"。关羽以践行春秋大义、忠义精神著称。感叹蜀国为曹魏所灭，天地之间长留英雄关羽之遗恨，蜀楚父老敬重关羽奉行春秋大义，对之满怀深情。古城遗台，虽剑气峥嵘，但岁月悠悠，长陵草生。怀古咏史，既悲愤又无奈。

秋登九江庙晚眺

黄花开后叶初霜，紫蟹肥时酒满缸。羁旅已知浮世淡，登临未觉壮心降。天垂去鸟低平楚，水学惊蛇到大江。目极孤云乡思乱，烟波空想白鸥双。

[解读]

侧重写秋登九江庙晚眺所见所感。虽看淡世事，却壮心未降；虽羁旅乡思情切，却无法归去；虽企图摆脱困境，却又无能为力，种种意绪纠结，感情复杂。名为怀古，实为感时。

4. 题咏诗

题画诗应属于题咏诗范畴，本书对题画诗有专章评述。这里的题咏诗专指题写实体建筑如园、屋、亭、台、楼、阁等的诗。此类诗一般离不开题咏对象所在之处所、主人之姓名、周遭之景物、相关之典故、诗人之感受等内容。

题广陵李使君园

最爱燕山李使君，名园草木有清芬。竹光夕度淮南月，松色秋连海上云。九日登临来此地，百年忠厚见斯文。酒阑怀我幽栖处，松树苍苍猿夜闻。

[解读]

先点明该园的主人是燕山人李使君，该园乃"名园草木有清芬"。周围景物颇具特色："竹光夕度淮南月，松色秋连海上云。"

诗人于重九之日"登临来此地",深感此亭有厚重的文化底蕴,"百年忠厚见斯文"。末二句"酒阑怀我幽栖处,松树苍苍猿夜闻"进一步写该亭的清幽,这也是诗人对此亭的感受。

题信州弋阳周竹窗嘉竹园

弋水征君周竹窗,传家累叶尚敦庞。高门即见朱轮十,瑞节先看碧玉双。翠凤并巢依积雪,苍龙分影媚清江。徐公对此尤能赋,予欲东游共酒缸。

[解读]

首联交代嘉竹园的位置在信州弋阳(弋水),园的主人是征君周竹窗。其家几世都是敦厚朴实人家,以下描述园的建筑、景色。它激起诗人"予欲东游共酒缸"的意愿。

题临川王与可拂云亭

桐冈冈前读书处,虞公为赋拂云诗。风来明月星河近,龙起曾阴雷雨垂。终见汗青传琬琰,时闻杂佩和埙篪。南归定作亭中客,苍雪风吹落酒卮。

[解读]

通过叙述与拂云亭有关的人物故实,描写四周景色,表达为其吸引,"南归定作亭中客,苍雪风吹落酒卮"。

题刘士行石林茅屋

潇洒刘郎意绝奇，林西更好小堂基。石间青竹尽秋色，屋上白茅犹古姿。野雀巢檐群就食，山精倚树惯听诗。东屯行处苍苔满，有客天涯独梦思。

[解读]

有的题咏诗偏重于描写题咏对象的景物，让人读着产生美感，因而神往之。全诗描绘刘士行石林茅屋的景色，突出其石林茅屋的特征。青竹秋色，白茅古姿，野雀就食，山精听诗。末尾点破诗人由此引起天涯独梦思，又该想念远方的故园了。

题吴恭清茂轩

幽尚谢尘牵，吴生独尔贤。风泉欹枕外，春树读书边。旧隐怀盘谷，新图出辋川。诗僧来往数，好句剩能传。

[解读]

谓吴恭清茂轩是"风泉欹枕外，春树读书边"的好去处。此轩之特色，即一"幽"字，可与盘谷、辋川的隐居"胜地"相媲美："旧隐怀盘谷，新图出辋川。"诗僧们于其间来来往往，定有好句能流传下去。

题曹子益可竹亭

竹西清绝处，三径万琅玕。昼枕翠涛响，春衣青雨寒。登君好亭子，回首忆江干。嗜酒那无此，吾今欲挂冠。

[解读]

写可竹亭有万竿翠竹，"昼枕翠涛响，春衣青雨寒"。登临此亭，令人产生挂冠而去，隐居于此的意愿。

题采石娥眉亭

姮娥霜鬟未摧颓，李白骑鲸更不回。异代登临悲赋客，百年沦落忆雄才。淮云白白鸟飞尽，山日苍苍猿啸哀。欲起锦袍吹玉笛，为驱江浪入金杯。

[解读]

某些建筑有悠久的历史，或留下文化名人的足迹，或有相关的神话传说。张以宁此时期的题咏诗往往抓住这点，予以开拓，发掘其内涵，使诗获得一定的历史感或超越感。采石矶娥眉亭位于太平州（今安徽当涂县）采石镇，濒临长江，绝壁嵌空，突出江中，矶西有两山夹江耸立，谓之天门，其上岚浮翠拂，状若美人娥眉。"姮娥霜鬟未摧颓"即言此。"李白骑鲸更不回"，谓李白到此再也回不去了。李白晚年住在当涂，并死在那里，当涂青山北麓有李白墓。"异代登临悲赋客，百年沦落忆雄才"。回笔写自己异代登临此亭，沦落江淮，追忆李白这样的"雄才"，感慨系之。"淮云白白鸟飞尽，山日苍苍猿啸哀"描写眼前景色，以哀景写哀情，倍增其哀。"欲起锦袍吹玉笛，为驱江浪入金杯"言自己豪情未减，仍能着锦袍吹玉笛，将长江之浪驱入金杯。一扫前面之哀，使全诗流贯豪迈之气。

寄题琵琶亭

洲前亭子赤阑干，白傅唐时此谪官。渚花留客醉秋晚，江月向人啼夜阑。溢浦波涛三峡外，长安城阙五云端。酒醒忽记东林路，钟磬萧条暮雨寒。

[解读]

白居易贬官浔阳时曾遇弹唱琵琶的女子，听其自述生平遭际，感而写就著名长诗《琵琶行》。张以宁此诗便从"洲前亭子赤阑干，白傅唐时此谪官"落笔，以渚花、江月之景烘托夜阑客醉之旅，由此入梦，梦见"溢浦波涛三峡外，长安城阙五云端"；待酒醒，忽记东林路，感受到周围的清冷氛围："钟磬萧条暮雨寒"。诗借寄题琵琶亭，抒写了类似白居易那样天涯沦落人的情感历程。实乃借他人之酒杯，浇自家之块垒。

次韵安庆汪仲暹超然亭

超然之亭舒水上，绝景乃得天公偏。石柱秋开金菡萏，星河夜落玉舟凫船。独骑麒麟上倒景，下视蠛蠓空飞烟。舞雩人去忽千古，令我望之心惘然。

[解读]

现实谋生艰难的物质压力与高中进士，只任数年小官，却因故滞留江淮，未能仕进的心理重压，使张以宁常处矛盾痛苦状态，他极想突破此种束缚，奋发有所作为。因此，也偶借题咏诗表露这种思绪。写超然亭建于水上，得到天公偏爱，堪称"绝景"。亭子的石柱边秋日盛开金色的菡萏鲜花，水天相溶，天上的星河夜饮时落入大酒杯。独骑麒麟上可追水天中之倒景，下可俯视蠛蠓在空中与云烟一起飞舞。"舞雩人去忽千古"，人去亭空，悠悠千古，"令我望之心惘然"。诗人穿越天地古今，似乎想获得某种超越感，但最终还是跌回现实，惘然之情充满心中。

中书右司提控秋霁轩

西山收雨紫嵯峨，爽气如秋右掖多。省树静移云影度，官帘徐转日华过。粉闱寓宿青绫被，黄阁朝随白玉珂。圄静鸡竿稀布命，边清虎革渐包戈。盛时三语俱材掾，休日相从足雅歌。红药紫薇春信近，更吹新律作阳和。

[解读]

右司：官署名。元朝置，属中书省，掌兵房、刑房、工房三科。《元史·百官一·中书省》："右司，郎中二员，正五品；员外郎二员，正六品；都事二员，正七品。" 右掖：指右司。粉闱：尚书省之别称。闱，宫中小马。唐宋时由尚书省举行的试进士的考场。闱，旧称试院。 黄阁：亦作"黄合"；汉代丞相、太尉和汉以后的三公官署避用朱门，厅门涂黄色，以区别于天子；唐时，门下省亦称黄阁；借指宰相。 玉珂：马络头上的装饰物。多为玉制，也有用贝制的。指马。指高官显贵。 圄：囹圄，监狱。 鸡竿：一端附有金鸡的长竿。古代多于大赦日树立。《新唐书·百官志三》："赦日，树金鸡于仗南，竿长七丈，有鸡高四尺，黄金饰首，衔绛幡长七尺，承以彩盘，维以绛绳，将作监供焉。"唐许浑《正元》诗："高揭鸡竿辟帝闾，祥风微暖瑞云屯。"后用为赦罪之典。　　三语掾，典故名，典出南朝·宋·刘义庆《世说新语·文学》。卫玠因三个字而被任命官员。后用"三语掾"等对幕府官员的赞美。　　休日：修沐日，假日。

　　本篇题咏中书省右司的秋霁轩。每四句为一单元，全面表现右司的风景、功用、文化。前四句先点题，谓西山收雨初霁，露出紫色嵯峨山峰，右司秋气爽人，中书省树木宁静，云移影度，官帘徐转，阳光照射。突出一个字"静"。中四句先写寓宿试院，盖青绫被。次写上早朝时黄阁里的官员依次跟进。再次写监狱平静，很少颁布特赦令。后写边境靖清，用来制作盾牌的虎皮渐渐用来包裹干戈等兵器。突出一个字"安"。后四句写政治文化活动。盛时，赞扬幕府官员。假日，官员相从足雅歌。春信将近，芍药紫薇盛开，更吹奏新的季节变化之曲，作祥和之音。突出一个字"谐"。其时，元王朝在表面的平静、安宁、祥和掩盖下，暗流涌动，危机四伏，这是张以宁所无法认识到的。

题汪仲暹听鹤亭

　　仙鹤在人世，长鸣思远空。有人秋水上，倚杖月明中。玉树三更露，银河万里风。徘徊意无极，迟尔出樊笼。

[解读]

　　借"仙鹤在人世，长鸣思远空"，抒写飞出樊笼，获得自由的夙愿。"有人秋水上，倚杖月明中"，诗人久困淮扬，身居下层，极想改变现状，得到更大生存空间，遂借题咏听鹤亭，曲折表达之。

思归引题王居敬总管宁轩

家在永宁中，宦游淮海上。使君作居轩，坐必永宁向。永宁汉时蠡吾国，日出城头太行色。宅中三槐百尺强，曾是晋公亲手植。淮海水，遥遥驰，使君紫马黄金羁。群仙相追佩陆离，琼花璀璨东风枝。江南虽乐非吾土，故国河山劳梦思。思心日夜如春水，流入滹沱无尽时。宁轩之名重桑梓，传子传孙孙复子。独不见班超长望玉门关，千古英雄亦如此！

[解读]

王居敬总管老家在永宁，宦游淮上，于此作居轩，"坐必永宁向"，以示不忘故里，时时思归之意。赞永宁的辉煌历史，汉时为蠡吾国，晋祠内三株槐树高过百尺，"曾是晋公亲手植"。如今王居敬使君骑着黄金羁络的紫色骏马，在淮海奔驰，身后随从众多，恍若群仙相追，周围琼花璀璨，东风吹拂着花枝。然而，"江南虽乐非吾土，故国河山劳梦思。思心日夜如春水，流入滹沱无尽时"。阐明取名"宁轩的含义"是"重桑梓"，且将其传子传孙。诗人将其心理与"班超长望玉门关"相比，认为"千古英雄亦如此"！从而弘扬此种"重桑梓、传子孙"热爱乡土的精神。

5. 感怀诗

常山县

喜近闽山南去路，楼台两岸水迢迢。不知晓店三竿日，犹梦春江半夜潮。吏少县庭常阒寂，戍还驿舍尚萧条。平安写就无人寄，家在溪南第一桥。

[解读]

题旨是思乡。这是张以宁滞淮诗重要的主题。诗人的感怀诗与写景诗、赠送诗、怀古诗、题咏诗多所交集重叠，他常于这几类诗中抒写怀抱、感触，这里仅就其怀乡之作等略加评述。一次旅行至常山县，此处离家乡较近，于是又勾起乡思。四周景色美好，楼台两岸水迢迢。旅店已日挂三竿，而诗人犹在春江半夜潮涌之梦中。此间社会较为平定，戍卒还营，驿舍尚萧条，县庭常阒寂。这是聊可安慰诗人的。诗人写就报平安的书信却无人帮助捎寄，自己的家在古田溪南第一桥。平平淡淡的诗句中蕴蓄着深沉的感情。

雨中纵笔书闷

飘零不奈木肠何，锦字凄凉雁字过。犹有思亲千点泪，秋来较似雨痕多。

[解读]

仍写怀乡主题。诗人飘零无奈流落江淮，遥望天空，雁儿排成"人"字南飞而去，而自己却只能在凄凉中写下锦书，无法归家。思亲的千点泪，比秋雨还多，以夸张之笔凸显诗人对故乡的思念。

平　野

北来群山亦已无，旷望元气春模糊。云低不断沧海去，树远欲尽青天俱。何人胸吞九云梦，尚恨水有三蓬壶。巨灵不为镵叠嶂，长使诗人心郁纡。

[解读]

展现平野广阔无垠、春色模糊景象，纵有"胸吞九云梦"的大志，也无奈现实的层峦叠嶂，这"长使诗人心郁纡"。

竹　轩

门外红尘一丈深，开门碧雾秋阴阴。十年对雪守汉节，三月不肉闻韶音。风高常与鹤同梦，雨作或听龙一吟。淮南大隐人所羡，令我不乐思故林。

[解读]

竹轩可能是诗人的寓所，外面景为"红尘一丈深"，"碧雾秋阴阴"，颇远处，红尘喧嚣；开门处，篁竹清幽。于市廛"闹中取静"。诗人沦落江淮，"十年对雪守汉节，三月不肉闻韶音"。像西汉苏武持节出使匈奴，被扣留19年，忠于汉朝，始终不渝；也像孔子在齐国闻《韶》乐，三月不知肉味，"盖心一于是，而不及乎他也"（朱熹集注）。虽清苦度日，却专心治学，始终保持高洁。两个典故表示对朝廷忠心始终未变。隐居于此，"风高常与鹤同梦，雨作或听龙一吟"。风高，常梦见隐居杭州孤山种梅养鹤的北宋高士林和靖；雨作，或许听得到张衡《归田赋》发出

"龙吟方泽，虎啸山林"的退隐之声。"淮南大隐人所羡，令我不乐思故林"，诗人设馆授徒，门生众多，潜心著述，诗文名闻遐迩。这样的淮南大隐，人所羡慕。然而诗人对这样的生活并不满意，赴京任职，遥遥无期，诗人转而思念起故乡的园林。用典不着痕迹，贴切表现诗人心意，收以少胜多之效。

泊龟山　诗中之景，指洪泽屯也

白波滉漾青天垂，我行但觉官船迟。微微树短水尽处，惨惨日薄风来时。椎牛挂席打盐客，射鸭鸣弓蹈浪儿。漫郎头白不称意，沽酒龟山歌竹枝。

[解读]

写船泊龟山所见洪泽屯景物。惨惨日薄，景物底色灰暗。劳动者正在劳作，透露几分生机。失意者龟山沽酒歌咏《竹枝词》。景物与人物活动交织成一幅世俗人生画面。此诗的价值在于真实，真实再现生活场景，不彰显主观情感，但透过画面，可以感觉到诗人对世俗人生还是热爱的。

雪　石

峨眉之西古时雪，削玉娟娟嵌太空。山川只今留夜月，草木为尔回春风。闭门洛下谢过客，授简梁园米老翁。梅花满树百壶酒，我欲枕石于其中。

[解读]

《雪石》状写"峨眉之西古时雪，削玉娟娟嵌太空"，羡慕"闭门洛下谢过客，授简梁园米老翁"。据《昭明文选》，梁王游于兔园（梁园），面对雪景，授简于司马大夫，令其"为寡人赋之"，司马相如起而歌之。后以"授简"指给予简札，嘱人写作。表达"梅花满树百壶酒，我欲枕石于其中"的愿望。

题赵子昂书杜少陵魏将军歌赠钱雪界万户

独不见唐时将军魏氏雄，铁马气无青海戎。杜陵老子歌都护，临江节士趋下风。我朝钱侯岱岳秀，英略与古将军同。投壶白日刺桐静，传箭清霜篁竹空。谁书此歌为侯赠？文章阁老吴兴公。侯昔受诏出闾阖，黄金虎符白雪骢。苕溪之上见舅氏，三珠耀日光瞳瞳。公时挥洒神与力，此诗此笔绝代工。廿年风云万变化，贯月夜夜横长虹。公骑麒麟箕尾上，侯射猛虎南山中。我为侯歌愧才薄，展卷况有杜陵翁。楼船去冬下濑水，白氖宵缠牛斗宫。丈八蛇矛石二弓，曾血鲸鲵涨海红。钱侯钱侯莫袖手，侯家带砺今元功。

[解读]

此诗是古风，乃诗人为元代赵子昂的一幅书法作品所题的诗。赵子昂所书乃杜甫所作《魏将军歌》。诗人将此诗赠送给万户侯钱雪界。诗前十句以钱侯比魏将军。"文章阁老吴兴公"指赵子昂。11至14句写钱侯受诏出闾阖的盛况。15至22句写当时赵子昂书时挥洒神与力，遂使"此诗此笔绝代工"，既肯定了杜诗，又称扬了赵书。但经过"廿年风云"，赵氏去世，钱侯尚

"射猛虎南山中"。诗人谦称"才薄",所"歌"不如"杜陵翁"。末六句对钱侯寄予厚望,祝他成为大功臣。

七言古诗一首

姚江分在浙江东,远接大壑云溟濛。晨潮暮汐所冲激,鼋鼍窟宅蛟龙宫。长堤屹立何崇崇,蜿蜒万丈横青空。天吴海若避退舍,鞭石无乃劳神工!是州判官叶上舍,力排浮议成奇功。三年畚锸先黔首,千里歌颂喧黄童。秪今广斥变沃壤,村圩野市遥相通。风翻陇亩舞绿涨,日映水木涵青葱。酒垆连屋出青斾,鸡犬识路如新丰。君不见钱塘海堤古希有,射潮强弩称英雄。泰州海堤不易作,前代仅数高平公!纷纷传舍视官事,勤民忧国谁为忠?叶君已去甘棠在,有子栢府陪乘骢。浮名百世会有尽,远业千载传无穷。鲸鲵奔腾海水立,安得砥柱当其中?呜呼九原不复作,长歌激烈来悲风。

[解读]

《七言古诗一首》,《翠屏集》未收。此辑自明·叶翼《余姚海隄集》卷三。它一开始就描绘姚江长堤的雄伟壮观:"姚江分在浙江东,远接大壑云溟濛。晨潮暮汐所冲激,鼋鼍窟宅蛟龙宫。长堤屹立何崇崇,蜿蜒万丈横青空。天吴海若避退舍,鞭石无乃劳神工!"赞颂泰州判官叶上舍,"力排浮议成奇功",并带头参加修筑长堤,赢得百姓拥戴:"三年畚锸先黔首,千里歌颂喧黄童。"长堤建成后,一片丰收、美好景象:"秪今广斥变沃壤,村圩野市遥相通。风翻陇亩舞绿涨,日映水木涵青葱。酒垆连屋出青斾,鸡犬识路如新丰。"赞许修筑长堤古稀有,乃"英雄"之举:"君不见钱塘海堤古希有,射潮强弩称英雄。"足见其勤民忧国,忠心耿耿。认为这是百世远业,永垂千古:"浮名百世会有尽,远业千载传无穷。鲸鲵奔腾海水立,安得砥柱当其中?"诗人谓叶君虽人已离去,但"甘棠在",慨叹"九原不复作",因而作此诗"长歌激烈来悲风"。

以上所述足以说明,张以宁滞淮十年,诗艺已完全成熟。

6. 庚辰南归诗

张以宁流落江淮,靠设馆授徒谋生。主要居住在扬州,但也前往他地应聘。他多次回故乡古田。其中,庚辰南归最引人注目。至元六年庚辰(1340)张以宁40岁。春初,他到直沽(今天津),沿大运河南下,经沧州、德州、聊城,至扬州,再经常州、平江、嘉兴、杭州、建德、衢州、信州,归闽中。沿途所作诗编为《南归纪行》。现存77首。

按内容,可分以下五个方面:

(1) 思乡念亲,情真意切

至直沽

野泺天低水,人家时两三。雁声连漠北,鱼味胜江南。雪拥芦芽短,寒禁柳眼缄。持竿吾欲往,拙宦白何堪!

[解读]

庚辰南归,从直沽开始。展示直沽风光:荒野泺水,地势卑下,水几与天低平,时而可见两三户人家,人烟稀少,此地离漠北不远,虽已入春,天气仍然寒冷,"雪拥芦芽短",柳眼都封住了口，没能抽出嫩枝。此地之景远逊江南，唯有鱼味胜于江南。把北方早春的特点描摹得十分贴切、生动。末二句言志，表达不愿做官的意愿。

雨 中

历历愁心乱，迢迢客梦长。春帆江上雨，晓镜鬓边霜。啼鸟云山静，落花溪水香。家人亦念我，与尔黯相望。

[解读]

庚辰南归，从春天开始。首联直诉思念之情，以"历历"极言"愁心乱"，以"迢迢"形容"客梦长"。中间四句以景衬情："春帆江上雨"，写旅况；"晓镜鬓边霜"，写岁月沧桑；"啼鸟云山静，落花溪水香"写沿途所见美景。美景也难以排遣乡愁。尾联"家人亦念我，与尔黯相望"，点明与家人相互思念，黯然相望，同首联"愁心乱""客梦长"呼应。雨景虽美，难掩黯然之情，思乡主题突出。

舟中见雨

今夜初听雨，江南杜若青。功名何卤莽，兄弟总凋零。远梦愁胡蝶，深情愧脊令。抚孤终有意，身世尚流萍。

[解读]

诗人在一个夜晚初次听到春雨的声音，引发了联想与感慨。联想到江南的杜若已经青了。由江南又想起自己这个江南游子仕途坎坷，几个兄弟早逝凋零。"功名何卤莽，兄弟总凋零"。忧愁自己思念远方的梦，会像庄生梦蝶那样落空，想起《诗经·棠棣》"脊令在原，兄弟急难"，感到自己对兄弟的深情有愧于《毛诗正义》训诫，自己始终有抚养兄弟遗孤之意，但自己身世飘零，就像流萍一样。在叙述之中，寄托了深沉的感慨。

宿泛水

宝应南边宿，逆风舟子劳。空村防鼠窃，不寐听鸡号。月黑平湖白，天低远树高。家山来枕上，夜起首频搔。

[解读]

写船至江苏省中部，夜宿大运河纵贯的宝应县南泛水镇，现实的骚扰更勾起浓重的思乡之情，"家山来枕上，夜起首频搔"。

泊沽头

楚客归心河水流，三更月晕长年愁。沙河雨涨催开闸，半夜橹声无数舟。

[解读]

借楚客归心似河水东流般绵长，比喻自己归心急切；以三更月暗，形容自己有长年思乡之愁。后二句写眼前之景："沙河雨涨催开闸"，无数舟船想经过，都想早早奔赴目的地。暗寓自己也想早日归家。

扬 州

误喜维扬是故乡，故乡南去越山长。越山三月花如海，倚门应说到维扬。

[解读]

《扬州》一诗在庚辰南归诗中有特别重要的意义。维扬在今扬州市北部维扬区，是古扬州的发祥地。张以宁不仅熟悉扬州，而且对扬州有深厚的感情，扬州是他的第二故乡。此番南归，路过扬州，"误喜维扬是故乡"。"故乡南去越山长"，越山，福州城内越王山，即屏山。古田自唐以来多属福州，福州亦称晋安，张以宁自称"晋安张以宁"。误喜，虽为误，亦为喜，感情是亲切、欢乐的。这种感情与贾岛是一致的。贾岛《渡桑乾》云："客舍并州已十霜，归心日夜忆咸阳。无端更渡桑乾水，却望并州是故乡。"诗人清醒地意识到，南去故乡福州还有很长的路程，故乡福州三月花如海，非常美丽，亲人们倚门等候我归来，应推测说我这游子已到扬州了。全诗回环反复，韵味悠长。

过桐庐

绝爱桐庐水，潮回绿满溪。海风吹雨去，山日傍云低。涉世心犹壮，思家梦欲迷。独惭老莱子，白发尚儿啼。

[解读]

思乡念亲，张以宁常因漂泊异地，未能尽孝而深为遗憾与自责。《过桐庐》一诗最能体现这一点。老莱子，春秋晚期思想家，与老子、孔子同一时期，著书立说，传授门徒，宣扬道教思想。他又是中国民间传说中"二十四孝"人物之一，道教代表人物之一，与老聃同一时期。年72岁时，为取悦父母双亲，常穿彩衣，作婴儿动作、啼哭状，后人以"老莱衣"比喻对老人的孝顺。诗的前四句写景，后四句言情。景非纯客观之景，而是渗透着诗人"绝爱"的深情，写出桐庐水与海水相通的特点"潮回绿满溪"。也写出桐庐山的特点，"海风吹雨去，山日傍云低"，依山傍海，景观独特。后四句表露入仕的壮心与思家的感情，为未能在家尽孝而深感惭愧，与白发苍苍尚穿戏衣学儿啼以娱双亲的老莱子相比，能不惭愧？

泊戚家堰遇风夜雷雨

高浪出鱼龙，舟师急卷篷。雷声过云雨，月晕断河风。野阔人家外，涛喧客枕中。坐来搔短发，惆怅大江东。

[解读]

在高浪、雷声、云雨、河风的背景下，"舟师急卷篷"，"涛喧客枕中"。诗人夜不能寐，"坐起搔短发，惆怅大江东"。惆怅之情因思乡而引发，因雷雨而更甚。

富阳南泊骤风雨

征夫直北厌风埃，南下蒲帆此日开。山远苍龙趋海去，潮喧铁马蹴江来。云昏白日林如失，风约青天雨却回。短发相欺予渐老，孤舟独宿意难裁。

[解读]

征夫（诗人自指）讨厌北方之风沙，此日开帆南下，心里自然高兴。因此眼前景物充满生气：远山连绵，宛若苍龙向着大海奔去；潮水喧腾，声势就像千万匹铁马踏江而来。船泊富阳城南，忽遇暴风骤雨：乌云遮蔽了白日，树林消失不见，大风似与青天相约，骤雨却回来了。短发相欺，我渐老去，如今孤舟独宿，情何以堪，意难自裁！含蓄地透露蹉跎岁月的复杂心态。

过兰溪

昔过兰溪上，秋风把酒杯。重来人事异，独立客心哀。沙合滩声转，帆移塔影来。赤松山色近，伫望意徘徊。

[解读]

兰溪县西南接龙游县，西北毗邻今建德市。据光绪《兰溪县志》，婺、衢两江在兰阴山麓汇成兰江，北行至梅城汇新安江而称富春江，继续北行，至富阳以下，称钱塘江。兰溪自古有"三江之汇""六水之腰""七省通衢"之称。此诗诗意可用 12 个字概括：今昔比，人事异，客心哀，意徘徊。其核心是孤独感。景致依然，人事全非，不见当年朋友，诗人只能独立、伫望！

泊湖头水长

客路春将晚，征帆日又曛。深山昨夜雨，流水满溪云。渡黑渔舟集，村空戍鼓闻。故园频梦去，植杖已堪耘。

［解读］

湖头：在今浙江省金华市婺城区。"村空戍鼓闻"，透露元后期社会动荡、战乱不已的消息。"植杖已堪耘"，语出《论语·微子》："植其杖而芸。"诗人频繁做梦回到故园，拄着拐杖，与乡亲们一起耘田。频梦故园，抒写了思念故乡的深沉感情。

宿乌石

青山乌石名，偶似越王城。岚扑单衣重，溪摇倦枕惊。燃松添酒酌，题竹记诗成。明发闽关路，青云趁足生。

［解读］

《宿乌石》与《扬州》异曲同工：越王城，指福州，福州城内有越王山。靠近闽界，诗人更加思念家乡，途中有座山叫乌石，仅仅因它与福州乌石山同名，便激发了诗人的思情与诗情，"明发闽关路，青云趁足生"。

分水铺道中

长忆闽中路，今朝马首东。山高云易雨，谷响水多风。蝶抱落花片，鸟啼深竹丛。功名一画饼，身世独飞蓬。

［解读］

"长忆"闽中，今朝终成现实。分水铺道中，山高谷响，易雨多风，有峡谷特点；蝶抱落花，鸟啼深竹，风光旖旎，诗人长期漂泊外地，为的是寻找机会，延续以前担任地方官的业绩，更创辉煌。但因此却要离家，无法侍奉双亲，思想感情常陷矛盾之中，此时，思乡念亲占了上风，遂感叹"功名一画饼"也。

宿黄亭明日四月一日夏至

弛担沽红酒，开窗挹翠微。故庐何日到？野店送春归。雉起麦花落，蚕登桑叶稀。田园有真趣，岁晏莫相违。

[解读]

黄亭：古代建州有黄亭驿，在今武夷山兴田镇。夏至：周四月，夏六月也。此农历四月一日夏至，用的是周历，实际是在六月。沽酒、开窗，是诗人旅途住宿时的日常动作。"故庐何日到"，是诗人旅途经常询问的问题，透露思家心切。"野店送春归。雉起麦花落，蚕登桑叶稀"，是诗人旅途所见之景，突出了春夏之交的特点。"田园有真趣，岁晏莫相违"，是诗人礼赞自然、亲近自然的自白。

建宁府雨中登玉清观

双溪南下绿湾环，碧瓦参差细雨间。水绕玉清来九曲，云归沧海近三山。铁狮昼伏闻钟鼓，白鹤宵飞认佩环。欲结紫霞尘外想，不堪回首近乡关。

[解读]

建宁府：位于福建北部，南宋时升建州为建宁府，元时改为建宁路。玉清观，建宁府的一座道教寺观。　双溪：建溪、松溪交汇于建瓯，汇入闽江。　三山：福州城内有屏山、乌山、于山等三座山，故福州又称三山。首联写建瓯双溪环抱的地理特征，玉清观碧瓦参差的建筑格局。颔联写九曲水绕着玉清观，云归沧海，此处离三山近了。颈联写玉清观大门前铁狮昼伏，耳里听见庙观里传来钟鼓之声，从视觉、听觉两方面状玉清观盛况，"白鹤宵飞认佩环"，远方之客的我来寻访道观主人。诗人欲结紫霞作尘外之想，亦有遁入空门之念。张以宁笃信佛教，曾自称"发僧"，亦信道教，儒释道三教集于一身。诗人喟叹往事不堪回首，越是靠近乡关越是惴惴不安，展露了当时真实、复杂的矛盾心态，使人想起宋之问《渡汉江》中"近乡情更怯，不敢问来人"的名句。

宿大桥

桥畔人家水半扉，题诗柱上十年归。青松落子风惊帽，紫栋吹花雨满衣。涧水远随枫树去，陇云多傍笋舆飞。举头仰望长安日，一个啼猿响翠微。

[解读]

题桥柱：喻立志求取功名富贵。唐岑参《升仙桥》诗："长桥题柱去，犹是未达时。"宋代袁枢《题建宁南乡桥》："玉龙倒影卧寒潭，人在云霄天地宽。借问是谁题此柱，茂陵词客到长安。"《宿大桥》是张以宁宿于建宁南乡桥时作。他曾题诗柱上，至今十年归，自己都是风惊帽、雨满衣、听涧水、看陇云，举头仰望长安日，只有一个啼猿响翠微，并无被朝廷任用的消息。壮志未酬，失落无奈。

至瓜州

江流岛屿碧湾环，两岸楼台晻霭间。细雨春帆来楚峡，遥天晓树见吴山。岚光去鹭半明灭，云气与鸥相往还。欲访乡僧心已倦，十年为客鬓毛斑。

[解读]

此瓜州，并非长江北岸、扬州南面之瓜州，而是闽北一个名不见舆图的乡村。诗的题旨是心已倦，鬓已斑。前六句写景，景物相当美好，本欲寻访乡僧，却又没了这兴致。原因是"心已倦"。"心已倦"的原因是十年为客，谋生艰难、再次出仕似无望，鬓毛斑矣。

（2）**诗酒酬唱，父子情深**

以宁之长子烜，才华横溢。此次以宁带他归闽，一路上，父子二人唱和不息。相互赠答或用烜韵的诗就有六首之多：《途中次子烜韵》《用烜韵呈王赵二明府》《别忻都舜俞用烜韵》《过漷州答子烜和韵》《烜次草萍壁间韵同作》《子烜买红酒》。惜张烜诗散佚，我们无从知悉父子二人诗歌互动细节。

过漷州答子烜和韵

擘破飞狐碧玉峰，奔河似电出卢龙。晴波落日金明灭，远树寒烟翠叠重。吟诗骥子新怜汝，返哺乌雏独愧侬。溪上故庐何日扫？故人携酒话奇胸。

[解读]

启程不久，到了潮州（今属通县），面对擘破飞狐的峰峦，滦河、青龙河交汇于此奔腾向前的宏伟气势，"晴波落日金明灭，远树寒烟翠叠重"的壮丽景色，张以宁感慨万端："吟诗骥子新怜汝，返哺乌雏独愧侬。"对儿子的怜爱、对父母的愧疚感情迸发而出，父子关系宛若诗友。盼望早日清扫故庐，与故人携酒畅抒阔大、奇特之胸襟。

烜次草萍壁间韵，同作

浙东路入江东去，酒醒篮舆几处山？桑柘叶光朝雨湿，棠梨花尽午风闲。青云在昔同攀桂，紫气如今独度关。只合溪头垂钓去，故人多在紫宸班。

[解读]

前四句写进入浙东所见风景。"酒醒篮舆几处山"表明走的是陆路、山路。风光美丽，很有浙东特色：桑柘叶子闪光朝雨，湿润润的；棠梨花儿凋谢了，午间的微风悠闲地吹拂着它。面对如此美好恬静之景，张以宁心中却无法平静。后四句写心中感慨：忆往昔，我与同年举子一起折桂，高中进士，看如今，紫气伴随我独自度过关口。我只合到溪头垂钓去，我的朋友们多在翰林院供职呀！于此，我们似听到张以宁沉重的叹息。

途中次子烜韵（二首）

日出河堤平，春来柳眼醒。蓟姬天下白，辽隼海东青。浪起层层雪,沙明点点星。片帆风力健,予欲运南溟。

微官与志违,空负圣明时。对酒怀彭泽,题诗愧渼陂。遥天
和树尽,断岸逐舟移。杨柳黄金色,随春入砚池。

[解读]

第一首写景:春天日出景象。春水与河堤齐平,柳树已抽出
新芽,"浪起层层雪,沙明点点星",途中景色十分美丽。诗人欲
借片帆运南溟,归去的心情如风帆轻驶般畅快。第二首述怀:希
冀隐居吟诗。"微官与志违",愿做官与不愿做官是张以宁思想深
处的一个深刻矛盾。"对酒怀彭泽,题诗愧渼陂",运用两个典
故:陶渊明不肯为五斗米折腰,毅然辞去彭泽令,归隐终南山,
有"采菊东篱下,悠然见南山"等名句。唐代司马扎《渼陂晚
望》:"远客家水国,此来如到乡。何人垂白发,一叶钓残阳。柳
暗鸟乍起,渚深兰自芳。因知帝城下,有路向沧浪。"杜甫有
《渼陂行》云:"岑参兄弟皆好奇,携我远来游渼陂。"张以宁对
酒怀念陶渊明,仰慕其人格,认同其退隐志向;惭愧自己写的诗
不如司马扎、杜甫。后四句写沿途所见明媚春光。

子烜买红酒

吴江红酒红如霞,忆着故园桃正花。羊角山前几回醉,女婆
嗔汝未还家。

[解读]

诗人行到江苏东南吴江州,吩咐张烜去买红酒,由此回忆起

此时故乡正是桃花盛开时节，之前，自己与张烜多次在家乡城郊的羊角山前（离城约八里）一起饮红酒，烜儿的姐姐嗔怪烜弟迟迟未归。途中因买红酒就想起在故乡与烜儿喝红酒迟归，烜儿被姐姐责怪之事，可见张以宁思乡念亲之心情多么急切。

浙　江

山从天目下，潮到富阳回。此地扁舟去，吾生几度来。林红晚日落，江白雨云开。明旦须停棹，呼儿看钓台。

［解读］

首联"山从天目下，潮到富阳回"，概括浙江山川特点，起笔不凡。颔联感慨吾生几度来此地。颈联描绘眼前景色，日落时，层林红遍，江水亮白，何等瑰丽！尾联预想明日行程，"明旦须停棹，呼儿看钓台"，诗里的"儿"即长子烜。为看"钓台"，特意"停棹"，表明钓台在诗人心目中所占位置之重要，围绕钓台所"演义"的人与事在诗人心目中所占位置之重要。张以宁带烜儿南归可谓煞费苦心，就是要一路教育儿子。父子情深由此可窥一斑。

过龙游

鹢首见龙游，群山翠浪流。阳坡眠白犊，阴洞锁苍虬。树密云藏屋，滩长石啮舟。呼儿具尊酒，听客说杭州。

［解读］

龙游：元时隶属浙江省衢州路，东临金华、兰溪，有一庞大

的石窟群——龙游石窟。龙游乃闽浙赣皖四省交通枢纽，素有
"四省通衢汇龙游"之称。张以宁途经龙游，见其景色颇具特色：
优美（"群山翠浪流"），宁静（"阳坡眠白犊"），奇倔（"阴
洞锁苍虬""树密云藏屋，滩长石啮舟"）。他"呼儿具尊酒，
听客说杭州"，总是不放弃教育孩子的机会。与孩子一起，他心
情相当愉快、悠闲。

（3）瞻仰古迹，指摘时弊

归途中，路过不少历史名城，瞻仰古迹，凭吊对社会做出重
大贡献的杰出人物，表达对他们的敬仰之情，表示向他们学习的
意愿，并借古鉴今，指摘时弊，此类诗在庚辰南归诗中富有厚重
意涵、最具历史沧桑感。

董子庙

董子天人策，寥寥四百年。临风一怀古，此地昔生贤。白日
明肝胆，青山闷简编。公孙东阁客，今复几人传。

[解读]

怀古从《董子庙》开始。董仲舒（前179—前104），西汉儒
宗、哲学家、政治家、教育家。汉武帝举贤良文学之士，董在
《天人三策》中建议："诸不在六艺之科、孔子之术者，皆绝其
道，勿使并进。"为汉武帝所采纳，从而奠定了儒学的正统地位，
还建议立太学，亦被采纳。撰《天人三策》《士不感遇赋》《春
秋繁露》。被后人尊为董子、董广川、董圣人、广川伯。后人为
纪念他，在此立庙奉祀。张以宁信奉儒学，他歌颂"独尊儒术"
的董仲舒理所当然。此诗赞董仲舒尊崇儒学、倡立太学的主张为

"天人策"，给予极高评价。不仅歌颂董仲舒，而且歌颂公孙弘。公孙东阁这一典故，载入明萧良有撰的学童启蒙教材《龙文鞭影》，对后世影响巨大。公孙弘，字次卿，菑川薛（今山东滕县）人，汉武帝时征为博士，后由御史大夫升任丞相，曾开东阁以延聘贤者，请其参与谋议，以己之俸禄供养故人、宾客，家无余资，盖的只是布被。张以宁临风怀古，感时慨今，"天人策"寥寥矣，四百年，已被封闭于青山草野，而不在庙堂之上，选拔贤才之路已被堵塞，还有几个人能像汉武帝时的公孙弘，开东阁以延聘贤者，请其参与谋议，以己之俸禄供养故人、宾客！怀古咏史与感时慨今紧密联系，诗中流露出的怀才不遇之感，正是那个时代广大知识分子的悲哀。

过沛歌风亭

苍梧帝逝熏弦绝，千古三侯慷慨歌。丰沛故乡宜有感，韩彭猛士惜无多。英雄老去台空在，魂魄来归意若何？楚舞尊前鸿鹄起，大风几动汉山河。

［解读］

张以宁此行咏史怀古诗以地域转换为线索，集中吟咏了徐州等地名胜古迹。咏徐州，一咏楚汉相争，二咏苏轼，三咏与徐州相关的人和事。

沛：位于今徐州市西北部，东靠微山湖，处于苏、鲁、豫、皖四省交界之处，境内水脉交横，乃刘邦故里，大汉之源。元代先后属济宁府、济宁。《过沛歌风亭》赞颂英雄，感叹英雄已逝，其思想、作为也已消失：（1）舜曾"弹五弦之琴，造《南风》

之诗。其诗曰："南风之熏兮，可以解吾民之愠兮；南风之时兮，可以阜吾民之财兮。'"① 后以"熏弦"指《南风歌》。《南风歌》的要旨是为民、爱民。舜在实践上也是为民操劳，"南征三苗，道死苍梧"。舜死后，《南风歌》便断绝了，寓含舜死后，为民、爱民的君王就不再有了。这是对历代君王私天下本质的深刻认识。（2）丰沛三侯，指周勃、灌婴、樊哙，一说为萧何、曹参、樊哙。汉封功臣，其盟誓辞曰："非军功不侯。"于军功中又立最重三件事：一曰从起丰沛，二曰从入关破秦，三曰从定三秦。张良、陈平功劳虽大，因不符此三条件而无缘列侯，真是"千古三侯慷慨歌"呀。诗人今日路过汉高祖刘邦这帝王故乡，感慨良多。金·元好问《读书》诗云："丰沛帝乡多将相，莫从兴运论人材。"但像淮阴侯韩信、建成侯彭越这样的名将猛士可惜不多。"英雄老去台空在，魂魄来归意若何？"诗人期盼"楚舞尊前鸿鹄起，大风几动汉山河"，曲折透露自己能像历史上的英雄人物那样为国为民建功立业。历史故实与个人感慨，被巧妙地编织进诗中，构成一幅色彩斑斓的历史长卷。此诗可视为英雄颂歌。

徐州霸王庙

长洪声动楚山虚，太息彭城霸国余。父老更堪秦暴虐，英雄空为汉驱除。苔移玉帐蛛丝暗，柳绕黄楼雁影疏。独有春风虞氏草，魂归为汝一沾裾。

----

① 《孔子家语·辩乐解》。

[解读]

传统文化中，项羽往往被看作失败的英雄。霸王庙，即乌江霸王祠，古时属和州，在今安徽省和县东南凤凰山上，为纪念项羽自刎乌江而建。虞氏草，相传为虞姬所变。同样，张以宁感叹项羽事，亦称之为英雄。诗人同情父老受秦暴虐，赞许虞姬对项羽真情相爱。

范增墓　为盗所发

鸿门已失秦天下，千载彭城恨满襟。亭长空惊撞白璧，中郎还解摸黄金。乾坤不庇英雄骨，霜露谁为怵惕心？独有彷徉尘垢外，谷城飞去白云深。

[解读]

范增（前277—前204）：项羽谋士，被尊为"亚父"。项羽中刘邦离间计，他不得已告退回乡，病死于路中。鸿门宴故事广为流传。项羽用范增计，设宴款待刘邦，原拟杀之，却囿于小"义"，让其逃脱。范增是历来诗人、文士吟咏不绝的历史人物，在他身上寄寓了人们种种赞叹、惋惜……范增墓，在今徐州市彭城路乾隆行宫后的土山上。这首怀古诗，咏楚汉相争，鸿门宴事。属传统题材，如何写出新意？诗挖掘出"鸿门之宴已定天下"的意蕴。从范增角度出之，力求视角新颖。不仅写出"千载彭城恨满襟"，而且写出范增的悲惨命运。"为盗所发"的自注看似闲笔，却透露范增身后的凄凉。范增为鸿门宴失败而恨，千载以来人们都为之恨满襟，这就是"乾坤不庇英雄骨，霜露谁为怵惕心"的含义。范增的魂魄徜徉尘垢外，在谷城的上空飞来飞去。范增的魂魄不死！

戏马台 项王筑，刘裕登

当时衣锦去关中，天地移归隆准公。空使秦人悲故旧，更怜刘裕愧英雄。荒台落日蚩鸿没，春草连云戏马空。太息重瞳千载少，舣舟不肯过江东。

[解读]

戏马台：位于今徐州市中心区户部山最高处，公元206年，项羽自立为西楚霸王，定都彭城（今徐州市），于城南的南山上，因山为台，以观戏马、演武、阅兵，故名戏马台。项羽筑：刘裕登，后毁，1980年重建。 隆准公：刘邦因其鼻梁高，人称其为隆准公。 刘裕（363—422）：字德舆，小名寄奴，南朝宋武帝。 蚩鸿：蠛蠓，飞虫蔽田满野成灾。 重瞳：《史记·项羽本纪》曰："闻项羽亦重瞳子。"重瞳子，一只眼睛里有两个瞳孔。 不肯过江东，李清照诗《夏日绝句》："生当作人杰，死亦为鬼雄。至今思项羽，不肯过江东。"楚汉相争，项羽兵败乌江，乌江亭长欲渡其过江，项羽曰"无颜见江东父老"，遂自刎而亡。

此诗前四句咏刘邦，后四句咏项羽。"空使秦人悲故旧，更怜刘裕愧英雄"。赞叹刘邦灭秦立汉的伟绩。以秦人悲故旧，南朝宋武帝刘裕自愧不如来衬托刘邦。感慨戏马台项羽筑，刘裕登的史实，赞叹项羽不肯过江东的气概，认同李清照诗《夏日绝句》，称项羽为人杰、鬼雄。

黄 楼

苏子徐州忧国疏，丹心百载尚依依。青山昔日黄楼在，赤壁何年白鹤归！西绝峨眉那复得？东还海道已相违。羽衣吹笛人何处，疏柳啼鸦自夕晖。

[**解读**]

苏轼与徐州有不解之缘。苏轼任徐州知府时曾上疏朝廷，提出抗洪大计。他亲率军民战胜洪水后，于神宗元丰元年（1078）八月在徐州城东门之上建造，因土能克水，涂上黄色，取名黄楼，苏轼有《黄楼赋》。黄楼屹立，诉说着苏轼的历史功绩，但当年写过前后《赤壁赋》的苏轼何时能回到赤壁呢？"西绝峨眉那复得？东还海道已相违"，苏轼既难以回归故里峨眉山，也难以东还海道了，因为那都已成历史。羽衣吹笛人苏轼今在何处？眼前只见黄楼"疏柳啼鸦自夕晖"，称苏轼为羽衣吹笛人，是因为苏轼有词云："闻道岭南太守，后堂深，绿珠娇小。绮窗学弄，梁州初遍，霓裳未了。嚼徵含宫，泛商流羽，一声云杪。为使君洗尘，蛮风瘴雨，作霜天晓。"诗作赞扬苏轼"忧国丹心"。不仅歌颂他作为良臣循吏的历史功绩，而且赞扬他的诗文成就。"白鹤归"典故言辽东人丁令威学道于灵虚山，后化鹤归辽，后以归鹤喻不忘故乡的人，又，古琴名，苏轼有《十二琴铭·归鹤》。苏轼是个热爱家乡的循吏、文学家。

燕子楼

杨柳青青汴水流，昔年歌舞侍君侯。城头落日鸦声起，楼上春风燕子愁。黄壤讵能留富贵？白云无复梦温柔。更怜山下虞姬草，烟雨年年恨未休。

[解读]

　　吟咏与徐州相关的人与事，是这组"徐州颂"的重要内容。以燕子楼为题，主要咏燕子楼主人关盼盼，引申至虞姬，拓宽了诗的空间，表达诗人对女性命运的思考，主题由此获得深化。燕子楼，唐贞元年间，朝廷重臣武宁军节度使张（张建树之子）镇守徐州时，在其府第中为爱妾关盼盼特建的一座小楼，因其飞檐挑角形似飞燕，且年年春天，南来燕子多栖息于此，故名。关盼盼，唐彭城人，善歌舞，精乐器，诗人张仲素称之为"歌尘"，且能诗，有诗300首，名《燕子楼集》，惜散佚。"楼上春风燕子愁"不仅是作为自然物的燕子愁，而且是作为"歌舞侍君侯"的女性人物燕子关盼盼"愁"。"更怜山下虞姬草，烟雨年年恨未休"，相传垓下之围后翌年春，在虞姬自刎处长出一种野花，花瓣血红，随风翩跹起舞，被称为虞姬草。女性不仅有"愁"，而且有"恨"，虞姬因牵扯进楚汉相争，就不是普通的歌姬，而成了男权社会争斗的牺牲品，是个悲剧性的历史人物。表露了诗人对女性无力自主命运的同情。另一方面，张以宁在其他诗文中又要求女性守节，显示他并未逾越士大夫的思想藩篱。"黄壤讵能留富贵？白云无复梦温柔"，慨叹富贵、温柔都是过眼云烟，不能长久，这是中年张以宁对人生的感悟之言。

邳　州

　　轻帆飞度下邳城，两岸青山鹢首迎。风约河声归海近，云低

树色傍淮平。子房流落编书在，玄德驱驰髀肉生。欲吊古人无处
问，飞蝗过后雁哀鸣。

[解读]

邳州：今隶徐州市，其地南接睢宁、宿迁。　　鹢：古书上说
有种似鹭的水鸟。又，谓头上画着鹢的船，泛指船。此处指船。
"子房流落编书在"，即"拾履得书"成语。据《史记·留侯世
家》记载：张良于博浪沙谋杀秦始皇失败，逃匿下邳。"良尝闲
从容步游下邳圯上，有一老父，衣褐，至良所，直堕其履圯下，
顾谓良曰：'孺子，下取履！'良鄂然，欲殴之。为其老，强忍，
下取履。父曰：'履我！'良业为取履，因长跪履之。父以足受，
笑而去。良殊大惊，随目之。父去里所，复还，曰：'孺子可教
矣。后五日平明，与我会此。'良因怪之，跪曰：'诺。'五日平
明，良往。父已先在，怒曰：'与老人期，后，何也？'去，曰：
'后五日早会。'五日鸡鸣，良往。父又先在，复怒曰：'后，何
也？'去，曰：'后五日复早来。'五日，良夜未半往。有顷，父
亦来，喜曰：'当如是。'出一编书，曰：'读此则为王者师矣。
后十年兴。十三年孺子见我济北，谷城山下黄石即我矣。'遂去，
无他言，不复见。旦日视其书，乃《太公兵法》也。良因异之，
常习诵读之。"后张良"运筹于帷幄之中，决胜于千里之外"，助
刘邦夺得天下。玄德驱驰髀肉生，刘备与曹操作战，丢了地盘，
遂投奔刘表，刘表设宴款待，相谈甚欢。席间，刘备入厕，摸自
己的大腿，发现肉又长了起来，回座后，刘备说："吾常身不离

鞍，髀肉皆消；今不复骑，髀里肉生。"① 感叹长此以往，何时可复汉室。刘表遂送地盘与军队给他。后以此典故形容长久过着安逸舒适的生活，无所作为。此诗将歌咏徐州的山川形胜与历史典故结合起来。下邳城，轻帆飞度，两岸青山相迎。心情与节奏一样，十分轻快。"风约河声归海近，云低树色傍淮平"，风声、河声显示离海近了，云低树色，傍着淮水沿岸的广袤平原，相当壮观。邳州，有不少传说、典故。"子房流落编书在"，说的是"拾履得书"的故事。"玄德驱驰髀肉生"，说的是刘备久不骑马，髀里肉生忧虑长此以往，何时可复汉室的故事。展现了古人生活的世界。"欲吊古人无处问"，凭吊古人不成。现实的生活世界是"飞蝗过后雁哀鸣"，反映邳州刚遭受煌灾，百姓生活极为艰难。诗开头的轻快一扫而光，跌入悲哀的境地。

吴门怀古

曾见吴王歌舞时，遗台废苑不胜悲。春风雁唳孤蒲叶，夜月乌啼杨柳枝。有客买舟寻范蠡，无人穿冢近要离。馆娃宫外繁花发，游女长歌白纻词。

[**解读**]

《吴门怀古》《钱塘怀古》《嘉兴有感陆宣公事》吟咏苏杭一带史事，可视为又一组诗——苏杭慨叹。吴门，指春秋吴都（今苏州）阊门。唐·李白《殷十一赠栗冈砚》诗："洒染中山毫，光映吴门练。"历史上作为苏州的别称之一，为春秋吴国故地，

---

① 《三国志·蜀书·先主传》，裴松之注引晋·司马彪《九州春秋》。

故称。吴门泛指苏州或苏州一带。宋·张先《渔家傲·和程公辟赠别》词云:"天外吴门清雪路,君家正在吴门住。"要离,春秋时期吴国人,生活在吴王阖闾时期。其父为职业刺客。要离为屠夫,以捕鱼为业。生得身材瘦小,仅五尺余,腰围一束,十分丑陋,家住无锡鸿山山北。今无锡鸿山东有要潭河,西南角有要家墩,是要离捕鱼、晒网的地方。有万人之勇,足智多谋,是当时有名的击剑能手。吴王阖闾在即位后第二年(前513)派遣要离刺杀庆忌成功。白苎词,即《白纻歌》。唐·戴叔伦有《白苎词》云:"馆娃宫中露华冷,月落啼鸦散金井。吴王扶头酒初醒,秉烛张筵乐清景。美人不眠怜夜永,起舞亭亭乱花影。新裁白苎胜红绡,玉佩珠缨金步摇。回鸾转凤意自娇,银筝锦瑟声相调。君恩如水流不断,但愿年年此同宵。东风吹花落庭树,春色催人等闲去。大家为欢莫延伫,顷刻铜龙报天曙。"吴门怀古,痛斥历史上昏君纵情声色,误国害民,批判现实中普通人士安于逸乐,不思奋发。"曾见吴王歌舞时,遗台废苑不胜悲"。落笔点出见吴王歌舞时的遗台废苑,自己悲情难抑。"春风雁嗥孤蒲叶,夜月乌啼杨柳枝",写眼前美景。"有客买舟寻范蠡,无人穿冢近要离",写有游人买舟寻觅范蠡遗踪,却无人穿过坟地去凭吊要离。"馆娃宫外繁花发,游女长歌白苎词",写当年的馆娃宫外,繁花盛开怒放,游女依然长歌吟咏吴王夫差耽于享乐的《白苎词》。

钱塘怀古

荷花桂子不胜悲,江介繁华异昔时。天目山来孤凤歇,海门潮去六龙移。贾充误世终无策,庾信哀时尚有词。莫向中原夸绝景，西湖遗恨是西施。

[解读]

天目山素有"大树华盖闻九州"之誉，地处浙江省西北部临安市境内，距杭州84千米，在杭州至黄山中段。主峰仙人顶海拔1506米。古名浮玉山，"天目"之名始于汉，有东西两峰，顶上各有一池，长年不涸，故名。 孤凤，《论语注疏·微子》："楚狂接舆歌而过。孔子曰：'凤兮！凤兮！何德之衰？往者不可谏，来者犹可追。已而，已而！今之从政者殆而！'孔子下，欲与之言。趋而避之，不得与之言。"后世以孤凤喻指孔子。 六龙，唐李白《蜀道难》："上有六龙回日之高标，下有冲波逆折之回川。"此指太阳，神话传说日神乘车，驾以六龙，羲和为御者。又，古代天子的车驾为六马，马八尺称龙，因以为天子车驾的代称。 贾充（217—282）：字公闾，平阳襄陵（今山西襄汾东北）人，曹魏至西晋时期大臣，曹魏豫州刺史贾逵之子。西晋王朝的开国元勋，曾参与镇压淮南二叛和弑杀魏帝曹髦，因此深得司马氏信任。其女儿贾褒及贾南风分别嫁予司马炎弟司马攸及儿子司马衷，与司马氏结为姻亲，地位显赫。晋朝建立后，转任车骑将军、散骑常侍、尚书仆射，更封鲁郡公。咸宁末，为使持节、假黄钺大都督征讨吴国。吴国平定后，增邑八千户。死于太康三年（282），追赠太宰，礼官议谥曰荒，司马炎不采纳，改谥为武。贾充主持修订《泰始律》，在法理上首次区分律、令的概念。庾信（513—581）：字子山，南北朝时期大文学家，祖籍南阳新野（今属河南）。庾信自幼随父亲庾肩吾出入宫廷，后与徐陵一起任萧纲的东宫学士，成为宫体文学的代表作家。侯景叛乱时，庾信逃往江陵，辅佐梁元帝，后奉命出使西魏，被强迫留在北方，官至车骑大将军、开府仪同三司；北周代魏后，更迁为骠骑大将军、开府仪同三司，封侯，人称"庾开府"。庾信文风以讲究对仗和几乎处处用典为特征，其文章多为应用文，但常有抒情性和文学意味。庾信的骈文、骈赋可与鲍照并举，代表了南北朝骈文、骈赋的最高成就；庾信的辞赋与徐陵一起被称为"徐庾体"，代表作品有《怨歌行》《杨柳歌》《寄王琳》《哀江南赋》等。　西施：春秋末期出生于越国诸暨苎萝村，苎萝有东西二村，夷光居西村，故名西施。其父卖柴，母浣纱，西施亦常浣纱于溪，故又称浣纱溪。西施貌若天仙，增半分嫌胖，减半分则瘦，为古今美人第一。常浣纱于水上，鱼为之沉，故有沉鱼之说，世人因名其溪。越君勾践图复国，以吴王好色，乃用范蠡谋，遍访国中美色，得西施，饰以罗縠，教以容步，习于土城，临于都巷。三年学服，乃献于吴王夫差。吴王嬖之，日事游乐而废朝政，亲佞幸而远贤良，终至国破身亡。吴既灭，传说西施与范蠡隐居江湖。又一说，勾践以西子为亡国尤物，浮西子于江，令随鸱夷以终。鸱夷者，伍子胥死而盛以鸱夷，其死西子有力，故沉西子以报（伍）子胥之忠。

此诗写钱塘怀古。首联写历经战乱，钱塘繁华今不胜昔，"荷花桂子不胜悲"，是对钱塘历史总的评价。颔联写孤凤孔子消歇了。颈联写贾充误世无策，庾信哀时尚有《哀江南赋》等作品传世。两相对照，态度鲜明。尾联"莫向中原夸绝景，西湖遗恨是西施"，照应首联，用柳永《望海潮》中"三秋桂子，十里荷花"之词意。传说金主闻此词而决定南下灭宋。指出钱塘自然风光虽美，实在莫向中原夸耀，因有这样屈辱的历史，更有西湖遗恨西施。

嘉兴有感陆宣公事

官家忘却奉天时，岁晚忠州两鬓丝。今日北来车马客，夕阳祠下读残碑。

[解读]

陆宣公陆贽（754—805）：名贽，字敬舆，苏州嘉兴人，唐大历八年（773）进士，历任翰林学士、中书舍人、中书侍郎平章事等职。唐德宗即位，陆贽被召充翰林学士，贞元八年（792），出任宰相，他屡上书指陈时弊，提出许多重要的政治主张。因与裴延龄矛盾，两年后贬为太子宾客，旋复贬川渝之境忠州，任别驾，仍不改忠心，上忧国家，下忧黎民。卒于任上。谥宣公。唐·礼部尚书权德舆将其所拟制诰、奏议编为《陆宣公集》，凡二十二卷，以倡导效法其"为文为臣事君之道"。船过嘉兴，张以宁发思古之幽情，想起嘉兴历史上的名宦贤臣陆贽。多少年过去了，今日南来北往的车马之客，夕阳之下，在其祠前，凭吊他，读着记载他事迹的碑文。人们纪念他，学习他，说明公道自在人心。由此诗，可看出，张以宁的一身正气。

过辛稼轩神道吊以诗

长啸秋云白日阴，太行天党气萧森。英雄已尽中原泪，臣主元无北渡心。年晚阴符仙蠹化，夜寒雄剑老龙吟。青山万折东流去，春暮鹃啼宰树林。

［解读］

此诗在张以宁咏史诗中占有特殊地位。神道：又称天道，语出《周易》："观天之神道，而四时不忒，圣人以神道设教，而天下服矣。"自汉以降，神道又指墓前开道，建石柱以为标。辛弃疾葬于江西上饶，其墓侧驿道旁有"稼轩先生神道金字碑"。宋绍定六年（1233），辛弃疾去世26年后，朝廷追赠辛弃疾光禄大夫，敕葬阳原山时所立。诗人经过江西上饶辛稼轩神道，想起辛稼轩当年在太行山天党地区带兵聚义，共谋恢复中原情景。认为许多如同辛弃疾那样的英雄竭力抗金，哀于国土沦丧之泪已流尽，而恢复中原之志仍未能实现。中原之未能恢复是因为宋高宗没有北渡之心，把批判的锋芒直指最高统治者。辛弃疾年岁渐老，兵书已被蛀虫蛀化成灰烬，但那夜晚寒气里匣中的雄剑仍作老龙之吟，发出响声，称赞辛弃疾始终不忘抗金大业。眼前辛稼轩神道四周景物，青山万折东流去，化用辛词"青山遮不住，毕竟东流去"之词意，言朝代更迭，历史洪流不可阻挡。暮春时节，辛弃疾坟墓旁的树林里杜鹃哀啼不绝，诗人凭吊辛弃疾，几为其壮志未酬欷吁扼腕。

题关上

黑崖削铁立云根，绝顶东西石峙门。两戒山川分百粤，八州珠玉过中原。层峰暖日回群雁，灌木高风啸一猿。蕞尔海隅民力困，沥肝谁为叩天阍？

［解读］

过仙霞岭分水关。其岭的特点是山崖黑色，像削铁般笔直，极其高峻，立于云端。其关的特点是位于绝顶，东西两道都是石门把关。两边的山川划分出南边的百粤之地，关之北，八个州的珠玉都经过中原。关上景物特异，层层山峰阳光暖和，群雁至此飞回，关上只长灌木，风呼啸而过，传来一只猿猴的啼声。在写尽关上景物之后，诗的尾联发出感叹：闽省乃最小的海隅之地，民力艰困，有谁披肝沥胆，为之叩开天宫的大门？对于建造关口者表达了无限的崇敬之情。全诗紧扣"关上"展开描写，而不及其余，十分凝练。

过武夷

羽节霓旌蔽紫氛，幔亭高宴武夷君。虹桥一断青冥隔，天乐多传白昼闻。岩挂玉机虚夜月，洞函金骨暖春云。紫阳见说今犹在，拜乞刀圭傥汝分。

[解读]

咏武夷、颂朱熹是张以宁庚辰南归诗中的又一组诗。张以宁是朱熹的五传弟子。朱子理学对他影响十分深刻。　武夷君：古代传说中武夷山的仙人，又称武夷王、武夷显道真君、武夷山山神。《史记·封禅书》："古者天子常以春解祠，祠黄帝，用一枭破镜……武夷君用乾鱼。"司马贞索隐引顾氏曰："《地理志》云建安有武夷山，溪有仙人葬处，即《汉书》所谓武夷君。"明·吴栻《武夷杂记》："又考古秦人《异仙录》云：始皇二年，有神仙降此山，曰余为武夷君，统录群仙，受馆于此。史称祀以乾鱼，乃汉武时事也。今汉祀亭址存焉。"清·陈朝俨《武夷游记》："自一曲入，望幔亭峰，缥缈云际，相传为武夷君宴乡人处。"清·

钱谦益《吴门送福清公还闽》诗之七："拂衣归揖武夷君，九曲仙山帝许分。" 幔亭：乃武夷君宴请乡人之处。"羽节霓旌蔽紫氛"写武夷山山神的神仙气派、氛围。"幔亭高宴武夷君"写武夷君在幔亭峰宴请乡人。这是表现武夷君与人间的关系。"虹桥一断青冥隔，天乐多传白昼闻"。写武夷君从天上降临武夷山，从此虹桥一断，与上天便隔着云山雾海，天上的音乐传来，白昼也能听到。这是表现武夷君与上天的关系。"岩挂玉机虚夜月"写岩石上挂着古代观测天象的仪器玉机正在观测夜空的月亮。"洞函金骨暖春云"写山洞里用匣子装着仙骨，春云飞度，给人温暖的感觉。这是从遗存的神迹表现武夷君与武夷山的关系。"紫阳见说今犹在，拜乞刀圭傥汝分"。写武夷山原有"紫阳书院"，即"武夷精舍"，乃朱子所建。朱熹的理学学说至今还在流传，自己拜乞武夷君，希望能分享其治世良药。这是于结尾处另翻出一层意思，扩展主题意蕴，从歌颂神仙武夷君延伸至歌颂先哲朱熹。

至建阳文公宅里

河南夫子骑箕去，建水重生盖世翁。昔日中原知侍讲，清朝四海学文公。山藏剑履人如玉，壁出诗书气若虹。卜筑何时邻此地？咏归溪上舞雩风。

[解读]

此诗歌颂朱熹。首联写理学的传承。北宋理学家，河南洛阳伊川人程颐虽已去世，但"建水重生盖世翁"，朱熹的盖世之功远超过程颐。颔联言昔日中原因南北"声教不通"，南方朱熹的理学尚未传到北方，当时蒙古人所接触到也只是翰苑侍讲所传授的北方经学章句。"清朝四海学文公"，而今清平的大一统元朝，四海之内都在学习朱文公的理学思想。颈联"山藏剑履人如玉，壁出诗书气若虹"，写朱文公人如玉，其诗书气若虹。尾联表达自己愿意卜筑隐居邻近此地，"咏归溪上舞雩风"，沐浴着孔孟、朱子的和煦春风。

舟 中

叹息舟人妇，哀音此日来。死生谁料得？贫贱益堪哀。去棹从渠驻，归心未忍催。春江昨夜雨，花落满苍苔。

[解读]

南归诗有些直接描写现实。《舟中》同情舟人的不幸遭遇：丧妻、贫贱。诗人虽归心似箭，船停于此，亦不忍心催促，表现了人道主义的情怀。

泊湖头水长

客路春将晚，征帆日又曛。深山昨夜雨，流水满溪云。渡黑渔舟集，村空成鼓闻。故园频梦去，植杖已堪耘。

[解读]

湖头：在今浙江声金华市婺城区。 植杖耘籽：泛指农事活动。《论语·微子》："子路从而后，遇丈人，以杖荷蓧。子路问曰：'子见夫子乎？'丈人曰：'四体不勤，五谷不分，孰为夫子?'植其杖而芸。子路拱而立。"晋·陶潜《归去来兮辞》："怀良辰以孤往，或植杖而耘耔。"

此诗描写战乱情景。吐露在此背景下，更加思念故园的感情。首联写行程：春将晚，日又曛。颔联写景："深山昨夜雨，流水满溪云。"颈联写警情：渡口黑沉沉的，渔船都集中在这儿，村子里空荡荡的，听到戍鼓报警声。尾联写在频繁的睡梦中一次次回到故园，插下拐杖，与乡亲们耘田。诗透露了元后期社会动荡、战乱不已的消息，抒发了思念故乡的深沉感情。

雨发常山

仆夫趣予起，初日出林间。既雨纵横水，无云远近山。马嘶芳草去，燕语落花闲。且喜边陲定，长逢戍卒还。

[解读]

常山县：为浙江衢州辖县，位于钱塘江上游。本诗提供的信息与《泊湖头水长》相反："且喜边陲定，长逢戍卒还。"诗人泊湖头，所见所闻为"村空戍鼓闻"，而到了常山，却"长逢戍卒还"，说明战乱已有所缓解。但总的来说，还是有战乱。"且喜边陲定"，著一"喜"字表明诗人希望安定的反战思想。

科举以滞选法报罢，士无有为，钱若水者何也？予于胶西张起原坐上闻此语悚然。予获庚甲戌冬，而乙亥科举罢，徒抱耿耿进退跋疐。此古昔有志之士所以仰天泪尽者也。感胡永文事，赋廿八字，凡我同志当为怃然

竹实离离紫海春，高飞鸾凤出风尘。哀鸿不作青冥想，空向江湖怨弋人。

[解读]

竹实：即竹子的果实，亦称竹米。不同种类的竹子，开花结果的周期不同，有的竟长达几十年才开花结果一次，之后便枯萎死亡。古代有凤凰"非梧桐不栖，非竹实不食"之说。 弋人：射猎的人。扬雄《法言·问明》："治则见，乱则隐。鸿飞冥冥，弋人何篡焉？"大雁飞向远空，猎人无法得到。比喻隐者远走高飞，全身避害，或喻隐者之高远踪迹。此诗标题十分重要，它揭示两个历史事实，一是元乙亥罢科举，"士无有为"，"此古昔有志之士所以仰天泪尽者也"。张以宁对"滞选法"持鲜明反对态度，吐露广大中下层尤其是汉族知识分子的心声；二是张以宁获庚甲戌冬，进退两难，展现张以宁这一时期的动态和心态，为研究张以宁生平、思想提供了重要线索。诗的内涵也据此从两方面展开。前两句大意为：竹子经过几十年才开花结果一次，那紫色的竹实连成一片，像海一样，充满春意；鸾凤翱翔高空，脱离了地上的风尘。以此比喻学子士人经过多少年的苦读，才中举，才有了前程、希望。后两句大意为：悲哀的大雁不会去做飞越高空的梦想，只能徒劳地抱怨远离庙堂，做了隐者的不幸命运，以此

比喻停罢科举带给学子士人的沉重打击。正反对比，强烈谴责"滞选法"。张以宁每首诗都由几个意象构成，这些意象共同创造了一个完整的形象，意象与形象，以及流贯于其中的情感、情绪，共同酿造出某种特定的意境。这是一首诗的创作过程。从总体看，相同、相近、相似的意象，形成某一意象系列，这些意象系列共同造就抒情主人公的形象，形成总体的意境。张以宁庚辰南归的诗由自然风光意象系列、思乡念亲意象系列、父子情深意象系列、怀古慨今意象系列等构成。竹子结实、鸾凤高飞两个意象，是积极、美好的意象，哀鸿失意逃离的意象是消极、悲哀的意象，这两组意象相反相成，凸显了失望、愤慨的抒情主人公形象，通过造境来表意，这意便是反对停罢科举。

（4）**喜爱自然，遨游山水**

夜 久

夜久未能寐，春来空复情。远沙争月色，柔橹助河声。客枕荒鸡到，渔歌宿鸟惊。邻舟灯火乱，早起又诗成。

[解读]

"夜久未能寐"：望着皎洁的月色，惊飞的宿鸟，邻舟纷乱的灯火，听着柔和的橹声，荒鸡的啼鸣，互答的渔歌，早起的诗人，又写成这一首诗《夜久》。首联写春夜不寐。次联写远看月色，近闻河声。三联写荒鸡鸣，渔歌唱，宿鸟惊。结联写邻舟早起，一诗又成。

二月十五日舟中见柳始青

宛宛萦堤水，淙淙逆浪船。清晨风已转，今夜月初圆。归客春多梦，舟人早懒牵。无端杨柳色，青入舵楼前。

[解读]

与江南相比，北方春来晚，二月十五日舟中见柳始青。此诗融情入景，透露乡思。先从水与舟落笔，以"宛宛"状写萦堤之水，用"淙淙"形容逆舟之浪，十分贴切、自然。接着，写风与月，清晨风已转向，今夜月才初圆。从晨至夜，以时间推移暗示空间转换，又是一日行程。"归客春多梦，舟人早懒牵"，由景及人，"归客"（自己）与"舟人"（他人）对举，"春多梦"，"早懒牵"突出人在春天的生理、心理特征，诗人又梦见故乡了吧？末二句，写杨柳色，青入船楼前，"无端"，意为无缘无故，柳青无意，而诗人见之、写之，则有心，那便是见柳色更思乡。欣赏景色常与思乡念亲相联系。

夜过陵州

河堤月上水迢迢，卧听陵州夜渡桥。肠断江南二三月，落花蝴蝶上兰桡。

[解读]

船过山东陵州（今陵县），引发诗人回忆或想象江南二三月，于落花蝴蝶中，自己及旅客登上小舟的情景，用"肠断"二字极写对江南的思念、喜爱。

东 昌

暖日初抽宿麦芽，东风吹草绿平沙。江南开老春多少，二月东昌见杏花。

[解读]

描写美丽的江南春光。暖日让去年洒落在田里的麦粒都初次抽芽了，东风吹过青草，使沙滩变成碧绿的平地。江南开春，知春有多少？二月的东昌县，已见到杏花了。处处围绕"春暖""春早"谋篇布局，展开描写。

梁山泺

风正吴樯去不牵，雪融汶水绿堪怜。菰蒲渺渺官为市，杨柳青青客上船。

[解读]

风正：吴地的船只要离开，不受缆绳牵绊；积雪融化，汶水绿溶溶，实在可爱；菰蒲渺渺，官衙旁成了集市；杨柳青青，旅客上了船。四个画面似乎是并列的。前两个写景，后两个写人。写集市也是写人，没人成不了集市。都是动景，画面在流动中。由船写到水，由水中写到岸上，次序井然。要说画面有个中心的话，那当然是第四句，旅客中包括张以宁父子。有了集市，有了码头，城镇就有了烟火气，就有了生活气息。由此可看出，张以宁是很善于选择、组织材料，来表达意与情的。

沽　头

日上河堤归兴浓，闸头南望见遥峰。春城草木浮元气，中土园庐尚古风。桑眼科余黄蠢蠢，菜苗挑出绿茸茸。平生性癖耽幽静，拟筑团茅淮水东。

[解读]

沽头：据沛县旧志载：沽头在县治东南30里处。沽头下闸，元大德十一年（1037）建。首联写归意浓烈，南望遥峰。次、三联写眼前之春景及中土园庐之古风。末联写平生性癖耽幽静，拟筑团茅淮水东，有隐居山野之意。

邵伯镇

广陵此去无多地，烟柳堤边一万家。已有小舟卖新藕，便思携酒看琼花。

[解读]

船到邵伯镇，离扬州已不远。扬州是个繁华的城市，烟柳堤边就有一万户人家。已有小舟来卖藕，此乃水乡特色。此景使诗人便想携酒去看琼花。琼花，扬州独有，现为市花。它不以花色鲜艳迷人，不以浓香醉人，而是花开洁白如玉，风姿绰约，香味清新淡雅，沁人心脾。包含美丽浪漫、美好爱情等寓意。

道　中

花飞芳树碧毿毿，已过西湖三月三。草草青帘人买酒，常州北畔似淮南。

[解读]

船到常州北，时节，已过西湖三月三。路上风光旖旎，芳树飞花，碧草连绵。路边酒店，草草挂了块青色布帘，有人进出买酒，此情景让诗人将他所熟悉的淮南与之作了比较，得出的印象是一"似"字。

崇德道中

暖日菜花稠，晴风麦穗抽。客心双去翼，诗梦一扁舟。废塔巢苍鹳，长波漾白鸥。吴山明月到，恻怆十年游。

[解读]

本篇写崇德道中景观及自己心态。首联写暖日下菜花长得很稠密，晴风吹拂，麦子已抽穗。颔联由景及人，写自己归心似长了双翼，飞去故乡，在一叶扁舟上做梦也在吟诗。颈联由人及景，写岸上废塔苍鹳结巢，江中长波白鸥飘漾。尾联预估旅程，明晚会到达吴山，感慨十年后旧地重游，心情恻怆。

七里下舟至铅山州旁罗店

怀玉山前似叶舟，卧看帆影晚悠悠。云飞梨岭先南去，水汇鄱江倒北流。烟堵白花迷晚蝶，风林碧叶应啼鸠。去年此日隋堤柳，马首青青客正愁。

［解读］

铅山州：元至元二十九年（1292）升铅山州（今江西铅山县）为直隶州，属江浙行省。 怀玉山：自浙江边境蜿蜒玉山、上饶、弋阳、贵溪、余江等县间，呈东北—西南走向，是信江和东安江的分水岭，鄱阳湖水系和钱塘江水系的分水岭。 鄱江：鄱阳湖水系五大河流之一，又称饶河，为乐安江、昌江的总称，主流乐安江上游称婺江，流至鄱阳县姚公渡，昌江汇入后，始称鄱江，在龙口流入鄱阳湖，全长 279 千米。诗的前六句写舟至铅山州情景，景虽美，却难消客愁。结联回忆去年今日，隋堤柳色青青，而客于马上生愁。

吕梁洪

禹凿犹存泄滪根，彼苍设险壮彭门。山形奔过黄河怒，水气阴来白日昏。贾客经营随雁集，舟人祭祀识龙尊。时平四渎无波浪，笑指青帘买酒樽。

［解读］

泗水出徐州，形成秦梁洪、徐州洪、吕梁洪三大急流险滩，"洪"为方言，石阻河流曰"洪"。吕梁洪：位于徐州城东南 25 千米处。吕梁山下，水势险恶，分为上、下二洪，绵亘七里多。苏轼有诗云："吕梁自古喉吻地，万顷一抹何有吞？"梅尧臣有诗云："吕梁水注千寻险，大泽龙归万古空。" 彭门：指徐州。苏轼有《奉和参寥离彭门至淮上见寄》诗。张以宁此诗将歌咏徐州的山川形胜与历史典故结合起来。诗一开篇即从"禹凿犹存泄滪根"入手，这就从吕梁洪的源头和历史渊源的高度描写吕梁洪。

写它有两处禹穴，一为四川省北川县九龙山下，相传大禹降生于此；另一为浙江省绍兴东南会稽山麓，为禹的墓穴所在地。禹受命治水，决汉水（今陕西旬阳县东），后东巡狩会稽而崩，葬于会稽。　滟滪：即滟滪堆，位于白帝城下瞿塘峡口。滟滪堆立于汹涌江流之中，周围环境极其险恶。"彼苍设险壮彭门"写吕梁洪使徐州（彭门）"险"而"壮"。"山形奔过黄河怒，水气阴来白日昏"，写山川形胜。"贾客经营随雁集，舟人祭祀识龙尊"，写人气旺盛，香火旺盛，贾客雁集，舟人祭神。"时平四渎无波浪，笑指青帘买酒樽"，写时平大江大河也无波浪。　四渎：是对四条独流入海的大河的称呼，即（长）江、（黄）河、淮（河）、济（水）。来往旅客"笑指青帘买酒樽"。自然之壮景，城市之繁华，民间之生活共同绘就一幅壮阔而细微的画图。

荆门闸

车到荆门上，舟移钜野中。河声来汶济，山色见龟蒙。杨柳烟深浅，杏花春白红。人家桑枣外，犹是古人风。

[解读]

荆门：元时升格为府，后又改为州，在今荆门县一带。　钜（巨）野：钜（巨）野泽，即大野泽。《史记·彭越列传》"常渔钜野泽中"，即此。　汶济：汶水、济水，在今山东境内。　龟蒙：龟山、蒙山的合称，在今山东新汶市东南一带，由西北向东南，长约40多千米，其西北一段名龟山，东南一段名蒙山。

此诗前四句写行程，后四句写风光民风，抒写诗人对自然与古朴民风的喜爱。

宿迁县

今朝宿迁县，风急棹难停。树合藏深屋，河移出远汀。山容云冉冉，水影日冥冥。柳色无南北，春来不断青。

[解读]

宿迁县：秦时设县，唐改名宿迁县，在江苏省北部，大运河和废黄河贯串境内。《宿迁县》是首写景诗，写江苏宿迁县风景，突出其"柳色无南北，春来不断青"的春光。纯用白描手法，一句一景，明白如话。

近无锡道中

叠桥随港直，联木护堤偏。村落皆通水，人家半系船。橘花香曙露，杨叶淡寒烟。中土何寥廓，黄沙人种田。

[解读]

前六句歌吟无锡的美丽，抓住近无锡道中所见之景的特征展开描写，这是繁华城市周边的景色："叠桥随港直，联木护堤偏。村落皆通水，人家半系船。橘花香曙露，杨叶淡寒烟。"一句一景，移步换形。后两句赞叹祖国河山的壮阔：直呼"中土何寥廓"！描绘一个独特的画面——人在黄沙上种田。

过桐庐

江边三月草凄凄，绿树苍烟望欲迷。细雨孤帆春睡起，青山两岸画眉啼。

[解读]

桐庐位于浙江西北部、钱塘江中游，三国时建县，唐时升为州府，元代属建德路。经过桐庐，见江边三月，青草茂盛，绿树苍烟，景色秀丽。于细雨孤帆中，诗人春睡刚起，听两岸青山画眉啼声，不绝于耳。从视觉、听觉两方面写出船过桐庐时的体验与感受。

宿新站

银汉迢遥白露盈，锦屏咫尺隔深情。溪风夜冷鸳鸯起，独自推篷看月生。

[解读]

写旅途夜景。银河迢遥，白露盈盈，锦屏咫尺，隔断牛郎织女的深情。诗人仰望太空，想起传说故事。目光从天上到地面，从远到近，眼前，溪风夜冷，鸳鸯惊飞，诗人独自推开船篷，看月亮升起。

夜泊东关

泊舟新安口，月出溪南峰。红灯照窣堵，绿水开夫容。李白题诗处，何人继其踪？我欲撅长笛，幽壑舞鱼龙。

[解读]

前四句写夜泊新安江口所见景色：月出山峰，红灯照着拂

墙，绿水中盛开着芙蓉花，月白、灯红、水绿、花艳，景色十分
明丽。后四句言志。这里是李白题诗之处，诗人在此地表示学李
的雄心与决心，有特别的意义。诗人设问："李白题诗处，何人
继其踪?"诗人自答："我欲撅长笛，幽壑舞鱼龙。"他要吹奏起
长笛，让鱼龙在幽壑舞蹈!回答前之"何人继其踪"，表示自己
要继李白之踪，这无异乎发布诗歌创作的纲领、宣言。

夜泊雩浦

雩浦四更潮已平，荡舟月落唱歌声。山中应是夜来雨，流出
落花春水生。

[解读]

夜泊雩浦，四更时，潮已涨平，月落荡舟，听见唱歌声，诗
人推想，山中应是夜来雨，春水已生，故流出落花。诗人情绪颇
为欢快。

宿筹岭

昔者屯兵盛，瓯闽此地分。清时无寇盗，比屋乐耕耘。涧响
不知雨，山高都是云。明朝见亲舍，一笑慰辛勤。

[解读]

筹岭：在今福建建瓯市玉山镇，已建村，东与古田相连。首
联写筹岭往昔乃屯兵之地，是浙江温州与福建的分界。颔联写筹
岭的社会生活：政治清明、社会安定时没有寇盗，家家户户乐于

耕耘。乱时如何，不作交代，读者自可想见。颈联写筹岭风光：
"涧响不知雨，山高都是云"，完全是高山景观。尾联期盼明晨进
入福建境内，见到乡亲们的村舍，一笑慰藉这么多年的辛劳。

江 干

江干望不极，楼阁影缤纷。水气多为雨，人烟远是云。予生
何瀌落，客路转辛勤。杨柳牵愁思，和春上翠裙。

[解读]

江干：江边、江岸。首联写江边望不到边，"楼阁影缤纷"。
次联写江边风景，仅以水气、人烟为代表，概括江边风光特点，
水气多变为雨，人烟远看是云。三联感叹予生多么落拓，仕途受
挫，客路转辛勤。尾联回笔写景，抓住一个细节，杨柳跟着春
天，上了人们的翠绿衣裙。在诗人看来，那杨柳、那翠裙是牵动
着万缕的愁思啊！

玉山县店见壁间黄山林献可诗，次韵

淮水风高雁影微，澄江潮细鲤鱼稀。客愁正怯江东雨，花落
青林闻秭归。

[解读]

前两句写景：淮水风高，雁影微茫，澄江潮细，鲤鱼稀少。
后两句抒发乡愁："客愁正怯江东雨"，因江东雨将推迟返乡的步
伐，此刻，花落青林，诗人听到子规的悲啼声，更添乡愁。

宿南岭书（二首）

绿竹月明客夜行，青山雨过人春耕。闽中富庶天下少，千里山川东锦城。

今朝初听乡人语，八载淮南此日回。江东白酒不醉客，为渠欢喜尽残杯。

[解读]

第一首写诗人日夜兼程，月明之夜穿行于绿竹山林间，白天看到青山雨过，农人忙着春耕。由此引发感慨：闽中富庶天下少，它是千里山川东边的锦绣之城。第二首写听到乡音，喝酒庆贺："今朝初听乡人语，八载淮南此日回。"何等欣喜！高兴就要喝酒，江东的白酒虽不醉客，不如家乡红曲酿成的黄酒，因为欢喜让我们干杯吧。

过崇安，宿赤石，水涩不下舟

两岸青山下建溪，笋舆轧轧坐鸡栖。人间最是吴儿乐，一枕清风过浙西。

[解读]

崇安：宋时属建宁府，元属建宁路，武夷山所在地。　赤石：崇安县赤石镇，武夷山赤石渡口。此诗写路过崇安，宿武夷山赤石渡口，"水涩不下舟"，只好改坐轧轧作响的轿子，行速缓慢；由此羡慕人间最乐的吴地男子，坐在船上，睡一个晚上，便过了浙西，行速何等迅速！嫌走得慢，因思归心切。

(5) **珍惜友谊，怀念故人**

用烜韵呈王、赵二明府

二妙惊联璧，双飞垂近天。不悬高士榻，许上孝廉船。谈剧常绝倒，情真任醉眠。殷勤御河月，相送大江前。

[**解读**]

高士榻：即陈蕃悬榻，表示礼贤待宾。高士指志趣、品行高尚的人，超脱世俗的人。多指隐士。　孝廉船：典出《世说新语·文学》，张凭举孝廉，乘船访丹阳尹刘惔，与诸贤清谈，一座皆惊。次日荐于抚军司马昱，张遂成太常博士。以此对有才识之士的美称。

这首赠友诗赞王、赵两位贤令。既赞友人乃仕途"高士"、孝廉，又以之明志。叙写友情深厚，"谈剧常绝倒，情真任醉眠"直寻显豁；不说友人从运河送至大江边，而说殷勤之月一路相送，十分委婉。末二句或谓御河月殷勤，送我到大江前。

同王、赵二明府岸行里河滨

御河行尽一千里，望入青齐树际天。野水飞鸥鱼舍外，关山归雁客帆前。日明野气浮层浪，风动川光漾细烟。客里未能疏酒盏，春来聊复费诗篇。

[解读]

明府:"明府君"的略称,汉时用作对太守的尊称,唐以后多用以称县令,此指县令。 御河:在今大同市附近,南北长约5千米,汇入桑干河,桑干河是永定河的支流,永定河是海河的支流。写作者与友人王、赵二县令沿御河河滨步行所见风光。景色美好,境界开阔:行尽十里御河,望见其两岸绿树与天际连成一片;野水中鱼舍外鸥鸟飞旋,"关山归雁客帆前,日明野气浮层浪,风动川光漾细烟"。末二句言作者虽在旅途,却未改诗酒人生。透露出踏上回乡之途时愉悦、闲适的心态。

忆黄子约

天台黄石老,茅屋冷如冰。消息经年断,交游往日曾。世人怜李白,今我愧孙登。骏骨篇应在,何时复剪灯?

[解读]

黄石老:指黄清老。张以宁与黄清老交谊深笃。黄清老《张志道别都门》:"竹寺西轩共听琴,杏花犹记紫囊吟。溪山老我扁舟兴,风雨知君万里心。沧海夜潮银汉湿,蓬莱春树碧云深。三年离别尊前话,倾倒何时更似今。"此诗写于京师离别三年时。张以宁《忆黄子约》作于留滞江淮时。 孙登(209—241):字子高,吴郡富春(今浙江富阳)人,三国时孙权长子,被立为太子,对吴国多有建树,年仅33岁去世,临终仍上疏举荐贤才。骏骨,据《战国策·燕策一》:燕昭王向郭隗求教招贤之策,郭隗说,听说古之君"有以千金求千里马者,三年不能得",涓人请求之,获准,用五百金买了匹已死的千里马的头,君大怒,涓人说："死马且买之五百金，况生马乎！天下必以王能市马，马今至矣！"果然，不到一年，"千里之马至者三"。后遂用"千金买骏骨""死骨千金"等比喻求贤若渴。诗的开篇虽用尊称，却直呼天台黄石老之名，可见张以宁与之关系不一般，两人是福建老乡、同年进士。曝其家境清寒，两人可谓知根知底。往日曾有交游，如今消息经年断绝。世人独爱李白之才，而今诗人却愧于世上少有三国时孙登临终前仍上疏举荐贤才。诗人希望春秋时求贤若渴"千金买骏骨"的篇章应该还在，我们两人何时又能西窗剪烛，相见言欢呢？希望有孙登、郭隗那样的上层人物发现他们的才干，冀求仕进之意甚明。

别王子懋、赵德明

御河船上月，相送到扬州。共饮忽为别，独吟方觉愁。水花苕渚晚，云树浙江稠。归雁长淮早，裁诗寄与不？

[解读]

这里的御河，即大运河。古人送别，一般送到码头，或长亭相送，而诗中却是"御河船上月，相送到扬州"。"共饮忽为别，独吟方觉愁"，刚刚举觞马上就要别离，其惜别之情不言而喻。离别之后希望早日得到"归雁"的信息，还不知你还能寄诗给我吗？全诗充满依依惜别、期盼别后互通音讯的深情，十分感人。

过常州

昔日延陵地，城基麦秀间。兵戈三户少，生齿百年还。画壁曾同看，求田惜未闲。故人庐可及，宿草在何山？

[解读]

延陵：古邑名，大约在今常州、江阴等吴地沿江一带，季札为避让王位躬耕于此。周灵王二十五年（前547），吴王遂封季札于延陵。 宿草，《礼记·檀弓》："曾子曰：'朋友之墓，有宿草而不哭焉？'"唐·孔颖达疏："宿草，陈根也。草经一年，陈根陈也。"常州乃千古征战之地，常造成"兵戈三户少，生齿百年还"的历史惨状。这两句也是对元代现实的批判。这在张以宁诗歌中较罕见。此诗有两个主题，反战为其一；其二是感叹人生：与友人曾画壁同看，求田未闲，如今，友人已逝，其住宅可及，但其坟墓又在哪座山上呢？这是关于生与死的思索。

别忻都舜俞用烜韵

日出嘉兴郭，杨花荡白波。船头将酒别，客里奈春何。西极骅骝远，南湖鸿雁多。清朝诗道盛，期子被弦歌。

[解读]

忻都：元初将领，铁木哥斡赤世六世孙。为元朝经略高丽。忻都，姓氏。 嘉兴：位于浙江东南部，大运河纵贯境内，元时设嘉兴路总管府，素有"鱼米之乡""丝绸之府"之美誉。 郭：外城，泛指城外。 骅骝：赤红色的骏马，周穆王的"八骏"之一，常指代骏马。 被：覆盖。忻都舜俞是回回氏（蒙古族）人士，能汉诗，这从一个侧面反映多民族文化的交流、交融，汉民族文化对少数民族文化的影响。"清朝诗道盛，期子被弦歌"，赞颂元朝为清明的朝廷，是种习惯性说法，历代的知识分子都称自己所在的朝代为"圣朝"之类。元的统治者为蒙古族，但学习汉民族先进文化可能比宋、明更普遍更深入。张以宁期盼少数民族诗人能"被弦歌"、繁荣诗坛。这是本诗的主旨。首二句写送别之地为嘉兴城外，其景为：阳光下，"杨花荡白波"，景色很美。他与舜俞将在船头饮酒话别，美景、别情更增添诗人"客里奈春何"的感慨。西极骏马远，此别两人相距将越来越远；"南湖鸿雁多"，望能多通音讯。这是就别后情景而言之。末二句鼓励舜俞努力，以期驰骋诗坛。这是首写得很好的送别诗，紧紧抓住送别对象的少数民族身份和诗人身份来写，与一般的送别诗不同。

与赵德明谈丁仲容作此寄之

江左诗人丁叟在，淮南木落看青山。寻僧野寺秋风去，送客溪船夜月还。八口艰难新歉后，廿年落魄醉吟间。城南郭泰能携酒，得伴先生杖履闲。

[解读]

诗人与友人赵德明谈起江左诗人丁仲容，因而写这首诗寄给丁仲容。想象丁仲容的日常生活："淮南木落看青山。寻僧野寺秋风去，送客溪船夜月还。"看山、寻僧、送客，十分高雅，却极度贫困，落魄潦倒，"八口艰难新歉后，廿年落魄醉吟间"。但并不孤独，"城南郭泰能携酒，得伴先生杖履闲"。诗人同情丁仲容的处境与遭遇，却无力帮助他，只能强作宽慰语，安慰之。

过吴江州

三高堂下绿蘋风，十载维舟两鬓蓬。范蠡无书留越绝，张翰有梦到吴中。云开笠泽浮珠阙，月出长桥动彩虹。长忆故人心断绝，五羊南去少飞鸿。

[解读]

江州：即今江西九江市。东晋置江州，唐、宋、元代均为行政区划之一。南梁湘东绎即后来的梁元帝曾担任江州刺史，唐代诗人白居易《琵琶行》中的名句"江州司马青衫湿"中的江州也是指这里。己巳岁，公元1329年，张以宁经过江州。当时其友人孔世平任该州通判，如今任职广东。　三高堂：在苏州吴江垂虹桥畔，祭祀三位高士：吴越春秋时越大夫范蠡、西晋文学家张翰（子鹰）、唐诗人陆龟蒙。宋·杨万里《题吴江三高堂张季鹰》："京洛缁尘点素衣，秋风日夕唤人饭。鲈鱼不解疏张翰，羊酪偏能留陆机。二晋兴亡几春草，三吴人物尚渔矶。空令千古华亭鹤，犹为诸贤说是非。"　范蠡（前536—前448）：字少伯，又名鸱夷子皮或陶朱公，春秋楚国宛（今河南南阳）人。春秋末著名的政治家、军事家和实业家。后人尊称"商圣"。"范蠡无书留越绝"，意为关于范蠡的事情，《越绝书》中留有记载的文字。张翰：字季鹰，西晋著名文学家，吴江（今苏州市）人。时人称张翰为"江东步兵"。晋惠帝太安元年（302），官至大司马东曹掾。其《思吴江歌》云："秋风起兮佳景时。吴江水兮鲈鱼肥。三千里兮家未归。恨难得兮仰天悲。"周敬王二十六年（前494年），吴王夫差率军在夫椒大败越军。越王勾践被迫请和，臣服于吴。此后，夫差恃胜而骄，急欲称霸中原，连年对外征战，对越不加戒备。勾践则卧薪尝胆，励精图治，积聚力量，伺机灭吴。三十八年（前482），勾践乘夫差率师北上与诸侯会盟于黄池（今河南封丘西南）之机，发兵攻袭吴都。四十二年（前478），越又趁吴连年天灾、兵疲民饥、军队分散的有利时机，再次举兵攻吴。三月，勾践率军五万进至笠泽江南岸。夫差闻讯，仓猝起兵至江北抵御。两军夹江对阵。越王勾践先从左、右两军中抽部分兵力为左、右句卒，于黄昏时进至上、下游五里处，夜半渡江，战鼓齐鸣，进行佯攻。夫差误认为越左、右两军渡江夹击吴军，慌忙命左右上、下两军迎战。勾践乘机率三军主力，偃旗息鼓，潜涉渡江，出其不意地向吴中军发起突然袭击。吴中军大乱败退。其上、下两军不及回救，亦随之溃逃。越军乘胜猛追，再战于没（今苏州南郊外），三战于郊（今苏州城郊），均大获全胜。此后，吴国更加衰落，其霸业亦随之告终。　珠阙：出自成语"珠宫贝阙"，是指用珍珠宝贝做的宫殿，形容房屋华丽。五羊：广州的代称。相传周夷王时，有五位仙人，著五色衣，骑五色羊，手里各拿一串谷穗，飞至楚庭（广州古称），仙人将谷穗赠与州人，并"愿祝此地再无饥荒"。仙人言毕冉冉升空而去，羊化为石。

　　此为怀友诗。"三高堂下绿蘋风，十载维舟两鬓蓬"。由眼前景写至自己十年奔波两鬓蓬松的遭际，寓感慨于其中。"范蠡无书留越绝，张翰有梦到吴中"以范蠡、张翰自比，赞二人的功绩与节操，感叹自己的碌碌无为。"云开笠泽浮珠阙，月出长桥动彩虹"写美好景色。笠泽是越王勾践打败吴王夫差之地，现今宫殿像传说中的仙宫那样美丽，月出长桥动彩虹，景色迷人。"长忆故人心断绝，五羊南去少飞鸿"。诗末回到怀念友人的题旨，长忆故人，而故人南去广州，音信稀少，为此心肠欲断，足见诗人对友谊何等珍惜。

过观州悼阿仲深状元

麒麟堕地天不惜，流落荒郊鲁叟悲。白发杜陵忧国泪，临风独咏八哀诗。

[解读]

八哀诗：杜甫伤悼王思礼、李光弼、严武、汝阳王李琎、李邕、苏源明、郑虔、张九龄等八人所作的八首五言古诗。过观州，听说阿仲深状元去世，诗人借天不惜才，让孔子流落荒郊、杜甫忧国，临风独咏伤悼八位贤臣的《八哀诗》，来悼念阿仲深状元的离世，暗含期盼朝廷爱惜人才之意。

闻同年刘子实、卢可及讣

江湖菰蒋岸莓苔，缯弋如云鸿雁哀。麟凤半归天上去，玉京群帝独怜才。

[解读]

归闽途中，听闻同年进士刘子实、卢可及去世的噩耗，诗人悲痛地写下这首悼亡诗。 同年：同一年登进士第，张以宁与刘子实、卢可及均为泰定四年丁卯（1327）进士。 缯弋：系有生丝绳以射飞鸟的短箭。 麟凤：麟，麒麟；凤，凤凰，均为世上稀罕珍品。此以之喻刘子实、卢可及为难得人才。诗写伤悼之情。诗人于途中听到同年进士刘子实、卢可及病逝的噩耗，陷入深深的悲痛，不仅为痛失同年，而且为痛失人才而哀伤。他希望天上的"玉京群帝独怜才"。曲折透露企盼朝廷爱惜人才之意。前二句写江湖长满孤蒋，岸上长满莓苔，弓箭如云朵般遍布天空，鸿雁因中箭而哀鸣。以此比喻对自然界生命的虐杀，为下文铺垫。后二句将二位同年比作麟凤，认为英才一半已归天西去，恳求天帝要爱惜英才，让他们长寿，为社会多做贡献。

挽友人

令弟书来日，凄其忆故人。每怀将酒别，不得寄诗频。万里高门旧，湖山别墅新。一毡真独冷，万卷讵全贫？岂不云霄志，其如电露身？迢迢长梦寐，漠漠尚风尘。池馆余花晚，山阡宿草春。自怜何日去，望远一沾巾。

[解读]

此诗挽故乡的老友。开头写令弟有书信来，言及故人仙逝，诗人凄其忆故人，感到当年喝的每杯酒，那都是永别的酒，责备自己没能够经常寄诗给他们。接着回忆万里之外的故居，高门已破旧，当年，一条毛毡过冬真寒冷，但家藏万卷书，难道就完全贫困啦？岂无雄心壮志？"其如电露身"，此为反问句，感叹人生短暂，典出《金刚般若波罗蜜经》："一切有为法，如梦幻泡影；如露亦如电，应作如是观。"而这一切，都成迢迢长夜的梦寐，天地漠漠，至今尚处于风尘之中。后回到眼前现实，池馆余花晚，山间阡陌，宿草又生。怜悯自己，何日能回去，望远处友人坟茔，泪水满巾。

（三）居燕廿载时期（1349—1368）

至正九年己丑（1349），张以宁49岁，夏，赴大都。至正十年庚寅（1350），50岁，至正中，复起为国子助教，后迁待制侍读学士。"以宁有俊才，元末遗老多物故，以宁独擅名于时，人呼为'小张学士'"。至正十三年癸巳（1353），53岁，馆阁吟唱，蔚成风气。以宁参与其中，写了不少酬赠之作。"闲官冷署"使他产生伤感、寂寞与无奈。约于是年，作《答张约中见问》，云："衰迟久让祖生鞭，寂寞犹存郑老毡。""多谢故人劳远问，滥竽博士又三年。"作《次韵张祭酒新春诗》，谓"谩倚三年博士席，长怀百岁老人村"。至正十六年丙申（1356），56岁，承中书命，校文辽阳。作《都城春日再次前韵》，云："愿见年丰人饱饭，广文官冷底须论。"张以宁在大都为官20年，颇有政声。祖考皆获赠官，祖母赖氏、母亲廖氏、陈氏、妻子宋氏皆获赠"清河郡夫人"。

居燕20年，以宁写了不少酬赠诗。

居燕20年，以宁有机会观看众多名画，写有不少题画诗，但题画诗难见作于何时之提示，故无法列出本时期之所作。

居燕20年，归隐思亲为其诗作重要主题。

居燕20年，正是社会动荡、战乱频仍的年代。公元1345年，黄河在济阴决口，人民开始反元起义。公元1348年起，方国珍、刘福通、张士诚、朱元璋先后起义，直至公元1368年明军攻占大都，元灭亡，明立国。

1. 乡愁情结

送重峰阮子敬南还

君家重峰下，我家大溪头。君家门前水，我家门前流。我行久别家，思忆故乡水。何况故乡人，相见六千里。十年在扬州，五年在京城。不见故乡人，见君难为情。见君情尚尔，别君奈何许。送君遽不堪，忆君良独苦。君归过溪上，为问水中鱼："别时鱼尾赤，别后今何如?"

[解读]

元末明初的诗人张以宁在古田诗史上最为人称道。居燕20年，归隐思亲为其诗作重要内容。张以宁至元四年（1338），被召入京，累官至翰林侍讲学士、知制诰兼修国史，博学多闻，被誉为"小张学士"。以宁"十年在扬州，五年在京城"，于六千里外，见到来自故乡的阮子敬，偶遇同乡，欣喜万分。旋即送别之，更添乡愁，作《送重峰阮子敬南还》。沈德潜认为，此诗"情致绵绵，神似《饮马长城窟行》（陈琳）"。此诗兼用第一、二人称，"我""君"并举，似与友人对话，格外亲切、真挚。诗写了"见君""别君""送君""忆君""问君"等系列活动，重点在"见君"，全诗20句，其中12句写此。诗先从叙述二人同乡关系开始："君家门前水，我家门前流。"吐露思乡之情切："我行久别家，思忆故乡水。"为久别故乡、六千里外见到故乡人而激动不已，但诗人却以平常口气述之，愈见深挚。次述十五年遭际："十年在扬州，五年在京城。"篇末"问君"，升华主题，诗境从思乡情切到关注民瘼：诗人要阮子敬过江时问水中鱼：

"别时鱼尾赤，别后今何如？"此用"鲂鱼赬尾"典，出自《诗·周南·汝坟》，形容人的困苦劳累，负担很重，如同鲂鱼劳苦，尾巴红红的一样。诗人离家时，百姓困于虐政，备受煎熬，现状如何呢？沈德潜激赏此一结句，谓"一结尤有关系"。(《明诗别裁集》）全诗写乡情、友情、关切百姓之情，写出真情、深情，而诗的语言、形式、表现手法却十分自然纯朴，收到化巧为朴、化浓为淡的艺术效果。

腊月梦还家侍亲

喜着莱衣侍越吟，觉来犹未脱朝簪。五更霜月到家梦，十载风尘为客心。山远秭归啼更苦，海干精卫恨犹深。几时万斛潺湲泪，尽洒坟前柏树林。

[解读]

念亲，在乡愁情感中占据特别重要的位置。他深感对双亲亏欠太多，为自己未能尽孝而痛苦不堪。馆阁清闲中，他于腊月梦见还家侍奉双亲，作《腊月梦还家侍亲》。梦中还家侍亲，而双亲已逝，诗人未能侍奉双亲，其愁苦比杜鹃啼血更苦，其痛悔比精卫之恨犹深。"几时万斛潺湲泪，尽洒坟前柏树林。"长歌痛哭不已。

次韵感怀清明并自述（二首）

雪落西楼虎满村，鬓髭变白赤心存。徙薪肯信当时策，负米徒伤此日魂。啼老杜鹃山月苦，归迟辽鹤海云昏。早知只学东方朔，避世长依金马门。

翠屏峰前溪上村，万家兵后几人存！十年上冢阻归兴，五夜还家劳梦魂。燕蹴柳花风细细，乌啼松叶雨昏昏。何时步屧青芜路？月上山童候筚门。

[解读]

徙薪：突曲徙薪。把烟囱改建成弯的，把灶旁的柴草搬走。比喻事先采取措施，才能防止灾祸。　负米：负米奉亲，谓外出求取俸禄钱财等以孝养父母。此用"负米养亲"之典，言子路身荣而亲殁，要为亲负米已不可得。　辽鹤：辽东人丁令威，学道后化鹤归辽，徘徊空中而言曰："有鸟有鸟丁令威，去家千年今始归。"事见晋陶潜《搜神后记》卷一。后以"辽鹤"指代千年。东方朔（约前160—约前93），字曼倩，平原郡厌次县（今山东省德州市）人，西汉著名文学家。在汉武帝征召贤士时上书自荐，先后任常侍郎、太中大夫等职。性格诙谐，言词敏捷，滑稽多智。

二首感怀清明并自述。第一首首联写自己流落山村，老虎满村，虎患严重，所住西楼大雪纷飞，虽鬓髭变白，但报效国家的赤心永存。颔联写突曲徙薪，肯信当时分清缓急轻重，参加科考的策略是正确的。外出求取俸禄钱财等以孝养父母，徒然伤害了此日之心灵。颈联写啼老杜鹃山月苦，辽东人丁令威学道后千年归迟，海云昏沉。尾联写早知道只学东方朔自荐求官，隐居避世久长依金马门，而不必远遁山林。自述年轻时应试，离开父母，后丁母忧，困顿淮南的经历与感想，表达似有悔悟却仍执著于仕宦的矛盾心态。第二首首联写故乡翠屏峰前溪上村，竟遭兵乱，万家兵后几人存！对故乡的命运深为关切、同情。颔联写十年欲上坟而不得，只能梦魂还家，胸中隐痛，不言自明。颈联写眼前景物："燕蹴柳花风细细"，是乐景；"乌啼松叶雨昏昏"，有凄清之气。尾联希冀未来踏上回乡路，月上时刻山僮等候在蓬门前迎接我。

2. 以诗会友

送杨士杰学士代祀阙里，分题得砚井台

清庙岿古城，论堂俨遗井。色净涵市槐，芳流泛坛杏。经文曩删述，墨沼发光泂。源分鸿蒙深，泽配穹壤永。兹行弼英荡，汲古用修绠。仰止千载心，月明湛秋景。

[解读]

居燕 20 年，张以宁写了不少酬赠诗。酬赠诗必然掺杂应酬、客套的成分，往往为研究者所忽视，认为其思想性、艺术性不高。其实，写得好的酬赠诗充满诗人对所酬赠的对象（一般是亲朋戚友）的深情厚谊，在对对方的颂扬中蕴含着诗人对高尚人格、优秀品质的肯定与宣传；在对自己的生存状态、处境的描述里，透露出诗人的社会理想与人生追求，不仅为研究诗人的思想、经历提供珍贵的资料或线索，而且给予读者以独特的审美愉悦。张以宁的酬赠诗便具有这些特点与功用。

阁僚及在京的朋友常举行会集，确立某一主题或领域，让诗友们依据所分得的题目作诗，或选择某一两个字，要求诗友们将其嵌入诗中，诗友们或吟诵或传示自己的诗作，相互交流，这种

以诗会友的模式在诗人群里十分流行。《送杨士杰学士代祀阙里，分题得砚井台》便属于这一类作品。论堂：指孔庙的大殿明伦堂。文庙、阙里在封建时代是很神圣的地方。前八句写阙里，表达崇敬孔圣的虔诚之心。后四句点题，送杨士杰，表达让杨氏代祀阙里的仰止之心。反映了张以宁对孔孟儒学、朱子理学的敬重与遵行。

次韵春日见寄

金水河边一遇君，眼中天马欲空群。姓名未接心先熟，笑语才浓手遽分。调古今难和白雪，才高昔有附青云。薰炉茗椀何时共？细与论文到夕曛。

[解读]

次韵诗、和韵诗为朋友间的诗歌互答，有"以诗代书（信）"的味道。有的次韵诗纯粹表现朋友间的真挚感情。叙述与友人相识，一见如故的畅快，笑语才浓却遽然分别的惋惜。赞扬友人调古才高，这其实也是张以宁对自己道德文章的某种期许。首联言与君相遇于金水河边，觉得其人才超群。次联写方会遽分，未通报姓名，心已相通，可惜交谈兴味正浓，却又得分手了。三联写读了《春日见寄》，觉得它如阳春白雪，难写出和诗，如此高才，真当在昔时成为其追随者。结联写什么时候能在一起于薰炉旁共持茗碗，细与论文，直至夕曛。

次韵夜宿双清亭

海子桥边丝雨晴，水衡亭下縠波生。珠宫坠月醒龙梦，琼岛回风送鹤声。细数更筹怜夜永，遥瞻宸极愿时清。左丞彩笔题诗好，纸贵明朝满凤城。

[解读]

更多的次韵诗是对朋友袒露心怀，表达诗人的社会理想、人生追求。《次韵夜宿双清亭》是次一位左丞的韵而写的。首联写景，点明夜宿地点。二、三联写梦醒后所见所闻，末联夸他彩笔题诗好，"纸贵明朝满凤城"。"细数更筹怜夜永，遥瞻宸极愿时清"透露元后期天下不太平的消息，诗人"愿时清"，表达盼望太平的殷切之情。

都城春日再次前韵

卿云绚彩捧晴暾，春满皇都十二门。苑树嫩黄烟着色，宫沟微绿雪消痕。秋分过社新针水，麦种经秋秀被村。愿见年丰人饱饭，广文官冷底须论。

[解读]

赞许"春满皇都十二门"的太平胜景，诗的后四句云："秋分过社新针水，麦种经秋秀被村。愿见年丰人饱饭，广文官冷底须论。"表达"愿见年丰人饱饭"的强烈愿望，与这崇高的社会理想相比，个人的荣耀或冷落又算得了什么！

祭酒江先生见和再次前韵

先生稽古如桓荣，老我忧时惭贾生。六鳌共掣碧海动，孤凤先睹朝阳鸣。青春深院梧桐暗，红日高盘苜蓿横。誓将丝毫效补衮，长愿磐石安维城。

[解读]

前四句一方面赞扬祭酒江先生"稽古如桓荣"，功成名就，"六鳌共擎碧海动，孤凤先睹朝阳鸣"。另一方面说自己"老我忧时惭贾生"。后四句表白自己的志向："青春深院梧桐暗。"通过春天寂寞的深院梧桐幽暗的意象，寄寓深含孤独的忧愁。"红日高盘苜蓿横"，借典自喻。唐朝开闽第一位进士薛令之在朝做随侍太子的左庶子时，在壁上题诗："朝日上团团，照见先生盘。盘中何所有，苜蓿长阑干。"苜蓿是一种可充作蔬菜的草本植物。"阑干"，纵横散乱的样子。成语"苜蓿盘空"即出此典。"红日高盘苜蓿横"浓缩了薛令之诗意，谓自己的生活像当年薛令之一样清苦，更表明要做像薛令之那样做对社会有重大贡献的人。"誓将丝毫效补衮"，言自己报效国家的决心坚定。"长愿磐石安维城"，表示要像磐石那样维护社稷的安定。这是首赠友诗，也是首言志诗。

和刘公艺暮春有感韵（二首）

醉梦还家醒未归，起寻坠萼惜流辉。静闻白蚁如牛斗，闲看青虫化蝶飞。日转渐长添篆缕，雨来忽冷觅罗衣。却思翠竹清溪路，曛黑儿童候竹扉。

耻向清时泣楚囚，长寻佳句拟杨休。碧云千里隔春信，红雨一帘生晚愁。袖手独应怜郢斲，知心谁为和商讴？卜邻幸识刘公幹，新得诗声满壁流。

[解读]

张以宁常借次韵诗抒发思念故乡的深情。第一首写诗人"醉梦还家醒未归"，醒来后，起寻坠萼，叹惜时光流逝。百无聊赖，"静闻白蚁如牛斗，闲看青虫化蝶飞"。日转渐长，"雨来忽冷觅罗衣"，又开始思念故乡那条"翠竹清溪路"和等候竹扉的故乡儿童。第二首写自己的写诗生涯，"耻向清时泣楚囚，长寻佳句拟杨休"。诗人耻于在清平时代，忸怩作态，做楚囚悲泣，这反映馆阁诗人回避现实，难将世间痛苦移入诗卷，追求所谓"雅正之音"的偏向，也反映诗人严肃的创作态度：不写自己未能感受、体验的题材。但诗人"长寻佳句拟杨休"，表明向杨休学习，艺术上精益求精。杨休（175—219），即杨修，字德祖，华阴人，东汉末期文学家，后任曹操主簿，为曹所杀。"卜邻幸识刘公幹，新得诗声满壁流"进一步表明拟古主张。刘公幹，即建安七子之一刘桢，其诗具有建安风骨。建安以来，诗坛出现一种模拟前代诗体的风气，如鲍照有《学刘公幹体》五首。好的拟古诗虽拟古，却也保留一定的创作个性。诗人为自己"新得诗声满壁流"而高兴。

次韵成均春日答潘述古博士

芳时雨露被恩荣，六馆英游五百生。揖退花边分佩响，讲余松外度钟鸣。风微高阁牙签动，日静深帘绿绮横。多羡材名潘骑省，题诗纸贵满春城。

[解读]

有的次韵诗描写太学的生活情景，表现太学的日常活动与生活，有一定的文献参考意义。透过诗行，可看到太学六馆 500 名生员的学习情景，看出其太学同仁潘述古博士的才华，体味到太学的肃穆、幽静，听到讲课之余松林外度钟鸣响的清音。

首联写成均（国子监）"五百生"都是才智杰出的人才，正当春时沾溉雨露，被沐恩荣。次联写课余，花边佩响，松外钟鸣。三联写高阁动牙签，日静横绿绮，或看书，或弹琴。末联夸耀潘述古博士材名卓著，题诗纸贵。

次韵郑兰玉　有一竿亭

一竿亭上客，大隐寄高轩。世德荣珂里，风期迈漆园。朝廷深简注，江汉壮藩垣。俶宅今王粲，藏书旧李繁。市声隔幽薄，野趣似遥村。宛宛山迎坐，迢迢水到门。风鸣松顶鹤，雨挂竹枝狷。芳薜牵崇溜，圆荷点小盆。弄泉醒酒面，扫石健诗魂。邈矣嚣尘表，居然太古存。长鲸冬已戮，饥雁夜犹喧。栢署须纲纪，兰台待讨论。白云巢未得，鹏路讵飞骞。

[解读]

诗开首云"一竿亭上客，大隐寄高轩"，赞其世德使自己的家乡荣耀，风期超过庄子，诗艺近王粲，藏书比李繁。描述其大隐高轩，却能得田园真趣："市声隔幽薄，野趣似遥村"，"邈矣嚣尘表，居然太古存。"纵论天下情势："长鲸冬已戮，饥雁夜犹喧。"认为时局尚不稳定，御史官署须整顿纲纪，秘书省要讨论应对之策。"白云巢未得，鹏路讵飞骞"，感叹"一竿亭上客"远大理想尚未实现，寓含祝愿他变"未得"为"得"，变"伫"为"飞"。

次翰林都事拜珠春日见寄韵

日高睡起小窗明，飞絮游丝弄昼晴。忽忆金河年少梦，柳阴骑马听流莺。

[解读]

写春日迟起，忽忆年少时作金河之梦，"柳阴骑马听流莺"。如今梦已实现，身居翰林院要职，也只能看看"飞絮游丝弄昼晴"，有意义吗？此时的张以宁正沉浸在满足感中。

3. 送亲友返乡

送张东阳弟

昔我归自黄山时，曾送龙虎张君诗。张君善诗逼张籍，淡若古瑟弦朱丝。难兄之下有难弟，有道有术仍能医。携诗过我茅屋底，每忆令兄欣见之。上清真人乔云气，南阳太守清冰姿。顾惭寘我珠玉侧，华胄遥遥那得辞？君归见兄道贱子，别二十年双鬓衰。山中茯苓倘可劚，岁晚椰栗当相随。

[解读]

酬赠诗中送亲友返乡最牵动诗人的心扉。张东阳是张以宁的族弟，其胞兄为张龙虎。诗从回忆昔日归自黄山时，曾送诗给龙虎写起。赞其诗迫近张籍，淡雅如古瑟朱丝弹出的清音。接着写其弟东阳，"有道有术仍能医"，谓"上清真人乔云气"，医如医圣张仲景。张仲景，东汉南阳人，曾做过长沙太守，有政绩，能为民解困，故称之"南阳太守清冰姿"。然后写有你们兄弟这样的珠玉在侧，自己深感惭愧。希望东阳回去见到龙虎哥哥，说我张以宁与他分别20年，已双鬓衰微，家乡的山中还有茯苓可以挖掘，岁晚我定然拄着拐杖跟随他上山挖这种药材。这里，蕴蓄着丰富的含义：思念家乡，望能归去；与族弟亲密，共享血肉亲情。然而，这一愿望未能实现。

刘子昭归杭省亲

白鱼青笋江南好，君去湖山知几重？潮长河船四五尺，乌啼门巷两三松。笑予霜点秋来鬓，极目云飞海上峰。已把行藏付渔钓，尚烦书信到疏慵。

[解读]

此诗送刘子昭归杭省亲，歌咏江南物产阜盛，可享口舌之福；风光美好，可怡人耳目。自嘲年老鬓霜，无望南归，只能极目远眺，飞越云海，到那海上三山的故乡。声言"已把行藏付渔钓"，有退隐之意，希望刘子昭常寄来书信。

送铁元刚检归三山

公子高昌世贵家，佩悬明月弄飞霞。仙方旧授壶公药，使节新乘博望槎。春幕日迟榕换叶，昼庭风细荔吹花。乌台消息明年近，骢马金河踏软沙。

[解读]

赞扬铁元刚检出身高贵，先祖功勋卓著，"仙方旧授壶公药，使节新乘博望槎"。壶公药：据《太平广记》，道教真人壶公卖药于市，治愈百病，并将所得施舍穷人。常挂一空壶于屋顶，日落即跳入壶中。河南汝阳掾费长房为其扫地供食，壶公并不推辞。一日，壶公教他跟其跳入壶中，原来是神仙世界，壶公授他一符。从此，费长房悬壶卖药，济世救人，成一代名医。　博望槎：张骞因外交与攻打匈奴有功，汉武帝封其为博望侯；乘槎，乘坐竹、木筏。传说张骞乘筏飞越太空。诗借这两个典故歌颂铁元刚检积有祖德，后必为贵。实际上也寄寓诗人想要悬壶济世、博望乘槎的宏愿，但困于京师，充任闲差，只能遥想榕城"春幕日迟榕换叶，昼庭风细荔吹花"。深信铁元刚检此去，风光宜人，身心定当和畅。宽慰铁元刚检，京城不久便会有好消息，明年归来，"骢马金河踏软沙"，前景美好。从此诗可看出，张以宁提倡济世救人，建功立业。也可看出，他倡导积德行善。他还善于安慰人、鼓励人。

送赵文中南归

忆饮黄山别酒时，颖滨汴上复京师。五千里外重来见，三十年中几语离。碧海钓鳌君特达，红尘骑马我衰迟。过家遗老如相问，大隐金门旧小儿。

[解读]

写回忆与老友赵文中于黄山饮别酒，沿颖滨、汴上，直至京师。两人"五千里外"重来相见，"三十年中"几次道别离。祝贺"碧海钓鳌君特达",惭愧"红尘骑马我衰迟"。叮嘱赵文中回到福州,"过家遗老如相问",请告诉他们,自己供职翰林院,仍然是"大隐金门旧小儿"而已。曲折透露无所作为的烦闷。

4. 送人赴任

送刘素轩作守

使君持节西南去,汉水东边十万家。每与儒生陈俎豆,闲随野老问桑麻。双旌晓出千原雨,五马春行几县花。耆旧只今能有几?一麾莫道远京华。

[解读]

此类诗涉及官场生涯,多提出并回答"做好官"的问题。送刘素轩持节西南,到"汉水东边十万家"当使君,想象其政务活动与日常生活:"每与儒生陈俎豆,闲随野老问桑麻。双旌晓出千原雨,五马春行几县花。"这实际上是希望他平日多教导儒生,与儒生"陈俎豆";深入基层、民间,向野老问桑麻。感慨耆旧所剩无几,希望他莫道汉水远离京城,就不回来了,还是要常回来看看老朋友。

送陈子山状元之太庙署令

紫殿传胪日,君名第一人。星辰金榜动,雨露锦袍新。华盖天常近,蓬莱地益亲。北门方眷切,东观又恩频。麟笔三朝史,龙颜一笑春。昕庭颁涣号,太室奉明禋。列圣罗冠冕,群公肃缙绅。乔云垂柳重,祥霭羃芝匀。献赋看来岁,登瀛及此辰。风帆开巨浪，霜翮上秋旻。文价何辉赫，台端即选抡。故人如见问，白发尚漳滨。

[解读]

写陈子山状元才华出众，得到重用，将赴太庙署令。太庙：是中国古代皇帝的宗庙，担任署令，负责管理太庙，责任重大，祝愿他："风帆开巨浪，霜翮上秋旻。文价何辉赫，台端即选抡。"嘱托他："故人如见问，白发尚漳滨。" 漳滨，汉·刘桢《赠五官中郎将》："余婴沉痼疾，窜身清漳滨。"后因用为卧病的典实。婉转透露自己年老多病，无所作为。

送谢弘道福建理问

江东谢掾旧风流，十载艰虞此壮游。节概红尘双短剑，功名沧海一归舟。粤王故国官梅早，杨子新坟宿草秋。君去望乡烦问讯，可无高士重南州？

[解读]

此诗提出要求正确看待功名富贵。江西南昌人谢弘道要到张以宁老家福建去任理问。理问：掌勘核刑。张以宁写此诗与之赠别。肯定他昔日在家乡有过"谢掾"的"风流"，即谢绝受人佐助的风度，经"十载艰虞"，才有此次赴闽任职之"壮游"。赞其志节气概在人间如双短剑般受到新的考验，奉劝谢弘道要把功名当作沧海一舟来对待，不要看得太重。悬想粤王（闽王）故里，梅花早已绽放，挂虑朋友坟地里经秋的宿草今又如何？希望谢弘道到那里了解一下，现在还有高士重视福建、前往福建吗？诗中寄托了诗人对家乡的关切和怀念，对友人谢弘道新任理问的期望，含蓄而殷切地指出国家要任用人才，人才要肯出仕任职，为地方造福。

送姜知事湖广掾

薇省恭闻吉语来，芙蓉幄下莫徘徊。诗题郎署星辰动，檄到蛮溪雾雨开。鄂渚暮涛喧鼓角，汉阳高树出楼台。飞腾此日中天近，定有文章彻上台。

[解读]

诗人对友人外放任职多予劝勉、鼓励，语重心长。《送姜知事湖广掾》写送姜知事赴湖广任职。掾：为佐助之意，通称副官佐贰吏。诗一开头就说"薇省恭闻吉语来"，意即在紫薇省恭闻姜知事荣调赴任的好消息，接着表达殷切期望："芙蓉幄下莫徘徊"，在幕府处事要果断，不可犹疑不决；到任后，"诗题郎署星辰动，檄到蛮溪雾雨开"，面貌要有大的改变。"鄂渚暮涛喧鼓角，汉阳高树出楼台"，鄂渚、汉阳"暮涛喧鼓角""高树出楼台"，环境相当好。在那里必定大有作为，成就一番事业。"飞腾此日中天近，定有文章彻上台"。

送孔伯逊延平录事

阙里诸孙圣代英，作官去拜四先生。雷霆入地溪声合，星斗罗空剑气明。千载有传文献盛，三年无事纪纲行。薰风荔子丹时后，重待扶摇觐帝京。

[解读]

有些官员离京有失意感、失落感，张以宁往往设法安慰他。孔伯逊是阙里孔府的后代裔孙，此次离京到延平做录事这样的小官，可能会有失意感，所以，张以宁把延平说得很好，让他安心上任。他嘱咐孔伯逊要去拜谒海滨四先生。因为他们对延平、福建的开发、发展贡献巨大。说延平的地理环境与埋剑传说富有特点："雷霆入地溪声合，星斗罗空剑气明"。"千载有传文献盛，三年无事纪纲行"，延平历史上文献特盛，现实中三年太平无事，纪纲得以贯彻施行。诗末寄予良好祝愿："薰风荔子丹时后，重待扶摇觐帝京。"意为不久还会升迁晋京。这是说安慰的话，以减轻孔伯逊的心理压力。足见张以宁善解人意，能替别人着想。

送陈彦博编修归省（二首）　成谊叔左丞馆宾，左丞有积素斋

紫薇老人积素翁，有客毫端飞绛虹。长吟北征窥杜子，忽跨东海逐任公。高风祈水波浪白，初日抟桑天地红。锦袍独酌金鳌顶，笑晲一粟浮杯中。

我家神山海上头，昔交先公三十秋。几年不归父老忆，万里复送郎君游。白鱼青笋上亲寿，紫蟹黄花销客愁。明年老夫亦东耳，草堂小结并沧洲。

[解读]

陈彦博：名世昌，字彦博，杭州钱塘人，元顺帝至正初由布衣入为翰林编修，代祀海上，以战乱道阻，留居嘉兴，明初征修礼书，授太常博士。　归省：回乡省亲。　成谊叔：陈彦博生父

成遵。

陈彦博编修为左丞馆宾，左丞有积素斋，故诗人称他紫薇老人积素翁。第一首赞其才高功大；第二首表述思乡情结。

送王人杰都事开诏福建

曩客东泉老，相逢盖屡倾。剧谈消鄙吝，高谊动幽明。我素金门隐，君归锦里耕。五年才一见，万里又重行。故老扶藜拜，元戎负剑迎。江环螺女浦，山尽粤王城。麦饭先茔感，莼羹故国情。自怜何日去，曝背憩柴荆。

[解读]

王人杰开诏福建，触动张以宁的思乡心弦。泉州人王人杰是自己的老朋友，相逢便开怀畅饮，两人高谈阔论，内容都很高雅，情谊深厚。如今，自己仍作金门隐，而王人杰却要回福建去了。"五年才一见，万里又重行"。想象福建的官民热烈欢迎王人杰的情景："故老扶藜拜，元戎负剑迎。"诗人怀念福建美好的江河山水："江环螺女浦，山尽粤王城。"更重要的是王人杰回福建，能感受到亲切的故园之情："麦饭先茔感，莼羹故国情。"诗人慨叹何日能回归故里，像陶渊明那样躬耕田亩间，"曝背憩柴荆"。

送杜德夫河东经历

持斧山西去，参谋用俊人。栖乌台上掾，泛绿幕中宾。霜落豺狼魄，风清雁鹜尘。君行当要地，此别属良晨。塞远云来代，川长树入秦。两河犹戍卒，三晋半残民。峻坂疲飞挽，穷阎苦筹缙。鸿饥方欲集，鹰饱正须驯。久矣疮痍极，居然风采新。难兄今阁老，宿望旧廷臣。棠树期连萼，葡萄少饮醇。乘骢消息好，拜命及三春。

[解读]

送杜德夫往河东任经历。河东乃战略要地，兵家必争之地，元后期的长期动乱，使得"两河犹戍卒，三晋半残民。峻坂疲飞挽，穷阎苦箩缝。鸿饥方欲集。鹰饱正须驯"。期望杜德夫"持斧山西去，参谋用俊人"，迅速改变现状，"久矣疮痍极，居然风采新"，"乘骢消息好，拜命及三春"，给河东带来春天。这当然只是诗人的善良愿望，客观上，河东已难平静。这首诗是张以宁较深刻反映现实的作品之一。

5. 吟咏公务

元日早朝次马彦鞺学士韵（二首）

鸡竿红日出晴霄，鹭序青春入早朝。治典新悬周象魏，颂声尽入舜箫韶。称觞冢宰容多喜，执玉藩侯礼不骄。今代总戎功业盛，承恩皆插侍中貂。

玉堂学士步青霄，金榜英名重圣朝。身近清光依帝座，手裁妙曲和仙韶。柳沟黄动莺先喜，麦苑青回雉渐骄。新岁时平词馆好，客来呼酒费金貂。

[解读]

张以宁酬赠诗题材广泛、内容丰富。其中，吟咏公务的诗相当突出。此诗写元日早朝情景，其资料价值远胜于审美价值。

和周子英进讲诗韵

宣文阁下仗初移，讲彻鸡人报午时。风细芸香飘紫殿，日高花影覆彤墀。儒臣有戒陈忠荩，圣主无为宝俭慈。薇幕上宾工补衮，垂绅早入凤凰池。

[解读]

此诗描述进讲情景，其资料价值亦远胜于审美价值。

南宫校文次韵马在新授经（二首）

玉堂深锁隔凡尘，夜合庭前月色春。剪烛焚香云满卷，开帘啜茗雪盈巾。惭无清鉴酬明主，愿重巍科得伟人。觅句喜陪王左辖，老儒曾是幕中宾。

杏园飞鞚蹴芳尘，捻指而今四十春。辛苦向曾携彩笔，衰迟重比岸乌巾。丹成九转云笼鼎，烛尽三更月近人。多谢能诗赵主事，自调大吕和蕤宾。

[解读]

表达"惭无清鉴酬明主，愿重巍科得伟人"的愿望，愿为国家发现、培养人才出力。（其一）感叹"杏园飞鞚蹴芳尘，捻指而今四十春"，中进士至今已 40 年，"辛苦"却"衰迟"，无甚成就。（其二）

次李参政省中独坐韵 时在翰苑

画省昼岑寂，坐来风叶鸣。雨晴鸤鹊观，秋满凤凰城。许国丹心在，怀乡白发生。所惭无寸补，载笔直承明。

[解读]

前四句写翰苑日常生活寂寞无聊：秋满京城，翰院白昼十分岑寂，唯有风叶鸣声，雨晴则观鸟。后四句言以身许国，丹心依然；怀乡思家，白发渐生。惭愧自己"无寸补"，贡献少，唯有"载笔直承明"，写作诗文不已。

次韵 时在翰苑

白发怀闽峤，丹心恋蓟门。官闲胜道院，宅远类荒村。二月霜华薄，群山雨气昏。东菑春事及，好共野人论。

[解读]

开篇即言："白发怀闽峤，丹心恋蓟门。"阐明此诗白发怀乡、丹心恋国的题旨。次以夸张之笔写"官闲胜道院，宅远类荒村。"再次，点染所处时令环境："二月霜华薄，群山雨气昏。"末尾云："东菑春事及，好共野人论。"言春耕将至，当与农人共商此事，显示对国之重器农业的关注。可见，国计民生始终在张以宁心中占据最重要的位置。

太平太傅致仕

明公先叶国元功，两正台衡保始终。乔木世家今绝少，黄花晚节古应同。平泉草木风烟外，杜曲桑麻雨露中。从此升平歌帝力，为农祗愿岁长丰。

[解读]

张以宁的酬赠诗还涉笔官员退休。太平太傅退休，张以宁作《太平太傅致仕》颂扬其先祖有功，是当今绝少的"乔木世家"，而他又能保住"黄花晚节"。期望他退休后，"从此升平歌帝力，为农祗愿岁长丰"，表现张以宁为国为民的思想和人道主义情怀。

次韵李明举御史贡院诗

白昼春雷起剑池，鱼龙争奋应新期。银袍照日光唐典，绣斧生风肃汉仪。愿得群贤扶世治，尽令四海转春熙。昔年辛苦今衰白，坐听寒声漏箭迟。

[解读]

有些诗并不简单地写公务活动，而是深有寄托。此诗前四句描写贡院"白昼春雷""鱼龙争奋"情景，渲染"光唐典""肃汉仪"仪式的庄严。五六句"愿得群贤扶世治，尽令四海转春熙"，表达诗人期盼"群贤扶世治"，使国家由动乱转为平安。末二句叹惜自己年老无用："昔年辛苦今衰白，坐听寒声漏箭迟。"

（四）入明三秋时期（1368—1370）

张以宁68岁，元亡明立。冬，张以宁与危素、曾坚等一大批元朝故官应召来到南京。复原官。洪武二年己酉（1369）张以宁69岁，正月三日，"赐见前殿"，"命为钟山之说"。以宁撰《应制钟山说》对钟山龙蟠虎踞、雄伟瑰奇，竭尽歌颂之能事，且谓："盖创业于此，以乘方来之望气，并建都邑，以开永久之宏规，以承中华之正统，以衍亿载之丕基。伏惟陛下神谋睿算，必有处矣。"春，宋濂来到南京，见以宁，二人文学主张相同，彼此视为挚友。时人誉为"双星聚会"。

六月二十九日，与典籍牛谅奉使安南。中国与安南建立宗藩关系始于北宋。明洪武二年（1369），安南陈朝陈日煃"奉表称臣"，朱元璋即派以宁、牛谅赍诏印使安南封其国王陈日煃。

1. 一路辛劳，一腔豪情

南京早发

大隐金门三十载，壮怀中夜每闻鸡。今朝一吐虹霓气，万里交州入马蹄。苏老泉云："丈夫不得为将，得为使，折冲万里外足矣。"

[解读]

张以宁元时虽入太学，但闲官冷署，无甚作为。居燕20载，除潜心研习、创作诗文外，施政才能被长期搁置。只有入明后，他才受到重用，不仅仍拜原官，且深得朱元璋宠信。出使安南，给了他大展宏图的机会。年已六十九，毅然而前行。

安南之行的路线大致为：南京—芜湖—采石—九江—南昌—临江—吉安—赣州—韶关—广州—梧州—龙州—安南。返程尚未离开安南，竟逝于临清驿馆。

出使安南诗：今朝一吐虹霓气，衰老天教一壮游。

从总体上说，此次出行张以宁心情畅快，且豪气常充溢于胸臆之间。他从南京出发时作此诗。他视此次远赴安南是大丈夫"为使"，折冲万里外，其功盖过"为将"之打仗获胜。他称以前的日子是"大隐金门三十载"，岁月蹉跎，备感压抑，却始终未忘怀壮志，真可谓"壮怀中夜每闻鸡"。他觉得只有现在才获得从未有过的痛快，终于可以"今朝一吐虹霓气"矣，"万里交州入马蹄"，在他看来，马蹄下万里交州的旅程，也显得十分轻快。全诗直抒胸臆，壮气、豪情溢于言表。

晚泊石头城下明旦发龙江

江口帆开五两飞，海门遥望树依微。若为得似千年鹤，东向三神岛上归。

[解读]

写晚泊石头城，等明旦开帆。"若为得似千年鹤，东向三神岛上归"云云，大有大鹏展翼，横绝沧溟之概。

过大圣港新河口

佳气茏葱紫翠间，人家百万绕钟山。新河亦似知形势，流入龙江第一关。

[解读]

"佳气茏葱紫翠间"，生机盎然；"人家百万绕钟山"，境界阔大。将"流入龙江第一关"的新河口人格化,赋予人的感受、感情,它也明形势,知使者出行。诗人心顺意遂,主观之情融于客观之物。

泊月子河望三山

三山仙岛隔归期,长夜京华梦见之。明发开帆成误喜,青天三点见峨眉。

[解读]

写泊船月子河,朝传说中三山仙岛的方向遥望,在京城,长夜难眠,常梦见它;明发开帆,看到青天三点,那不是蓬莱、方丈、瀛洲三岛,而是采石矶峨眉亭。真是一场"误喜"。喜气盈篇也。

过采石(二首)

重过峨眉访旧游,三山无恙水东流。若为唤起青莲客,共醉西风亭上秋。

天堑西边牛渚矶,燃犀谁敢照朱衣?而今荡桨平如掌,薄暮渔童买酒归。

[解读]

采石山,又名牛渚山,在今安徽当涂县西北长江边,其突出江面处为采石矶。峨眉亭:宋神宗熙宁间,太平州知州张瑰在牛渚山上筑亭，名峨眉亭。燃犀，东晋温峤（288—329），早年协助刘琨抗胡，西晋亡后，得多名皇帝重用，先后平定王敦之乱、苏峻之乱。南朝宋刘敬叔《异苑》：晋温峤至牛渚矶，水深不可测，世云其下多怪物，峤遂燃犀角而照之。须臾，见水族覆火，奇形异状。王安石《牛渚》诗云："历阳之南有牛渚，一风微吹万舟阻。"足见其地势之险要。明末清初诗人阎而梅诗云："江烟漠漠透松棂，隔岸何人唱采菱。莫更燃犀惊水怪，朱衣紫马现精灵。"张以宁船过采石山，作此二首《过采石》。第一首大意为：旧地重游，重过牛渚，三山无恙，江水东流。如能唤起已逝青莲居士李太白，当与他在吹着西风的峨眉亭上饮酒共醉！透露对李白的崇敬之情。李白是张以宁最崇敬的诗人之一，学李是他重要的诗歌美学追求。第二首大意为：在长江天堑西边的牛渚矶，谁敢燃起犀牛角照见水底穿朱衣骑紫马的灵怪？那只有东晋时的温峤才敢。而今险风恶浪已平息，舟船荡桨平如掌，薄暮渔童买酒归。把写景与用典结合起来，暗喻战乱平定，天下太平之意，透露对明王朝的衷心赞美之情。

予己丑夏辞家客燕二十年，江南风景往往画中见之，戊申冬来南京，今年六月二十九日奉旨使安南，长途秋热，年衰神惫，气郁不舒，舟抵太和，舟中睡起，烟雨空濛，秋意满江，宛然画中所见，埃塆为之一空，漫成二绝以志之，时己酉七月二十四日也（二首）

风飘万点湿秋云，万叶凉声睡起闻。翻忆东华衣上汗，向人挥作雨纷纷。

家住翠屏溪上头，思莼空结半生愁。今朝初洗红尘梦，烟雨西江满意秋。

[解读]

奉旨使安南，至今约 25 日，舟中睡起，只见"烟雨空濛，秋意满江，宛然画中"，"埃塕为之一空"，张以宁顿感神清气爽，漫成二绝以志之。第一首写雨声带走秋热。"风飘万点"为所见，"万叶凉声"为所闻，一二句从视、听两方面形容秋雨带来凉意。三四句以夸张之笔极言秋热，挥汗成雨，"翻忆"是"回想"之意。"东华"指京城，言下之意为从南京一路二十余日走来都是"衣上汗"，"向人挥作雨纷纷"，如今下雨，凉快了。第二首写乡愁。诗人谓自己家住翠屏溪上头，思念家乡的莼菜，空结了半生之乡愁，想辞官归隐，未能实现。此用"思莼季鹰"典：季鹰，西晋文学家张翰。《晋书·张翰传》：季鹰因不愿卷入晋室"八王之乱"，借口秋风起，思念家乡的菰菜、莼羹、鲈鱼脍，辞官回到吴淞江畔。今朝，在充满秋意的烟雨西江上，我初次洗去了红尘之梦，隐约透露欣喜之情。

夜闻雨

田家望雨今年少，水驿逢秋夜半闻。更喜朝来晴未稳，山头着帽尽生云。

[解读]

首句写田家望雨，次句点题：秋夜闻雨。三、四句写云生山头，欲晴未晴。

发广州

照海红旗送使舟，鸣箭伐鼓过炎州。斯游少吐平生气，巨浪长风万里秋。

[**解读**]

首句写出使舟船，红旗照海。次句写使舟鸣箭伐鼓，以过炎州。三、四句抒情与写景结合，表现诗人之豪情。

历尽艰辛，抵达广州，张以宁豪情未减。只因"斯游少吐平生气"也。

过小孤山

交趾江头指壮游，小孤山下见新秋。天镵双柱维南极，海作重门锁上流。使者星驰英荡节，神妃风送锦帆舟。来春二月停归棹，好荐芳馨杜若洲。

[**解读**]

充满完成使命的自信，贯穿于此次壮游。小孤山位于安徽宿松城东南之长江中。张以宁多次称出使安南为"壮游"，企盼用"天镵双柱"维系住南极，让"海作重门"锁住"上流"，以使国防稳固，南海平定；企盼使者持节星驰，风送锦舟，明春完成任务，停棹小孤山，"好荐芳馨杜若洲"。即使行程偶为自然力所暂时阻止，他非但毫不馁气，而且敢于喝令风雨让路，表现出一个新兴王朝使臣的宏大气魄。

月子河阻风

洱江万里此朝东，入贡舟航四海同。明代百神都受职，为言休作石尤风。

[解读]

月子河，向北流入赣江贡水。船至月子河为风所阻，张以宁有感于此，借题发挥，谓：洱江万里之遥，从此朝东流去，入贡明朝的舟航四海皆同。明代百神都接受职位，各司其职，奉劝阻止使船的狂风，不要做逆风、顶头风，阻挡前进步伐。包含"入贡明朝乃大势所趋，切勿阻挡潮流"之意，此诗宣示明朝的国威，表达了作者不畏艰难，完成使命的决心。

别广东周参政斡臣

昔年涨海奔长鲸，五羊城上飞搀枪。大明天子赫斯怒，铜虎夜发期门兵。戈船下濑走海若，縠骑度岭潜山精。刺桐春开白日丽，篁竹夜静微霜清。蛮陬夷落动万里，诈谖叵测非人情。中台持书国名卿，帝命汝往为长城。凤阙峨冠拜明诏，龙江伐鼓严前旌。仙人羡门安期生，蓉旗羽节缤来迎。南溟万里展明镜，石尤风息波无惊。马人龙户来杂沓，蜃楼蛟室收峥嵘。磊落明珠溢中国，斓斑卉服朝神京。会闻颂声彻丹宸，入执政柄苏黎氓。独不见唐家名相宋广平，广州都督升台衡。

[解读]

前12句写周斡臣受命为广东参政。后12句写其政绩。末二句以宋广平比周幹臣。唐玄宗时宰相周璟因封广平郡公而被称为宋广平。宋氏曾被罢相，贬为楚州刺史，玄宗即位升调广州都督，专注改善民生，开元四年（716）返京任刑部尚书。

代简杨希武右丞安南驿书怀（二首）

荔枝花发雨萧萧，睡起春江又早潮。长忆午门红日上，圣恩宽许紫宸朝。

花满皇州春尚寒，天香缥缈五云端。遥应夜夜瓟棱月，照见臣心一寸丹。

[解读]

瓟棱：宫阙上转角处的瓦脊成方角棱瓣之形；亦借指宫阙；借指京城；借指故国。

第一首写身处安南驿，心系汉王朝。长忆午门早朝事，感谢圣恩宽许。第二首写花满皇州，天香缥缈那夜夜故国的月光，从遥远的京城上空，照见臣子的一片丹心。出使安南诗中，常见对朱明王朝表忠、感恩的诗句。此一例也。

代简广西参政刘允中（二首）

五岭宜人独桂林，梅花雪片一冬深。遥知华省文书暇，饱看奇峰碧玉簪。

蜃雨蛮烟岭外州，乘槎何事此淹留？龙江风土差高爽，衰老天教一壮游。

[解读]

第一首赞叹桂林风物之宜人，"饱看奇峰碧玉簪"的愉悦。

第二首谓"乘槎何事此淹留"？答案是"衰老天教一壮游"！

送林崇高广西都事

清江材子请长缨，风雨南荆万里行。组甲夜驰豺虎窟，帛书朝奏凤凰城。公车已见登臣乐，幕府旋闻用子荆。照海锦帆津吏报，轰山铜鼓峒人迎。檄来篁竹霜都静，诗到梅花雪共清。上日桂林延父老，为言析木泰阶平。

[解读]

南荆：东汉献帝刘协初平元年（190），刘表任荆州刺史，据有今湖北、湖南等古荆州地，后领为荆州牧，因于东汉末年以荆州地割据南方，故名南荆。　子荆：晋·孙楚，字子荆，曾为参军之职，富有英才，超拔不群。后用为咏参军之典。　上日：正月初一；佳日、佳节。　析木：星次名，十二星次之一，与十二辰相配为寅，与二十八宿相配为尾、箕两宿；古代幽燕地域的代称，古代以析木次为燕的分野，属幽州；劈开的木头，指樵柴。　泰阶：指天上的上阶、中阶、下阶，象征世间人事。天上泰阶平，地上人间平。这是古人的天人感应观点。后遂用为天下太平之典。

头四句写广西都事林崇高主动请缨，风雨南荆万里行，他组织甲兵夜驰豺虎穴窟，平乱成功，捷报早晨即上奏凤凰城。中间四句写他得到普遍的拥戴，欢迎公车上已见官员高兴，幕府里很快就传闻任用了晋朝子荆这样的能人，峒人山民敲响轰山铜鼓表示欢迎。后四句写文书来到，篁竹霜林一片宁静，诗与梅花、雪花共享清平。桂林选择佳日邀请父老，以星宿配置来推算，告诉大家现在天下太平。

有　感

马首桓州又懿州，朔风秋冷黑貂裘。可怜吹得头如雪，更上安南万里舟。

[解读]

由于年事已高，路途劳苦，张以宁有时难免产生自我怜惜的伤感。桓州，一说北魏设桓州（今属山西大同市），一说北周置桓州（今属河北正定县）；懿州，古地名，史称懿州为辽东懿州，今属辽宁阜新市。此处泛指北方。张以宁在大都生活 20 多年，其间，岁丙申（1356），56 岁，"忝助教"，承中书命，"校文辽阳"。（《杂记》）"朔风秋冷黑貂裘，可怜吹得头如雪"，如今，年近七旬，还得登上远赴万里之外安南的船只。流露出自我怜悯的情绪，这是十分真实自然的。

2. 礼赞自然，陶醉其间

舟中望庐山（二首）

重过庐山三十秋，西风催送上湖舟。若为借得仙人鹤，飞到香炉峰顶头。

老无杰句对庐山，紫翠遥看霄汉间。羡杀倒骑牛背客，买田长占落星湾。

［解读］

欣赏沿途自然风光之美，并陶醉其中，构成此次壮游之举与
壮游之诗的优美旋律。第一首：张以宁 40 岁时，曾游过庐山，
作《九江庙》《秋登九江庙晚眺》，至今恰 30 年。"催送"二字，
言任务紧迫，不像前番的悠游自在。但若能借得仙人乘坐的白
鹤，他也要飞到庐山上香炉峰顶头参观、游览。写出对庐山的喜
爱、景仰。"仙人鹤"，传说古时陈巧在庐山修道，骑鹤升仙。此
处运用典故，极其自然，不给人以用典感觉。第二首：诗人羞愧
面对庐山，老来已写不出出色的诗句，只能遥看庐山的紫翠山色
与长天碧空。公务羁身，诗人羡杀倒骑牛背的隐居高士，买田置
产长住在落星湾。宋·雷震《村晚》诗云："牧童归去横牛背，
短笛无腔信口吹。"落星湾，在庐山南麓，北宋刘凝之弃官隐居
于此 40 年。张以宁把两个典故糅合一处，并加以改造、发展，
借以表现对自由生活、隐居山野的向往之情。

舟中望赣州

虎头城外水周遭，四望群峰涌翠涛。带雨布帆随去鸟，牵江
黄帽接飞猱。清秋度岭君恩厚，永夜还家客梦劳。欲问交州何处
是？五羊南去万山高。

［解读］

前四句写景，后四句述怀。"城外水周遭"，"群峰涌翠涛"，
写出赣州城特点。因从舟中望去，群峰静景化为动景，"涌"字
十分贴切。布帆、去鸟、黄帽、飞猱均为活动之物，又着"随"
"接"二动词，画面更为活跃。"君恩厚"，对皇上委以重任，深

表感激；"客梦劳"，言远赴安南，自己十分劳碌。末二句以设问方式展示目的地迢遥万里，给人以任重道远之感。

赣州城下

番禺北下险秦峤，章贡西边近楚郊。五岭气来苍雾合，双溪声动玉虹交。山邮傍岸多攒石，野屋绿城半覆茅。细雨舟中无一事，新诗吟就手重抄。

[解读]

首联点出赣州的地理位置及险要地位，颔联描写城外山、水、雾、虹。颈联勾画赣州山路"傍岸多攒石，野屋绿城半覆茅"的城镇独特景观。尾联写舟中吟诗重抄的怡然悠闲生活。岭南风光，异域情调，拓宽了张以宁的艺术视野，给了他以新奇的审美感受。

安南即景

龙水南边去，行穿万竹林。羊肠山险尽，蜗角地蟠深。铜柱千年恨，星槎万里心。朝来晴好景，绿树响春禽。

[解读]

首联写行程。二联写安南景物，"羊肠山险尽，蜗角地蟠深"，特征突出。三联怀古咏史。四联写险峻之外，亦有柔美一面："朝来晴好景，绿树响春禽。"此诗言简意深，并写自然风光与社会历史，有很强的概括力。

安南即事

刺竹冈头过乱村，白藤渡口出平原。云南岭尽江光合，林邑潮通海气暄。绿舞稻苗风剪剪，青肥梅子雨昏昏。炎方风物新春异，吟罢长歌击酒尊。

[解读]

描画出安南异于中土的新春美图，诗人不知不觉也陶醉其中，"吟罢长歌击酒尊"矣。

3. 怀古咏史，感时慨今

芜　湖

忠臣解体将离心，一鼓芜湖九鼎沉。遗老尚谈前宋事，惜无人解说王琳。

[解读]

沿途的名胜古迹，大多积淀着厚重的历史、文化内涵，张以宁游览之，生发出怀古、咏史、感时、慨今之情。刚离南京，进入芜湖，他作《芜湖》感慨忠臣爱国之精神，尚有遗老谈起前宋的史事，感慨王琳之故事却无人解说。

过南昌

平生未踏南昌土，垂老经过驾使轺。徐孺洲前花寂寂，滕王阁外草萧萧。瑶台月堕鸾声杳，铁柱云生蜃气销。独喜西山青似旧，升平犹得见新朝。

［解读］

一、二句交代"平生未踏南昌土",而今垂暮之年却以使臣身份经过。三、四句状南昌之景,凸显其最具标志性之处——"徐孺洲前花寂寂""滕王阁外草萧萧"——深秋之特色。五、六句"月堕声杳",云生蜃销,描尽万籁俱寂,雾散云生之情景。七、八句写出次晨青山依旧,犹见新朝的喜悦。百花洲、滕王阁的历史典故,与自然之景,诗人之情融为一体,使写景诗多了点份量。

二十七日晚到万安县,县令冯仲文来问劳。翌日,登岸观故宋贾相秋壑所居故址。左城隍祠,右社稷坛,中为龙溪书院,其后二乔木郁然。云贾相生于此书院,旧甚盛,田多于邑学,今归之官。独旧屋前后二间中,存先圣燕居像,左四公木主。徘徊久之。当宋季年,君臣将相皆非气运方兴者,敌襄樊无策可救,江左人材眇然,无可为者。譬之奕者,不胜其偶,无局不败。是时有识者为崔菊坡、叶西麓,无已,则为文山、李肯斋可也。而痴顽已甚,贪冒富贵,国亡家丧,为千载骂笑。而刻舟求剑者,乃区区议其琐琐之陈迹。悲夫!因赋二绝。如罪其羁留信使之类,皆欲加之罪之辞也(二首)

木绵庵畔瘴云愁,犹恋湖山一壑秋。从道黄粱俱一梦,几人解上五湖舟!

颓垣葛岭草烟中,富贵薰天一霎空。惟有西江精舍旧,至今犹是素王宫。

[解读]

诗题中，"故宋贾相"指南宋奸相贾似道，其卖国罪行败露后，流放循州途中，被郑虎臣锤死于木绵庵。崔菊坡，即崔与之，南宋广东增城人，累官至参知政事、右丞相，居官40多年，多次辞官不许，终隐退，但邑遇兵乱，仍运筹破之，死前上书论立国之本、用人之道。喜菊花，曾题联云："老圃秋容淡，黄花晚节香。"文山，指文天祥。李肯斋，指李芾，南宋衡州人，曾知潭州，敌至城下，誓以死守，城破，命下属杀尽家人，后杀自己，绝不降敌、被俘。诗人肯定崔、叶、文、李这四人在"襄樊无策可救，江左人材眇然"的历史境遇中，为"有识者"；"而痴顽已甚，贪冒富贵，国亡家丧，为千载骂笑"，对痴顽已甚，贪图富贵者予以有力批判。那种认为国亡乃因羁留信使之类，或"区区议其琐琐之陈迹"，皆刻舟求剑者也。表现出进步的历史观。第一首写诗人面对木绵庵生发感慨，从历史故事中悟得人生真谛。诗的大意为：尽管木绵庵畔布满瘴云愁雾，但还是令人爱恋这湖山一壑的秋色秋意。无论是依从正道，还是当官求富贵，都不过是黄粱一梦，有几个人真正懂得登上五湖之舟的真谛呢！第二首发挥富贵乃黄粱一梦，唯孔子儒教得以永恒的主题。指出："颓垣葛岭草烟中，富贵薰天一霎空。"唯有西江的旧书院，至今还供奉先圣之像，是素王宫呀。孔子名号甚多，"素王"是其中一种，孔庙也叫"素王庙"。诗中，儒家文化与荣华富贵、先圣孔夫子与奸相贾似道构成鲜明对比，历史典故与眼前景物融为一体，人生感悟之深与褒贬感情之真高度统一。

焦矶庙

碧殿红棂翠浪间，江风缥渺动烟鬟。神鸡不逐云中去，啼杀清秋月满山。

[解读]

故臣归顺新朝，引起非议。明·谢肇淛《小草斋诗话》云："张以宁以元学士入明，尝过焦矶庙，题诗壁上云：'碧殿红椽翠波间，江风缥缈动烟鬟。神鸡不逐云中去，啼杀清秋月满山。'后再过之，有人改其末句云：'神鸡忍逐他人去，羞杀清秋月满山。'以宁大惭，遂刮去其诗。"实际上，张以宁是出使安南途中，题诗焦矶庙，此后死于安南境内，根本没有第二次去，并刮去他人改诗之举。这种附会，是在讥讽张以宁"事二朝"。清·梁章钜《东南峤外诗话》卷一云："古田（指张以宁——引者）诗固足笼罩一代，而其品则不可无议。"所谓"忠臣不事二主"是陈旧的传统是非观、价值观。以今人视之，殉元者，其实不合时宜；事明者，倒是顺应了历史的发展。当然，从某种意义上说，封建统治者的本质是一样的。当朱元璋认为其政权已获得巩固时，便对"故臣"、前朝名士，予以驱逐，并开了杀戒。

过临江（二首）

江右流芳墨作庄，气雄文古压欧王。平生却为多稽古，忧杀平南狄武襄。

二贤江右起联翩，洙泗支流迥有传。闻说九京英爽在，台章深悔到伊川。

[解读]

《过临江》（二首）怀刘原父、孔文仲诸贤。江右：指江西。墨庄：指藏书、书丛。宋·方岳《此韵叶兄云崖》诗云："以酒为乡墨作庄，崖寒云亦为诗忙。"刘敞（1019—1068），字原父，号公足，临江新喻（今江西新余）人，刘攽之兄，庆历六年（1046）进士，累迁至知制诰，拜翰林学士，改集贤院学士，判南京御史台，曾奉命出使契丹，精通《春秋》；孔文仲（1038—1088），字经父，临江新喻人。长于考据。熙宁中，力证王安石理财训兵之法为非，遂罢官。哲宗时，复起用，擢左谏议大夫，又论青苗、免役诸法，改中书舍人，因劳卒，士大夫哭之皆失声，苏轼抚其枢曰："世方嘉软熟而恶峥嵘，求劲直如吾经父者，今无有也。"　平南狄武襄：指狄青平定越南依智高叛乱事。狄青，宋名臣，曾任枢密使，嘉祐七年（1062），追赠为狄武襄。皇祐四年（1052），越南依智高陷邕州，围广州，狄青平定之。洙泗：古时二水自今山东泗水县北合流而下，至曲阜北又分流，洙水在北，泗水在南。孔子曾在洙泗之间聚徒讲学。　九京：即九原，春秋时晋大夫的墓地，后泛指墓地，犹九泉、地下。　台章：此处借指范仲淹，他曾任监察官。伊川县位于河南洛阳附近，范仲淹逝于徐州，葬于伊川万安山。

弄清了上述知识点，此诗大意不难明白。此诗意思显豁，都是直书其事，直咏其人。二诗怀江西诸贤。第一首前二句盛赞江西人才辈出，流芳百世，藏书之多，可作村庄，气雄文古压过欧阳修、王安石。后二句咏刘敞、孔文仲。刘敞出使过契丹，张以宁现出使安南，二人经历相似；刘精研《春秋》，张以《春秋》登进士第，亦长考证，撰《春秋春王正月考》，考证春秋时正月，商周时为二月，后为学界普遍认可。孔学问渊博，擅长考据，曾引经据典，批驳王安石新法，张亦学问渊博，元时呼为"小张学士"，老来更笃，张与二人学识、志趣相似。因此，张对刘、孔二人特感亲切，夸孔平生稽古，力证王安石诸法为非，其功可忧杀平定安南的狄武襄。第二首言刘敞、孔文仲皆为江西临江新喻人，"二贤江右起联翩"，虽非孔子嫡传，却亦是"洙泗支流"有所传。听说这里刘原父、孔文仲的墓地英爽之气长在，范仲淹也会深深后悔埋葬到伊川。狄青与范仲淹无论功绩、名气都大大超过刘原父及孔文仲，但此诗却反过来说狄、范都会钦羡刘、孔，以此映衬刘、孔。

予少年磊隗，负气诵稼轩辛先生郁孤台旧赋菩萨蛮，尝慨然流涕。岁庚辰，过铅山先生神道前有诗云云，见南归纪行稿。后会赣州黄教授请赋郁孤台诗，复作近体八句，亡其旧稿。因念功名制于数定，材杰例与时乖，自昔不遇若先生者，盖亦多矣。然犹惜其未能知时、审己，恬于静退，几以斜阳烟柳之词，陷于种豆南山之祸。今二十九年矣。舟过是台，细雨闭篷静坐，忽忆旧诗，因录于此，见百念灰冷衰老甚矣云

郁孤台前双玉虹，一杯遥此酬英雄。风云有恨古人老，天地无情流水东。精卫飞沉沧海上，鹧鸪啼断晚山中。清江不管人间事，烟雨年年属钓翁。

[解读]

郁孤台，在赣州市北贺兰山顶，以山势高埠，郁然孤峙而得名。辛弃疾当年作《菩萨蛮》词咏郁孤台。张以宁此诗题目颇长，概括了他读辛弃疾《菩萨蛮》词、自己创作以郁孤台为主题的诗作的情况：少年磊隗负气，诵辛词曾慨然流涕；庚辰（1340）过铅山辛稼轩神道前有诗，见《南归纪行稿》。此诗题为

《过辛稼轩神道吊以诗》，云："英雄已尽中原泪，臣主原无北渡心。"赞叹辛弃疾爱国精神，谴责南宋统治者无北伐之心，致使南北长期对峙共存；后赣州黄教授请赋郁孤台诗，复作近体八句，亡其旧稿。由此引发感慨："功名制于数定，材杰例与时乖，自昔不遇若先生者，盖亦多矣"，"惜其未能知时审己，恬于静退"，几以"斜阳烟柳"之词，陷于"种豆南山"之祸。辛词《摸鱼儿》末尾云："闲愁最苦，休去倚危阑，斜阳正在，烟柳断肠处。"陶潜《归园田居》其三云"种豆南山下"，"但使愿无违"。张以宁此处之意为：辛稼轩几乎因为"斜阳烟柳""闲愁最苦"之词，陷于陶渊明式"种豆南山"，归隐园林之处境。从庚辰至今，已29年，即洪武二年（1369）。这是写作此诗的背景。触发写作此诗的近因是：舟过是台，细雨闭篷静坐，忽然回忆起应赣州黄教授之请所赋郁孤台诗，因录于此。流露出"百念灰冷，衰老甚矣"的情绪。首联写郁孤台前，一杯遥祭英雄辛稼轩。次联抒发感慨："风云有恨古人老，天地无情流水东。"感情悲壮。三联悲壮之情更加深沉：精卫衔木填海，壮志凌云，身子却飞沉沧海，鹧鸪啼声何等悲哀，哀声啼断晚山之中。尾联继续抒发感慨：人间之事如此悲苦，而"清江不管人间事，烟雨年年属钓翁"。以清江之无知无觉，反衬人间历史的悲壮、无奈。全诗立意高远，情感深挚。此诗妙处还在于紧扣郁孤台、辛稼轩，却拓展、发挥了辛词的内涵。

晚到韶州

云断苍梧隔九嶷，九成台畔草离离。山中不是无韶石，千载何由起后夔？

[解读]

韶州：今广东韶关一带与湘、赣接壤处。　　九成台：遗址在今韶关市城西。《舆地纪胜》卷九十《韶州》：九成台"在州衙，狄咸建，东坡书且铭焉"，旧名闻韶台，宋建中靖国元年（1101）苏轼遇赦北归，苏坚（字伯固）特来迎接，郡守狄咸延饮台上。伯固引《尚书》"箫韶九成，凤凰来仪"句，谓舜南巡奏乐于此台，宜名九成。轼即席为铭，自书刻石台上，后以元祐党事，碑毁台圮。　　韶石：山岩石，在广东曲江县，传说舜游登此石奏《韶》乐，因名。　　后夔：舜臣，掌乐之官。

首句言舜南巡之死。二句谓如今九成台畔草离离，令人油然而生历史沧桑感。三句言山中不是没有韶石。四句谓一千年来为什么兴起、流传《韶》乐呢？暗寓《韶》乐意义重大、影响长远。韶乐是中国宫廷音乐中等级最高、运用最久的雅乐，由它所产生的思想道德典范和文化艺术形式，一直影响着中国的古代文明，韶乐因而被誉为"中华第一乐章"。

帝舜庙

姚江禹穴会稽东，少日登临一梦中。白发南来身万里，欲登韶石和薰风。

[解读]

姚江禹穴会稽东：夏禹葬地。禹巡狩至会稽而崩，因葬焉。

一、二句写诗人年轻时曾游姚江，登会稽山，拜谒禹穴。三、四句写如今白发奉使南来于万里之外，欲登韶石而缅怀舜之德，和其《南风歌》（《南薰曲》）。

张文献祠

儿时长诵八哀诗，遗诰相传自昔时。空料白头祠下拜，曲江烟雨读唐碑。

［解读］

张九龄：谥号文献，韶州曲江人。唐玄宗时著名宰相、诗人。其祠始建于韶州，后遍布各地。 八哀诗：杜甫作，伤悼八人，张九龄乃其一。皆叹旧怀贤之作。 唐碑：唐岭南节度使、书法家徐浩撰《神道碑》，即杜甫《故右仆射相国张公九龄诗碑》。

一、二句写儿时长诵杜甫的《八哀诗》，张九龄的遗书从昔时流传至今。三、四句写想不到自己白头时在其祠下拜谒，于曲江烟雨中恭读唐时所刻颂扬张贤相之神道碑。

余襄公祠

名在东京四谏官，曲江日照寸心丹。只今遗庙年年祭，可是功名久远看。

［解读］

余靖（1000—1064）：本名余希古，字安道，号武溪，韶州曲江（今广东省韶关市）人。北宋政治家，"庆历四谏官"之一。天圣二年（1024）进士，历任集贤校理、右正言，出使契丹，还任知制诰、史馆修撰，出任桂州知府、集贤院学士、广西体量安抚使，以尚书左丞知广州，后任工部尚书；病逝于江宁，追赠刑部尚书，谥号襄，被尊称为"余忠襄公"。一生为国家竭智尽忠，建策匡时，抚民治吏，三使契丹，两平蛮寇，光辉业绩彪炳青史，动人风采流芳百世。与余靖同朝为官的蔡襄赞其"好竭谋猷居帝右，直须风采动朝端"，宋仁宗御笔亲题"风采第一，广南定乱，经略无双"。著有《武溪集》二十卷。余襄公祠在今广东开平市。

首句从余靖众多功绩中拈出其突出的直谏，回顾其作为北宋"庆历四谏官"之一的荣誉。二句颂其对国家忠心耿耿。三、四句言人们年年祭祀余襄公祠，其功名长留青史，万众以之为楷模。

峡山寺僧慧愚溪邀观壁间旧题，因诵宋廖知县一律，有云"猿弃玉环归后洞，犀拖金锁占前湾"。予谓其切实，类唐许浑，赋以继之

瘴岭风烟势渐开，喜寻筇竹步莓苔。江环列嶂天中起，峡坼流泉地底回。灵鹫飞来苍磴老，怪猿啼去白云哀。轩辕帝子应犹在，为奠南华茗一杯。

[解读]

峡山寺僧邀张以宁参观寺壁间旧题，因诵宋廖知县一律云"猿弃玉环归后洞，犀拖金锁占前湾"，张为其触动，写了这首诗。大意为：瘴气渐开时，我喜寻竹杖，走在布满莓苔的山路上，只见江流环绕，群峰岿然挺立于天空之中，山峡劈开了流泉，水如在地底回旋。灵鹫飞来，映衬着苍黑的石阶，显得更加古老，怪猿啼去，连白云都能感受啼声的哀伤。那轩辕帝子庙应该还在，华南此行我将用一杯香茗祭奠他。诗中，江为动，嶂为静，峡为静，泉为动，静景与动景紧密联系，化静为动。鹫、猿有生命，磴、云无生命，二者紧密联系，无生命变成有生命。动感极强，充满张力。江、嶂、峡、泉、天、地、鹫、磴、猿、云这些无生命、有生命自然之物都有了人的感受、感情，全诗情景交融，诗的感情基调为喜中带哀，颇为凝重。正是在这样的氛围中表达了对轩辕帝子的崇敬之情。

封川县次韵典簿牛士良

记取今年重九日，封川水驿挂帆过。秋风岭外黄花少，暮雨尊前白发多。起接野僧谈梵典，卧听溪子和蛮歌。少游款段成何事？至竟男儿是伏波。

[解读]

少游：指马援从弟马少游。　款段：指款段马。"少游款段成何事，至竟男儿是伏波"，用马援"泽车款段"典。《东观汉记·马援》：马援击交趾，从容谓官属曰："吾从弟少游尝哀吾慷慨多大志，曰：'士生一世，但取衣食裁足，乘下泽车，骑款段马，为郡掾吏，守坟墓，乡里称为善人，斯可矣。致乐盈余，当自共耳。'当吾在浪泊、西里、乌间虏未灭时，下潦上雾，毒气薰蒸，仰视乌鸢跕跕堕水中，卧念少游平生时语，何可得也！"

船到封川县，写是诗。首联点明时间、地点。颔联写景及人："秋风岭外黄花少。"暮雨中，酒樽前，自己的白发何其多。颈联写自己的活动："起接野僧谈梵典，卧听溪子和蛮歌。"尾联写感慨：马少游满足于"乘下泽车，骑款段马"，能成什么事！诗人认为，终究称得上男儿的是伏波将军！伏波将军是古代对将军能力的一种封号。伏波，意为降伏波涛。历史上有多位伏波将军。第一位伏波将军是汉武帝时的路博德，时南越王发动叛乱，汉武帝任命路博德为伏波将军，荡平叛乱，汉在南越地区置儋耳、南海、苍梧、交趾等九郡，终西汉二百余年，伏波将军仅此一人。最著名的伏波将军是东汉光武帝时的马援，时交趾郡叛乱，自立为王，光武帝拜马援为伏波将军，发万余兵平之。在此，诗人以伏波将军自许，表示烈士暮年，壮心不减，此去安南，必功成名就。

梧州即景 剑光乃汉赵佗埋剑之所。司空张华、博望侯张骞，皆吾家故事，今借用之

苍梧南去近天涯，六士三陈昔此家。水合牂江通涨海，山来桂岭接长沙。祥光夜认司空剑，爽气秋迎博望槎。拟欲朗吟亭上客，春风归看碧桃花。

[**解读**]

张以宁诗不仅长于白描，而且精于用典。总体而言，较少用典，用则妥贴、工巧、精当。此诗用典较集中，全诗连用"六士三陈昔此家"、赵佗埋龙精宝剑于梧州火山、晋张华辨认祥光找到它、博望侯张骞出使西域凯旋而归、吕洞宾饮酒吟诗岳阳君山等五个典故，尽情抒写了渴望不辱使命，建功立业的豪情。"六士"指汉代士燮兄弟父子六人。士燮，苍梧广信人，任交趾太守40年，其兄弟父子均为南越诸郡太守。"三陈"即汉时陈钦、陈元、陈坚卿祖孙三人，均为著名经学家，众多学者千里慕名而至，使苍梧广信成为学术交流中心，有"经学远在苍梧"之说。传说苍梧王赵光曾将南越王赵佗所赠龙精宝剑埋于梧州火山，晋代张华辨识其光亮，找到它。朗吟亭始建于北宋，在岳阳君山，相传吕洞宾曾于此饮酒吟诗，诗云："朝游百粤暮苍梧，袖里青蛇胆气粗。三醉岳阳人不识，朗吟飞过洞庭湖。"青蛇，剑名。

所用典故都与梧州有关，都是为实现理想，获得成功的范例，都化为意象，融入意境。故用典贴切而精妙。全诗大意为：苍梧南去，几近天涯，这里是名门望族"六士三陈"的故乡。此间水路，上与贵州牂柯江会合，下通大海汪洋，山势蜿蜒，桂岭与长沙直接相连。我多想如同张华，辨认祥光，找到赵佗埋于梧州火山的龙精宝剑，多想如同博望侯张骞出使西域那样，于秋高气爽之际，船抵交趾，受到欢迎。我想成为朗吟亭上客，待明年，春风吹拂，归来观赏碧桃花盛开怒放。

乌岩滩马伏波祠

乌岩江上古祠宫，传是征南矍铄翁。丹荔黄蕉长盛祭，绿沉金锁尚英风。滩声夜带军声壮，岚气秋随剑气空。莫羡少游乡里好，封侯庙食丈夫雄。

[解读]

乌岩滩：即乌蛮滩，马伏波祠在今广西横县县城横州镇与贵港之间的郁江之畔。马援56岁时受拜伏波将军，奉诏南征交趾，两年后平息动乱。后人在马援帅帐旧址建祠祭祀之。此诗推崇爱国英雄"封侯庙食丈夫雄"之精神。

次韵士良子毅登雷破岩刘大王庙唱酬

纸挂高枝湿暝烟，乞灵多是往来船。雷轰古石犹遗迹，雨湿荒祠不记年。护羽翠禽低隐竹，摇花白苇远粘天。封侯万里吾今老，早办扁舟别计然。

[解读]

雷破岩刘大王庙：雷破岩在广西南宁城东三十里，石崖如壁，下有刘大王庙。

首联写"纸挂高枝湿暝烟"，用此仪式乞灵的，多是往来的船只。次联写"雷轰古石犹遗迹，雨湿荒祠不记年"，历史印记还在。三联写雷破岩刘大王庙周围景色：护羽翠禽低低地隐藏在竹丛，摇花白苇远远地粘贴在天空。末联写万里封侯我已经老了，还是早办扁舟做别的打算吧。此诗流露告老回乡的念头。二诗表现出昂扬与消沉、渴望建功立业与年迈归隐相互矛盾的复杂感情。

过临江望合皂山

合皂山青琐夕霏，仙翁旧馆尚依稀。归来倘似辽东鹤，愁杀千年老令威。

[解读]

有些诗把描画自然风光与阐发神话传说的内涵紧密结合起来。合皂山，位于江西清江县（今属樟树市）东南，以山形如合、山色如皂而得名。为道教灵宝派祖山。灵宝派称其祖师葛玄在游历诸名山后，最终于合皂山东峰卧云庵炼丹、成道。又传晋代辽东丁令威在合皂山修真得道后，化作白鹤飞回故乡。后用来表示思乡情切，久别重归之意。此诗一、二句写远望合皂山：山色青翠，夕霏缭绕，仙翁们居住、修炼的旧时馆舍还依稀可见。三、四句借典故，表达思归心切。意为：从安南归来，若能像丁令威乘白鹤归辽东那样，我会飞得更快，会愁杀千年前的老仙翁。刚要去，就想着回来，而且要飞得比神仙还快，那思归的心情多么急切呀！

4. 念亲思友，情深意重

吉水县违新淦二十里滨江一带皆丹山无草木因忆予乡云

文江佳处似吾家，碧水丹山映白沙。误喜霞洲归路近，不知南去尚天涯。

[解读]

写船行文江，其佳美之处，碧水丹山映白沙。极似诗人家乡福建武夷山。诗人误喜回到福州苍霞洲的归路已近，不知南去之安南尚在遥远的天涯。此诗表现诗人对家乡的思念与热爱。

予使日南道吉安府主来访舟中，命医者王本达馈以善药，时予困于秋暑，心目为之豁然，感其意走笔为赋长句以赠

青原之山白鹭洲，清淑所产多名流。诗书岂惟继冠带，方技亦复传箕裘。王郎肘后富奇术，族医如林谁与俦？成林树杏光炫昼，凿井种橘清涵秋。自言家传十二世，奇疾遇之俱有瘳。我持英荡使交州，秋暑作梗停吾舟。舟中拜谒馈善药，令我醒心宽百忧。桄榔椰叶蛮溪稠，飞鸢跕跕天南陬。劝加餐饭慎自宝，临分好意殊绸缪。明年岭梅青豆小，候我归棹春江头。濡毫为作宋清传，使尔不朽名长留。

[解读]

头四句写白鹭洲多产名流，不仅诗书冠带，而且方技亦复传箕裘。入题快，不拖沓。次四句简介其行医成就，夸他"富奇术"，"谁与俦？"树杏种橘，培养了许多医生，治病救人。再二句转述王本达医师的自我介绍：医术"家传十二世"，奇疾俱能救治。再四句写我奉命出使安南，秋暑作梗，只好停舟疗养，吉安府主令王郎登舟馈药，"令我醒心宽百忧"。再四句写他要我注意适应蛮荒之地的环境，服水土，加餐饭，慎自保，临别好意绸缪。后四句写他明年候我归棹春江头。我濡毫为作名医宋清的传记，使他不朽名长留。以宋清喻王本达，用写诗表示谢意，足见张以宁善良和善，以德报德。诗的叙事性强，描写简练生动。

有竹诗为张伯起子玄略作

我昔对策大明宫，骑马躞蹀行春风。万花园亭会乡里，曾拜君家有竹翁。翁时中年我差少，同姓同乡复同调。酥茶清美酪酒浓，倒意倾情共谈笑。翁住剑津之上游，我家鸣玉溪水头。故山青琅动万个，相约老去营菟裘。翁向滕州我淮县，四十年间两鸿燕。忧葵空复寸心同，宿草宁期双泪泫？桄榔叶碧邕江清，见翁令子难为情。卷中恍觌此君面，爽气尚与秋峥嵘。闽山萧索飞寒燐，乔木故家几欲尽。有竹有竹今何如？伤心久断平安信。吾乡海上三神山，翁今弭节于其间。令威来归想愁绝，节上冥冥都成斑。两江信美非吾土，子母少留还竹所。明年倘许乞悬车，共斫长竿钓烟渚。

[解读]

此诗写给同乡好友张伯起的儿子玄略。诗人与张伯起"同姓同乡复同调",两人情谊深厚,"酥茶清美酪酒浓,倒意倾情共谈笑";志向相同,"相约老去营苑裘";但两人聚少别多,"翁向滕州我淮县,四十年间两鸿燕",唯有"忧葵"寸心同。如今见到其子,情何以堪?读其诗卷,恍若睹君之面,君之"爽气尚与秋峥嵘",闽山萧索,故家几尽,有竹翁伯起今何如?"伤心久断平安信"。与君约定:"明年倘许乞悬车,共斫长竿钓烟渚",再次吐露归隐之心愿。

别胡长之

我家玉溪溪上头,流萍南北四十秋。闽中故人稀会面,乃见二妙岭外之炎洲。吾宗玄略佳公子,翠竹鸾停世其美。长之材名与之匹,三胡诸孙固应尔。我持使节安南行,忽逢联璧双眼明。建武驿中饮我酒,一笑万里蛮烟清。桂花榕叶天涯雨,把臂谈诗喜欲舞。虚名误我走俗尘,满意看君听乡语。敝庐荒垄狐兔盈,每一念至几无生。君乘长风破巨浪,功成即为吾乡荣。邕江东流日千里,明年不归如此水。锦衣行昼倘先予,为报音书万山里。

[解读]

故乡,令张以宁魂牵梦萦,"流萍南北四十秋","闽中故人稀会面"。然而,却在岭外炎州,赴安南途中,先后忽遇两位故乡人。一位是老友张伯起之子玄略,张以宁作《有竹诗为张伯起子玄略作》纪之。另一位是胡长之。"我持使节安南行,忽逢联璧双眼明",张以宁喜出望外,盛情款待胡长之,"建武驿中饮我酒，一笑万里蛮烟清。桂花榕叶天涯雨，把臂谈诗喜欲舞"。张以宁时常后悔"虚名误我走俗尘"，羁留官场，致使故乡的老屋几近凋敝，"敝庐荒垄狐兔盈，每一念至几无生"。眼下，见到故乡人，听到乡音，已很满意，诗人希望胡长之早日功成名就，"为报音书万山里"。此诗抒写了深挚的思乡之情。

舟中睹物忆亡儿烜（四首）

误我虚名已白头，可怜望汝绍箕裘。乌牛舐犊斜阳里，忽见潸然老泪流。

海内名人尽望渠，岂知意广却才疏。老来只愿儿痴钝，解种先畴读父书。

别时叮嘱忍能忘？忆着潺湲泪万行。复恐老年悲太甚，痛来无奈骂疏狂。

草深北岭暗寒烟，白骨无人瘗九泉。留得虚名诗满箧，可怜乱后落谁边？

[解读]

旅况之中格外思念亲人，此乃人之常情。亡儿烜始终是张以宁心头挥之不去的浓重阴影。张以宁长子烜能诗善文，父子之间常诗词唱和。《翠屏集》收张以宁写给烜的诗多首：《途中次子烜韵》《过漳州答子烜和韵》《子烜买红酒》等。而今烜儿亡故多年，虚名误人，总是望子成龙。现在老了，后悔让烜儿过于刻苦攻读，"老来只愿儿痴钝，解种先畴读父书"，想起烜儿，悲痛异常，"乌牛舐犊斜阳里，忽见潸然老泪流"，后悔自己追求虚名，"留得虚名诗满箧，可怜乱后落谁边"？

南昌行省迓至驿舍，同安南使宴于省厅，参政京口滕弘有诗，次韵答之

缇骑传呼出近郊，宠临公馆馈烝殽。衰龄愧选光华使，盛礼欣逢道义交。剑倚西风明左竹，旗开南雾导前茅。春归江右重相见，欲结云松此地巢。

[解读]

张以宁思念友人，显露真情。途中，官员迎送，张以宁难免有应酬之作。此诗写南昌行省在驿舍设宴款待张以宁一行，张深感欣慰。"衰龄愧选光华使，盛礼欣逢道义交"，二句即其心情写照。"剑倚西风"，"旗开南雾"，诗人充满完成使命的信心，欣慰之情张扬成一腔豪气。待到"春归江右重相见"，诗人欲结巢此地养老，表露对南昌人情、胜景的赞许。

万安邑令冯仲文家全椒，与予旧识，鲍仲华提举有瓜葛之好，倾盖情亲，恋恋有故人意，君渡江旧人，有惠政，得民心

万安县前小驻船，逢人尽说令君贤。风云沛邑今几载？冰雪鲁山经五年。墨绶近民心乐易，绨袍赠我意缠绵。御屏风上书名姓，即见紫泥下日边。

[解读]

写船在万安县前小驻，听到人人尽说邑令冯仲文贤能，诗人十分高兴，表达了为官要"有惠政，得民心"的吏治思想。诗末祝愿冯前程远大。诗路脉络为：首联，闻说；颔联，回忆；颈联，相见；结联，预祝。

遇故人胡居敬临江府送至新淦（三首）

共酌檐花细雨前，凄然重见此江边。停舟莫怪难为别，能几人生二十年？

翠竹苍松映白沙，清江西畔是君家。明年归路重相问，分食东陵五色瓜。

早逐浮荣老未归，便归生事已全非。人生只合藏名姓，白首青山一布衣。

[解读]

旅途中遇见老朋友，已是人生一大乐事。而老朋友又送了自己好长一段路，那更令人感动。张以宁在临江府遇见故人胡居敬，他一路送张到新淦县，张以宁感触良深，作此三首，不仅写友情，写相逢，写离别，而且写人生感悟。第一首：回忆当年"共酌檐花细雨前"的情景，不意在此江边凄然重见。停舟莫怪难以分别，人生能有几个 20 年？凄然重见、依依不舍再离别，感慨人生短促，种种复杂的感情交织在诗人的心头。第二首：从眼前清江西畔，"翠竹苍松映白沙"的胡居敬家，写到明年归来一起"分食东陵五色瓜"的企盼，感情较为平静。这里，融进一个典故。史载，秦东陵侯召平秦破后为布衣，种瓜于长安城东。瓜有五色，甚美，称为"东陵瓜"。唐·骆宾王《夏日游德州赠高四》诗云："一顷南山豆，五色东陵瓜。"张用此典故别无深意，无须作更多索解。第三首：直言"早逐浮荣"，离家久远，老且未归，即便归去，家乡的人情世事"已全非"。因而感慨系之，颇有悔意。痛切感悟："人生只合藏名姓，白首青山一布衣。"归隐是张以宁夙愿，却始终未能实现。

怀故人邓南皋

夕阳独立楚江边，不见南皋二十年。欲寄平安无处问，津头风急起官船。

[解读]

路上有时会怀念新朋旧友。《怀故人邓南皋》写诗人独立于夕阳下楚江边，不见故人邓南皋已20年。想要寄封信报平安却无处问他的住址，渡口风急，乘坐的官船就要起帆离开这个地方。全诗明白如话，把怀念故人邓南皋的感情和盘托出。

南康驿丞王珪文玉尝逮事故郎中颜希古求诗为走笔书一绝

芙蓉江上晓维舟，雨洗波光碧玉秋。来岁维舟应忆汝，春风杜若满芳洲。

[解读]

一、二句写秋景：江晓系舟，雨洗波光，宛若一幅水墨画；

三、四句言情：来岁停船，会挂念对方，那时，春风吹绽了杜若花，开满芳洲。有人求诗，张以宁"走笔书一绝"，这种应酬之作，却写得情真意切，景物也被勾画得十分美好，表明张对人真诚，又，诗艺圆熟，信笔书来，亦为佳作。

立冬舟中即事（二首）

一滩一滩复一滩，轻舟荡桨上曾湍。三秋岭外雨全少，十月邕南天未寒。露岸苇花明白羽，风林橘子动金丸。如何连夜还乡梦，不怕关山行路难？

我家溪上白柴扉，久别儿时旧钓矶。兵后故庐悲茂草，梦中慈母念单衣。千年汗竹何多错？万里浮萍未暂归。伫立悲风挥血泪，此身元不为轻肥。

[解读]

第一首首联写行程：一滩又一滩，轻舟破浪行。节奏轻快。二联写岭南晚秋初冬气候：少雨未寒。气候宜人。三联写岭南沿岸风光：芦花白羽，橘子金黄。景色优美。末联写连夜还乡梦，不怕关山行路难。思乡情切。第二首首联回忆久别的故乡住房与儿时的钓鱼之处。二联写故乡遭兵乱洗劫，只有故庐悲茂草了，梦中慈母身着单衣正挂念我这远行的游子。慈母早已病逝，70岁的张以宁还在梦中对她念念不忘，何其孝也！三联感慨：千年青史为何有这么多错误，我这浮萍漂泊于万里之外未能暂归故里。尾联写自己伫立于悲风中挥洒着血泪，此身原不是为了做官谋取名利呀。暗含"难道我错了吗？"之意。思乡念亲的感情如此深重，令人读之悲怆不已。

广州赠温陵龚景清乡人

家住三神海上峰，秋风同听禁城钟。离居自喜乡音好，别去长悲客意重。双鲤水寒难远寄，五羊城晚忽相逢。来春此地重携手，共采仙蒲花紫茸。

[解读]

在广州，他意外地遇见泉州老朋友龚景清，喜而作《广州赠温陵龚景清乡人》。回忆当年在京城大都"秋风同听禁城钟""离居自喜乡音好"的情景，分别之后，"双鲤水寒难远寄"，而今日"五羊城晚忽相逢"，那种他乡遇故知的兴奋之情何等浓重。他期盼"来春此地重携手"，共采鲜花话友情。诗中称温陵（泉州）人为"乡人"，闽南话为"乡音"。于千里之外，听到闽南话，也就听到了乡音。张以宁视八闽之人为乡人。福州话与闽南话、闽北话、闽东话同属闽方言，也有相同相近之处。张以宁在宁德师从韩信同五年，韩是宁德人，其教学主要用宁德话，宁德话与古田话区别甚大，张以宁需先过"方言关"，于此训练了他对听、讲其他方言的能力。张以宁曾应邀到泉州参加雅集，与闽南诗人交流，他听得懂闽南话，也会说闽南话。

代简周幹臣广东参政（二首）

马人龙户集衙时，篁竹风清化日迟。海角亭中官事了，昼帘小草写新诗。

眼昏头白尚天涯，恋阙心劳不忆家。何日五羊江上驿，一尊
同对刺桐花？

［解读］

第一首写官事了时，"昼帘小草写新诗"，享有短暂悠闲。第
二首写"眼昏头白尚天涯，恋阙心劳不忆家"的劳碌和早日完成
任务，与友人相聚的期盼。

次韵罗复仁编修

棹歌声起洱河滨，君着先鞭我后尘。山上安山犹远使，客中
送客是愁人。心随初日葵花转，眼看薰风荔子新。细数归期同把
酒，龙江梅信定先春。

［解读］

表达"心随初日葵花转"，对明王朝的忠诚，不辱使命，"归
期同把酒"，龙江定先春的信念。

5. 配合默契，诗词唱和

南雄即事次牛士良韵

行尽梅关不见梅，凌江南起画屏开。山连桂广迢遥去，水合
浈昌浩荡来。秋冷岭云收薄瘴，时清溪雨应余哀。吾家相国祠堂
在，明日临风酹一杯。

［解读］

张以宁出使安南，与副使牛士良配合默契，两人结下深厚友

谊，一路上诗词唱和不断。

《南雄即事次牛士良韵》写行尽梅关不见梅，或者有些遗憾，但江景美丽，宛若画屏张开，山峰相连，迢遥远去接桂广，众水浩荡奔来，会合于浈昌，颇为壮观。"秋冷岭云收薄瘴，时清溪雨应余哀"，景色毕竟有些凄清。然而想到张相国祠堂就在此地，明日将前往吊祭，精神未免为之一震？在欣赏诗人对景物的生动描写时，可否想象诗人感情随景物变换而变化？

平圃驿中秋玩月用牛士良韵

平圃驿前端正月，金鳞万叠水光开。婵娟几见他乡共，老大宁期此地来。星汉夜摇旗影动，江山秋入笛声哀。病夫懒坐那禁酒？喜看频倾举玉杯。

[解读]

诗人弃舟入住平圃驿，中秋赏月，用牛士良韵，写下《平圃驿中秋玩月用牛士良韵》诗。十五月圆，月光洒落水面，似金鳞万叠，一片光亮。故乡之月、江淮之月、大都之月、金陵之月，诗人不知赏过多少遍，想不到年纪老大了，却来到此地，于他乡共赏此月，不免感慨系之。夜空星移斗转，地上旗影晃动，江山入秋，笛声哀怨，自己这个病夫，懒坐月下，哪能多喝酒？还是"喜看频倾举玉杯"吧。写出驿中旅况赏月饮酒，颇为闲适的一面。

舜庙诗次韵牛士良

苍梧落日百灵悲，韶石清风万代思。洪水一从咨禹后，深山几见避秦时。鸟耘历历传遗迹，鸡卜纷纷异俗祠。白发舜弦峰下路，老儒独咏卿云诗。

[解读]

这首咏史诗，由瞻仰舜庙生发开去，诗意几经转折。首联写舜造福于民，他的离去，令百姓悲痛，为万代思慕、敬仰，歌颂舜的丰功。亦歌颂大禹治水的伟绩。次联呈一大转折：大禹之后，战乱频仍，"深山几见避秦时"。三联又一转折：化用成语"象耕鸟耘"，意"舜葬苍梧，象为之耕；禹葬会稽，鸟为之耘"，谓古代鸟耘的遗迹如今还历历在目。"鸡卜纷纷异俗祠"，传粤人信鬼，以鸡首、鸡卵占卜，此卜法与用龟、草的有异。从历史传说和占卜风俗两个方面表现苍梧之舜庙不同于中原，但祭祀舜、禹的本意是一致的。最后二句，再一转折：在舜弦峰下的小路上，只有老儒（指诗人）独咏"卿云诗"，即古代之《卿云歌》，乃舜禅位禹时百官和舜帝所同唱之《卿云歌》。紧扣主旨。

牛士良惠诗，既倚歌以和，仍赋长句一篇以答之

忆昔千步廊间住，起听胪传禁门曙。甲午科中看大魁，奇章公后闻芳誉。掉鞅天街笑语同，谭文雪屋过从屡。云龙上下许相逐，鸿燕参差那再遇？倏逢令侄在金陵，还与老夫同玉署。紫泥忽自天上来，英荡偕从日南去。画鹢秋飞江面风，蓝舆晓湿关头雾。广州西下望珠浦，邕管南边过铜柱。槿花红照瘴雨山，椰叶翠暗蛮烟路。嗷嗷长念雁回边，跕跕遥怜鸢堕处。自嗟老愧希古心，每羡才堪济时具。佐宣德意示怀柔，劝涉炎荒慎将护。襄荷先备蛊气侵，薏苡仍戒流言污。已欣婉画起迁疏，更喜清诗慰迟

暮。来春庾岭及晚梅,到日新洲采芳杜。君上王维应制篇,我寻平子归田赋。金銮寓直倘所思,好倩双鱼传尺素。

[**解读**]

牛谅:字士良,山东东平人,明诗文家、书画家。元末流寓吴兴(今浙江湖州吴兴区)。洪武元年(1368),举秀才,为翰林典簿。与张以宁出使安南,还。六年(1373)起,三次升迁,从工部员外郎、礼部侍郎直至礼部尚书。更定释奠及大祀分献礼,与詹同等议省牲、冠服。御史答禄与权请祀三皇。太祖下其议礼官,并命考历代帝王有功德者庙祀之。七年(1375)正月,谅奏:三皇立庙京师,春秋致祭。汉、唐以下,就陵立庙。帝为更定行之,亦详《礼志》。工诗,长于书法,善画梅花。著有《尚友斋集》。生平事迹见《明史》卷一三六。

出使安南,张以宁与副使牛士良配合默契,友谊深厚,一路上诗词唱和不断。张以宁写《南雄即事次牛士良韵》《平圃驿中秋玩月用牛士良韵》《舜庙诗次韵牛士良》《牛士良惠诗,既倚歌以和,仍赋长句一篇以答之》《封川县次韵典簿牛士良》《次韵士良子毅登雷破岩刘大王庙唱酬》《情事未申视息宇内劬劳之旦哀痛倍深悲歌以继恸哭所谓情见乎辞云尔呈阇初阳天使牛士良典簿》。

此诗前十句"忆昔",二人平时友谊颇笃。如同住千步廊、起听胪传、天街同笑语、谈文过从屡、同在翰林院为同事。次十句写现在,奉命同往安南,路途艰难。再次八句自嗟老愧,羡慕牛君济世才具,辅佐自己宣示皇帝的德意,以怀柔政策,抚慰炎方,防备蛊气,仍戒流言,起护卫作用。末六句展视未来。等完成使命后,"君上王维应制篇,我寻平子归田赋"。虽身处朝野,还能尺素频传，保持友谊。可惜张死于任上，未来动人之一幕，未能呈现。

情事未申，视息宇内，劬劳之旦，哀痛倍深，悲歌以继恸哭，所谓情见乎辞云尔，呈阁初阳天使牛士良典簿

一身绝域已凄然，三处离居更可怜。中岁恨孤蓬矢志，暮龄忍诵蓼莪篇。愁深鸢堕蛮溪外，梦断鹃啼宰树边。悔不阿奴长在侧，尽情家祭过年年。

[**解读**]

张以宁出使安南诗大多充满昂扬之气。这是少数写得最为哀痛的诗篇之一。另一首《有感》云："马首桓州又懿州，朔风秋冷黑貂裘。可怜吹得头如雪，更上安南万里舟。"亦流露悲愁情绪。

此诗自注云："老亲未即土，二寡妇携孤儿在闽，十口在金陵，皆贫困。一子与妇在松江，与安南为四处，何以堪此境也！"所言家庭境遇十分悲惨，展现了一个高官"何以堪此境也"的内心世界。首联倾诉内心哀痛的原因：只身处于安南绝域已很凄然，而一家人三处离居更见可怜。颔联继续以自己半生遭际，诉说哀痛原因：中年恨失父母，也失去报效国家的蓬矢之志，诗人丁内忧守制三年后未能获得朝廷任用，流落江淮十年。暮龄还要忍痛诵读不能终养父母的悲哀之诗《蓼莪》篇。颈联描述哀痛的情状：沉浸在深深哀愁之中，犹如老鹰飞翔受挫坠落于蛮溪之外，难再振奋；人生之梦、团圆之梦都难实现，哀愁宛若杜鹃啼血于坟旁风水树边。尾联写自己的悔意与曾有的心愿：悔当初自己未能与三个异母兄长常在身边，年年家祭都能尽情度过。这一普通百姓都能做到的事，自己却永远做不到了。怎能不悲歌以继恸哭呢?!

牛谅是陪伴张以宁走完人生最后时光的人。洪武三年（1370）五月四日，张以宁病逝于临清驿馆，逝前作《自挽》。牛谅是接受张以宁托付，保管其绝笔的人，也是在异国他乡为其料理后事的人。五月十三日夜，他梦见张以宁，作《五月十三夜梦侍读先生枕上成诗》："出使艰虞万里同，归期日日待秋风。宁知永诀蛮江上，才得相逢客梦中。岸帻尚看头似雪，掀髯犹觉气如虹。起来扰泪凭栏久，落月啼螀绕殡宫。"叙说出使艰虞，万里同行，日日等待归期。不意永诀，相逢梦中。刻画张以宁遗容，白头似雪，虽逝犹生，突出其"气如虹"，精神永存。扰泪凭栏，落月啼螀，萦绕殡宫。深切悼念张以宁，悲痛之情溢于言表。

6. 不辱使命，功成身殒

此次壮游的目的是代表朝廷册封安南王。尚未抵达安南国境，而日煃卒，其侄陈日煃遣臣阮章求诏玺。以宁不许，派牛谅、子毅先造其国，正辞严色，告知以宁之言："此吉礼，非凶事也。今尔国有丧，况来文伊先君之名，非世子之名，降之非礼也。尔国当遣使往奏，庶依大礼。于是国人从之。"（朱元璋：《赐张以宁诗序》）复遣陪臣杜舜卿来告讣。以宁居龙江之上等候。洪武三年庚戌（1370），张以宁70岁。年初，朱元璋派林弼、王廉等往安南吊祭陈日煃，其后，以宁入安南国完成册封其国王之礼仪。"且教其世子服三年丧，并令其国人效中国行顿首、

稽首礼。朝廷嘉之,赐以敕书,比之陆贾、马援,并御制诗八篇
奖谕之。"(杨荣:《张公墓碑》)

安南使者同时敏大夫登舟相访,献诗述怀一首,就坐走笔,次韵答之,以纪一时盛事云

殿阁凉生雨霁秋,紫皇晨御翠云裘。仗移日转双龙阙,诏下
云开五凤楼,英荡荧煌颁授节,羽旄杂沓拥鸣驺,词臣垂老斯游
壮,风送龙江万里舟。

[解读]

写安南使者同时敏大夫登舟相访,献诗一首,张以宁次韵答
之,以纪一时盛事。诗中选用豪华富贵字眼,以表现天朝神威。
唯末二句语近自然,"词臣垂老斯游壮,风送龙江万里舟",对垂
老壮游,透露豪迈、自豪之情。

再次韵答之,是日微雨大风

五两风高江上秋,粤南使客木绵裘。望云举酒思京阙,对雨
裁诗倚柁楼。燕语檐头催去棹,马行果下待归驺。到家为说天恩
重,早办新春入贡舟。

[解读]

《再次韵答之,是日微雨大风》,"次韵答之"意犹未足,故
"再次韵答之"。上首着眼于己方,这首着眼于彼方,即安南使
者同时敏。刻画其外在形象,揭示其内心意愿,表达自己的希
望。风高江上秋,使客木绵裘,从气候、着装描其剪影,"对雨

裁诗倚桅楼",状其神态,赞其才华,从"望云举酒"的动作,揣度同时敏"思京阙""催去棹""待归骖",言其去与归,心情均急切,期望他"到家为说天恩重,早办新春入贡舟"完成使命,保持两国友好关系。

过小孤山

交趾江头指壮游,小孤山下见新秋。天镜双柱维南极,海作重门锁上流。使者星驰英荡节,神妃风送锦帆舟。来春二月停归棹,好荐芳馨杜若洲。

[解读]

小孤山位于安徽宿松城东南之长江中。张以宁多次称出使安南为"壮游",充满完成使命的自信,贯穿于此次壮游。《过小孤山》:"交趾江头指壮游,小孤山下见新秋。"企盼用"天镜双柱"维系住南极,让"海作重门"锁住"上流",以使国防稳固,南海平定;企盼使者星驰,风送锦舟,明春完成任务,停棹小孤山,"好荐芳馨杜若洲"。表现出一个新兴王朝使臣的宏大气魄。但他未能如愿以偿,未能停棹小孤山、漫步"芳馨杜若洲"。

龙州答迎接官何符

帝念南邦远贡琛,颁封特遣老臣临。皇华谙度尊君命,炎徼淹留岂我心?人日预占晴景好,使星还照瘴云深。暂分莫洒临岐泪,头上青天见素襟。

[解读]

首联写皇帝感念南邦远贡珍宝，颁封其国王特派遣老臣莅临。颔联写尊君命淹留炎徼并非本意，只为完成使命。颈联写人日预占晴景好，使臣还得待在这瘴云深沉之地。尾联写分别时不要流泪，有头上的青天照见我们坦荡的胸襟。

又答请命官阮士侨

使星南照破曾阴，咫尺天威俨若临。铜柱回看双白鬓，瓠棱仰望寸丹心。我留梦到云霄迥，子去恩沾雨露深。到日钟山烦一问，清溪何日濯烦襟？

[解读]

阮士侨是安南的请命官。首联渲染使星南照，咫尺天威的氛围。次联在海角天涯的铜柱关回看自己，已双鬓斑白，仰望远方的宫殿展露我一寸丹心。三联写我留梦到那高远的云霄，你前往京城深沾皇恩雨露。末联写到了南京钟山，麻烦你问一问：清清的溪流何日可洗濯尘世的烦襟？意为我何时能够回国？诗中宣扬天威，感恩表忠，思念祖国，感慨衰老，交织在一起。

又 答

白发飘萧老翰林，故乡长忆越山阴。客程牛渚星槎远，吟思龙江烟浪深。多子出疆迎荡节，顾予为国抱葵心。行看洱水堤边柳，满马春风拂醉吟。

[**解读**]

首联写自己是白发飘萧的老翰林，长忆故乡福州越王山的风景。颔联云回家的路程还很遥远，于此吟思龙江的烟浪深又深。颈联写多人出疆迎接秋千节，清明荡秋千，看我为国抱定葵藿向阳之心。尾联写行看洱水堤边柳，风光美好，打满马儿，春风吹拂，我醉中微吟，何等惬意！

这几首诗其共同主题，一是强调忠于朝廷，忠于职守，以"为国抱葵心""寸丹心""尊君命"，完成使命；二是宣示国威，宣示使臣的尊严，"使星南照破曾阴，咫尺天威俨若临"；三是对安南表示友好，"帝念南邦远贡琛，颁封特遣老臣临"。

安南使令上头翰林校书阮法献诗四绝，次韵答之（十二首）

封王赐印出天家，授旨临轩遣使华。遥想南交迎诏日，望云群拜六龙车。

穷发雕题已一家，日南使者觐京华。君王亲校燕山籍，驾出金根白象车。

骑马成行醉插花，天恩赐宴赏枋华。知君无限倾葵意，长向南边望日车。

十行天诏出江关，百尺云帆下碧湾。惭愧风姨听帝令，霎时天外过三山。

铜柱南边石作关，海门镇外碧成湾。喜君心似朝宗水，直过千重万叠山。

小孤庙下海门关，五老峰前星子湾。多君万里斯游壮，看到东南第一山。

来时西蜀三韩使，奉表遥同马若飞。归到安南应说与，皇恩天覆万方归。

四十余年金榜客，玉堂人诧笔如飞。君王亲重儒臣选，肯受南方一物归。

十月南方暑气微，洱河驿外叶初飞。遥知夹岸人争看，入贡中朝使者归。

秋风吹海送仙槎，夜色新凉晓转加。归日阮郎应一笑，小春洞里又桃花。

安子山前使者家，桃榔椰叶翠交加。知君来岁重修贡，饱看皇都二月花。

乘轺万里已忘家，客思逢秋陡倍加。大庾岭边东去近，惜无驿使寄梅花。

[解读]

此 12 首可看作组诗，表达、强化、深化同一个主题。第一首写诗人自己，谓皇帝赐印、授旨，派我为使者到安南封其王。遥想安南迎接诏书那一天，安南王室、官员望云群拜我所乘坐的六龙车。第二首写安南使者阮法，谓他前往大明京城，皇帝亲自颁发诏书，用金根白象车送他出宫。第三首写安南使者阮法，谓

"骑马成行醉插花，天恩赐宴赏枋华"。我知道阮法及交趾国有无限的葵花向阳之意，"长向南边望日车"。第四首写自己，谓奉诏出江关，云帆下碧湾，风神也得听帝命，加快速度；霎时天外过三山。帝力强大，驱使自然。是种浪漫夸张的写法。第五首写安南使者阮法，谓其到了南海边的铜柱关、海门镇，很高兴你的心像朝宗水，直过千重万叠山。赞其急于回朝复命，忠于王朝。第六首写阮法，称其万里斯游壮。第七首嘱咐阮法，回到安南要宣传明朝皇恩浩荡。第八首写自己，资历老，"四十余年金榜客"；文笔好，"玉堂人诧笔如飞"；得信任，乃君王亲自选定儒臣；洁身自好，肯受南方一物归？第九首，写阮法，"遥知夹岸人争看，入贡中朝使者归"，受到万众欢迎。第十首，写阮法，归来应一笑，洞里又桃花。第十一首，写阮法，谓使者家在安子山前，风光明媚，委婉提醒他，明年要重视修整贡物，再到南京，"饱看皇都二月花"。第十二首写自己，出差万里已忘家，"客思逢秋陡倍加"。从大庾岭往东边离故乡更近，只可惜没有驿使帮助捎去梅花。全诗处处体现大国使臣的博大胸怀，不忘使命，关注外交关系，平等友好，爱护年轻人。

广东省郎观子毅，翩翩佳公子也，读书能诗，甚闲于礼，以省命辅予安南之行，雅相敬礼。予暂留龙江，君与士良典簿先造其国，正辞严色，大张吾军。今子毅北辙，而予南辕。家贫旅久，复送将归，深有不释然者。口占绝句四首以赠。诗不暇工，情见乎辞云尔（四首）

江头一别两踌躇，半载相从千里余。君向番禺我交趾，若为频寄几封书？

东原典簿好斯文，能赋能言更有君。白发老夫犹绝域，羡君归去上青云。

道傍迓骑走缤纷，旗旆飞扬鼓角闻。到处聚观天使贵，老儒何以报吾君？

闽山灌木翳先庐，七十炎荒更久居。君倘朝京烦一问，老妻弱子近何如？

[解读]

此四首诗赠予以省命辅其安南之行的子毅。一、二首写"半载相从千里余""江头一别两踌躇"。"今子毅北辙而予南辕"，依依惜别，祝愿子毅鹏程万里，"归去上青云"。第三首描绘迎接、围观朝廷使者的盛况。第四首表达对皇帝的感恩之情，"到处聚观天使贵，老儒何以报吾君"。吐露思乡思亲的深情，"闽山灌木翳先庐"，"老妻弱子近何如"？

广州省治南汉主刘鋹故宫，铁铸四柱犹存，周览叹息之余，夜泊三江口，梦中作一词觉而忘之，但记二句云"千古兴亡多少恨，捻付潮回去"，因檃括为《明月生南浦》一阕云

海角亭前秋草路，榕叶风清，吹散蛮烟雾。一笑英雄曾割据，痴儿却被潘郎误。　宝气销沉无觅处，薜荔犹残，铁铸遗宫柱。千古兴亡知几度！海门依旧潮来去。

[解读]

现存张以宁词二首，此首作于入明出使安南时期。

本篇借凭吊南汉故宫遗址，抒发怀古幽思，寄托兴亡感慨。上阕因景怀古。海角亭、秋草路、榕风清、蛮烟散，写出岭南景物的特征。诗人面对此景，生出怀古之情："一笑英雄曾割据，痴儿却被潘郎误。"英雄，指刘隐（873—911），上蔡（今河南上蔡）人，唐朝末年和五代初年官员，割据广东，奠基南汉政权。刘隐好贤士，任用中原士人入粤避乱者、因罪流放岭南者之后裔、地方官吏遭乱不得归中原者，使岭南地区政治、经济渐趋安定。乾化元年（911），进封为海南王，同年病逝，时年38岁，其弟刘龑继其位。痴儿指刘鋹（942—980），原名刘继兴，出生于蔡州上蔡（今河南上蔡），汉中宗刘晟长子，南汉末代皇帝。刘鋹在位期间，荒淫昏庸，国力大衰，朝政糜烂不堪。后降宋，于980年去世，被赠授太师，追封为南越王，史家称其为南汉后主。"潘郎"，指南唐后主李煜的臣子潘佑。据周必大《二老堂杂志》记载，宋太祖曾经要李煜劝刘鋹降宋，李煜便叫潘佑起草劝降书。宋开宝四年（971），宋兵至广州，南汉主刘鋹降，南汉亡。诗人对此历史事件的态度是"一笑"。

下阕先描写亡国后南汉遗宫的残破情景：宝气销沉，薜晕犹残，宫殿全毁，12根铁铸大柱仅剩四根。后抒写兴亡感慨："千古兴亡知几度！海门依旧潮来去。""海门"，海口，指三江口。谓朝代更迭不断，而江山依旧，自然永恒。与词题中"千古兴亡多少恨，捵付潮回去"相呼应。全词抒写千古兴亡之感，笔力雄健，对历史现象与本质的认知相当深刻。

江神子·送医官石仲铭摄邵伯镇巡检得代

谢公埭上绿成围，栋花飞，子规啼。簇簇弓刀，白马拥骄嘶。一树棠梨开透也，春正好，又分携。　□□□□□□□，草萋萋，望中迷。衣锦归欤，家在海云西，种杏明年功又满，还捧诏，上金闺。

[解读]

谢公埭：淝水大胜后，谢安离开朝廷，出镇广陵（今江苏省扬州市）。在甘棠筑垒，建筑"新城"，以御外患。见甘棠因湖水泛滥成灾，便组织人众在甘棠以北二十里处筑拦水大堤，时称"埭"，"随时蓄泄，高下两利"。终于喜获丰收。甘棠不久便形成繁荣集镇。谢安在埭成之年不幸染病，溘然长逝。后人把谢安比作西周召公，称埭为邵伯埭，称湖为邵伯湖，称甘棠为邵伯镇，此词赠医官石仲铭，祝贺他任邵伯镇代巡检。上阕想象石仲铭赴任后在谢公埭操练，"簇簇弓刀，白马拥骄嘶"等情景，"棠梨开透"，政绩赫然。下阕预祝石仲铭"衣锦归欤"，仍然种杏行医，明年功满，"还捧诏，上金闺"。

此词牌《江神子》，又名《江城子》。乃双调，下阕"草萋萋"前缺首句七字。

论　诗

富贵辞夸奈俗何，清虚趣胜亦诗魔。白云瑶草红尘外，终胜黄莺绿柳多。

[解读]

这是张以宁唯一的论诗绝句。前二句直书诗歌主张：反对媚俗，辞夸富贵；肯定"清虚趣胜亦诗魔"。后二句借助比喻，指出：可写游仙、红尘，更应提倡表现自然及日常生活。

自　挽

一世穷愁老翰林，南归旅榇越山岑。覆身粗有黔娄被，垂橐都无陆贾金。稚子啼饥忧未艾，慈亲藁葬痛尤深。经过相识如相问，莫忘徐君挂剑心。

[解读]

临终，张以宁作《自挽》，总结其家庭情况，一生行藏、品德。清贫、清廉、博爱是其最重要特点。"徐君挂剑心"，语出《史记·吴太伯世家》："季札之初使，北过徐君，徐君好季札剑，口弗敢言。季札心知之。为使上国，未献。还至徐，徐君已死。于是乃解其宝剑系之徐君冢树而去。"挂剑徐君之心，不仅表示追念亡友，而且包含以博爱之心，关怀他人之意。张以宁诗集的编者、其弟子石光霁按："先生生于元辛丑，终于安南，洪武三年五月四日也。临终自作此诗，是日而逝。盖享年七十矣。"张以宁的博爱之心，更是同情人民、关爱人民之心，这从他写于壮游途中的《夜闻雨》可窥一斑："田家望雨今年少，水驿逢秋夜半闻。更喜朝来晴未稳，山头着帽尽生云。"田家望雨，但今年雨水稀少，张以宁住于水边驿站，夜半闻雨，自然高兴。更喜次日清晨，未必天晴，山头上像戴着帽子，尽是雨云。古代诗人写有不少悯农诗，体现知识分子的人文情怀。行旅之中，自然希望天晴，但张以宁宁愿下雨，因为田家望雨，能从田家的角度考虑问题，颇为难得。此诗清新自然，情景交融。

张以宁"衰老天教一壮游"，堪称"鞠躬尽瘁，死而后已"！

（五）题画诗

张以宁70岁去世，67年在元代度过，3年生活于明代。他的83题96首题画诗作于入明者寥寥无几，几乎都写于元代，所以主要折射出元代题画诗的特点，同时，又具有自己鲜明的创作个性。他的题画诗似乎"浓缩"了他诗歌创作的主题。探讨其题画诗的主题，对于了解元代题画诗及张以宁的诗歌创作都有一定的意义。

元有题画诗3798首，数量众多。张以宁之题画诗近百首，占元代题画诗的三十八分之一。现存张以宁诗400多首，题画诗占其全部诗作的四分之一。一个诗人如此关注题画诗，这不仅在元代，而且在中国题画诗历史上都是不多见的。元代主要题画诗人有赵孟頫，"元诗四大家"虞集、杨载、范梈、揭傒斯，诗画兼擅的柯九思，元中期诗人黄溍、柳贯、欧阳玄，开创"铁崖体"的杨维桢，"元季四大家"黄公望、吴镇、倪瓒、王蒙，题画梅的诗人王冕、张羽，少数民族诗人萨都刺、马祖常、贯云石等。张以宁跻身元代题画诗人行列，不仅毫不逊色，而且为之增添色彩。元代题画诗内容偏于反映隐居生活的高洁脱俗，歌吟自然山水之美、流露对现实的不满，抒写恬淡自在的情感等，这也是张以宁题画诗的重要内容。

1. 题咏山水

四景山水

山雨瀑如雪，林寒松未花。遥看飞阁起，知有梵王家。一僧归得晚，云湿满裂裟。右春

崖断石林合，风高云叶飘。人归雨脚外，高阁望中遥。应是天台路，幽期在石桥。右夏

秋白巘云晚，霜林红树多，野桥山郭外，行子暮来过。为问小摇落，江南今若何？右秋

寒月白千峰，林深路绝踪。遥知僧定起，疏响在高松。亦欲剡溪去，其如山海重。右冬

［解读］

题画诗中有许多是题咏山水画的，表现了张以宁对自然山水的喜爱与赞美。此类诗要用语言来模山范水，或工笔，或写意，务求传景物之神。《四景山水》题咏春、夏、秋、冬。第一首，突出了春天的特点、佛寺的特点。第二首，不强调夏天的季节特征，而着意突出画面的景色："崖断石林合，风高云叶飘。"人归，望中高阁遥。末二句将登高阁的石桥，看作天台路，更显阁之高峻。第三首，并列描出山、云、林、树、桥、行人，构成一

幅画，秋色浓郁。第四首，前四句写月下冬景。面对四季山水无不流露出喜悦之情。为什么喜悦？因为置身山水之间，会获得自由解脱之感。

题画山水（二首）

云渺渺，水依依，人家春树暗，僧舍夕阳微。扁舟一叶来何处？定有诗人放鹤归。

烟暝起，雨疏来，溪树阴都合，岩花湿更开。安得身闲似鸥鸟，尽情飞去复飞回？

〔解读〕

写景如画，画面有诗意，景物优美。"扁舟一叶来何处？定有诗人放鹤归""安得身闲似鸥鸟，尽情飞去复飞回？"体现了诗人热爱自由的天性。

题山水图

山水坐来见，翛然无俗氛。碧岩虚夜月，江树静秋云。鸟影似犹见，猿声疑或闻。自怜归未许，遥忆武夷君。

〔解读〕

首联写见到山水图，翛然没了俗气。这是对山水图艺术效果的肯定。颔联、颈联用诗句再现山水图之画意："碧岩虚夜月，江树静秋云。鸟影似犹见，猿声疑或闻。"尾联述怀：怜惜自己归家未能做到，只能遥忆武夷君。

题扬子第八港韩氏十景卷

白霅赵子诗句好，三年不见心慅慅。清晨小卷到我前，万里江天净如扫。扬州城高云气秋，八公骑鹤时下游。焦山丹井夜光歇，钟声晓入江南洲。埋轮人去英雄泣，至今忠愤春潮急。枉渚维舟竟日横，行人唤渡移时立。丝丝垂柳郁金黄，渺渺流辉组练长。残阳欲没明月出，神山二点青螺光。港口归帆如鸟骞，雪暗江村不知处。浦寒蓑白一渔归，沙净江清群雁聚。金山山前扬子津，舟中来往逐风尘。江灵绝景閟之久，持似潇洒江居人。草堂无赀发欲白，我与赵子俱为客。起来书罢十景图，目送飞沤下江碧。

[解读]

头四句写赵子送十景卷给"我"看，"我"产生"万里江天净如扫"的感觉。这感觉也概括了十景卷总的特色。结尾四句呼应开头，交代"我与赵子俱为客"。中间20句，每两句题一个景图。第一图：扬州秋高，八公骑鹤；第二图：焦山丹井，钟声晓传；第三图：埋轮人去英雄泣，春潮急；第四图：江渚维舟，行人唤渡；第五图：丝丝垂柳，渺渺流辉；第六图：日落月出，神山闪光；第七图：港口归帆，雪暗江村；第八图：一渔归来，群雁聚落；第九图：金山渡津，舟船来往；第十图：江灵绝景，潇洒高士。题十景图，皆"客观"描写，把"无声画"化成"有声诗"，他提炼、概括十幅画的不同画境，予以表现。十幅画，画面都很美，有的用了典故，如八公骑鹤（即八仙过海）、焦山丹井等。神仙及古人的故事增添了画境的仙道气息。

题苏昌龄画

徐君远从西江来，亲为苏子作松石。松三千年铁作肤，石亦苍寒太古色。几株老木相因依，气格不敢与之敌。洲前摇摇者舟子，短棹沧江荡晴碧。着子啸歌于其中，仰观青天岸白帻。是时东山月始出，无边露气连赤壁。潜蛟出舞巢鹘翔，江姬色动三太息。眼中之人有太白，风云变态俱无迹。前辈风流今复闻，人间绝景岂易得？徐君更为添野夫，共泛灵槎卧吹笛。

[解读]

开头两句交代徐君为苏昌龄作松石图。三至六句展开对松、石的描写：古松铁肤，坚石苍寒；老木相依，气格不凡。七至十四句写舟子短棹荡碧波，苏子仰天长啸歌，"是时东山月始出，无边露气连赤壁"，潜蛟出舞，巢鹘飞翔，再现苏东坡《赤壁赋》场景。15至18句推出李白的形象，慨叹"风云变态俱无迹""人间绝景岂易得？"最后二句写"徐君更为添野夫，共泛灵槎卧吹笛"，山水美，人自由自在。

题刘君济青山白云图

野性凤所忻，青山无垢氛。落花一夜雨，幽树满川云。鹿迹闲行见，松香独坐闻。殷勤招白鹤，予亦离人群。

[解读]

表露喜爱"野性""无垢氛"自然的凤愿，描述《青山白云图》的画境：落花、夜雨，幽树、川云，这是江河之景；鹿迹可见，松香可闻，这是山间之景。还有一个独坐松林、欣赏周围风景的人。受到《青山白云图》感染，诗人也要殷勤招来白鹤，离开人群，回归自然。

题顾善道山水

洲前老树似人立，岩际颓云如水流。梦著沧江归未得，醉来浑欲上扁舟。

[解读]

此诗题顾善道山水画。前两句描写顾善道山水图的画面：用了两个比喻"老树似人立""颓云如水流"，老树、颓云，意象具有美学意义上"丑"的意味，而其形态也较突兀。后两句可能是诗人对画意的引申与发挥，前句写梦境，"梦着沧江归未得"，后句写心理活动，醉中，很想上扁舟归去，抒写归家情切。

2. 托物言志

题松石图

繄松之苍，繄石之刚。曷以比德，维士之良。有苍者松，有刚者石。繄士之良，维以比德。

[解读]

张以宁的题画诗长于托物咏志，感时慨今，隐约透露对现实的不满，探索人生哲理。

此诗提出"士"的标准：士之良，应兼有松之苍、石之刚，外在挺拔，内在刚强。

题松隐图

苍苍薜石，谡谡云松。空山无人，明月在筇。我思武夷，三十六峰。之子之迈，携琴曷从。

[解读]

以薜石、云松、空山、明月、竹林再现画境，并抒写内心愿望：思武夷，愿携琴归隐。思乡、归隐，于此获得统一。

题牧牛图（二首）

返照在高树，归牛度曾坡。一犊牟然赴其母，老牸反顾情何多！牧儿见之亦心恻，人间母子当如何？日暮倚门乌尾讹。

中园有树葵，大田亦多稼。牧人急曳牛鼻回，恐尔践之邻父骂。何时睡起两相忘，吹笛西风柳阴下，青山白日秋潇洒。

[解读]

第一首：牧儿目睹自层坡而归的幼犊牟然赴其母，老牸反顾情何多的情景，为之心恻，以牛喻人，表现母子情深。第二首：前四句写牧人恐牛践踏田园，急曳牛鼻回的牧牛情景；后四句写牧人悠闲、自在的牧牛生活，寄托了诗人的人生追求。

蒋仲诚墨牛图（二首）

回风吹云垂柳枝，蔓草雨湿春离离。牧人荷蓑笠，叱牛牛下来。牛归草草犊行迟，茧栗望母鸣相追。牛兮顾尔犊，无乃日夕饥！我见恻然，念归以悲。嗟哉杨德祖，蚩蚩真小儿！

溪水无泥新雨余，日透高树秋扶疏。牧儿挈笭箵，独漉水中鱼。人闲放牛牛自如，一牛长鸣望太虚。一牛顾其牧，无乃亦笑渠？我见嗒然，观物之初。嗟哉蒲山子，区区读何书？

[解读]

《蒋仲诚墨牛图》展示的画面是春、秋二季牧牛的情景。第一首在春风春雨的背景下，"牧人荷蓑笠，叱牛牛下来"，母牛走得快，牛犊走得慢，牛犊惊恐地望着母牛叫着追着，母牛看着牛犊，心想：莫非它日夜都忍饥挨饿呀。诗人改造、更新了画面，增添了母牛的心理活动。"我见恻然，念归以悲"，并由此激起想家却归不了的悲思。末二句感叹杨德祖，"蚩蚩真小儿！"感叹杨修，真是个小孩子（太弱小、太天真，怎斗得过老谋深算的曹操）！此乃反向思维，由母牛关切、疼爱牛犊，联想到被杀害的杨修，真是人的世界不如牛的世界，这种感悟是很深刻的。第二首结构、写法同第一首。在秋雨落叶的背景下，牧儿捉鱼，牛儿自如。"一牛长鸣望太虚"，一牛看着牧儿，莫非在笑你？"我见嗒然"，仿佛在观察物种起源时的情形。这才是本源、真谛，读什么书呀，从而感慨蒲山子，"区区读何书？"这种感悟是很独特的。

题郭诚之百马图

唐家羽林初百骑，谁其画之传郭氏？开元天厩四十万，爽气雄姿那得似？风鬃雾鬣四百蹄，或饮或龁长鸣嘶。或翘或俯或腾

跃，意态变化浮云齐。黄沙云暖地椒湿，什什为曹竞相及。蹂躏
秦原狐兔空，荡摇渭水蛟鼍泣。前年括马输之官，苜蓿开花春风
闲。民间一骏岂复有？何如饱在图中看。郭君才越流辈日，乃策
蚁封人不识。骅骝岂少伯乐无，卷还画图三叹息。

[解读]

张以宁写有四首题画马之诗。《题郭诚之百马图》描述盛唐
40万皇家马厩，骏马千姿百态，"或饮或龁长鸣嘶，或翘或俯或
腾跃"，雄勇非凡，"蹂躏秦原狐兔空，荡摇渭水蛟鼍泣"，放大、
凸显了画意，其目的在于生发开去，寄托骏马不少而无伯乐的慨
叹。"骏马"既是自况，又是普天下才俊的写照，它们只能被养
在"天厩"里，毫无作为，因天下无伯乐。

题进士卜友曾瘦马图

左丞燮玄圃曾索诗观，先生录以寄之，此其一也。

卜侯喜我诗，袖出瘦马图。前有杜陵瘦马行，令我阁笔久嗟
吁。忆昔马齿未长日，金羁蹀躞鸣天衢。逐景虞泉日未晡，羲和
顿辔喘不苏。石根一蹶亦常事，谁遣逸足轻夷途？霜风大泽百草
枯，饮龁不饱长毛疏。相者举肥汝苦瘠，委弃乃在城东隅。病颗
有时磨古树，翻蹄无力衮平芜。当年笑杀紫燕愚，中路清涕流盐
车。嗟哉此马世罕有，驽骀多肉空敷腴。骨格棱层神观在，颇类
山泽之仙癯。解剑赎汝归，伯乐今岂无？浴之万里流，秣以百束
刍。苜蓿花白春云铺，气全或比新生驹。持之西献穆天子，尚与
八骏争先驱。瑶池云气浮太虚，日出积雪青禽呼，长望临风心
郁纡。

［解读］

《题进士卜友曾瘦马图》里的"瘦马"已不仅是才俊的象征，而且是普遍社会现象的象征。从"蹙踕鸣天衢""顿辔喘不苏"到"委弃乃在城东隅"，其中包含多少人生哲理。"嗟哉此马世罕有，驽骀多肉空敷腴。骨格棱层神观在，颇类山泽之仙癯"。此马虽瘦而神气俱在，只要予以饲养，尚可与八骏争先驱。然而，这可能吗？诗人只能"长望临风心郁纡"了。

二马图

草软沙平日暖天，相摩相倚最相怜。无端走上长楸道，喷玉争先掣电边。

［解读］

两种境遇下，两匹马的生存状态迥然相异。平时，"草软沙平日暖天"，两匹马"相摩相倚最相怜"。一旦发生特殊情况，它们走上长楸道，便掣电般喷玉争先，一决雌雄。原先的和睦相处遽然改为激烈竞争。以马喻人，人与人关系亦然。

题画马

满身云湿出滇河，九折羊肠抹电过。天厩飞龙今百万，尽渠饱卧夕阳坡。

［解读］

此首写于出使安南途中。则突出骏马的神威与雄姿。写马即写人。张以宁的题画诗大多有寄托、有寓意，生动、深刻。

题画诗渗透着自豪与欢快。《题画马》中"满身云湿出滇河，九折羊肠抹电过"的"天厩飞龙"与《题进士卜友曾瘦马图》中那匹被委弃于城东隅，无人理会，靠诗人"解剑赎汝归"的瘦马完全不同。这匹奔出滇河，"九折羊肠抹电过"的骏马，与写于元朝时马相比，真有天壤之别；那时诗人心情不佳，"令我阁笔久嗟吁"，"长望临风心郁纡"，而现在，"天厩飞龙今百万，尽渠饱卧夕阳坡"。自豪与欢快溢于言表。之所以有如此之巨变，乃在于"斯游少吐平生气"。

同徐元征钱德元酒边即席题壁间山水

白云垂柳露毵毵，听彻金鸡月满潭。千里汴堤尘拍面，梦从淮左过江南。

[解读]

滞淮期间，一日，诗人与友人徐元征、钱德元饮酒，即席题诗，吟咏壁间山水画图。第一句创造视觉意象：白云、垂柳、露水。第二句创造听觉意象："听彻金鸡月满潭。"第三句写"千里汴堤尘拍面"。汴，出黄河入淮河通济渠东段全流，统称为汴水、汴河、汴渠，北宋亡后，南宋与金划淮为界，此渠湮废，渠水干涸，故有千里汴堤，尘土拍面的情况。此句蕴蓄辛酸、愤懑，流露出民族意识。第四句写思乡：梦从淮左飞过江南回到家乡。壁间山水画图触动了诗人的民族意识（尽管表达得十分隐晦曲折）、乡愁情结。

题钱唐春游卷

银鞍白马少年游，十里朱帘上玉钩。为问别来新柳色，春风得似旧杭州？

[解读]

钱塘春游，乃历代盛事。一、二句描摹春游情景：少年骑银鞍白马而行，十里长街朱帘卷起，挂于玉钩。三、四句抒写诗人的感慨。经历了历史的风风雨雨，金兵入侵，南宋"临安"于杭州，元代，杭州也在异族的统治之下，潜意识里的民族意识，虽然不能明说，但可化为一问：问一问分别以来新长芽抽枝的柳树，现在的杭州还像盛唐、北宋时的旧杭州吗？平平淡淡中见深沉，明白如话中显含蓄。

赤盏为肃慎贵族，于今为清门希曾其字者，读书、为诗、善鼓琴，且工墨菊，有新意，为予作四幅，留其二征诗，为赋此云

昔人画梅如相马，此意岂在骊黄者？希曾墨菊乃似之，是何奇趣幽且雅？松窗无人高卧起，池水尽黑临书罢。玄霜玉盌捣秋风，露湿吴纨净潇洒。金钱失却汉宫寒，蛱蝶飞来怨清夜。曩予步屧东篱下，采采黄华不盈把。即今却似雾中看，老眼摩挲忽惊诧。熟视经营惨淡余，希曾岂是寻常画？坡翁墨花诗更奇，我今材薄况衰谢。醉来墨瀋倒淋漓，自拭乌丝为君写。

［解读］

此诗咏希曾墨菊。肃慎：古民族，生活于今东北地区。 清门：寒素之家。 赤盏：复姓。赤盏希曾原为肃慎贵族，于今是清门平民了。诗一开始就论画：古人画梅如相马，其意不在马，而是要以相马的认真态度，画出梅之精神；希曾画墨菊，与古人画梅如相马一样。接着探讨希曾墨菊"是何奇趣幽且雅"？称赞他每天勤奋临书，洗砚池的水都染黑了，功底扎实，心态高洁，画绢上的画多么潇洒！评述其墨菊，画中透出汉宫之寒、清夜之怨。张以宁谓自己早年东篱下采菊，"采采黄华不盈把"，而今老眼摩挲这四幅墨菊，惊诧发现：它惨淡经营，绝非寻常之画，而深有寄托；其二幅题画诗则更奇。希曾留二幅画征诗，表示自己虽然"材薄况衰谢"，不如"坡翁"，但还是要笔墨酣畅地认真为希曾书写题画诗。写出了观画的过程，对画家创作态度、画作精神予以深入的探讨。

3. 歌咏隐居

题青山白云图

白云江上头，忆着昔曾游。睡起青山雨，坐来红叶秋。深苔依径湿，寒磬出林幽。亦有高栖者，无因见鹿裘。

［解读］

张以宁认为隐居有真隐、假隐二种，真隐中有天隐、金门大隐、市隐、隐居山林、归隐家乡等类。他提倡真隐，反对假隐。《题青山白云图》景物之外，还有一位"高栖者"。睡起看到青山雨，坐来感觉红叶秋。"深苔依径湿，寒磬出林幽"。白云、青山、高栖者构成一个整体。这是赞美真隐士。末二句"亦有高栖者,无因见鹿裘"。这意思是说,没有成为真正的隐士。"鹿裘"典故的运用,使诗有了深意,告诫人们:要真隐,不要假隐。

题唐明府画冯隐士像

能诗能画唐明府,置子清泉白石间。秋色半林黄叶老,野心一片白云闲。王维自爱欹湖道,李渤元居少室山。几处溪山莫归醉,扁舟留在月中还。

[解读]

首联云能诗能画的唐明府,把冯隐士像放置于清泉白石之间。颔联写周遭景色:"秋色半林黄叶老,野心一片白云闲。"颈联写王维喜爱辋川别业的欹湖。李渤的元居是少室山。尾联写隐居生活,想象隐士游览几处溪山,归来莫醉酒,让扁舟留在月中。诗的题旨是歌颂隐士和隐居生活。歌颂隐居生活,成为张以宁题画诗的重要内容。

题高元德三山图

我别三神海上之群仙,海水清浅三千年。狂吟醉倒不归去,碧桃飘雪春风前。使君此画非人间,令我把玩心茫然。六鳌赑屃戴坤轴,鼎立其下根株连。曾峰俯视扶桑日,老树远入苍梧烟。崩崖鬼斧怒劚断,白虹喷薄飞奔泉。绿阴沙际行人立,渔舟天末来翩翩。石桥苍藓滑去马,似听流水声潺湲。云深路绝乔木合,忽入小有仇池天。楼台明灭翠远近,红雾蓊郁蛟龙缠。我疑金银

宫阙此景是，中有陈抟犹醉眠。欲呼白鹤跨之去，平生未了名山
缘。明当拂衣卧松石，石室共读青苔篇。

[解读]

《题高元德三山图》写自己离别家乡福州三山，"狂吟醉倒不
归去"，认为高元德《三山图》所画非人间之境，观摩把玩心茫
然。那么，画的是什么样的境界呢？诗细描画境：六鳌载三山，
"鼎立其下根株连"；登峰俯视日出，老树远入云烟；崖壁乃鬼斧
怒断，奔泉飞沫架白虹；"绿阴沙际行人立，渔舟天末来翩翩"；
石桥藓滑马来往，"似听流水声潺湲"；"云深路绝乔木合，忽入
小有仇池天"，其"小有仇池天"用杜甫"万古仇池穴，潜通小
有天"诗句意，小有洞天为仇池山峡谷八胜之一。其境或幽深，
或险怪，或柔美，乃神仙之境。最后把画境归结为"金银宫阙此
景是，中有陈抟犹醉眠"，产生欲跨白鹤而去，以了却平生游历
名山的心愿。"明当拂衣卧松石，石室共读青苔篇"，要到神仙居
住的地方隐居去了。

题子猷访戴图

平生戴隐居，破琴返云峤。亦有爱竹人，翛然可同调。雪溪
夜回舟，未见心已了。乾坤淡虚白，吾方领其妙。

[解读]

首联写戴逵（字安道）于剡溪隐居。次联写爱竹人王徽之
（字子猷）引之为同调。王子猷一日曾持竹子曰："何可一日无此
君？"故被称为"爱竹人"。三联写王子猷雪夜乘船访戴，经宿方

至，既造门，不前便返，说："吾本乘兴而行，行尽而返，何必见戴。"这就是所谓"未见心已了"。尾联写诗人的感悟。诗讴歌高士隐居，诗人与之心灵默契，表示要引为同调。

题安可久山水之闲卷

大隐淮南思小山，班荆树下听潺湲。林泉自古亦云好，鱼鸟何时相与闲？龙出戛金沧海上，鹤驯唤铁白云间。是谁手种三花树，独往玄洲勘大还？

[解读]

金门大隐、市隐，终不如隐居山林、归隐家乡，天隐乃隐中之最高境界。首联写诗人自己大隐淮南市井，思念隐居山林，在树下铺开荆条，与朋友席地而坐，听取流水的潺湲之声。班荆，布荆坐地，喻知心朋友相遇而谈。颔联继续写隐居山林之美好：自古都说林泉好，鱼鸟相与，多么闲适。颈联格调剧变，出现"龙出戛金沧海上，鹤驯唤铁白云间"的雄奇意象。龙出海上，鹤唤云间，都是想离开尘世，到天上、高空去寻找栖身之地，寻找寄托心灵之所。唤铁，五代·王仁裕《开元天宝遗事·唤铁》："太白山有隐士郭休……每于白云亭与宾客看山禽百兽，即以链击一铁片子，其音清向，山中鸟兽闻之，集于亭下，呼为'唤铁'。"尾联承颈联意，询问：是谁手种一年开花三次的多贝树，独往海上十洲之一的玄洲探测日之西行，寻求隐居的仙境？全诗没有直接描摹安可久山水闲卷的画境，而是叙说自己由山水闲卷引发的的内心意愿：希冀隐居山林、神往神仙世界。

题安仲华秀实卷

我有石田南涧浔，十年不归秋草深。羡君市隐少尘事，教子笔耕多古心。夜露上花垂白玉，秋风吹穗卷黄金。由来陇亩真足乐，何自细听梁父吟。

[解读]

安仲华，张以宁的友人，其《秀实卷》画的是稻禾开花结实。诗人见到这幅画，自然而然想起自己在家乡溪涧南边的贫瘠山田。十年不归，无人耕种，如今，田里的秋草已长得又高又密了吧。诗一开始就触及思乡归隐的主题。三、四句称赞安仲华隐居于市井，少世间俗事，教子读书写作，多葆有古圣贤的思想、品德。《晋书·邓粲传》："夫隐之为道，朝亦可隐，市亦可隐。"张以宁认可古人提出的"朝隐、市隐"的主张。五、六句描写画面：花朵上滴了夜露就像垂着白玉，秋风吹着稻穗宛若黄金在翻卷。画面色彩鲜明、美丽。与石田十年不种秋草深恰成对照。尾联指出：从来生活于陇亩真足以安乐了，那又何故细听《梁父吟》呢？梁父吟，诸葛亮躬耕陇亩，胸怀大志，好为《梁父吟》。借此典故，诗人表达了现今市隐，日后继续步入仕途，冀有所为的意愿。与开头归隐又形成对照。诗就在这多种矛盾、冲突中表现矛盾、复杂的思想感情。

题清隐图

清隐山人行地仙，寻云独往不知年。鹤翻松子惊棋局，鸥荡芦花逐钓船。题句霜乾拈落叶，煮茶月静掬新泉。尘中汗马多如雨，一度看图一惘然。

［解读］

张以宁为自己无法清隐，深感悲哀而无奈。此诗一开始，就把清隐山人称作“行地仙”，谓其行踪不定，独往寻云不知年。中间四句继续描写画境：“鹤翻松子惊棋局，鸥荡芦花逐钓船。题句霜乾拈落叶，煮茶月静掬新泉。”用“有声诗”再现清隐山人清隐生活场景的“无声画”。一句一景，下棋、钓鱼、题诗、煮茶，都是传统的隐居意象，这些意象共同构成完整的清隐图。最后写诗人感到自己犹如尘土中那劳碌不堪的马儿，挥汗如雨，故而一度看图一惘然。究其惘然若失的根由，在于自己没有清隐也。

题海陵石仲铭所藏渊明归隐图

昔无刘豫州，隆中老诸葛。所以陶彭泽，归兴不可遏。凌熇宴功臣，旌旗蔽轇轕。一壶从杖藜，独视天壤阔。风吹黄金花，南山在我闼。萧条蓬门秋，稚子候明发。岂知英雄人，有志不得豁？高咏荆轲篇，飒然动毛发。

［解读］

张以宁还在题画诗中探求隐居的真正原因，揭示几种历史现象背后的真实动因：昔无刘备，诸葛亮将老死隆中，此乃入仕；社会黑暗，不肯为五斗米折腰，才致使陶渊明“归兴不可遏”，此为归隐。两相对比，尖锐对立。“凌熇宴功臣”，论功行赏，这才有“旌旗蔽轇轕”的盛况。陶渊明归隐生活闲适、惬意？有谁知道，此乃英雄人"有志不得豁"的无奈之举？陶渊明隐居田园，还写出《咏荆轲》的悲壮之诗，该诗令人"飒然动毛发"。张以宁发掘了陶渊明闲适隐居背后的真实内心意愿，积极奋发进取的精神。可谓慧眼独具。

题知印赵希贡沧江渔隐图

金华之山浙水东，高人曾隐于其中。看棋乃逢牧羊子，从一白鹿双青童。为言仙家足官府，人间适意差无苦。手把虹霓百尺竿，西占沧江钓烟雨。青山江上画不如，影落西湖摇碧虚。左携玄真右鲁望，意在清隐非求渔。石上苍苔坐吹笛，鼋鼍闲看几潮汐。大鱼出舞小鱼听，钓本无钩安用直？世间真隐能几人，何如天隐乐最真。口吟沧浪望太古，心与鸥鹭遥相亲。予亦烟波垂钓客，新诗犹带沧江色。五羊一见如故人，浩然兴入钱塘春。独不见辛苦任公钓东海，五山三岛流安在？何当与子赋归来，脚叩两舷歌欸乃！

[解读]

左携玄真右鲁望：玄真，即玄真子张志和，称烟波钓徒；鲁望，即陆龟蒙（字鲁望），号天随子、江湖散人，后隐居松江甫里。

《题知印赵希贡沧江渔隐图》写诗人于广州见《沧江渔隐图》，如见故人画家，引发议论，"世间真隐能几人，何如天隐乐最真"，认为天隐是隐中之最高境界。其真乐在何处？"口吟沧浪望太古，心与鸥鹭遥相亲"，吟诗怀古，亲近自然也。表现归隐思想，"予亦烟波垂钓客，新诗犹带沧江色"，"何当与子赋归来，脚叩两舷歌欸乃"！天隐的夙愿与出使安南的现实构成尖锐矛盾。

张以宁早有隐居思想，但无论是做太学闲官，还是担任使者重任，均未能归隐，这是儒家之"入世"与道家之"出世"观念严重冲突，终以儒家观念占上风之故。

4. 融合释道

题北山兰蕙同芳图

秋露春风各自妍，幽香并到雨华前。道人不是骚愁客，惯读南华第二篇。

[解读]

对佛道的敬仰与对儒教的笃信、躬行并不矛盾。以儒为主，融合释道，是中国古代知识分子特有的思维、心理结构模式。张以宁也不例外。他奉儒教为思想信条、行动准则，他又称自己为"发僧"，对道家也很尊重。吟咏佛道是他题画诗的重要内容。诗的前二句是真境、实境，亦可视为画境、虚境。后二句写无论真境、画境，兰蕙同芳，道人都不为所动，因为道人不是多愁善感的诗人骚客，他惯读的是《南华经》第二篇。兰蕙高雅，以之映衬道人脱俗，从而歌颂潜心修道。

题雪窗兰蕙同芳图

春来骚意满江干，转蕙风光更泛兰。睡起老禅闲一笑，月明香雪竹窗寒。

[解读]

《题雪窗兰蕙同芳图》意趣与《题北山兰蕙同芳图》相类似，

面对"春来骚意满江干，转蕙风光更泛兰"的自然美景，老禅只是"闲一笑"，淡然处之，依然在"月明香雪竹窗寒"的环境中打坐修禅。歌颂的是老禅。

墨兰为湛然上人题

云林苍苍石齿齿，一花两花幽薄底。远香自到定中来，道人湛然心不起。

[解读]

此诗为湛然上人题墨兰图，既赞图，又赞人。首句勾勒兰花成长的背景：云林苍苍，石头尖长，宛如牙齿；第二句正面描绘幽兰形象：一株两株兰花紧靠石头底部，"幽"字突出其幽静、优雅特性。除幽静外，尚有幽香。三、四句赞湛然上人专心学道，定力坚，不为兰香所动。

题道士青山白云图（六首）

仙馆白云封，青山第几重？道人时化鹤，巢向最高松。

长爱青山好，行行入翠微。今朝山顶上，下看白云飞。

行到溪源尽，青山无俗氛。道人拈铁笛，吹起满川云。

只道溪源尽，遥闻钟磬音。却寻流水去，行尽白云深。

云气晓来浓，前山失数峰。道人夜作雨，呼起碧潭龙。

林秋红树出，溪晓白云多。此景江南有，江南今若何？

[解读]

第一首视角为仰望，第二首为俯看，第三首为平视。一幅画很难有这么多视角，显然，是诗人的想象、发挥。整个画境幽深，无俗氛，有道家仙气。画面有两个主角：一是风景——青山白云，二是人物——道人。道人多取动态，如"化鹤""巢向最高松"；拈铁笛吹起满川云。诗人对画图所表现的隐居、仙居生活持"长爱"的态度。此诗作于北方，故诗末云"此景江南有"，诗人思念江南，故问道："江南今若何？"江南代表家乡，思念江南就是思念家乡。由画引起了乡情，想到家乡隐居。

题刘商观奕图

松风冉冉羽衣轻，石上谈棋笑语清。樵客岂知人世换，山童遥指海尘生。碧桃落尽又春去，白鹤归来空月明。一着山中犹未了，人间流落不胜情。

[解读]

游仙诗赞美道家的仙境。张以宁此诗依画意，用"烂斧柯"典故，紧扣"观奕"，展开想象，抒写内心感慨。首联写山童谈棋笑语的环境，非俗世也，那是在山间石上之仙境。颔联写樵客王质哪里知道人世已变换？山中的童子遥指大海，那里，沧海变桑田，正扬起尘土呢。真是山中才数日，世上已千年。笔力纵横所至，天上人间，仙界俗世。颈联回到仙界，写碧桃落尽春天又离去，"白鹤归来空月明"。仙界季节转换，那尘世又经历了多少春秋？诗中未言及，让读者自去推想。尾联呼应开篇，感慨山中一着棋还未下完，流落到人间，将引来多少事与情！

题桃花图

溪上桃花春可怜，赤栏桥畔忆游仙。若为饱吃胡麻饭，看到三千结实年。

[解读]

胡麻饭，拌上胡麻、白糖蒸成的糯米饭。又名神仙饭，相传为神仙待客之用。据刘义庆《幽明录》及《太平广记》引《神仙记》：东汉永平年间，剡县人刘晨、阮肇入天台山采药，遇二女子邀至家，食以胡麻饭。留半年，迨还乡，子孙已历七世。如果仅仅为了饱尝胡麻饭，待在仙境天台山上，可以看到三千年开花结实。

刘元初桂花图

醉上淮山唤八公，白鸾骑到广寒宫。满身香露铢衣湿，十二瑶台月正中。

[解读]

带着醉意登上淮扬的山呼唤八仙，骑着白鸾飞到天上的广寒宫。满身都沾上桂花的浓香，香露润湿了身上的铢衣，月亮恰高悬在十二瑶台的正中。昆仑山十二瑶台，乃神仙居住之所。这一幅游仙图多么美妙动人。刘元初的《桂花图》也许画的是人间的屋宇、桂树及赏花人。可诗人却把笔触伸进神仙世界。引发诗人作此想象，其媒介仅仅是桂花，因为月宫中，被天帝惩罚的吴刚正在砍那桂树呢。

存恕堂卷

存恕堂前种杏家，绛光夜夜发丹砂。别来为问扬州月，开到春风几度花？

[解读]

有的题画诗反映当时的道教活动情况。大家族多设存恕堂。存恕堂前种杏家，指笃信道家之家。红光闪闪，夜夜炼丹砂。炼丹是道家重要的活动之一。诗人发问：自告别扬州以来，为问扬州月，几度春风几度花开？

5. 思乡念亲

题绿绕青来卷

炎歊一月诗久废，忽惊山水堕我前。一湾瑶环绿宛转，两叶娥黛青连娟。青来绿绕各自媚，使我当暑神翛然。云是仲德隐君之楼居，乃在螺女江上城东偏。南阳使君喜此卷，银钩玉唾相新鲜。我闻李愿盘谷、王维辋川，伊人胸中潇洒自岩壑，所以山水有意为人妍。我友李景阳，邀我题诗篇。好山好水人更好，想是三神岛屿巢神仙。我游金焦望远海，一别九仙今十年。白蘋鹭下动明月，碧萝猿挂啼苍烟。更待凉风荡余热，即下嵩江觅钓船。

[解读]

思乡念亲在题画诗中十分突出。诗人留滞江淮，此时暑气逼人，忽见这幅"绿绕青来"画卷，顿生凉意，尤其是此图所绘乃故乡福州隐者仲德君之楼居，"乃在螺女江上城东偏"。诗人立即想到李愿《归盘谷序》里所描写的幽居盘谷，非常羡慕王维的隐居之所辋川。"好山好水人更好，想是三神岛屿巢神仙。我游金焦望远海，一别九仙今十年"。于是在诗人的心中展现了故乡福州的山水图："白蘋鹭下动明月，碧萝猿挂啼苍烟。更待凉风荡余热，即下嵩江觅钓船。"一幅是画家画的螺女江（闽江下游之一段）隐者之楼居，一幅是诗人想象中的福州山水图，与其说这是题画，毋宁说这是以题画来为自己的思乡作铺垫，酣畅地抒写自己的乡愁。

题张起原舟中看山图

张侯往年官衡州，州之名山无与俦。蓉旌羽节降白日，紫盖石廪腾清秋。侯也爱山得山趣，似是昔时王子猷。每怜马上看草草，不得独往探奇幽。兹辰归来好风色，熨平翠縠铺湘流。中流容与沙棠舟，舟中傲睨紫绮裘。青山喜人不肯走，一一自献当船头。掀髯转盼领其妙，谁欤知者双鬐鸥。明霞返照俨不动，白云翠烟相与浮。独不见巴船捩柂水如箭，盘涡毂转令人愁！好山纵有岂暇赏？急电一瞬过双眸。古来会心亦良少，千年几见斜川游。绝怜诗句余秀色，我起高咏心悠悠。朱郎落笔宛飞动，毋乃亲见此景不？嗟侯之意我亦有，艇子况系溪南洲。秋山石上芝草长，我独胡为此淹留？

[解读]

开头六句写衡州名山世无俦，张起原爱山得山趣，堪比昔时王子猷。七至十八句写张起原舟行湘江的场景与感受。场景是画家固定在画面上的，而感受则融入诗人的体验。平日马上草草看山，"不得独往探奇幽"。如今张起原归去，湘流平静翠绿，舟船于中流亦容与，舟中人何其尊贵。"青山喜人不肯走，一一自献当船头"，乘船看山感觉真奇妙。舟中人"掀髯转盼"，与鸥鸟、明霞、返照、白云、翠烟和谐相处。忽见"巴船搌柂水如箭，盘涡毂转令人愁"，此际，好山亦无暇欣赏，急电一瞬过双眸。最后十句写观画的感想："古来会心亦良少"，"我起高咏心悠悠"。画家落笔宛飞动，毋乃亲见此景不？张起原归去，舟船的缆绳系在溪南的沙洲，要南归呀，而"我独胡为此淹留"？观画勾起了诗人的怀乡之情！

题吴子和山水

今代高人张师夔，茧纸画出紫阳诗。青山娟娟洗宿雾，绿树粲粲含朝曦。孤篷高卷在沙脚，一叟独坐闲支颐。返思前夜风雨恶，满蓑白雨飞淋漓。牛渚天昏神鬼出，龙门雷动鼋鳖移。明朝起视天宇净，金盘高挂扶桑枝。云收浪息非昨梦，树色山光如旧时。乃知穹壤间，神明有如斯。高天日月常昭朗，平陆风涛自险巇。紫阳之仙去我久，兹理明明知者希。秦川吴子和，读书见天机。喜得此画邀我题，嗟我倦游材力衰。大江长淮动千里，似此几回亲见之？行年五十未闻道，径欲从此栖武夷。

[解读]

此诗在张以宁的题画诗中具有特殊的意义。因张师夔此画再现的是朱熹《水口行舟》（其一）的诗意。朱熹诗云："昨夜扁舟雨一蓑，满江风浪夜如何？今朝试卷孤篷看，依旧青山绿水多。"朱熹是张以宁极其崇敬的理学大师，水口又在张以宁的家乡古田县，故张以宁对此画特别重视和赞赏，其题画诗再现了张师夔画的画意，深掘了画面所无法表现的、朱熹诗中所包含的深邃哲理："乃知穹壤间，神明有如斯。高天日月常昭朗，平陆风涛自险巇。"他慨叹"紫阳之仙去我久，兹理明明知者希"；称赞"秦川吴子和，读书见天机。喜得此画邀我题"，感叹自己"嗟我倦游材力衰"，真诚地表白心迹："行年五十未闻道，径欲从此栖武夷"，要到武夷山去研修朱子理学了。

题山水图次张蜕翁韵

粤王山前云出门，叠嶂层峰万马屯。龙过怒涛翻石壁，雁回飞雨暗江村。泉头洗药流花片，松上题诗湿藓痕。长记钓船归得晚，潮平沙白月黄昏。

[解读]

本诗《题山水图》次张蜕翁韵，蜕翁是张以宁的同事，两人常诗酒酬唱。此诗乃借题山水图，忆念故乡。首联把粤王山写成高峻之山，山前云气出入门庭，叠嶂层峰间屯积着千军万马。此山水图并非写实之作，而多夸张想象。颔联以"龙过怒涛翻石壁，雁回飞雨暗江村"的雄奇幽深之景写出福州靠海枕江的形势。颈联写福州温泉洗药、水流花片、题诗松上、墨湿藓痕，十分雅致。尾联写钓船归晚，潮平沙白，月下黄昏。写的是江海之景。

题东坡淮口山图

曾游淮县佩青纶，饱看东南第一山。烟雨十年诗梦外，风尘万感画图间。斜阳应照客愁满，去鸟尚如人意闲。遥想月明春树绿，苏仙长化鹤飞还。

[解读]

见苏轼《淮口山图》，引发对苏轼的怀念，抒写客愁、时慨。首联写自己曾游江淮诸县，在那儿先后做过黄岩州判官、六合县尹，饱看被米芾赞为"东南第一山"的盱眙县城内都梁山、南山。颔联写现今留滞江淮，教馆为生，赋诗著文，烟雨十年，风尘万感，生于画图间。颈联写"斜阳应照客愁满"，然而"去鸟尚如人意闲"，虽心里贮满客愁，但外表还颇悠闲。尾联写怀念苏轼：遥想当年，春月明，春树绿，苏仙当长化白鹤飞还吧。诗末点题。

桃源春晓图

溪上桃花无数开，花间春水绿于苔。不因渔艇寻源入，争识仙家避世来。翠雨流云连玉洞，丹霞抱日护瑶台。幔亭亦有虹桥约，问我京华几日回。

[解读]

《桃源春晓图》是依据陶渊明《桃花源记》而绘就的。本诗前六句再现画境，描绘桃源春晓画图。一、二句凸显春晓情景："溪上桃花无数开，花间春水绿于苔。"诗句明白如话。三、四句议论桃源来由，如果不是因为渔艇寻找洞口，进入桃花源，那怎么会认识来此避世的秦人，现都成了仙家。五、六句合写桃源春晓：春之翠雨流云连接着桃源玉洞，红色的霞光拥抱着太阳，护卫着瑶台仙境。末二句写因观画而思故乡："幔亭亦有虹桥约"，用"虹桥约"典故，意为我与武夷君有个"虹桥约"，要到武夷山聚会；"问我京华几日回"，意为乡人问我什么时候从京城回来，而我现在却滞留于此。

钱舜举画（二首）

紫 茄

江南坝里紫彭亨，票致钱郎巧写生。忆得故园秋雨过，新炊初熟饭香粳。

丝 瓜

黄花翠蔓子累累，写得西风雨一篱。愁绝客怀浑怕见，老来万缕足秋思。

[解读]

《紫茄》前两句称赞钱舜举标致，有风采，他巧于写生，画出江南坝边大紫茄的神韵。后两句由紫茄引起对故乡的怀念：故园秋雨刚过，吃新炊初熟的粳米饭，真香。《丝瓜》前两句再现画意：在西风斜雨的篱笆边，丝瓜黄花翠蔓子累累，煞是可爱！后两句写客怀愁绝，简直害怕见这丝瓜，慨叹老来千丝万缕的秋思都是思乡念亲的情丝。两首都是写见画而勾起乡思，但写法有所区别。第一首写见紫茄图而回忆喜尝香粳饭，采取由此及彼的联想，抒发乡情；第二首写客愁之中见丝瓜图而怕见丝瓜的情感体验，由丝瓜的千丝万缕，联想到乡思的千丝万缕，表达了愁绝的客怀。

题远游卷

为君歌彻远游篇，八极秋高神凛然。禹穴出云藜杖外，轩台飞雪酒杯前。昔人不见牛马走，世俗宁知龟鹤年。子去遥怜沧海上，春来梦绕紫芝田。

[解读]

此诗境界阔大，气势雄伟，与"远游"主题十分吻合。首联高调为远游老者唱彻远游篇，秋高气爽，天地极偏远之地，远游者神情凛然，令人敬畏。颔联展现远游情景：禹穴出云，不过在藜杖之外；轩台飞雪，不过在酒杯之前。紧扣"远游"，从空间维度拓展画意。颈联续写远游，改换以时间维度予以深化：不见往昔的人呀牛呀马呀在奔走，给人历史沧桑感。民间世俗难道知悉龟鹤长寿千百年的奥秘？这是在赞扬图中这位老年远游者，赞叹远游益寿延年的功效。此诗可谓旅游赞美诗。尾联遥怜远在沧海之上的老人，春来之梦仍萦绕于人迹罕至的紫芝田；赞美远游老者矢志不渝的精神。

济南寓公程鹏翼耀彩亭

济南山水似江南，耀彩亭前绿满潭。万柄高荷风娜娜，两行

弱柳露毵毵。绛绡仙子笼新浴,翠盖佳人倚半酣。色静每于心独
契,香清长许鼻先参。剪筒泻酒留人醉,采荫分茶与客谈。风景
不殊时事异,即今看画意何堪!

[解读]

前六句抓住"济南山水似江南"的特点,描写耀彩亭周遭景
色,潭满绿水,风拂菱荷,露润岸柳,美得像仙女新浴、佳人倚
醉。中四句从描景转而叙述人的活动。心与景之色静契合,鼻子
先嗅到花之清香,泻酒留人醉,分茶与客谈,一片美好景象。末
二句掀翻前所营造之氛围,透出悲音,所有描写皆为反衬。"风
景不殊时事异,即今看画意何堪!"时事异,意何堪!感慨深矣。

题节妇卷

妾有匣中镜,一破不复圆。妾有弦上丝,一断不复弹。惟存
古冰雪,为妾作心肝。死者倘复生,剖与良人看。

[解读]

以一破不复圆之匣镜、一断不复弹之琴弦,喻节妇之坚贞守
节,更夸张地表白:倘死去的丈夫复活,将惟存古冰雪之心肝剖
出给他看。大力宣扬封建妇德。拟节妇口吻倾诉,用的是代
言体。

题广陵姚节妇卷

黄鹄不重适,哀鸣常自怜。披心当白日,留面睹黄泉。寂寂

谁能尔，滔滔汝独贤。广陵姚氏传，史馆几时编。

[解读]

宣扬封建妇德，以黄鹄喻节妇。"披心""留面"写节妇心态。末四句为诗人议论。张以宁题画诗也有糟粕。

题雪窗墨兰为湖广都事李则文作

君家诗好锦袍仙，兰雪清风故洒然。金地禅僧留妙墨，木天学士写新篇。香来笔底吴云动，思入琴边楚月悬。圣代即今深雨露，流芳千载逮君传。

[解读]

锦袍仙，指代李白，出自《新唐书·文艺传·李白》："白浮游四方，尝乘舟与崔宗之自采石达金陵，著锦袍坐舟中，旁若无人。""木天"指翰林院，故"木天学士"即"翰林学士"。《幼学琼林·宫室》："木天署学士所居，紫薇省中书所莅。"

乃馆阁应酬之作，除赞美湖广都事李则文，歌颂皇恩外，别无新意。

题边鲁生墨竹为汪大雅

白沙旧游边鲁生，凤城今识汪大雅。忽见此君如故人，满室清风共潇洒。

[解读]

此亦为应酬之作。边鲁生是白沙旧游，张以宁题其墨竹，赠汪大雅。汪大雅是近期于凤城认识的，有一见如故之感，他给人的印象是满室清风共潇洒。

张以宁在《秋野图序》中说："画与诗同一妙也。昔之善诗者必善画，自唐王摩诘诸名人皆然。不宁惟是，凡知诗者必知画，盖其人品之超迈，天机之至到，脱略于形似之粗，领略于韵趣之胜，其悠然有会于心者，固不异而同也。"认为"画与诗同一妙"，"不异而同"。相同者为"人品""天机""形似""韵趣"。又说："予也鲁，虽非知画，而颇知诗。"有此理性认识，又擅写诗歌，因而作题画诗，其题画诗的艺术特征鲜明、突出。

6. 再现意境，借题发挥

题刘志云手植松卷

刘翁前代之故家，种松不种桃李花。苍髯独立风霜表，几度人间春日斜。翁家有孙俱白皙，读书松根看松色。准备长镵劚茯苓，同上青云生羽翼。

[解读]

题画诗意境的营造不同于一般的山水诗、咏物诗、怀古诗等，它需要在一定程度上再现原画的意境，在此基础上予以想象、引申、发挥，甚至离题而去，但它的原点还是原画，只能借他人之酒杯，浇自家之块垒，不能另起炉灶。《题刘志云手植松卷》前四句写刘志云前代是世家大族、仕宦之家，"种松不种桃李花"，刘志云与松树一样，"苍髯独立风霜表"。后四句写刘志云孙子"读书松根看松色"，正准备折桂、劚茯苓，青云直上。他们继承了家风，具有松的精神。句句不离植松。

题米元晖山水

高堂晓起山水入，古色惨淡神灵集。望中冥冥云气深，祗恐春衣坐来湿。江风吹雨百花飞，早晚持竿吾得归。身在江南图画里，令人却忆米元晖。

[解读]

前四句写景，再现"米家山水"原画境界。五、六句言志，"早晚持竿吾得归"，归隐与回乡因观画引起。末二句赞许米芾长子友仁画艺超群，呼应开头。这是典型的题画诗写法。

题月落潮生图

参横天末树阴收，风响芦根海气浮。笑语渐闻灯渐近，谁家江上早归舟？

[解读]

"树阴收"、晨风响、"海气浮"，由远而近，化静景为动景，化画境为诗境；"笑语渐闻灯渐近"，凭想象扩大、延伸画意；"谁家江上早归舟"，诗人似在月落潮生时与画中之舟对话矣。

题崔元初醉翁图

春云石上苍苔冷，芭蕉风动纶巾影。仙翁醉着人自扶，花落花开几时醒？

[解读]

前二句写景，交代醉翁醉酒的背景。纶巾乃醉翁的服饰。后二句写醉翁的醉态。有人扶，不知几时醒。谓沉醉时不管人间事。再现画境，别无深意。

7. 言观画感想

长江万里图为同年汪华玉赋

潮州太守吾同年，香凝画戟春风前。谈诗虚幌坐白昼，忽见浩荡万里之江天。天开地辟鸿蒙外，风回日动神灵会。蓉旗翠节下葳蕤，阴火明珠出光怪。西山雪水青霄来，豁然峡断长川开。洞庭浪阔秋荡漾，汉阳树远云徘徊。庐阜迢遥到牛渚，复渚重洲散平楚。布帆漠漠瓜步烟，红叶离离石城雨。山庵似听疏钟鸣，野桥疑有行人行。村墟微茫灌木暗，绝境毫末俱分明。旅榜前头更渔艇，万鹜千鸦动寒影。水穷霞尽已欲无，犹是海门秋万顷。野人兴发沧洲间，欲呼艇子吾东还。熟看乃是云巢画，巧夺神力回天悭。太守邀我题小草，上有仙人虞阁老。开图欢喜悲忽来，令我有句不能道。仙人昔欲三神游，我居三神海上头。成连携我鼓琴处，白浪如山龙出游。夜梦从之看浴日，十洲青小洪波赤。仙人教读新宫铭，酒醒扶桑露华白。小山桂树淮之洲，雁影几度空江秋。呜呼仙人不可见，太守与我心悠悠。

[解读]

潮州太守汪华玉是张以宁的同年进士，他们常一起谈诗。一日，汪出示《长江万里图》，使张"忽见浩荡万里之江天"。这是诗人创作此首题画诗的缘起。四至二十四句描写画境。长江发源自天开地辟鸿蒙外，汇入西山雪水，从青霄高处奔来，"豁然峡断长川开"，流过洞庭湖、汉阳，"洞庭浪阔秋荡漾，汉阳树远云徘徊"，经庐山脚下，迢遥千里到牛渚，再至瓜州渡、石头城。用"布帆漠漠"形容江面的开阔，用"红叶离离"描摹南京的美丽。接着，重点描绘南京的景色：山庵钟鸣、野桥人行、村墟微茫、灌木幽暗，奇绝之境、毫末之微，俱画得非常细致分明，赞绘画技艺十分高超。插入一句对画图的评论后，再描述长江下游的江景：旅榜前渔艇忙，"万鹜千鸦动寒影"。到了"水穷霞尽已欲无"之处，犹是长江入海之海门，大海秋波万顷。为体现"长江万里"的特点，诗人精选长江沿岸最富特征的标志性山、湖、城、渚等予以描写，用笔十分简练。对长江下游、南京城，则予详写，主次分明。写长江不仅描其形，而且表现其神，即浩荡入海、万里奔腾的精神。从"野人兴发沧洲间"到结尾20句写观画感想。主要内容为：兴发沧洲，遂生东还之念；盛赞该画，巧夺神力；开图题诗，难以下笔；家乡神山，恍若仙境；淮扬之洲，雁影江秋；不见仙人，我心悠悠。此诗既重浓墨重彩描绘万里长江风景，又重抒写观画时复杂细致感受，观画之感皆由原画生发。堪称题画诗上乘之作。

题李遂卿画（二首）

高堂暮冬见杏花，的皪满树开丹砂。生香丽色晓浮动，春风夜到仙人家。名园题诗昔时见，曲江烟晴江色变。两鹅新乳出花间，白雪红云光眩转。野人爱酒兼爱鹅，持酒寻常花下歌。客中看画色惆怅，春风尔来独奈何。右《春鹅杏花》

江风吹霜荷叶白，月出余香动秋色。湘姬越女不复来，鸳鸯翡翠无消息。飞来属玉一双双，雪衣白于荷上霜。更长迢递不成睡，望极飞鸹云外行。开图漠漠秋光冷，念尔娉婷抱寒影。五月花开江水平，飞起红云渺千顷。右《秋鹭霜荷》

[解读]

第一首题《春鹅杏花》。生动地再现了李遂卿画所描绘的风光、人物：暮冬杏花，满树丹砂，香色浮动，春风到家。刻画了春到仙人家的盎然生机。诗中有一意象流，意象在流动：两鹅出花间，白雪光眩转；野人爱酒、鹅，持酒花下歌。出现了新的意象：白鹅、野人。末二句写诗人观画的感触："客中看画色惆怅，春风尔来独奈何。"这是与前面意象迥然相异的意象——由画中春意所引发的客愁、乡愁。

第二首题《秋鹭霜荷》。前四句写霜荷，中间四句写秋鹭。这是描写的重点所在。"一双双"言秋鹭数量之多；"雪衣白于荷上霜"，言秋鹭外形颜色之白；"更长迢递"，言秋鹭飞来又飞去，路途遥远，没有歇息；"望极飞鸹云外行"，言秋鹭愈飞愈远，飞到云外去了。后四句写观图的感想：怜惜秋鹭"娉婷抱寒影"，安慰它"五月花开"，"飞起红云渺千顷"，英姿将更加飒爽。依原画秋鹭之形，借题发挥，抒写诗人"怜""慰"的感情。

题　画

棠梨幽鸟

扬州旧梦隔天涯，曾醉春风阿那家。幽鸟岂知人事恨？依然啼杀野棠花。

[解读]

首句感怀，谓繁华如梦，二句言在春风里曾醉倒在谁家？"阿"，入声字音如"屋"，无义，作发语词。三四句点题，意为人事之恨鸟不知。

梨花锦鸠

一枝新雨带啼鸠，唤起春寒枝上头。说与朝来啼太苦，洗妆才了不禁愁。

[解读]

一、二句点题，写新雨啼鸠，唤起春寒。三、四句写人刚洗妆完听见锦鸠朝啼声太苦，不禁生出愁绪。

题尚仲良画鹭卷

沧江雨疏疏，翻飞一春锄。老树如人立，欲下意踌躇。明年柳条长，遮汝行捕鱼。

[解读]

第一句写鹭鸟翻飞的背景：沧江之上，疏疏雨中。第二句写鹭鸟翻飞的姿态。三、四句写鹭鸟见老树如人立，是人是树？鹭鸟欲下未下意踌躇。此乃诗人猜测，未必是画意，诗、画之区别于此可见一斑。画面是客观固定的，题画诗主观性强，掺入了诗人丰富的想象。五、六句表达诗人良好的祝愿："明年柳条长，遮汝行捕鱼。"

林志尹秋江渔父图

江风摇柳云冥冥，小艚钓归潮满汀。卖鱼得钱共秋酌，白酒船头青瓦瓶。樵青劝酒渔童舞，击瓯唱歌无曲谱。船前野鸭莫惊飞，我有竹弓不射汝。

[解读]

樵青、渔童，颜真卿《浪迹先生玄真子张志和碑》："肃宗尝赐奴婢各一，玄真配为夫妻，名夫曰渔童，妻曰樵青。"后因以指女婢。

这是幅秋江渔父的闲适惬意图、欢乐歌舞图。末二句表达了渔父的良好愿望，体现了诗人的人文关怀。离题而去，另辟蹊径矣。

题马致远清溪晓渡图

先生自注："致远，广西宪掾。子琬，从予学。"

今晨高卧不出户，岁晏黄尘九逵雾。美人远别索题诗，眼明见此清溪之晓渡。溪傍秀林昨夜雨，落花一寸无行路。歌阑桃叶人断肠，艇子招招过溪去。红日青霞半晦明，白云碧嶂相吞吐。诗成君别我亦归，此景宛是经行处。我呼九曲峰前船，君帆正渡潇湘渚。雁去冥冥红叶天，猿啼历历青枫树。是时美人不相见，我思美人美无度。美人之材济时具，我老但有沧洲趣。他日开图思我时，溪上春深采芳杜。

[解读]

《题马致远清溪晓渡图》，开头四句交代写作此诗之缘起。

"溪傍秀林昨夜雨"等六句再现画意。"此景宛是经行处"等八句叙写自己与马致远的交情,二人分别,自己思念之。最后四句称赞马致远才华出众,谓自己"但有沧洲趣","沧洲趣"即隐居意。诗中称马致远为"美人",足见对马致远的推崇。此诗重点不在重现画意,而在抒写诗人与画家的情谊,表露诗人的归隐之志,写法较为别致。

题甬东卓习之郭熙雪霁图

宸中七月天气热,广文先生晨告别。生绡短卷出袖间,四坐森寒动秋发。青山漫漫夜来雪,玉虬晓冻鳞甲裂。江寒树黑乱于云,浦白沙明光胜月。是时樵苏俱不爨,千门闭户无车辙。二翁偶坐何所为?掀髯起视天宇阔。忆昔剡溪曾壮游,照舸玻璃夜光发。广文之家住甬东,颇闻此景尤奇崛。金鳌背上望银涛,羽节琼旌蔽琼阙。送君归去一题诗,清梦先君过吴越。

[解读]

张以宁题画诗的典型模式之一:赞画,再现画境,赞诗人,有时兼及收藏者。《题甬东卓习之郭熙雪霁图》题咏甬东卓习之(即诗中的广文先生)收藏郭熙的《雪霁图》。大热天,广文先生与诗人告别时从袖间拿出郭熙的《雪霁图》,使得"四坐森寒动秋发",足见《雪霁图》产生了多么强烈的艺术效果!诗人在开头用了夸张之笔盛赞郭熙《雪霁图》。"青山"以下十句,展现画意。写雪霁风景,二翁舟中掀髯视天、纵谈、忆昔剡溪壮游。最后六句写收藏者广文先生一家"金鳌背上望银涛",诗人"送君归去一题诗"。赞大画家郭熙、赞《雪霁图》、赞该画的收藏者甬东卓习之。末句表达自己的思乡之情。

8. 化静为动，主观挥洒

题余寄庵卷

窗过梅花月，帘浮柏子烟。人生如寄尔，吾意正翛然。江海虚舟外，乾坤短褐前。蓬莱清浅日，知是子归年。

[解读]

化静景为动景在张以宁题画诗中十分突出，这也体现诗与画的区别。

首联从再现画面之景开篇，但诗人让静止之景活动起来，"过"字描出月光穿过梅花、照到窗前的情景；"浮"字使烟霭飘过柏树浮到窗帘。如此美景，诗人却产生"人生如寄尔"的感触，情绪也是"翛然"。这三、四句写的是观画感受，实则在抒发情怀，包含深刻的人生哲理。五、六句又回到画面，但境界遽然阔大：江海之广大，不过在虚舟之外；乾坤之无垠，不过在短褐之前。此乃诗人根据画上的舟与人，加以想象与夸张，充满动感。七、八句写当蓬莱清浅的那一天，知道画卷作者余寄庵将要归来。对友人流露了思念之情。

题小景

雀啅江头秋稻花，颠风吹柳一行斜。渔舟细雨独归去，白石沧江何处家？

［解读］

时间：秋天；地点：江边；动作：麻雀啄稻花。景物："颠风吹柳一行斜。"这是前二句，写江边。第三句写江中，"渔舟细雨独归去"。第四句写江边：白石、沧江、人家。诗人说：他不知道渔舟归向哪一家。全诗景物特点：动景。

题玄妙观主程南溟所藏冯太守莲花图

往时毗陵二千石，能作冯荷世无匹。扬州真馆惊见之，江水江云动高壁。紫台日出群仙朝，露洗榑桑太霞赤。翠蕤绛节光陆离，汉女湘妃失颜色。就中一个异姿格，彤霞酒销雪色白。道人一笑三千龄，太华秋风语畴昔。忆予濯足江上游，浩歌小海无人识。荷叶荷花梦里香，倦游见画三太息。君当取此叶为舟，凌厉南溟观八极。暮年贺老乞身归，分取鉴湖千顷碧。

［解读］

道人一笑三千龄：元·王冕《白云歌为李紫篔作》："为君唤雪梅花天，握手一笑三千年。"　浩歌小海：此用"小海唱"典故，吴人怀念所作的歌，后用为隐士高洁的典故。格调激越慷慨。　凌厉南溟而观八极：意为向南溟而凌空高飞，以观八方极远之地。　暮年贺老乞身归，分取鉴湖千顷碧：此用贺知章事。"（贺）天宝初，病，梦游帝居，数日寤，乃请为道士，还乡里。诏许之，以宅为千秋观而居"，又赐湖数顷为放生池，"既行，帝赐诗，皇太子、百官饯送"。

咏物题画诗与咏物诗不同。它不追求体物入微或传神写照，而更注重诗人的主观挥洒，想象比喻，并与观画感想相融合。此诗作于流寓扬州时。一开篇即赞扬冯太守莲花图"世无匹"。"扬州真馆惊见之"等十句充分表现莲花图所展示的画面、意境。用群仙朝拜之,夸张其高雅;用"露洗榑桑太霞赤",形容其艳丽;"榑桑",同"扶桑",传说中的神木;用翠叶红杆在波光中摇荡,描写其多姿多彩;用"汉女湘妃失颜色"映衬其姣美异常,十分独特。这些描写已使荷花的形象非常鲜明、生动,接着,推出一个特写镜头,画面中有一支特别突出的荷花,诗人刻意拈出:"就中一个异姿格,彤霞洒销雪色白。"又用"道人一笑三千龄,太华秋风语畴昔"渲染其超凡脱俗,营造出富有仙道气息、具有历史深邃感的意境。"忆予濯足江上游"等八句转入叙写观画感受。忆昔濯足江上、浩歌小海,倦游已矣,今见此画,顿感"荷叶荷花梦里香",因而"三太息",劝告此画的收藏者玄妙观主程南溟:"君当取此叶为舟,凌厉南溟观八极。"既是劝告,亦是自勉,表露了诗人博大的胸怀与宽广的视野。希望观主程南溟老年归来,一起分享鉴湖千顷的碧叶红莲。内容远比单纯的咏物要丰富复杂得多。

题画猫

绣茵睡起饱溪鲜,半卧闲庭日静前。忆在牡丹花下见,双睛一线午晴天。

[解读]

猫在绣茵上睡起,饱尝过溪里捕来的新鲜鱼虾后,半卧于阳光暖和的闲静的院子前。这情景令诗人忆起另一情景:猫躺于牡丹花下面,在晴天的中午,双睛咪成一线。此诗精细地再现了画境，是诗中之"工笔画"。

题画白头公（二首）

日暖花开海上洲，飞来青鸟话闲愁。三生莫为多情煞，惹得春风白了头。

蜀魄啼时清血流，断云荒树不堪愁。山禽不管人间事，也向春风自白头。

[解读]

诗就白头公图中的"白头"展开想象。第一首说它因为闲愁、多情，惹得白了头。第二首说它虽是山禽，不管人间事，但也因忧愁白了头。歌颂了"多情"和为人间不幸而忧愁的高尚情怀。这些并非画中所固有，完全是诗人的主观想象与发挥。

9. 刻画人物，揉入叙事

题李白问月图

青天出皓月，碧海收微烟。举杯一问月，我本月中仙。醉狂谪人世，于今几何年？桂树日已老，我别何当还！兔药日已熟，我鬓何由玄？迢迢夜郎外，垂光一何偏。问月月不语，举杯复陶然。青天自万古，皓月长在天。明当蹑倒景，飞步昆仑巅。

[解读]

张以宁吟咏人物的题画诗善于刻画人物形象，具有一定的叙事性，并阐述某些人生感悟。李白是张以宁最崇敬的诗人之一。不仅尊他的诗，而且敬他的为人，敬他那种热爱自由的天性。他写有两首《题李白问月图》，从不同侧面发掘李白的精神气质。"青天出皓月"这首着重揭示李白的探索精神。李白一连串对月发出四个疑问：一问"于今几何年"？二问"桂树日已老，我别何当还"？三问"兔药日已熟，我鬓何由玄"？四问"迢迢夜郎外，垂光一何偏"？无疑是屈原《天问》的"微小版"。但问月月不语，李白举杯复陶然，展示了李白丰富的内心世界，表达了李白和诗人自己的雄心壮志："明当蹑倒景，飞步昆仑巅。"

题李白问月图

　　谁提明月天上悬，九州荡荡清无烟。天东天西走不驻，姮娥鬓霜垂两肩。中有桂树万里长，吴刚玉斧声阗阗。顾兔杵药宵不眠，天翁下视为尔怜。颇闻昔时锦袍客，乃是月中之谪仙。帝命和予羽衣曲，虹桥一断心茫然。竹王祠前雾如雨，踯躅花开啼杜鹃。月在天上缺复圆，人间尘土多英贤。举杯问月月不言，风吹海水秋无边。沧波尽卷金尊里，清影长随舞袖前。相期迢迢在云汉，呜呼此意谁能传？骑鲸寥廓忽千年，金薤青荧垂万篇。浮云起灭焉足异？终古明月悬青天。

[解读]

　　首八句写月中风物。9 至 12 句写李白遭际。13 至 16 句感叹月亏能复圆，"人间尘土多英贤"。17 至 24 四句写问月月不言，而李白志在云汉，虽去世千年却锦篇独传。结联谓浮云起灭不足为奇，明月终古，长悬青天。隐寓对李白的慰藉之情。

着重从月宫神话传说和李白生平遭际角度赞颂李白"月在天上缺复圆，人间尘土多英贤"。李白问月虽得不到回应，但激发了创作灵感，"骑鲸寥廓忽千年，金薤青荧垂万篇。"诗篇何其多！末二句议论："浮云起灭焉足异？终古明月悬青天。"指出：万物变化不足奇怪，自然界自有其运行规律，包含着深刻的哲理。

题李太白观瀑图

晓读谪仙诗，夜梦谪仙人。反被锦袍横玉麈，夜月瑶树秋无尘。遥指风烟昔巴蜀，长鲸掉尾沧溟覆。人间溷浊不堪言，挥手匡庐看飞瀑。瀑飞万古匡庐山，我辈长留天地间。身骑飞鲸蹑恍惚，月明夜夜听潺湲。予亦浩荡云林客，乞与飞淙洗心魄。觉时见画独茫然，月满青山澹秋色。

[解读]

一、二句"晓读谪仙诗，夜梦谪仙人"，表示对李白诗歌、为人的喜爱与崇敬。以下写梦境。"反被锦袍横玉麈，夜月瑶树秋无尘"。在他的笔下，李白的形象，何等飘逸洒脱，恍若仙人；遥指巴蜀风烟，宛如长鲸掉尾，致使"沧溟覆"，似具神力，气势何等雄伟！揭示李白观瀑原因："人间溷浊不堪言，挥手匡庐看飞瀑。"人间溷浊，促使李白回归自然，以求得精神解脱。张以宁借此鞭笞黑暗现实。张以宁很少在诗中进行社会批判，故此诗句颇为难得。表明自己亦是"浩荡云林客"，与李白一脉相承，也想用飞淙"洗心魄"。人生感悟颇为深刻。末二句写梦觉，心独茫然，而月满青山，天澹秋色。

题李文则画（四首）

陆羽烹茶

阅罢茶经坐石苔，惠山新汲入瓷杯。高人惯识人间味，笑看江心取水来。

[解读]

人物画题咏诗塑造的人物形象独特、生动，富有创意。《陆羽烹茶》全诗都在刻画陆羽的烹茶形象。阅罢《茶经》，悠闲地坐在长着苔藓的石凳上，把从无锡惠山新汲来的泉水倒入瓷杯。高人陆羽惯识人间的风味，笑着看人们从江心取水来烹茶，并不介意用江水，并不苛求用清泉。诗的新意在于塑造了一个既超凡脱俗又亲近民间的"茶仙""高人"形象。三、四句或用苏轼与王安石以扬子江中水烹茶的故事。苏取三峡水烹茶，王喝一口就说这不是中峡水，苏承认是下峡水。王说，三峡水性甘纯活泼，烹茶皆佳，而上峡水失之轻浮，下峡水失之凝浊，惟中峡水中正轻灵，烹茶最佳。若用此典，诗则有新解矣。

苏公赤壁

赤壁江寒叶渐稀，黄泥坂静露斜飞。洞箫声里当时月，应照十年化鹤归。

[解读]

前二句摹写"东坡赤壁"的景致。后二句悬想洞箫声里，当年赤壁之战时的月亮，应照十年化鹤归来。再现苏轼《前赤壁赋》中的意境：苏子扣舷而歌，"客有吹洞箫者，倚歌而和之"，二人对话，讨论人生哲理。期盼化鹤归来，苏轼的形象不仅跃然纸上，而且与抒情主人公张以宁自身的形象融为一体。

渊明送酒

五柳门前秋叶衰，南山佳气满东篱。白衣人到黄花外，正是先生述酒时。

[解读]

五柳门前，秋叶衰落，景颇萧疏，但南山佳气布满东篱。景物仍以充盈生机为主。白衣人来到黄花外，正是五柳先生饮酒、写作《述酒》诗的时侯。诗不仅展示画境，而且把陶渊明《五柳先生传》《归园田居》《饮酒》"采菊东篱下，悠然见南山"等意境融入诗篇。东篱采菊的悠闲与写作《述酒》时的激昂矛盾统一，这才是陶渊明的"全人""真人"。

逸少兰亭

兰亭佳处忆曾过，已较前人感慨多。修竹茂林今在否，画中一看意如何？

[解读]

写法与前三首不同，并不再现画意，而着意陈述自己观画的感触。回忆自己曾经到过兰亭佳处，比起前人，自己的感慨颇多。《兰亭集序》中的修竹茂林现今还都在否？看一看画中，意下如何？兰亭逸少王羲之的形象被虚化了，要靠读者的想象、补充才能完成。塑造人物形象的手法十分独特。

题饶良卿所藏界画黄楼图

饶君手持新画图，起摩双眼惊老夫。高林叶响昼淅沥，平皋野色春模糊。绮疏绣瓦细毫末，雕栱朱甍盘郁纡。楼前磊落三长身，幅巾大带皆文儒。我疑岳阳或黄鹤，此外风景江南无。君云乃是徐州之黄楼，令我怅然思大苏。洪河西来厚地裂，蛟鳄抃舞号天吴。飞楼雄压城之隅，万马肃肃东南趋。是州项氏昔所都，绿枪金镞埋平芜。沥肝作书上明主，远略翻见英雄粗。相携一笑视千古，恐是昨者黄陈徒。细看古意在绢素，稍觉爽气浮眉须。千年融结岂易得？峨眉草木今犹枯。当时漂流江海遍，终古志士长嗟吁。君到楼中若把酒，明月正在青天孤。

［解读］

开头二句交代饶良卿展示所藏元代画家夏永的界画《黄楼图》，惊动了诗人。界画：明陶宗仪《辍耕录》所载"画家十三科"，中有界画楼占一科。指以宫室、楼台、屋宇等建筑物为题材，而用界笔直尺划线的绘画。三至八句描写《黄楼图》画面：高林叶响，平皋野色，春意渐浓，在此背景下，推出画面的主体——黄楼，"绮疏绣瓦细毫末，雕栱朱甍盘郁纡"。此乃工笔画，细微之处，历历可见。楼前三身塑像，"幅巾大带皆文儒"。9 至 12 句写观画感受。面对此画，诗人疑它是岳阳楼或黄鹤楼，此外江南无此景。饶良卿解疑释惑，说此是徐州之黄楼。这是在赞画，赞黄楼堪比岳阳或黄鹤，也是在赞画幅气势不凡。徐州令诗人怅然怀念曾任该州知府的苏轼。这是写《黄楼图》带给诗人的情感冲击。13 至 20 句写苏轼在徐州的作为，"洪河西来厚地裂，蛟鳄抃舞号天吴""沥肝作书上明主，远略翻见英雄粗"，写苏轼抗洪故事。据《宋史·苏轼传》，洪水在徐州曹村一带决堤，富人争相出城避水，轼阻止之，曰："吾在是，水决不能败城。"调武卫营士卒筑长堤，轼在城墙下搭帐篷住下，过家门而不入，命官吏分段守护城墙。雨日夜不停，城墙未被水淹毁。后上书朝廷调岁夫加固之，做木岸，获朝廷批准。"飞楼雄压城之隅，万马肃肃东南趋"写黄楼雄压城之隅，像万马肃肃，往东南流去。这是在突出黄楼在雄镇洪水中的作用，给诗涂上神奇的色彩。"是州项氏昔所都，绿枪金镞埋平芜"写徐州历史悠久，曾是项羽的都城，当年战事激烈，平芜之下还埋藏着绿枪金镞。画面再现与史事回顾紧密融合，使诗具有厚重的历史积淀与丰富的文化内涵。21 至 28 句写观画时稍觉爽气的感觉，"千年融结岂易得？峨眉草木今犹枯"的感叹，当时苏轼漂流江海不得朝廷重用，致使"终古志士长嗟吁"。全诗描景、咏史、感怀融为一体，是首出色的题画诗。

题徐君美山水图

天云惨淡江欲雨，古木阴森精灵语。春潮夜落富阳江，短篷晓系苍厓树。篷间文人清隐者，傲视沧浪吟太古。蜑人捉鱼贯杨柳，沽酒欲归沙店暮。掀髯以手招其来，划起沙汀数行鹭。鹭飞不尽青天长，渔舟散入芦花雾。远山近山无数青，我恐斯人有新句。酒船独载西家施，玉手冰盘行雪缕。酒酣竹弓抨野鸭，笑调吴儿短蓑舞。开图兴发思赋归，山水东南美无度。

[解读]

　　少数题画诗引"丑"入诗，与美构成冲突，增强诗境的张力。天云惨淡，古木阴森，此非美景，而是让"丑"的元素入诗。与《富阳江春潮图》所展示的美好景色不协调，使诗境具有张力。景只是陪衬，主要写人及其活动："篷间文人清隐者，傲视沧浪吟太古"，"蜑人捉鱼贯杨柳，沽酒欲归沙店暮。"船上文人清隐者以手招蜑人过来，惊起鹭飞长天，渔舟散入芦荡。文人、蜑人与江景联系了起来。"酒船独载"等四句展现另一种情景：酒船行乐。西施般美女陪文人清隐者饮酒，文人清隐者酒酣抨野鸭，笑调吴儿舞。这样的世俗作乐，与文人清隐者"傲视沧浪吟太古"的超凡脱俗又构成冲突。然而，这正是生活矛盾复杂的本相本色。诗人开图兴起了思赋归，在他心目中，"山水东南美无度"。一幅山水图，引发的却是思乡的情怀。此乃全诗的归穴之处。诗的立意建立在画的意境之上，又超越画意，引人遐想。

题　扇

　　阴阴古木精灵语，惨惨长风蜃鳄骄。有客扁舟秋睡起，笑看沧海月明潮。

[解读]

　　阴阴古木、惨惨长风、精灵语、蜃鳄骄，都属于丑陋或怪异的意象，与秋夜、客睡扁舟，起来笑看沧海、明月、浪潮等美好的意象形成鲜明对照。对立的意象形成诗内部的紧张关系，增强了诗的张力。

10. 清新自然，风格多样

为舟人万氏题象图

雪白双牙云满身，日南万里贡来驯。远方奇物真堪画，却是中州有凤麟。

［解读］

张以宁的题画诗一般不刻意追求含蓄蕴藉，而显得清新自然，有的甚至显豁直寻。第一句描写大象形象，抓住其最显著特征，用语十分简练。第二句点明大象乃安南万里贡来驯养。第三、四句盛赞此远方奇物真堪入画，唯中州的凤凰、麒麟才可比拟。用语直寻，意思显豁。

题双峰禄天泉上人所藏南岳笑印蒲萄幛

南岳之僧今玄奘，西游惯见龙珠帐。满襟萧爽金天秋，醉洒双峰雪色幛。双峰上人昼诵经，阶前雨花深一丈。老髯合遝献夜光，贝阙苍苍月东上。我尝酷爱温日观，今见此画尤豪宕。古藤千年蛟始蜕，霜骨脱落转崛强。柔枝百尺凤下翔，翠蕤婀娜森相向。新须旧叶更可怜，蝉翼蝇头纷万状。下有漪兰杂奇石，意态翛然甚幽旷。忆昔吾家汉博望，万里乘槎凌浩荡。今朝展幛寒色来，眼底玉关冰雪壮。亦欲因之歌远游，大呼千斛凉州酿。

［解读］

张以宁题画诗风格多样，优柔浑厚是其风格的一面，另一面则为豪放雄奇。《题双峰禄天泉上人所藏南岳笑印蒲萄幛》称双峰上人为"南岳之僧今玄奘"。释笑印,住南岳,工画葡萄。谓"我尝酷爱温日观,今见此画尤豪宕"。温日观,宋末元初画家,杭州葛岭玛璃寺僧,善草书,精画葡萄,自成一家。展示《南岳笑印蒲萄幛》所绘画面,写诗人观画的感想,回忆自家先祖博望侯张骞"万里乘槎凌浩荡"的壮举,今朝展幛,欲因之歌远游,大呼痛饮千斛凉州酿之美酒。全诗流贯着遒劲之气。

题日本僧云山千里图

天东日出天西入,万里虬鳞散原隰。日东之僧度海来,袖里江山云气湿。愿乘云气朝帝乡,大千世界观毫芒。却骑黄鹄过三岛,别后扶桑枝叶老。

[解读]

日出日落,万里扬波,日僧渡海来访,袖藏《云山千里图》。诗人抓住日本僧、千里图二个看点展开描写。"愿乘云气朝帝乡,大千世界观毫芒",写出日僧来华的宏愿,也透露诗人的雄心壮志。末二句写日僧"骑黄鹄"飞回日本。全诗境界阔大,气势恢宏。

题杨子文罗汉渡海图

天台之东巨瀛海,蒙蒙元气浮无边。应真十六山中来,径渡万里蛟鼍渊。巨灵前驱海若伏,翠水帖帖开红莲。神螭猛兽竞轩鬐,穿龟巨鱼相后先。一山浮玉当其前,石室古藓垂千年。异人高居役众鬼,挽过巨浸如飙旋。贝宫神君迎且拜,明星玉女争花妍。阴风黯淡百怪集，芙蓉旗影飞翩翩。石桥回望渺何处，紫翠明灭空云烟。问渠飞锡何所往，毋乃鹫岭朝金仙？金仙雪山方宴坐，笑汝狡狯何纷然。书生平生未省见，太息此画人间传。清时麟凤在郊野，白日杲杲行青天。

[解读]

该诗用语言"复原"罗汉渡海情景，"蒙蒙元气浮无边""阴风黯淡百怪集"，大海环境峥嵘恐怖。"巨灵前驱海若伏，翠水帖帖开红莲。神螭猛兽竞轩鼚，穹龟巨鱼相后先"，"异人高居役众鬼，挽过巨浸如飙旋"，浓墨重彩描绘渡海壮烈场景，意象雄奇怪异。

（六）交游诗

张以宁为人率真、耿直，不喜应酬交际，但待人以诚，朋友并不少，且多为至交。

1. 张以宁与恩师及门生

（1）与恩师欧阳玄

李秀才琴所卷

圭斋先生吾座主，扬州拜之今五年。京师见赠李君字，我未识面知君贤。君家具区滆漭边，流水倒入冰丝弦。山空露下鹤孤响，林深人稀兰独妍。忆昔我从成连仙，夜鼓一曲蓬莱巅。众真拊掌六鳌舞，碧海白月悬青天。论心相许太古上，握手一笑清尊前。圭斋今者欧阳子，将琴未老先归田。何时青山拂白石，听写松涧鸣秋泉。曲终细说玉堂事，与作人间图画传。

[解读]

欧阳玄（1283—1357）：字原功，潭州浏阳（今湖南浏阳）人，祖籍江西庐陵，系欧阳修族裔。延祐乙卯（1315），以乡贡首荐进士第。为官四十余年，其间三任成均，而两为祭酒，六入翰林，而三拜承旨。屡主文衡，两知贡举及读卷官。文名盛极一时。现有《圭斋文集》十六卷。以散文著称，诗多题画、赠答之作。流畅自然，饶有情趣。

自元世祖忽必烈于1271年在全国建立政权之后，长达43年废黜科举，直至仁宗皇庆甲寅，亦即延祐元年（1314），始诏开科，顺帝元统三年乙亥（1335）又议罢，至正辛巳（1341）复行，期间停科七年。有元一代，共开科16次。泰定四年（1327）廷试，三月七日开考。86人及第，会试读卷官虞集，监试官治书侍御史王士熙，殿试读卷官马祖常、贡奎。

泰定四年丁卯（1327），张以宁27岁，"荐于杭，试于京师。"（《黄子肃诗集序》）以《春秋》登进士第。"未壮，登李黼榜进士第"。张以宁后作《李秀才琴所卷主》诗中提及"圭斋先生吾座主，扬州拜之今五年。""忆昔我从成连仙，夜鼓一曲蓬莱巅"，"圭斋今者欧阳子，将琴未老先归田"，对恩师欧阳玄充满感激之情。成连，春秋时著名琴师，传说伯牙曾学琴于他，三年无成。成连遂留伯牙于东海蓬莱山，因情思专一，终有启悟，成天下操琴妙手。

（2）与恩师马祖常

湛渊王提点招饮出示座主马中丞诗归赋此谢之

石田仙人玉为节，绣衣秋映琪花雪。袖挥骊珠五十六，飞到淮南是明月。淮南高士王方平，双骑苍鹿吹瑶笙。卧看明月在窗户，桂树云影秋冥冥。昔我乘槎斗边去，亲饮仙人玉杯露。丹成一别三十秋，东望玄洲隔烟雾。手攀桂树白发新，方平饷我脯麒麟。饮酣语旧逸兴发，笑傲沧海生微尘。金鸡呼日扶桑晓，三山如黛潮声小。明当握手共掀髯，日观层巅一长啸。

[解读]

马祖常（1279—1338）：字伯庸，色目雍古人，父润，任漳州同知。始家于光州定城（今河南潢川县），延祐二年（1315）进士，授翰林文字，擢监察御史，弹劾罢免了贪赃枉法的宰相铁木迭尔。延祐七年（1320），铁木迭尔复相，被降为开平县尹，后退居光州。铁木迭尔死后，得复官，历任翰林待制、礼部尚书、御史中丞、枢密副使等职，因病辞归，享年60岁。有《石田集》十五卷行世。《元史》本传曰："祖常工于文章，宏赡而精核，务去陈言，专以先秦两汉为法，而自成一家之言。尤致力于诗，源密清丽，大篇短章无不可传者。"其诗揭露贫富悬殊、民间疾苦，对底层人民怀有恻隐之心。写景诗刻画出各地的自然风光、风土人情。《闽浙之交》三首："闽峤人居匽画图，客行只欲望京都。笋舆轧轧相思岭，秋雨空濛叫鹧鸪。"（其一）"路入闽中尽翠微，家家蕉葛作秋衣。石墙遮竹松围屋，时有丹禽哺子归。"（其二）"山溪秋濑急飞淙，万斛跳珠溅石矼。闽女唱歌来漂苎，素馨花插髻丫双。"（其三）第一首写闽峤人居，秋雨空濛，客行心绪，欲望京都；第二首写路入闽中所见景物；第三首写闽女服饰打扮，边唱歌边洗衣裳，富有闽地风味。张以宁若读到，会倍感亲切的。

马祖常是张以宁的座师。张以宁登进士第时作七律《丁卯会试院中次诸友韵》二首。

座师可能记不住门生，门生却永远忘不了座师。30 年后，张以宁在一次宴会上读到马祖常的诗，便情不自禁地回忆起当年考中进士的情景，一别三十年，张以宁恨不得见到恩师，"明当握手共掀髯，日观层巅一长啸。"作《湛渊王提点招饮出示座主马中丞诗归赋此谢之》。对座主马祖常感激之情溢于言表。

（3）与门生石光霁

题石生仲濂所藏李克孝竹木

息斋之孙李公子，尽将幽意入经营。修篁石上生云气，古木山中作雨声。年来好画不忍见，岁晏故园空复情。乌巾挂在长松树，吾欲巢居逃姓名。

[解读]

石光霁：字仲濂，泰州人。受学于张以宁，洪武十三年（1380），以明经举，授国子学正，进博士，工文，能传以宁之学。有《春秋书法钩元》传世。

张以宁"宦途中阨，留滞江淮"期间，"光霁获从之游，昕夕聆诲，为益不少。"此诗作于任职馆阁时。石光霁（仲濂）亦在太学，乃张以宁得意之门生。他收藏了李克孝的《竹木图》。

此诗吟咏《竹木图》。先交代李克孝是息斋的孙子，夸奖他"尽将幽意入经营"，概括该图的总体特征是表现了"幽意"。接着描绘画境：石旁，修长的竹篁上生起云气，山中古木发出风雨之声。凸显了"幽意"。然后笔锋一转，写不忍见此好画，因它在岁晏之时让诗人想念故园，但又无法归去。最后，进一步深化归隐之念，写诗人欲挂乌巾于松树，回乡巢居，逃离姓名的羁绊。借题李克孝竹木图表达"岁晏故园空复情"，"吾欲巢居逃姓名"的故园巢居之情。而这幅画的收藏者是石仲濂。师生的心灵是相通的。

张以宁去世后，石光霁搜集、整理张以宁诗集，并于洪武三十二年庚午（1390）二月初刊行。石光霁跋其诗集云："先师张先生，三山之古田人，幼而聪慧，长而博学，未壮，登李黼榜进士第。与其同年黄子肃、江学庭诸老，俱有声当代，而先生之名尤著。"回忆张以宁留滞江淮，"光霁获从之游，昕夕聆诲，为益不少。素欲寿其遗稿，以报万一。"足见师生情谊之深厚。

2. 张以宁与同年

（1）与黄清老

丙寅乡贡，同宁德黄君泽、韩君瑕、林鹤山，登幔亭峰，今十五年矣，赋此并怀黄子肃同年

忆共故人携手地，幔亭绝顶赋游仙。鹏飞起处三千里，鹤到归时十五年。澄潭月上金鸡响，古洞泉流玉幅悬。为报樵溪黄石老，幽期长在白云篇。

[解读]

黄清老（1290—1348）：字子肃，号樵水，其先光州固始人，后徙居邵武，五子各治一经，人号黄五经，清老少治《春秋》，泰定三年（1326）为浙江乡举第一，明年登李黼榜进士。入馆阁，授翰林典籍，迁应奉翰林文字、同知制诰、兼国史院编修官。在朝中任职十几年，至正元年（1341）出为湖广行省儒学提举，至正八年（1348）卒于鄂，年五十九。平生多所著述，学者称为樵水先生。有《樵水集》《春秋经旨》《四书一贯》等著作。诗集《樵水集》清初尚存，乾隆年间修《四库全书》时已不见传本。顾嗣立编《元诗选》曾从《樵水集》选黄清老诗85首。谓其"为文驯雅，诗飘逸有盛唐风。"

黄清老诗深得严羽诗论精髓，由学李白入手，变为一家，玲珑莹彻，缥缈飞动，如水之月、镜之花，如羚羊之挂角，不可以成象见，不可以定迹求。

黄清老至正元年（1341）离京赴任时有《张志道别都门》："竹寺西轩共听琴，杏花犹记紫囊吟。溪山老我扁舟兴，风雨知君万里心。沧海夜潮银汉湿，蓬莱春树碧云深。三年离别尊前话，倾倒何时更似今。"回忆当年听琴、赏花、吟诗情景，他与张以宁灵犀相通，"风雨知君万里心"，离别三年今见面，倾情而谈又分手，何时还能再相聚倾谈，"三年离别尊前话，倾倒何时更似今。"

张以宁于泰定三年丙寅（1326）26岁时赴杭州乡试，曾同宁德人黄君泽、韩君瑕、林鹤山一起登武夷山幔亭峰，一晃十五年过去了，至正元年（1341）41岁时，在此江淮之地，他回忆此事，就想到同年进士黄清老，于是写下了这首诗。

忆黄子约

　　天台黄石老，茅屋冷如冰。消息经年断，交游往日曾。世人怜李白，今我愧孙登。骏骨篇应在，何时复剪灯。

　　[**解读**]

　　此诗怀念黄清老。首联叙黄清老的贫寒生活。次联叙交往情况：往日曾交游，而今，消息经年断。三联出句用杜甫《不见自注：近无李白消息》"世人皆欲杀，吾意独怜才"诗意。此反其意而用之。对句用嵇康典。嵇康临终作诗，有"昔惭柳下，今愧孙登"之语。嵇康随孙登游学三年，临别，孙登告诫嵇康：如今你虽多才，可是见识寡浅恐难免误身于当今之世。二句意为世人怜爱李白，而今我愧对孙登。孙登指代老师，谓自己落魄淮扬，涉世未深，辜负了老师的教诲。尾联谓那招徕贤士的《骏骨篇》应该还在，我何时能得以复用，与你共剪西窗烛？张以宁《黄子肃诗集序》（写于复出翰苑）叙其与黄清老交往情况及《黄子肃诗集序》写作缘起。

（2）与李孟齐

次韵同年李孟齐编修见贻

　　玉京仙家十二楼，真珠垂箔珊瑚钩。锦袍仙人醉吟处，蟠桃开遍金鳌头。笑予卜居问詹尹，江枫摇落霜鸿影。淮水东边昔遇君，琼花泻露金盘冷。美人云髻歌堂堂，白日缓辔回清光。五年相别复相见，桂树萧飒飞秋霜。君今青云致身早，笑语从容陪阁老。垂鞭晓拂琼林枝，抽毫夜视明光草。雪风吹酒生绿鳞，我起洗濯新丰尘。会当鸟爪擘麟脯，海上一笑三千春。

[解读]

李谡（1304—1364）：字孟豳，滕州（今山东滕县）人，出身仕宦人家，父希颜官至太常大乐署令。八岁能诵经史，尝师名进士夏镇、方回孙，兼得《春秋》之传。泰定四年（1327）登进士后，授淇州判官，理剧务，赈饥民，有政声，调海陵县丞，入为翰林国史院编修、御史台照磨。至正初任监察御史，劾阉宦，止工役，又建言防壅蔽、擢言官、慎守令之选等，多被采纳。约于至正十年（1350）累迁户部尚书，翌年任参议中书省事、治书侍御史，后迁中书参政、枢密副使。十九年（1359），任大都路总管兼大兴府尹，迁陕西行台中丞，二十四年（1364）出为山东廉访使，旋卒，年六十一，谥文穆。

张以宁与李孟豳交谊甚厚。李孟豳仕途顺畅，早年入为翰林国史院任编修官，那时，张以宁还留滞江淮，靠教馆谋生，他接到李孟豳的赠诗，便次其韵回赠《次韵同年李孟豳编修见贻》。诗中，张以宁回顾淮水东边遇见李孟豳的情景，五年相别复相见，"君今青云致身早，笑语从容陪阁老"，盛年气壮的张以宁表示："雪风吹酒生绿鳞，我起洗濯新丰尘。会当鸟爪擘麟脯，海上一笑三千春。"

滦阳道中次韵李伯贞中丞李孟豳参政（二首）

共骑官马取长途，为爱佳山每缓驱。剪剪水风牵草带，疏疏沙雨长松须。

杏园飞鞚忝同途，天骥羸骖不并驱。晓起滦阳成独笑，燕霜浑白少年须。

[解读]

到京城不久，张以宁进入翰林院任助教。李孟豳于至正十年（1350）至十九年（1359）期间，曾升任中书参政，张以宁于滦阳道中写诗给李伯贞中丞、李孟豳参政，想象他们"共骑官马取长途，为爱佳山每缓驱"的情景，说自己与他们是"天骥羸骖不并驱"，自己的处境是"晓起滦阳成独笑，燕霜浑白少年须"。

贺李孟豳中丞寿四绝

十日书云后，窗中影渐长。好将五色锦，为补舜衣裳。

春信到琴边，声成意已传。须裁太古曲，天上和虞弦。

清晓写诗成，飞英点玉觚。为传梅信好，闻早入调羹。

暖到牙签早，芸香已报春。凤毛新可喜，临得晋书真。

[解读]

至正十九年（1359）后，李孟豳先升任大都路总管兼大兴府尹，后迁陕西行台中丞，二十三年（1363），李孟豳六十大寿，张以宁在大都翰林院，作此诗表达"好将五色锦，为补舜衣裳""须裁太古曲，天上和虞弦"的远大志向，"清晓写诗成"，"临得晋书真"的高雅。这是张以宁与李孟豳共同的人生追求。

两人友谊保持了大半辈子。李孟豳曾修存存斋，张以宁为其作《存存斋记》，赞扬李孟麟的高尚品格。

（3）与纳璘不花（絅斋）

絅斋为张景思总管赋

煌煌五色锦，出自天孙机。河汉濯文彩，云霞光陆离。裁之古刀尺，被服礼所宜。终焉不自衒，衣絅以尚之。白贲遵圣训，含章示臣规。岂乏美在中，讵求众人知！问兹谁为欤，君子有令仪。承家世衮绣，保己犹布韦。盛德讵终闷，天道谅如斯。善刀用乃完，蕴玉光逾辉。愿言珤昭代，黻我舜裳衣。

[解读]

纳璘不花：字文灿（一作文粲），号絅斋。北庭畏吾人，泰定四年（1327）进士，授湘阴州判官、同知，历阳先达鲁花赤；至元三年（1337）迁盱眙县达鲁花赤，历江浙行省都事、员外郎、四川行省理问。有诗名，所作多散失。至元四年（1338）十月，在盱眙县达鲁花赤任上，于"第一山"创建淮山书院，并与同游者赋诗以纪，诗作编为《第一山唱和集》。其《题第一山答余廷心》，题赠余阙。余廷心，即色目人余阙。张以宁与纳璘不花（絅斋）有交情，他曾作《絅斋为张景思总管赋》。

絅：古代用细麻布做的套在外面的罩衣，"漠漠雹中如衣絅"；罩上（絅衣）：衣锦絅衣。　白贲：朴素无华的装饰。　珤：古同"宝"。　讵：文言副词，难道，岂；表示反问：讵知、讵料，文言连词。如果：讵非圣人，不有外患，必有内忧。　黻：古代礼服上绣的半青半黑的花纹，同"韨"。

此诗歌咏张景思总管的事迹、品格。前六句写张总管制作的官服，非常精美。煌煌五色的锦缎，出自天孙的织机。衣服上绣着河汉，濯出文彩，那云霞，则光彩陆离。剪裁它，用的是古代的刀尺，那衣服符合礼的规定。接着六句写制成后不自炫耀，穿上这用细麻布做的套在外面的罩衣，人们崇尚它。朴素无华的装饰，遵从圣人的训诫，它所包含的花纹表示出臣子的规矩，难道其中缺乏美吗？难道要求得众人知道吗？后面八句写：问谁制做它？君子有令仪。继承了家世衮衮官服的制法，自己却还是穿粗布衣服。盛德难道最终要遮蔽，天道谅如斯。善刀用乃完，蕴玉光逾辉。最后二句表示，愿此宝代代相传，穿着帝舜那样的衣裳。意思是要继承发扬帝舜全心全意为民的传统。

（4）与张桢

答张约中见问

衰迟久让祖生鞭，寂寞犹存郑老毡。金马隐来人岂识？木鸡老去我方全。坐移棠树庭前日，梦到榴花洞里天。多谢故人劳远问，滥竽博士又三年。

[解读]

祖生鞭：晋刘琨少怀大志，好友祖逖被选拔为官。刘琨发誓要像祖逖那样为国家出力，从司隶一直做到尚书郎。他曾经对亲友写信说："吾枕戈待旦，志枭逆虏，常恐祖生先吾著鞭。"后世遂用"祖生鞭"表示勉人努力进取。亦作"祖逖鞭"。 郑老毡：即郑虔，其才学出众，为官节俭，生活清贫。杜甫有诗谓"才名四十年，坐客无寒毡"。后世以"郑虔毡"表示名声很高而生活清贫。 木鸡老去：喻呆笨或发愣之态；又喻修养深厚。

张桢（1305—1368），字约中，汴梁（今河南开封）人。元统元年（1333）进士，授彰德路录事。范孟作乱，杀行省平章以上官员，张桢时任行省掾，连夜缒城出逃，事后未受追究。至正元年（1341），自河南省掾迁秘书监校书郎。历高邮县尹、中政院判、除监察御史。至正二十一年（1361）出为山南宪佥，未几，弹劾权臣误国不报，遂辞去，结茅河中安邑山区。张以宁与张约中早有来往，时张以宁任职翰林已三年，张约中在外地做官，致书问候他，他作《答张约中见问》回赠。

首联谓我衰迟久让别人先行，就像刘琨立志报国，见祖逖先获官职早建功勋，后做了官，"常恐祖生先吾著鞭"；于寂寞之中仍存郑虔那样名望颇著却清贫生活的品性。颔联写我在作"金马隐"，有谁知悉此中的苦衷？我呆若木鸡般老去，但修养深厚，我就成了"全人"。颈联感叹自己徒有"榴花洞里天"的美好梦想，却生活于"坐移棠树庭前日"的现实中，无所作为。尾联对张约中的"见问"表示感谢，称自己是"滥竽博士"，碌碌无为，又蹉跎了三年时光。全诗透露张以宁企求有所作为的强烈愿望和急切建功立业的焦灼之感。

（5）与胡允文

子懋王尹次予韵，君越人，尝忆己巳春与胡允文、赵彦直、陶师川，游鉴湖、陟玉笥、登山阴兰亭，问"修竹尚无恙否"？酒酣赋诗，一慨千古，江海十载，故人天方，因君兴怀，借韵一笑

淡黄柳色摇春风，中流飞桨惊凫翁。忆昔鉴湖携窈窕，故人吐气皆如虹。秦望山前待明月，苎袍历乱杨花雪。仙人垂手授玉书，仰首云间五情热。洞箫吹老琼枝春，袖中短墨长如新。落帆潮回海门白，有字难寄长江鳞。兰亭修竹生苍霭，因君兴落湖山外。笔床茶灶钓船行，何日击舷歌小海。

[解读]

胡一中：字允文，诸暨人，父渭，泰定丁卯会试第 16 名。登第后，授绍兴路录事，转邵武路录事，著有《鸡肋集》《童子文序》《四书集笺》《三益稿》《定正洪范》。《元诗选》选其诗多首。

天历二年己巳（1329），张以宁 29 岁，登进士第刚二年，在黄岩州判官任上，与同年胡允文等人一起游鉴湖、陟玉笥、登山阴（今绍兴）兰亭，那时年轻，颇为浪漫，问修竹"尚无恙否"？大家"酒酣赋诗，一慨千古"，气势轩昂。如今，十年过去了，已是至元乙卯（1339），当时同游的老朋友天各一方，张以宁于是年赴淮扬，从此留滞江淮十年。县尹王子懋常与张以宁诗酒酬唱，他次张以宁诗韵写诗给张以宁，因为王子懋是越（今浙江）人，所以勾起张以宁十年前与胡允文等人一起游浙江名胜的往事回忆。张以宁由王子懋县尹的诗引发兴致，于是写了这首诗。

（6）与马仲皋

和同年马仲皋咏文韵（四首）

斯文万古日当中，僭续遗经恐未公。辛苦河汾亭上叟，将琴直欲和南风。

妖香冶艳底须夸，绝好姚黄魏紫家。一种天然清水上，爱花须让爱莲花。

风月庭前草色春，鲁东门后一儒真。图书古奥遗经似，愧杀
辛勤倒学人。

听着啼鹃早惨神，谈经那复昔儒醇？黄茅白苇秋风急，曾与
夷门起战尘。

[解读]

河汾：指黄河与汾水的并称，亦指山西省西南部地区；隋代
王通设教河汾之间，受业者达千余人。见《新唐书·隐逸传·王
绩》。后以"河汾"指称王通及其学术流派。 姚黄魏紫：姚黄，
千叶黄花牡丹，出于姚氏民家；魏紫，千叶肉红牡丹，出于魏仁
溥家。原指宋代洛阳两种名贵的牡丹品种，后泛指名贵的花卉。
宋·欧阳修《绿竹堂独饮》诗："姚黄魏紫开次第，不觉成恨俱
零凋。" 倒学：儒家把"为己""为人"作为区分"正学""倒
学"的界限。汉·范晔《后汉书》："为人者，凭誉以显扬；为己
者，固心以会通。" 夷门：战国魏都城的东门；泛指城门；大
梁（开封）的别称。

第一首前两句写远古的典籍，万古皆如皓日当空；擅自僭
越，续著遗经恐未公允。对僭续遗经的现象提出批评。后两句感
叹隋代设教河汾之间的王通老人，辛辛苦苦地拿着琴瑟想直接就
去唱和舜的《南风》诗。《南风》诗云："南风之薰兮，可以解
吾民之愠兮。南风之时兮，可以吾民之财兮。"译成语体，意为：
芬芳的南风哟，可以吹散我百姓的烦恼。及时的南风哟，可以增
加我百姓的财宝。其主题是宣扬仁民爱物的精神。"南薰"，后成

为太和盛世的象征。此诗表现张以宁对仁民爱物精神的称颂。

第二首前两句写姚黄、魏紫这样名贵的牡丹花，妖香冶艳怎么值得夸奖。后两句写荷花"一种天然清水上"，爱花就要爱荷花，爱周敦颐的《爱莲说》，爱那种"出污泥于不染"的品格。以牡丹之繁华世俗反衬莲花之自然超脱。

第三首写"风月庭前草色春"，歌颂孔子门下一儒真，著述的图书古奥似遗经，愧杀那些辛勤的倒学人，学了些遗经就夸耀求扬名于世。张以宁强调学习儒学要真学，不要掺杂私心杂念。第四首写听着啼鹃早就心情不好，现在人们谈经哪比得上过去的儒者那样醇厚。眼下黄茅白苇秋风急，当年这里曾与大梁（今开封）兴起战尘，张以宁于是生发怀古之幽情。

（7）与刘允中

寄广西参政刘允中

重臣授钺殿南邦，五月旌旗过上江。青带碧篸环画省，绿沉金锁护油幢。峒丁万笠春耕野，海估千船晓渡泷。铜柱南边相忆处，尺书难寄鲤鱼双。

[解读]

画省：尚书省。 绿沉金锁：绿沉枪、金锁甲。 油幢：油布帐幕，多指将帅幕府。 峒丁：峒人或峒兵。 海估：海贾。

张以宁在《寄广西参政刘允中》，称刘允中任广西参政是"重臣授钺殿南邦"，望他创出"峒丁万笠春耕野，海估千船晓渡泷"的政绩，说两人难于见面，连投递书信都不易："铜柱南边相忆处，尺书难寄鲤鱼双。"

代简广西参政刘允中

五岭宜人独桂林，梅花雪片一冬深。遥知华省文书暇，饱看奇峰碧玉簪。

蜑雨蛮烟岭外州，乘槎何事此淹留？龙江风土差高爽，衰老天教一壮游。

[解读]

华省：清贵者的官署。

其一谓"五岭宜人独桂林"，遥知刘允中公余，当"饱看奇峰碧玉簪"。主要写怀念刘允中。其二主要写自己此次安南之行，问"乘槎何事此淹留"？答案是"衰老天教一壮游"。

(8) 与江学庭

送同年江学庭弟学文归建昌

白发江夫子，青云信独稀。故人长北望，令弟又南归。庭树乌先喜，江帆雁共飞。东湖春柳色，到日上君衣。

[解读]

江存礼，字学庭，盱江人，占籍蒲圻，泰定三年（1326）乡试第18名。所作《大别山赋》深得考官揭奚斯、彭廷玉赏识。翌年登进士后，官至同知，一说官至国子祭酒，文章事业并为时所推重。卒谥文正。江学庭弟学文归建昌，张以宁作《送同年江学庭弟学文归建昌》诗。江学庭仕途顺畅，张以宁称之为直上"青云"，这个白发江夫子，给予张以宁的音讯却稀少。张以宁常北望，想念他，现在，他的弟弟学文要回建昌去，张以宁送别之。他想象，"江帆雁共飞"，到时，此地东湖的春柳色，会飞上相隔遥远的江学庭的衣裳。爱屋及乌，张以宁对同年感情深，所以，对其弟离去，也要写诗寄托对其兄弟的友情。张以宁为人宽厚仁爱，不仅对友人，而且对与之相关的人，也都有关爱之心。

（9）与朱子仪

次韵送同年朱子仪调光化尹还睢阳

故人昔遇淮南楼，金钗红烛宵藏钩。持螯烂醉对黄菊，海月正出东山头。故人今调襄南尹，五云飞佩摇霞影。都门马首谈旧游，酒热貂裘雪花冷。忆昔射策中书堂，阊阖黄道垂天光。鹍鹏远击同千里，鸿雁相望动十霜。荒鸡野店君行早，到家定访睢阳老。阶前新雨秀兰芽，堂背光风泛萱草。冰销汉渚波龙鳞，飞舞雏凤离风尘。忆君明年重回首，大堤花发襄阳春。

[解读]

回忆当年一起考中进士，之后，"故人昔遇淮南楼""故人今调襄南尹"，两人见面，"都门马首谈旧游，酒热貂裘雪花冷"。忆往昔，望未来，"到家定访睢阳老"，"飞舞雏凤离风尘"，明年重回首，"大堤花发襄阳春"。

（10）与何詹成

赠别同年何詹成

十载鬓俱白，故人心尚丹。中年知旧少，远道别离难。我欲扁舟去，君留宝剑看。酒酣望沧海，碣石在波澜。

［解读］

离别十年，两人"鬓俱白"，但"心尚丹"。"我欲扁舟去，君留宝剑看"，仍壮心不已。"酒酣望沧海，碣石在波澜"联想到曹操的《观沧海》诗。

（11）与伯牙原卿

淮安寄同年伯牙原卿

不见原卿久，题诗白发催。人文望公等，天意老英才。柳色长淮早，潮声满浦回。菊花寒雁过，忆共故人杯。

［解读］

言"不见原卿久"，感慨"人文望公等，天意老英才"。此时"题诗白发催"，而长淮柳早，满浦潮回，希望于"菊花寒雁过"之时，"忆共故人杯"。

（12）与李子威

次同年李子威御史韵（二首）　呈康鲁瞻佥宪

日丽钩陈薄雾消，升平有象见熙朝。尧阶云拥千官仗，楚分星回两使轺。隼起青旻霜拂地，鸿飞紫海月当霄。仙舟此日登瀛近，春水花光已动摇。

昔陪飞鞚杏园尘，一落漳滨十见春。懒问荣枯烦日者，祇怜寂寞向时人。一骢独顾蓬门静，双鲤能传藻句新。昨夜东风过淮水，柳眉从此不须颦。

[解读]

此诗，张以宁写于其滞淮十年期间。是次同年进士李子威的诗韵写成的，张、李之间必有诗酒酬唱，但未见李子威原诗。诗是呈给康鲁瞻佥宪的。第一首写康鲁瞻佥宪出使楚地凯旋而归的盛况。首联写卷起窗帘，挂好钩，面对阳光明丽、薄雾消散的美好时光，兴盛的朝代，展示出升平气象。次联写宫殿的台阶上，像云拥般排列着欢迎的执仗千官，化用岑参《奉和中书舍人贾至早朝大明宫》"金阙晓钟开万户，玉阶仙仗拥千官"的诗意，又采用了夸张手法，渲染热烈喜庆的气氛。三联歌颂康鲁瞻佥宪的功绩有如鹰隼腾飞青天，拂落白霜于大地，又像大鸿飞翔于大海，月亮悬挂于云霄。末联想象康鲁瞻佥宪乘坐的使轺归来，宛若仙舟今日要登上瀛州仙境，那春水花光都随之而摇晃浮动起来了。诗人时在淮上，这一切都是他的想象，但也透露了他的美好祝愿。

第二首写自己与李子威御史的往昔、现状与未来。李子威与张以宁是同榜进士，昔年我陪他纵马杏园扬起一片尘土，他官居御史，而我"一落漳滨十见春"。你懒于打听官场的荣枯之事，只怜惜向来的寂寞之人。你骑一匹马独顾我那清静的蓬门，还写信让双鲤传送新写的诗句。诗人向同年、友人含蓄地透露一个信息："昨夜东风过淮水，柳眉从此不须颦。"果然不久，他就赴京，进了翰林院。

3. 张以宁与诗友

（1）与丁复

喜丁仲容征君至

题诗苦忆城南郭，喜见归来鹤姓丁。双鬓野风吹汝白，一灯江雨向人青。志士长嗟灵寿杖，史官独失少微星。琼花照眼春无赖，明日酌君双玉瓶。

[解读]

丁复：约 1312 年前后在世，字仲容，号桧亭，天台（今属浙江）人。早年有诗名，延祐初北游京师，公卿大夫奇其才，与杨载、范梈等一同被荐，拟授馆阁之职。丁复认为当权者很难赏识自己，便不等正式批复，翩然离京而去，绝黄河，憩梁楚，过云梦，窥沅湘，陟庐阜，浮大江而下，寓居金陵。买宅于金陵城北，南窗原来有两棵桧树，便名诗集为《桧亭集》（或《双桧亭诗》），共九卷。殁后，其婿饶介之、门人李谨之先后编辑，共得若干首。清·顾嗣立编《元诗选》（二集下）选入丁复诗 126首。《四库全书》收《桧亭集》。

丁复有《同县尹张志道、征士黄观复、阴秀才燕集六县校官叶仲庸池上，分韵已而互相为和》（五首），其中，《次韵殿字》是专写张以宁的。诗云：

堂堂琼林客，籍籍金銮殿。一官岩州最，再调淮县见。谓张也，张以丙科授黄岩州判，再授淮东六合县尹。人生逐日老，世事浮云变。亦有古宫台，凄凉入荒甸。

前四句略述张以宁出身进士，先后担任黄岩判官、六合县尹的人生经历。后四句感慨人生易老，世事如浮云，甚至凄凉步入荒甸。以此安慰张以宁，也用以自我宽慰。

张以宁有《喜丁仲容征君至》《与赵德明谈丁仲容作此寄之》写其与丁复交往情况。

征君，征士的尊称，指不接受朝廷征聘的隐士。丁复正是这样的隐士。忽一日，他来到张以宁的身边，使张以宁惊喜万分。"志士长嗟灵寿杖，史官独失少微星"。灵寿杖，用灵寿木做的手杖，此喻德高望重的老者。少微星，又名处士星，喻指处士、隐士。张以宁对丁复充满崇敬之情。他为明日能与丁复见面、痛饮、畅谈而兴奋不已。

与赵德明谈丁仲容作此寄之

江左诗人丁叟在，淮南木落看青山。寻僧野寺秋风去，送客溪船夜月还。八口艰难新欷后，廿年落魄醉吟间。城南郭泰能携酒，得伴先生杖履闲。

[解读]

张以宁以郭泰誉丁复及其隐士朋友。郭泰（126—169）：字林宗，太原介休（今属山西）人，东汉末学者。曾周游各地，名重洛阳。第一次党锢事起，因他能以德行导人，故被士子誉为"八顾"之一。屡召不至。后闭门教授，弟子千人。蔡邕为其撰墓志铭。诗写江左诗人丁复在木落的秋天来到淮南看青山，他"寻僧野寺秋风去，送客溪船夜月还"。虽然八口之家艰难度日，廿年落魄，但仍醉吟不绝。他并不孤单，其他隐士会携酒陪他闲步山野。

（2）与王伯循

建业清凉寺次王伯循御史竹亭壁间韵

独寻清凉寺，还望翠微亭。客散竹间月，僧闲松下经。江声回近浦，野色到虚庭。白发山中叟，为予诗眼青。

[解读]

张以宁、萨都剌有个共同的朋友王伯循。萨都剌与王伯循过从甚密，《雁门集》收入不少他与王伯循唱酬之作。王伯循于元统二年甲戌（1334）赴广东金宪，此次或迁为南行台侍御史，以公事来浙。福建闽海道隶于南御史台。萨都剌《寄王御史》即写此事："御史传天语，飞霜到海垠。浙江潮似雪，闽土腊如春。孤客见明月，乱山愁远人。何时动归兴，家有白头亲。"张以宁之《建业清凉寺次王伯循御史竹亭壁间韵》与王伯循相唱和。首联言诗人登寺、望亭。次联谓客散僧闲，月照竹间，松下阅经书。三联谓江声回浦，野色到庭。此皆望亭见闻。结联点题，赞王伯循诗，令予眼青。

（3）与王伯纯

题王伯纯青雨亭

王家茅亭好蕲竹，青雨萧疏滴晴绿。白云飞来西山岑，晓涨惜惜秋万斛。王郎磊落奇崛之英材，气压云根万苍玉。粉香染笔露离离，翠羽听诗霜簌簌。翠屏山人吟更狂，于此亭中几回宿。山中昔骑雪色鹿，月上青琅响茅屋。山湫蛟起雨如轴，我卧其下卷书读。十年倦枕梦中寒，起视红尘眯人目。王郎诵诗酌我酒，我为君歌岁寒曲。红云信宿化黄泥，百卉荣枯手番覆。人间耐久独此君，令我嗟叹看不足。曲终双鹤为君舞，仰观青霄意踟蹰。王郎王郎莫相疑，岁晚期之在空谷。

[解读]

王伯纯生平，张以宁《王伯纯读书别墅晨起有怀纵笔奉寄》诗前小序有所介绍："伯纯，河东人。寓居扬州，有别墅近邵伯镇，常读书于彼。轻财好客，谊侔古人，且才甚高，长于诗，后领河东乡荐。"

张以宁《送王伯纯迁葬河东序》曰："伯纯早孤，自树立，购书万卷，作亭曰'青雨'，覆以白茅，植竹百个，梅菊青松列数行，有鹤缟衣朱顶，翘然而长鸣。"

王伯纯在扬州筑有石室山房。张以宁《石室山房记》："石室山房者，晋人王伯纯甫名其侨于扬之居也。石室者何？晋属邑洪洞之镇也。居扬而名晋者何？不忘其本也。按志晋于今为平阳郡，石室山距郡三十里而近，邑治在焉。天党之所蔓延，河汾之所盘缭，穹崇而苁郁，气欲压关左，其状盖类嵩、少二室，故云。伯纯之先，邑巨姓，家于其麓。自父始侨居于扬，将四十年矣。念扬信乐，然非予土也，乃筑乃构，扁以今名。床有横琴，架有古书。每坐于斯，奋怀故宇，心驰而神往，徘徊而恋嫪。烟朝霞夕，翠蒸蓝滃，恍乎浮动几席杖屦间，不知身之越河山而旅于斯也。征予记，示后俾弗忘。"

张以宁这首《题王伯纯青雨亭》写于滞淮十年期间。诗中称赞王伯纯是"磊落奇崛之英材，气压云根万苍玉"。张以宁多次宿于此亭，"翠屏山人吟更狂，于此亭中几回宿"，"山湫蛟起雨如轴，我卧其下卷书读"。两人饮酒、诵诗、歌唱，达到忘乎所以的境界："王郎诵诗酌我酒，我为君歌岁寒曲……曲终双鹤为君舞，仰观青霄意踟蹰。"

次王伯纯韵

草亭夜静三人饮，起视乾坤醉眼昏。鹤警露光悬竹叶，乌啼月色满柴门。抽毫昔对蓬莱殿，秉烛曾游桃李园。天际形容今渐老，尊前怀抱向谁论？

[解读]

首联写草亭清净，三人夜饮，醉来眼昏，起视乾坤。次联写起视所见：竹叶悬露，鹤性机警，月下乌啼，月照柴门。三联前句忆昔，后句抚今。末联感慨系之，谓胸中怀抱，只能向王伯纯倾吐了。

送王伯纯游钱塘

君去渡江春，莺花著处新。湖山有喜气，天壤见斯人。残雪明松岭，闲云傍葛巾。平生尘外意，于此得天真。

[解读]

在淮时曾送王伯纯往游钱塘，作《送王伯纯游钱塘》诗。前六句对钱塘江景物的描绘清新自然，后二句写此次游览对净化心灵的意义。平生超凡脱俗的心意，于此获得天真的表露。

夜饮醉归赠王伯纯，是日王得容、程子初同饮

岁云暮矣客不乐，青雨亭前玩孤鹤。城头愔愔云下垂，竹外骚骚雪微作。亭中王郎风格奇，爱竹爱雪仍爱诗。开尊酒好客更

好，坐中王程俱白眉。红炉照阁生春雾，诗思腾腾天外去。玉姬舞倦回风来，吹倒三山见琼树。马蹄蹴响客归时，留我更尽金屈卮。尘空只觉乾坤白，饮醉那知宾主谁。坐闻一声两声折，携灯起看竹上雪。瑶华翠色森陆离，人影灯光两清绝。却归觅纸醉自题，乌啼古寺风凄凄。明年此夜知何处？兴发还应访剡溪。

[解读]

张以宁曾与王伯纯等友人聚会。作《夜饮醉归赠王伯纯，是日王得容、程子初同饮》。

全诗24句，以时间为序，分前后两层次。前12句写王伯纯与众宾客宴乐情景。一二句写岁暮客不乐，亭前玩孤鹤。三四句写夜饮环境：城头云下垂，竹外雪微作。五六句赞王伯纯风格奇，爱竹爱雪爱诗。七八句赞宾客王得容、程子初皆白眉老者。九十句写他们围炉写诗，诗思腾腾天外去。11、12句想象其诗飞入天宫，玉姬舞倦回风来，吹倒三山见琼树。把三山披雪说成是玉姬所为，具浪漫色彩。后12句写客散后，独留我再饮，饮醉不知谁是主谁是宾，表现王伯纯与我不分彼此、亲密无间的关系。穿插描述一个细节：听到雪压折竹枝一两声，携灯起看竹上雪。正常情况下，这微不足道，而在酒醉中，却成了一件富有诗意的乐事。看完竹上雪回来，忙觅纸题诗。末二句写夜饮醉归，告诉王伯纯：明年此夜知何处？兴发还应访剡溪。豪兴豪情充满胸臆。

九日与王伯纯登蜀岗

帝子楼前紫翠分，广陵秋色起氤氲。泉涵巴蜀千年月，树入

荆吴万里云。宋玉登临仍送客，魏牟流落岂忘君？明年五岳予真
往，子有音书当远闻。

［解读］

氤氲：形容烟或云气浓郁。　魏牟：战国时魏国人，所以又
叫魏公子牟，早年曾与公孙龙交好，亡国后改宗庄子。

首联写帝子楼前紫色的云烟与翠绿的树木区别分明，扬州的
秋色十分浓郁。二联写泉水蕴涵巴蜀的千年月光，有悠久的历
史；树木向前延伸，直入荆吴万里云中。谓山脉渺远。四句都在
写蜀岗风景。三联写与巴蜀相关的历史人物与故事。"宋玉登临
仍送客"，魏牟亡国后改宗庄子，难道忘记了故国的君王？末联
表示"明年五岳予真往"，由登蜀岗激发登览五岳的决心，您有
什么音信，应当告诉我，使我在远处能得知您的近况。

九日登蜀岗次王伯纯韵

蜀岗岗头秋满天，醉舞黄花落酒船。一水白来飞鸟外，数峰
青立远帆前。梵王宫殿金银合，帝子楼台锦绣连。独客登临无限
意，微红塔杪夕阳悬。

［解读］

重阳节，独登蜀岗，次王伯纯韵，作《九日登蜀岗次王伯纯
韵》。尽管两人都在扬州，但总是离多聚少，人生知己海内稀，
咫尺思君知几回。首联写蜀冈秋浓，黄花醉舞。次联写蜀冈所见
景物：鸟飞白水、帆立峰前。三联写所见庙宇如同金银合、锦绣
连，十分美丽。尾联写夕阳映红塔尖，独客登临感慨无限！

王伯纯读书别墅，晨起有怀，纵笔奉寄

伯纯，河东人。寓居扬州，有别墅近邵伯镇，常读书于彼。轻财好客，谊侔古人，且才甚高，长于诗，后领河东乡荐。

数日有所思，作诗无好趣。思君读书芳桂林，睡起题诗有新句。谢公堁上楝花风，密叶啼莺绿如雾。君如尘外鹤，我似书中蠹。人生知己海内稀，纵有参差不相遇。咫尺思君知几回，远别悬知亦良苦。草亭新竹长，昨夜邗沟雨。思君持酒时，心逐江潮去。明年柳暗金河路，君马如龙辔如组。而今壁上好题诗，记取王郎读书处。

[解读]

《翠屏集》赠好友的诗中，赠王伯纯者，似最多。此诗作于王伯纯读书处，他有所怀，虽近在咫尺，也忍不住要写诗向王伯纯倾吐心声。全诗 20 句。前四句写"数日有所思，作诗无好趣"，但读书芳桂林，想念你，睡起有了灵感，有了好句。接下去两句点染环境，吹着楝花风，密叶啼莺，绿意浓郁，风景优美。再两句用比喻概括两人的性格特征："君如尘外鹤，我似书中蠹。"再四句抒写对于人生友谊的感慨：知己少，纵使有，也难相遇，常常咫尺思君，远别亦良苦。再四句，又回笔写："草亭新竹长，昨夜邗沟雨。"由邗江的雨，引发持酒思君，心逐江潮。最后四句，表达良好心愿：明年"君马如龙辔如组"，日子会比现在好。而今，让我在壁上题诗，我将永远记取王郎的读书处。如此跌宕腾挪，生动地写出"人生知己海内稀""咫尺思君知几回"的深挚感情。

（4）与成廷珪

广陵岳庙登瀛桥同成居竹赋

桥下波光绿染苔，桥前岳色翠成堆。鹤归华表空中语，鳌负神洲海上来。琼佩晓趋云路响，琪花秋傍石阑开。唐家学士今何在？劝尔仙人酒一杯。

[解读]

成廷珪（1292—1363）：字原常，一字元章，又字礼执，扬州（今属江苏）人。他是元中后期隐逸诗人。奉母居市廛，在家中庭院广植竹子，并命其居室为"居竹轩"。他与张翥为忘年交。唯一的爱好就是写诗。有《居竹轩诗集》四卷531首诗传世。

成廷珪交游甚广，诗集中一半为赠答诗，有赠王伯纯、张翥等人诗。其中，赠张翥的诗最多。他与张以宁相识于扬州，定有酬唱，但今未见他赠张以宁诗。

张以宁这首《广陵岳庙登瀛桥同成居竹赋》写两人同游扬州岳庙登瀛桥的情景，他们一起怀念担任过六合县丞的唐代诗人王绩。王绩（585—644），字无功，绛州（今山西绛县一带）人。隋炀帝大业元年（605），应孝廉之举而高中，授秘书正字。他生性简傲，不愿供职朝中，要求改授六合县丞，因嗜酒误事，受弹劾解职，时染风痹（手足麻木），他挂印城门，轻舟夜遁。唐武德八年（625）征召前朝官员，王绩以原官任职待诏门下省，按例，每日供酒三升，其弟王静问他："任待诏快乐吗？"他说："待诏不仅俸禄低，而且又寂寞，但良酒三升令人留恋。"其顶头上司陈叔达听悉，破例将其"俸酒"由三升加到一斗，时人呼为

"斗酒学士"。后，"居河渚间，与仲长字光友。以《周易》《老子》置床头，他书罕读也。著《五斗先生传》《醉乡记》《无心子传》。豫知终日，自志其墓。自号东皋子。"此诗首联写景点题，次联联想远古事，三联联想近年事，结联联想唐王绩事。张以宁与王绩古今同道，与成廷珪心心相通。他劝成廷珪一起做一回酒仙。

（5）与苏昌龄

答豫章邓文若进士见赠并谢苏昌龄征君

昨日出城风日暄，今日雨声早闭门。阴晴百岁手翻覆，长歌君诗击我尊。昔年之春上京国，晓趋阊阖观朝元。榑桑出日丽黄道，析木聚星环紫垣。冯侯作歌君属和，我起击节清心魂。五年相望不相见，万事别来难具论。鬓边青丝已霜色，衣上红尘唯酒痕。琼花开时广陵市，岂意共君同笑言？眉山座上烂漫酌，三人欢好如弟昆。纵谈夙昔若梦寐，仰视明月低昆仑。起携数友逐清赏，杂沓鞍马城西村。江流地上白浩浩，山落烟际青浑浑。醉怀磊魂倾欲尽，世虑皎洁醒终存。睹君佳儿宛在侧，杂佩婉娈纫芳荪。老亲稚子隔天末，安得不使心忧烦？感君相宽佩君语，期君去我高飞骞。饥鸿嗷嗷纷在野，我曹一饮皆君恩。此身倘未溘朝露，誓将毫末酬乾坤。

［解读］

苏大年（1297—1365）：字昌龄，号东坡、愚公，广陵（今江苏扬州）人，祖籍赵郡真定（今河北正定）。至正十三年（1353）上书朝廷，授翰林国史院编修官，翌年，隐于吴中，往来笠泽松陵间，以林屋洞主、西磵老樵等为别号。张士诚用为参谋，人称"苏学士"。诗文均有时名，所作诗文尚气，并工书善画。

张以宁此诗写于滞淮潦倒之时，诗先回忆"昔年之春上京国，晓趋闾阖观朝元"情景，此后一别，"五年相望不相见，万事别来难具论"。而今，"琼花开时广陵市"，三人相聚"欢好如弟昆"，大家"纵谈夙昔若梦寐"，"起携数友逐清赏，杂沓鞍马城西村"。张以宁深感"醉怀磊魄倾欲尽，世虑皎洁醒终存"。看到邓文若进士"佳儿宛在侧"，不由想起"老亲稚子隔天末，安得不使心忧烦？"张以宁感谢邓对他的安慰，祝愿邓此去鹏程万里，"期君去我高飞骞"，"我曹一饮皆君恩"。张以宁把自己比作"饥鸿嗷嗷纷在野"，表示尽管"此身倘未溘朝露"，但"誓将毫末酬乾坤"。这是对友人倾诉衷肠，也是对友人许下的诺言。

（6）与杨载

追和杨仲弘饶州东湖四景诗上本斋王参政（四首）

梅花吹暖透重闉，紫马朝遨湖上春。岚影尽兼云影湿，涨痕犹带雪痕新。高人下榻来江表，神女鸣珰过汉滨。为问棠阴今盛否，君侯遗爱在番民。

番君国里水云多，雨歇黄梅涨碧波。锦缆惊鸥穿弱柳，银盘簇鲙裹新荷。佳人狎坐传觞令，上客豪吟相棹歌。小范风流今有继，新诗乐石待重磨。

使君晓命木兰舟，霁雨湖光碧玉秋。乐伎并歌翻小海，诗仙同载上瀛洲。莼香白露尝初荐，稻熟黄云看早收。安得如公百元结，狂澜今为障东流。

龙堂贝阙水仙家，夜色清寒晓转加。淰淰冻云低草树，娟娟晴雪照梅花。旧盟沤鸟依轻桨，新钓鳊鱼出古槎。玉署词人传好句，绝胜图与凤池夸。

[解读]

杨载（1271—1323）：字仲弘，祖籍福建浦城，后迁居杭州。他与虞集、范梈、揭傒斯并称元诗"四大家"。少孤，博览群书，40多岁以布衣召为翰林国史院编修官，参与修《元武宗实录》。延祐初恢复科举，杨载重新应举，延祐二年（1315）登首科进士第，授承务郎、浮梁州同知，迁儒林郎、宁国路总管府推官，未到任而卒。其诗一洗宋代风习，提倡"诗当取材于汉魏，而音节则以唐为宗"。（《元史》本传）有《杨仲弘诗集》八卷。

杨载去世时，张以宁才23岁，尚未中举。写《追和杨仲弘饶州东湖四景诗上本斋王参政》时，杨载已逝，故曰"追和"。杨载曾写《东湖四景为大尹本斋王侯赋四首》。张以宁写"追和"诗，从中可看出杨载诗对张以宁的影响。杨载诗云：

朝来千骑出城闉，为向东湖踏早春。素练羃林云气薄，明珠穿草露华新。山花献笑开檐畔，海鸟忘机戏水滨。记取当年贤太守，及时为乐与斯民。

夏月湖中爽气多，南风垒垒卷长波。渔人舟楫冲苹藻，游女衣裳揽茭荷。脍切银丝尝美味，腔传金缕换新歌。使君用意仍深处，即此光华岂灭磨。

暂停麾盖拥轻舟，此日湖山属暮秋。采采黄花登几案，离离红树散汀洲。倾壶浮蚁杯频竭，下箸鲜鳞网乍收。莫向钱唐夸往事，白苏未许擅风流。

云气低藏十万家，东湖飞雪又交加。玉禾旧布仙山种，琼树新开帝所花。别浦移舟闻过雁，高楼凭槛见归鸦。侯门似有相如客，剩赋篇章与世夸。

饶州：春秋时楚国番邑，至元十四年（1277）升为饶州路，元至正二十一年（1361）改为鄱阳府，明洪武二年（1369），改为饶州府。清延用明制，治所均为鄱阳县。 埂：堵塞堆成的土山；古同"湮"，埋没。

第一首首联写王本斋参政出游东湖：春风吹暖，送梅香沁透过重叠的土山，骑着紫骝马清晨遨游于东湖的春色中。次联写东湖春景：视线从天空到湖面，岚影与云影融为一体，含着湿气，湖岸涨水的痕迹还带着新的雪痕。三联想象高人下榻来江表，神女经过汉水之滨，身上的衣饰宝玉叮当作响。末联怀古：问衙门的棠阴，今天还茂盛吗？喻侯王的政绩如今还兴盛吗？答曰：君侯的遗爱在番国的人民。固始古为番国，遗址尚存。在期思镇有遗爱祠，是纪念楚相孙叔敖的。明朝嘉靖县志在遗爱祠条下注："西汉延熹二年（159）立有碑，宋元丰八年勅赐额曰遗爱庙。"孙叔敖（约前630—约前593），芈姓，蒍氏，名敖，字孙叔，河南省淮滨人，春秋时期楚国令尹。孙叔敖辅佐楚庄王施教导民，宽刑缓政，发展经济，政绩赫然，主张以民为本，止戈休武，休养生息，使农商并举，文化繁荣，翘楚中华。因出色的治水、治国、军事才能，孙叔敖后官拜令尹（宰相），辅佐庄王独霸南方，楚庄王成为春秋五霸之一。因积劳成疾，孙叔敖病逝他乡，年仅38岁。这一首流露张以宁对孙叔敖的赞美之情。

第二首描写王本斋参政遨游"番君国里"的情景。前四句写东湖的景观与食品：水云多，梅雨停歇，碧波上涨，舟船的缆绳惊起鸥鸟穿过柔弱的柳条，银盘里簇拥着用刚摘下的荷叶包裹的鱼鲙美食。后四句写传令饮酒与吟诗奏乐的情景：佳人狎坐传酒令，贵客豪吟，应和着渔歌。小范风流，今有人继承，新诗乐石，待重新打磨。

第三首首联写王本斋参政天晓时命木兰舟穿行于霁雨湖光碧玉秋之中。二联写乐伎并歌翻《小海》，诗仙同载上瀛洲仙境。三联写东湖风物：白露时节初尝莼菜香味，喜看宛若黄云般的稻子熟了，早开镰收割。尾联写怎么才能像王公本斋那样，从万物的本源（根本）上解决问题，今为阻止狂澜东流？

第四首首联写湖边建筑，恍如龙堂贝阙的水仙之家，夜色清寒，至拂晓时分，清寒更甚。次、三联描写湖边景色：岸边，散而不定的冻云低垂于草树之上，娟娟晴雪映照着梅花；湖里，熟悉的水鸟依着轻桨款款而飞；新钓的鳊鱼出自古旧的木筏。末联点题，谓"玉署词人传好句"，描绘出绝胜的图画受到凤凰池（朝廷）的夸奖。

张以宁的"追和"诗无论内容还是形式，都是对杨载"东湖四景"诗的回应。

（7）与元大都文坛殿军张翥

次张祭酒虚游轩雨后即事韵并忆扬州旧游（二首）

墙角红葵一丈开，鹁鸠声断雨声来。雨鸣竹屋诗新就，日度花砖梦恰回。露蔓蜗行经午湿，风枝蝉语近秋哀。虚游轩里凉如水，自玩春秋著玉杯。

百年何处好怀开？忆在扬州几醉来。落日放船穿柳过，微风欹帽看花回。即今尽减尊前兴，忆旧宁堪笛里哀。一笑广寒宫饭窄，论文那得酒盈杯。

[解读]

张以宁与张翥为翰林院同事，常有诗酒酬唱。《翠屏集》保留了数首他次韵张翥的诗。

张翥（1287—1368），字仲举，号蜕庵，晋宁（今山西临汾）人。父在江南为吏，自幼随父生活在南方。受业于江东大儒李存，又从仇远学诗。以诗文知名。元末，年逾六十以"隐逸"荐，为国子监助教，分教上都生员。任满，退居淮东。至正初，与修辽、金、宋三史，书成，历任翰林应奉、修撰、直学士、侍讲学士，迁太常博士。仕至翰林侍读学士、国子监祭酒，以翰林学士承旨致仕，封潞国公。致仕后，寄居大都。去世数月，明军陷大都，元亡。其后半生基本在大都翰林院任职，成为大都诗坛的核心人物。与危素、廼贤、释大梓、李升、陈肃等形成大都诗人圈，与大都以外文坛有广泛联系。"他是贯穿元前后期的诗人，也是打破南北地域分野的诗人。身在江南，而不受'铁崖体'影响；任职朝中，则没有熏染馆阁气息。与大都文坛共终始，使他得以高据元代文学史前排位置"。（杨镰：《元代文学编年史》，山西教育出版社，2005 年 7 月版，第 581 页）

张翥论诗主张发乎性情，出于自然，不假雕琢工巧；主张学而有变，要有作者自己的"风度"；对前人诗作，应兼收并蓄。张翥诗歌内容主要特点之一为"多忧时伤乱之作"，其诗作，"近体长短句尤工"，近体诗中又以律诗最为出色，其诗歌艺术成就不在赵孟頫、虞集之下。其词尽得"音律之奥"，词风接近婉约派。其七律《七忆》无疑是他的代表作，由《忆钱塘》《忆姑苏》《忆会稽》《忆维扬》《忆金陵》《忆吴兴》《忆闽中》组成。《忆闽中》云："漫漫际海涨天涯，万里曾乘使者槎。梓泽重寻仙客洞，草堂频醉故侯家。人多熟酒烧藤叶，市有生蛮卖象牙。安得梦中真化蝶，翩然飞上刺桐花。"他写出青年时代江南美好的回忆，惋惜此生再也无缘回到往昔了。

张翥死后，因无亲人，其诗友释大梓为其营葬，并保存其诗文稿，于洪武十年（1378）刊刻《蜕庵集》四卷行世。

释大梓，号北山，庐陵（今江西吉安）人，游燕京 30 年，住持城南报恩寺，虽佛之徒，而喜与儒者游，与张翥交最善。是大都文坛关键人物之一。

第一首以"墙角红葵一丈开"的火红意象，"雨鸣竹屋诗新就"的清新意象与"风枝蝉语近秋哀"的哀愁意象，勾画"虚游轩里凉如水，自玩春秋著玉杯"的生活图景。第二首回忆当年"扬州几醉"的情景，"落日放船穿柳过，微风欹帽看花回"，岁月悠闲，因对未来满怀希望，故心情愉快。今日，身居翰林高位，"一笑广寒宫饭窄，论文那得酒盈杯"，仍碌碌无为。两相比较，同是岁月悠闲，诗人"忆旧宁堪笛里哀"。

次韵张祭酒新春诗

昕鼓声迟日色曒，鹄袍如雾拥桥门。迎风柏叶翻云影，过雨芹芽滴露痕。谩倚三年博士席，长怀百岁老人村。吾宗祭酒金銮客，多谢新诗细与论。

[解读]

感叹自己"谩倚三年博士席"，表明"长怀百岁老人村"的归隐心愿，对张翥与自己讨论新诗表示感谢："吾宗祭酒金銮客，多谢新诗细与论"。

都城春日再次前韵

卿云绚彩捧晴暾，春满皇都十二门。苑树嫩黄烟着色，宫沟微绿雪消痕。秧分过社新针水，麦种经秋秀被村。愿见年丰人饱饭，广文官冷底须论。

[解读]

描写春天景象，表示"愿见年丰人饱饭，广文官冷底须论"，只要年丰人饱饭，也不必计较个人广文官冷的荣辱，其胸怀何等宽广！

次张仲举祭酒咏花

槐　花

黄露结青枝，风吹散秋雪。忆昨马蹄忙，壮年心未彻。

葵　花

日出赤城霞，瑶台宴万花。酒阑朝绛节，整整复斜斜。

水红花

穗长仍叶密，红粟缀枝鲜。种秫今年熟，相将买酒船。

木槿花

朝昏看开落，一笑小窗中。别种蟠桃子，千年一度红。

玉簪花

月女乌云滑，瑶笄坠许长。花神藏不得，清露一帘香。

[解读]

《次张仲举祭酒咏花》乃咏物之作。有的咏物诗借物咏怀，《槐花》借咏槐花言志，"壮年心未彻"。更多的咏物诗并无深意，着重描摹花的形、色、香，抓住花之不同特点，予以点染。《葵花》描写葵花像"日出赤城霞，瑶台宴万花"那样火红、茂盛。《水红花》抓住水红花穗长、红鲜特点，予以描写。《木槿花》突出其易开易落特征。《玉簪花》则突出其清香、高雅。

（8）与色目诗人拜明善

和拜明善韵（并序）

翰林都事喀喇拜君文善，以贵介之冑，嗜学攻诗，与寒士角其能。岁嘉平月十八日，文善携二诗过予明时里之寓轩。时雪新霁，微月在空。诵诗再三过，命酒四五行，脩然觉人世尘土俱空。因念天壤间清致，喜不可多遇。昔人有月夜泛渚、雪夜访戴者，不知视今兹为何如也。遂次韵为四首，备他日佳话云。

听雪裁诗就，诗将雪共清。不缘心境净，那解听无声？

雪里翛然至，人间无此清。瑶田今夜鹤，下听诵诗声。

忆踏江南雪，看梅领好春。酒醒燕月白，惆怅未归人。

竹树庭前雪，松花瓮面春。徘徊今夜月，应是为诗人。

[解读]

张以宁与拜明善同为翰林中人，相互唱和乃常态。所作《和拜明善韵（并序）》是一组咏雪诗，诗中写了诗、雪、梅、酒、月五种景物和"未归人"、诗人两种人。景与人在四首诗里呈相对独立性，但又有连续性，连续成一首诗。第一首："听雪裁诗就，诗将雪共清"，诗人在赏雪吟诗时深感雪与诗共清。"清""净"是第一首的"诗眼"，也是组诗的"诗眼"。唯其"清""净"，才能于无声处听出雪同样"清""净"，物我融为一体，咏雪之"清""净"，即为咏诗人内心之"清""净"。第二首：雪里传来轻快的脚步声，诗人感到人间哪有如此的清静，连天上瑶田里的鹤，今夜也下来倾听吟诗之声。进一步写出了物我之"清""净"。第三首：回忆当年江南踏雪，欣赏着那美好的春天里的梅花，然而，酒醒月白，友人却月夜未归。诗人未免惆怅。在轻快的旋律中忽出现沉涩之音符，"清""净"的环境与内心，漾起微澜。那未归人应该就是拜明善。第四首：月光轻洒在"竹树庭前雪，松花瓮面春"，月光徘徊于天上，诗人徘徊在地上。今夜月为诗人徘徊，诗人为思念拜明善徘徊。

品味组诗，诗人沉浸于吟诗、踏雪、品酒、观月之中，感受到"人间无此清"，诗人"心境净"，虽有"惆怅未归人"的愁丝，却仍保持着景与人的"清"与"净"。于此亦可窥诗人与拜明善友情之深挚。

4. 张以宁与同僚

（1）与廉公亮

次韵廉公亮承旨夏日即事（六首）

金杯绿酒荐菖阳，玉手轻调雪盌凉。犹忆旧家重午宴，钗头符缀凤双翔。

葵花向日献红芳，不见随风柳絮狂。睡起竹窗清似水，胡床独坐午阴凉。

柴门细雨晓慵开，绿树阴笼一径苔。老子眼花今日较，起寻枸杞点茶杯。

尽情好鸟隔窗呼，墙角新苔上酒壶。却羡承平无个事，看花酩酊老尧夫。

文章阁老旧名门，玉署清闲醒梦魂。应忆廉园花似海，朝回会客酒千尊。

翠屏山下水清泠，茅屋荒苔绿满庭。不是不归归未得，移文谁与谢山灵。

［解读］

廉惠山海牙：字公亮，高昌畏吾人。至治元年（1321）进士，授顺州同知，入为监察御史，迁都水监。致和元年（1328）

除秘书监丞，至元三年（1337）为南台经历。历河南、湖广、江西、福建等行省右承，迁江浙行宣政院史，入为翰林学士承旨。与李孝光、萨都剌、张以宁唱和于南北诗坛。享年71岁。

《次韵廉公亮承旨夏日即事》（六首）是廉公亮任翰林学士承旨时，张以宁与其唱和的诗篇。诗前五首并写廉公亮和诗人自己夏日悠闲的翰林院生活。第一首忆旧家午宴，第二首写睡起独坐，第三首写寻枸杞点茶，第四首写酩酊看花，第五首写会客廉园，第六首吐露诗人思归却归未得的惶惑与无奈。

（2）与王本中

贺礼部王尚书本中二十韵

孤竹先贤国，三槐故相庭。恭惟我文肃，藉甚古仪型。金掌新卿月，银槎旧客星。青箱传远大，彩笔动精灵。右掖何清切，中朝重委令。判题花粲粲，啸咏竹泠泠。宗伯司周典，尚书管汉庭。地华人更妙，名盛德惟馨。斗运天喉舌，云飞雪羽翎。趋朝群骙袅，开宴万娉婷。舞艳围珠袖，歌长簇锦屏。橐荷元映紫，简竹要垂青。知贡春题榜，焚香昼锁厅。为公植桃李，报国蓄参苓。丹宸更新诏，苍生望永宁。芝泥看凤下，薇阁待鸾停。传说升调鼎，匡衡奏引经。即应清海岱，还复禅云亭。自哂依清樾，犹惭泛梗萍。卑飞惟短翅，终愿附青冥。

［解读］

至正八年（1348），张以宁48岁，这是其江淮十年的最后一年，次年，他赴大都，过了一段时间，开始居燕20年的馆阁生涯。洪武二年（1369），张以宁为学士。三年（1370），明政府置弘文馆学士，"以胡铉为学士，又命刘基、危素、王本中、睢稼皆兼弘文馆学士，未几罢"。张以宁于此期间，作《贺礼部王尚书本中二十韵》诗，对王本中十分推崇。

王本中，成长于蕴含厚重文化积淀的山西，所谓"孤竹先贤国，三槐故相庭"是也。他堪称"文肃"，才华出众，"判题花粲粲，啸咏竹泠泠"，"名盛德惟馨"，"简竹要垂青"。朝廷委以重任，其突出贡献是为国家选拔贤才，"知贡春题榜，焚香昼锁厅。为公植桃李，报国蓄参苓。丹宸更新诏，苍生望永宁"。诗末自愧弗如，有追随王本中之意愿。"自哂依清樾，犹惭泛梗萍。卑飞惟短翅，终愿附青冥"。这自然是贺诗的客套话。但张以宁身在馆阁，却未被重用，倒是事实。

（3）与徐君美

送徐君美之六合县尹

山县棠梨树，题诗动忆君。尊前俱白发，马首又青云。春郭千花合，秋庭一鹤闻。公余好心事，令子已能文。

[解读]

张以宁有一首《题徐君美山水图》，已见本书张以宁题画诗中。《送徐君美之六合县尹》，可知徐君美当过六合县尹。他们属于广义的前后任关系，六合县拉近了他们的感情距离。由棠梨树触动诗思，忆两人"尊前俱白发"，而后徐君美赴任六合县尹，想象其春郭看花，秋庭闻鹤，公余教其子写诗作文情景。

（4）与李明举

次李左司明举看田朱家垈韵

愿丰亭前春事深，清时休日此幽寻。长思相觅饮君酒，亦欲即归投我簪。三月风光开罨画，百年交好契磁针。明晨拟看功成去，腊蚁开尊满共斟。

[解读]

李明举：河阴人，曾任丞相掾。张以宁作《次李左司明举看田朱家垈韵》，从中可看出，两人交往甚密，宛若"百年交好契磁针"，张以宁深信李明举必定做出成绩，"明晨拟看功成去"，以开尊斟酒庆祝。

次韵李明举御史贡院诗

白昼春雷起剑池，鱼龙争奋应新期。银袍照日光唐典，绣斧生风肃汉仪。愿得群贤扶世治，尽令四海转春熙。昔年辛苦今衰白，坐听寒声漏箭迟。

[解读]

表现贡院诸生"鱼龙争奋应新期"的盛况，表达"愿得群贤扶世治，尽令四海转春熙"的期望。首联写应试士子齐集贡院。次联写依唐典汉仪举行仪式。三联表达诗人对此次贡院选拔人才的美好祝愿。结联感叹今已衰老，自己难有作为了。

李明举曾出诗集，请张以宁作序，张欣然命笔，其《李子明举诗集序》提出许多诗学主张，高度评价李明举的诗："其志于古也甚矣。其志于古者何？心乎仁义忠信也。心乎仁义忠信矣。是故性情之发于诗焉者，古无难也。古者，诵其诗，尚论其人焉。若李子，可谓古之君子矣。"说自己为李明举诗集作序，是为了发扬光大其"行乎世以其道"。张以宁与李明举，可谓同气相求也。

5. 张以宁与其他友人

（1）与王子懋县尹

游仙子次韵王子懋县尹

白波如山多烈风，海中不见安期翁。十三真君唤我语，拄杖掷作垂天虹。金鸡啼落仙岩月，桃花满地胭脂雪。扶桑晓日见蓬莱，明霞万里红波热。酒酣少住三千春，下视城郭人民新。仙家鸡犬是麟凤，笑杀李白骑苍鳞。瑶台咫尺生烟霭，昆仑不隔青天外。寄声白发老刘郎，辛苦茂陵望东海。

[解读]

王子懋县尹是张以宁滞淮时期结识的。《游仙子次韵王子懋县尹》是首游仙诗，谓不见海中千岁翁安期生，却听到"十三真君"呼唤我。它想象丰富，展现了仙界奇特的景观：仙人"拄杖掷作垂天虹"，但见"金鸡啼落仙岩月，桃花满地胭脂雪。扶桑晓日见蓬莱，明霞万里红波热"。天上人间，纵横万里，"酒酣少住三千春，下视城郭人民新"。仙界，酒酣醒来，才一会儿，凡世已过三千年，俯视下界，城郭、人民，一切皆新，真是换了人间。"仙家鸡犬是麟凤，笑杀李白骑苍鳞"，仙家连鸡犬都是麟与凤，难怪仙人会笑杀李白骑苍鳞被世人视为稀罕。"瑶台咫尺生烟霭，昆仑不隔青天外。寄声白发老刘郎，辛苦茂陵望东海"，仙界与凡间，历史与现实，打成一片，融为一体。

舟中顺风纵笔呈王子懋县尹、赵德明知事

行舟难逢万里风，同舟难逢两诗翁。长风驾舟似走马，诗翁饮酒如长虹。三年落魄琼花月，去年蹀躞金台雪。美人一笑舞罗衣，酒上貂裘雪花热。漳河归来二月春，河头柳色黄金新。玉浆浮碗泻碧酒，银尺出网跳鲜鳞。平原苍莽生晚霭，上党飞狐落天外。诗成举酒须饮之，君看漳河走东海。

[解读]

这是张以宁乘船顺风呈王子懋县尹、赵德明知事的诗，有报平安的意思，更主要的是纵笔写行舟万里的畅快感受，巧遇两诗翁的活泼场景，感慨三年落魄扬州，去年蹀躞金台的境遇，描述今年二月漳河归来，见到"河头柳色黄金新"，面对苍莽平原、峻峭高山的壮丽景色，更须痛饮，诗成，与君同看漳河走东海。诗中充满豪壮之情。张以宁把一次乘船的经历和体验写成诗篇，呈与王子懋县尹、赵德明知事共享，足见他们友谊之深厚。

夜泊独柳，次韵王尹子懋

雾月中天见绛河，黄流满地漾金波。荒陂野火兼渔火，短棹吴歌杂楚歌。去雁已连家信杳，闲鸥岂识客愁多！江南二月花如海，独负归期奈尔何。

［解读］

前四句写夜泊独柳所见景物：描写对象为银河、黄流、荒坡、短棹。月在中天见银河，很美。黄流满地，未必美，但张以宁把它写得很美，在月光的照耀下，黄流满地漾金波，化"丑"为美。荒坡野火也未必美，但与渔火出现在同一风景框，当然美，渔歌互答，吴歌夹杂着楚歌，多样统一，新鲜动听。后四句抒思乡之情。去雁已连成行，家书杳然，闲鸥岂能知道客愁多！江南二月花如海，唯独我辜负归期奈尔何！乐景衬托悲情，使诗有一种淡淡的凄清色彩。

（2）与祭酒江先生

祭酒江先生见和，再次前韵

先生稽古如桓荣，老我忧时惭贾生。六鳌共擎碧海动，孤凤先睹朝阳鸣。青春深院梧桐暗，红日高盘首蓿横。誓将丝毫效补衮，长愿盘石安维城。

［解读］

桓荣：字春卿，生于西汉成帝阳朔鸿嘉年间（约前24—17），谯国龙亢（今安徽省怀远县西龙亢镇北）人。东汉经学大师。幼家贫，少赴长安求学，拜朱普博士为师，刻苦自励，15年不回家园，终成学业。桓荣早年随师朱普习《尚书》章句，但感文中"浮辞繁长，多过其实"，故不因循守旧，将章句40万言删减为23万言，以此教授太子，因而受到宫廷及儒界的推崇。汉建武十九年（43），60多岁方为光武帝刘秀赏识，拜议郎，请其教授太子刘庄。二十八年拜太子少傅，三十年拜太常，永平二年（59）

拜五更。不久封关内侯。80多岁病卒。 贾生：指贾谊，有《六国论》。 六鳌：神话中负载五仙山的六只大龟。相传渤海之东，有一深壑，中有岱屿、员峤、方壶、瀛洲、蓬莱五山，乃仙圣所居之地。然五山皆浮于海，常随潮波上下往还。帝命六鳌共擎，使五山固定。 孤凤：《论语·微子》："楚狂接舆歌而过孔子曰：'凤兮凤兮！何德之衰？往者不可谏，来者犹可追。已而，已而！今之从政者殆而！'孔子下，欲与之言。趋而避之，不得与之言。"楚狂士接舆曾用凤歌讽谕孔子不要热衷于从政。后因作咏生不逢时的高尚之人。 苜蓿盘：唐代薛令之，长溪（今福安）人，福建第一个进士，为东宫侍读。当时属官的生活待遇很差，薛伤感之余，因作诗以排遣心中的烦闷。"苜蓿长阑干"是形容苜蓿菜在盘中纵横错陈的样子。后因以此形容小官吏或塾师生活清苦。 补衮：补救规谏帝王的过失；唐代对补阙的别称。

　　首联赞祭酒江先生稽勘古籍如汉代桓荣那样认真，有创见，叹我老了，忧患时候，对比贾谊，十分惭愧。颔联写传说六鳌共擎，碧海摇动，才有瀛洲、蓬莱等五山，生不逢时的高尚之人先看到初升的太阳而鸣叫。颈联写青春埋没在深院梧桐的幽暗中，宁愿过盘中苜蓿菜纵横的艰苦生活。尾联写誓将丝毫之力为补救规谏帝王的过失而效劳，长愿盘石安定城邦。全篇是对江先生的颂词，也是自勉、自况之语。

（3）与西夏遗民唐兀崇喜（杨崇喜）

五言长诗一首

　　澶渊古帝丘，属县名濮阳。有乡曰孝义，土沃民阜康。惟夏唐兀氏，聿来襄喉粮。卜居龟食兆，鸠族蜂分房。大堤古龙祠，树木郁青苍。昔时里中社，水旱此祈禳。岁深俗滋弊，崇饮礼意荒。番番忠显君，训子明义方。岂独秀兰桂，所重梓与桑。恳恳定私约，申申告于乡。约言月必会，不夺农时忙。祀必洁冠服，毋或敢弗庄。晏必序长幼，毋或敢乱行。过相规以寡，德相劝以藏。礼俗相交际，患难相扶将。善恶书诸籍，劝戒俱有章。面教情则亲，物薄意弥长。牲币毋已渎，不敬神必殃。酒肴毋已侈，不节财必伤。鸠杖行矍铄，银符佩荧煌。坐使全里门，化为古心肠。我读起叹息，念昔增慨慷。井田制久坏，乡饮礼亦亡。周亲有斗室，同气多阋墙。况乃非骨肉，安能不参商。所以吕蓝田，于焉著其详。既往邈难逮，方来殊可望。朝鲜化礼让，晋鄙薰善良。斯道久寂寞，伊人绍馨芳。手持囊中胶，救此奔流黄。安得君辈百，淳风返陶唐。神明祐作善，子姓其必昌。矢诗勖厥后，善继思勿忘。

[解读]

杨崇喜（1300—约1372）：西夏人，原名唐兀崇喜，汉姓杨，字象贤，祖籍武威（今属甘肃），家族入中原，定居于开州濮阳（今属河南）。早年袭百夫长，为国子生。至正十六年（1356）为助平叛，主动捐献军粮五百石、草一万束。在家乡建书院，朝廷赐名"崇义书院"，并命名其居室为"亦乐堂"。因战乱频仍，曾避难大都十余年，认识了张以宁，此后，交往甚密。杨崇喜明初曾出游金陵。他将时贤所赠诗文及家族有关文献编辑为《述善集》三卷，作为传家之宝秘藏。后经不断补充，于崇祯二年（1629）最终定稿梓行。张以宁《述善集序》可能作于丁未（1367）。焦文进、杨富学《元代西夏遗民文献〈述善集〉校注》，2001 年 11 月由甘肃人民出版社出版。正统《大名府志》卷六、嘉靖《开州志》卷六有杨崇喜传。

《五言长诗一首》，《翠屏集》未收。此辑自元唐兀崇喜（杨崇喜）《述善集》。《五言长诗一首（澶渊古帝丘）》云：濮阳唐兀氏，"恳恳定私约，申申告于乡"，用乡规民约规范乡民言行，"坐使全里门，化为古心肠"使民风民俗回到实行井田制的古代。

（4）与闽人蒋易

夜饮蒋师文斋馆 所藏父书

故人相与醉，虚幌坐来清。月色宛在地，钟声忽满城。都将十载意，并作异乡情。若买青山得，相携岁晚行。

[解读]

蒋易：字斯文，号鹤田，建阳人，早年从杜本游，遍交知名文士。笃信好学，工诗善文，诗文"直追古作"。左丞阮德柔分省建阳，待以上宾之礼，并入阮德柔幕府。有《鹤田集》十四卷，仅见文二卷传世。编"元人选元诗"重要结集《元风雅》（《国朝风雅》）行于世。《国朝风雅》于后至元三年（1337）梓行，书首有蒋易当年自序、至元四年（1338）黄清老序、至元五年（1339）虞集序。从蒋易自序可窥见其诗歌主张之一斑。蒋易说，他选录元诗的标准是"择其温柔敦厚，雄深典丽，足以歌太平之盛世；或意思闲适，辞旨冲淡，足以消融贪鄙之心；或风刺怨谤而不过于谲；或清新俊逸而不流于靡，可以兴，可以戒者，然后存之"。全书入元代诗人 155 家，其中包括文天祥及宋代遗民谢枋得等人。

张以宁与蒋易同为闽人，且《国朝风雅》出版于 1337 年，
已是名人，张以宁 37 岁，正在黄岩尹任上，39 岁时已流落江淮。
江淮十年期间，多次往返闽越之间，借宿蒋易斋馆，于是有《夜
饮蒋师文斋馆》之作。同乡、老友见面，高兴得喝醉酒，"都将
十载意，并作异乡情"，张以宁希望能与蒋师文"相携岁晚行"。

（5）与李逊学

送李逊学献书北上　所藏父书

恭惟圣代开东观，诏选诸儒会石渠。金匮已抽司马史，牙签
犹藉邺侯书。献芹耿耿心期在，汗竹依依手泽余。从此墨庄淮左
盛，汉庭卜式意何如。

[解读]

东观、石渠：均为古代藏书之所。　金匮、牙签：指书之珍
贵者。　手泽：指李逊学之父接触过的这些书。　墨庄：指藏
书、书丛。　卜式：汉代人，捐助家产助边，后得显官尊荣。

张以宁并不认识李逊学，只因他将所藏父书献给国家，用以
诏修宋、辽、金三史，此举令张以宁十分敬佩其为人。李逊学献
书北上，张作《送李逊学献书北上》，赞扬李逊学"献芹耿耿心
期在，汗竹依依手泽余"，相信"从此墨庄淮左盛，汉庭卜式意
何如"。

又作《送李逊学献书史馆序》，叙李逊学父亲道德文章，父
亲乃慷慨豪杰之士，其子亦不逊色，"今朝廷有诏修宋、辽、金
三史，遣使购前代异书江淮间。其子敏出父所藏宋逸史，为卷若
干，献之馆"。虽不能与太史公父子相比，"然其志亦岂异哉？"

由此事生出无限感慨。张以宁与李时中、李逊学父子是未谋面的朋友，是所谓"神交"也。

6. 张以宁与释道友人

送僧南归

兵尘犹颎洞，僧舍亦征求。师向江南去，予方穀下留。风霜两足白，宇宙一身浮。归及梅花发，题诗寄陇头。

[解读]

张以宁在佛道两界亦有朋友。黄岩州僧人如晦上人在淮扬见到张以宁，语亹亹不能休，别又依依不忍释，张以宁感而作《予别黄岩十又六年，谢焉德薄，父老当不复记，然区区常往来于怀也。如晦上人来见，语亹亹不能休，别又依依不忍释，予不知何也。赋此以赠》。

双峰上人让张以宁欣赏他所收藏的南岳笑印蒲萄幛，张以宁作《题双峰禄天泉上人所藏南岳笑印蒲萄幛》，称颂两位高僧，由此产生远游之念。

偶遇不知姓名的僧人，张以宁也会写诗赠给他们，说明张以宁在感情上与僧人十分亲近。在大都，他曾送别僧人，作《送僧南归》。北方兵尘犹如颎洞般巨且烈，连僧舍也在征用之列。僧人回江南去，诗人于马车前与僧人告别，"风霜两足白，宇宙一身浮"。不知不觉间佛理悄然而生于心。他嘱咐僧人，到江南之日，梅花已盛开，可要题诗寄给住在陇头的我呀。

送僧游杭

铜驼夜泣苔花冷，银雁秋飞宝气消。曾共残僧披旧迹，尚怜故老话前朝。衲随猿挂云生树，杯趁鸥还月上潮。师去新诗如见寄，白沙翠筱赤阑桥。

[解读]

《送僧游杭》把杭州古庙的景象写得颇为残破、冷清，叙僧行程尚有生气，希望僧有新诗能见寄，不想就此断了联系。

张以宁自称"发僧"，非虚言也。

青山白云歌送周熙穆高士归天台省亲时寓玄妙观

高士乃天台上参政孙

扬州冬雨泥一尺，老子宫前红叶积。手持青山白云之画图，道人别我将远适。天台山高云冥冥，千年古铁立石壁。甘棠圃废蔓草深，寂寞前朝参政宅。玄孙今者著黄冠，朱户昔时罗画戟。图书虹气散如烟，故山青青云白白。尔家父老鬓如丝，劚山采云人不识。一别几年不相见，寸心千里长相忆。归将双橘寿高堂，青山白云俱动色。龙虎之山隔风雨，道人此中炼精魄。他年拔宅上云中，此日看云意凄恻。太华峰头见夜日，三岛微青乱波赤。道逢平叔烦语之，老夫曾是天台客。

[解读]

张以宁与道士亦有交往。一次他住在玄妙观，知道周熙穆高士归天台山省亲，于是作七古《青山白云歌送周熙穆高士归天台省亲时寓玄妙观》，赠送之。高士乃天台上参政孙。张以宁自称"老夫曾是天台客"。周熙穆先祖曾任参政，而今，"寂寞前朝参政宅"，而其"玄孙今者著黄冠"，成为高士。张以宁与其可谓世交。他叮嘱高士："归将双橘寿高堂，青山白云俱动色。龙虎之山隔风雨，道人此中炼精魄。"他常思念高士周氏父老，谓"尔家父老鬓如丝，劚山采云人不识。一别几年不相见，寸心千里长相忆"。

到建宁赠星者苏金台

博望乘槎斗牛去，蜀庄帘下独沉冥。金台五纬光联璧，何处江湖有客星？

[解读]

星者：星相术士。 博望乘槎：典出《汉书·张骞传》，西汉张骞，因功封为博望侯。传说他奉命出使大夏国时，曾乘槎寻黄河源头，溯流而上，竟抵达天河，见到牛郎织女。后因用"博望槎"作为咏仙的典故。 蜀庄沉冥：蜀庄，蜀人姓庄，名遵，字君平。沉冥，犹玄寂，泯然无迹之貌。 金台：北宋武学奇才，传说中国武学第一人，号称武功古今天下第一，有"王不过项，将不过李，拳不过金"之说。 五纬：五纬，亦称五星，是古代中国人将太白、岁星、辰星、荧惑、填星这五颗行星合起来的称呼，五星与日、月合称七曜。五星即金木水火土星。

到建宁，作是诗赠当地星相术士苏金台。连用四个典故，赞博望侯张骞乘槎飞向斗牛，蜀人庄遵玄寂，无迹可寻，北宋武学第一人金台武功盖世，天上的金木水火土星五星，光芒可联通玉璧。诗人发问，江湖何处有如此本领的客星？言外之意不信其有。

7. 张以宁与安南友人

（1）与同时敏

广州赠同时敏

明诏金门天上开，使人铜柱日南回。九江烟浪看庐阜，五岭云山过越台。嘉惠远氓烦圣虑，宣风绝域仗奇材。吾家博望风流在，绝喜乘槎此日来。

［解读］

此诗首联写朝廷颁诏，使臣出发。次联写使臣行程：九江、庐山、五岭、越台，选择最有代表性的地标、风光来概括穿越万里河山的行程。三联写皇帝嘉惠边远之民，"宣风绝域仗奇材"，指出：从君与臣两方面都保证此次封安南王的外交活动必定成功。末联表示自己将继承先祖博望侯张骞的外交风范，此日乘槎，心情"绝喜"欢乐！

出使安南，张以宁与安南人民结下深厚的友谊。他与安南外交官同时敏不仅有公务来往，而且有私人之谊，曾作诗三首赠之。此三首诗，皆宣示明朝"天威"，嘱托同时敏勿忘外交任务，可见张以宁在与安南使者交往中，仍着眼于两国的友好关系，也表达诗人完成使命的决心与关切，充满了自信与豪迈。上已述，此不赘。

（2）与青年阮太冲、阮廷玠

赠安南善书阮生，生名太冲，为予书《春秋春王正月考》及《安南行稿》，予喜其楷法遒美，更其字曰"用和"，而诗以赠之

安南有生阮太冲，隶书国中称最工。劲如精兵槊善舞，疾若快匠斤成风。老夫持节使绝域，眼昏头白垂龙钟。著书暇日使之写，一笑聊足舒心胸。写书设官自汉代，嗟汝乃在炎荒中。迢迢岭表产丹荔，郁郁洞底生青松。我兴为尔作长句，生起再拜生春容。独不见琼州姜生遇苏子，姓名亦可传无穷？

赠安南善书阮生，生名廷玠，为予书《春秋春王正月考》及《安南行稿》，予喜其楷法遒美，更其字曰"宝善"，而诗以赠之

安南有生阮廷玠，隶书国内知名最。整如老将严甲兵，庄若端人正冠带。老夫持节使炎州，头白眼昏今老大。著书暇日使之写，一笑令人心目快。唐时选人用楷法，嗟尔乃在要荒外。翡翠天涯隐羽毛，蛇珠海底沈光怪。我兴为尔作长歌，生起修容重再拜。独不见儋耳黎生遇老坡，亦得姓名传后代？

［解读］

张以宁与安南两个青年几成忘年交。他在龙江驿馆撰写《春秋春王正月考》，整理出使安南诗稿，安南两个青年才俊为其抄正。张作此二诗分别赠之。希望自己赠诗或可使其名传后代。足见张以宁并无民族歧视之偏见，而是与人为善，易于相处，爱护青年，赏识有才之士。

（3）与安南仆役

予以使事留滞安南，安南人费安朗以隐宫给事其国亲贵近臣家，老而弥谨，预于馆人之役，朝夕奉事甚勤，拜求作诗，恳至再四，口占二绝予之一，以志予念乡之感，一以对景自释焉（二首）

抱珥江边春水流，远从东海过吾州。若为寄得双鱼去，直到玉滩溪上头。

拍拍凫鸥睡满河，鲤鱼翻子跳晴波。怪来天上乘槎客，将到春风有许多。昔苏长公云："齐鲁大臣，史失其名，而黄四娘乃以杜子美诗传于世。"不知予诗之果传乎否也，漫书以为一笑。

[解读]

此次出使，张以宁与安南仆役亦有交情。安南人费安朗照料张以宁，"老而弥谨，预于馆人之役，朝夕奉事甚勤"，且"拜求作诗，恳至再四"，张以宁"口占二绝"，予之以一。第一首把东海、安南与故乡古田联结起来。第二首张以宁称自己是"天上乘槎客"，将给当地带来浩荡春风。

附录

题杭州虎跑泉联

古墨露垂秋，苏长公牓留芳草；幽香风蕴夕，潞佛子石映画兰。

[**解读**]

苏长公：指苏东坡。 潞佛子：明潞简王朱常淓的美称。此联是否张以宁所作，待考。

赋一首

侯贺兰之名裔兮，宅檀渊之陜区。族浸蕃而孔硕兮，袭祖祢之庆余。既齿虎闱之胄子兮，又长兔罝之武夫。超辞荣以隐处兮，慨然念夫厥初。曩贻谋之是思兮，追往哲之宏模。谓嵩阳白鹿之经始兮，举昔幽贞之所庐。矧予弈叶之清白兮，吾谁赖曰诗书。恢精舍之遗制兮，割土田之上腴。聚购书以淑士兮，驰骋币以招儒。崇以閟宫之翼翼兮，承以厦屋之渠渠。考既勤于作屋兮，亶肯构之在予。征吉占于日者兮，协金议于友于。辟斯堂之宏敞兮，寔讲习之所。群青衿之济济兮，俨绅帨以舒舒。论中声于雅颂兮，诹古义于典谟。粤昔孔门之多贤兮，缤三千其有徒。曾曆履而歌商兮，颜箪瓢其宴如。维兹万物之源兮，匪丰啬于贤愚。觉群迷而独觉兮，噫中情其纡郁。遵明训于潜圣兮，佩格言于子舆，来远朋而育英材兮，庶余心其乐胥。怡远观于川水兮，畅高咏于风雩。嘉薄采于芹茆兮，欣妙契于渊鱼。始心和而气平兮，遂志泰而神愉。谅宜宫商而谐律吕兮，夫岂斯乐之能逾。世浮夸之是耽兮，日般游以康娱。曾快意其几何兮，只自昧夫远图。歌舞化而为鸣蛰兮，华屋忽其荒墟。繄名教之有地兮，永世守而弗渝。薪带草于中庭兮，植香芸于前除。冀沐后皇之雨露兮，登芳馨而荐诸。乱曰趾趾厝学登斯堂兮，以游有歌。讲唐虞兮，乐只斯文。邦家之光兮，嗟后之人。继序思不忘兮，□□□□。晋安张以宁为唐兀象贤赋。

　　　　至正庚子春二月吉旦书于成均之崇术堂

　　[解读]

　　《赋一首》，《翠屏集》未收。此辑自元唐兀崇喜（杨崇喜）《述善集》。

　　《述善集》收张以宁诗文八篇，其中，《述善集序》介绍《述善集》的编者、篇什、编辑目的。赋一篇（《侯贺兰之名裔兮》）作于"至正庚子春二月吉旦书于成均之崇术堂"，即作于1360年，赞扬唐兀象贤氏"侯贺兰之名裔兮，宅檀渊之隩区。族浸蕃而孔硕兮，袭祖祢之庆余"。总结其经验是"谂古义于典谟""粤昔孔门之多贤兮"，"遵明训于潜圣兮，佩格言于子舆"，"繄名教之有地兮，永世守而弗渝"，永远遵循儒义。

　　张以宁写杨崇喜的文有《濮阳县孝义重建书院疏》《崇义书院记》《知止斋后记》《书唐兀敬贤孝感后序》《送杨象贤归澶渊序》

　　就同一主题，共写八篇诗文，这在张以宁的诗文创作史上绝无仅有。除了主题本身意义重大外，亦足见张以宁与杨崇喜友谊之深厚。

四、郭文涓《享帚集》（辑佚）

郭文涓，字稺源，号东皋，以《易》膺选贡，登应天乡试，授保宁同知。有孝行。隆庆改元，奉诏进阶朝列大夫。善属文，富吟咏。有诗入《晋安风雅集》，刻《享帚集》，时人赞曰："古田前有翠屏，后有东皋。"

马过牛头岭

复岭崔嵬直接天，烟花三月最堪怜。千寻溜雨蟠虬木，万仞奔雷喷瀑泉。峭壁缘云危度马，丛林碍日乱啼鹃。追怀蜀道驰驱际，世路惊魂重忧然。

［解读］

牛头岭：在古田县邵南里。　　堪怜：值得可怜，值得爱惜。
虬：拳曲，盘绕弯曲。　　忧然：茫然自失貌。

本土诗人、外任官员郭文涓借自然之景"万仞奔雷喷瀑泉""丛林碍日乱啼鹃"，喻"世路惊魂重忧然"之内心世界，写得相当深刻。首联描写牛头岭山势高峻，一座山峰连着一座山峰，高峻直接天空；烟花三月，最值得爱惜。颔联具体描绘牛头岭风光：千寻溜雨冲刷山岭上蟠屈的树木，万仞高山喷泻瀑泉，巨响如奔雷。颈联扣题，描述马过牛头岭之艰险，"峭壁缘云危度马，丛林碍日乱啼鹃"。尾联从马过牛头岭之艰难，联想到蜀道驰驱之艰难，升华至对世路难行，使人重生世路惊魂的人生哲理思索。思虑至此，诗人茫然若失。

早发水口

篮舆驿路草萋萋，暝气含山日色低。雁影近从枫浦落，雉雏遥听稻田啼。猩红被野霜沾树，鸭绿摇漪雨染溪。风景不殊时事异，愁心长遣梦魂迷。

[解读]

水口驿：在县治南一都，水路下通白沙，百二十里而遥；陆路上接黄田，五十里而近。又名困溪。　篮舆：竹轿。　暝气：夜气。暝：夜晚。　浦：水滨；江河与支流汇合处。　雉雏：小野鸡。　被：披，覆盖。　遣：令、使。

前六句写早发水口所见周围景色。诗人坐着竹轿行走于驿路，路旁青草十分茂盛，夜气还笼罩着山峰，阳光微弱。看到近处大雁从长着枫树的江浦水滨落下，远远地听见野鸡在稻田觅食发出的啼叫。从视听两个维度表现景物的特征，从近到远，层次分明。树叶经霜变得猩红，覆盖田野；溪水青绿，似为鸭绿轻摇涟漪，与山雨共同浸染而成。把寻常的景物写得有声有色，充满动感。水口的风光还是很美的。然而，诗人的心情并不好。末二句述怀言情。风景不殊，但时事变异，这使得愁心经常令梦魂迷惘。用六个句子写景，颇有铺排之功，写的是乐景，以之反衬诗人的哀情。写情只有二句，用墨精练。

仲冬水口道中

斜日荒山道，吹衣落木风。违家才百里，流转怆孤篷。至后忻阳复，兵余叹道穷。吾生何蹇拙，长在路尘中。

[解读]

违家：离家。　至：指冬至。　忻：欣喜。　阳复：冬至过后，阳光直射的位置北移，白日渐长，阳气渐生。　蹇拙：艰难困拙。

郭文涓在外地做官，每次回家、离家都要行经水口。此诗写冬至过后，离家行经水口的感受。首联描述路上景物：清晨从县城出发，奔走于荒山之道，斜日西下，到了水口，一路上，朔风吹落树叶，也吹拂着诗人的衣裳，给人以荒凉、萧索之感，暗示诗人离家的心情。颔联继续写行程与心情。从古田到水口才一百里，诗人已深感像孤篷般流转，"怆"字点明其感情的基调是忧伤。颈联写冬至后阳气渐生，诗人由"怆"而"忻"，心情略有变化，但很快又想到福建和古田经历了一场兵乱，兵乱之余，感慨"道穷"，既是指行路之艰难，也是指治世之道、人心之道、儒学之道已遭受重创。尾联仍延续"行路难"的慨叹：君子是多么艰难困拙，长在路尘中跋涉。这既是指客观存在的路途难走，也寓意主观心路探索之艰辛。郭文涓诗内涵丰富，起承转合自然，功力不减张以宁也。

腊夜信王府燕集

潢池气祲怅萧骚，明府忧时调度劳。危槛夜凭凌阁道，清宵露坐傍林皋。严更睥睨传金柝，酹酒飞扬试宝刀。杰栋百寻窥斗宿，层檐一俯瞰城壕。抚绥讵止夸三善，保障仍能究六韬。超距矜雄欢挟纩，守陴竞奋感投醪。染毫已羡才华逸，说剑还钦意气豪。烟暗双溪津树合，月明孤障戍楼高。连营鱼丽风云绕，拥堞人哗虎豹嚎。阵见山川萦水练，兵疑草木沸松涛。野燐隐爚骇戈戟，林鸟惊飞避羽旄。会睹釜鱼旋涸灭，即看穴蚁更何逃。丘园我愧成衰朽，宇宙公真是俊髦。窃欲请缨裨幕画，使君行仵玺书褒。

[解读]

臈：古同"腊"，腊月。　潢池：潢池盗弄，同"潢池弄兵"，指作乱、兵变、战事。清·纪昀《阅微草堂笔记·滦阳续录二》："猬锋螳斧，潢池盗弄何为哉！"　祲：不祥之气。　萧骚：形容风吹树木的声音；萧条凄凉；稀疏。　抚绥：安抚。讵止：预言任何情况或谈论任何事物。　三善：指臣事君、子事父、幼事长的三种道德规范。　六韬：亦作"六弢"，兵书名，旧题周吕望撰。分文韬、武韬、龙韬、虎韬、豹韬、犬韬六卷。后世用以指称兵法韬略。　纩：丝棉。　鱼丽：《诗经·小雅·鱼丽》是周代燕飨宾客通用之乐歌。全诗六章，诗中盛赞宴享时酒肴之甘美盛多，以见丰年多稼，主人待客殷勤，宾主共同欢乐的情景。　丘园：家园；乡村；指隐逸。　宇宙：宇宙是无限空间。西汉刘向《淮南子》高诱注："宇宙，喻天地；总，合也。"

裨：使（达到某种效果），如：裨众周知、裨有所悟。

腊月夜晚，信王府燕集，郭文涓应邀出席，赋此七古，咏赞明古田县令王所。一、二句写嘉靖末年倭寇气焰嚣张，闽省充斥不祥之气，王所县令惆怅古田萧条凄凉，忧时度势，费尽辛劳。三至二十四句具体描绘王所如何筹划、保卫古田，建立功勋，结果功劳被漠视，遭贬离职。后十余年备兵使者蜀人宋豫卿路过古田，登见远楼，作诗咏其事，有句云："飞凫王子今安在？千载难忘保障功。"可分二层，第一层三至十句"危槛""清宵"两句谓其日夜操劳。严更金柝，飞试宝刀，写王所加强戒备、练兵。城楼杰栋百寻之高，窥视天上斗宿，层檐之下俯瞰城池壕沟，此四句写备战。王所安抚城内百姓，预判局势敌情，称得上符合"臣事君、子事父、幼事长"的三种道德规范，保障工作仍能讲究兵法韬略。诗人以夸张之笔，高度评价王所的文韬武略。第二层11至24句，写军民对王所信任、感谢，"欢挟纩"（高兴地挟着丝棉）、"感投醪"（感激地倒下美酒），前来慰问。诗人对王所赞誉有加："染毫已羡才华逸，说剑还钦意气豪。"双溪合流、树木合笼，月明孤障，戍楼高耸。两句写景，渲染气氛。"连营"至"林鸟"六句铺叙军营严整欢腾，拥堞人哗，像虎豹般嚎叫。布阵于山川，萦绕溪水练兵，草木处处，设为疑兵，松涛沸响。战斗激烈："野燐隐燿骇戈戟，林鸟惊飞避羽旄。"战果辉煌："会睹釜鱼旋涸灭，即看穴蚁更何逃。"会睹敌寇像釜鱼中之鱼，旋被涸灭；即看穴里蝼蚁更向何处逃跑！最后四句以"我"乃丘园草民，愧成衰朽，王所堪称"宇宙公"，真是时髦俊杰。表示窃欲请缨，帮助擘画幕府，使君行程中停留，玺书褒奖；表达报国保民，建功立业的愿望。

九日登见远楼

戍楼瞰郭晚屯云，才子携樽夜论文。人在小山松桂近，剑横高岫斗牛分。秋声愁逐芙蓉落，幽兴情迷鸥鹭群。九日凭轩多感慨，兵戈未扫海隅氛。

[解读]

见远楼：又名太平楼，在古田县北。首联点题，写见远楼是戍楼，鸟瞰城郭，晚间布满云朵。诗人与文友夜登见远楼，饮酒论文。次联写见远楼景色：楼与人在小山之上，与松桂亲近，剑溪横亘高山峻岭，连接天空，可分出斗牛二星。突出描写见远楼特点：见远。三联继续写景寄情：秋声愁逐芙蓉凋落，诗人幽兴大发，情迷嬉戏、飞翔的鸥鹭群。暂时忘却了隐忧。末联抒发九日登楼感慨：兵戈尚未扫除海隅倭寇侵犯的妖氛。表现出保国卫民的强烈感情。

岩上口占

狂客呼为一啸岩，欲令猿鹤候松杉。纵饶丹就将鸡犬，何处青山闭玉函？昔年林白山过此，呼为一啸岩。今林子寻仙方外，久不还家，发一浩叹。

[解读]

石山公馆：在古田县治南五十里，地名岩上。　鸡犬升天：传说汉朝淮南王刘安修炼成仙后，把剩下的药撒在院子里，鸡狗吃了，也都升天。后比喻一个人做了官，和他有关的人也跟着得势。　玉函：玉制的匣子。"玉函方"的省称，泛指医书。宋陆游《病中杂咏》之三："华佗囊书久已焚，思邀玉函秘不闻。"林子：指林春秀，他常外出游历、采药。前二句谓昔年林白山过此，呼岩上为"一啸岩"，想让松林杉树等候猿鹤栖息于此。后二句写今林子寻仙方外，久不还家，发一浩叹：纵使汉朝淮南王刘安炼成仙丹带着鸡犬一同升天，现今，何处青山密闭了医书

"玉函方"？由访林子不遇而生发感慨，对游仙不止颇为感慨。

岩上午炊

午饷过岩屋，阴晴滑磴苔。老于筋力惫，愁遣肺肝摧。背日路常湿，逢春梅早开。笋舆频此度，渐觉岁华催。

[解读]

首联写在岩上的石山公馆用过午餐，便登上旅程，天气阴晴不定，长了苔藓的石阶滑溜滑溜。交代了行程与路况。颔联写年老筋力疲惫，愁绪摧肺蚀肝。从体力与心情两方面描述旅途的不佳状态。颈联写路上所见风景：背日山路常现潮湿，逢春梅树早已开花。在以上二联的"起""承"之后，"转"出新意，给诗添上一抹亮色。尾联归结于年华催人的喟叹：笋舆常常从此度过，渐渐感觉到时光催人老。暗含"时不我待"之意。

一啸岩口号

绝嶂盘云磴道开，凌高北望迥三台。啼猿胆堕藤萝杪，过鸟心惊剑舄迥。峭壁千峰翻返照，崩涛万壑送奔雷。崎岖徒历英雄迹，一啸真堪阮籍哀。

[解读]

三台：汉代对尚书、御史、谒者三台的总称。尚书为"中台"，御史为"宪台"，谒者为"外台"，合称"三台"；三公的别称；本为星名，共六星，分成上中下三台。以天象拟人事，因有此称。　舄：重木底鞋（古时最尊贵的鞋，多为帝王大臣穿）；
舄，履也，泛指鞋；舄，以木置履下，干腊不畏泥湿也。　阮籍
（210—263），字嗣宗，陈留（今属河南）人，三国时期魏诗人，
竹林七贤之一。性格孤僻，天赋异禀，酷爱儒家，不慕名利。曾
被迫出任蒋济的椽属，不久告病辞归。40 岁时任步兵校尉，世称
阮步兵。崇奉老庄之学，强调天人统一，代表作有《咏怀》82
首。其咏怀诗忧愤深广，表现出深刻的理性思考和尖锐的人生悲
哀；意旨隐微，寄托遥深，并且开创了中国文学史上政治抒情诗
的先河；首创我国五古抒情组诗的体例。其一云："夜中不能寐，
起坐弹鸣琴。薄帷鉴明月，清风吹我襟。孤鸿号外野，翔鸟鸣北
林。徘徊将何见？忧思独伤心。"可窥其内容、风格之一斑。本
诗前六句写景，描绘一啸岩之高峻险要、夕阳返照、气势宏伟。
后二句抒情：英雄一啸，堪比阮籍诗之悲哀。

谒林剑溪祠

　　乡邑推先彦，如公继往贤。丹诚恩贯日，白简欲回天。伉俪
嗟同艳，忠贞羡两全。英声垂梓里，应有翰青传。

[解读]

　　题目为编者所加。林剑溪侍御祠，在古田县城北，祀林英。
林英，号剑溪，古田县人。朱棣起兵，建文帝复林英旧职。林英
募兵广德，知势不可为，自经死。永乐初，林英妻宋氏受牵连系
狱，亦自经死，世称"双节"。乡民建祠祀之。首联赞林英是先
彦，继承往贤之气节。着重于赞林英对先贤优秀传统的继承。二
联赞林英忠诚感恩，以微薄之力欲回天，突出其业绩、精神之可

贵。三联赞其夫妇二人，忠贞两全。诗意扩大至伉俪同艳。末联写林英夫妻影响巨大深远，将流传千古。全诗语气斩截有力。

罗荣墓（二首）

吾邑科名昔数君，才华事业更空群。九原香骨埋文采，一束生刍荐苾芬。吊鹤夜号华表月，哀猿秋啸紫薇云。空山拱木情何极，叹息泉台岂得闻？

溪南十里展公阡，迴合峰峦俯视前。绍继宗祊多秀彦，长流天地有遗编。凫池圹冷林烟绕，马鬣封高陇日悬。泉壤千秋埋玉树，不禁挥泪满山川。

[解读]

九原：原指春秋时晋国卿大夫的墓地，后泛指墓地；亦指九泉，黄泉等。　生刍：鲜草。《诗·小雅·白驹》："生刍一束，其人如玉。"　苾芬：祭品的馨香。指代祭品，《诗·小雅·楚茨》："苾芬孝祀，神嗜饮食；引申为芬芳。　华表：中国古代传统建筑形式，古称桓表，属于古代宫殿、陵墓等大型建筑物前面做装饰用的巨大石柱。　紫薇：属落叶灌木或小乔木，紫薇树姿优美，树干光滑洁净，花色艳丽。　拱木：径围大如两臂合围的树。泛指大树。《左传·僖公三十二年》："尔何知？中寿，尔墓之木拱矣。"后因称墓旁之木为拱木。亦婉指已死。南朝梁江淹《恨赋》："试望平原，蔓草萦骨，拱木敛魂。"　泉台：墓穴。宗祊：宗庙；家庙。　圹：墓穴。　马鬣：马鬃；坟墓封土的一种形状；亦指坟墓。

罗檗山方伯墓，在古田县十二都。罗荣，字志仁，号檗山，明弘治三年庚戌（1490）乡会试钱福榜举人，弘治八年乙卯（1495）宗元翰榜进士。授户部主事，擢员外郎，旋升郎中，不久，参议粤东。因征剿有功，进参政。痛抑豪强，屡决疑狱。擢左布政。恤民贫而乞停采珠，遇灾旱而乞思宽减。应诏陈言十六事，中外韪之。性简伉，不能随时俯仰。与御史周谟意见相左，且当廷面争，终为其所挤，调贵州。抵任数月，百废俱举。以疾卒于官。年49岁。大司马林瀚志其墓。

第一首首联写罗荣科名在吾邑数上乘，才华事业更超群。次联转而深致哀悼之情。罗公的香骨埋在坟墓里，他的文采也埋在了那里，且采一束鲜草作为祭品奉献于他的墓前。三联以鹤夜号、猿哀啼等意象进一步抒写哀悼之情。尾联叹惋面对空山之坟茔，悼念之情有何极限，叹息泉台，罗公岂能听见？第二首首联点明罗荣墓的地理位置在古田溪南的路边，在迴合峰峦俯视的前方。二联写罗荣的功绩，其继承宗族传统十分优秀，其遗著长流天地。三联借景物描写（凫池旁，林烟缭绕的墓穴显得寒冷；封墓的泥土，马鬣形状，堆得很高，太阳高悬田陇之上），渲染墓地的凄清氛围。末联表达挥泪祭奠之情。两首诗将诗人对罗荣的崇敬、歌颂、哀悼之情与相应的意象融为一个艺术整体。

夜宿幽岩寺

珍台傍晚错繁星，山气凄寒客梦惊。松露夜零巢鹤警，苔云春湿钵龙腥。梵香细袅风幡篆，谷籁清传石塔铃。参却禅宗谐妙果，蒲团空对佛灯青。

［解读］

幽岩寺：位于今古田县鹤塘镇北五里雷峰山下。后晋天福五年（940），唐僧法宝自幽州来规筑。十二年（947）请额，得今名。寺后峰有巨石，天福五年（940），一夕为雷所击，列成品字，又名雷峰。涌泉寮西席钝史永圆记云："玉邑西行百二十里，有佛世界，枞临要冲，山表幽岩，入白云之深处；亭旐伏虎，跨碧汉之横桥；山色粘云，湖光蘸月，过雷门而鱼龙可辨；逢胜会则凡圣同居；毘卢阁蔽日犨檐，窣堵波擎空窟地，兽篆销残一殿春，鲸音唱彻千峰晓，俨祇围之精舍，阐竹土之玄猷。"

钵龙腥：此指水腥味。宋·史声《句》云："施食池腥龙戏钵，长明灯暗鼠偷油。"《晋书·僧涉传》："（僧涉）能以秘祝下神龙，每旱，坚常使之咒龙请雨。俄而龙下钵中，天辄大雨，坚及群臣亲就钵观之。"因以"龙钵"指咒龙请雨之典。唐李绅《鉴玄影堂》诗："龙钵已倾无法雨，虎床犹在有悲风。" 妙果：修行者的心灵达到的殊胜境界。《法集经·卷四》："善男子！譬如一切草木丛林，依地为根本；如是一切世间、出世间妙果，依戒为根本。"

首联扣题，描写幽岩寺傍晚已繁星交错，璀璨耀眼，但山气凄寒惊醒了诗人的客梦。二联写春夜山景：松露夜零落，引起巢里的白鹤警觉；苔云春湿，空气中有股水腥味。三联写寺景，幽岩寺独特的佛教文化景观：梵香细细袅绕着风幡上的篆字，山谷的清籁中传来石塔的铃声。末联继续描写佛事活动的结果：参罢禅宗，获得妙果；僧人香客走散，只有蒲团坐垫空空地面对着佛灯的青光。

晓别幽岩寺

拂曙篮舆出化城，纡溪委径望中明。迷春仙卉然林艳，恋客山禽隔树鸣。回首白云遥缥缈，销魂碧嶂迥凄清。红尘一隔丹丘路，何日烟霞更结盟？

[解读]

化城：此指佛寺。　然：此作动词，主宰。　丹丘：亦作"丹邱"，传说中神仙所居之地。诗人晓别幽岩寺，瞭望中，纡回的溪流与弯曲的小路已相当清晰。幽岩寺周围的景色亦很优美：迷恋春光的仙花异草使得树林十分鲜艳，与客人依依难舍的山禽飞鸟隔着树木鸣啭歌音。此用移情法，将诗人之情投射、融入自然物中，使之具有人的感情，委婉地表达了诗人喜爱、留恋幽岩寺的深情。走着走着，诗人在篮舆上回首天空的白云，它遥远缥缈，碧绿的山峰令人销魂，显得特别凄清。离开了神仙居住之地，步入红尘，二界相隔，何日才能与那里的烟霞再结盟呢？末二句的感慨更突显了诗人的"幽岩"（佛道）情结。

春日游幽岩寺

东吴参军谢文学，闻君结骑访禅关。轩盖飘飘度晓山，琴署泮宫饶逸兴。丛林香界共跻攀，韶景无如春侯煦。高情远忆双珠树，舆穿沓嶂绿排云。旆拂繁英红作雨，名刹幽岩擅玉田。千崖万壑锁晴烟，琳宫窈窕超寰刬。绀宇参差类洞天，闻钟觅谷桃源入。松桂交加苍翠集，瑶草芬摇慧日辉。琪花香缀慈云湿，铺石清泉绕径苔。扪萝涉磵路纡回，空门顿觉尘缘隔。净业真教俗念灰，鉴展方塘横寺口。虚明水月澄分垢，回峦蜿蜒豹螭蹲。古殿庄严龙象守，羡君结社讯青莲。扣寂冥搜悟大千，弄玩县枝夸选胜。缁披贝叶惬逃禅，逢僧指点三生石。曳锡幽探健双屐，采芝暂息白鸥机。籍草聊寻苍鹿迹，揽赏招邀支许俦。冲襟旷度讵凡流，鲸梵音当行处听。莺花景向梦中收，连床信宿酬胸臆。诀判青山转凄恻，别去心悬薜荔阴。归来面带烟霞色，忆予挟履昔曾过。屡换星霜奈老何？陈迹有时萦梦想，浮龄无日辍悲歌。缅思幻国登临处，染翰题留猿鹤句。匆匆驰车辔不停，茫茫苦海杯空度。追怀灵鹫更魂销，杳渺慈航彼岸遥。寄语诸君如继躅，好期共笑虎溪桥。

[解读]

全诗 53 句，可分三层。第一层，开首 10 句，由东晋谢灵运结骑访禅关写起，谢灵运（385—433），原名公义，字灵运，世称谢客。出生于会稽始宁（今绍兴上虞区），为东晋名将谢玄之孙。南北朝时期杰出的诗人、佛学家、旅行家。曾任参军，朝廷侍臣，又外放任永嘉太守。不理郡事，任情遨游，足迹几遍每一个县，凡出游，常十数天不归。他博览群书，工诗善文，开创了中国文学史上的山水诗派，其诗与颜延之齐名，并称"颜谢"。郭文涓此诗描述谢灵运一路寻访名刹古寺之胜况，直写到"名刹幽岩擅玉田"，引出古田幽岩寺。第一层作为后面铺叙幽岩寺之铺垫。第二层，中间 28 句。根据传说，主要凭借个人想象，描绘玉田幽岩寺参差排列，类似洞天，诗人闻钟觅谷，从桃源进入。先一句一景，描绘出佛寺周围奇异绮丽的景色。接着突出其佛教文化的强烈气氛，深切感受"空门顿觉尘缘隔。净业真教俗念灰"。然后来到寺门，它坐落于像展开的镜子般的方塘旁边，塘水虚明澄澈，回望山峦蜿蜒而来，仿佛蹲着的虎豹龙螭。然后细致描绘古殿庄严景象：龙象把守、结社青莲、悟大千理、弄玩昙枝、披贝逃禅；还逢遇僧人，由其指点三生石。诗人曳锡杖探幽健双屐；采芝草，暂息观赏白鸥的机缘；籍草地，聊寻苍鹿的足迹；揽赏招邀朋与侣，冲襟旷度非凡流；于行处聆听鲸梵音；夜晚与僧连床倾诉胸臆，向梦中寻觅莺花美景。超凡脱俗，真极乐世界。第三层末尾15句。写诗人离开幽岩寺后的经历与感慨。场景从方外变成浊世，重新堕入人生苦海。"诀判青山转凄恻"，感情从乐转悲。悲之一："屡换星霜奈老何？""浮龄无日辍悲歌"；悲之二：缅思幻国，只能染翰题诗；悲之三：现实处境是"匆匆驰车辔不停，茫茫苦海杯空度"，"杳渺慈航彼岸遥"。最后勉励诸君若要赓续我的追求足迹，让我们期盼一起欢笑于虎溪桥吧。虎溪桥：位于温州仙岩山，相传黄帝轩辕曾修炼于此。公元423年，谢灵运蹑屐来仙岩游玩，觅得黄帝在此炼丹仙踪，仙岩遂名显于世。一条虎溪贯穿全山，从山脊深处一路向下。相传唐以前未凿大佛像时，树木茂密，人烟稀少，常有虎豹出入其间，后修了一道桥，直通"虎溪"二大字。"虎溪"二字，各高五米，楷书，字在竹后石壁上。这里暗用了"虎溪三笑"的典故。虎溪三笑是佛教史上一则著名的故事。传说东晋时高僧慧远曾住庐山东林寺潜心研究佛法，立一誓约："影不出户，迹不入俗，送客不过虎溪桥。"有一天，诗人陶渊明和道士陆修静过访，三人谈得极为投契，不觉天色已晚，慧远送了一程又一程，忽听山崖密林中虎啸风生，才发现早已越过虎溪界限，三人相视仰天大笑。此故事包含三教融合的意味，慧远大师代表佛教，陶渊明代表儒家，陆修静代表道家。后各朝各代都把这段"虎溪三笑"的故事当作跨越信仰，知己难求的典范来反复宣扬。

题紫极宫

瑶草朱砂学未成，玄宫紫极尚留名。秋深洞古苔云湿，夜静坛空竹月明。天地关吾还涕泪，烟霞分汝若平生。羽衣谩语丹丘事，六幕犹含控鹤情。

[解读]

紫极宫：在古田县三保。元至正年间道士郑真卿建。宋景定初，县令邱见清扁曰"玉田福地"。　羽衣：以羽毛织成的衣服；常称道士或神仙所著衣为羽衣；道士的代称；轻盈的衣衫。此指道士。　丹丘：亦作"丹邱"。传说中神仙所居之地。　六幕：六合，指天地四方。　控鹤：意为骑鹤，古人谓仙人骑鹤上天，因此常用控鹤为皇帝的近幸或亲兵的名称。

首联陈述虽未学成炼丹升天之术，但还是留下紫极宫的名字。二联描写紫极宫的景色：秋深、洞古、苔云湿，夜静、坛空、竹月明，六个意象写出了秋夜紫极宫的特色。三联议论：天地关闭我，我涕泪涟涟；烟霞隔开你，入仙界别凡间，就像人的一生处于不同境界。出句言自己之不幸境遇，对句叙紫极宫乃神仙圣地。末联言志：道士谩话神仙之事，而在此天地之间我还是饱含着亲近朝廷的感情。

伏虎庵书事

登临情未惬，伏虎地真幽。云磴樵苏路，烟林猿鸟丘。壶觞劳远馈，杖履不宜休。剩有春苔绿，荒凉此日秋。

[解读]

伏虎庵：在极乐寺中。极乐寺，始建于唐天宝元年（742），有息见亭、自贞轩、放生池、伏虎庵诸胜。寺中有三奇：西廊铜钟传声闻三百里，宋朝有旨锯其唇三寸；又，法堂匾，绍兴间被剧寇，犹存箭簇；又，藏殿雕龙，传昔遇风雨化飞去。宋邑令李堪喜游其寺，殁而僧思之，奉为寺护法神。首联写登临极乐寺，意犹未足，于是寻访伏虎庵。伏虎庵所在之地真幽深。颔联写伏虎庵周围景色：砍柴刈草的路通向云端，树林布满烟岚，猿鸟活动其间。具体描述其幽深的特点。颈联写即使一壶酒，也是有劳远方馈赠，拄着拐杖行走，不宜停歇，而应继续探幽访胜。尾联写伏虎庵只剩下绿色的春苔，感叹此日之秋色实在荒凉。

游西峰废寺

昔年曾杖履，今日尽蒿莱。何处无禾黍，谁人辨劫灰？寺废山空在，桥颓水独回。君看陵与谷，迁徙更堪哀。

[解读]

西峰寺：在古田县四十六都。唐开元元年（713），僧法超建。久废。嘉靖十六年（1537）郭文涓以贡登应天乡试，授保宁府同知，隆庆元年（1567），奉诏进阶朝列大夫。他所见到的是西峰废寺。直至明天启六年（1626）僧允和才重兴此寺。首联点题，突出"废寺"特征：西峰寺昔年曾是杖履游赏之地，今日到处长满蒿莱。颔联拓宽诗境，从一寺而至天下：何处无"禾黍"

之悲（对故国破败的哀伤），又有谁人来辨认这劫后之灰烬？颈
联将取景框拉近：寺废了，山空在；桥塌了，水独回流。尾联由
寺废生发沧桑巨变的浩叹：君看山陵与山谷，迁徙互换位置，那
更堪哀伤。寄寓山河易色哀痛之情。

游华岩寺

入寺僧惊迓，敲扉鸟乱呼。汲泉供午饭，到圃摘秋菰。木榻
蒲团古，松床竹席孤。出门频指点，东路是西湖。

[解读]

华岩寺：在古田县十五都，宋皇祐二年（1050）建。久废。
诗写游览华岩寺情景。首联写入寺：僧人惊讶地前来迎接，敲开
窗户，鸟儿乱叫。这表明寻访者稀少。二联写做饭：僧人汲泉供
午饭，到园圃摘来秋菰。写出僧人热情待客。三联写卧室：以
"古"字形容木榻、蒲团之古旧，以"孤"字状写松床、竹席之
孤单。这说明华岩寺规模小。末联写出门：僧人频频指点：东边
的路通往西湖。暗示华岩寺僻远，行人少。

从军行

秋高塞马肥，边警羽书飞。报国轻身命，铙歌入武威。

[解读]

铙歌：军中乐歌，传说黄帝、岐伯所作，泛指军歌；指凯
歌。此指军歌。此诗乃高昂、雄壮的边塞诗、爱国诗。

艳 曲

　　绿遍蘼芜交甫恨，泪痕应染鸭头青。渔郎不是无情者，再访花津路已迷。一曲霓裳何处奉，欲翻新调梦中多。

　　[解读]

　　交甫：即郑交甫。相传他曾于汉皋台下遇到两位神女。女解佩与之。交甫行数步，空怀无佩，女亦不见。《文选·曹植〈洛神赋〉》："感交甫之弃言兮，怅犹豫而狐疑。"　渔郎：打鱼的年轻男子。唐·许浑《灞上逢元九处士东归》诗："旧交已变新知少，却伴渔郎把钓竿。"明文徵明《桃园图》诗："桑麻鸡犬自成村，天遣渔郎得问津。"　霓裳：《霓裳羽衣舞》，唐代宫廷著名乐舞，传说是唐玄宗李隆基作曲，由他宠爱的贵妃杨玉环作舞表演。

　　此诗由三个典故构成。郑交甫梦见神女赠佩玉，倏忽不见，其"恨"可令蘼芜绿遍，他的泪痕之多，应染青了鸭头。钓客与渔郎邂逅相遇，他相信年轻的打鱼男子不是无情之人，但再访花津，路已迷失，更不用说寻到渔郎了。唐代盛极一时的霓裳霓裳羽衣舞曲，今日何处可把它奉献？欲翻新调，只有在梦中才有许多新的。三个典故或可新解：从社会人生层面看，神仙、隐士难遇难再寻，繁华盛事终成历史。从审美层面看，美的存在是短暂的，它几乎不可复制。

　　（以上诗辑自明杨德周《玉田识略》、乾隆版《古田县志》）

圣　诞

圣诞灵长一万年，小臣遥祝野云边。衣冠合殿瞻黄道，玉帛盈廷绕紫烟。元宰竞呈金镜录，□□词撰彩霞篇。尧图舜历开昌运，鱿舞江湖望渺□。

[解读]

圣诞："圣人"的诞辰都可称"圣诞"。古时各路神仙、各朝帝王，其生日皆可称为圣诞。　灵长：此为广远绵长之意。　黄道：中国古代天文学术语，认为，太阳是绕着地球转（与现代科学说法相反），太阳绕地球转一圈的时间为一年，这一年太阳运行的轨迹叫做黄道。中国古代用天干、地支纪年和月日，黄历使用的就是这种传统的历法。黄历作为一种通历，也称"万年历"，主要的内容是 24 个节气，并列出每天的宜忌、干支、值神、星宿、月相、生肖运程、吉神凶煞等。这里的所谓吉神，就是"黄道"，所谓的凶煞就是"黑道"。　元宰：丞相、首相或主谋的人。　金镜录：即《敖氏伤寒金镜录》，诊断学著作，简称《伤寒金镜录》。元·杜清碧撰于至正元年（1341）。　鱿：应为"鲛"，通"蛟"，指蛟龙。

这是首歌吟圣诞的颂歌。首联谓远古圣贤的诞辰广远绵长至万年，我作为小臣，在野外云边遥祝之。二、三联描述朝廷庆祝圣诞的情景：所有宫殿的官员都在瞻望黄道运行的轨迹，宝玉丝绸盈满朝廷，紫烟缭绕；宰相竞相呈献《金镜玉帛录》等珍贵药书，词人争撰宛若彩霞般美丽的诗篇。尾联祈愿举国躬行尧图舜历的优良传统，开辟繁荣昌盛的国运流脉，蛟龙飞舞江湖，想望升腾至渺远广阔的海天。曲折表达对美好未来的渴望。

题丁秉忠母贞慈册叶

□居为赋柏舟篇，羡母贞慈擅玉田。镜掩舞鸾将貌毁，佩捐绣凤矢心坚。秋占文桂瑶叶馥，春霭仙萱宝婺悬。徽淑由来垂不朽，行看彤管纪他年。

[解读]

柏舟篇：即《诗·邶风·柏舟》，诗云："我心匪石，不可转也；我心匪席，不可卷也，威仪棣棣，不可选也。" 仙萱：仙界的萱草。喻指长寿的母亲。明·唐顺之《双寿图歌为叚翁作》："仙萱自是百草长，绯葩翠叶呈婀娜。上承老树赖嘉荫，亦如松柏挂女萝。萧然相伴岁月晚，长养齐沾雨露和。吾乡叚翁住东郭，夫妻七十鬓未秃。" 宝婺：即婺女星。常借指女神。唐·王勃《梓州郪县兜率寺浮图碑》："仙娥去月，旅方镜而忘归；宝婺辞星，攀圆珰而未返。"唐·李商隐《七夕偶题》诗："宝婺摇珠佩，常娥照玉轮。"用为妇女的美喻。唐·薛稷《奉和送金城公主适西蕃应制》："月下琼娥去，星分宝婺行。" 彤管：古代女史用以记事的杆身漆朱的笔。《诗·邶风·静女》："静女其娈，贻我彤管。"《后汉书·皇后纪序》："女史彤管，记功书过。"李贤注："彤管，赤管笔也。"

首联给予丁秉忠母贞慈品德很高评价，赞其寡居为赋《柏舟》篇，矢志不渝，与命运抗争，人们羡慕她擅名玉田古县。二联具体记述丁母贞节事迹：镜掩舞鸾，毁貌不施脂粉，不戴绣凤等装饰品，立志守节，意志坚定。三联赞其德行如秋天桂花般馥郁芬芳，又像春暖仙界的萱草，是位美丽的女神。末联呼应开头，赞其女德贤淑，从来名垂不朽，人们会看到他年女史将记载其贞慈懿行。

夜　怀

疏灯孤馆寂，落木万山空。夜色谁家月，秋声何树风。乡园归雁外，身世转蓬中。祇益离群意，凄然思不穷。

［解读］

夜怀：即夜晚之感怀也。前四句写景。首联“疏灯孤馆”著一“寂”字，言其孤独感；“落木万山”著一“空”字，极言万山尽落叶，失去绿意生机。颔联写“夜色”“秋声”，谓此是“谁家月”，而非吾家也？当为月光普照，秋声浩荡之意也。此四句都在状极大之景于笔端，以与后面之“思不穷”相匹配。后四句抒怀。颈联谓羁旅宦情，乡愁如织，身世如转蓬，行不安定，辛苦恣睢。尾联言一切只是增添离群索居之意，心情凄然，思虑无穷无尽。

归　途

晓发烟村信马蹄，金羁玉勒踏红泥。新蒲水漫鸬鹚泛，苦竹丛深谢豹啼。沃壤膏原春事及，落花飞絮野魂迷。卸鞍唤渡溪云合，指点城闉日未西。

［解读］

写归途景况。节奏轻快，似马蹄声声。首联写清晨出发。次联写途中所见：新蒲水漫，鸬鹚泛游于水面；苦竹丛深。所闻：杜鹃啼鸣。三联继续写路途景物：沃野春天农事忙，落花飞絮迷人魂。末联写傍晚快到目的地了。归途没有无聊，没有倦意，只因是"归途"。

夜宿山庄

四壁鸣蛩一夜啾，小庄松火对吴钩。水声遥送溪春急，山色全添竹坞幽。身世拟拚田园老，山林应识庙廊忧。柴扉暗数流萤度，月牖风根落木秋。

[解读]

开篇紧扣夜宿山庄题旨，不作任何铺垫，下笔描写夜宿山庄的所闻、所见、所感。虫鸣不止、"水声遥送溪春急"的听觉意象与小庄松火、天上明月、"山色全添竹坞幽"的视觉意象，构成色彩鲜明、声画合一的境界，那么美好！但颈联直接表示"身世拟拚田园老，山林应识庙廊忧"。即使后半生退隐田园，也要有心怀国事之忧。情调遽变。末尾仍以写景作结：诗人倚着柴扉暗数飞过多少只流萤，站在流泻月光的窗前细听风吹落叶的阵阵秋声。全诗把借景寓情与直抒胸臆结合起来，收到抒情言志的良好效果。

清江晚眺

逆舟溯洄滩，宛转缘堤曲。波影动悬厓，天光散晴旭。暮鸟飞已还，秋蝉断复续。洲馥引衣裾，萝阴翳林谷。披发濯清流，倏然解拘束。投闲理无惭，抚节情已足。日夕景色佳，扬舲唤醽醁。

［**解读**］

写清江远眺情景。前八句以写景为主。清江缘堤岸宛转弯曲，行舟逆水，溯流于洄滩之中。波影似在摇动悬崖，天光撒开了晴天的缕缕阳光。暮鸟已飞还巢里，秋蝉停了一会儿又叫了。沙洲上花香馥郁，花枝牵拉着行人的衣裾，萝草覆盖，遮住林谷。全是动景，善用动词，化静为动。中四句写晚眺的心态、感慨“披发濯清流，倏然解拘束”，获得自由感。投闲赏景，于理无惭。诗人携父宦养，善待百姓，抚节情已足矣。经过这番自我心理调节，诗人高兴极了，于是末二句高呼“日夕景色佳”，扬帆唤美酒！

晚泊衢州

独戍凝遥睇，孤帆驻远征。波清凉月近，山迥暮云平。野钓惊鸥侣，溪舂杂水声。不堪怀土念，重识倦游情。

［**解读**］

此诗题旨在末二句：“不堪怀土念，重识倦游情。”就是乡愁与倦游。因之，前六句所写景物都为抒发“愁”与“倦”作铺垫。首联写：独戍远眺，在晚泊衢州时目光“凝”住了；孤帆远征，现“驻”下了。二、三联写所见之景、所闻之声：“波清凉月近，山迥暮云平。”野钓惊动鸥鹭飞起，溪边碾坊舂米，夹杂着水声。景色相当美好。顺着写，那应当赞颂之。但诗人不堪怀念故乡之愁，重尝倦游之情，末二句完全翻转了诗意。

客航秋夕

振袖凌行铗，横舟倒羽觞。情随山月迥，愁与野云长。夜色分沙白，秋容入岸黄。不堪更摇落，况复是他乡。

[**解读**]

铗：剑。《楚辞·涉江》："带长铗之陆离兮。"亦可指剑柄。羽觞：指酒杯，又称羽杯、耳杯，是中国古代的一种盛酒器具，器具外形椭圆、浅腹、平底，两侧有半月形双耳，有时也有饼形足或高足。因其形状像爵，两侧有耳，就像鸟的双翼，故名"羽觞"。首联以穿衣振袖碰触到佩剑，横舟水上，倒觞饮酒，开始了秋夕客航的旅程。次联写"情随山月迥，愁与野云长"的意绪心情。三联写景：水流、沙滩在夜色中区分得十分清楚，秋天的容貌入到岸边，只有一片黄色。末联抒情：不堪树叶更摇落，何况这是在异乡。言外之意是，若在家乡，那只有悲秋，这是客航，则多了乡愁。这种悲秋、离愁，借助"不堪更""况复是"两组虚词的运用，抒写得淋漓尽致。

来青阁晚眺

厌俗久思栖梵宇，寻幽今待叩松关。楼台高出烟霄上，钟磬遥传紫翠间。野寺自余泉石古，林僧长共水云闲。近来悟得无生诀，独坐忘言月满山。

［解读］

松关：犹柴门。唐孟郊《退居》诗："日暮静归时，幽幽扣松关。" 无生诀：指《与生诀经》，道教经典。 忘言：《庄子·外物》："言者所以在意，得意而忘言。"意为心知其意，而不说明。

诗人厌倦俗世，久思栖息寺观，今日寻幽，叩开柴门。他登上来青阁，只见楼台高出烟霄之上，听见从紫翠山间远远传来敲打钟磬的声音。他细察，这野寺自有从前留下的古老山泉、石头，林子里，僧侣长久与水云相伴，显得十分悠闲。近来他悟得道教经典《与生诀经》之理，独坐青山，忘言，唯有月光满山遍野。此诗刻画了一个厌恶仕途经济、思想倾向于佛道，因而参禅悟道的人物形象，反映了封建社会部分官员或知识分子的思想动态。末尾"独坐忘言月满山"是典型的悟道方式。

冬日纪行

宿霭沉晖冬日黄，百年尘迹滞江乡。长途负剑随南斗，独客肩舆带早霜。媚眼岭梅将岁色，向人汀竹弄寒芳。萧萧风物催烟景，又见昏鸦返夕阳。

［解读］

南斗：星名，即斗宿，有星六颗，在北斗星以南，形似斗，故称；借指南方，南部地区。 岁色：唐·李世民《赋得残菊》后四句云："细叶凋轻翠，圆花飞碎黄。还持今岁色，复结后年芳。"

诗把冬日景象的客观之境与自己行程的主观之情结合起来抒

写，一切景语皆情语。"宿霭沉晖冬日黄"是冬日的总体印象，"百年尘迹滞江乡"是行程的总体情调。诗人慨叹自己长途负剑，随着南斗星的转动而流徙各地，孤独之客坐肩舆而行，肩舆上披挂着早霜，行程乏味寂寞。也有开心时刻。将至岁暮，媚眼笑看美丽岭梅的色彩，向着别处沙汀上的翠竹舞弄出寒日的花香。面对萧萧风物催促烟景，又见黄昏的飞鸦在夕阳下返回。诗写出从早到晚一天的旅程及其心情变化，真实生动。颈联堪称佳对。尤其那"弄"字，风情万种，富于想象。

灞浐即事

　　花柳初妍灞浐春，秦川物色最宜人。野萦麦浪茵纹蹙，山拥莲峰锦障陈。蕙日碧摇鱼藻影，条风香散燕泥尘。马前风景皆诗兴，忘却萍蓬万里身。

[解读]

　　灞浐：指陕西省境内的两条河流，即浐河、灞河，均发源于秦岭。两者均系"八水绕长安"之河流。　秦川：泛指今陕西、秦岭以北的关中平原地带，因春秋、战国时地属秦国而得名。首联赞美花柳初妍的灞浐春色、秦川风物最宜人。次联描写陕西原野麦浪像波澜般起伏，群山拥立莲峰，像陈列着锦缎般的屏障，境界阔大。三联着眼于细处特写："蕙日碧摇鱼藻影，条风香散燕泥尘。"风吹过，连燕子窝巢里的泥土，也散发出香味。末联总结，"马前风景皆诗兴"，使得诗人忘却自己萍蓬万里之身。诗中渗透着诗人对秦川大地的热爱。

秋　思

西陆风高南雁征，萧条云物若为情。微霜减尽梧桐影，残月催繁蟋蟀声。离索讵堪人两处，凄凉正值夜长行。伤心世事迸双泪，归去沧洲采杜蘅。

[解读]

杜蘅：又名杜若，中药的一种，也是一种香草。此诗情感与《灞浐即事》迥然不同。如果说《灞浐即事》洋溢着欢快惬意的话，那么这首《秋思》则凄凉伤心。首联写西部风物特征：风高，雁南飞；云物萧条，让人在情感上觉得难受。颔联继续描绘秋色："微霜减尽梧桐影，残月催繁蟋蟀声。"对偶工整，用字稳妥，巧妙。"减尽""催繁"生动有力。颈联写离愁：两处离索，哪堪人意；长夜行路，何等凄凉。尾联直言心愿：世事伤心，双泪迸流；归去沧洲，采集杜蘅，过隐居生活。

五峰山庄即景

一曲清溪对竹扉，数椽茅屋俯渔矶。疏篱落日鸡豚入，浅渚寒烟雁鹜归。松火光分田父饮，藜床梦绕野云飞。追思城市牵尘鞅，才到山林已息机。

[解读]

五峰山：在古田县治西南。五峰连峙，耸峭千仞，上有栖真道院，为玉田八景之一。　尘鞅：世俗事务的束缚。鞅，套在马颈上的皮带。前六句写景，一句一景。纯用白描。有静景，有动景，动静结合，景物十分美好。有植物，有动物，有人的活动。六个画面合起来成一大幅画——五峰山庄即景图。在此描写基础上，末二句抒情：追思城市牵连着世俗束缚，才到山林这束缚已被消除。从而表达对自然的喜爱，对自由的向往。

秋日登敌楼

竹籁松涛绕翠峦，火流顿觉戍楼寒。暮云几树鸦归堞，秋色千峰客倚栏。摇落尽归登眺眼，功名已作有无观。家人莫问他乡讯，月色长年几度团。

[解读]

敌楼：城墙上御敌的城楼，也叫谯楼。火流：形容酷热，犹流火；指大火星西流。首联写登上戍楼，听到缭绕苍翠山峦的竹籁松涛，大火星西流了，秋天了，顿觉戍楼有了寒意。二、三联写暮云中几树鸦鸟飞归城墙上的矮墙，秋色千峰，"我"倚于城楼上的栏杆。树木摇落，尽收入登眺的视野，"我"对于功名已视若浮云。末联谓家人莫问"我"在他乡的讯息，长年累月，月亮几次是圆的呢，总是亏多圆少。曲折吐露思乡念亲的感情。

夜宿溪楼

夏潦连朝野水生，芳樽明烛夜深更。温壶剪烛萧然坐，误听溪声作雨声。

[解读]

夏天，连日下雨，原野积满了水，夜深时，诗人点亮蜡烛，仍在饮酒。温了一壶酒，剪着烛花，萧然独坐，听着溪水流动的声音，误把它当作雨声了。平平淡淡的语气里透露出羁旅之愁。

山 行

春晓冲岚磴道斜，小桥流水抱人家。鹧鸪声里东风老，开遍棠梨几树花。

[解读]

诗写山行情景，格调清新：春晓，轻岚微笼弯曲的石阶山道，小桥流水环抱着三五人家。鹧鸪声里，东风绵软和煦，棠梨树开满了花儿。景色幽美，诗人心情愉悦。格调清新。

（以上诗辑自福建省文史研究馆整理：《全闽诗录》第三册，郭柏苍、杨浚录《全闽明诗传》（中）卷二十三"嘉靖朝五"，福建人民出版社 2011 年版，第 858~862 页）

秋日同戴西岭游大匡山觅李太白读书台怀吊四首

清秋小队觅匡山，吊古怀贤积翠间。百代才华惊白眼，千秋书屋拥青鬟。凤辉此地金星降，鲸驾何时碧海还。展拜英灵泫涕泪，仙魂应绕野云闲。

词客西游访谪仙，风流遗像俨依然。调高和寡直堪恸，才大难容更可怜。今古诗名悬宇宙，江山文藻丽云烟。屋梁落月疑颜色，藜焰还看烛井缠。

岩岫逶迤绮树幽，书台岑寂枕丹邱。青山有泪愁千古，白鹤何年返十洲。俊逸绝怜才命世，豪雄犹觉气横秋。赏音异代惭知己，啼鸟哀猿并客愁。

缥缃旧积翠微巅，仙迹追寻杖履前。忘却乾坤惟酒肆，收将江海总诗篇。风尘独立人瀛岛，时事休闻世葛天。指点长庚霄汉迥，元屝何处锁青莲。

（辑自清雍正五年（1727）彭址纂修《江油县志》卷下，见《李白与巴蜀资料汇编》，巴蜀书社2011年版，第66页）

[解读]

戴仁：字西岭，四川江油人，明嘉靖辛丑（1541）进士，曾任江油主事，官至兵部清吏司，生平好吟咏。致仕后绝迹城市，以诗文自娱。　匡山：四川彰明县（今江油县）境内的大匡山，李白早年曾读书于此。读书台又叫小匡山。李白（701—762），字太白，号青莲居士，唐大诗人。"祖籍陇西成纪（今甘肃秦安东），隋末其先人流寓碎叶（今巴尔喀什湖南面的楚河流域），他即于此出生"。（《辞海·文学分册》，上海辞书出版社1979年版）自唐·李阳冰《草堂集序》称"李白生于蜀"之后，关于李白的出生地，学术界争议不断。李白一生经历"幼读家山""酒隐安陆""诗酒长安""学剑山东""浪迹江湖""流放夜郎""病卒当涂"等阶段。其幼读家山时之少作现已搜集到20多篇。24岁时结束"读书于乔松滴翠之平有十载"，决定"仗剑去国，辞亲远游"（李白《上安州裴长史书》），去实现"济国心"。临行，作《别匡山》："晓峰如画碧参差，藤影风摇拂槛垂。野径来多将犬伴，人间归晚带樵随。看云客倚啼猿树，洗钵僧临失鹤池。莫怪无心恋清境，已将书剑许明时。" 凤辉：大匡山有山名凤凰岭，形如彩凤独立。《江油县志》载："凤凰岭在大匡山右，以形似名。"此借"凤辉此地"喻李白诞生于江油。 鲸驾：用李白骑鲸典故。安史之乱时，李白效力于永王璘，受牵连，被流放夜郎，后赦归。相传他骑鲸成仙。宋·梅尧臣《采石月赠郭功甫》："采石月下闻谪仙，夜披锦袍坐钓船。醉中爱月江底悬，以手弄月身翻然。不应暴落饥蛟涎，便当骑鲸上九天。" 云烟：比喻挥洒自如的墨迹。唐·杜甫《饮中八仙歌》有"张旭三杯草圣传""挥毫落纸如云烟"之句。宋·苏轼《次韵答满思复》："纸落云烟供醉后，诗成珠玉看朝还。" 屋梁落月疑颜色：唐·杜甫《梦李白二首》（其一）："死别已吞声，生别常恻恻。江南瘴疠地，逐客无消息。故人入我梦，明我长相忆。恐非平生魂，路远不可测。魂来枫叶青，魂返关塞黑。君今在罗网，何以有羽翼。落月满屋梁，犹疑照颜色。水深波浪阔，无使蛟龙得。"藜焰：即藜火，同"藜阁火"。藜（藜芦），多年生草本植物，叶细长，花紫黑色，有毒，可入药。晋·王嘉《拾遗记·后汉》载："汉刘向校书天禄阁，夜默诵，有老父杖藜以进，吹杖端，烛燃火明。取洪范五行之文，天文舆图之牒以授焉，向请问姓名。云'太乙之精'。"后因以"藜火"为夜读或勤奋学习之典。明·李东阳《刘太宰入阁后省墓》诗："天禄阁中藜火动，相州堂上锦衣归。" 丹邱：亦作丹丘。传说中神仙所居之地。《楚辞·远游》："仍羽人于丹丘兮，留不死之旧乡。"王逸注："丹丘，昼夜常明也。"北魏·郦道元《水经注·汳水》："于是好道之俦自远方集，或弦琴以歌太一，或覃思以历丹丘。"唐·韩翃《同题仙游观》诗："何用别寻方外去，人间亦自有丹丘。"宋·林景熙《宿台州城外》诗："荒驿丹邱路，秋高酒易醒。" 十洲：古代传说中仙人居住的十个岛。《海内十洲记》中有："汉武帝既闻西王母说八方巨海之中有祖洲、瀛洲、玄洲、炎洲、长洲、元洲、流洲、生洲、凤麟洲、聚窟洲。有此十洲，乃人迹所稀绝处。"《海内十洲记》与《桃花源记》并肩为中国两大桃源理想著作。 缥缃：指书卷。缥，淡青色；缃，浅黄色。古时常用淡青、浅黄色的丝帛作书囊书衣，因以指代书卷。南朝·梁·萧统《文选·序》："词人才子，则名溢于缥囊；飞文染翰，则卷盈乎缃帙。"元·关汉卿《窦娥冤》楔子："读尽缥缃万卷书，可怜贫杀马相如。" 瀛岛：瀛海和瀛洲指古代神话中仙人居住的山。元·张翥《金缕词》："为问浮槎还到否，便乘之、直上三山远。看瀛岛，水清浅。" 葛天：葛天氏，部落名。《吕氏春秋·古乐》："昔葛天氏之乐，叁人摻牛尾，投足以歌八阕。"葛氏之歌，亦省称"葛天"。 长庚：亦作"长赓""长更"。古代指傍晚出现在西方天空的金星。亦名太白星、明星。《诗·小雅·大东》："东有启明，西有长庚。"《毛诗·传》："日旦出谓明星为启明，日既入谓明星为长庚。"据李白族叔李阳冰《草堂集序》，"（李白母亲）长庚入梦，故生而名白，以太白字之"，后民间传说李白乃太白星下凡。 扃：从外面关门的闩、钩等；上闩，关门；门户。

郭文涓曾任保宁府同知五年。同知乃知府副职，正五品。当时，保宁府辖剑州，剑州辖江油县（李白故里）。嘉靖戊申（1548），秋日，郭文涓在江油县主事戴西岭的陪同下登上大匡山，瞻仰李白读书台，题写"读书台"匾，并作怀吊诗四首。第

一首，首联点明题旨，谓清秋时结成小队去寻觅匡山，其目的是
到重重翠绿的峰峦间吊古怀贤。交代凭吊李白读书台的时间、地
点。二联出句评价李白乃百代出现的奇才，惊悚世人遭白眼嫉
妒，竟至"世人皆欲杀"。对句描写李白在匡山读书，这千秋书
屋拥着护着此位青鬃少年。或可解为：读书台周围为苍松翠柏所
拥。三联感慨形如彩凤独立的凤凰岭，此地降生了金星李白，何
等辉煌，他骑鲸上青天，何时能从碧海回到家乡。四联叙写自己
展拜英灵涕泪涟涟，想象李白的仙魂应悠闲地萦绕着故乡山野的
云彩。怀吊之情于首篇已和盘托出。

　　第二首，首联写郭文涣自称"词客"，西游到此拜访谪仙，
见到谪仙的风流遗像俨然同生时一样。暗寓李白诗魂永存不灭。
二联慨叹李白不为世俗所容，其品性诗才，调高和寡，直堪悲
恸，才华宏大，难容于时，更值得怜惜。对李白的遭际寄予深挚
的同情。三联歌咏李白今古诗名高悬宇宙，江山文藻因其挥洒自
如的墨迹显得更加壮丽。对李白表现出极其崇敬的感情。四联化
用杜甫《梦李白二首》"君今在罗网，何以有羽翼。落月满屋梁，
犹疑照颜色"诗意，表达对李白遭遇的深切同情、对巨星陨落的
深沉悼念，回想当年他勤奋夜读、努力学习的精神，此刻还可以
从烛井缠绕着成灰的蜡炬看出来。暗寓其后来的诗艺与少年时的
苦读分不开。

　　第三首，首联描写读书台景物及岑寂情景：岩岫逶迤树木幽
深，书台岑寂，枕靠于传说中神仙所居之地。二联以"青山有泪
愁千古"，哭祭李白，希望白鹤何年能载着他返回古代传说中仙
人居住的十洲，生活于世外桃源。三联深感李白俊逸高旷，最怜
惜其才足可命世，其人其诗豪雄万丈，至今犹觉英气横秋。四联

自叹异代赏音，惭愧成为他的知己，其怀吊之情如同啼鸟哀猿般悲伤，更加上客愁，格外痛苦。

第四首，首联用比喻赞叹李白的诗卷登上中国诗史的巅峰，自己追寻其仙迹就在此杖履前。或可解为：淡青色、浅黄色树木花草堆积形成翠微山巅，李白读书于此，我今日追寻其仙迹，它就在我这拐杖、鞋子之前。二联写李白成了酒仙、诗仙，刻画其傲世的人生态度及斗酒诗百篇的创作状态：李白忘却了乾坤世事，唯独沉浸于酒肆之中，却收将江海总揽入诗篇。这也是在肯定李白的人格与诗风。三联进一赞颂李白的独立不羁：瀛岛人独立风尘，李白之前世是谪仙人，有独立人格与个性。葛天休闻世时事，李白身后如同葛天氏之人不用再闻世事。四联由太白之名，联想到太白星，指点西方天空的太白星，九霄云汉何其遥远；谓何处门闩能关锁住青莲居士李白！对李白的自由豪放予以赞许。

郭文涓的个性与才华与李白有某种相近之处，这四首诗是借怀吊李白而寄寓自己的人生追求。历代诗人咏李白诗作不少。杜甫《不见》："不见李生久，佯狂真可哀。世人皆欲杀，吾意独怜才。敏捷诗千首，飘零酒一杯。匡山读书处，头白好归来。"诗下原注云："近无李白消息。"李白当时即慧眼识英才。郭文涓约千年后能追随李杜，亦值得赞许。

固镇驿书壁

天阴野无辉，日夕昏气集。林暝暮霭稠，木落寒飙急。烈炬发邮亭，宵征度原隰。遵历古丘墟，萧条今郡邑。微月鉴帷凉，零露沾衣湿。浮生倏如借，流晷递相及。胡为劳其生，抚膺倍于悒。

[解读]

固镇县：别名谷阳县，位于安徽省东北部，淮河中游北岸，今属安徽省蚌埠市，为刘、项垓下之战故地。诗人经过固镇驿站，题此诗于壁上。前四句描写驿站暮景，点染了凄清的气氛。中六句描写夜过固镇原野情景：燃起火把从驿站出发，连夜度过低平潮湿之地。这里原是遵历法、显皇权的古城，如今成了萧条的郡邑。微月照着马车的窗帘，有了凉意，夜露零落沾湿了衣裳。写景真切，感慨沧桑巨变之情亦真切。末四句感叹浮生劳碌，抚胸悒郁倍增。

清溪夜泛

两岸斗悬绝，一水清无滓。舟行明镜中，人度翠屏里。花木多佳姿，云霞变芳紫。高怀尘外纵，长揖丹丘子。

[解读]

诗写夜泛清溪的情景。落笔即抓住清溪特点：两岸陡峭峻险，其间一水清净无渣滓。接着描写夜泛：以"明镜"喻溪之清，清可见底，舟行明镜中；以"翠屏"喻两岸青山之翠，人度翠屏里。地上的花木多佳姿，天上的云霞都变成芳香的紫色花朵。真是人间胜境，惬意之行，如入仙境。诗人高怀尘外之愿，对仙家道人长揖不已。

经齐故墟

故都销霸气，吊古暂停车。风壤三齐旧，山川百战余。城池终草莽，宗社已丘墟。追忆前朝事，寒烟古木疏。

[解读]

齐国（前1044—前221）是中国历史上从西周到春秋战国时期的一个诸侯国，疆域为今山东省大部。都城临淄。至齐桓公时，齐为春秋五霸之首，后为秦所灭。诗人途经山东临淄，见齐故都废墟，生发感慨。首联写自己"吊古暂停车"，见故都已销尽了霸气。颔联怀古，写故都风壤，乃三齐旧物，此地山川经历百余次战役。颈联写眼前所见之景：旧城池长满草莽，当年贵荣的宗社已成丘墟。尾联写追忆前朝事，唯见寒烟笼罩着稀疏的古木。暗寓朝代更迭，人是物非的沧桑之感。

栈道驿中

行行当薄暮，佩剑映疏星。岭雪通宵白，溪岚向晚青。征鞍淹石栈，候火续邮亭。陇路肠堪断，啼猿不可听。

[解读]

诗写薄暮佩剑行，淹留栈道驿站。所见所闻所感，"肠堪断"三字可概之。岭雪白、溪岚青等视觉意象，"猿啼不可听"之听觉意象渲染羁旅之苦。

闺　思

青楼孤枕忆天涯，紫陌垂杨影绛纱。啼罢晚莺香梦觉，含情愁对海棠花。

［**解读**］

此乃代言体诗。拟女子青楼孤枕相思之苦。绛纱帘里遥望紫陌垂杨，不见斯人身影，莺啼声中香梦醒，唯有含情愁对海棠花。

（以上诗辑自徐熥编《晋安风雅》）

游西山

缅维京国游，夙忆西山胜。前期戒朋侪，昧爽理征镫。连镳出都门，散辔遵郊径。苍茫紫翠分，参差金碧映。云际郁层甍，风中发孤磬。山光足怡愉，地色湛清滢。觉花粲奇馨，慧草纷延亘。梵影空中悬，经声榻前听。行恐苔痕穿，啸闻谷响应。翠巇屡攀跻，朱阑恒眺凭。取适情易酬，息机意初称。登临惬赏怀，揽结动幽兴。聊兹却喧嚣，庶以慰蹭蹬。

（辑自《御选明诗》卷二十九）

［**解读**］

缅维：遥想。宋·秦观《秋夜病起怀端叔作诗寄之》：“缅惟情所亲，佳辰谁与共。”　昧爽：拂晓；黎明。犹明暗。　连镳：骑马同行。镳，马勒，指接续。　甍：屋脊；屋栋。唐·王勃《滕王阁序》：“披绣闼，俯雕甍，山原旷其盈视，川泽纡其骇瞩。"薨宇，屋宇；薨薨，屋宇相连的样子；薨栋，屋梁。　揽结：采摘系结，收取。唐·李白《望五老峰》诗："九江秀色可揽结，吾将此地巢云松。"　蹭蹬：路途险阻难行，比喻遭遇挫折。

首二句写遥想当年京城之游，久忆乃西山之胜，点题，领起全诗。次四句写起程：先是告知朋友们，拂晓，要整理好马鞍，接着骑马同行，鱼贯而出都门，散开缰绳沿着城郊的小路奔驰。再十句，写路途所见之景色与寺庙风物：山间苍苍茫茫，紫色的雾霭、翠绿的树木，渐渐分明，参差交错，金碧辉映。一层层屋顶集聚在云际，风中传来磬声。山光令人愉悦，地色清莹澄澈。这是外景，十分美丽。寺庙内，觉花灿烂奇香，慧草纷披，延亘成丛；梵影高悬空中，榻前聆听僧侣诵经的声音。寺院佛事，十分繁盛。再八句写诗人与朋友们放飞身心，纵情游玩：走路，唯恐踩坏了苔痕，小心翼翼；高声呼喊，听到山谷的回声响应。翠绿的山崖，一次次攀援而上，跻身其间，久久凭倚红色的栏杆眺望。这是描写游玩西山的情景。之后，写游西山之乐。诗人坦言：游中取适行乐，情感易于得到释放，平息心机思虑的意愿初次得到满足。登临令人赏心悦目，揽结生发了幽兴。结二句回到当下，聊且借此回忆摆脱喧嚣的袭扰，以此慰藉遭遇挫折、多舛的命运。

咏文周公

侍御东山公以英才峻节独步台端，迺取世忌，投闲海滨。夫朝阳鸣凤，立伏马，斥豪杰，共然千古一慨。余亦以不鸣之雁见弃于主人者，皆清时之不遇人也。偶得聚首三山，赏厥曩怀，敬缀五言排律二十二韵投赠，录上记室，想捧腹于大方耳。

侍御吾宗秀，风裁当世豪。八闽推丽藻，五岭度干旄。揽辔声华旧，埋轮意业高。神骢千里聚，孤鹃九霄翱。川岳堪摇动，烟空见羽毛。乌台端白简，豸绣绚绯袍。日月回苍柏，霜飚上彩毫。羊城清瘴气，蜃海靖波涛。讵拟推鹏翮，迟嗟敛雉膏。数奇才未展，毁积志徒劳。抗疏怜忠盖，悬车惜俊髦。重寻桓典传，但续屈原骚。故国忻倾盖，清尊笑佩刀。相逢同薏苡，并逐共蓬蒿。威凤罹罗网，秋鹰系锦绦。啣杯俱旅邸，染翰厕仙曹。辉览苞千仞，音闻唳九皋。论心矜合剑，薰德比醇醪。结梦惟成蝶，垂纶岂为鳌。登龙酬契阔，泛舸恹游遨。兰语钦初接，萍踪庆所遭。瑶华如有赠，莫厌到渔舠。

［辑自清嘉庆九年（1804）重修《福安宸西郭氏族谱》］

［**解读**］

郭文周（1512—1578），字景复，号东山，明福安城区鹿斗（今福安城区莲池街）人。嘉靖二十二年（1543）举人，二十三年进士。授中书舍人，后任云南道御史，嘉靖二十九年（1550）秋，俺答大举进犯北京，明世宗召集各镇兵马勤王。御史台集议，认为文周兼有文武之才，便命他监军北伐。大军北行之日，文武官员送至长郊，按察使魏文烨有《赠同年郭文周》诗记其事。北伐胜利后，文周出任广东巡按。两次巡按广东，依法严惩贪赃枉法，全粤纪纲为之一振。为官清廉，民称"铁面青天"，卸任离粤之日，清风两袖，行李萧条，士民拦道哭送，为之立生祠。才、识、德堪为台臣第一。旋升顺天府丞。关心民瘼，重视教化。多次上疏弹劾赵文华，冒犯严嵩，遭贬官而归。王世贞慕其名，曰："郭御史恨不得一见面。"归置义馆、义田，以忠孝训子孙。诗文俱佳，尤擅五言诗。著有《台中奏议》《按粤封事》《考牧条约》《观风漫兴》《东山漫稿》，《四库全书总目提要》收录其诗文集。

咏文周公：此诗题为编者所加，原《福安宸西郭氏族谱》为："宗 东皋赠诗 讳文涓，古田人。" 独步台端，立伏马，斥豪杰：郭文周任云南道监察御史，负责监征芦沟桥赋税时，能为民请命，取消加征税银的旧规矩，建立御史台，加强对地方官吏的监察。负责检视、烙印南北太仆寺所豢养的官马。照南京旧例，官马烙印后，要在马脖子上悬挂银牌标志，文周到任后，建议换挂木牌标志，节省白银数万两。斥豪杰，指郭文周两次巡按广东，依法严惩贪赃枉法事。 风裁：刚正不阿的品格；文学作品刚劲有力的风格；风度神采。 推：使事情开展。 丽藻：指绮丽的景物；华丽的辞藻；亦指华丽的诗文。 五岭：大庾岭、越城岭、骑田岭、萌渚岭、都庞岭的总称，位于江西、湖南、广东、广西四省之间，是长江与珠江流域的分水岭。 干旄：借指招纳贤士；泛指仪仗用的旗帜。《诗·鄘风·干旄》："孑孑干旄，在浚之郊。"孑孑：突出貌；干：通"竿"；旄：竿头饰有氂牛尾的旗。 揽辔：挽住马缰。 声华：美好的名声、声誉。唐·白居易《晏坐闲吟》："昔为京洛声华客，今作江湖潦倒翁。" 埋轮：此指埋车轮于地，以示坚守。又，据《后汉书·张纲传》：汉安元年（142）选派张纲等八人巡视全国，纠察吏治，余人皆受命之部，而纲独埋其车轮于洛阳都亭，曰："豺狼当路，安问狐狸！"遂上书弹劾梁冀，揭露其罪恶，京都为之震动。后以"埋轮"为不畏权贵，直言正谏之典。 意业：《三藏法数》：

"意业，即意所起之业也，有善有恶。若贪欲、嗔恚、邪见，即意恶业也；若不贪欲、不嗔恚、不邪见，即意善业也。" 乌台：指御史台，汉代时御史台外柏树上有很多乌鸦，所以人称御史台为乌台。 白简：指古时弹劾官员的奏章。 豸绣：古时监察、执法官所穿的绣有獬豸图案的官服；借指监察、执法官。 绚：本意指有文采，引申为灿烂、照耀。 绯袍：红色袍服。受北方少数民族影响，在北朝时出现的一种袍服，南北朝时贵贱通用。唐宋时专用于官吏，为四五品官员的常服。元代改为六七品官公服。明代又用作一至四品官公服。 诓拟推鹏翮："推"误，应为"摧"。"推"字已出现于第三句，非不得已不重复使用，且与"鹏翮"搭配不妥。 雉膏：肥美的野鸡肉。泛指美味。 抗疏：谓向皇帝上书直言。 忠盖：元施耐庵《念奴娇·天南地北》："义胆包天，忠肝盖地，四海无人识。" 悬车：此指致仕，古人一般至70岁辞官家居，废车不用，故云。《旧唐书·李百药传》："及悬车告老，怡然自得。" 桓典（？—201）：东汉谯郡龙亢人，字公雅，顺帝时太傅桓焉的孙子，能传家学。以《尚书》教授颍川，门徒数百人。举孝廉为郎，灵帝时官侍御史，时宦官专权执政，他正直而不避，因常乘骢马（青白色的马），京城人说："行行且止，避骢马御史。"建安年间官御史中丞，封关内侯。倾盖：指车上的伞盖靠在一起，后指初次相逢或订交。 威凤罹罗网：《福安宸西郭氏族谱》原文为"威凤罹虞网"，有误，应为"威凤罹罗网"。凤为瑞鸟，有"威仪"。此处第二字必用仄声字，"风"为平声字；对偶须同类，"凤"与"鹰"同属飞禽，"罗"与"锦"同为衣物。 绦：绦子，用丝线编织成的花边或扁平的带子，多作衣物边沿的装饰品。 苞：花没开时包着花骨朵的小

叶片；丛生而茂密。　登龙：登天的龙；乘龙，李白《箜篌谣》
"攀天莫登龙，走山莫骑虎"，同"登龙门"，宋·苏辙《欧阳太
师挽词》："推毂诚多士，登龙盛一时。"　契阔：久别重逢。曹
操《短歌行》："契阔谈宴，心念旧恩。"指离合，聚散。　九皋：
曲折深远的沼泽；亦称鹤；九方皋的省称。《毛诗正义》卷十一
之一《小雅·鸿雁之什·鹤鸣》有"鹤鸣于九皋，声闻于天"之
句。　瑶华：亦作"瑶花"，玉白色的花。有时借指仙花。《楚
辞·九歌·大司命》："折疏麻兮瑶华，将以遗兮离居。"

　　据诗前小序，郭文涓不仅认郭文周公为宗亲，而且引为同
调。文周公以英才峻节独步台端，为世所忌，文涓亦以不鸣之雁
见弃于主人者，皆清时之不遇人也。文周罢归，两人偶遇于福
州。文涓回忆之前交往之情，作此诗。全诗除首尾四句外，可分
为两部分，前22句歌颂郭文周。后18句，描写二人相聚情景。
首二句总提侍御文周公是吾宗之优秀，其刚劲有力的诗文风格乃
当世之豪杰。上半部分（3至24句），盛赞郭文周的风采与功绩：
他推动了福建华美的诗文创作，他建树业绩的旗帜飞度了赣湘五
岭地区而至珠江流域两广之地，表明其影响巨大。他临危受命，
监军北伐，击退俺答对北京的进犯。他挽住马缰的雄姿，早有声
誉，他埋车轮于地，以示坚守国土。此处亦可解为：用东汉张纲
独埋其车轮于洛阳都亭，上书弹劾梁冀，揭露其罪恶，京都为之
震动的典故，表现文周公不畏权贵，直言正谏。此，意所起之
业，乃意善业，十分高尚。北伐的神马从千里之外聚集于此，他
像独立的鹍鸟翱翔于九霄之上。河川山岳经受得起摇动，扫除风
烟，天空清净得能见到飞鸟的羽毛。连用比喻，歌颂文周公保卫
祖国，在军事上取得的胜利。他在御史台多次上疏弹劾赵文华。

他穿着绣有獬豸图案照耀的红色官服。官服上用彩笔描绘出日月、苍柏、霜雪。他在羊城清除贪腐瘴气，在大海靖平恶浊波涛。难道是想要折断大鹏的翅膀，迟迟嗟叹对美味聚敛的约束。郭文涓慨叹文周公因多次上疏弹劾赵文华，冒犯严嵩，被罢官，命运机遇不佳，才华未能展现，毁掉了长久的志向，使之成为徒劳之举。罢归后为国为民之心不隳。敢向皇帝上书直言，令人怜惜他的忠肝盖地；提早退休，真可惜了他那俊秀的年华。他重寻东汉时名臣桓典的传统，传家学，授门徒，不畏权势；从事创作，赓续屈原《离骚》的精神与风格。

后半部分（25 至 42 句）描写二人相聚于福州的欢乐与豪情：文涓与文周公于闽国故都福州欣喜地订交（初次相逢），两人饮清酒，笑佩刀。相逢同薏苡那样美好。在蓬蒿上并逐野禽。凤有威仪，却被我们捉入罗网，在秋天鱼鹰的脖子，系上用锦缎丝线编织成的带子，让它为我们捕鱼。我们嘴上唧杯喝酒都是在旅店里，染翰作诗则厕身于仙界。览其光辉丛生而茂密的千仞高山，吟诗的声音像鹤鸣于九皋，天上都能听到。于天上都能听到。论交心，如合双剑，感到骄傲，熏染彼此的品德，好比喝着醇厚的美酒。做梦惟想成为齐飞的双蝶，垂下鱼竿难道只为了钓鳖？登龙门，酬谢重逢。泛舣舟，欢快地遨游江上。两人相谈的话语像兰花般美好，十分高兴这初次接触，庆幸萍踪中遇到对方。末二句期盼再次聚会。文涓对文周说，你以后若有美丽的仙花相赠，莫讨厌到我的渔船上来。全诗结构整饬，层次分明，歌颂文周公功绩既有切实的描写，更多借助比喻、联想，虚实结合，写两人相遇情景具体生动，几近白描，意象丰富，动感强烈，寓情于景。全诗采用排律形式，44 句，22 韵，一韵到底，音节浏亮，韵律谐和，富有感染力。

摘　句

　　郭文涓，字稺源。富吟咏，有《享帚集》。林宗伯燫见其集，叹云："古田前有翠屏，后有东皋。"予录其佳句如：《吊贾太傅》："空有文章惊绝代，只余痛哭在明时。"他如："山川烟雨空埋采，今古乾坤忍弃才。""暮雨暗残台上梦，香蓠空吊水中魂。"《怀郢》。"乡篱秋思容宫柳，蜀鸟春心托禁莺。""星野斗牛连楚越，烟波歌舞是齐梁。""潮声夜吸沧波月，烟景凉分浦溆秋。""山含瘴雨先秋树，水合蛮烟暗晓溪。""海割山形天外尽，云连树影日边斜。""天堑到今雄北固，寒潮从古截维扬。"《渡扬子江》。"驿亭霜落鸡声畣，皋壤风归柳色残。""风高泽国饶霜气，江抱邮亭急夜潮。""一径苔云连绝峤，半空花雨净诸天。""山势初分巴汉路，猿声常带古今愁。"《七盘关》。"难处正愁巴道远，悲时直使楚魂销。""松露夜零巢鹤警，苔云春湿钵龙腥。""共依日月旋分剑，屡换风霜各问津。""颓原寂寞秋烟暮，废冢凄凉野草春。""山川一入襄王梦，云雨长凝神女台。"《巫峡》。"江合洞庭秋露白，城连汉浦晚枫丹。""鸦翻夕照人离席，雁渡西风客倚楼。""入帘并语乘春社，掠水双飞带夕阳。"《咏燕》。"天地由来成节义，山川从此借英灵。"《陈节妇祠》。"伏枕白云千里渺，闭门黄叶一秋深。""积雨庭除兰叶长，暝阴院落燕泥匀。""雁鸿暮影遥横汉，蟋蟀寒声渐到床。""离索讵堪人两地，凄凉正值月三更。""山绕青螺春梦寂，江拖白练暮潮迴。""烟际忽迷芳草渡，雨余更软落花泥。""社近燕泥沾旧垒，春深莺柳换新条。""目送双鸿邀日去，身随独鸟背云还。""毛竹丛穿兰叶砌，刺桐柯亚槿花篱。""流俗任潮何用解，沧州自隐不须招。""新蒲水漫鸳鹚泛。苦竹丛深谢豹啼。""明农陇亩占桑扈，习隐衣裳制薜萝。""叶残鸿雁三更月，落尽梧桐午夜霜。""水声遥送溪春急，山色全添竹坞幽。""生计比鸠慵更拙，微躯类鹤病还癯。""地逋铜柱开骠骑，水接珠江引舳舻。""因开菌荙呼新酿，偶长芭蕉写旧诗。""截筩满泛浇愁酒。削竹频题招隐诗。""窗临竹荼怜烟色，榻傍芭蕉厌雨声。""江鸿影渡千山日，院竹阴迷一径云。""听雁惊魂偏堕泪，闻鸡起舞不胜情。""暮云几树鸦归堞，秋色千峰客倚阑。""梧桐暗向风前落，鸿雁遥从月下归。""寒飙陨木千村瘦，返照沉山万户阴。""交游湖海疏知己，俯仰乾坤孰惜才。""老至交情增眷恋，秋来景物倍凄凉。""三径穷愁添白发，半生事业在青山。"五言如："孤樽聊钱岁，短烛暂留更。"《除夜》"晓落鸡声月，寒生雁背霜。""月落乌鸣署，风过花别春。""鸟拂檐头雨，农归谷口烟。""岸色分花树，篱阴袅薜萝。""日落归云急，天长去鸟迟。""虏尘黄沸地，塞草白粘天。""长河驱落日，大漠卷秋云。""萧条长夜感，凄切故园情。""河迥星临野，湖平月满江。""风敲松子落，雨亚（压）竹枝低。""扫叶清苔径，编樊护竹扉。""避人扪虱坐，行乐狎鸥归。""乾坤双鬓老，江海一帆归。""落霞冲鸟渡，浅浦拥鸥眠。""夜雨添渠涨，春烟接郡楼。""山河秦地尽，烽戍塞云高。""孤城当落日，旷野接平台。""山高迟月上，树密早零霜。""道路疲轩盖，边陲暗甲兵。""气候殊方异，江潮百感生。""野暝含秋气，溪回合暮山。""夜色分沙白，秋容入岸黄。""寺古玄云暝，山空鹤露秋。""江流千古意，舟楫半生情。""洞门青莴静，崖岛碧烟重。""鸟声当户细，花影隔帘疏。""山势遥分楚，溪流尽入湘。""客梦鸡声警，羁身雁影孤。""遥山邀落日，坠叶选寒声。""风壤三齐旧，山川百战余。""瘴烟冬更重，溪气晓尤寒。""濑浅浮鱼笱，山空露雀巢。"五言绝句《从军行》："秋高塞马肥，边警羽书飞。报国轻身命，铙歌八武威。"七言绝如《听客鼓琴》云："曳将彩鹍湘江去，定带遗音过楚城。"《归途云树》云："天涯孤客忘南北，但见春山即故园。"《山行》云："鹧鸪声里东风老，开遍棠梨几树花。"《凤凰台》云："欲问六朝兴废事，孤烟朝暮凤凰台。"《偶成》云："尽好风光忙里度，隔船愁听采莲歌。"《闺思》云："唛罢晓莺香梦觉，含情愁对海棠花。"《有感》云："却怜穷谷无春到，虚说东风不世情。"《艳曲》云："绿遍蘼芜交甫恨，泪痕应染鸭头青。渔郎不是无情客，再访花津路已迷。一曲霓裳何处奉，欲翻新调梦中多。"《有感》云："鸠雨蝶风春事老，伯劳遥在刺桐啼。"俱登作者之坛。

（辑自杨德周《玉田识略》卷四《文苑》）

附录

生平事迹

郭文涓：字稺源，号东皋，性恬淡高旷，善属文。以《易》膺选贡，登应天乡试，授保宁同知。迎父养于官邸。五载蜀中，有孝行清节之。隆庆改元，奉诏进阶朝列大夫。富吟咏。诗入《晋安风雅》，刻《享帚集》，廉宪魏文焜、耆儒丁朝立为序以行世。宗伯林燫见其集，叹云："古田前有翠屏，后有东皋。"贻诗赠。卒年八十。太仆卿林烃述兄燫语，铭其墓。

四、郭文涓《享帚集》（辑佚）

（编者按：据乾隆版《古田县志》，嘉靖二十二年癸卯
（1543）黄维周榜乡会）

郭文涓：字穉源，一字东皋，古田人，嘉靖十六年应天举
人，官保宁府同知，有《享帚集》。

徐𤊹《竹窗杂录》：古田有张学士以宁，以诗名。二百年间
寥寥绝响。文涓少负才气，每每发于文词。尝游金陵、燕蓟、吴
越、蜀陇，所至皆有诗歌，著作甚富。林文恪公雅重之。如《早
行》云："市桥霜滑马，庭树月移乌。"《宿南阳寺》云："阶余
春草露，林暗夕坛云。"《晚泛罗刹江》云："云沙醒宿鹜，露叶
咽残蛩。"《早秋》云："草换秋前色，蝉繁雨后声。"《过苌弘
墓》云："贞血成灵碧，忠名照汗青。"《潼关道上》云："山河
秦地尽，烽戍塞云高。"《咏断雁》云："霜前阵带金河冷，月下
书传玉塞寒。"《夏日斋居》云："烟消露草粘游屐，风定晴花挂
网丝。"《乱后》云："两税诸徭兵后急，千村万落火中空。伤魂
暗泣关山月，冤血腥随草木风。"《早发水口》云："猩红被野霜
沾树，鸭绿摇漪雨染溪。"《感秋》云："野色逢秋添惨淡，物情
经乱转萧条。"可与晚唐刘、许辈颉颃艺林。固不独雄视一邑也。
近年邑令豫章人刘曰旸不知诗为何物，纂修《县志》竟不为郭立
传，且欲诋之。时与予友陈价夫力争，不听。俗吏之刚愎自用
如此。

《柳湄诗传》：文涓性恬淡高旷，善属文。以贡生登应天乡
试，授保宁同知，迎养五载，蜀中有"孝行清节"之誉。为父年
老，罢官归养。时闽县邵傅、侯官林凤仪、王廷钦与文涓皆以诗

鸣。魏文焕、丁朝立序其集。太仆卿闽县林烃述兄爩语，铭其墓。孙岱、嵩、徽、巇皆能诗。

（见福建省文史研究馆整理：《全闽诗录》第三册，郭柏苍、杨浚录《全闽明诗传》（中）卷二十三"嘉靖朝五"，福建人民出版社2011年版，第858~859页）

郭大夫传

陈价夫

郭大夫，闽之古田人。古田自张学士后者，谈诗自郭大夫始。大夫少治公车业，以例贡入南太学，举应天乡试，授蜀之保宁丞。性恬淡高旷，不习为吏，然而慈爱、宽和，政尚简静，故民安之。保宁在蜀僻远，知有文翁，不知有司马长卿。大夫在郡时，时以风雅饰吏治，益自喜不随俗俯仰当道。当道亦厌之。大夫觉欣欣然，解印绶去。

初，大夫之入蜀也，历剑阁，入成都，访扬雄、司马相如故宅，至浣花溪，吊杜子美，及顺流东归，入峡观诸葛武侯八阵图，下瞿塘，过江陵，登岳阳、黄鹤二楼，泛彭蠡，望匡庐峰。凡游览山川名胜，古人陈迹，莫不慨然向往，故诗思幽调苦，独契骚人微旨。既免郡家居，日与林太学天瑞、林孝廉河灵辈为文酒欢。盖一时彬彬矣。

嘉靖己未，岛夷寇闽，攻陷宁德，且至古田，有福清黄生通理，其人本文士，自负胆略，以开府命之古田侦贼，或诬为贼，媒将内应，邑人汹汹，遂谋执缚生。邑令王所心疑之，释其缚，囚于狱。黄生雅知郭大夫诗人，从狱中为诗，潜寄大夫。大夫见

之，击节叹赏曰："嗟夫！文士故多厄哉！"因力为居间出之，寻
亡去。邑人益忿，谓大夫纵贼，并诬大夫与黄生通谋为乱，执系
庑下。邑令业知之故，为延缓曲护，会怒者懈，亦稍稍引去。大
夫得不死。然邑人传讹至今，犹有不忿大夫者。大夫从此益放纵
诗酒间，牢骚无聊以讽诵自遣。大夫有长子坐奸党诬，掠死于
狱。既垂老，愈郁郁不得志，竟以此卒。

　　大夫名文涓，字稚源，居邑之东皋，故称东皋郭大夫云。陈
价夫曰：郭大夫立名行义，翩翩奇士也。迹其怜才，喜侠，急人
之困，亦足以发明其不习吏事，疏于心计。假令大夫当时身膏斧
踬，无由自白，此与怀沙羁臣何异哉！予尝至古田修邑乘，志
《文苑》，将列大夫于传，以主者不欲故止，此无宁牵于簧鼓之论
乎！嗟夫！裘鞸之谤，自昔已然，至使春华奇士，竟湮灭而不
称，投杼流言，亦可畏也。

（见杨德周《玉田识略》卷七）

《享帚集》序

魏文焜

　　予昔计偕春官，与东皋郭子同舍郎同文社。东皋积学玄悟，
冲襟藻思。予得见其文辞，蕴藉酝郁，博雅君子也。心向往之
已。乃别去，宦游四方，且三十余年所矣。东皋访予于道山石
室，出平生所为诗篇相印证，属予序之。曩予领雷阳郡符，建节
蜀之松。维东皋三以诗见贻，惠我琼瑶，未有报也。

　　今读其全集，贯穿诸家，取裁拾遗，璀璨炫目，烂然盛矣。
明兴二百余年，递有作者。弘正间，李何辈善鸣一时；在今日，

·505·

则李济南、王苏州、徐吴兴、宗广陵、吴兴国，各擅所长，旗鼓中原。操觚之士，争艳慕下之。予尝读《图牒》，五岳之尊，表镇区宇，登之秩祀，载之诗书，非以其灵标峻极在方域中乎！次则匡庐九疑、会稽禹穴、峨山，司马迁之所遍历。乃若凫峰、虎丘、九华、黄山、仙都、赤城、金焦诸名胜，五岳培塿耳！以其在通都大邑，辎车相望，骚人墨客，托之赏心，搦管摛词，阐发灵阆，而山名益以显融。至于温之雁荡、闽之武夷、粤之桂山，皆奇秀甲天下。王者不以登封，汉唐诸名家未有以入诗品者，非谓其局于方隅，冠盖罕至耶！士之所处，亦犹是耳。使东皋在中州，当与数子者并建旗鼓，争鸣当世矣。何至良贾深藏，白首犹谈博士业耶！

东皋早岁游南雍，有志慕古，盖尝登凤凰台，狂歌啸傲，气凌六朝。北上金台，伯乐未遇。诣公车，分符保宁，出长安门，东瞻泰岱，历齐鲁之墟，遵太华、潼关，徘徊周道，吊苌弘之墓。由阆中剑阁入锦城，访陈伯玉读书台、杜子美草堂、司马相如扬雄故宅。谒文昌之宫，读紫府遗文。周瞻峨山，下巴渝瀼西，徜徉子美卜居，过白帝，观诸葛孔明八阵图。顺流而东，沂瞿塘、江陵、彭蠡，登黄鹤、岳阳楼，历观无际，浩然而归，克然有得也。税驾故庐，屏居极乐寺，慕虞卿著书自适，恬如也！身所涉历，吊古挥毫，窬寐往哲。其气逸，故其词潇洒；其思深，故其词沉郁；其志迈，故其词悲壮。要其矩度，则自学杜而有得也。排律、近体，肆笔辄成百余韵，自韩退之《南山》、杜子美《北征》《夔州咏怀》等篇，不多见也。

子美在当时与李白齐名，平生奔走穷愁，触景辄形歌咏，人未之知。至元和间，天下争诵元白，而于子美反加诋议；及退之有"光焰万丈，何用谤伤"之语，元微之又极推其盛，谓非李可及。于是，杜诗始盛传，为海内宗工。汉扬雄，禄位容貌不足动人，《太玄》《法言》时无知者，独恒谭以为必传。文章之取誉难矣！予读《享帚集》，爱其体裁、音节可入唐调，固信其可传也。东皋同邑、国初张翠屏以宁，官翰苑，有《翠屏集》行于世，宋景濂为之序，谓为"一代奇作"。今学士大夫皆知有翠屏。予谓二集必当并传无疑。士之品，固不以地轩轾也。

《享帚集选》序

杨德周

余既序东皋先生《同声集》，兼有所采撷，载入《识略》中，而其文孙尔弼复持全集，请余选而传之。会计期逼，携入征车中，缪阅有加，盖诺不容虚，亦缘于擘芙容之秀，不忍释卷停披也。

余于邑中，忠义则吊剑溪之激烈，文章则诵翠屏之清绮，而翠屏后执弧蝥而踵起者，惟先生一人。先生生玉田山川朴僿、文献闃寂之地，文屡蹶公车。一官踯躅万里外，未尝与嘉隆七子中原旗鼓相当，故所造止于斯，而乃其所造，已至于期。今举集中吴歈越绝，燕筑齐风，与夫楚屈宋之搴佩，蜀李杜之属毫，靡不橐括而汇其胜，先生可不谓倔起一方，尚论千古，称振世之杰哉！

余于是深叹才人之难得，而先辈之未易颉颃也。谈者惜先生位不配才，又以《固镇驿题壁》一诗败官归，即先生无佗傺穷愁之态，而亦时露嶔崎历落之感。余谓才人自才人耳，亦何关宦达事？即先生既以篇什鸣，又安必以宦达显？而宦达之不显者，复

得于篇什之鸣。专其力其篇什之凤鸣者，却雯缘宦达之淹增其
价。昔孟襄阳以诗忤于明主，薛道衡以诗中于忮居，而不才多
病，空梁燕泥之句，益以流映千秋。固镇驿之题，先生实邀直当
路者以成诗，能穷人之嘉话，而奚复抱遗憾哉！惟是古今雄飞豪
举之士，一飞则九万里而南，否则隐鳞戢翼，徜徉肆志以自全其
天；若踉跄榆坊，出处两无所据，是未免失本色违初愿耳。或
曰：子与先生有旷世之感，故寄慨寓于解嘲。夫此大不然。以先
生才，故感慨系之。余乏先生才，而漫怀先生之感，岂其不自量
乃尔。故曰：才人之难得，而先辈之未易颉颃也。

先生河内留细侯之爱东国，高有道之风，循良风节，无不引
为冠冕。其于诗诸体各擅所长，并臻厥美而金枞玉撞，七言古尤
得少陵遗法。余为稍删其豪气未化腴辞太丰者，以范于炉，而更
得文孙再寿梨枣，不朽太业将无在兹。

今曹观察尊生先生遍搜我明诸集，汇成大观，先生之作自当
首入上品。虽然孤诣必归大观，然则有大观遂可废孤诣乎！此余
选兹集意也。

《骚垒同声》序

林　㷭

诗，心声也。心之所感，形而成声；声同相应，盖同心之谓
也。故其人非伯埙仲箎、屈骚宋招之相叶者，则其心变而不能
同。而况夫山水邂逅之间，刻烛传杯之际，非其心之所同，则彼
此不相得，才具不相当，有劲有弱，有工有拙，作者不尽其情，
而观者亦有所未足。噫！联句可易言哉！

东皋郭君，自命千秋逸才旷世，时浩歌纵饮，与同响者游，触境感情，辄成吟咏，一时如樊直指斗山、祁太守蒙泉，不规规分位作人外交。而吾乡之郑少白、林河灵、黄鼓山诸人，暨予从子世璧，皆以意气相期。忽然相值，顷刻数十韵，不加点窜，烁人耳目，虽退之《石鼎》《斗鸡》诸联句，唱酬工敏，曷以逾斯！

予谢事林居，始识郭君，慨然想慕其为人。因思铨府之简，不必尽才，才不必尽用。英贤之沦落，而不能自见如君者，可胜道哉？予赋郭侯行，有云"遗恨伊人晚相识"，盖重有感于斯也。君负旷世才，集传《享帚》，今之子云，后世必子云知之。予之言，其何足以重君？虽然，君之诗不待予言而传；而予倾慕君之意，则非兹言，莫之传也。

《骚垒同声》序

徐　熥

予考高庙时，玉田有张志道先生谭诗，与林子羽、王孟敏辈齐名。一时闽中十才子脍炙人口，私心窃向往之。既而读东皋先生《享帚集》，乃知继志道之后而倡风雅于玉邑者，先生更大有功也。岁己亥，予受聘刘令君，聿来兹邑，得接先生诸孙，皆济济名士。时出《骚垒同声》一帙示予，乃先生与诸名公联句诸作，大宗伯对山公为之序。词致浑雄，声词稳叶，联络衬合，若出一人。

夫联句，始自柏梁，第各自为韵，咸自序其职业，语无胪次，杂以谐优，盖汉武君臣，自鸣其一时宴飨之适而已，本无意于求工角胜也。初、中二唐间有此体，至韩昌黎乃始倡之，《城南》《石鼎》《斗鸡》三作，至今传诵。而其间各寓讥嘲，互相抵难，真若设垒待敌，交骋词锋，愈奋愈奇，弥厉弥峻，故联句之诗，无孱词，无懈语，又且成自急逼，困于偏枯，最难工者。今先生出奇无穷，而樊直指、祁郡伯互为勍敌，旗不降而坫无欷，即若林彤云、黄鼓山，时出雄师，交相攻应，谓之骚垒。

不益信耶！此先生一时调合，即今日犹令人起逸响之思也。先生诸孙且质予曰："先大夫是集，遗佚尚多，欲谋再锓，愿丐一言。"予欣然援笔，不禁神往。因谬为品评，作一日千秋之雅，然不朽盛事，实在于斯矣。

《骚垒同声集》序

杨德周

德周以辛未秋杪视事玉邑，首从余中拙先生询此邦文献。先生谓：湮没殆尽，独张先生《翠屏集》、郭先生《享帚集》并行传世，铮铮不朽已。先生孙巏及良臣等，并示《骚垒同声集》，且索言弁简端。余因细玩先生之什，而窃有喟也。

《三百篇》之道，莫尚于葩！苟削文存质，是鸾凤可铲九苞之彩，而虎豹仅留其鞟，不必以炳蔚变其文也。尤莫尚于雅，令嘈杂可陈，则"界破青天"之句，何以远出"微云疏雨"下，而又奚必洋洋飒飒者，然后隶乐府哉！先生于此道，正不芟葩，丽必归雅，虽绚烂之极而不之浑厚。骚坛之上，执弧螫①先登，推冠军宜矣。兹集所载，一时名公和歌迭奏，而前矛、中权、后劲

---

① 弧螫，当为"螫弧"。

所布置队伍，觉出愈奇而研愈新。先生擅有兼长，则声施后世者，白雪之稀不十倍青云之附哉！

余独惜先生八斗二酉，独步当时。一片蕊榜，不足重先生，而竟不能借先生为重，骥足半瘏，鱼尾不尽，仅草草拜一官，又不甚显，蹭蹬以归。才人偃蹇，今古同叹！萧远孝标之论，千古诵之，令人泪淫淫沾裳也。虽然，蕊榜无先生，而儒林文苑有先生已！先生归享上寿，优游云壑，吟咏篇章，迄今捧其片言只字如天球赤刀，而弈世多贤子孙，德门余庆，芝玉竞荣，则风人之韵长，君子之泽远。识者必不以一时易千秋，而臆谓红绫饼曾未入口，以慰先生书淫，何窥先生浅耶！昔人分题，闻江底石头之作，便惊叹探骊得珠，虽有鳞甲，无所用之。读先生此集者，请作是观。

吊汉车骑将军张桓侯文

郭文涓

嘉靖二十四年孟夏，涓奉部檄来佐巴西，拜瞻汉车骑将军张桓侯祠墓，愀然叹息者久之。夫以迈众盖世之力，而不能收取日之功；摧陷廓清之气，而卒毙于庸竖之手，挫于送谋长驱，蹶于短轨。呜呼！祥麟之获于鉏商，白龙之网于豫且，事固类是也。史称其爱礼君子，而不恤军人，或者其所致然耶？

侯生当汉季，力扶正统，与关云长同事；昭烈称"万人敌"，为世虎臣。君臣之谊，贯金石，质鬼神。《易》曰"王臣蹇蹇，匪躬之故"，侯实有焉。至其不杀严颜，凛然有国士之风。若夫成败利钝，则类有所靳，亦君子之所宜废论乎！《记》曰："以死勤事则祀之，以劳定国则祀之。”然侯抗忠一时，流烈万古，所谓生为忠臣，死为正神是已。昔武溪瘴峤，犹存铜柱之标；岘山庙庭，即表堕泪之碣。过斯严祠，可缄颖乎？涓将辞仪仗，东返海邦，徘徊窀穸，潸然涕零，因勒文而献吊云：

嗟夫！汉季之历将终，中原之祸伊始。沦土宅而崩离，环英雄以群起。伟帝子而龙骧，壮将军而虎视。开基井络之墟，定霸吞丛之里。惟矫矫之桓侯，实长城之毗倚。指巴阆而分符，控秦疆而跃匕。愤僭窃而裂眦，凭阻险而角掎。蒐乘于金躔之区，营军于剑南之垒。嘘炎烬于既灰，复泰阶于中否。既而萧墙孽作，肘腋变生。星躔夜圻，沴气朝盈。顾兹送坚，歼我忠贞。刃血溅于帷幄，高纛仆于辕营。会江州而不果，抱奇绩而无成。偏裨解体，部曲吞声。吁嗟！呼噫嘻！当其毙吕布，困曹公，守下邳，战当阳。叱咤风云，指挥侯王。铠甲照雪，槊矛耀霜。倚剑而搀抢夺色，挥戈而日月移光。三军贾其余勇，六合慾其鹰扬。及夫炎德既衰，天心遄厌。虽厮卒之琐微，甘反噬以胎变。气象长虹，形随游电。岂周身之防疏，抑玄造之靡眷。缔瞻祠宇，载肃仪形。琳宫金碧，绀殿丹青。云霞烱晃于疏绮，山藻斐亹于彤庭。度春秋而享报，走巫祝而乞灵。萧萧阡垄，寂寂寝园，玉盌中閟，朱干外翻。苍烟古木，紫霭芳荪。悲飚萝蔓，惨雾丘樊。历年遐而世邈，恒爽飒而精存。閟玄台兮营魄，闭白日兮游魂。尔其碣枕金龟，门横石马。羊子同碑，栾公并社。烁云幡而昼临，纷天弧而宵下。骁武冠于古今，徽烈照乎华夏。嗟哉天道，高远难知，偾事代有，成功古稀。彼兴王定国士，亦假手而毙之。志未酬而夭枉，师方出而祸随。理靡常而倏变，数难偶而多奇。慨英雄入信史，亘今昔而若兹。肃威灵之如在，恒陟降于井维。致严禋而凄怆，庇斯土而锡釐。身虽陨而忠播，神常显而誉驰。仰英风以献吊，揽涕泗兮陈辞。

（编者按：张桓侯庙，亦称张飞庙，位于四川省阆中市保宁镇西街，系为纪念三国时期蜀汉名将张飞而修建。张飞，字翼德，幽州涿郡人，因其勇武过人，与关羽并称为"万人敌"。建安十三年（208），刘备于长坂坡败退时，张飞仅率 20 骑断后，曹军无人敢逼近，刘备因此得以免难。张飞驻守阆中 7 年。有保境安民之功。章武元年（221），刘备称帝，张飞晋升为车骑将军、领司隶校尉，封西乡侯。同年，因关羽死，刘备伐吴，令张飞率师东征，临发，被部将范疆、张达所杀。追谥桓侯。葬于阆中，于墓前建阙立庙，北宋曾巩曾写有《桓侯庙记》）

古田县题名记（存目）

郭文涓

（详见乾隆版《古田县志》卷之二《公署》）

王公修学增田记（存目）

郭文涓

（详见乾隆版《古田县志》卷之四《学校》）

五、林春秀《枕曲集》（辑佚）

林春秀（？—1619），字子实，号云波。历代古田布衣诗人中，最为著名者。家境贫寒，嗜酒耽诗，日往友人郑锋家饮焉，醉后，则酒狂不可禁。郑度其量，锡造一壶，刻"云波"二字。三十年如一日。余文龙曾言：春秀终身一扁帽，人强之，则曰："吾自分田野中人，不敢侧济济列也。"其高尚如此。有《枕曲集》。谢肇淛（在杭）序其集云："数奇流落，白首一经，操剑悲歌，气填胸臆"，"其诗学博才雄，气宏理约，操心深而寄兴远，风度伤而神情恬，至于歌行，浑泓跌蹙，步伍不忒，尤得盛唐之轨。"徐𤑥（惟和）赠以诗曰："何人能识醉中趣？独我许留身后名。"惜《枕曲集》失传，此辑得林春秀诗50首，可能是《枕曲集》的一部分吧？

1. 七言古诗三首

偕傅美人石珠庵小集

烧香会散寂无人，只见苍苍晴树新。薝卜风轻萦径草，一双莲瓣蹴嶙峋。画帘微动炉烟碎，朱网无尘凝沆瀣。纤云半改青岩姿，飞甍布谷眠相对。窗棂窈窕药蔓垂，葡萄美酒溢金卮。与卿暂作洞仙侣，一出红尘是别离。

（辑自杨德周《玉田识略》卷之四）

[解读]

蒼卜：梵语 Campaka 音译，意译为郁金花。唐卢纶《送静居法师》诗："蒼卜名花飘不断，醍醐法味洒何浓。" 莲瓣：指绣鞋；指旧时女子缠得很小的脚。 蹴：踢，蹴鞠（踢球）；踏，一蹴而就。 嶙峋：形容山石等突兀、重叠，怪石嶙峋；形容人消瘦露骨，瘦骨嶙峋。 沆瀣：夜间的水气，露水。

首二句写烧香会散后，石珠庵空寂无人，只见晴日里郁郁苍苍的树木清新可人。点明偕傅美人小集的时间、地点、环境。三、四句写小径上轻风吹拂，郁金花萦牵着绿草，傅美人一双金莲小足踏步前行，步态轻盈。引入女主人公，流露赞美之意。五、六句写陪着傅美人进入室内，画帘微动，炉烟细袅，绛窗无尘，凝结露珠。七、八句写庵外纤云半改青岩的姿态，让人联想美人改动一下发式，身态像青色的岩石般挺拔，借景物描写傅美人身姿苗条姣美。飞瓦上布谷鸟相对而眠，暗喻两人相处谐和友善。九、十句写两人畅饮葡萄美酒：细长形的窗户垂着药草的藤蔓，葡萄美酒溢出金色的酒杯。末二句感叹：与卿暂作洞内神仙伴侣，一走出，进入红尘，就是别离。含不舍之情，惋惜美好时刻难再。

关山月

关山月，几圆缺？野宿惊挥甲上霜，梦回泣尽闺中血。今严刁斗寒气振，旌旗掣起看山月。东方高峰火，城头半明灭。

（辑自徐熥编《晋安风雅》）

[解读]

诗从戍边将士的视角切入军营生活。以关山月为背景，亦以之为抒情客体。开篇用呼告格：关山月，几圆缺？意寓圆少缺多，就像戍边将士与家人聚少离多。接着，写野宿帐篷，醒来惊挥铠甲上的霜花，做梦回到家园，妻子闺中泣尽泪与血。从征夫的艰苦与家属的痛苦两方面表现前方、后方为保卫祖国所做出的牺牲。然后写眼下的守关活动：严整刁斗在寒气中振起，掣起旌旗遥望山月。最后写东方高峰上太阳（"火"）升起，像火一样热烈，但照射到城墙头，一半明了一半灭了。诗描写从晚到早戍边将士的生活与心态。具有高尚的爱国情怀与边塞诗独特的悲壮格调。

山　居

回巷短垣缘枸杞，古塘枯竹立鸡鶒。壁间写遍篱花影，云里崩来水碓声。野老眼经门刻字，渔郎亲见水沈碑。

（辑自乾隆版《古田县志》）

[解读]

此首写山居生涯，只是角度写法与上一首有所不同。前四句写住宅之景：回巷短墙，攀援着枸杞树，古塘枯竹上，站立着鸡鶒水鸟。壁间映满了篱花影子，云里崩来水碓打水倒水、碾米磨麦的声响。前三句为静景，清清静静，第四句为动景，打破了静态的美，使整个画面充满动感与音乐感。末二句讲点住宅的"历史"：它可有些岁月了，野老曾亲眼看到它门上雕刻着古字，渔郎曾亲眼见过溪水沉没了它的石碑。真乡村古屋图也。居住在这古屋里的诗人隐身不见，似乎不在场。其实他时时处处在场，他在告诉你这里的一切。

2. 五言绝句十四首

金仙岭

何年岭下住，日日着双屦。宁知入山深，不与金仙遇。

（辑自乾隆版《古田县志》）

[解读]

屦：古代用麻葛制成的一种鞋。　宁：岂，难道；宁愿。

此诗刻画诗人的自我形象。先写长年住在岭下，次写日日穿着一双用麻葛制成的鞋。从着装打扮塑造外在形象。不修边幅、随意落拓，折射出林春秀对自由自在的追求。后两句表现内在形象，"宁知入山深，不与金仙遇"。仅仅是隐居深山，并不想遇见神仙，更不想成为神仙。外在形象与内在形象合为一体，短短20字，让我们初步认识了这位诗人的奇特。末二句亦可解为：哪知进入深山之中，会不会与金仙相遇呢？存在遇与不遇两种可能性，让人悬想。金仙，是道教仙人的高等境界，须修至"三花聚顶，玉气朝元"，才称金仙。

天王寺

野径仄芜草，溪田斜带沙。棠梨都落叶，荞麦更开花。

（辑自乾隆版《古田县志》）

[解读]

天王寺：唐中和二年（882），位于古田县慕仁里（今古田县北区），僧南普建。此诗妙在没一句写天王寺，而只写天王寺周围的自然景观。两组意象相反相成。一组为比较消极的意象，另一组为比较积极的意象。荒草使野径更加狭窄，空间较小；溪边的农田斜斜地连带着沙滩，空间较大。棠梨都落叶，生机萧散；荞麦更开花，生意盎然。不同质的意象交叉在一起，彼此独立，却有内在联系。其联系的纽带在于大自然的规律。天王寺属人文景观。自然景观与人文景观各自独立，彼此的联系在于都共同存在于一个空间。林春秀醉吟，其哲思独特深邃。

过上洋公馆

何时离乱生，尚见骨纵横。独有愁乡客，鹧鸪声里行。

（辑自乾隆版《古田县志》）

[解读]

此诗反映古田县经过战乱后白骨纵横的惨状，抒写诗人深重的忧愁。现存林春秀的诗作虽不多，但表现出题材丰富的特点。古田诗歌表现战乱的作品极少，故此诗弥足珍贵。诗用发问的方式说："何时离乱生，尚见骨纵横。"然后笔锋一转，写在愁苦的鹧鸪声里，自己这个"愁乡客"独自踽踽而行。透露诗人忧国忧民的情怀。

黄田感旧

存亡何处问，驿树复成阴。莫与春溪水，相思较浅深。

（辑自杨德周《玉田识略》卷之四）

[解读]

前二句写何处能问到亲朋戚友的存亡消息，只见驿站周围的树木凋谢了，又繁茂成阴了。揭露战乱带来亲友离散的社会现实，表达对亲友的思念之情。在此基础上，后两句抒发自己思念亲友之情十分强烈、深沉，谓：莫与春溪猛涨之水，较量谁的相思浅，谁的相思深，意思是说"我"的相思之情像春水般充沛、猛烈。此二句几可与"问君能有几多愁，恰似一江春水向东流"（李煜）"抽刀断水水更流，举杯消愁愁更愁"（李白）相媲美。

夜泊楼次

膆棂隔片纸，月暗宝灯明。不知人近远，但有剪刀声。

（辑自杨德周《玉田识略》卷之三）

[解读]

写夜泊楼次，窗户与窗户间，只隔着一片纸，月色暗淡，却看到那楼室里的灯光明亮；不知道那人离自己近，还是远，只听到剪刀裁剪衣服的声音。林春秀艺术触角十分敏锐，善于捕捉刹那间的视觉、听觉意象，表现一种似乎不可名状的情绪、感受。

郊　行

雨后崖岸崩，路径取幽坠。石上多红苔，前人读碑泪。

（辑自杨德周《玉田识略》卷之三）

[解读]

写实与怀古结合。雨后天灾：崖岸崩、道路塌。诗人在此语境下，见到石上多红苔，竟然产生此乃前人读碑文留下之泪迹的感觉、错觉。其郊行感情，岂一"悲"字了得。

九 日

华发黄花酒，休辞已半曛。明年身纵健，未必醉同君。

（辑自乾隆版《古田县志》卷之三）

［**解读**］

写九日与友人饮酒的感受。华发之年畅饮黄花酒，休要推辞已半醉。明年身体即使健康，也未必会与你同醉。含世事人生难料，尽可开怀畅饮之意。表现出豁达与豪迈。

少 妇

少妇不谙愁，春花簪满头。无端双蛱蝶，相逐上重楼。

（辑自杨德周《玉田识略》卷之三）

［**解读**］

写"少妇不谙愁，春花簪满头"的美好场景，没来由、无缘故，一双蝴蝶，竟然相逐而飞，跟着春花上了层楼。那景象就更美了。诗人要有一双善于发现美的眼睛，一副能够淡妆浓抹的才情，或春秀之谓乎？

山 行

古础千盘险，重岩半里斜。竹竿遥引水，前路有人家。

（辑自杨德周《玉田识略》卷之三）

[解读]

写山行所见。诗人长期寓居水口，对水口依山而建、房屋鳞次栉比等特点深有感触。前两句写路：古旧的石阶万级千盘，何等险峻！重重岩石绵延半里，路全是斜行。后两句写竹竿从远处引水向前，前面有人家居住。

湫　口

孤馆不成寝，烛尽山月斜。门开天似水，露重落桐花。

（辑自杨德周《玉田识略》卷之三）

[解读]

写夜宿湫口情景。诗人宿于孤零零的驿馆，夜不成寐，蜡烛燃尽了，唯有山月斜照。打开房门，仰望蓝天似水般洁净，俯瞰露花浓重，催桐花垂落。林春秀擅用清新朴素的语言，采用白描手法勾画水墨山水画，于此可窥一斑。

送人游番禺

溪柳沉沉绿，逢君游五羊。荔枝今正熟，风物似家乡。

（辑自杨德周《玉田识略》卷之三）

[解读]

送人去旅游，其诗内容与送人赴任迥然不同。"溪柳沉沉绿"，暗示友人出游时间；"逢君游五羊"，点明友人此游目的地是广州属地番禺。该说些什么赠别的话呢？"荔枝今正熟"，此乃季节特有，也是广东特产；"风物似家乡"，这是概括番禺一带总的特点。可能是担心友人顾虑不适应异地生活习俗吧，特地告知友人，去那儿"游"，跟待在家乡差不多。这样嘱咐，让人感到亲切。

红叶怨（二首）

书罢不胜情，羞向人前语。为嘱沟中流，却向人行处。

心随红叶飞，意与流水去。惆怅立多时，含情向谁语。

（辑自徐熥编《晋安风雅》）

［解读］

"红叶怨"是宫怨诗的重要主题。第一首描述将心愿题于红叶之上女子的外部情态与内心状态，一字以蔽之，曰"羞"。"羞向人前语"，"却向人行处"，目的是找到意中人。第二首写女子的心、意，都随红叶、流水而去，"惆怅立多时"，自言自语，可能是向想象中的意中人悄悄说情话吧？希望渺茫！

山中吟

独坐山中云，不见山中路。隔林烟火明，疑有前村坞。

（辑自徐熥编《晋安风雅》）

［解读］

"独坐山中云"，出语惊人，居然坐在山中的云上？细想这不是深山常见之"景"吗？或许只有诗人说得出；"不见山中路"，此语平平；"隔林烟火明"，有点奇特；心生疑虑，诗人说"疑有前村坞"，疑虑顿消。短短诗句却能写出心理变化，好！

3. 七言绝句十六首

小桃溪

轻舟一叶下高滩，水沫斜侵短袂寒。两岸芦花飞不起，露萤零落未曾干。

（辑自乾隆版《古田县志》）

[解读]

这首写景诗纯用白描手法勾画小桃溪景色。两句构成一幅小画图。前两句描写轻舟下高滩情景："轻舟一叶下高滩"，水沫斜侵舟子，穿着短袖衣衫，颇有寒意。着墨于轻舟、船夫。后两句描写两岸风光："两岸芦花飞不起，露萤零落未曾干。"着墨于芦花、露萤，加深了寒意的感受。两幅小画图构成一幅小桃溪的大画图。从小溪到溪两岸，叙述次序井然，诗语明白如话。这是林春秀诗歌语言的重要特点。

弥勒寺

曙色苍苍木叶黄，上堂僧散烛犹光。乡村九月游人少，独握松枝看画廊。

（辑自乾隆版《古田县志》）

[解读]

此诗表现佛教文化。在一个秋日的清晨，曙色苍茫，树叶飘黄，弥勒寺的早课刚刚结束，僧人散去，佛堂上的蜡烛还有光亮。乡村九月游人少，诗人独自一人手握点燃的松枝观看寺里的画廊。瞻仰弥勒，欣赏壁画，不必赶早，林春秀与众不同，可见其特立独行。

雪峰枯木庵

岩如削铁路如绳，涧浅无声半结冰。独有小庵依古木，白衣人入是寻僧。

（辑自乾隆版《古田县志》）

[解读]

此诗辑自释广霖监修、谢重光主纂《新编雪峰志》。

雪峰山：清代属侯官县廿九都、三十都，今归闽侯县大湖乡。盘踞闽侯、罗源、古田、闽清四邑，绵延30多千米，原名象骨峰。闽王王审知因其"山顶暑月犹有积雪"（义存语），赐名"雪峰"。寺由真觉禅师义存创建。北宋太平兴国三年（978）赐号"雪峰崇圣禅寺"。有二十四景。

枯木庵：原一巨木，凡十余围，外嵌内枵，皮剥殆尽，色如黄金，而根本不朽；峨然若龛，昔真觉禅师义存常宴坐其中。闽王结庐覆之，今有像俨然。木纹坚腻，龛内有"唐天祐乙丑造庵"及"宋雍熙四年知郡事何允昭来游"题刻；龛之外又有元祐韦子鉴、绍兴任士安、开禧陈景俊及郑昂诸刻。枯木庵树腹题刻，乃闽中文物之珍奇，1952年被列为福建省重点保护文物。历代题咏枯木庵诗作不少，大多就枯木庵历史缘由、木枯而根不朽特征、由枯木庵所生之感慨等方面予以抒写。如为林春秀《枕曲集》作序的谢肇淛《枯木庵》诗云："轮囷百尺尚蟠泥，刳作虚庵结构齐。枯坐却疑身是木，巢居不厌窦为圭。犀纹半染黄金相，蜗藓全侵碧篆题。寄谢春风莫嘘拂，朽材久已托禅栖。"林春秀此诗不进入庵的内部或深处进行描述，而是从庵外景物下笔，写山岩如削铁般黑而硬，路如绳子细而曲，涧浅无声半结冰。写完外部环境后写枯木庵只有一句"独有小庵依古木"，这是作轮廓式的勾画。最后写入庵的信众"白衣人入是寻僧"，他们不是来参谒的，而是来寻找和尚的。写法另辟蹊径，表达的感情不是敬仰，而带有调侃的意味。林春秀的想法与写法总是颇为奇特。

五峰寺

寺前寺后水淙淙，山似匡庐有五峰。几片绣幡遮不尽，风吹都露碧芙蓉。

（辑自乾隆版《古田县志》）

[解读]

五峰寺：在古田县四十五都前洋坂村，唐景福元年（892）建。

此诗描写五峰寺美好的风光，它"山似匡庐有五峰"，而"寺前寺后水淙淙"，却是庐山所没有的。寺庙里的几片绣幡遮不尽周围的青山，风一吹都露出碧绿芙蓉般的山峰。诗人善于抓住景物特征，刻画其独特的风貌。

泊梨洋口

月暗滩微泊浅沙，寒灯几点出渔家。维舟正是子规夜，杨柳风多闻柚花。

（辑自杨德周《玉田识略》卷之三）

[解读]

诗写夜泊梨洋口情景。月暗滩微、泊船浅沙、几处渔家、几点寒灯，已点染凄清氛围。宋·王令《送春》："子规夜半犹啼血，不信东风唤不回。"颇有积极乐观意义。子规，杜鹃鸟，常在暮春时节啼叫，诗常用以借喻哀伤、凄切。"维舟正是子规夜"，把诗的哀伤情感推向高峰。"杨柳风多闻柚花"，扳转诗的情调，"杨柳风"（春风）的触觉意象，与"柚花香"的嗅觉意象相结合，创造了一种美好的境界，一扫子规啼夜的忧伤。

过友人溪居

一水低随径路长，晴曦蒲树过溪堂。半黄草色双黄蝶，橘柚无风花自香。

（辑自杨德周《玉田识略》卷之三）

[解读]

写经过友人溪居情景。以自己的行踪为线索，描画出友人溪居的风光。沿着一溪流水往低处走，山路悠长。在晴朗的晨曦中，穿过一片蒲树林，便到了友人的溪堂。周边草色半黄，一对黄色的蝴蝶款款飞过，即使无风，橘柚的花香也沁人心脾。环境十分幽美。纯粹写景，却透露出诗人对美、对自然的喜爱之情。

郊行送春

青春不肯驻年华，莽莽晴郊去路赊。惟有东风知惜别，满衣留赠白杨花。

（辑自杨德周《玉田识略》卷之三）

[解读]

赊：卖物延期收款；借，李白《陪族叔刑部侍郎晔及中书贾舍人至游洞庭五首》诗："且就洞庭赊月色，将船买酒白云边。"

郊行送春归，遵从自然的规律，诗人似无伤感也无愁？春之归去，犹如人之青春将逝，都是不可抗拒的。但诗人行走于莽莽晴郊外送春归去，他想去"赊"春，借春，延长春的脚步。然而，春之归去似在悄无声息中进行，"惟有东风知惜别"，一路留赠白杨花，沾满行人的衣裳。白杨花是春留给人间最后的纪念品，透露诗人有着惜春的心理。

途中即事

十里榆林五里桑，吴头楚尾事茫茫。驱车更向古城下，枳壳有花山路香。

（辑自杨德周《玉田识略》卷之三）

[解读]

诗人途经榆林。榆林：古称"上郡"，位于陕西省最北部，西邻甘肃、宁夏，北连内蒙古，东隔黄河与山西相望，南与陕西省今延安市接壤。榆林留给诗人最深的印象是遍地种植桑树，十里榆林地，五里植桑林。诗人刚路过吴头楚尾之地，吴头楚尾，今江西北部，春秋时是吴、楚两国交界的地方，处于吴地长江的上游、楚地长江的下游，首尾似互相衔接。觉得世事茫茫，难以把握、驾驭。驱车更向榆林这座古城而下，他灵敏地捕捉到榆林的另一特点："枳壳有花山路香。"林春秀善于抓住各地特色，予以描绘，常寓情于景，抒发情感。

到淮安城

一片层城枕水涔，楚烟犹自抱雄姿。就中甲第连云起，下马唯过漂母祠。

（辑自杨德周《玉田识略》卷之三）

[解读]

写到淮安城情景。淮安乃江苏重镇，它面积广大，屋舍俨然，枕靠水滨。楚地风烟在此犹自占据雄姿。城中高楼大厦拔地连云而起，诗人"下马唯过漂母祠"。漂母祠，位于江苏淮安市淮安区城西约三华里的古运河堤畔，萧湖之侧，有"韩侯钓台"，相传是西汉军事家韩信少年时代钓鱼处。台北即为漂母祠，纪念曾供给韩信饭食的漂母。据传，原祠在淮安东门外，明成化初迁西门外淮阴驿，后移今址。淮安城古迹颇多，诗人唯提及漂母祠，足见对漂母救穷扶危精神的颂扬和对韩信知恩图报的肯定。

春经泗上

华发初逢泗水春，莺声柳色可怜新。故园到得知何日，芳草如茵不待人。

（辑自杨德周《玉田识略》卷之三）

[解读]

泗水之地，虞夏属徐州之域，位于山东省中南部、泰沂山区南麓，县界东靠平邑，西接曲阜，南临邹城，北连新泰，西北与宁阳搭界。隋开皇十一年（591）始置泗水县；十六年（596），县驻地迁至今泗水县城，今隶属山东省济宁市。诗人春经泗水，为其美景所吸引，更加思念家乡。第一句写诗人华发之年初次逢遇泗水之春。第二句写泗水春天莺声柳色可爱清新。第三句写他乡春色更勾起故园之思，何日才能回到故里呢？第四句写故乡芳草如茵，时不待人。

淮城送友之西山

他乡送客况逢秋，忽忽离心相向愁。从过大江相识少，更于何处讯并州。

（辑自杨德周《玉田识略》卷之三）

[解读]

一、二句写"他乡送客况逢秋"的心情，与友人忽忽别离之心，相向发愁。送客他乡激起乡愁是普遍心理。诗人传达普遍心理是好的，因普遍性更具概括性。关键是表达方式应是独特的。三、四句写自从过了大江，相识就很少了，更于何处询问并州的情况呢？并州，古州名。相传禹治水，划分域内为九州。并州为九州之一。其地约当今河北保定和山西太原、大同一带。此泛指北方。言外之意是送你到京城的西山，可我对西山的近况一无所知。不说劝慰的话，不说赞美西山的话，而是用朴实的语言对友人和盘托出自己对北方大地的陌生感，这样的送别词，是独特的。

送人从军甘肃

今之甘肃古凉州，活活河声马上流。酿出葡萄成美酒，汉家沙壁正防秋。

（辑自杨德周《玉田识略》卷之三）

[解读]

《送人从军甘肃》，此类送别诗一般都会勉励新入伍者浴血沙场、建功立业，写得宏伟、悲壮。林春秀别开生面，把沉重的话题写得相当轻松。前两句，叙说甘肃古时称凉州的历史，点明其地域特征：飞马岸边，"活活"的黄河流水在马上奔腾。"活活"为拟声词。后两句，写甘肃盛产葡萄酒，眼下驻军的任务乃厉兵秣马，防止敌人秋天入侵。新兵入伍该怎么办，你自己琢磨去吧。写得比较含蓄。

送人游姑苏

久欲居苏未即旋，今朝送子意茫然。闲时为省要离墓，旁有堪耕几亩田。

（辑自杨德周《玉田识略》卷之三）

[解读]

要离：春秋时期吴国人，刺客；生得身材瘦小，仅五尺余，腰围一束，形容丑陋，有万人之勇，是当时有名的击剑能手。他足智多谋，以捕鱼为业，家住无锡鸿山山北。今无锡鸿山东有要潭河，西南角有要家墩，是要离捕鱼、晒网的地方。要离生平事迹主要记载于《吴越春秋》卷四《阖闾内传》。据《吴越春秋》载，吴王阖闾在即位后第二年（前513）派遣要离刺杀庆忌。后自杀身亡。《吕氏春秋》："要离可谓不为赏功矣。故临大利而不易其义，可谓廉矣。廉故不以贵富而忘其辱。"以断臂杀妻苦肉计刺死王子庆忌，平息了吴国将发生的暴乱之祸。事成之后，吴王根据要离生前的遗愿，令伍子胥将其葬于鸿山的专诸墓旁。今江苏省无锡市有"鸿山三墓"，即要离、专诸、梁鸿三人之墓，成"品"字形排列。此诗首二句写久欲居姑苏而未如愿，今日送人去游的正是姑苏之地，心绪茫然。后二句意为要离墓旁有几亩田可耕，便在那里住下，闲时省墓方便。

经菱塘

鸂鶒修鸰水有烟，紫菱狼藉更无莲。帛声满耳芭蕉裂，又是江南十月天。

（辑自杨德周《玉田识略》卷之三）

[解读]

作者经过菱塘，只见鸂鶒正在修整羽毛，水上浮着烟岚，菱塘一片狼藉，莲花荷叶都已枯萎，满耳只听见撕开布帛般的响声，那是芭蕉爆裂的声音。这是江南十月特有的景色。林春秀的诗往往能抓住事物的突出特征，予以简练的勾勒，把鲜明的形象呈现在读者的面前。此诗即为一例，它抓住江南十月，莲藕收毕，芭蕉登场的特点，显示金秋季节特点、江南水乡地域特征，十分鲜明、生动。

访张英之

胭脂尚传桃花面，翡翠还匀柳叶看。正得瑶筝挑拨熟，近来人不爱弹丝。

（辑自杨德周《玉田识略》卷之三）

[解读]

张英之是个音乐人，女性。前两句描写其容貌打扮。桃花面乃涂抹胭脂，头饰翡翠与柳叶画眉配合匀称，煞是好看。这与作者以前所见没有变化。变化的是她正在操弄瑶筝，挑呀拨呀，技法已相当娴熟。或许是她见作者有些诧异，忙解释道：近来人们不爱听弹奏弦乐，故改演瑶筝了。此诗客观上揭示艺随时尚转的规律，市场收益是艺人首先要考虑的，听（观）众的欣赏喜好一定程度上将促进艺术形式的繁荣或衰败。

塞上曲

水痕满面泪阑干，永夜西风刮地寒。莫脱战袍眠碛上，不教闺梦到刀瘢。

（辑自杨德周《玉田识略》卷之三）

[解读]

这是作者为数不多的边塞诗中的一首。格调仍然悲壮，但悲多于壮。首句描写戍边战士水痕满面泪阑干的外在形象，为什么水痕满面？第二句揭示原因：整夜刮西风，严寒使脸上沾满雪花，结了冰渣，冰雪化了，满脸水痕。这是身体上的苦。"泪阑干"是心上的痛。后两句作者用规劝、建议的口吻对战士们说：不要脱去战袍躺在沙漠上睡觉，不要让家中妻子的闺梦来到刀痕斑斑的身上、心上。此亦可视为战士们的内心独白。真沉痛语也。沉痛至极。

4. 五言律诗二首

牛头岭

崭绝复萦纡，行人指畏途。蛇如藤不异，虎比石何殊。日色午才见，风声晴更呼。何当下赢马，到此重踟蹰。

（辑自杨德周《玉田识略》卷之四，并见乾隆版《古田县志》）

[解读]

全诗皆在描绘牛头岭路途的险峻。首联总提牛头岭道路既"崭绝"（斜度大，几近绝壁）又"萦纡"（萦绕不已），行人认为是畏途。颔联描述蛇虎当道，给行人带来危险：路上，蛇多如藤，蛇与藤无异；老虎多，比石头何殊。颈联写天气恶劣，日色中午才能见到，大晴天，风声呼啸。尾联回应开头，写赢马到此踟蹰不前。全诗最突出的艺术特色为善用夸张手法。

到幽岩寺

舆夫穷日力，乘月到珠林。已息参禅思，偏生入定心。静惟村店远，凉却径云深。开士双趺寂，风幡未许寻。

（辑自杨德周《玉田识略》卷之三）

［解读］

开士：菩萨的异名。以能自开觉，又可开他人生信心，故称。后用作对僧人的敬称。　双趺：双脚。宋·罗大经《鹤林玉露》："泊北归，窗下石上，双趺之迹隐然，至今犹存。前辈为学，勤苦如此。"

首联写到幽岩寺：轿夫用尽一整天的脚力，乘着月色才到达幽岩寺，极言路途之远。颔联写到寺原因：已平息参禅之思，偏偏又产生"入定"之心，表明佛教对其影响深刻。颈联写幽岩寺周围景物：宁静，唯离村店远；凉快，山径上空云朵浓密。尾联写夜间寺院情景：僧人停住双脚，寺院一片寂静，未许寻觅风幡。全诗层次分明，意象丰富。

5. 七言律诗十六首

过牛头寺

但用山名作寺名，路通溪艇往来轻。地多麋鹿随时猎，冢废麒麟到处耕。兵火不经台殿圮，人烟虽远井庐明。桥高见客朝天去，厌听萧萧班马鸣。

（辑自乾隆版《古田县志》）

［**解读**］

麋鹿：鹿科动物，今已绝迹。此处泛指鹿。　冢：山顶。麒麟：传说中的动物，其状如鹿。　井庐：井田与房舍。　朝天：指朝天桥，在水口北五里处。宋时建，明重建。明正德十二年（1517）为之作记。　班马：离群的马。

首联写牛头寺因山得名，交通便利，路通溪艇，往来轻便。二、三联描绘牛头寺破落荒凉情景：寺庙周围地面麋鹿多，随时可猎，山顶因冢已废，麒麟弃置，到处是耕地。不经兵火，但台殿已圮坏，人烟虽远，井田、房舍分明仍存。诗人的叹惋之情虽未言明，但已透过画面流露。末联写见客要到高高的朝天桥去，诗人厌听离群之马发出萧萧的鸣叫声。"厌听"二字已明示诗人对牛头寺残破的情感态度。

过五峰寺

五峰罗列有残垣，内是祇陀太子园。讯定祗遗云巘在，讲经尚见石龛存。木樨蕊破秋风早，荞麦花垂夕露繁。欲浣尘心寻古偈，浴堂客院不堪言。

（辑自乾隆版《古田县志》）

［**解读**］

祇陀太子：意译为胜太子、战胜太子，是中印度乔萨罗国舍卫城的波斯匿王之太子，曾捐赠祇园精舍之树木，后被异母弟琉璃王所杀。　讯定：问，特指法庭中的审问、审讯；消息，信息；告，陈诉，"夫也不良，歌以讯之"。古同"迅"，迅速。云巘：明·王恭《梦游武夷吴十董大客上》："云衣卷山巘，石床疑鬼工。"罽：用毛做成的毡子一类的东西。《说文》："罽，鱼网也。"羊毛织物。柳宗元《柳州峒氓》："鹅毛御腊缝山罽，鸡骨占年拜水神。"罽宾：古西域国名。

首联写五峰山罗列，五峰寺留有断壁残垣，五峰寺内是祇陀太子园。颔联具体写寺内遗存：讯定只遗留云罽在，讲经尚见到石龛存。颈联写寺外景观：秋风过处，木樨花的花蕊已绽开；夕露繁盛，荞麦花已下垂，都到了收获的时候了。尾联"欲浣尘心寻古偈"乃全诗重点所在，提示信众想要洗尽尘心须寻觅古偈。末句"浴堂客院不堪言"是批评五峰寺这两项设施很差劲。这样结尾，出乎意料。

题溪山第一亭

荒墩云是紫阳祠，倾圮年深问始知。父老眼经门刻字，渔翁亲见水沉碑。堞云半带秋阴合，林露全匀岚气垂。念昔感今生怆恨，吾家欣木只残基。

（辑自乾隆版《古田县志》）

[解读]

前六句描写紫阳祠残破景象：一座荒墩，倾圮年代久远，问了才知道这是紫阳祠。怎么确定这是紫阳祠呢？父老们的眼睛亲见其大门上的刻字，渔翁亲见溪水沉没了它的石碑。眼前的溪山第一亭除了一座荒墩外，周遭景物亦不明丽。"堞云半带秋阴合，林露全匀岚气垂"，笼罩在秋阴云岚之中。末二句抒情写意：吾家先祖林择之所建欣木亭乃先贤过化之所，而今只剩残基，今昔之感中饱含悲痛，深沉曲折，气填胸臆。

水口重阳

风露霏微暗结霜，江枫似画动晨光。茱萸正馥须调酒，蟋蟀
何知亦近堂。两鬓惊秋今九日，十年羁旅此重阳。又谁更说登高
事，七口相依总异乡。

（辑自乾隆版《古田县志》）

[解读]

此诗写客居水口过第十个重阳节情景。首联写水口的气候、
风光：风露微寒，已悄悄结了霜花；江枫在晨光中飘动，似画图
那样姣美。颔联写准备过重阳节：茱萸馥香，插到门户，调好黄
酒，怡然陶醉；蟋蟀怎么知道要过节了？也靠近厅堂，正欢快地
鸣叫呢。此四句皆在渲染节日欢乐气氛。后四句诗情转折，由欢
乐转为惆怅，有着淡淡的哀愁：两鬓惊秋，十年羁旅，过此重
阳；"又谁更说登高事，七口相依总异乡"！登高实美事，但七口
相依，生计窘迫，又总是身在异乡，更见艰难！

山　居

但住沟西第五村，香粳酿熟少开门。家僮只自为樵牧，径竹
凭他长子孙。雨过晓山泉噪涧，花生春菜蝶穿园。抱琴客到棠梨
下，卯酒犹醺藉柳根。

（辑自乾隆版《古田县志》）

[解读]

水口有林春秀的居宅，他长期寓居此处。首联自报家门，说

自己住在沟西第五村，香粳米酒酿熟了，就很少开门了。平平实实道来，十分自然亲切。颔联写山居闲散自在生活：家僮只自在地砍柴放牧，路径上的竹子也凭它自由地长子生孙，没人搭理。进一步渲染闲散自在的情调。颈联写住宅内也有一番山野春景：听得见雨过晓山，山泉汇入溪涧的噪响；看得到春菜长花，粉蝶穿园而入的景致。把一个普通的菜园子描绘得出神入化，顶有吸引力的。尾联写自己山居的闲散自在：有客抱琴来到棠梨树下，但主人喝着卯时酒还醺醺然凭倚在柳树根上，醉矣。真一幅野人山居自在潇洒图也。

舟中同赵以时

翩翩鱼贩伴茸裘，陪尔寒时过福州。寄寓可堪重作客，浮居何以复乘舟。贫中款少稀青眼，病后交疏况白头。活计对人休更讳，祢生终恐刺难投。

（辑自杨德周《玉田识略》卷之三）

[解读]

茸裘：裘皮上的柔软细毛，常用以形容蓬松散乱。 浮居：指住于船上。 祢生：指祢衡。祢衡（173—198），字正平，平原郡（今山东德州市临邑县）人，东汉末年名士、文学家。少有文采、辩才，著有《鹦鹉赋》《吊张衡文》等。刚直高傲，喜指摘时事，留有"祢衡骂曹"典故。26岁时，为黄祖所杀，既而后悔，予以厚葬。唐·许浑《途经李翰林墓》诗："祢生狂善赋，陶令醉能诗。"

首联，诗人自称是翩翩鱼贩，一身蓬松散乱，陪着你（赵以时）在冬天前往福州。次联叙自己可重新寄寓外地，作客他乡，乘船浮居。三联诉生存处境：贫中款少，稀见青眼；病后疏于交往，何况年老白头。末联云：生计艰难，不必对人讳言，我就像祢衡，恐难投送名片，为社会所接受。此诗题为《舟中同赵以时》，诗人在船上对赵以时诉说处境遭际，是诗人的自诉状。很能体现诗人的特点：不修边幅、贫穷潦倒、一身傲骨。

宿高景倩木山斋

五岳赍粮事已违，看山清兴觉逾飞。扶藜对此疑逢鹿，着屐临之欲采薇。画里平沙情渺渺，琴中流水思依依。匡床斗帐峻嶒畔，诗梦今宵恋翠微。

（辑自杨德周《玉田识略》卷之三）

[解读]

赍：怀着、抱着，如赍志而没。 逢鹿：唐司空图《光启三年人日逢鹿》："浮世仍逢乱，安排赖佛书。劳生中寿少，抱疾上升疏。日暖人逢鹿，园荒雪带锄。知非今又过，蓬瑗最怜渠。"

匡床：安稳、舒适的床，由竹、藤、绳索等编制而成。一说方正的床。《淮南子·主术训》："匡床蒻席，非不宁也。然民有处边城，犯危难，泽死暴骸者，明主弗安也。" 斗帐：形状像斗向下覆盖的圆顶小帐。

首联总写宿高景倩木山斋，看山兴致浓厚：备粮（游览）五岳，去不成了，事已违约，宿此木山斋、看山清兴不减，产生飞越之感。次联写登山情景：暗用司空图"日暖人逢鹿"诗句意，写拄着竹杖面对群山，怀疑自己碰见山鹿了；穿上谢公登山屐，亲临此境想去采薇。三联继续写看山雅兴、悠悠思情："画里平沙情渺渺,琴中流水思依依。"尾联写在此险峻山峰之畔,宿于匡床斗帐,今宵诗梦将恋恋不舍于青山翠微。

春日迟丽人王修明不至

满溪春水净堪怜,又趁春风过画舫。莎径浅青含宿雨,柳村轻碧弄晴烟。无人不醉屠苏酒,有女难堪豆蔻天。怪底佩环难觅处,一番芳兴转茫然。

(辑自杨德周《玉田识略》卷之三)

[解读]

豆蔻:多年生草本植物,高丈许,秋季结实,种子可入药,产岭南。南方人取其尚未大开者,称为含胎花,以其形如怀孕之身。诗文中常用以比喻少女。唐·杜牧《赠别》:"娉娉袅袅十三余,豆蔻梢头二月初。春风十里扬州路,卷上珠帘总不如。"首联写春水、画舫:满溪春水清净,堪可怜爱,又趁春风过画舫。颔联写两岸风光:长着莎草的小径颜色浅青,还含着昨夜的雨珠,村柳碧绿,轻舞晴烟,十分美丽。颈联写醉酒、怀春:无人不沉醉屠苏酒中,有女子难以抵挡早春豆蔻含苞欲放的诱惑,纷纷出游。尾联写丽人不至,兴味索然:"怪底佩环"丽人王修明难觅其芳踪,一番冶游的芳兴转为茫然乏味。

无　题

鸡坛灯夕筑鳌峰,授简宁期也到侬。荐枕敢言同梦笔,落钗犹忆正闻钟。多惊佐酒笙歌缓，肯怪摊笺刺绣慵？塔影不孤繁火树，半侵高髻照盘龙。

（辑自杨德周《玉田识略》卷之三）

［解读］

鸡坛：《说郛》卷六十引晋·周处《风土记》："越俗性率朴，初与人交，有礼：封土坛，祭以犬鸡，祝曰：'卿虽乘车我戴笠，后日相逢下车揖。我步行，君乘马，他日相逢卿当下。'"后遂以"鸡坛"为交友拜盟之典。明·李东阳《时用得诗见和似怪予破戒者用韵奉答》："勿厌箴规言，鸡坛有明祀。"　授简：给予简札，谓嘱人写作，指奉命吟诗作赋。　宁期：李白《酬坊州王司马与阎正字对雪见赠》："游子东南来，自宛适京国。""访戴昔未偶，寻嵇此相得。""宁期此相遇，华馆陪游息。"　梦笔生花：比喻写作能力大有进步，也形容文章写得很出色。五代·王仁裕《开元天宝遗事·梦笔头生花》："李太白少时，梦所用之笔头上生花，后天才赡逸，名闻天下。"　盘龙：古代铜镜上龙形的装饰物。隋·薛道衡《昔昔盐》诗："盘龙随镜隐，彩凤逐帷低。"

首联写两人结为知己：灯夕，与你交友拜盟，共筑鳌峰，奉命写作，宁可等待，哪想到这次也轮到我了。交代写此诗的缘由。颔联写两人相会情景：荐枕，我敢言与你同做"梦笔生花"梦，脱落裙钗，正在回忆，却听到钟声。两人有共同的兴趣爱好。颈联写平时相处场景：多惊，我为你佐酒，和缓地弹笙轻歌，肯摊开笺绢刺绣，显出几分慵懒。尾联写塔影不孤，繁密之灯火，透过树木，一半照到高高的发髻上，映入铜镜上的龙形饰

·541·

物。全诗似以女子的口吻叙说对男子的爱意与深情，感情细腻，
描写细腻。

晚至京口

江风江月送行舟，听尽涛声扬子秋。北固霞光回水巷，南徐
市语上邮楼。寒螀此夜偏成伴，柔杵谁家正捣愁。枕窍不生乡国
梦，题书何雁向榕州。

（辑自杨德周《玉田识略》卷之三）

[解读]

北固山：镇江三山名胜之一。远眺北固，横枕大江，石壁嵯
峨，山势险固，因此得名北固山。三国时"甘露寺刘备招亲"的
故事即发生于此。北固山因三国故事而名扬千古。　南徐州：初
名徐州，晋安帝义熙七年（411），始分淮北为北徐，淮南犹为徐
州。宋武帝永初二年（421），加徐州曰南徐，宋文帝元嘉八年
（431），更以江北为南兖州，江南为南徐州，治京口；南徐州备
有徐、兖、幽、冀、青、并、扬七州郡邑。隋开皇九年（589）废
南徐州，南徐州遂成为其治所京口（今江苏镇江）的古称之一。

首联总述晚至京口途中之风光与感受，"江风江月送行舟，
听尽涛声扬子秋"，突出"江"的元素。次联写京口地域特色：
北固山的霞光照射江水回流的城镇水巷，口操南徐州土语方音的
人们登上驿馆的楼房。从自然环境与社会人文两方面予以描绘。
三联回笔写自己的羁旅愁情：此夜偏要与秋虫鸣叫结伴，不知谁
家正在用杵捣米，声音柔和，在我听来，那一声声杵声是在捣碎
愁绪呀。末联写枕席之上产生不了乡国美梦，题写书信，可又有

什么鸿雁飞向故乡榕州传递消息呢？诗人的"愁"是浓厚的乡愁。

催友人游焦山

与君偶合梗萍踪，此日何言一眺慵。早向江干问舴艋，难逢水上削芙蓉。晓涛正静多奇屿，春雾平消有好峰。拟拨蘼芜寻瘗鹤，莫须临发惜扶筇。

（辑自杨德周《玉田识略》卷之三）

[解读]

为什么催友人游焦山？因为焦山太美了。它是长江中四面环水的岛屿，因东汉焦光隐居山中而得名，为"镇江三山"（金山、焦山、北固山）名胜之一。碧波环抱，林木蓊郁，绿草如茵，满山苍翠，宛然碧玉浮江。与对岸象山夹江对峙，被誉为"江中浮玉"。以山水天成，古朴幽雅闻名于世。首联言自己与朋友萍踪偶遇，今天你怎么说懒于去看一看焦山。颔联谓早就向江边打听乘坐舴艋小舟去焦山，难以碰上、看到水上的"削芙蓉"。削芙蓉，语出李白《望庐山五老峰》。唐天宝十五年（756）春，李白携妻宗氏来游五老峰，叹曰："余行天下，所游览山水甚富，俊伟诡特，鲜有能过之者，真天下之壮观也。"作《望庐山五老峰》："庐山东南五老峰，青天削出金芙蓉。九江秀色可揽结，吾将此地巢云松。"这里借"削芙蓉"来形容焦山苍崖碧翠，形成大"花瓣"浮在江波云海之上，酷似出水芙蓉。颈联进一步描写焦山之美：清晨的波涛正宁静，江上有很多奇特的小屿，春天的云雾消散了，露出很好的山峰。尾联表示：让我们一起拨开蘼

·543·

芜，去寻找《瘗鹤铭》，莫须临出发时吝惜扶杖出游。《瘗鹤铭》，摩崖石刻，梁天监十三年（514）华阳真逸撰，正书，文自左至右。碑在江苏省丹徒县焦山崖壁上，后陷落江中，南宋中曾挽出，后复坠江，晚明仍在江中，故林文秀有此说。清康熙间陈鹏年募工出之，共五石。

晓出钱塘门

宿醉初销拂暑来，看花应不待人催。谁家马出杨犹乱，何处船过藻尚开。三竺异香烟似黛，六桥新涨水如苔。晴莲映日争霞丽，生事今朝又酒杯。

（辑自杨德周《玉田识略》卷之三）

[解读]

钱塘门：杭州十大古城门之一。隋朝筑城时即有钱塘门之称，一千多年未改名，未易地。南宋以后钱塘门为杭州西城门之一。　黛：青黑色的颜料，古代女子用来画眉；也是女子眉毛的代称；还可指美女。　三竺：山名，在浙江省杭州市西灵隐山飞来峰之南，分上中下三天竺，俗称三竺。　六桥：浙江省杭州西湖外湖苏堤上之六桥：映波、锁澜、望山、压堤、东浦、跨虹，苏轼所建。亦指西湖里湖之六桥：环璧、流金、卧龙、隐秀、景行、浚源，明·杨孟瑛所建。

首联写"宿醉初销拂暑来"，清晨出杭州钱塘门，"看花应不待人催"。次联写路途所见：谁家的马儿出动，路边的杨柳被搅，现还乱着呢；何处船儿驶过，藻草现在还被拨开呢。三联写三竺山飘来异香，烟岚似呈青黑色，西湖苏堤上之六桥新涨水，水如苔般翠绿。末联写红莲映日与霞光争丽，今朝要做的事，是又持酒杯畅饮。

代妓送欢之广陵

桃花片片燕双双，歌按哀筝细换腔。征马不嘶风刷鬣，别情难尽酒盈缸。昨宵缱绻重燃烛，今日凄凉暗掩窗。忆得拂鞍还执袂，莫教容易过长江。

（辑自杨德周《玉田识略》卷之三）

[解读]

此诗代妓送欢前往扬州。首联以桃花落、燕双飞比兴，喻分别在即，妓按哀筝，小心仔细地改换曲腔为欢送行。颔联写征马不嘶，春风刷过其鬣毛，情难尽，酒盈缸，斟酒送欢。颈联通过"昨宵缱绻重燃烛，今日凄凉暗掩窗"的鲜明对比，极力渲染难分难舍的感情。尾联描写妓还为欢乘坐的马鞍拭去尘土，望能多延缓些时间，不要让欢那么容易就过了长江。据研究，妓女会真心爱上一个或数个嫖客，此诗写的就是这种情况。此诗善于精选细节、点染环境以抒发情感。

青芜亭旅思

斗大荒亭周道旁，衣间草色烟袭光。瞻坟拥帚隔溪女，立马垂鞭何处郎？峡中鸂鶒才创见，陇上胭脂还在望。十年索莫是为客，翻怨东风吹束装。

（辑自杨德周《玉田识略》卷之三）

［解读］

首联写青芜亭是个斗大的荒废了的亭子，坐落于大路旁，"衣间草色烟袭光"。额联写隔溪的女子正用扫帚扫墓，溪这边，立马垂鞭，是何处之男儿？颈联写亭旁所见之景：峡谷中，鹭鹕才第一次见到，田陇上胭脂色的农作物还了然在望。尾联写自己十年落寞，是为客，非为官，不怪自己无能，反而埋怨东风吹着这身平民的装束。在此废亭前的旅思是慨叹自己十年落魄身为客。透露出底层知识分子的辛酸。

闽清题邸壁

江路生崎别有源，初逢客舍类荒村。上堂水市闻官鼓，积雨渔舟泊县门。但见津头横塔影，不疑港口积沙痕。弦歌百里城何在？日暮猿声断客魂。

（辑自杨德周《玉田识略》卷之三）

［解读］

此诗写闽清县城的特有风光，十分贴切生动。首联言前往闽清路上所见：江路上冒出山峰，它别有源头；初逢客舍，残破类似荒村。次联谓县衙门上堂，水市上听到擂鼓声；积雨深了，渔船停泊在县衙门前。三联描绘县城周边景物：但见码头横着塔影，不疑港口积满沙痕。末联感叹："弦歌百里城何在？日暮猿声断客魂。"

五言摘句

"鸟怨山厨寂，蜂喧药杵甜。""月况千分满，朋兼万里还。"

"千点葛杉雨，一番楸树风。""水色碧当户，松阴清满堂。""投辖人何在，听琴客自孤。""晓帘笼芍药，秋水浸芙蓉。"《隔帘美人》。"盘醃枸杞菜，茗点鹿葱花。""雁比衡阳少，猿如巫峡哀。""紫陌重过处，玄都再到时。""逢人桃树下，莫赋看花诗。"《送人复官陕西》。"洛河愁晚渡，秦岭怯春泥。""着云山更好，得月水尤清。""贫知违俗易，老觉惜阴迟。""寒暄分树色，晴雨别溪声。""横塘花自落，茂苑鸟空啼。""残照销金虎，悲风散水犀。"《姑苏春后》。

七言摘句

"回巷短垣沿枸杞，古塘枯竹立鸡鹕。""雨过晓山泉噪涧，花生春菜蝶穿园。""棘花路涩僧行缓，楸树林间客到稀。""野寺讽经孤磬远，沙村卖酒一灯明。""亭临古壑枫楷磴，路逼崩崖草没桥。""近屋稻田多种秋，傍山爨室易为樵。""豆蔻不垂堂上幔，海棠犹结槛前屏。""石屏点雨成苍藓，丹灶凝霞产赤芝。""竹碍砌边还出笋，沟过厨下且生芹。""香魂肯与群芳尽，暮雨能如一梦何?"《苏小小墓》"半赤泪痕新捧诏，深青肤理旧题文。"《岳王坟》。"绿杨带雨无啼莺，碧草生烟有落花。""蝉随败叶萧萧堕，雁带残云黯黯飞。""弹成楚调丝三尺，吹出凉州竹一枝。""寓邻好觅梁夫妇，地主须依陆弟兄。"《送人游吴》。"蟋蟀声寒阶露重，芙蓉花老径云深。""地多麋鹿随时猎，冢废麒麟到处耕。""典衣沽酒出门易，弹铗求车为客难。""莫掩虾须愁顾影，忍开鱼腹怯加餐。"

附录

二隐传略林子实

杨德周

徐兴公《笔精》载：林春秀，字子实，号云波。嗜酒耽诗，家贫不能取酒，有友郑铎，多良酝，日往饮焉，醉后则酒狂不可禁。郑度其量，锡造一壶，刻“云波”二字。至则盛酒饮之，三十年如一日也。非特子实，郑亦自可人。余中拙先生尝言：“子实终身一扁帽布衣，人强之，则曰：‘吾自分田野间人，不敢侧济济之列也。’其高尚如此。”子逸夫，有孝行，尝割股愈祖母疾。徐孝廉熥为作传，载《幔亭集》中。余致之乡宾，今其人已渐老，虽家徒四壁，亦有子以小贩度日。天之报施，余犹谓尚有待云。

过子实故居[①]

洪士英

寂寂囦溪路，依然寄一枝。谁倾壶内酒，空读案头诗。孝感云贤子，伤心有故知。系舟风雨暮，能不重凄其？

囦溪逢林子实赋赠

谢肇淛

意气知君早，江干喜乍逢。尽搜行箧草，共坐古祠松。野色

① 林春秀故居，在水口。

临溪断，滩声隔树重。匆匆又分手，凉月满千峰。

[解读]

首联写早就认识林子实，也早知道他的性格、脾气，不意忽在江边与之相逢。这是种意外的惊喜。次联写相见情景：尽搜林子实行囊，看有什么"宝物"，却只见里面装着他刚写下的诗稿，可见两位诗人友谊之深，可随意翻检其物；由此可见林春秀平日之行藏，真山野之人也。两人一起坐在古祠的松树底下倾谈，谈什么？读者自去想象。三联描绘困溪景色：野色连绵，直到溪边才隔断了，溪滩流水的声音隔着树林还很响亮地传来。寥寥十字，概括了困溪景物的重要特征，创造了幽深的意境。末联写匆匆分别。寓情于景，以凉月满千峰之景，映衬匆匆又分手之离情。这首赠别诗之所以别具一格，在于它选择了意外邂逅，匆匆离别的特殊视角。

同林子实集龙源堂水亭

张　泗

清宴高谈日渐西，春风亭畔草萋萋。入波松影蛟龙动，隔岸花丛鸟雀迷。钓月扁舟横古渡，倚云高阁映前溪。百年笑口开时少，安得芳樽尽日携？

[解读]

张泗：字子文，廪生，古田县人，性高雅，且善诗，于乡间尽行善事。隐居古田箬溪，以吟钓终其身。其子张极，食饩有声，亦善诗。邑令杨德周特为张极写传略。

赠林子实山人

徐　熥

破帽鹑衣过此生，放歌村落负薪行。何人能识醉中趣？独我许留身后名。老去未容狂态减，贫来弥觉俗缘轻。茅茨委巷逢迎少，经岁不闻车马声。

[解读]

万历年间，闽中重振风雅，前期邓原、徐熥、谢肇淛，后期徐𤊹、曹学佺，都起过重要作用。徐熥兄弟与古田布衣林春秀友善，常赋诗赠答，帮助林春秀融入闽中诗群。徐熥四赴春官三下第：（1）万历十六年（1588），当年中举后即北上应次年试，落第，年28岁；（2）万历十九年（1591）拟赴二十年考，抵京，父讣告已至半月，急速奔丧回榕，未应试，年31岁；（3）万历二十三年（1595），落第；（4）万历二十五年（1597），落第，年37岁。徐熥三上春官，三下第，有"结念居南陔"（《下第述怀》）、"白首何妨老故园"（《出都门答别邓汝高员外》）之愿。寒窗苦读、跋涉长途、落第沮丧，这一切使这位才华横溢的闽中诗人夭折。

万历二十七年（1599），徐熥39岁，六月，客居古田，为林春秀之子林逸夫立传，作《林孝孙传》。林逸夫，字元适，林春秀次子。4岁丧母，由祖母甘氏养育，家贫，逸夫"负薪于市，以供菽水"；15岁时，甘氏重病，逸夫两次割股和药进之。孝孙事迹受到县令及上司褒奖，扁其居曰"童孝希闻"。《赠林子实山人》诗，为徐熥七律绝笔。

首联刻画林春秀破帽鹑衣过此生，放歌村落负薪行的独特生存状态。颔联感慨何人能认识到林春秀醉中之真趣？只有我赞许他能留下身后之名。真是林春秀之知己也。颈联、尾联描写林春秀坚持其人生态度，老去未让自己的狂态有所减弱，贫困更加觉得与俗缘关系轻淡。已超凡脱俗矣。他身居僻陋小巷，住在茅草屋里，很少逢迎客人，经岁不闻车马声。可谓市隐也。徐熥万历二十七年（1599）所作《赠林子实山人》，惟妙惟肖地为林春秀勾勒出一幅肖像画，点明林春秀精神特质的超脱、高尚。

寄林子实

徐　熥

形骸土木鬓双蓬，一室鳏居古驿东。嗜酒兴高贫不废，耽诗吟苦老逾工。参禅偈与名姬说，寄友书凭估客通。莫道地偏人迹少，再三求我有童蒙。

[解读]

徐熥发现、扶持古田布衣诗人林春秀的故事，在闽中诗坛传为佳话。在跟随兄长到水口时，徐熥就结识林春秀及其朋友。林春秀是个富于传奇色彩的人物，也是一个极具个性特征的诗人。林春秀长年衣衫不整，十分落拓。他家境贫寒，嗜酒耽诗。

《寄林子实》全面高度评价林春秀，准确概括其人格特征：第一句言其形体，第二句言其鳏居，第三句言其嗜酒，第四句言其耽诗，第五句言其参禅，第六句言其交游，第七、八句诗人感叹"莫道地偏人迹少"，学童求知问子实。

万历四十六年（1618），谢肇淛擢云南布政使司左参政佥事分巡金沧道，参藩滇南。为谋出路，徐𤊹决计入滇依肇淛。十月船到水口，林春秀闻讯，偕商梅（孟和）等人到船上看望徐𤊹，林春秀将近年所写诗稿交徐，以便求教。"子实恋恋不忍分手"。徐𤊹惆怅不已。翻开林春秀诗卷，觉得"中多警句"，想到以后将之附在《枕曲集》后刻印。这才稍感宽慰。他们谁也没料到，此一别，竟成永诀！

徐𤊹到达湖南辰阳，得到谢肇淛书信，获知黔中疾疫盛行，遂归闽。万历四十八年（1620）元月，回到福州。听到林春秀于去年病逝的噩耗，徐𤊹含泪作《题子实遗稿》："庚申孟陬，余游滇不果，至楚而返，夜至困溪，溯流而下，及抵舍，闻子实以腊月死矣……庚申暮春雨夜，兴公收泪书。"惜《枕曲集》失传，林春秀于困溪交给徐𤊹的诗卷，亦未见梓行。

雨中过林子实山楼

徐 𤊹

停棹碧溪浔，黄梅雨过林。入楼山意动，绕户涧声深。客至蒸藜饷，诗成枕曲吟。匆匆且为别，归路更相寻。

腊月十七日迎春，集陈长源宅，观舞狮子，同俞羡长、林子实诸君各赋短歌

徐㭎

岁在旃蒙偏值闰，残腊迎春报春信。芳郊彩仗赛句芒，榕叶满城箫鼓震。主人东第得春先，生菜辛盘启玳筵。绮罗百岁列不尽，更舞狮子华堂前。绯眼星悬赤毛起，跳跃雄风腾万里。虽关人力俨如生，谁掌虞衡辨非是。恍疑黄帝巡东海，白泽忽能言，万众咸惊骇。又如魏武经白狼，伏狮止车轨，百兽皆彷徨。门前太守驱五马，一见权毛俱失赭。郭外农官出上牛，彩鞭锦鞚看应羞。何如此兽太勇猛，双双戏弄青丝毬。呜呼，人工信足夺天巧，但少铜牙并铁爪。人耶兽耶君莫猜，且醉春醪，细听青阳歌嫋嫋。

囷溪访林子实，因感郑子警、魏以肃二君物故，怆然有作

徐㭎

十载不相见，念君长自深。故交生死泪，远客别离心。步逐溪花影，谭移庙树阴。残更犹露坐，凉月在衣襟。

[**解读**]

徐㭎与古田士人建立了深厚的友谊，这从《囷溪访林子实，因感郑子警、魏以肃二君物故，怆然有作》可窥一斑。诗谓"十载不相见"，思念古田老友的感情十分深长。十年不相见，而今惊闻郑子警（樵林）及另一友人魏以肃都已物故，不觉流下故交

生离死别的泪水，作为远客，别离的心情非常沉重。一步一步追逐着困溪两岸的花影，谈话之间移动到庙宇的树阴下。夜深更残，露水已浓，还坐在那儿，冰凉的月光照在衣襟上。诗人一直沉浸在对亡友的怀念与悲悼之中。

喜林子实过访

徐 㷒

交君三十载，白首却如新。老去诗狂在，贫来醉态真。春风双鬓改，夜雨一灯亲。不学平原客，为期但阅旬。

[解读]

一日，林子实到福州拜访徐㷒。徐㷒喜而作《喜林子实过访》。

夜雨一灯亲：化用唐·李商隐《夜雨寄北》诗意。《夜雨寄北》："君问归期未有期，巴山夜雨涨秋池。何当共剪西窗烛，却话巴山夜雨时。" 平原客：平原君（？—前251）即赵胜，赵国贵族，赵武灵王之子，惠文王之弟。因贤能而闻名，号平原君。他礼贤下士，门下食客至数千人。 阅旬：阅，经历，经过。旬，十日为一旬。

30年的交往，友情长青，林子实依然故我，写诗喝酒，还是那份德性，令人欣喜！虽然经历多少春夏秋冬，彼此的双鬓由青而白，但在夜雨灯前促膝倾谈，倍感亲密。不学平原待客，闲置客十日后问："客何所为？"

过林子实山人幽居

徐　燉

一丘一壑寄闲身，半亩烟霞属隐沦。癖类蠹鱼元不改，性如麋鹿故难驯。放歌原宪人谁识，纵酒刘伶妇莫嗔。穷巷萧然同庑下，肯将名姓落红尘。

[解读]

原宪（前515~？），字子思，孔子弟子，孔门七十二贤之一，隐士，春秋末鲁国人（一说宋人），今山东临沂市平邑县仲村镇南屯人。原宪出身贫寒，个性狷介，一生安贫乐道，不肯与世俗合流。孔子为鲁司寇时，曾做过孔子的家臣，孔子给他九百斛的俸禄，他推辞不要。孔子死后，原宪隐居卫国，茅屋瓦牖，粗茶淡饭，生活极为清苦。一次，子贡高车驷马，拜访原宪。原宪衣着破烂，出来迎接。　刘伶：生卒年不详，一说约221—约300年，字伯伦，沛国（今安徽淮北）人，魏晋时期名士，与阮籍、嵇康、山涛、向秀、王戎和阮咸并称为"竹林七贤"。刘伶嗜酒不羁，被称为"醉侯"，好老庄之学，追求自由逍遥、无为而治。曾在建威将军王戎幕府下任参军，因无所作为而罢官。泰始二年（266）朝廷征召刘伶再次入朝为官，被刘伶拒绝。后世以刘伶为蔑视礼法、纵酒避世的典型。　庑：庑堂下周围的走廊、廊屋。

万历二十五年（1597）徐燉作《过林子实山人幽居》，对林春秀的为人、才华、诗作有深刻的了解。春秀有不改的书虫、酒徒癖好，他有桀骜难驯的个性，他是放歌原宪的诗人，他是放诞纵酒的刘伶，他是一丘一壑寄闲身的隐士，乐于穷巷萧然的山人，淡泊名利的高人，岂肯将名姓流落红尘！

囷溪逢商孟和下第归，同集林子实楼居，时孟和再纳新姬，次韵

徐　燉

君方落第异乡还，我正漂零出故山。无奈别离残岁里，且拼谈笑片时间。关河莫阻羁人梦，风雪潜消壮士颜。谁似故园归去好，如花双拥醉眠闲。

郑季卿携觞，招集青山书院，同林子实

徐　燉

不放下江舟，因余故暂留。论心轻泰岳，携手陟嵩丘。水色晴浮罪，林光暮入楼。羹墙思对越，坐食好赓酬。

同林子实、傅尔锡集洪汝含载酒航观妓，得"艭"字

徐　燉

鸭绿晴波荡画艭，好山无数压篷窗。芙蓉比貌偏临水，桃叶迎郎正渡江。光爇兰膏呈艳态，轻敲檀板按新腔。相逢自有留情处，十斛青州尽玉缸。

徐𤊽、徐𤇍兄弟与林春秀、林逸夫父子的深厚情谊

游友基

　　林春秀，字子实，号云波。他长年衣衫不整，十分落拓。终身戴一扁帽，旁人"强逼"他脱下帽子，或者换顶像样的，他回答说："我就是田野中人，不敢厕身于济济行列也。"家境贫寒，嗜酒耽诗，每天到友人郑铎家饮酒，醉后，则酒狂不可禁。郑铎度其量，用锡打造了一个酒壶，上刻"云波"二字，尽量少让他酗酒。林春秀到郑铎家如此豪饮，竟三十年如一日。谢肇淛说："子实有隽才而不遇，教授山村水郭之间，好饮辄醉，醉则乌乌微吟，久而盈轴，故自号'枕曲'。"原来饮酒是在吟诗。"夫枕戈者怒，枕流者清，皆托也"，"衔杯漱醪，枕曲藉糟，亦托也"，"意樊中无复可与游者，无所之而托之酒也"。孤独而饮酒吟诗，是深有寄托的。"安知众人不皆醉而子实独醒乎"？万历三十六年（1608）谢肇淛在困溪初识林春秀，十年后得到《枕曲集》，"喜而为之序"。谢肇淛对林春秀饮酒吟诗的诠释十分到位。徐𤇍作《过林子实山人幽居》："一丘一壑寄闲身，半亩烟霞属隐沦。癖类蠹鱼元不改，性如麋鹿故难驯。放歌原宪人谁识，纵酒刘伶妇莫嗔。穷巷萧然同庑下，肯将名姓落红尘。"对林春秀的为人、才华、诗作有深刻的了解。春秀有不改的书虫、酒徒癖好，他有桀骜难驯的个性，他是放歌原宪的诗人，他是放诞纵酒的刘伶，他是一丘一壑寄闲身的隐士，乐于穷巷萧然的山人，肯将名姓落红尘、淡泊名利的高人！后又作《寄林子实》："形骸土木鬓双蓬，一室鳏居古驿东。嗜酒兴高贫不废，耽诗吟苦老逾工。参禅

·557·

偈与名姬说，寄友书凭估客通。莫道地偏人迹少，再三求我有童蒙。"一句言形体，二句言鳏居，三句言嗜酒，四句言耽诗，五句言参禅，六句言交游，七、八句感叹莫道地偏人迹少，学童求知有子实。全面对林春秀作高度评价，准确概括其人格特征。

徐氏兄弟与林春秀交谊深厚。徐𤊹为其子林逸夫立传，徐𤊹在书中转述此传，予以张扬。万历二十七年（1599），徐𤊹39岁，六月，客居古田，作《林孝孙传》。林逸夫，字元适，林春秀次子。4岁丧母，由祖母甘氏养育。家贫，逸夫"负薪于市，以供菽水"，15岁时，甘氏重病，逸夫两次割股和药进之，孝孙事迹受到县令及上司褒奖，扁其居曰"童孝希闻"。此传与《香闺七吊诗》为徐𤊹绝笔。又作《赠林子实山人》诗，此为徐𤊹七律绝笔："破帽鹑衣过此生，放歌村落负薪行。何人能识醉中趣？独我许留身后名。老去未容狂态减，贫来弥觉俗缘轻。茅茨委巷逢迎少，经岁不闻车马声。"惟妙惟肖地为林春秀勾勒一幅肖像画，亦点明了林春秀精神特质的超脱、高尚。十月初十，徐𤊹病逝。徐𤊹《榕阴新检》一书引述徐𤊹《幔亭集》里这一传记，题为《童孝希闻》。

徐𤊹发现、扶持古田布衣诗人林春秀的故事，在闽中诗坛传为佳话。在跟随兄长到水口时，徐𤊹就结识了林春秀及其朋友。林春秀是个富于传奇色彩的人物，也是一个极具个性特征的诗人。听郑锋说起林春秀耽酒之事，徐𤊹还将信将疑，直到在郑铎家见到那个锡打的酒壶，这才相信。谢肇淛为《枕曲集》作序，说春秀饮酒是在吟诗。孤独而饮酒吟诗，其深有寄托。"安知众人不皆醉而子实独醒乎？"谢肇淛对林春秀饮酒吟诗的诠释十分到位。万历二十五年（1597）徐𤊹作《过林子实山人幽居》对林春秀的为人、才华、诗作有深刻的了解。后又作《寄林子实》。对其形体、鳏居、嗜酒、耽诗、参禅、交游、教授学童等作全面、生动的描述。

水口有林春秀的居宅，他常年寓居此处。其《山居》写自己的闲居生活，对自在随意的生活方式十分满意。他在古田境内到处游览，每到一处，必留诗篇。《小桃溪》《金仙岭》《弥勒寺》可见其特立独行之一斑。《题溪山第一亭》面对先贤过化之所而今只剩残基，今昔之感中饱含愤恨，深沉曲折，气填胸臆。《水口驿》慨叹"七口相依总异乡"，《过上洋公馆》揭露动乱中景象，颇为有力。

读着林春秀的诗，徐㶇体味到草根的苦味与韧性，也把捉到诗的脉搏强劲有力的跳动。他要林春秀把诗编成集子。诗集编好了，取名《枕曲集》，徐㶇把它带到福州刻版、发行，为之作序。他说："子实生平苦吟，人无知者，自余识子实为之述，世乃知古田有诗人。余又为之梓《枕曲集》行于世，予不负子实矣。"（《题子实遗稿》）徐㶇把林春秀推介到闽中诗坛，为之延誉扬名，可谓仁至义尽。万历三十六年（1608）谢肇淛在困溪初识林春秀，十年后得到《枕曲集》，"喜而为之序"。序云："子实咀茹九流，沉湎六籍，其才气勃勃，谓青紫可俯首拾，而数奇流落，白首一经，拊剑悲歌，气填胸臆。"子实之诗"操心深而寄兴远，风度饬而神情恬，学博而才雄，气宏而理约，至于歌行，浑泓蹀躞，步伍不舛，尤得盛唐之轨，近时罕见其伦"。高度评价林春秀诗所取得的成就。

万历四十六年（1618），谢肇淛擢云南布政使司左参政金事分巡金沧道，参藩滇南。谢肇淛（1567—1624），字在杭，号武林，长乐人。万历壬辰（1592）进士，任湖州司理，调东昌司理，累官至广西按察使。万历四十七年（1619），徐熥50岁，为谋出路，决计入滇依肇淛。论辈分，徐熥是谢肇淛的舅父，其实谢肇淛比徐熥还大三岁。九月动身，沧溟上人与之同行，十月船到水口，林春秀闻讯，偕商梅（孟和）等人到船上看望徐熥，林春秀将近年所写诗稿交徐，以便求教。从林春秀的角度，徐兄远赴贵州，此后恐难见面，"子实恋恋不忍分手"。（《题子实遗稿》）；在徐熥看来，此去不知何年归来，亦恋恋不舍，但终须分别，望着登岸远去的林春秀的背影，徐熥惆怅不已。翻开林春秀诗卷，觉得"中多警句"，想以后将之附在《枕曲集》后刻印。这才稍感宽慰。他们谁也没料到，此一别，竟成永诀！

徐熥到达湖南辰阳，得到谢肇淛书信，获知黔中疾疫盛行，遂归闽。万历四十八年（1620）元月，回到福州。听到林春秀于去年病逝的噩耗，徐熥含泪作《题子实遗稿》："庚申孟陬，余游滇不果，至楚而返，夜至困溪，溯流而下，及抵舍，闻子实以腊月死矣。……庚申暮春雨夜，兴公收泪书。"

惜《枕曲集》失传，林春秀于困溪交给徐熥的诗卷，亦未见梓行。

嘉靖间侯官诗人林春秀

林春秀字彦甫，字志父，侯官人。嘉靖十六年（1537）举人，授惠来县，升庐州府同知，有《麓屏集》。徐熥编《晋安风雅》，郭柏苍、杨浚《全闽明诗传》收其诗多首。

六、余尊玉《绮窗叠韵》（选集）

　　余尊玉，字其人。文龙孙女，兆昌次女。余文龙，字起潜，万历二十九年（1601）进士，"令衡阳，为民兴利。守赣州，摄兵备道，所至有循声"。父兆昌，国子监生（一作邑诸生）。堂兄余圭，字告公，官光禄寺署正，"性淡雅，喜吟咏"；胞姐珍玉，字席人，年十四即能诗，《咏竹》七律人皆赞之。余尊玉受家学熏陶，自幼通书史，颖悟绝人，但性格与日常行为却与大家闺秀大为迥异。丁胜源、周汉芳辑《回文集》曰："母陈氏以夫早亡，无嗣，自幼令其服男装，延师与姊珍玉读书塾中。"清人冯仙湜纂定《图绘宝鉴续纂·卷三·女史》："余尊玉，字其人，幼服男子衣冠。延师与姊珍玉读书塾中，未几能文。善诗画，年十二学益进。四方声气，贤士大夫皆与之定交。才名籍甚。欲出应试，或尼之曰：'黄崇嘏虽作状元何益。不如学班大家，拥百城书，使海内贤豪皆北面也。'遂止。"余文龙与宁德望族崔世召为闽同乡，交情颇深，常有赠答唱和。也因有这层关系，余尊玉便嫁与崔世召之孙。"仍服男子衣冠。不复接见宾客焉"。其思想辽阔豁达，诗作婉约可人，为后世所推崇。

　　《女中七才子兰咳二集》目次
　　卷七
　　余其人
　　《绮窗叠韵》原刻73首，今选36首。
　　附余席人诗，原刻49首，今选十首。

序《绮窗集》，徐钟震撰。

余其人纪略，黄永撰。

《女中七才子兰咳二集》卷七

长洲周之标君建甫选评。

余其人《绮窗叠韵》原刻 73 首，今选 36 首。

闻钟次韵

铿铿度远声，半夜月华清。碧水流高下，青山吐暗明。堤烟朝寺锁，岸柳暗潮平。僧院敲云响，都忘身世情。文火锻炼，雅度深情。

[解读]

历代以闻钟为题的诗很多。明·高启《闻钟》云："迢迢烟际发，隐隐岩中应。初来觉寺遥，乍歇看山暝。惆怅未眠人，空斋几回听。"高启（1336—1373），江苏苏州人，字季迪，号槎轩，平江路（明改苏州府）长洲县（今江苏省苏州市）人。元末明初著名诗人，与杨基、张羽、徐贲被誉为"吴中四杰"，比作"明初四杰"。洪武初，以荐参修《元史》，授翰林院国史编修官，受命教授诸王。擢户部右侍郎。苏州知府魏观在张士诚宫址改修府治，获罪被诛。高启曾为之作《上梁文》，有"龙蟠虎踞"四字，被疑为歌颂张士诚，连坐腰斩。有《高太史大全集》《凫藻集》等。

在"半夜月华清"的背景下，远远地传来响亮的钟声，首联点题。以下便围绕"闻钟"时所见所感展开描写。次联描绘碧水从高处流下，夜半青山，有的地方暗，有的地方明。用"吐"字化静为动，刻画出月影移动，青山随之明暗变幻的情景。三联仍着眼于"堤烟朝寺锁，岸柳暗潮平"的开阔境界，借景言情。尾联呼应开首，用夸张之笔叙写僧院敲钟，震得云朵也发出响声，点破"都忘身世情"的超脱心境。

次唐伯虎花月吟

花姿月色竞争新，笑倚东风花月人。淡月浓花香有信，露花霜月洁无尘。月来花睡莲为主，花葑月留桂作宾。莫是花飘月影动，弄花爱月醉长春。绝无俗韵。

[**解读**]

唐寅（1470—1524），字伯虎，又字子畏，号六如居士等，南直隶苏州府吴县人，明代著名画家、文学家，"吴门四家"之一，"吴中四才子"之一。他诗画双绝，人物画色彩艳丽清雅，体态优美，亦工写意人物，笔简意赅，饶有意趣。其花鸟画长于水墨写意，洒脱秀逸。书法奇峭俊秀，取法赵孟頫。唐伯虎有《花月吟》十二首，其第十首云："花正开时月正明，花如罗绮月如银。溶溶月里花千朵，灿灿花前月一轮。月下几般花意思？花间多少月精神？待看月落花残夜，愁煞寻花问月人。" 葑：古书上指"蔓菁""芜菁"；葑菲，"葑""菲"都是菜名，后用"葑菲"表示尚有一德可取的意思，用"葑菲之采"为请人有所采用的谦辞。此指蔓菁，泛指蔬菜。

首联在"花姿月色竞争新"的美丽风景中，推出"笑倚东风花月人"的可爱人儿之形象。这"人"处于全诗的中心地位。颔联具体描写月淡花浓，突出其"露花霜月洁无尘"的特质。颈联描写月来众花睡，莲为花中之主，花与菜被月留下（月光照亮花与菜），桂花成为花中的宾客。诗人创造了一个花月的王国。尾联描写花飘月影动的景致，抒情主人公"弄花爱月醉长春"。

舟中晓望

涓涓不断逐花流，山色空濛正值秋。薄雾笼波层隐隐，淡云映水两悠悠。松边闲吟东坡赋，竹下游寻范蠡舟。疏密却疑栖野鸟，尘埃飞在酒中浮。运笔自秀。

［解读］

前四句写舟中晓望所见之风光：时值秋天，点明季节。所写皆为秋景：山色空濛，涓涓溪水逐花流；薄雾笼波，一层层隐隐约约；淡云映水，两物皆悠哉悠哉。后四句写舟中晓望所见之人的活动：或在松树边闲吟苏东坡的诗赋，或在修竹下游走，寻觅范蠡功成身退，携西施归隐之舟。或猜疑疏疏密密的芦苇丛中栖息着野鸟，野鸟惊飞，扬起尘埃，飞在酒杯中浮动。画面里，诗人皆"不在场"。她隐身于背后，似乎客观地观察着这一切，实际上，她借助这些景、物、人，抒发了悠闲自在的情感寄托。

赋得黄金何日赎蛾眉

断肠泪落最难禁，久已离君别恨深。懒把琵琶杂胡语，愁听鼓乐乱人心。南朝国内烟笼锁，北塞营中雪冷侵。贱妾欲思归汉地，干戈未定独行吟。第二联凄清而有余味。

［解读］

此为代言体，代王昭君立言。以昭君自述的方式诉说她的恨与爱、思与行。首联描写王昭君远嫁匈奴后，终日以泪洗面的外在形象与"久已离君别恨深"的内心情感。次联出句刻画昭君"懒把琵琶杂胡语"的慵懒神态，对句扫描她"愁听鼓乐乱人心"的心电图。三联描写南边的汉朝，国内笼锁着烟云；北塞军营中，大雪寒冷，砭人肌肤。透露对故国的怀念。尾联"贱妾欲思归汉地"表明昭君归国愿望，但汉胡"干戈未定"，她只能独自"行吟"，表现出万般的无奈与凄凉。全诗贯穿着作为女性诗人对女性命运遭际的深切关注与深挚同情。她责问："黄金何日赎蛾眉?"！

蝶　影

　　玉枝飞来互照清，隔溪羽翼惹鱼惊。水中两翅临风舞，花下双身对月明。半挂枝头添有色，全随梦里本无声。几回欲扑过墙去，粉落深宫似叶轻。巧心妍致，句句是蝶影。

[解读]

　　史上描写飞蝶的诗不少，如何写出新意，需作者巧于捕捉意绪，精心构思。此诗首联采用夸张手法，写出飞蝶"隔溪羽翼惹鱼惊"的姣美身姿。次联营造"水中两翅临风舞，花下双身对月明"的生动意象。蝴蝶个儿本小，诗人刻意"放大"其身影，凸显其"两翅""双身"水中临风、花下对月的曼妙舞影，体物入微，写照传神。三联出句写双蝶半挂枝头，给绿意增添斑斓色彩，对句写蝶影入梦，悄然无声，突出其轻盈、无声的特点。末联写几回欲扑无果，它们飞墙而过，把身上的花粉洒落深宫，就像叶片般轻而又轻。诗展现了审美对象（蝶影）的审美发现、审美体验直至审美对象流失的过程，体现女性诗人观察细致、描写细致的特色。

陈仕玲校笺的《崔世召集校笺》附录《子孙遗玉·蝶影》："玉翅翩跹反照清，隔溪翻动惹鱼惊。水中两两乘风舞，花下双双对月明。半挂枝头添有色，全随梦里本无声。几回欲扑过墙去，粉落深宫似叶轻。"（福建人民出版社 2020 年 11 月版，第667 页）在字句上与《女中七才子兰咳二集》略有差异，录此供参照。

帘　影

半挂银钩入玉卮，飞来粉蝶故相吹。寒风淡荡飘难动，冷月微茫映不移。远听夜声鸣夜笛，近笼春色满春池。推窗欲对玲珑影，漫把青灯返照迟。鼻香不断，眉彩欲飞。

[**解读**]

此首咏物诗与《蝶影》一样，都写得体物入微、形神俱备。蝶为生物，是有生命的，而帘却是非生物，毫无生命特征，但在诗人笔下，帘有知觉、有个性，成了一种象征。帘半挂银钩，让酒杯进入门内，这是帘的常态。"飞来粉蝶故相吹"，这是帘遇到的特殊状态。蝶吹帘，欲入室，帘挡着，不让进，相互吹着气儿。帘有脾性，寒风淡淡，能荡它飘几下，却难以推动它，冷月微茫，照映它，却无法迁移它。它有听觉，能"远听夜声鸣夜笛"，它本领蛮大，能"近笼春色满春池"，具有主动性。帘，投射着诗人的某些性格特征。末二句诗人表示对帘的喜爱之情：诗人推窗，欲面对帘的玲珑身影，漫把青灯返照它，唯恐迟了，怠慢它了。透露诗人对自己既有禀性的执着坚持。

游鱼唼花影

半随树下乱沉浮，日暮交加扫客舟。水向清风吹漾漾，花移明月去悠悠。夜来野鸟惊难宿，漏尽江鱼欲自游。斜映窗前依碧柳，筋流影里送登楼。亦有可思。

[解读]

游鱼唼花是美丽的景象。女诗人如何写出它的美丽？前四句写落花：半随树下，落花在水中乱沉浮；日暮交加，落花扫过客船。此乃黄昏落花流水图，给人以梦幻般的感觉。"水向清风吹漾漾，花移明月去悠悠"，此乃月下清风送花图。诗人善用叠字，以"漾漾"状写清风吹水，以"悠悠"形容落花在明月中移动，把清风明月、流水落花勾画得入神入画。后四句写游鱼：夜来野鸟惊难宿，更深漏尽，江上鱼儿欲自游。此乃野鸟惊飞、江鱼自游图。画面充满动感。"斜映窗前依碧柳，筋流影里送登楼"。

楼　居

风飘竹叶带波流，身世犹如不系舟。垅上樵夫明月照，江间钓叟淡云收。苍松寂静空棲鹤，绿草幽香只宿鸥。暖戏烟芜浓雾锁，飞筋永夜对溪楼。皆写楼中所见，又一体也。

[解读]

首联写诗人楼居见到"风飘竹叶带波流"，遂产生"身世犹如不系舟"的感慨。以下六句，正如周之标评此诗所云："皆写楼中所见。"颔联写劳作之人夜归情景：垅上的樵夫在明月照耀下归去，江间的钓鱼老叟在淡淡的晚霞里把网收起来了。凸显其勤劳辛苦。颈联写傍晚风景：苍松寂静，空栖白鹤，绿草幽香，只宿鸥鸟。"空""只"二字写出了鹤之高旷，鸥之幽雅。尾联写浓雾锁住暖戏烟云的荒芜田野，人们觥筹交错，饮酒作乐，深夜仍面对溪楼。

次董叔会先生游半仙岩韵

欲步高岩日影斜，飞鸣鹓鹭竹阴遮。东篱乍吐黄金菊，北岭方开白玉花。海气腾腾浮日月，泉声隐隐出烟霞。采真仙洞空无际，载酒同君觅得砂。佩玉锵锵。

[解读]

半仙岩：即仙岩。清乾隆版《古田县志》："仙岩，在县西二里极乐寺后西山之半。岩空若室。中有马仙小像。明李志中记云：'半仙岩峭壁如削，游者缘崖上下，殊逼仄。当崖之半，倚岫构屋，以祠仙姥。'"李志中、董养河、杨德周、林乔材、曾麟祥等有题咏之作。 鹓：中国古代传说中类似凤凰的鸟。鹓和鹭飞行有序。此指大雁之类的鸟。 海气：原指海面或江面所形成的水气。此指古田溪溪面的水气。 采真：道教语。指顺乎天性，放任自然。后多指求仙修道。

杨德周任古田知县时，与余尊玉祖父文龙交往密切，时有诗词唱酬。文龙退休在家，对地方建设多所支持，时有资助。珍玉、尊玉姐妹虽生活于深宅大院，但常随大人出游家乡胜景，吟诗作赋，练得一手写景功夫。此篇《次董叔会先生游半仙岩韵》写得十分真切、生动，堪称题咏半仙岩的佳作。首句言"欲步高岩日影斜"，日影斜并非天已黄昏，而是山高挡住了阳光，使游人感觉日影偏斜。首句写山高，次句写林密，天空飞过雁鹭却被竹阴遮住，看不见，只能听到鸣叫声。颔联写东北两侧气候差异很大，"东篱乍吐黄金菊，北岭方开白玉花"，半仙岩鲜花盛开，风光旖旎。颈联写水气、涧泉：古田溪溪面上的水气腾腾扬扬，日月似浮动其间；泉声隐隐，涧泉似从烟霞中流出，景色壮丽。尾联写仙洞只遗留炼丹剩下的砂砾：采真仙洞一片空荡，我们同先生载酒而来，只觅得当年仙人或后来道士炼丹时废弃的砂砾。尾联是否别有寓意？令人遐想。杨德周《游半仙岩》（二首）："谁削流云广，言寻宿露岩。半檐楮佛阁，绝壁锁经函。转磴寒岚合，悬林暮景衔。惊人留好句，神斧自能劖。"（其一）"崖逼天逾迥，心幽境不凡。草香扶客屐，萝色上僧衫。孤涧青泥响，千峰碧玉掺。夜深明月影，笙鹤引前岩。"（其二）余尊玉与杨德周视角、笔法多有不同。

七 夕

愁心泪滴满沧浪，鹊报佳期改故妆。此夕乍逢相乐少，一年来会独忧长。银河寂静张新幄，玉露凋残泛旧觞。灵匹成梁遥一水，岂堪星怅泪千行？风流澹宕，脱尽凡语。

[解读]

泛旧觞：泛起的是旧酒杯里的酒。指恢复原样。 灵匹：神仙匹偶。指牵牛、织女二星。《乐府诗集·清商曲辞二·七日夜女歌六》："灵匹怨离处，索居隔长河。"唐·王勃《七夕赋》："伫灵匹于星期，眷神姿于月夕。"灵匹，亦可指美好的配偶。唐·孟郊《婵娟篇》："月婵娟，真可怜。夜半姮娥朝太一，人间本自无灵匹。"

首联写牛郎、织女长年分离，愁心泪滴溢满沧浪，七月七日，喜鹊报告他们相会的佳期，他们换掉原来的装扮，前来赴约。"愁心泪滴"定下全诗的悲剧基调。二联写"此夕乍逢相乐少，一年来会独忧长"。对他们的遭遇深表同情。三联出句写相会情景：银河寂静地张开新的帐篷，但玉露凋残夜将尽，一切将恢复原样，分离在即。尾联写由天下喜鹊搭成的一座桥梁就要消失，牛郎织女之间，又要远远地被一个浩瀚的银河之水隔开了，诗人不禁浩叹：怎么能承受得了两颗星星因惆怅流下的泪水千行？作为女性，余尊玉对专一的爱情、稳定的家庭，有更多的忧虑，因此，她对牛郎织女的悲剧，同情更深沉。

送昌箕舅氏游武夷

数杯新茗濯诗肠，风雅由来独擅长。虎观应看编史册，鸡林久已购文章。明霞灿烂来松院，皓月微茫入竹床。自是风波分上下，武夷溪畔泛沧浪。惟昌箕才名可当此诗。

[解读]

昌箕：即陈肇曾，字昌箕，福建长乐人。天启元年（1621）举人。闽中名士，明代复社成员。著有《春秋四传辨疑》《濯缨堂集》《江田陈氏诗系》《昌箕诗集》。 虎观：白虎观的简称。为汉宫中讲论经学之所。后泛指宫廷中讲学处。南朝•梁•刘勰《文心雕龙•时序》："及明帝叠耀，崇爱儒术，肆礼璧堂，讲文虎观。"又，武夷山虎啸岩位于二曲溪南，怪石崔嵬，流水迂回，是一个独具泉石天趣的佳境。"虎溪灵洞"四个大字高勒于岩上。"虎啸"之声，来自岩上的一个巨洞，山风穿过洞口，便发出怒吼，声传空谷，震撼群山。虎啸岩有"极目皆图画"的美称，主要景点有天成禅院和虎啸八景。天成禅院建在虎啸岩的悬崖下，这里千仞悬崖向外斜覆，形成一个巨大的洞府，整座禅院不施片瓦，风雨不侵。虎啸八景为白莲游、集云关、坡仙带、普门兜、法雨悬河、语儿泉、不浪舟和宾曦洞。　鸡林：指佛寺。唐·王勃《晚秋游武担山寺序》："鸡林俊赏，萧萧鹫岭之居。"又，鸡公岩肉桂，产于武夷山北面宋代遇林古建窑遗址。鸡公岩与古窑址隔空相望。吸仙古之灵气，山崖之岩韵，特点融合牛栏坑肉桂的坑涧味和马头岩肉桂的香气霸气，实为武夷岩茶上品。松院：植松的庭院。

首联赞昌箕舅父擅长诗歌风雅："数杯新茗濯诗肠，风雅由来独擅长。"次联写要了解汉宫中讲论经学之所白虎观，应阅看古人编著的史册，佛寺久已有人写了不少文章。言外之意是这些讲论经学之所及佛寺道观要从古书的文字之处去寻找，而到武夷一游便什么都清楚了。此联亦可解为赞叹武夷之山岩景色与名优物产：武夷山虎啸岩的神奇景观应阅看史册上的记载，鸡公岩的武夷岩茶肉桂早有名茶美誉。三联想象昌箕舅父游武夷的情景：在灿烂明霞中来到种植松树的庭院，当皓月微茫时进入禅院的竹床休憩。尾联写昌箕舅父泛舟武夷溪的盛况：武夷溪因风波大小分上下九曲十八弯，武夷溪畔撑竹排胜似泛舟沧浪。

咏梅雪

广平作赋占花魁，莫遣飞琼片片堆。几阵娇容窗下艳。千枝丽色岭头开。寒飘遍野纷纷落，冻结长江故故催。短篱隔垣吹片叶，又逢明月夜深来。梅花雪韵，傲视人间。

[**解读**]

广平：宋璟（663—738），字广平，邢州南和（今河北邢台市南和县）人。唐朝名相，北魏吏部尚书宋弁七世孙。弱冠中进士，历官上党尉、凤阁舍人、御史台中丞、吏部侍郎、吏部尚书、刑部尚书等职。唐开元十七年（729）拜尚书右丞相。授府仪同三司，进爵广平郡开国公，经武宗、中宗、睿宗、殇帝、玄宗五帝，在任52年。一生为振兴大唐励精图治，终于与姚崇同心协力，把一个充满内忧外患的初唐，改变为"开元盛世"。25岁作《梅花赋》，赞梅花远胜于芙蓉、芍药、桂花、杜若等，为众花之魁。篇末写其伯父见此赋勉励他说："万木僵仆，梅英载吐；玉立冰洁，不易厥素；子善体物，永保贞固！" 故故：屡屡，常常：故意，特意。 篴：笛的古字。古代吹奏乐器。《周礼·春官》："笙师掌教歙、竽、笙、埙、簹、篪、篴、管。"郑玄注："杜子春读篴为涤荡之涤，乃今之吹五空竹篴。"朱载堉《律吕精义》："篴与笛音义并同，古文作篴，今文作笛。其名虽谓之笛，实与横吹不同，当从古作篴以别之。"

咏梅必与雪相联系，故诗题为《咏梅雪》。首联写唐代名相宋璟年轻时作《梅花赋》，让梅花占据了花魁的地位，不使飞雪片片堆积一起，埋没了梅花。开篇即为梅花定位，具高屋建瓴之势。颔联写梅花窗下娇容、岭头丽色，盛开怒放，进一步歌颂梅花之美好。颈联写冰雪：严寒飘雪，遍野纷落；屡屡催促长江水冻结冰。渲染冰雪世界威力巨大。尾联写有人隔墙吹短笛，雪花又逢明月夜深，随同笛音，飞到万户千家。把雪花与音乐联系起来，营造了幽美的意境。此诗在咏梅诗中另辟蹊径，不将冰雪作为对立面，对梅花构成强大的压力与威胁，以陪衬梅花傲雪之坚贞，而是梅雪并列，写出"梅花雪韵"各自的美，诗人皆为之赞叹。如此符合作诗原则：力求创新。

冬　至

冰寒梅蕊夺花魁，量影方知日晷回。雪拥池塘催短发，霜严帘幌醉新醅。千层波浪随青至，万顷嵯峨积翠来。鸿雁惊霜归北塞，玉田碧水淡烟开。洗去长至套语，亦一快事。

[解读]

日晷：日晷是一种由视太阳位置告知每天时间的装置，是人类在天文计时领域的重大发明，沿用时间长达千年。日晷通常由晷针（表）和晷面（带刻度的表座）组成，利用太阳的投影方向来测定并划分时刻。

冬至可宽泛地理解为冬天到了，也可理解为"冬至"这个节气。全诗描写季节变化，冬至时的各种景观。首联写冰寒天气，百花凋谢，唯独梅花盛开，夺得花魁荣耀；测量太阳投影的位置变化才知道"日晷"（时光）从秋回转到冬了。颔联写冬至时大雪拥着池塘催短发，寒霜严闭了帘幕，人们在室内醉饮新酿的美酒。颈联展开想象：冬至到来，自然界仍然充满勃勃生机，千层波浪随着青绿来到，万顷高峻的山峦积满了翠绿来到。尾联收笔于眼前的景象"鸿雁惊霜归飞北塞"，古田县却打开碧水淡烟的美景画图。此诗的新意在于，在冬至之日，仍憧憬着盎然春意，歌吟家乡的美好。

话 别

兀坐闲吟爽气清，祁云郊外雨添声。秋残不寐频催晓，夜永长怀屡问更。异国关山多客梦，他乡萍水尽人行。留君鸡黍聊相醉，江上微波雾霭横。有真气。

[解读]

兀坐：危坐，端坐。明·归有光《项脊轩志》："冥然兀坐。" 祁：有盛大、繁多的意思。《集韵·平声·支韵》："祁，一曰大也。"《诗·豳风·七月》："春日迟迟，采蘩祁祁。" 异国：指异乡。

此诗描写与女友话别的情景，表现对友谊的珍重。首联写郊外大块的云朵使雨儿增添了声响，与女友端坐一起，闲吟诗句，觉得气爽神清。表现友谊带给诗人的是美好的情感体验。次联写秋残不寐，频频催促天快点亮，夜未央，情义长，屡次询问现在是几时几更。暗寓离愁难遣，倒希望早点天亮，就此告别。三联写自己的感触"异乡关山多客梦"，他乡萍水相逢，尽是人来人往。末联写留君吃鸡黍宴，聊且相与醉，望江上，只见微波雾霭纵横笼罩。渲染景物之含浑，衬托离情别意之深沉。与友话别的情感波澜被曲折细致地表现出来。

山 居

日落松崖影半林，朝朝犹在碧波心。云连海气如笼幌，雨打泉声似鼓琴。燕尜春残迳竹浅，蝉鸣昼静落花深。芰荷带露含娇色，寐听山前短笛音。雅人深致，第三联尤工。

［解读］

夲：古同"去"。　寀：指房间深处。

此诗描写山居情景。首联从山居的心情起笔，写朝朝山居却怀念碧水："日落松崖影半林，朝朝犹在碧波心。"颔联写山居的环境，聚焦于水气、雨泉两个意象：云连水气如巨笼罩幕，"雨打泉声似鼓琴"。前者为视觉意象，后者为听觉意象，视听交融，意象美好。颈联写山居春夏交替季节变幻之美："燕夲春残迓竹浅，蝉鸣昼静落花深。"尾联继续描写眼前山居夏景之美：荷花荷叶带着露珠包含娇嫩的颜色，在房间深处听取山前短笛的声音。前者刻画视觉意象的色彩之美，后者主要描写听觉意象的音乐美。总之，山居一切都好！

次昌箕舅氏见赠韵

漫将枯笔和吟台，不是当年道韫胎。寂静园林花竞发，清闲涧水浪争回。千言夫尽能窥览，一字无奇费剪裁。桃李敢言琼玖报，自惭小技属驽骀。可当宅相。

［解读］

道韫：谢道韫为晋太傅谢安侄女，有文才，曾赋诗咏雪以柳絮作比，受到称赏。《世说新语·言语》："谢太傅寒雪日内集，与儿女讲论文义。俄而雪骤，公欣然曰：'白雪纷纷何所似？'兄子胡儿曰：'撒盐空中差可拟。'兄女曰：'未若柳絮因风起。'公大笑乐。即公大兄无弈女，左将军王凝之妻也。"《晋书·列女传》亦载，文大略同。后以此典形容女子才华出众，文思敏捷；也用以咏雪、咏柳絮等。　琼玖：琼和玖，泛指美玉，后世常用以美称礼物；喻冰雪；喻才华；喻华章。　驽骀：指劣马；喻低劣的才能，亦喻才能低劣者；平庸无能。

昌箕舅舅赠诗给余尊玉，余尊玉次其韵和之。首联写自己的诗不如舅舅的诗好：称舅舅的诗为"吟台"，漫将枯笔和吟台，称自己不是当年谢安侄女谢道韫。二联写"寂静园林花竞发，清闲涧水浪争回"。三联写千言文章有尽头、会结束，人们能窥览其全貌，而一字无奇的诗歌却费尽推敲剪裁之功。末联把自己比作普普通通的桃李，把舅舅的诗比作美玉，自己哪敢说以桃李来获得美玉的回报，自己惭愧写诗的小技属于劣马般的平庸，表现出十分谦虚的品格。

咏　菊

黄花吐出更新鲜，偶步篱边万朵妍。含露多随朝霭润，摇风尤带晚霞眠。蕊多似放园中玉，英落如铺径里钱。莫道去年曾似旧，徘徊树下感前贤。不留纤影。

[解读]

这首咏物诗《咏菊》。首联写黄菊之鲜、妍、多。次联写菊花之朝夕：晨则含露多润，晚则随风而眠。三联写菊花之形态："蕊多似放园中玉，英落如铺径里钱。"以比喻、夸张描写菊花之美。末联因菊而生感想："莫道去年曾似旧，徘徊树下感前贤。"由菊花之高洁联想到前贤，十分自然。全诗咏菊言志。

除　夕

纷纷世事莫吁嗟，万里江山孰是家？樽酒沽来能半醉，箧诗兴到不须赊。浓烟淡洒凌云竹，细雨连绵隔水花。岁岁腊残还似旧，春风嘘拂遍桑麻。闺阁气已除，璘璘高峙。

[解读]

除夕，在一年之中是重要的时间节点。诗人有感而发。诗以议论开篇：不要吁嗟纷纷的世事，万里江山哪里是我的家？待字深闺，难免兴此叹。次联写平日饮酒赋诗生活：沽来樽酒能喝到半醉；兴到作诗，不须赊取，会自然涌出。三联写除夕所见之景：浓烟淡淡地洒落在凌云的高竹身上；细雨连绵，从视野上隔开了水中的花朵。末联从腊残中感受到春风的力量："岁岁腊残还似旧，春风嘘拂遍桑麻"。

寿外祖陈何翁七十

狂澜曾已砥中流，几上长安帝阙游。若向云衢陪骥尾，直须天畔落旄头。一樽霞泛青山翠，千里月明碧树秋。正值古稀初度日，胸中胜算是长筹。伟幹修眉，岸然不屑。

[解读]

云衢：比喻朝廷。　旄头：古代皇帝仪仗中一种担任先驱的骑兵。　长筹：长远之计；良策。

此祝寿诗贺外祖父陈何翁七十大寿。首联盛赞外祖父曾经在狂澜中砥柱中流，几上长安帝阙游，发挥了作用。次联写外祖父志向远大：若向朝廷上陪做骥马的尾巴，直须到天边做皇帝仪仗中担任先驱的骑兵。三联写景，愿外祖父如青山之长翠，月明而千里。末联点题祝寿，认为胸中胜算是长远之计。

雁字回文

　　风敲竹影鸟穿篱，寂寂秋声草色姿。丛菊茂开偏映水，艳花娇吐自临池。东楼舞葉观琴弄，北塞飞鸿对笛吹。空寄远书传信去，融光淡月落浮厄。回文难于巧，心中有远致，此已得其妙诀。

　　[解读]

　　葉：在古代，"葉"和"叶"是两个字，意义各不相同。作名词，意为植物的叶；世，时期；书页。作形容词，读 xié，意为和洽。王充《论衡·齐世》："葉和万国。""葉"是"协"的古字，古代不当树叶讲。除"叶韵""叶句"等少数情况外，一般写"协"，不写"叶"。

　　回文诗写作首先要以句为单位创造一个意象，顺读，是这个意象；倒读，还是这个意象。其次要考虑平仄、对偶等格律方面的要求，顺读，合律；倒读，也合律。因此，写作的难度很大。才女余尊玉是创作回文诗的高手，写了不少回文诗，这是她流传最广的一首回文诗。此诗创造了八个意象：风竹鸟篱、秋草寂寂、丛菊映水、池花娇艳、观舞听琴、飞鸿吹笛、远书传信、淡月浮厄。八个意象是并列的，共同酿造秋天美景的幽深意境。首联，顺读，词序为："风敲竹影鸟穿篱，寂寂秋声草色姿。"倒读，词序为："姿色草声秋寂寂，篱穿鸟影竹敲风。"首联变成尾联。同一意象有所变化、调整，但描写的这一意象主体没变。一首诗顺读、倒读，变成两首诗，审美体验有所同、有所不同。选词用字，反复推敲，十分精确，如第一句"风"与"竹"之间，用一"敲"字，无论是"风敲竹"还是"竹敲风"，都很形象、生动，有形有声，视听交互。"鸟穿篱""篱穿鸟"，亦然。第三句"开""映"，第四句"吐""临"，第四句"舞""观""弄"，等等，动词的运用十分成功。回文诗具有回环往复、一唱三叹的音乐美。这首七律回文诗，顺读，用词林正韵第三部"四支"韵，音调较低沉，但用的是平声韵，故不觉得短促逼仄，而有上扬的空间。倒读用词林正韵第一部"东冬"韵，音调较昂扬，用平声韵，故音韵更见高亢。吟诵之间，兴味无穷。总之，正如周之标所评："回文难于巧，心中有远致，此已得其妙诀。"

五日步昌箕舅氏韵

五湖彩画斗舟移，蒲插檐前入酒卮。簪艾头低临浅水，采莲歌出泛清池。龙游日照潜鳞见，鸟奋风飘去翼迟。夺锦浪翻依短棹，朝朝犹对白云诗。无蒲觞套语。其人最喜陈白云诗，午日犹念及之。

[解读]

五日：指农历五月五日端午节。　五湖：指太湖。　短棹：此指划船的短桨。　白云：陈白云，生平待考。

五月五日，余尊玉步昌箕舅氏韵，作是诗。首联上句"五湖彩画斗舟移"，写龙舟竞渡；下句"蒲插檐前入酒卮"，写艾蒲插檐前，喝点雄黄加入的米酒。这是表现民间的端午风俗。二联写女子将艾枝簪于头发，低临浅水，观采莲船泛清池，听采莲歌声。这是写女子的端午打扮与活动。三联想象蛟龙游翔在日照下，其潜藏的鳞片现出；天风飘荡，鸟儿奋起，欲飞得更快，嫌卸去双翼太迟了。此联显示这位少女的雄心壮志与宽阔襟怀。末联写龙舟竞赛夺锦后，波浪依然翻腾，赛手们依在短桨边稍息；她天天面对、诵读陈白云的诗，"其人最喜陈白云诗，午日犹念及之"。少女不写端午怀屈子，抒爱国情，而仅仅将端午作为一个节日来表现。

和陈白云无题（二首）

松柏千林傲雪华，苍鸿飞过两三家。悲颜偏对西江月，丽眼犹看北苑花。疏密柳阴依岸转，交加梅影拂窗斜。可怜宫里多愁绪，凤辇何旹到碧纱。

闲移纱槛扫花阴，悲对婆娑仰照临。高阁清虚吹夜笛，深宫寂静促寒砧。翠松苑里声长落，红叶沟中影半沉。不觉秋残添永恨，苍天惟有白云深。饶有胜情，逐一删尽人间脂粉。

[**解读**]

凤辇：华贵的车驾；皇帝的车驾。　旹：古"时"字。　仰照：宋·王令《过扬子江》："宛然帝女镜，仰照青天衾。"　婆娑：盘旋。多指舞姿，亦形容姿态优美；醉态蹒跚貌；盘桓，逗留；逍遥，闲散自得。　寒砧：砧，捣衣石。寒砧指寒秋时赶制冬衣的捣衣声。诗词中常用以描述秋景萧瑟、凄凉中的思念之情。唐·沈佺期《古意呈补阙乔知之》诗："九月寒砧催木叶，十年征戍忆辽阳。"五代·李煜《捣练子·深院静》词："深院静，小庭空，断续寒砧断续风。"　红叶沟中：唐·孟棨《本事诗》记载，顾况在洛阳游苑中，流水上得大梧叶，上有宫女题诗，顾况次日也于上游题诗叶上，泛于波中，以此传情。又一说，题诗宫女名韩翠苹，诗为于佑所得，于佑又题诗为韩所得，韩、于最终成为夫妻。沟，指御沟，流经宫苑的河道；红叶，指红叶题诗的故事。红叶御沟，亦作"御沟流叶""红叶之题"。唐代被禁锢在深宫的宫女，因渴望自由，便在落叶上题诗放入御沟流出。后用以喻男女奇缘。

此二首和陈白云《无题》诗，写宫怨。第一首，首联写景，傲雪松柏千林万树，何等壮观！"苍鸿飞过两三家"，气象冷清，透露"悲"的情感因子。次联推出宫女形象：宫女悲哀的脸儿偏偏面对着西江的月亮，美丽的眼睛还在看着北苑的花朵。三联描写或疏或密的柳阴依着河岸转弯，此乃远景；梅影叠加，拂过窗户，横斜变幻，此是近景，透露宫女日常生活的寂寞无聊。末联慨叹：可悲呀，深宫里充斥着愁绪，皇帝的车驾何时才能来到碧纱窗前？对耗费青春的宫女，表达深切的同情。第二首，首联写宫女白天的"闲"与"悲"：清闲，移动纱槛，打扫花阴；悲哀，面对舞姿，仰照镜子。二联写宫女夜晚的"虚"与"寂"："高阁清虚吹夜笛"；深宫寂静，寂静得似在催促远处的捣衣声捣得更快些，以减轻寂静，减轻心里的寂寞。三联写翠松苑里钟声长落，御沟中宫女题诗的红叶影子半浮半沉，快要淹没，暗寓宫女借助红叶传情的希望破灭了。末联感叹：不觉秋残，添加的是永远的怨恨，苍天能给宫女什么？唯有白云深厚。

灯夕分韵

满城灯火最繁华，花下沉杯倒影斜。宝炬堂前生皓月，彩烟庭外结丹霞。笙歌阵阵鸣千户，鼓吹纷纷入万家。争道一季春好处，又闻莺语到窗纱。纱帽腔，红粉气，一切不染笔端。

[解读]

宝炬：蜡烛的美称。

此诗描写灯夕美景。首联"满城灯火最繁华，花下沉杯倒影斜"描写满城灯火、花下饮酒的盛况。颔联写堂前庭外风光绮丽：点亮蜡烛的大堂前皓月照耀，弥漫彩烟的庭院外映射着红色的霞光。颈联描写千家万户笙歌鼓吹之声不绝于耳："笙歌阵阵鸣千户，鼓吹纷纷入万家。"尾联描写春到人家：众人争说一季春天好处多，又听到黄莺的啼声飘到窗纱。全诗充满青春少女的青春气息。

暮春山居（二首）

山中寂静白云开，月映窗前入酒杯。野色桥边连草碧，三春方去燕飞来。

蜂飞花里醉游人，碧水寒潭绝点尘。玉露浓浓滋草色，莺声百啭送归春。幽、秀是其本色。

[解读]

此二首描写暮春山居情景。"幽、秀是其本色"。（周之标语）第一首，前两句刻画山中白云的意象，景色美丽静谧；描写月映窗前人饮酒的意象，人是快乐惬意的。后两句描写春归的景象：野外桥边青草连成一片碧绿，"三春方去燕飞来"，闽中春归充满生机。第二首，前两句描写蜂飞花里游人醉，寒潭碧水绝无一点尘埃。游人醉、潭水清，两个意象具体生动。后两句描写玉露浓浓，滋润草色；莺声百啭，送春归去。闽中春归仍春意盎然。诗人希望春永驻人间。

次朝谊表兄寓白箬寺韵（二首）

畨禅半榻夜眠迟，柳絮飞飞夹岸时。兀坐开窗听鸟语，青山题尽白云诗。

读罢离骚水竹居，月临古刹咏诗余。一尘不染山僧寺，黄卷青灯也著书。闲情淡写。

［**解读**］

白箬寺：查万历版、乾隆版、民国版《古田县志》，均无白箬寺记载。疑为白云寺，在一都水口，宋景德四年（1007）建，香火旺盛，文士多有题咏。　畨：同“闻”，听到。　半榻：僧人卧榻仅为常人一半大小，故称半榻。

朝谊表兄有《寓白箬寺》诗，余尊玉次其韵和之。第一首，写寄宿白箬寺情景：柳絮飘飞夹岸时，卧于半榻，听到解禅声音，夜眠迟。端坐开窗听鸟语，见青山缭绕白云，想到这是诗人题尽白云诗。第二首，写香客读骚咏诗，山僧著书：读罢《离骚》，住在有水有竹的居所，月光照临古刹，香客咏诗。一尘不染的山僧寺，僧人黄卷青灯也著书。

读　史

兀坐披黄卷，窗前月半弯。长江青草茂，曲径绿苔斑。晓冷云连屋，冬寒雪满山。浪翻颜欲对，尘拂手难攀。白鸟啼声远，朱鸾舞影闲。伤时经抑郁，积学济屯艰。漾漾流无息，滔滔去不还。置身千古上，好把筜门关。托怀千古，寄想寸阴，苍然有老致。

[**解读**]

黄卷：此指史书。　筜门：荆条竹木编的门，又称柴门。常用以喻指贫户居室。

此诗写读史情景与感触。全诗 16 句，可分六个层次。开首二句写月下窗前，端坐读史。次六句以形象的描写形容读史时浮想联翩：大至"长江青草茂"，小至"曲径绿苔斑"，寓意历史上大事细节，尽收眼底。清晨读史，天气寒冷，云朵连接屋子，冬寒，大雪铺满山峦。寓意读史会遇到艰难困苦。有时，波浪翻滚，想要面对它，但尘土飞拂，用手难以登攀。寓意某些历史问题难以解决。再六句以"白鸟啼声远"喻历史的人与事，已远去；以"朱鸾舞影闲"喻历史上的宫殿舞影显得悠闲。伤时，经历抑郁；积学，以匡济世艰。这是读史的心得感受，也是读史的目的与现实意义。女诗人感慨，历史就像漾漾的流水无声无息，滔滔不绝，奔流而去，永不复还。末二句写置身千古之上，好把自家的柴门关上。真所谓"托怀千古，寄想寸阴，苍然有老致"（周之标语）也。

过困关观音阁

散步闲来叩比丘，岩前落叶逐寒流。龙翻浪里声依阁，花吐江边色满楼。夜静谈诗闻短笛，春深载酒泛扁舟。西园杨柳移阴处，尽是黄莺织不休。只写远致。

[解读]

比丘：佛教中受具足戒之后的男性出家众，称为比丘。对应的女性出家众，称为比丘尼，比丘与比丘尼合称出家二众。佛教兴起盛行后，比丘则用来指称托钵的修行者，意译则为乞士。此泛指寺院。

首联言过困关观音阁是闲来散步行踪所至，并无预设目的；观音阁背靠岩前，纷飞的落叶，追逐着寒冷的流水，点明观音阁倚岩面江的时间。颔联描写观音阁周遭景色：困关乃古田溪汇入闽江之关口，故言"龙翻浪里声依阁，花吐江边色满楼"。颈联描写"夜静谈诗闻短笛，春深载酒泛扁舟"的胜事。困关乃过往商旅、官宦、文人集散地，余尊玉自然不会涉入商旅、官宦圈子，她所吟咏的是谈诗、闻笛、载酒、泛舟的高雅之事。尾联并不作"结"，而是继续写景："西园杨柳移阴处，尽是黄莺织不休。"全诗与观音菩萨亦无关系。足显其少女之天真烂漫本性。

秋　闺

离愁万里阿谁知，肠断思君雁去时。闻说干戈犹未定，深闺空自蹙双眉。恰好。

[解读]

此为代言体，借闺中少妇之口，写其思念戍边丈夫之情。前二句写离愁万里，有谁知道？思君肠断更在南雁北归之时。后二句写听说干戈犹未平定，思妇于深闺之中空自紧蹙双眉。

谢氏招饮赋赠

乌衣争说旧家声，仙塔犹传属秀英。柳色翠从眉上见，莲花香在步中生。楼登秦女听吹玉，桥遇云翅劝饮琼。春草池塘君世业，况看道韫有诗名。工致。

[解读]

乌衣：指乌衣巷，位于南京秦淮河南岸，夫子庙一带，是晋代王谢两家豪门大族的宅第所在之处，因两族子弟皆喜穿乌衣以显身份尊贵而得名。谢安及其侄女谢道韫、山水诗派鼻祖谢灵运皆居于此。乌衣巷门庭若市，冠盖云集，是中国历史最悠久最著名的古巷。　仙塔：指连江县仙塔，位于连江县城关西南街上。仙塔为石塔，始建于唐大中三年（849），塔正门嵌有两尊青石雕造的武士像。仙塔以精美的石构雕刻而闻名。民间传说古时连江县玉泉山上，有一个成精的犀牛怪屡屡下山祸害百姓，多次寻访和尚、道士作法驱魔而无果。适临水夫人陈靖姑途经此地，她手持拂尘，与犀牛怪大战数十回合，将仙塔的塔尖飘移到玉泉山上，将犀牛怪压在了塔尖内，幻化成玉泉山上的犀牛岩。陈靖姑飘然而去，仙塔则成了无顶之塔。　秦女：指秦穆公之女弄玉。唐·刘沧《题秦女楼》："珠翠香销鸳瓦堕，神仙曾向此中游。青楼月色桂花冷，碧落箫声云叶愁。杳杳蓬莱人不见，苍苍苔藓路空留。一从凤去千年后，迢递岐山水石秋。"刘沧，字蕴灵，汶阳（今山东宁阳）人。刘宣宗大中八年（854）进士。调华原尉，迁龙门令。著有诗集一卷传世。　云翅：指玉翅，仙女名，相传为天宫里的女官。　春草池塘：南朝宋景平元年（423），永嘉郡太守谢灵运卧病郡署，新年后，出游积谷山麓园林，作上半部分

《登池上楼》后，苦思冥想未能成篇，倦极睡去，忽梦见其弟、神童诗人谢惠连，灵感飞来，顷刻写出后半部分："池塘生春草，园柳变鸣禽。祁祁伤幽歌，萋萋感楚吟。索居易永久，离群难处心。持操岂独古，无闷征在今。"《谢氏家录》记载此事："康乐每对惠连，辄得佳语，后在永嘉西堂，思诗竟日不就，寤寐间忽见惠连，即成'池塘生春草'，故尝云：'此语有神助，非我语也。'"南朝梁《诗品》引用，从此影响后世无数文人。

　　谢氏招饮，引发诗人联想有关谢氏的故事。首联从乌衣巷王、谢二家争说旧时家声如何显赫起笔，用古田县女神陈靖姑为连江县制服犀牛怪，镇之于塔尖的民间传说，宣扬救民于苦难的精神；称赞仙塔至今犹传颂此位女英雄。颔联描写所见谢氏田园风光之秀美："柳色翠从眉上见，莲花香在步中生。"字词组合十分巧妙，把主体（眉上、步中）与客体（柳色翠、莲花香）的相互作用统一于一体，诉之于视觉、嗅觉，产生某种通感的效果。颈联以秦女（秦穆公之女弄玉）与唐·刘沧《题秦女楼》诗，形容自己登谢家之楼，就像"楼登秦女听吹玉"那样，有种历史的悠远之感，现实与历史相联系；过桥时，竟遇见仙女云翅劝饮琼浆玉液，现实与仙界相联系。尾联写山水诗人谢灵运名句"池塘生春草，园柳变鸣禽"表明诗礼传家是谢家的世业，何况谢家还有谢道韫的诗名！余尊玉把一次平常的家宴赴约，描写得如此美好多彩，东道主该多高兴！由此见出余尊玉学识多么渊博，才情何等出类拔萃！

同徐器之谒防海罗云翁老师，因留饮署中，以诗见贻，次云答谢

逢君投璧岂无因，却洗胸中十斛尘。徐稚敢云同后辈，罗含争说是前身。扶桑日出瞻南海，细柳天高望北辰。五马风流谁不羡，官闲诗酒且相亲。云汉曾谆及，其人诗关此，知其不诬。

[解读]

徐器之：徐钟震字，闽县（今福州市）人，徐𤊻孙。早有诗名，管理徐氏藏书，校勘图书，作题跋。有《徐器之集》等著作。

徐稚（97—168）：东汉豫章南昌（今属江西）人，字孺子，家贫，以耕稼为业。屡为陈蕃、胡广、黄琼等荐举、征辟，终不出仕。桓帝备礼征之，亦不至。灵帝初，欲蒲轮聘之，未行而卒。　罗含（292—372）：字君章，号富和，东晋衡阳郡耒阳县（今衡阳市耒阳市）人。思想家、哲学家、文学家、地理学家，中国山水散文的创作先驱。曾祖罗彦，曾任临海太守；祖父罗仁，蜀汉建兴时为临安太守；父罗绥，曾为荥阳太守。历任郡主簿、郡从事、州主簿、征西参军、州别驾、尚书郎、郡太守、郎中令、散骑常侍、廷尉、侍中、长沙相等职，加封中散大夫。

北辰：位于天津市城北，北运河畔。北辰境古为幽陵（都、州）地。此泛指北方，寓指朝廷。

罗云翁老师赠诗给余尊玉，她次其韵写此诗答谢。首联写向罗云翁老师赠答谢诗，犹如逢君投璧，难道没有原因？你那诗能洗净我胸中十斛的灰尘，用比喻盛赞罗云翁老师的诗有净化心灵的作用。次联延续首联之意，写罗云翁老师诗才高超，东汉名士

徐穉敢说你是他的后辈，东晋文学家罗含争说是你的前身，以夸张手法，运用历史典故颂扬罗云翁老师诗歌创作超越古人。三联诗意转折，描绘罗云翁老师眼光远大，忠于朝廷：太阳从东方的桑林升起，却能瞻望南海；地上生长细柳，天高云淡，却能远望北方。用的是比喻、象征手法。末联直言：做大官乘五马，风流倜傥，谁不羡慕？官衙公余，有所闲暇，姑且诗酒相亲吧。表达了敬慕之情。

赠崔际熙

药栏丹灶且幽栖，才共俞卢一样齐。世上俗肠医不得，也难国手较高低。居，然大雅。

[解读]

俞卢：俞通作"腧"，腧穴，中医学中所指人体的穴位。卢：通"颅"。头盖骨。

此诗指出：药栏丹灶，可暂且幽居；医术才能，跟穴位、头颅可以一样长久、齐名。但是，世上的俗肠是医不得的，也难以跟国手比较水平高低。表现对世俗的厌恶。

寿王母六十初度

佳节相逢近女牛，况看花甲正初周。仙家自赞称王母，名世于今配太丘。桃实庭前方遇夏，桂香阶下又当秋。元龙百尺登高好，何事吹箫到凤楼。寿诗易俗，此却不俗。

[解读]

女牛：指织女星和牵牛星。　太丘：古地名。春秋、战国时为宋地。 元龙：道教对得道者的别称；指皇帝；元龙犹元阳，中医谓人体阳气之根本。 何事：为何，何故。晋·左思《招隐》诗之一："何事待啸歌，灌木自悲吟。" 凤楼：指宫内的楼阁，亦借指朝廷；指妇女的居处。

首联谓：王母生日恰逢已近七夕织女、牛郎相会之节日，何况王母六十花甲，正是初次登寿喜庆之时。次联谓"仙家自赞称王母"，王母名世，于今配得上与太丘古地一样长寿。借王母与天宫王母娘娘皆称"王母"，暗寓王母有神仙之好命。三联谓：桃树结果实于庭前，刚刚遇上夏天；桂花香飘阶下，又正当秋日。以夏桃、秋桂当贺寿礼品送给寿星，暗寓祝愿王母如蟠桃那样生命充实、完满，像秋桂一样晚香馥郁。祝颂语不明说，正所谓"寿诗易俗，此却不俗"。（周之标语）末联谓：保持百尺阳气之根本，登高好，何故吹箫到妇女的居处凤楼。暗指高寿好，吹箫为王母祝寿。

题睡鹦鹉图

一洲芳草正萋萋，欲报家书意又迷。最爱碧梧深处好，也应相共凤凰栖。美杀双双，笔杪欲飞去矣。

[解读]

此为题画诗，题咏鹦鹉图。画面所展现的是一洲萋萋芳草，鹦鹉正在睡眠，由此诗人想象欲要报送家书，意念又生迷惑：鹦鹉学舌，也许可对家人报平安，但睡着的鹦鹉能干什么呢。诗人表白：自己最爱碧绿的梧桐深处，那真好呀，它也应当与高贵的凤凰相互共同栖息。

附　余席人诗（原刻49首，今选10首）

溪寺谈禅

鸡鸣僧早起，溪涧静波流。绿草侵苔涧，青松夹径幽。深山参佛偈，碧水待人游。蟋蟀惊床下，空斋梦催秋。住语更可深味，全诗遂振。

［解读］

首联扣题，写溪涧波澜静静而流，鸡声鸣叫，寺僧早起。颔联写溪寺景物：涧边苔藓，绿草相侵；青松夹径，十分幽深。颈联写参佛情景：人游碧水，深山参偈。尾联写参禅所获：蟋蟀惊鸣床下，空斋梦催秋意。禅只可意会，不可言传。禅在何处？禅在日常事物，佛在人间。这就是诗人溪寺谈禅之感悟吧？

过西来寺

高峰古刹觅仙缘，曲径幽花舞蝶翩。绿水声潺随野润，青山色映与天连。一杯新茗伊人饮，万卷遗经古佛前。遥望苍松铺翠盖，禅心参定更澄然。幼女多参佛寺，能写其致，亦见丰度翩翩。

［解读］

西来寺：在古田县治南郊里许。清·林首达诗："南郊有梅花，冒雪策蹇驴。"林第先诗："桐叶初飞一雁过，禅房对酒恣高歌。"陈宜勤诗："当头一轮月，大意悟西来。"（参见民国版《古田县志》卷之八《名胜志》）　伊人：常指那个人，有时也指意中人，今多指女性。最早见于《诗经·蒹葭》，共三章，其第一章云："蒹葭苍苍，白露为霜。所谓伊人，在水一方。溯洄从之，道阻且长。溯游从之，宛在水中央。"

首联写前往西来寺：前往高峰古刹西来寺，寻觅遇仙之缘，路径弯曲，花开幽处，蝶舞翩翩。次联写西来寺四周景色：绿水潺湲，声喧随野润，青山与蓝天，颜色互映相连。景物以青绿为主色调。三联写饮茶、拜佛情景：与那人饮用过一杯新茶，齐来瞻仰古佛前历代遗留下的万卷经书。伊人当为其妹尊玉。末联写参禅后心灵更加澄澈：遥望远处苍松铺着翠绿的头盖，我的禅心在参定后更为澄然。诗叙写过西来寺参禅的全过程，拜佛之心虔诚，意象鲜明生动，语言清丽。

过　雁

排空疏影夕阳斜，阵阵群飞何处家。几片芦中离北塞，数行天外宿长沙。风吹叶落秋无色，月照松阴夜有华。远望遥空谁寄信，且看篱菊艳丛花。无孤雁嘹呖之苦，有长空澄净之奇，可想见其胸次。

[解读]

此诗描写雁群飞过的情景。首联写夕阳斜晖中，雁鸟排空，疏影飞过，它们阵阵群飞，将飞往何处人家？二联写雁鸟有的从几片芦苇中穿过，飞往塞北，有数行大雁飞向天外，将宿于水里长洲的沙滩。诗人还是个女孩子，她把注意力集中于雁归何处，好奇心使然，想象力更加丰富了诗的诗情画意。三联写"风吹叶落秋无色，月照松阴夜有华"，夜色很美。末联写远望遥空，不知谁托大雁寄信回家？且看篱菊令丛花更艳丽。周之标评曰："无孤雁嘹呖之苦，有长空澄净之奇，可想见其胸次。"评得十分中肯。

楼　居

　　窗前曲涧泛觞流，几叶荷花几度舟。渔父夜歌明月照，牧童晚唱夕阳收。人情寥似山中鸟，心事浑如水面鸥。载酒清风随客扫，白云同我共登楼。此女神韵高旷，即此可想。

［解读］

　　珍玉、尊玉姐妹共以《楼居》为题，各赋七律一首。珍玉此诗首联写窗前所见曲涧、荷花、渔舟。二联写明月照耀，渔父夜歌，牧童晚唱，夕阳落山。俨然一幅画：背景为"明月照""夕阳收"，主体为渔父、牧童，他们共同的活动是夜歌晚唱。画面充满生活的乐趣。三联写诗人的感时心事：人情寂寥似山中之鸟，心事浑然如水面之鸥。寂寞、清闲。末联写清风吹过，迎客扫楼，载酒共饮，"白云同我共登楼"，末句尤精彩。全诗"神韵高旷"（周之标语）。

寿外祖陈何翁七十

　　松柏为姿第一流，磻溪老叟志遨游。南山多静添丝发，东海长生忆黑头。闲弄楸枰连昼夜，晚需樽酒乐春秋。灯前花下期同醉，皓月荒听报晓筹。乐哉此翁，对此两诗甥当更进一斗。

［解读］

　　磻溪：蟠，屈曲，环绕，盘伏；溪，溪流。磻溪，地名，全国有不少地方名磻溪。　　楸枰：围棋棋盘，引申指围棋。楸木质轻而文致，古代多选来做棋具。　　晓筹：即更筹。

此与尊玉同题诗，寿外祖陈何翁七十。首联赞外祖父似松柏为姿，属第一流，称其为磻溪老叟，志在遨游四方。颔联写外祖父在宁静的南山增添了白发，在长生的东海回忆年轻时的黑头，暗寓祝颂寿比南山，福如东海之意。颈联写外祖父平时的起居生活：闲时摆弄围棋从早到晚，乐此不疲，晚上需要喝一樽酒，快乐地度过春秋。表现其喜欢下围棋，懂得享受生活。末联写自己期待灯前花下与他同醉，皓月照野地，听取报晓的打更声。表达自己与他同醉的愿望。

送昌箕舅氏游武夷次韵

匆匆一路似回肠，云扫奇峰出岫长。流水潺潺如鼓瑟，明星粲粲若成章。深江夜静风侵榻，广野更残月到床。九曲溪头移短棹，任教渔父唱沧浪。此题两诗各有胜致。

[解读]

章：诗、文、歌曲的段落；章程，条目；条理；图章；佩戴在身上的标志。

尊玉先作《送昌箕舅氏游武夷》，珍玉次其韵和之。全诗想象昌箕舅舅一路行程及游览武夷之情景。首联写一路似回肠，昌箕舅舅匆匆而行，云朵扫过奇峰，从长长的山岫间涌出。颔联"流水潺潺如鼓瑟，明星粲粲若成章"，写路途溪涧鼓乐与天高星灿。颈联写深江夜静，寒风侵入卧榻；田野广袤，更残，月光照到床上。尾联写来到九曲溪头，移换短棹小舟，任教渔父唱《沧浪》之曲。

话　别

　　窗前疏雨淡烟清，吟罢多憎惜别声。山静樵歌日半午，水寒渔唱月三更。云边野店花同宿，天外孤身鸟伴行。君去长亭回首望，一江秋色晚霞横。话别诗正难此和平淡宕。

　　[解读]

　　余尊玉有同题诗。珍玉此诗同为叙写与友人话别的情景与心情。在一个"窗前疏雨淡烟清"的夜晚，诗人与朋友吟咏诗歌，吟完之后，增添了"憎恨"惜别的声音。之所以"多憎"是因为离别在即，好恼人也。从山野静谧的"日半午"唯有樵夫唱山歌，直到"月三更"水流寒冷，听到渔唱互答，我们一直沉浸在话别的氛围中。诗人在此运用以景衬情的写法，点染离情别意的情绪。远处云边的野店尚且有花同宿，天外孤身尚有鸟伴行，可你此行却那么形单影只！你走到那长亭分袂处，回首长望我们，此时，只见"一江秋色晚霞横"。没有女孩子分别时的依偎流泪，"话别诗正难此和平淡宕"（周之标语），可透过此"和平淡宕"，更见女友间的深情厚谊。

山居次韵

　　高峰雾罩满空林，入到深山隐者心。白鹤松间鸣夜月，黄莺树里奏朝琴。春残风送花香老，榻静更敲草色深。量雨较晴农叟事，锄云何处觅知音。秀而老。

［解读］

余尊玉有《山居》诗，珍玉次韵和之。此诗描绘山居情景。首联写高峰雾罩，布满空林，入到深山，才体会到隐者之心。次联写山居环境优美、高雅：鹤鸣莺啼，朝夕不停，着重从听觉方面写出所获得的音乐愉悦感。三联"春残风送花香老，榻静更敲草色深"，着重从视觉方面写出其绘画美。末联写农人与隐者山居虽各有关注点，却和睦相处。农叟量雨较晴，经营农事；隐者天边锄云，何处觅知音？

蝶　影

五彩翩翩映酒卮，细看空自不连枝。翅飞扑扇无栖扇，身未穿篱影入篱。月下双翻如舞叶，花前一对似差池。孩儿玉版随香去，恍觉庄周入梦时。巧而不纤。

［解读］

连枝：两树的枝条连生一起；比喻同胞兄弟姐妹；比喻恩爱夫妻。　差池：差错；意外。　玉版：此指古代用以刻字的玉片。　去：古同"去"。

此诗与余尊玉同题。首联写五彩蝴蝶，翩翩飞翔，与杯中美酒相映衬，十分美丽；细看蝴蝶，它们并非枝条连生一起的亲密伙伴。"连枝"或可解为一雄一雌，似形影不离的恩爱夫妻。透露诗人观察之细致。颔联写蝴蝶双翅飞扑扇子，却并未栖息于扇上，身体未穿过篱笆，影子却映入篱笆。诗人捕捉住少女扑蝶、蝴蝶穿篱两个刹那间动作的瞬间予以生动呈现，表现出女性诗人特有的细致观察、敏锐感觉、细腻描写的特色。颈联写蝴蝶月下双双翻飞如舞叶，花前一对似有差错，飞得离开了。以"月下""花前"为背景，描画出蝶舞的美好形象。尾联写蝶儿飞走了，扑蝶孩儿那刻字的玉片扇子随着蝶儿身上的花香离去了，恍然间觉得庄周入梦了，诗人开始了梦蝶的时光。比较余尊玉的《蝶影》，面对同样题材，两人的处理方式各不相同。细读之，越发觉得周之标所言"席人诗之佳者，似胜其妹"，不虚也。

庚寅元旦

今朝送暖有东风，新岁春光到处同。万户晓烟晴蔼蔼，一门佳气郁葱葱。窗前碧柳窥衣翠，槛外桃花映酒红。开宴华堂灯影粲，人间不让广寒宫。何其富丽，觉满堂春色洩洩融融。

[解读]

庚寅：清顺治七年（1650）。

全诗展现元旦迎新春的景象。首联总提新年迎春，东风送暖，春光处处。次联以下具体展开描写。次联写万户晓烟，一门佳气。蔼蔼、葱葱，用叠词，把晓烟、佳气写得很充足。三联写穿上新衣，新开酒坛：用拟人法，描写窗前的碧柳会窥看女孩身着翠绿色的新衣；用映衬法，以槛外的桃花艳丽来映衬新开酒坛红酒之红艳。古田乃制曲大县，以红曲酿红酒，久享盛名。末联写迎春盛宴，华堂灯影灿烂，人间不让广寒宫。把迎春活动推向高潮。

席人诗之佳者，似胜其妹。但《灯夕分韵》以下，无二可选矣，故宁取少以傲多耳。

《兰咳二集》卷七终。

序《绮窗集》

徐钟震 器之

吾乡数十载，闺秀难乎人。悠悠浊世士，文艺相因循。风雅重晋安，欲续将谁陈？倏闻玉田中，灵气钟眉颦。溪水流皎洁，万山高嶙峋。余氏有二女，连璧披文茵。诗书幼勤读，砚匣琉璃亲。阿姐年十四，结构尖华新。阿妹年十二，琢句惊鬼神。天韵溢毫素，慧业皆前因。严君既早世，有母慈且仁。林下气潇洒，得句咸彬彬。腐儒见咋舌，孰辨瑶与珉。顾彼谢庭秀，柳絮才堪伦。不数光威裒，岂同江采蘋。尔祖旧名宿，五马驰朱轮。著述多浩瀚，归自章江滨。妄者不可假，赝者不可真。才俊有后裔，奚问男儿身。吾祖与若祖，原自游接尘。百龄云影徂，短篷悲山邻。予生既寡昧，久少公卿唇。一旦遇君子，岂忍甘沉沦。论交重世谊，相对如饮醇。雅道不寂寞，赖尔张吾闽。

顺治庚寅季夏望后三日

余其人纪略

黄永 云孙

余尊玉，字其人，福建玉田人。姐名珍玉，字席人，长尊玉二岁。其祖文龙，字起潜，号中拙。登万历辛丑进士，起家衡阳令，历任江西赣州太守，有能声。所著《史脔》《史异》行世。父兆昌，字伯鳌，由天启丙寅葛屺瞻先生司闽学正补庠诸生，援例入太学。母陈氏系孝廉陈肇曾妹。陈氏以夫伯鳌早亡，无嗣，遂以尊玉为子，幼令服男衣冠，延师与姐珍玉读书塾中。俱聪慧，不数载，能文章，善诗画。顺治七年，岁庚寅，尊玉年十二，学益进，能应对宾客。凡四方贤士大夫及往来声气之士，皆与定交。明年辛卯，予同门友云间宋辕文司闽学正，时尊玉才名籍甚，欲出应试，或尼之曰："黄崇嘏虽作状元，何益？不如学班家大姑，拥百城书，使海内豪贤皆北面也。"其母亦悟，遂止。是岁，即许字某，亦闽巨族。服男衣冠如故，不复令应对宾客矣。至珍玉则许字已久，与妹齐名。闽中人士咸慕之。不可得而见也。适辛卯七月，邹子连山，自闽归，为述其事，遂详纪之。

闺阁有两诗人，自不可无此小纪。数笔直追太史公。

补遗

余珍玉　一首

咏　竹

数竿菁翠远垂阴，清况偏宜小院深。风扫庭前鸣碧玉，月临树里伴瑶琴。径通南浦知根润，墙坏西邻见笋侵。我辈愧非嵇阮客，题诗犹忆旧时林。

[解读]

余珍玉年十四作此诗。诗人咏的是庭院之竹，它与漫山遍野的竹林是大不一样的。首联写庭竹的形态"数竿青翠远垂阴"；生长环境"清况偏宜小院深"。次联写竹声与林涛不同："风扫庭前鸣碧玉。"月临树里，如伴瑶琴。竹声优雅动听，具有音乐美。三联写竹根、竹笋：知道它沿着路径通向南浦，竹根很滋润，看见它崩坏西邻的土墙，竹笋侵入到别人家了。写出竹的成长有充足的水源，有顽强的生命力。末联感慨：惭愧我辈不是东晋时嵇康、阮籍等竹林七贤，题诗每每还记忆旧时的竹林。

余尊玉　七首

秋　夜

遥天霁色净如冰，菊影篱边欲露凝。蚤笛声声萤火乱，月明光映夜窗灯。

（辑自陈仕玲校笺：《崔世召集校笺》附录《子孙遗玉》，福建人民出版社2020年11月版，第667页）

［**解读**］

一、二句以"净如冰"形容遥天霁色，以"欲露凝"描绘篱边菊影。三、四句写虫鸣声声、萤火乱飞、月光明亮、映照窗灯。写的都是秋夜常见景物，经精心安排，却引人入胜。

关山月

明月照空山，远行夜上关。情知独梦醒，枕染泪斑斑。

［**解读**］

此为回文诗。写边关将士思念故乡。一、二句写明月照空山，将士远行，夜晚登上边关。三、四句写夜梦独醒，枕染泪斑斑。未点明"思乡念亲"，却于梦醒、泪痕中见其情感之深切。少女诗人何曾到过边塞，全凭想象出之，却也真实感人。

秋夜泛湖

篙撑一艇小，淡日秋波灏。高树阁疏星，细萤依乱草。

[解读]

此为回文诗。写秋夜泛湖情景。登小艇，撑竹篙，日光渐淡，波光荡漾。秋夜泛湖，只见岸边高树挂疏星，细萤依乱草。诗人亲历亲为，所见所感，真切生动。

姐妹词

看花将姐约，新妆妹起晓。半夜梦人归，低声语悄悄。

[解读]

此为回文诗。写约姐看花夜归情景。妹妹新妆起早，约姐前去看花，直到半夜我们这两个做梦人才归来，怕吵醒家人，悄悄地低声说话，抑或怕受他们责怪？少女生活，饶有情趣。语言浅白，有民歌风味。

采莲曲

采莲将伴结，红花插绿鬓。载船把郎呼，转愁郎错认。

[解读]

此为回文诗。是首拟民歌。写结伴采莲情景。结伴将去采莲，把红花插在绿鬓上。坐在船上把郎呼，转而忧愁郎错认人、上错船。表现劳动女子淳朴的爱情理想：与心爱的人一起劳动。

独　酌

松风听谡谡，月浸草堂斜。依醉一樽酒，菊开半朵花。

[解读]

谡谡：象声词，形容风声呼呼作响。

此为回文诗。写独酌情景。月光斜照着草堂，听松风谡谡作响，依着一樽酒，醉了，见秋菊已开半朵花。或是醉眼朦胧，明明是一朵朵花，却看成半朵花。

（以上五首辑自《古代妇女回文诗词集》）

附录

兰咳二集叙

支如增

予讽兰咳而不禁鼓掌也。近古率以升平公主慕李端诗、上官婉儿评沈宋优劣为骚坛气色也。予心殊不甘，即奈何以文人慧业俯首受女子秤量哉？居尝设一痴想：倘慧业文人果生天上，顾悉召夷光、南威、尹姬、邢夫人、太真、宵娘、赵家姐妹之属，纵其美恣流态，嗔喜杂出，因召夫赋离思，续班史颂椒花，咏柳絮，识回文，隔绛纱授生徒，诸才女俾发妙骋妍于涛笺纨扇间，毕竟林下风、闺中秀，谁当第一？予亦藉以一洒李唐女子秤量文人之耻。

吾友君建氏具有慧业，足秤量千古，乃女中才子。适凑于数十季间，得姿其秤量，初已拔七子为一编矣。顷又得七子再编，并名兰咳。其人皆大家道韫流亚，在文人中即何减李端、沈宋。

咄咄周郎，远以索唐千百年女子未偿之逋，近亦慰余不佞半生痴想，此予之不禁鼓掌于兰咳也。

或曰：女子无才便是德，或又曰：女子福薄故才见果尔。则文章亦才女子之一端，似非所急将，香阁中必有粉黛而无丹黄，有金针而无玉管，惟是酒食蚕织，仅仅如雅人所云，一切缥囊缃帙，悉叱为闲家具也耶？嘻，此又浅视女子之甚者也。

善乎，陈征君之言曰："男子如日，女子如月。"予谓女子之文章，则月之皎极生华矣。月有晦，有朔，有朏，甚则变而有朓，有胐，有薄蚀，有云雾之翳，有妖星众曜之飞流伏匿，此诚月之不幸，亡论也。若夫三五二八，横秋而华，其诸女子福德而才，翠翘粲粲，环佩珊珊，而乃锦心吐艳，绣口含香，万斛珠玑落玉腕下也。安见望舒晶彻，不堪与曜灵号代兴，他如促语诉哀，凝睇抒恨，鸾分鹤别，鹄怨鸿伤，吟清络纬，血洒杜鹃，斯月之昃而亏也。亦有时乎！华捻皆蟾光一片，可以继鸟翼之余辉。君建斧修七宝，直捧白玉盘托而出之，使骚坛上别有清凉国、影娥池。以视玉川子美影，柢可自怡悦，即韩生匏杓挹光，亦未能持赠人也。古有周先生者，取箸数百条，绳以驾之曰："我梯此取月。"俄而出月于怀，光照如昼，神通游戏，庶几似之矣。今试讽兰咳，而犹疑文章非女子所急，不烦秤量，将并瑶彩金波，重轮三珥，举投诸黑沫乡中而已乎？方见嗤于古之周先生而又乌可使今之周先生闻也。请以质当世之讽兰咳者。

武水盟弟支如增书于清旦阁

（支如增，字小白，嘉善县人，明崇祯三年副榜）

《女中七才子兰咳集》《女中七才子兰咳二集》简介

《女中七才子兰咳集》五卷，周之标编。收卷一冯小青《焚余草》；卷二王修微《未焚稿选》《远游篇选》；卷三王修微《闲草选》《期山草选》；卷四王纫荣《断乡集选》，附杜琼枝，附刘玄枝《宫词选》；卷五会稽女子《题壁诗》，附徐安生传、佘五娘诗。集后附《周君建鉴定古牌谱》二卷。有国家图书馆清刻本、国家图书馆出版社中华再造善本 2012 年版本、日本内阁文库清刻本。

《女中七才子兰咳二集》八卷，周之标编。收卷一吴绡《啸雪庵诗》；卷二浦暎渌《绣香吟草》，附周珊珊诗；卷三沈宛君《鹂吹集》；卷四沈宛君《鹂吹集》；卷五王文如《焚余草》《诗余》《东归记事》，附长女张文姝诗、次女张媚姝诗；卷六徐小敏《络纬吟》；卷七余尊玉《绮窗叠韵》，附余席人诗；卷八陆卿子《考槃诗》《玄芝集》。据《历代妇女著作考》《江苏艺文志》著录，是书有康熙间刻本，今未见。有上海图书馆藏清抄本八册、日本内阁文库清刻本八册。《女中七才子兰咳二集》，首有支如璔序，次为参订社友曹学佺、周亮工等 104 人姓名，再次为总目。

周之标简介

周之标，字君建，号梯月主人、宛瑜子、来虹阁主人。江苏长洲（今苏州）人，约生活于明末清初。杜信孚《全明分省分县刻书考》载其刻书四种。有人说其为女性刻书家。有人说其为男性。周之标编选：骈文选集《四六琯朗集》；文言小说选集《香螺厄》10 卷 129 篇；《残唐五代史演义传》八卷 60 回；《点校残唐五代史传叙》；戏曲、散曲集《吴歈萃雅》，戏曲、散曲集《新刻出像点板增订乐府珊瑚集》；《吴姬自媚》；《赛征歌集》，诗选集《女中七才子兰咳集》《女中七才子兰咳二集》；《周君建鉴定古牌谱》等。

《绮窗叠韵》简介

《绮窗叠韵》一卷。清余尊玉撰。余尊玉，生于明崇祯十三年（1640），卒年不详，字其人，福建古田县卓洋乡前洋村人，进士余文龙（起潜）孙女，崔世召子崔嶷子媳，疑即崔衍湄之妻。乾隆版《宁德县志》："崔衍湄，字星野，嶷子。少承家学，工吟咏，尝啸傲于其祖世召所建问月楼中，著述积成卷轴，以一衿，终年八十三。"余尊玉，清初诗人。其姊余珍玉，字席人，亦聪慧能文章、善诗画。《绮窗叠韵》，清初刊本，原刻一卷，共收 73 首诗，其姐余珍玉诗 49 首。周之标《女中七才子兰咳二集》第七卷为《绮窗叠韵》，共选诗 36 首，附其姐余珍玉诗十首。后有徐钟震所作的序言，黄永撰纪略。徐钟震，闽县（今福建福州）人，明清之际诸生。父徐陆，早卒。伯祖徐𤊹，倡导重振闽中风雅，有《幔亭集》；祖父徐燉，字兴公，晚明闽中诗坛领袖之一，有《鳌峰集》《笔精》等，后进学其诗者称"兴公诗派"，藏书富甲东南。钟震早有诗名，与其叔延寿称"二徐"，明亡后组织兰社，强调诗文出"新语"，"最忌者陈腐之气与夫掇拾之词"，闽中诗展现出新气象。钟震继承祖业管理徐氏藏书，校勘图书，作题跋，学界很少关注。其《徐器之集》《雪樵文集》《海疆世纪》诸书，亦罕见公私藏书目著录。（见陈庆元、刘国桢《徐钟震年谱》）黄永，字云孙，号艾庵，江苏武进人。顺治十二年（1655）进士，累官至刑部员外郎。以奏销案罢归。家居后发奋读书，至老不倦。工诗词，与同邑董以宁、邹抵漠、陈维格有"毗陵四子"之称。其词"不趋新斗险，整摄自余情致"（沈雄《古今词话》）。著有《黄云孙诗选》《溪南词》《艾庵存稿》《珊珊传》。

《绮窗叠韵》一卷，存于当代藏书家、妇女文献学家胡文楷《钞寄愁轩诗存草等七种》。生平传记见于乾隆版《古田县志·卷之七·烈女》、陈子奋《福建画人传》、俞剑华《中国美术家人名辞典》。梁章钜《闽川闺秀诗话》谓其"蕊含白种园中玉，英落黄铺径里钱"一联"清新可诵"。新编《古代妇女回文诗词集》收录其《关山月》《秋夜泛湖》《姐妹词》《采莲曲》《独酌》五首。明末王端淑《名媛诗纬初编》、当代施蛰存《名媛诗选·翠楼集附新集》也都选入余尊玉的诗作。

余文龙简介

余文龙，古田县杉洋余氏 25 世孙，其先祖迁居卓洋乡前洋村。文龙字起潜，万历辛丑（1601）进士，授湖南衡阳知县，改任江西饶州府浮梁县知县，升河间府同知，又任工部主事；万历四十六年（1618）任安徽芜湖关监督；天启元年（1621）任赣州知府兼摄兵备道，继而任工、户部郎中，授正四品中宪大夫。曹学佺（能始）为立传，董应举（崇相）志其墓。主编《赣州府志》20 卷，著有《史异编》17 卷、《大明天元玉历祥异图说》7 卷（卷首有宋仁宗御制原序，印发在朝臣中观览）。撰《史裔》25 卷，其长子余兆胤于万历四十六年（1618）刊刻行世。曾救济古田民饥；重修古田城墙，作《修城记》；重建学宫（曹学佺为作《重修学宫记》）等。有诗文创作传世。次子余兆昌，国子监太学生，育有二才女珍玉、尊玉。

七、陈瑸玉田诗集

陈瑸（1656—1718），字文焕，号眉川，海康县（今广东雷州市）人。康熙三十三年（1694），39岁，陈瑸中进士；三十九年（1700），45岁，授任古田知县。甫下车，即大书"正心诚意"扁于堂，声色不动。吏易之。一月后，摘发如神，始震慑丧魄。按籍厘剔，察知远都积逋，皆由册胥飞洒诡寄，额数浮滥所致。遂轻舆减从，往谕各认本户输纳，其浮额悉惟册胥是问。各村迎接，争先恐后，数十年锢弊一朝顿清。陈瑸生活俭朴，居官自奉极薄，草具蔬粝，日啖老姜少许，羡余所入，悉以归公，秋毫不染。尝言"官吏妄取一钱，即与百千万金无异"。从政20年，始终如一，人称"天下清官"。陈瑸治邑措施得当，迅速改变闽中最苦最难治县面貌。重诗文创作，为邑人李斌《借云楼诗集》作序，赞曰："李子诸古作，乃能驾晋魏而上之；五七言近体，工部典赡，清莲秀逸，且有兼美风雅之目，当推独步矣。"治古一年，著治古方略文件《古田县条陈八事》《条陈古田编审事宜十议》《古田县重修胜庙碑记》等文，作诗80首。因成绩卓著，四十年（1701），46岁，陈瑸调任台湾府台湾县知县、台湾厦门兵备道、福建巡抚；五十二年（1713），58岁，授中议大夫；五十四年（1715），60岁，奉旨兵部侍郎衔，都察院右副都御史，特授巡抚楚南、偏沅等处地方提督军务兼领粮饷，加三级；同年十二月初五日，调任福建巡抚，翌年二月初五日到任；五十六年（1717），62岁，二月，兼摄闽浙总督、兵部尚书衔、督察院右都御史、覃恩诰授光禄大夫；五十七年（1718），63岁，病逝于任上，追授礼部尚书，赐谥清端；五十九年（1720），入祀名宦。

宿石花阁　自注：古田水口

逢迎有故事，虽我亦犹人。向晚方投宿，询师听夙因。风来幡不动，夜静意无尘。不觉东方晓，飘零何处身。

[解读]

这是陈瑸入古田界首站，也是历来官员入古之首站。丁宗洛《海康陈清端公诗集》在该诗首联后夹注曰："明·刘日旸《治古田县记》云：'古田距水口百里而遥。'故事：上公珥节过境上，令必奔候道左，计阅月视案牍，与问驺从，功略相等。"首联即言水口驿迎送旧事；我亦人，不能免俗，次联言投宿后急于打听古田县情。三联写风微夜静之景，或借"风来幡不动"典故，反其意而用之，喻不管外界如何变化，而自己心旌不为所动。据六祖惠能《坛经》："时有风吹幡动，一僧曰风动；一僧曰幡动，议论不已。惠能进曰：'非风动，非幡动，仁者心动。'"用"意无尘"暗喻自己心无杂念。惠能四句偈："菩提本无树，明镜亦非台。本来无一物，何处惹尘埃。"此乃注者、读者可引申、联想之处，未必是作者本意。尾联点"宿"之题，谓不觉东方已晓，感叹仕途伊始，此后飘零何处，身不由己也。

乡征北路　自注：令古田时

催科非得已，乍出北门来。古道羊肠曲，长桥雁齿堆。迹留神禹檋，势控越王台。烟火几家在，阴岚障未开。

[解读]

手抄本于此诗前有集名《古田下乡征粮五言六十首》。当时古田，"盖闽中最苦最难县也"，皆云"难治"。陈瑸甫下车，即大书"正心诚意"扁于堂，声色不动，吏易之，一月后，摘发如神，始震慑丧魄。他按籍厘剔，察知远都积逋，皆由册胥飞洒诡寄，额数浮滥所致。遂轻舆减从，亲自下乡，往谕各认本户输纳，其浮额悉惟册胥是问。

北路指古田县治往北，今古田县凤埔乡、平湖镇、今屏南县全境。从陈瑸的诗中，可窥见北路行的具体线路，紫城→凤埔→平湖→长桥→寿山→路下→岭下→双溪→棠口→屏城→甘棠→熙岭→紫城。屏南于雍正十三年（1735）从古田县析出，立县。陈瑸于康熙庚辰（1700）任古田令。　北门：古田县治北面城门，即望阙门。　长桥雁齿：在河心铺成一排整齐如齿的步矴石，供人过河，俗称潮矴。　长桥：以铺得很多的潮矴石代桥。　雁齿：雁行和牙齿，比喻排列整齐的步矴石。　神禹：大禹。橇：古代在泥地上行走所乘之具。《史记》："陆行乘车，水行乘船，泥行乘橇。"橇可滑行。　越王台：古代闽越族依山临水建的城楼。福州有越王台。这是借越王台形容这一带地势险峻。

首联言催征乃县官主要职责，是迫不得已之事，刚刚从北门出来。中二联写羊肠古道曲折难行，过河要踩着排列于水中的石头"长桥"，路上还留着大禹时代橇车泥路滑行的痕迹，路两边山势险峻。末联言阴岚未开，遮蔽了乡村，只见到几家烟火。这一带十分荒凉偏僻，展示征收之路的艰辛。

次福全

民间厅事隘，下榻地无余。土湿蚊声聚，窗低日影疏。不眠知夜永，虑事及更初。且喜孤灯伴，分明照簿书。

[解读]

福全，今古田县凤埔乡福全村。首联写旅次福全村，民宅堂屋狭窄，下榻之处更无余地。颔联写"土湿蚊声聚，窗低日影疏"，显示乡村之贫穷，环境简陋，狭窄、潮湿、阴暗，白天尚且蚊虫成群，那夜晚将更嚣张了。也显示下乡催征之艰难。颈联写在此条件下，因思征粮之事，几乎一夜无眠。孤灯相伴，本已凄凉，著一"喜"字，表明他的心情，喜什么？灯光能分明照见带来的征收文书簿册，可见他完全沉浸在工作之中。

早行十八都，地方父老出迎

晓来冲雾露，步步陟崔嵬。莫惮风尘苦，都因赋税来。欢声腾草莽，野味出蒿莱。父老前相劝，陶然尽一杯。

[解读]

十八都，今古田县平湖镇一带。陈瑸治邑，严惩欺诈百姓的猾吏蠹虫，依田征赋，整治乱象，改变有人有田不缴税、有人无田偏加税、大多数人纳税多于应缴数的状况，从而减轻了农民的负担，因此深受欢迎。前四句叙写山高雾重，步步难行，为了征收赋税，不畏路途艰苦。后四句描述当地民众热情迎接他的情景。

旧镇楼观

历遍崎岖境，峰回路且悠。烟开平野阔，滩震大溪流。远景看明灭，浮云任去留。追呼忙不已，乘兴一登楼。

[解读]

旧镇，今古田县凤埔乡旧镇村，亦称古镇村，与建瓯、屏南比邻，海拔千余米，旧时村中有道宫观。大溪流，指旧镇村边的五源溪。前六句描写一路美丽风光。尾联可解为山高路陡，行者前呼后追，乘兴登上楼观；亦可解为虽追呼逃赋者忙个不停，但还是乘兴登上楼观以欣赏周围风光。这说明陈瑸对自然山水的喜爱。

晴

昨宵犹戴雨，今日忽天青。霁景开新锦，秋光散翠屏。天边闻去雁，树底见飞蜓。流水弹新调，还堪细细听。

[解读]

描写雨后初霁的美丽景色。诉诸视觉、听觉，充满诗情画意。

比　较

吏呼宁遽怒，尔乃似轻生。皮骨凭敲扑，钱粮累考成。普天丁口赋，薄海子民情。妄意朝廷上，斯时议缓征。

[解读]

所谓"比较"，是一种催税方法，此法规定，三日为一比，五日为一较，到期不能完成，须受责罚，然后再限日完税。本诗剖析"比较"的残民本质。首联直斥差役突然发怒，此乃轻视老百姓的生命！次联写役吏"敲扑"百姓皮骨，因为不及时、不如数缴纳钱粮，会影响官吏政绩考核的等级。点破暴力催征之要害所在。三联指出，普天下的丁口赋（百姓岁输身丁钱米，属额外税赋），范围广至海滨，涉及众多子民的感情。末联臆测朝廷此时或许正在讨论缓期征收赋税呢，委婉表达希望朝廷减轻百姓负担的愿望。这实际上是在为民请命。

早起看山

何须扶杖觅，对面尽青山。晓雾浮如画，轻烟淡欲删。虬松风谡谡，修竹景斑斑。趁此清晨景，凌云一往还。

[解读]

写早起看山情景。普通的青山，对面尽有，何须扶杖寻觅，首联极言青山之多之广，而不在意于是否登临名山。次联描写青山之远景：晓雾浮动，远山如画图之美，轻烟渐渐消散，淡到若有若无。集中描写清晨雾景、轻烟欲删的美景。三联描写近景：写虬松，着意于松风"谡谡"响动；状修竹，着意于其形象斑斑可见。尾联表示"趁此清晨景，凌云一往还"的登山意愿与兴致。

晒　谷

人生苦谷贵，谷贱亦农伤。不必夸珠玉，何如惜稻粱。湿因沾苦雨，暴好藉秋阳。尚有秕穅杂，殷勤为簸扬。

［解读］

此诗体现了陈璸的农本思想。谷贵民苦，谷贱伤农，在这一对矛盾中，陈璸虽未明言，但更重视谷贱伤农问题。在珠玉、稻粱孰为贵的对比中，陈璸显然以稻粱为重。诗以议论开篇，这些议论皆由目睹晒谷所引发。后四句描写晒谷情景，谷场"湿因沾苦雨"，曝晒好藉此秋阳。尚有秕穅杂物，农民门都殷勤地簸扬去除。悯农之情蕴藏于字里行间。

长　夜

长夜何时旦，凄然不觉悲。交游传死别，家室忆生离。薄宦风尘老，浮名岁月羁。东方瞻既白，又欲赋驰驱。

［解读］

写长夜无寐，思念朋友、家人，不觉凄然、悲伤。感慨岁月催老薄宦生涯，仕途浮名羁绊自由天性，正不知如何处之。仰看东方既白，又要开始一日之驱驰奔忙了。触及人性软处，曲尽内心隐秘，毫不掩饰，不故作豪语，显示诗人本色、赤子之心。

山　行

修途从旧镇，曲折入山阿。断道缘溪涧，危巢挂薜萝。探幽穷奥峭，陟险极嵯峨。时有留题字，残碑尚未磨。

［解读］

描写催征山行之艰难。路途修长、溪涧断道、薜萝挂危巢，随时有掉下之风险。探幽，穷尽幽深之山岭；涉险，登攀嵯峨之峻峰。时见残碑上尚未磨灭的古人留题文字，此乃山行难得之雅趣也。

次黄柏村

稍见溪山秀，又经黄柏村。人多离乱苦，家少稻粱存。虎啸摧林木，猿啼断客魂。十年生聚后，应别有乾坤。

［解读］

黄柏村，陈瑸令古时属古田县，屏南建县后属该县黛溪镇，今属宁德市蕉城区虎贝乡。清雍正十二年（1734），从古田县析出横溪里二十都，移风里二十二都、二十三都、二十四都、二十五都，新俗里二十六都、二十七都、二十八都、二十九都、三十一都、三十二都、三十三都、三十四都，设立屏南县。陈瑸一路而行，稍见溪山秀色，不料经过黄柏村，只见一片惨状："人多离乱苦，家少稻粱存。"虎啸横行、摧毁林木，猿啼悲音、断客之魂。人祸耶，天灾耶？诗人痛定思痛，希望经过十年生聚，此村当别有乾坤，另有一番局面吧。表现了这位县官的良好愿望，闪耀着人文关怀之光芒。

溪 石

　　山溪零乱石，奇诡状难名。溯湃水归壑，隐竑雷发声。盘根多古干，倒影暎繁英。谁措神功手，危桥一道横。

[解读]

　　抓住溪石特点，予以生动描绘。零乱分布于山溪的石头，形状奇诡，难以言说。由于溪水与石头相互撞击，水流声势浩大，发出如雷般的回声，宏大而沉著。诗先从溪石分布与形状入手，次状写其声音，再描摹其山溪两岸树木、鲜花：树木盘根多古干，繁花倒影映在水中。最后写跨越山溪两岸的木桥，那是谁的神功之手搭建？从此诗可看出，这位治邑贤臣，还是丹青高手。

奖赏粮户

　　惟正有常供，原须早急公。耕田思帝力，好义慕淳风。抚字心方苦，褒嘉道可通。莫轻三尺布，已照万山红。

[解读]

　　此诗写奖赏按时足量缴纳粮税的农户。首联言正税是正常缴纳的"常供"，原须急公家之所急。次联谓耕田要思及帝王的威力，纳税乃农民的义务；急公好义，追慕淳厚的民风。三联写自己苦心孤诣，安抚体恤百姓，采用表彰奖励这方法行得通。尾联指出，不要轻视三尺布制成的锦旗，其影响巨大，已照耀得万山红遍。在陈璸看来，征赋，既要惩罚制造虚假数据，从中牟利的胥吏，追缴逋户，又要宣传政策，鼓励农户踊跃交粮。这是他获得成功的软硬两手。封建社会的地方官员，能够这样做，就表示他对百姓存有爱抚之心了。

水　碓

　　造化真消息，人间苦不知。川流凭峻急，运用极神奇。精凿求斯得，春揄孰告疲。自然敷美利，妇子乐恬熙。

[解读]

　　本诗选取古田农村常见的水碓予以吟咏。诗人赞叹造化真奇妙，惋惜人间苦于不知之。此乃总写。接着切入水碓主题，指明水碓利用川流峻急，以水力推动磨盘转动，来春米、磨面，这运用自然界的原理真是太神奇了。这是在肯定、赞美古代劳动生产工具的发明创造。那么精准地春捣，在此能得精细白晰的大米，或捣米于臼，或取出已春之米，谁也不诉说劳累。这是自然所给予的美利，免除了用手提棒槌，费力春米的劳作，妻与子显得多么安乐闲适！这首咏物诗发掘、赞颂了水碓精神，今天仍有发扬光大的意义。

蜜　蜂

　　是谁贪蜜口，累尔满山飞。林下花将尽，窝中蜡已肥。未甘依野树，辛苦趁晴晖。为笃君臣谊，相酬气力微。

[解读]

　　此诗咏蜜蜂，颇有新意。有别于唐·罗隐"为谁辛苦为谁甜"之慨叹，另辟蹊径，赞颂蜜蜂的辛勤劳作、无私奉献精神。

蜜蜂"累尔满山飞",尽管"林下花将尽,窝中蜡已肥",仍然"依野树","辛苦趁晴晖",不停地采花酿蜜。为忠于君臣之谊,报答君王(蜂王),臣子(工蜂)气力微弱,但会勤奋地工作。这里巧妙地运用工蜂与蜂王的关系来比喻君臣之义,表达对朝廷的忠诚。

半岭居民

东南患人满,半岭亦居人。斗室崇香火,丛山作比邻。禾麻随处有,天日举头亲。究似惊鸿集,伤哉念尔民。

[解读]

催征来到半岭村。半岭村,今属屏南县双溪镇郑山行政村所辖之自然村,当时属古田县。穷苦百姓为了生存,在峻岭危崖上辟地为田,结屋而居。半岭居人,斗室也重视供奉香火,亦即重视传宗接代。房屋建在山崖边,与丛山比邻,梯田上随处种了些水稻、苎麻,举头即能亲近天日。但归根结底,半岭居民就像惊鸿一样集聚于此。面对此情此景,诗人忍不住呼喊:伤心啊,你们这些老百姓!诗人虽然同情半岭居民,但作为县官,仍要向他们征粮。这种无奈令其内心痛苦。

柏原八景

春暖龙翻浪,风高虎啸秋。黄鹂鸣柳岸,晚照上村楼。南极松方茂,东洋稼未收。石门时远眺,香雪满梅洲。

［解读］

一句一景，八句诗概括八景之特色，可谓凝炼矣。八景分别为：春暖柏源溪水欢；秋高风急如虎啸；两岸黄鹂鸣翠柳；村楼晚照金灿灿；村南松柏森森；东边田野庄稼长势喜人；石门乃远眺佳处；梅香沁满沙洲。八景之间不存在逻辑联系，似随诗人参观顺序，移步换形。

劝 垦

敷土遂分田，深山穷谷边。成同虽顿改，疆理尚依然。相宅农为本，谋生食是天。来春气候早，务去草芊芊。

［解读］

此诗劝农垦荒，乃垦荒宣传词。垦荒是扩大耕地面积，农民增粮、政府增税，是利国利民、安定社会的有力措施，许多能吏乐于施行。陈瑸也不例外。到那深山穷谷边去垦荒吧，垦完荒就可分得田地。旧例虽然顿时改变，但划分田界，经营土地依然要实行。国以农为本，民以食为天。来春气候早，务必锄尽丛生的野草，以便播种、插秧……体现了陈瑸的民本重农思想，改善民生、重视粮食生产的理念。

风 寒

才值霜初降，惊飙倍觉寒。推移应气肃，寂寞苦衣单。境僻炊烟少，山深木叶乾。肩舆朝出谷，回首发长叹。

[解读]

首二句言霜降节气刚到，便惊风扑面，倍觉寒冷。三、四句言时序变化，寒气肃杀，村民苦于衣衫单薄，无处求助。五、六句言村子僻远、人烟稀少、山高林深、木叶枯黄，人气与环境都很差。末二句言自己坐着轿子就要离村出谷了，回首凝望这村子，不禁发出长长的叹息。透过这首悯农诗的字里行间，可以感觉到这位有良知、尊儒学的官吏无力改变现实的内心隐痛。

岭　头

沿路询民俗，峰腰数十家。楼居分上下，树石乱横斜。学纵无诗礼，人还不诈夸。春来多雨露，及早蓺桑麻。

[解读]

岭头，今属屏南县路下乡。陈嫔沿路询问民风民俗。这是他深入乡村的必备功课。他还一路仔细观察村容村貌，只见半山腰有数十户人家，因地势高低不平，房屋分上下两层，错落而建，树木石头横斜杂乱。可见这是个相对落后的村子。进行人文建设方面的调查是陈嫔乡村调查的重要内容。他发现，当地的儒家礼教并不普及、深化，百姓不大懂礼教之道，但即便如此，人们还不虚伪欺诈，仍保持着纯朴的传统品德。当务之急是春来多雨露，应及早种植农作物。这是陈嫔对村民的一个提醒。

岭头苦寒

冰霜曾久历，此日岭头行。昼晦云全黑，天阴风愈横。酒沽村酿薄，衣忆敝裘轻。哀此号寒辈，能无一怆情。

[解读]

此诗继续写岭头村。聚焦于苦寒主题。角度独特，并不直接
展现村民如何在严寒中挣扎，而从自身的感受来描写严寒，选取
两个细节从侧面表现陷于贫寒困苦中的乡村景象：（1）沽酒御
寒，而村酿酒薄，难以御寒；（2）身上衣服无法抵挡逼人的寒
气，令人想起宽大的皮袄是多么温暖而轻便。官员尚且如此，村
民的处境可以想见。在封建社会，处于最底层的村民根本没有话
语权，他们是沉默的群体，诗人哀怜苦于严寒的村民，大声疾
呼：为饥寒而痛哭呼叫的人们，难道你们不悲怆忧伤吗？从而抒
发强烈的人道主义情怀。

刈　禾

终岁备辛苦，始成收积功。腰镰趋露野，耞板答霜风。击鼓
吹豳雅，携樽赛社公。豚蹄更奢愿，岁岁祝年丰。

[解读]

描写乡村割稻、敬神情景。首联谓一年到头，辛苦备尝，这
才换来稻谷收成。颔联叙写割稻打谷场景：腰插镰刀，走向田野
割稻；打谷脱粒，耞板回应霜风的响声。颈联描绘庆祝丰收的活
动：击打社庙的鼓，吹奏豳国的雅乐，献上美酒，祭祀土地神。
尾联希冀吃上猪蹄，满足这一奢望，祝愿年年庆祝丰收。展现了
陈琠期盼农民岁岁丰登、丰衣足食的美好愿景。豳雅，原指《诗·
豳风·七月》，后亦泛指农事之歌。

兑　粮

国赋丝毫重，耕夫作息难。夏畦千点汗，泪眼几重澜。折兑非因吏，均平莫畏官。一闻敲法马，不觉寸心酸。

[解读]

兑粮，折兑，指以粮换银，是衙门征粮的最后关卡。诗一开始，就把这位县官推上两难境地，一方面，国家征收赋税，以粮换银，一丝一毫都重要，不能含糊，不能减少。这是职责所在。另一方面，农夫长年劳作，何等艰辛，不能在这一最后关口再受损害。这是情感倾向。接着，情感的天平倾向于农民，指出农民在夏日的田亩上，滴下千点汗水，泪珠涌出眼眶，多如几重波澜。深深同情农民的痛苦。因此，陈璜提示农民，折兑，并非官吏的个人之事，一定要公事公办，坚持公平合理，杜绝作弊，不要害怕那些官员。最后，表达诗人的心情：一听到天平秤敲响砝码的声音，内心不觉充满辛酸。这位贤令不易在职责与情感上获得平衡。

晚　坐

岁暮为征粮，忧劳此一方。远山衔夕照，木叶落清霜。物感纷相扰，天君淡若忘。战兢时凛凛，闲坐自思量。

[解读]

"岁暮为征粮"，又忧又劳，在此山之一方。开篇做年终总结。次联展开对周围景物的描写，远景为山衔落日，近景为树木的叶子上落满清霜。此乃山村常见景色，但在诗人笔下，被勾画得十分美丽。三联言外物与感受纷乱相扰。要完成连年积欠的粮赋，无异乎从农户口中夺食，内心的痛苦感受原本强烈，现渐趋平淡，似乎忘却。诗中的"天君"，指心，古人称心为天君。末联表示：自己征粮，战战兢兢，态度严肃。空山闲坐，独自思考这近一年的工作。

闻　鸡

世事纷无定，鸡鸣却有常。一声传地籁，午夜辟天荒。物象分昏晓，人心判圣狂。存诚危坐久，红日上扶桑。

［解读］

古有闻鸡起舞，而今陈瑸闻鸡，心事浩茫。"世事纷无定，鸡鸣却有常"，这是自然现象、客观存在。但一声从大地传来的声响，破天荒在午夜发出。这引起诗人思索：物象有昏、晓的区分，人心的圣洁与痴狂，判若泾渭。人不能反复无常，而应秉持诚信。诗人正襟危坐，久久沉思，不觉日已上扶桑。这是首议论诗，谈的是自然规律、人生哲理。由此诗，可看出陈瑸善于思考、探索。

树皮屋

山谷稀陶瓦，民居半树皮。一家同偃息，终岁此栖迟。已苦炎威逼，还随积雪欹。茅檐人未解，宁复问祁庱。

［解读］

康熙年间，盛世初现，但山区农村，贫穷仍相当普遍。本诗从乡村住屋的视角切入这一主题。首联概述山谷陶瓦稀少，民居大半是树皮屋。二、三联描写树皮屋的弊端：一家人共同在此睡卧歇息，整年如此，拥挤不堪。夏天，太阳暴晒，炎热苦逼；冬天，积雪压在屋顶树皮上，屋子倾斜欲倒。诗人慨叹：住在茅屋里的人不懂得，以传说中的大兽祁虺命名的宫殿有什么好处。从而揭示贫富悬殊、大宫殿与树皮屋尖锐对立的社会现实的不合理。

次路下

层峦方耸翠，路下忽平洋。修竹疏成列，虬松老更苍。烟横新屋宇，泉汇小池塘。兵燹经过久，居民渐炽昌。

[解读]

路下，今屏南县路下乡路下村，当时属古田县。首二句交代路途走向：刚离开耸翠的层峦，忽步入平洋上的路下村，其间暗含几分惊喜。中四句写路下村风光，修竹、苍松、新屋、泉池，景色秀丽，有活力，有生气。这给了诗人新的希望：经过兵燹，时间久了，居民会逐渐增多、昌盛吧。良好祝愿，拳拳之心，善哉斯人！

田 庐

中田旧有庐，疆场蓺瓜壶。蚕织凭中妇，牛耕仰壮夫。世能忘理乱，数未识荣枯。幸值康年屡，豳风可绘图。

［解读］

先展示瓜葫满篱、妇织男耕的农家乐。由此生发人生感悟：治乱可忘，命数未知。转而表达美好祝愿：有幸碰上多年的丰收、安康，可在豳风雅韵的基础上，绘制更美好的画图！陈瑛善以未来、希望鼓舞村民。透露其内心世界的宽厚、仁爱。

陈天彝文学以试艺请正，兼惠食品，收闽姜一种，奉谢

玉田钟秀气，心折二三人。之子林中柏，斯文席上珍。剑锋须再励，姜味不嫌辛。赏识风尘外，还期杏苑春。

［解读］

陈天彝，古田县儒生，颇通儒家经典，陈瑛尊称其为"文学"，他以科举应试的文章向陈瑛请教，兼赠食品，陈瑛仅收其本地产的生姜一件。这一诗题透露两个信息：（1）陈瑛礼贤下士，尊重诸生；（2）陈瑛清廉，不妄收礼物，"天下第一清官"的美誉从古田起步。诗从"玉田钟秀气"，自己内心折服二三人开篇，称赞这个陈天彝就像树林里的高大松柏，他的文章是席上的珍品，但宛若剑锋须再磨砺一样，还要进一步锻炼、提高，又像姜味不嫌辛那样，姜是"老"的辣。表示赏识他于风尘之外的表现，还期待他在科考场上取胜，结穴于杏苑争春夺魁，这是有力的鼓励与鞭策。

路下苦寒

晴明凡几日，细雨又溟濛。村落迷昏雾，平林吼朔风。送薪怜野叟，拥袖宛衰翁。官事今朝少，围炉拨火红。

[**解读**]

前四句写路下苦寒情景：晴明仅数日，却又细雨溟濛，村落笼罩昏雾，平林怒吼朔风。后四句写作者送薪野叟，围炉烤火。一个官员，能在苦寒时给村中老人送去木柴，没有官威架势，与他一起围炉烤火，这场景十分感人。应当说，陈瑸有超越一般县令之处。

立社学

烟火遥相接，偏遗社学规。英髦谁鼓舞，性道罔闻知。弦诵宜庠塾，陶镕待友师。当今文治盛，振作不须时。

[**解读**]

本篇咏社学，表明陈瑸对办学校、行教化的重视。首联写住户炊烟遥相连接，却偏偏遗漏举办社学的制度，可以想见，陈瑸心里有多焦急。社学的重要性在哪里？优秀杰出的人靠社学培养；不办社学，修身养性、格物致知这一套，童叟村民便一无所知。颔联从正反两方面阐述办社学的意义。颈联则强调，弦歌、诵读适于在村学、私塾里进行，陶冶、熔炼品性有待良师益友的扶持。尾联相信，当今是文治昌盛的年代，复办、振作社学不会等待太长时间。

招逃户

普天皆乐土，何事复逋逃？破屋蒙尘埃，腴田长蓼蒿。催科甘政拙，抚字独心劳。跋涉川岩径，哀声为疾号。

［解读］

招回逃税的农户是完成征收的重要举措。诗首先发问"普天皆乐土",为什么要逃亡?次联描写逋户的惨状、逃亡的危害:"破屋蒙尘埃,腴田长蓼蒿。"三联表白自己催科的原则:宁可考核不合格,催科不紧逼、不强征;安抚体恤百姓,宁愿独自劳身劳心。最后写自己跋涉在溪河岩壑山径征税,痛心疾首,大声呼唤:回来吧,逃户!

勘荒田

不须夸拓土,触目尽荒田。兵火时方靖,疮痍病未痊。几重皆茂草,数里乏人烟。安得哀鸿集,深耕乐有年。

［解读］

写勘查荒田,目睹惨状。首二句直言,不须夸耀开荒拓土的功绩,因为触目所至已然尽是荒田,极言荒芜土地之广。三、四句揭示造成大片荒田的原因:兵火刚刚平息,战乱疮痍尚未痊愈。五、六句继续叙写:不仅田荒了,而且造成田野杂草丛生、乡村人烟稀少。末二句发出浩叹:怎么能够把那些流离失所的逃亡灾民集聚回来,大家深耕田地,庆祝丰年。

发路下

冲风兼冒雨,所急是催征。为念民财困,安求正赋增?岭云来阵阵,林雾蔽层层。况瘁无愆职,犹虞尚未能。

［解读］

诗的大意为：冲风冒雨，所急目标只有一个——催征。为考
虑纾解民财困境，我怎么会要求增加农民的赋税？穿岭云、拨林
雾，历尽辛劳。自己劳累，并未失职，还有未尽事宜令人忧虑。
可见，催征让这位父母官身心疲惫、痛苦无奈。

过上楼

民家三五聚，雨至掩柴扉。竹烧炊烟密，风扶木叶飞。田畴
皆接壤，耕凿可忘机。顶礼迎官府，深情未忍违。

［解读］

上楼，今屏南县岭下乡上楼村，当时属古田县。描写经过上
楼村所见村貌与民风。村民三五家合聚一处，下雨了，才关上简
陋的木制门与窗。可见此村没有望族，未见聚族而居的大厝，但
民风淳朴，平时不闭户牖。以竹为柴煮饭烧菜，炊烟颇密，"风
扶木叶飞"，可见周围山上有很多竹林，村子住户较密集，不稀
疏，特色鲜明。田畴接壤，连成一片，村民专心耕种，忘却机缘
争斗，淡泊平生。这是田园、民俗特点。对于前来催征的县官顶
礼相迎，热情接待，可见其守法知礼。这种深情深深感动了陈
滨，以至于不忍心与他们告别。

至东峰爇火燎衣

衣衫飘尽湿，觅路入东峰。冒雨臧文仲，催科杨亢宗。沾濡
怜县令，薪火问村农。不谓深山里，风霜早入冬。

［解读］

陈瑸一行遇雨，衣衫尽湿，寻路奔入东峰。东峰，在今屏南县岭下乡。在记述行程遭际之后，陈瑸以历史人物臧文仲、杨亢宗自比。臧文仲，春秋时期鲁国大夫，此人克尽职守，博学广知，不拘常礼。杨亢宗，应为阳亢宗，名阳成，唐德宗时任道州刺史，因赋税未能及时完征，自关禁闭于狱中，使前来督办的上级官员只好离去。这是在表示要以这两位历史人物为榜样。"沾濡怜县令，薪火问村农"写官民之间的相互关切之情。村民怜惜衣服被雨水淋湿的县令，烧起柴片让其烤火；边烤火，陈瑸边与村民攀谈，不小心，火把官服烧焦了，这就是陈瑸"爇火燎衣"的动人故事。诗以"不谓深山里，风霜早入冬"作结，交代深山早入冬的时令特征。让官民相亲烤火的感情热度降温，达到高潮的抒情趋于平缓，归于平淡，说明陈瑸驾驭抒情艺术的尺度分寸相当得体。

霜

蓐收司令久，匝地下严霜。林外枫初绛，篱边菊正黄。天心无厚薄，弱卉自凋伤。破晓经过处，长桥迹渺茫。

［解读］

通过咏霜，表达"弱卉自凋伤"的人生哲理。诗从天神长久发号施令，满地连降严霜起笔，然后展开对霜中枫、菊的描写，它们都是植物界的强者，严霜使得枫叶初现红色，篱边菊花正开放得金黄灿烂。诗不写某些花草弱不经霜，纷纷凋谢，节省了笔墨，体现"诗贵凝练"的诗学原理。在此基础上，直接揭示一个人生哲理："天心无厚薄，弱卉自凋伤。"此是自勉，亦为诲人。上天对自然与社会是公平的，能否生存、发展，关键在于你自身。这是全诗的关键词，是全诗抒情议论的"高潮"。陈瑸的写法是高潮过后，说两句"闲话"：清晨经过之处，长桥的足迹被浓霜掩盖，已经模糊不清了。抒情转向，这可让读者冷静下来，更多地去回味诗的"关键词"。

过古竹口

已经古竹口，日上未三竿。霁旭初敷暖，酸风尚苦寒。儿童驰竹马，父老进盘餐。共道安居久，今朝始见官。

［解读］

古竹口，今屏南县岭下乡富竹村。写日未上三竿，"已经古竹口"，雨后初霁，暖意虽已散播，酸风尚苦寒。这是自然环境。而人际关系、官民关系却暖意足足：儿童骑着竹马奔走相告，父老进献盘餐；村民齐说安居久，"今朝始见官"。陈瑸勾画这幅官民同乐图，是在彰显自己的爱民之心已见成果，也是在宣扬他的社会理想。

犁洋父老拥留早宿，诗以示之

黄发犁洋叟，攀辕拥道周。茅檐安竹榻，朋酒进新篘。古意存民俗，淳风洽远陬。岂知缘赋役，星火急难留。

［解读］

犁洋，即梨洋，今屏南县熙岭乡梨洋村。写作者催征经过梨洋，黄发老翁拥在路边，拉住车辕，要这位县官留下来住一晚。进了两杯新酿的酒，说茅屋里已安放好竹床了。这使得县官十分感动，认为这村子古代的传统还保存在民俗中，真是淳朴的古风民俗融进了偏远的地方。村民哪里知道，因为征税任务繁重，县官星火般急，一刻也难留下。造成官民和谐的原因，除了古俗民风外，或与陈瑸一路征收，爱民举动已传播到此处有关吧？

谢教坑

环山耸峭壁，数十户人烟。向背阴阳宅，高低早晚田。谋生勤世业，理性学安弦。愿尔山乡里，长游化日天。

[解读]

谢教坑，今屏南县岭下乡谢坑村，为屏南开县第一村，至今仍有三个古城门。诗勾勒谢教坑村自然环境与人文氛围的特点：数十户人家，村子不算大，环山耸峭壁，是典型的山区；房屋都坐北朝南，田地都是高高低低的梯田，种早稻与晚稻；村民谋生，勤于相传世代的农耕事业，明理养性，乐于读书，属传统的耕读之村。诗人祝愿山乡里长期保留安居乐业的太平日子。从中或可窥见陈瑸建立、发展耕读传家乡村的理想模式。

岭 下

甫出深坑底，还从岭下来。薄田连岩确，野屋溷尘埃。无以资生理，何能植美材？堪怜凋敝甚，搔首数徘徊。

[解读]

岭下，今屏南县岭下乡岭下村。此诗展现的情景与《谢教坑》截然相反。首联写行程：从深坑底出来，又到岭下村来。次联写岭下村薄田连着嶙峋的乱石，野屋与尘埃相混杂，自然环境十分恶劣。三联感慨无以提供生计，怎能培育出后代的优秀人才？末联表现堪怜此村凋敝已甚的内心情感与搔首数徘徊的外在形象。这位贤令面对贫穷落后的乡村恐亦无能为力！

不　寐

事当难了处，终夜拥孤衾。独寤时无语，殷忧每在心。民劳财已竭，赋急法难禁。古有医疮喻，悲凉尚至今。

[解读]

此诗刻画终夜无寐、忧心忡忡的贤令形象。不寐原因何在？遇到了难以了断的难题。什么难题？百姓一方是"民劳财已竭"，官府一方是"赋急法难禁"。这就触及统治阶级与广大人民不可调和矛盾对立问题。历代解决这一矛盾的办法都是剜肉医疮，治标不治本。陈瓆用形象贴切的比喻揭示这一千古难题及其危害。他因此产生无限的悲凉感。

追呼不应

徒自追呼急，村庄已半墟。周身无短褐，启口但长歔。户绝丁还在，田荒税未除。空惭民牧寄，掣肘复何如。

［解读］

本诗暴露在繁重赋税压迫下，村庄荒废、农民逃亡、身心饱受摧残，追呼其回归、大多徒劳落空的现实，揭露造成这种惨状的根本原因：整个家都毁了，但人丁还在册，还须纳税；田地都荒芜了，但税收未免除。此系污吏劣绅狼狈为奸、弄虚作假、从中牟利所致。陈瑸无力从根本上改变这种状况，感到惭愧，作为地方官，他觉得辜负了百姓的托付。知县的权力是有限的，而这有限的权力还会受到多方掣肘，那又能怎么样呢？

横坑百姓出迎

横坑三两户，僻处半山腰。闻说来官长，欣然出破窑。老持香一炷，幼负酒盈瓢。感尔殷勤意，停鞭忘路遥。

［解读］

横坑，今屏南县岭下乡横坑村。此诗描写僻处半山腰、只有三两户的横坑村民，听说来了官长，欣然走出破屋，盛情欢迎官长的场景，官长感动地说，感谢你们的殷勤之意，使我不觉停鞭止步，忘记了路程的遥远、旅途的劳累。

过青洋　自注：一名禹溪

禹迹何曾到，兹溪乃得名。俗人多附会，幽谷借光荣。流水鸣琴筑，山花映旆旌。道旁怜败屋，甑釜尽尘生。

［解读］

青洋，又名禹溪，即今屏南县双溪镇禹溪村。前四句议论禹溪村名的由来，认为禹迹何曾到，兹溪乃得名；此乃俗人多附会，却使得无名的幽谷获得荣耀。后四句描写禹溪流水鸣琴、山花映红的美丽风光，这与道旁败屋、甑釜生尘的败落景象形成鲜明对照。诗人对此深感痛惜。

大　石

目中稀见石，盘礴大龟形。吐沫随流水，飞烟蔽小亭。苔痕时绽绿，草脚定围青。蹲峙深山里，沧桑几度经。

[解读]

描写深山大石的雄伟景观。首联写稀见如此大石，其盘踞山涧，形如大龟，气势浩大。次联写流水从石缝中喷出，如龟吐口沫，水流飞溅，形成水雾，遮蔽了岸边的小亭。这是从大处着眼，渲染大石的阳刚之美。三联从细处落毫，勾画石上苔痕时时泛绿，草根紧相咬定，围成一片片青葱色。末联感叹大石蹲峙在这深山里，经历过几度沧桑变化！

行深山

未遂归山愿，胡为到此中。石形蹲伏虎，桥道跨长虹。树见千年木，人逢百岁翁。林幽泉响细，徙倚兴无穷。

[解读]

首联慨叹未能实现归隐山林的意愿，怎么就到此深山中来了呢！以下数句描写深山所见之景及人。石，以形如蹲伏之虎状之；桥，以跨越似长虹美之；树，以千年古木赞之；人，以难得逢到百岁翁寿之；林，以幽深、泉以声细绘之。景与人皆具有特色，画面明丽。最后一句表达自己留连徘徊，兴味无穷，流露出喜爱自然山水的天性。

夜到郑家山

催征文又下，言到郑家山。深谷宵驰马，柴扉夜扣关。慰情环老幼，问俗瘼痌瘝。检阅官书毕，灯红照鬓斑。

[解读]

郑家山，今屏南县双溪镇郑家山村，曾是茶盐古道所经之地。此诗写催征文下，星夜驰马深谷，赶到郑家山，扣关检验官书，灯红照见县官鬓发斑白。表现了县官对完成征税任务的积极、重视。"慰情环老幼，问俗瘼痌瘝"展示县官对百姓的关怀、顾念。他对乡人老幼致慰情、问民俗、关注其病痛疾苦。这是他的爱民之心，也是他"怀柔"的工作方法。

到郑家山，仅一日输粮全完，次日洒泪送别，诗以慰之

尔处深山久，前官莫尔怜。我来刚信宿，何尔遽相亲？鞭扑何尝用，输将若有神。不须流泪别，心念尔乡民。

[解读]

用呼告格，采取与郑家山及其村民对话的方式，倾诉温情暖意征收粮税的情景，通过前官与自己征粮不同方式的对比，突显自己与百姓之间的深厚感情。刚来两夜，为何立即亲近？何尝用过鞭子和棍子这些刑具？缴纳运送税粮似有神助，速度很快。不

须流泪告别，我心里会想念你们这些乡民的。

后　峭

恩膏原普被，宁限此山隈？谁作牛羊牧，而无鸿雁哀。庐居皆瓦砾，田亩半蒿莱。安抚须迟久，生机庶可回。

[解读]

后峭，今屏南县双溪镇后峭村。首联言皇恩浩荡，恩泽原是遍及各地的，难道到这山窝就被限制住了？次联言谁做百姓的管理者，而能不哀怜失群鸿雁般苦痛的百姓？这是陈瑸以此鼓励后峭村民要树立恢复生气的信心。颔联笔锋转至对后峭村严重灾难的描绘：房屋被毁，变成瓦砾，大半田亩长满野草，现状惨不忍睹。尾联指出：安顿抚慰、休养生息，需要长时间的努力，只要坚持，生机完全可以挽回。鸿雁哀，比喻哀伤苦痛、流离失所的百姓。《诗·小雅·鸿雁》："鸿雁于飞，哀鸣嗷嗷。"

双　溪

宛转随山曲，漪漪抱树流。清音同漱玉，澹影互澄秋。傍岸皆芳草，临溪有小楼。抗尘兼走俗，到此欲淹留。

[解读]

双溪，今屏南县双溪镇，雍正十三年（1735）后曾作为屏南县治。陈瑸离开北路乡，进入双溪镇，他被眼前的美景深深吸引：道路宛转，随山而曲，水波荡漾，抱树而流；水流击石，清音宛若漱玉；水流纤缓，如秋色一样澄净。景物的主体是双溪之水。刻画水波、水声、水影，双溪两岸之芳草、小楼。诗末感慨：一路催征，奔走尘世、劳碌俗事，"到此欲淹留"，真不想走了。"抗尘兼走俗"，典出南朝·齐·孔稚珪《北山移文》："焚芰制而裂荷衣，抗尘容而走俗状。"

雾

昏雾层层结，连朝拨不开。栾巴还蜀去，李广入吴来。豹隐踪难访，蛇游事可咍。征夫怀未及，前路屡疑猜。

[解读]

首联写大雾弥漫，连日不开。以自然界之雾来比喻人世、社会之迷蒙、昏暗、模糊不清。连用四个典故：其一，"栾巴还蜀去"，栾巴，东汉蜀都（四川）人，有道术，官居尚书。元旦朝廷赏臣子饮酒，栾巴含酒不吞，却向南方喷去。皇帝询其故，栾巴曰："我故乡成都失火，用酒化雨去灭火。"验之，果然。此典故说明要用有效方法解决问题。其二，"李广入吴来"，李广，西汉名将，称飞将军。在平定吴楚七国之乱时，在昌邑城下，夺叛军军旗，但接受梁王授予的将军印，此乃错误举动，故朝廷未予封赏。此典故说明不能迷失方向，否则后果严重。其三，"豹隐踪难访"，豹隐，《烈女传》卷二："南山有玄豹，雾雨七日而不下食，欲泽其毛而成文章也，故藏而远害。"后以豹隐比喻人爱惜其身，隐居伏处而有所不为。此典故说明，要有所为，有所不为，隐蔽自己，善于避祸。其四，"蛇游事可咍"，蛇游，《淮南子·说林训》："腾蛇游雾，而殆于卿蛆。"腾蛇虽有腾云驾雾的本领，但也败于卿蛆（即蜈蚣）。此典故说明，纵有高强本领，也会败于柔弱的对手而遭人讥笑。篇末表示，这些心思，离家远行的战士还来不及思虑，浓雾之中，前面的道路屡屡要多费猜疑，要以这些典故提醒、训诫自己，不致迷失方向，遭遇失败。

发双溪

又报追呼急，如何滞此乡。忧心同火热，宦况比冰凉。历块马蹄疾，迎风衣带扬。临歧重致嘱，来岁早输粮。

[解读]

首联谓又报催征急，怎可滞此乡，要从双溪出发了。点题开篇，交代发双溪的原因。二联将忧心与宦况作对比，尽管做官的情味冰凉，但自己的忧心同火般热切。为何忧心？忧催征之难，忧百姓之苦也。三联描写快马加鞭，赶往下一个目的地的情景。末联叙写与乡人告别，嘱咐他们明年要早缴纳税粮。

高峰积雪

高峰腾旭日，残雪未曾消。溜雨成陈迹，同云记昨宵。玉山形峻绝，琼岛路迢遥。平地融偏速，溶溶付早潮。

[解读]

同云，《诗·小雅·信南山》："上天同云，雨雪雰雰。"《朱熹集传》："同云，云一色也，将雪之候如此。"此诗描写高峰积雪、雪后初霁景色，属写景诗。首联写旭日腾升于高峰，而残雪未曾消融。可谓抓住高峰积雪、雪后初霁的特点。次联展开描写，溜雨凝为冰箸，已成陈迹；云团朵朵，记得昨夜已见此景，写出初霁的过程。三联描绘高峰积雪情景：以"玉山""琼岛"状形容大雪覆盖高峰十分壮美，高山险绝，道路迢遥，并无变化，仍为雪的世界。末联写平地之雪偏偏迅速融化，雪水溶溶流动，像早潮般涌动。平地之雪与高峰积雪形成鲜明对照。

次上漈头

傍山铺板屋，户外即田园。生理四时在，民风三古存。只因征赋急，始识县官尊。苦口来相劝，输粮莫掩门。

[解读]

上漈头，今屏南县棠口乡漈头村。此为劝征诗。前四句写上漈头房屋、田园、生计、民风。五、六句写"只因征赋急"，这里的村民才刚刚见到县官的尊颜、尊严。末二句写劝征："苦口来相劝，输粮莫掩门。"陈瑸诗大多明白如话，不事雕琢，朴素自然，老妪能解，与其为官一样，体现亲民风格。

次后垄溪

行行数十里，忽到后垄溪。野色平铺锦，斜阳倒映霓。牧童驱健犊，村妪唽雏鸡。胥役呼灯至，官文手自携。

[解读]

后垄溪，今屏南县屏城乡。霓：雾霭。唽：呼鸡声。描写到后垄溪催征情况。前六句写后垄溪景观，这是普通山村的风光图、生产图、生活图。末二句写夜里才到后垄溪，胥役呼灯至，自己手里则拿着官方的征粮文件。征收开始了。

追比顽户

秋成已十月，输纳未三分。凶歉何曾累，追呼置勿闻。天心
翻肆怒，吏议欲深文。料得蒲鞭意，难施鸟兽群。

[解读]

诗题的意思是，惩治抗税不缴的顽固户主，展现陈璞强硬的
一面。追比，官府限令征粮，不能如期者要打板子予以警惩。吏
议，司法官吏关于处分定罪的拟议。深文，严厉的条文。蒲鞭，
以蒲草为鞭，表示官府对欠税百姓刑罚宽仁。首联写欠税情况严
重："秋成已十月，输纳未三分。"颔联写顽户抗税态度恶劣：官
府对严重欠税者何曾拘拿捆绑，顽户对官府追呼，却置若罔闻。
颈联写朝廷肆怒，司法机构拟议以严厉条文处罚。尾联表示：
"料得蒲鞭意，难施鸟兽群。"以鸟兽群喻逃避赋税的顽户，主张
以强硬手段对付之。暴露出陈璞作为封建社会官员的本性，他忠
诚服务的只能是朝廷。

次下大悲

有屋妻孥在，无墙暴客侵。柴烟围破灶，竹榻拥孤衾。寥落
安能忍，忧伤忽不禁。此中谋保聚，还费十年心。

[解读]

下大悲，即今屏南县屏城乡大碑村，原名下大悲村。此诗前
四句写下大悲村的贫穷惨状：有屋无墙，妻孥在此，无奈，强盗
窃贼入侵，破灶竹榻，夜拥孤衾。后四句对其境遇深表同情：衰
败破落，我安能忍受，忧伤之情抑制不住。估计此中要谋安定团

聚，还得花费十年的苦心帮扶。

过枫溪见废桥有感

适从幽僻径，来到废桥边。岭尽重逢路，山开得见天。长虹当孔道，乱石阻平川。纵可乘舆济，临流亦慨然。

[解读]

枫溪，指今屏南县屏城乡上凤溪村。本诗借题咏废桥，抒写宦途与人生之感慨。北路乡征结束，走在回程途中，刚从幽僻的山径，来到枫溪残破衰败的木廊桥边。"岭尽重逢路，山开得见天"，顿有豁然开朗之感。但残破的木廊桥挡住了必经的通道关口，乱石阻挡了平缓的河流，纵然可以乘坐轿子过河，面对溪流也感慨系之。感慨什么，没有明言。让读者自去想象。

回　署

劳碌山乡里，匆匆一月余。宁辞案牍苦，稍觉市城疏。客舍真邮传，官衙即故居。解鞍才欲息，又报接文书。

[解读]

此诗写结束北路乡征，回到县署的感受：劳碌山乡，匆匆月余。宁可辞去案牍之苦，可回到城里，稍觉生疏了。客舍当作真的驿站，官衙就是故居。末二句说，解鞍才想要歇息，又报告接到新的文书，新的任务又来了。

曝　日

晓旭出檐头，门前喜气浮。分明平地坐，都似上高楼。

[解读]

此诗写晒太阳的喜悦心情与真切感受。分明平地坐，都似上高楼，感觉离太阳近了点。

邻园桃花

览遍春山物华，怎比西园桃花。分明短垣隔住，枝枝争向门斜。晨光绚出晴霞，胭脂染就娇娃。春色无分远近，邻家岂异吾家？

[解读]

县衙门隔壁有户人家，他庭院里艳丽的桃花枝条伸向陈瑸的住处。陈瑸感而作此诗。一、二句盛赞西园桃花。诗人览遍春山物华，觉得都比不上它。以夸张之笔创造西园桃花最美的氛围。三、四句写这不是自己西园，而是邻园的桃花，因为分明有短墙隔住，它枝枝争向门口倚斜。写出了桃花形态之美。五、六句继续描绘桃花在晨光下绚烂若霞，颜色靓丽，就像胭脂染就的娇娃。以物喻物，或以人拟物，把桃花的灿烂绚丽及诗人的喜爱赞叹之情表现得淋漓尽致。七、八句将邻园一处桃花的境界扩大到天下无边的春色，诗人感悟"春色无分远近，邻家岂异吾家"，暗寓对物物相连、人人沟通、共享美好大同的憧憬与追求。此诗为六言诗，于陈瑸诗集中少见。

翠屏朝雨 　自注：玉田八景

玉田深处最葱青，元武峰高似列屏。百里分封思邑宰，万家托命系生灵。及时莫负云霓望，凌晓休嗟草露零。抚景披图情独远，是心无刻不惺惺。

[解读]

玉田八景是宋邑令李堪首先发现、命名并赋诗吟咏的古田美景，历代吟咏不绝。现存《玉田八景》八首完整者，有宋知县李堪、明知县杨德周、清知县陈瑸、清知县辛竟可、明邑人丁逵、清邑教谕温廷选，此外还有多人零星诗作流传至今。

《清端公诗文集》（陈瑸撰、丁宗洛编注，道光六年沛上东署不负斋刻本）在此诗题下按曰："《福建通志》：山在县志北，其形若屏，邑主山也。南为醴醇山，甘泉出焉。又为仙亭山，元项道人炼丹于此。"元武，玄武，北方七星之总称。云霓望，《孟子·梁惠王下》："民望之，若大旱之望云霓也。"云霓：酿雨的云彩。惺惺，清醒貌。

首联点题中的"翠屏"，写翠屏山之翠绿、高峻、排列似屏，称它是古田深处最葱青之地，山高接天，似屏风般排列，概括翠屏山的形态特征。次联写古田县的历史由来，歌颂建县的首任县令刘疆，他交出百里之地，获得唐玄宗的分封，让万家百姓的生命有所维系与依托。三联点题中之"朝雨"，写逢时莫要辜负百姓对自己像大旱望云霓般的厚望，拂晓不要叹息草露零落，忘了上天所给予的恩泽。末联写面对景物，展阅图画，自己的情意十分深长，此心无时无刻不在提醒自己要清醒。此诗并未直接描写翠屏朝雨的风景，而是借题发挥，写景抒怀，表露自己当个不负众望之贤令的志向。

文峰夕照

光芒万丈耸文峰，预兆千年应鼓钟。夜贯绛河星斗丽，朝濡碧落露烟浓。初瞻秋月迎新桂，俄听春雷起蛰龙。无俟西山观倒影，几番策杖喜相从。

[**解读**]

《清端公诗文集》编者丁宗洛按："文笔峰本在县治之南，自雍正十二年（应为十四年）总督郝玉麟奏割古田双溪地，添设一县曰屏南，今其景属屏南县。"今是否属屏南县，待考。文峰状如笔锋，直指碧空。陈瑸此诗，将高插入云、似巨大毛笔般的山峰与光芒万丈之太阳相联系，而毛笔又跟礼乐文章相联系。当此三者结为一体时，那景象之美、寓意之深便显而易见。首联言文峰日照，预兆古邑千年"应鼓钟"，文运宏通。次联写文峰朝夕之壮观美丽，入夜，整个银河呈现红色，星斗灿烂；清晨，雾霭润湿了天空。三联写阳光下、文峰下的古田士子早折桂蟾宫，蛰龙起春雷。这是在祝愿古田文教昌盛，士子官运亨通。末联写不必等待观赏西山晴雪，自己已几番策杖相从，去看"文峰夕照"了，表达了对文峰夕照美景的喜爱之情。

玉滩夜月

一水潆洄势屈盘，微波激宕影团圞。山深何处钟声响，月照常留玉色寒。巢父避喧甘洗耳，子陵把钓笑弹冠。好看夜静云飞送，万斛流澌下急滩。

［**解读**］

古田剑溪有潭名鸣玉潭（滩）。潭水流击石，如鸣佩玉，月映潭中，清光潋滟。《清端公诗文集》编者丁宗洛按："《古田县志》：鸣玉滩在县东北，自宋建桥，亦曰鸣玉桥。" 巢父：传说中的高士，因筑巢而居，人称巢父。尧以天下让之，不受，隐居聊城，放牧为生。 洗耳：许由听到尧让位给自己，感到耳朵受污而临水洗耳。巢父更以许由洗耳的水为秽浊，不愿牛在其下游饮水。子陵：严光，东汉隐士，与东汉光武帝刘秀为同窗好友。刘秀即位后，多次征召他，但他隐姓埋名，退居富春山。

诗前四句描写玉滩夜月美景。五、六句运用巢父洗耳、严光隐居两个典故表达对高士高洁襟怀、行为的尊崇。七、八句回笔勾画玉滩夜月之景："好看夜静云飞送，万斛水声下急滩。"让读者还陶醉在玉滩夜月之中。

蓝洞归云

采和出世本神仙，兹洞何因以姓传？岂是嘉名荣窟宅，定知异境辟山川。藏书应有崆峒古，采药堪寻汉武年。不识此中宽几许，乱云扰扰着归鞭。

［**解读**］

《清端公诗文集》编者丁宗洛按："《福建通志》：县东有山，形若龟，有洞曰蓝洞。东有金仙岩，一峰突出，曰文笔峰，有石曰磨剑石，有亭曰涵碧亭。" 采和：八仙之一蓝采和。 藏书：世传二酉山（今湖南沅陵县）石穴中古秦人藏书处。 崆峒：洞窟。 采药：汉武帝时九嶷山神仙在岩石上采九节菖蒲以为长生之药。

此诗并不描写蓝洞归云之胜景，而着意于从"蓝洞"之名展开联想、想象，探究洞穴之神秘所在。先是想到神仙蓝采和姓蓝，这洞何因以姓传？这秘密未解开。次是推测：难道嘉名使洞穴获得荣耀，那一定知道神奇的境界开辟了大好山川。再想到历史上的古秦人藏书千卷于洞窟；汉武帝时，九嶷山神仙在岩石上采集长生不老之药。"岂是……定知""应有……堪寻"均为推测语气。这就把四周树木苍翠、洞口云霞飘忽的蓝洞之神秘渲染至无以复加的地步。诗人不识洞中宽几许，见乱云飞渡，便挥鞭回去。读者却久久沉浸在神秘的氛围中。

剑溪渔唱

田家乐事本无多，谁作渔人且唱歌。得趣非徒襟对月，放怀端藉口悬河。日高每晒新罾网，春到还寻旧雨簑。尽道剑溪风月好，磻溪比较又如何？

[解读]

古田县治内之古田溪，波平水阔，溪道笔直如剑，故称剑溪。《清端公诗文集》编者丁宗洛按："《古田县志》：尤溪之源出永春、德化县，迤逦会汤泉等二十溪，转北溪，入尤口，涵会剑津溪下诸滩。"这显然误把延平剑溪当古田剑溪了。

首联扣题："田家乐事本无多，谁作渔人且唱歌。"中二联描绘渔人捕鱼的乐趣不仅在于面对溪月敞开襟怀，而且在于口若悬河，放怀歌唱。赞自由奔放，自得其乐。他们"日高每晒新渔网，春到还寻旧雨簑"，日常生活安然惬意。末联将剑溪与姜太公钓鱼的磻溪（传说在陕西宝鸡东南）相比较，"尽道剑溪风月好，磻溪比较又如何"？作者没有回答，留有余味，让读者去细细咀嚼。

仙岭樵歌

仙岭何人往复还，樵苏队队出云关。正因景值青葱候，想见人行翠黛间。依旧千林笼雾毂，几时双鹤下烟鬟。暮归一道长歌起，声震林泉月满山。

[解读]

《清端公诗文集》编者丁宗洛按："《福建通志》：昔有乡人林五樵于九仙山中，遇二人奕。徙倚观之，见二白鹤啄杨梅，堕一颗于地，奕者令拾啖之，遽失所在。"说的是樵夫误入仙界的故事。古人吟咏此景多往"仙"字写去，陈瑸却侧重表现樵夫苦中有乐，八句诗全在描景、刻画樵夫形象，别具一格。

华顶秋霞

秋回五色灿云霞，绝顶峰头不受遮。万里长空敷锦绣，一天雾色扫风沙。月中丹桂新含蕊，池上青莲未落花。心境此时饶爽气，垂帘正好读南华。

[解读]

《清端公诗文集》编者丁宗洛按："《古田县志》：县西南有五华山，五峰连峙，秀拔千仞，上有仙楼道院，亦名大仙山、大佛岭。"

前六句描写华顶秋霞景色：五华山树木青翠，"秋回五色灿云霞"，绝顶峰头的彤霞不被遮蔽，首二句色彩鲜明；"万里长空铺锦绣，一天霁色扫风沙"二句境界开阔；五、六句写西山晴雪犹如月中丹桂含新蕊，宛若池上莲花正盛开，第三联比喻贴切。末二句云：此时心境充满爽朗之气，垂帘正好读《南华经》（即《庄子》）。抒情主人公出场，超然脱俗，令人神往。

西山晴雪

西山一望雪浮空，顿觉乾坤接混濛。飞鸟避霜群戢翼，寒梅傲雪独开丛。冻深绝壑人谁到，冰启清阴气始通。莫谓炎方多暖地，春阳待泽普天同。

[解读]

《清端公诗文集》编者丁宗洛按："《福建通志》：雪峰山旧名象骨山，蟠踞侯官、罗源、古田、闽清四县。唐乾符中，闽越王问山僧义存云：'象骨何奇？'答曰：'山顶暑日，犹有积雪，遂名雪峰。'"据此，则西山指的是今闽侯雪峰，误。玉田八景都在县治周围，西山应是城西高山，冬日时有积雪。此诗描绘西山晴雪之景。首联写远望西山雪景，只见天空飘浮着雪花，顿觉乾坤一片混沌模糊。颔联写近看西山动植物：群鸟避霜敛起双翼，寒梅傲雪独自盛开怒放。歌颂寒梅傲雪的精神。颈联写冻深绝壑，人谁到此？人迹罕见也。而寒冰却开启清阴之气，天地大气始得流通。末联语意转折，莫谓炎方多暖地，尚有西山之积雪寒冷，让我们等待春阳润泽大地，普天共享温暖与湿润吧。

陈瑸《玉田八景》，在古田众多八景诗中，独具特色。

留别古邑父老（三首）

百里山城万井烟，滥叨父母也徒然。相期士习登淳古，为爱民风乐艺田。两载簿书惭俗吏，一心冰月对青天。不须啼泪临歧别，留取声诗壁上悬。

此身去矣此心留，还念闾阎重可忧。长短夫徭妨力作，公私杂派乱征收。柴门那自能安枕，岩谷伊谁敢出头？父母后来知孔迩，不妨痛哭诉穷愁。

踵接肩摩遍远乡，携持升斗助官仓。自注：因盘仓谷，鼠耗颇多，远近闻之，争携升斗助赔二百余石。田家粒粒由辛苦，斛面层层剔粃糠。犹见斯人存直性，能将何事补残疆？只随父老殷勤祝，国史频书大有祥。

[解读]

康熙四十年（1701），陈瑸46岁。全府考绩第一，经闽抚梅铒荐举，调任台湾知县，邑人欲建生祠，陈瑸禁之。十月，离古赴台，万民相送。陈瑸深受感动，作《留别古邑父老》（三首）答谢。

第一首，大意是说，自己滥充古田知县，总是期望士习（读书人的风气）能增淳厚古朴，深爱乐于锄草种田的民风。做了两年忙于应付薄书公务的俗吏，一心冰月可面对青天。在分岔路口告别，不须啼泪，且留取这几首声诗悬挂壁上，作为纪念。诗中虽流露愧疚心情，但主要在于展示自己冰清月白的心地，改变士习、发展重农乐耕民风的为官本色、意愿，抒写对古田人民的深厚感情。古田面貌未发生根本改变，大事未办成，有愧，但其心可鉴，无愧。爱民之心，感人。

第二首，首联言"此身去矣此心留"，还挂念你们有很多深重的忧虑。此乃总提。忧虑什么？以下回答。次联云各类劳役妨害你们耕田劳作，还有那"公私杂派乱征收"。三联谓贫苦人家哪能安枕无忧，穷乡僻壤的百姓有谁敢抛头露面。末联指出：父母后来知道，儿子逃避徭役，虽然离得很近，却无法得到侍奉，只能流涕痛哭，诉说穷困和忧愁。忧虑、同情、无奈，构成诗人的心灵复调曲。

第三首，选取一件感人事迹，表现古田人民对他的拥戴、支持。第一句描写远近踊跃捐粮的热烈场面。第二句点明事件来由。陈瑸在任时，因用官仓救济灾民以及鼠耗，离任时，官仓出现亏空二百余石。远近乡民闻知后，为不让父母官有所牵连，自携粮食为官仓补缺。第三句感慨田家粮食，粒粒辛苦。第四句指出，一升一斗的粮食，农户都自行把秕糠剔除得干干净净。后四句集中评论此事：犹见百姓正直善良的本性。他们又能用什么办法来弥补田亩的收入呢？只跟着父老乡亲殷勤地祝愿，国史频书大丰收大吉祥。

古田人民没有听从陈瑸的劝说，他离古后，建造好几座陈瑸生祠，以怀念这位父母官。

仲春下弦，家六观太史招诸同年小饮，聚谈间，鄙人忽得三古之目，敬成十截（十首选六）

古貌古心自注：四字承诸公见赠 令古田，自注：予起家令此 取人以貌岂其然。相逢惟有心堪问，云出深山月印川。

宦海茫茫叹若何，寻常无日不风波。只今痛定思前痛，百感纷来一作歌。

人言作令未为难，曾把身来试此官。莫道不将头面改，恐犹剥取尽心肝。

乱云深处万山丛，斗大孤城尹此中。一自放衙无别事，只悲天命悯人穷。

勿谓生居三古后，抗怀三古蕴天真。官阶地望何须计，应作羲皇以上人。

千金一字是名称，良友遗言重百朋。佩服此生期勿懈，忧危常似涉春冰。

[解读]

康熙四十五年丙戌（1706），陈瑸51岁，正月，由刑部云南司主事升任山西司员外郎；七月，随钦差往湖广查办土司田舜年案。四十六年丁亥（1707），陈瑸52岁。春至京，陈六观于仲春下弦（二月二十三日）招饮。陈六观，名允恭，广西平乐人，为陈瑸同年进士，时任翰林院太史。席间，以"三古"为题吟诗助兴。陈瑸吟成绝句十首，其中一至四首是写他七年前任古田知县的感慨之情。

第一首，头二句写席间诸公见赠"古貌古心"四字，作者因仕途起家令古，承此以古貌古心自许，他当知县不会像以貌取人那样去做表面文章。后二句谓与诸友相逢，无他，唯有问心无愧，自己心地，如同云出深山月印川那样淡泊明澈。

第二首，写宦海茫茫，感叹若何？寻常无日不起风波。可谓对仕途的认识深刻犀利。而今痛定思痛，百感纷至，唯作诗咏怀，流露出无限感慨。

第三首，由"人说作令未为难"起兴，以亲身经历，诉说做知县之难。不只把脸面改变，显得形容憔悴，恐怕还要剥取心肝，用尽心力。其中，也包含他做台湾知县的深切体会。

第四首，写自己在乱云深处、万山丛中的斗大孤城古田县做知县，一从进了衙门，就没有别的事，唯有悲天悯人了。悲慨天命，怜悯人穷，表达了自己高洁的情怀。

第九首，紧扣诗题"三古"，阐述"三古"含义，表达蔑视功名地位，追求做古代圣贤那样的人的强烈意愿。诗的大意为：不要说生活居住在三古后，就能将蕴含天真的"三古"隐藏于怀。官阶地望何须去谋取，应当作个羲皇以上的古圣人。"地望"，《辞源》释为地位与名望；《汉语大词典》释为魏晋以下行九品中正制，士族大姓垄断地方选举等权力，一姓与其所在郡县相联系，称为地望。这里统称其为功名地位。

第十首，表达对"三古"这一名称的重视，说"千金一字是名称"，"三古"一字千金，良友遗言重于众多货币。百朋，上古以贝壳为货币，五贝为一串，两串为一朋，百朋形容货币很多。以此生"勿懈""忧危"告诫自我与世人：佩服此生一以贯之，期望勿懈怠，常忧患危机，似跋涉春冰。亦即昭示此生不懈不怠，常怀忧患意识，如履薄冰的人生信条。

附录

起程赴选

欲别乡园上帝京，此行端不为浮名。觉民责任怀莘野，学道渊源溯武城。未卜才猷裨世用，肯诬心事负平生。行期正值春明媚，迢递前驱万里程。

［解读］

觉民：教化民众。　莘野：《孟子·万章句上》："伊尹耕于有莘之野，而乐尧舜之道焉。"　武城：指王道，明代礼部右侍郎，山东武城人，学行淳正，所论理气心性，无不谛当，为北方理学的代表。王道入仕后因看不惯朝廷内部的明争暗斗，曾三次告归故里，在家讲学，桃李满门。

陈瑸于康熙三十三年（1694）考中进士后，未授官职，多年在家乡授馆谋生。其《初出都门》云："回首帝乡春色远，何年下诏及迂儒？"六年后，康熙三十九年（1700）才奉诏入京。此诗宣示他不为浮名，不负初心，勇担觉民重任，追随先贤，以裨世用的决心。

示两儿

我为旅客汝家居，珍重青年要读书。心未发时思谷种，眼当放处有盆鱼。不妨松柏相依附，应与风云共卷舒。华国文章宁小道，时勤邮寄看何如。

［解读］

陈瑸自知此去赴选为官，将要抛家别子，于是写此示儿诗，勉励两个儿子要珍惜青春时光，努力读书，心性源头，要重视自我修养，做到心无旁鹜，放开眼光看外界，兄弟之间要相互倚靠，要适应时势变化，与风云共卷舒。这临行嘱咐，对儿子提出了要求。

辞家祠

显扬恨不逮亲存，为告游方是帝阍。少小教儿期筮仕，勤劳积德赖垂昆。寸橼未克成堂构，半菽何曾佐旦昏。每一追怀情欲绝，报君斯可报亲恩。

[解读]

家祠：陈瑸家中供奉先父母的神龛。　显扬：显亲扬名。逮：等到。　亲存：双亲在世。　游方：出行的地方。　帝阍：宫门。　期筮仕：希望做官。　期：希望。　筮仕：古人将出做官，卜问吉凶。　赖：依靠。垂昆：即垂裕后昆。　垂：垂裕，留下德泽。　昆：后代子孙。　寸橼：很短的橼木，比喻不成大材。　未克：未能。　堂构：旁舍。　半菽：很少的食物。《汉书·项籍传》："今岁饥民贫，卒食半菽。"　佐：辅助。　旦昏：日日夜夜。　追怀：追思怀念。　斯可：也就可以。

陈瑸20岁丧父，25岁丧母。少时父母克勤克俭供他上学，寄以厚望。陈瑸对双亲的劬劳大德是铭刻在心的。此去为官，本可以寸草之心报春晖，只可惜"子欲养而亲不待"。在即将背井离乡外出为官时，他祭拜了双亲，在灵前立下誓愿，只可以移忠作孝来报答亲恩了。他的这一志愿，一直成为此后为国为民尽心尽职的动力。

辞文庙

　　宫墙数仞极巍峨，敢道钻瞻日已多。桃李春风开秀色，鱼龙秋水跃清波。曾思豚价全无饰，却怪麑裘尚作歌。愧比漆雕斯未信，无端使仕更如何。

　　[解读]

　　文庙：纪念以孔学为代表的儒学先圣先贤的庙宇。　仞：古制八尺或七尺为一仞。　敢道：岂敢说。　钻瞻：钻，穿越，进入；瞻，仰头观看。　桃李春风：比喻老师对学生的培养。　鱼龙秋水：言从师学习如鱼得水而成龙，自有出头之日。　豚价：《韩非子·外储说左下》："郑县人卖豚，人问其价，曰：'道远日暮，安暇语汝?'"此寓言虽有讥愚之意，但也在说郑人憨实可爱。　无饰：憨直之言无所掩饰。这一句中还隐含另一则典故，见于《论语·阳货》。阳货是鲁国季氏的家臣。季氏几代以来把持鲁国的政治，阳货这时正又把持季氏的权柄。鲁定公六年（前504），阳货欲见孔子，孔子不去，阳货便送孔子一只蒸猪为诱饵，意为要让孔子到他家道谢。孔子探知他不在家时去拜谢，于是两人在途中相遇，阳货说了许多劝孔子出去做官的大道理。孔子最后回答说："吾将仕矣。"其实，孔子于阳货当权之时并未仕于阳货。　麑裘作歌：麑裘，用小鹿皮做成的裘衣。麑裘一词见《论语·乡党》，说的是君子穿戴讲究礼节，要穿麑裘。作歌：歌是指《孔子诵二章》。孔子刚到鲁国为官时，鲁人当时不认可他，所以作歌攻击他。新政三年后，鲁人发现他施政好，才又作歌赞美他，因而有了《孔子诵二章》。　漆雕：即漆雕开，字子开，孔子的七十二贤之一，以德行著称。　斯未信：《论语·公冶长》

记载：孔子叫漆雕开去做官，漆雕开回答："吾斯之未信。"意思是说"我对当官这件事还没有足够的信心"。"子说"，孔子听了很高兴。　使仕：叫去做官。　更如何：该怎么办？

　　文庙是陈瑛当年入泮求学的圣地。他在出宰古田前夕拜辞文庙，是自觉德行尚浅。因此，他在诗中表明，要借圣贤来助胆，既要以孔子到鲁国为官大胆施行新政为榜样，也要像孔子的弟子漆雕开一样，诚惶诚恐，备足信心当好官。

辞雷祖庙

　　一炷心香格九天，如公名宦又乡贤。盟衷惟有神知我，出宰方期吏似仙。伯起清操非往事，刚峰强项至今传。倘邀默相循良绩，敬辑英灵续旧编。

　　[解读]

　　雷祖庙即雷祖祠，位于广东雷州城西五里之英榜山。祠始建于唐贞观十六年（642），纪念唐代雷州首任刺史陈文玉（为后人尊称雷祖、雷神）。　一炷心香：心香，旧时称中心虔诚，就能感通神道，同焚香一样。炷：点燃。一炷心香比喻十分真诚的心意。格：感通。　公：指雷祖。　盟衷：向神明盟誓衷心。　出宰：当县令。　似仙：如神仙一样明鉴。　伯起：东汉时期名臣杨震的字。杨震，陕西华阴人，历任荆州刺史、东莱太守。因他为官清廉，被后人称为"四知先生"。"四知"故事见于《资治通鉴》。　清操：高尚的节操。　非往事：不要当它是很久远的事。　刚峰：明代著名清官海瑞，字汝贤，号刚峰。　强项：原词为疆项，疆通"僵"，疆项喻颈项硬直，不随意转动，赞美海瑞刚直不阿。　　默相：默，静；相，省视。　　循良：谓官吏奉公守法。这里指奉公守法的官吏。

陈瑸出生于穷乡僻壤，他对雷祖治理家乡雷州的功绩十分崇拜，故雷祖也成为他如今出宰的最好的榜样。他来拜庙，一是求神灵保佑他，也会有辉煌的治绩；二是向神灵盟誓衷心，也要以杨震、海瑞为榜样，清正廉明为官。

次贞臣原韵留别

蓬门奉诏自增荣，辞我同侪赋远行。出仕不为温饱计，矢心常共玉冰清。寒窗有日劳灯火，宦海何时报政声。但愿上林花似锦，春官雷动一天鸣。

[解读]

贞臣：陈贞臣，陈瑸本家同窗。　　蓬门：借指贫苦人家。奉诏：接到皇帝的命令。　　同侪：同辈。出仕：出去做官。　　矢心：下决心。　　玉冰清：喻心地像玉和冰一样洁清。　　劳灯火：指寒窗苦读。　　上林：上林苑，皇家宫苑，借指皇宫。　　春官：掌理礼制、祭祀、历法等事的长官；或指迎春仪式中扮演导牛者的角色。这里借指春天的消息。

陈瑸的友人贞臣等人为陈瑸出宰赋诗饯行，这首诗是陈瑸给贞臣的和诗。虽是酬应之作，但他不忘向朋友表明心迹，为官心存君国，出仕不为温饱。希望自己能为国效劳，以治绩政声报答君恩。

仲春下弦，家六观太史招诸同年小饮，聚谈间，鄙人忽得三古之目，敬成十截（五至八首）

何当轩冕视泥涂，纵饮高歌足自娱。今夕有缘逢盛钱，衣冠环列尽吾徒。

诸公滚滚登台省，自注：用成句 呎尺身依日月傍。万里风云欣际会，晓星三五藉余光。

皋夔事业素相期，主圣臣贤此一时。漫道经年徒小饮，待歌湛露续声诗。

引满衔杯各自豪，一弹丝竹韵尤高。自注：座中有丝竹声 歌残白雪谁为和，婉约争添颊上毫。

《清端公诗文集》编者丁宗洛在该书《弁言》里说："先生之人，浑金璞玉；先生之诗，轻缣素练。"其《补编陈清端公诗全集序》云："当公之时，风雅极胜。……置公诗于其间，虽未可谓拔戟自成一队，而光气卒不可掩盖。公之人必传，公之诗亦必传矣。"实乃的论。

古田县咨访利弊示（存目）

古田县条陈八事（存目）

古田县捐修城垣详稿（存目）

古田县季考生童示（存目）

条陈古田编审事宜十议（存目）

古田县重修圣庙碑记（存目）

辞建生祠示（存目）

复汪夫子书（存目）

古田县署中寄回家信（存目）

辛巳年（1701）古田县署中寄回家信（存目）

［以上详见陈瑸著，唐有伯、龙鸣整理点校：《陈瑸全集》（下册）"第三编　陈瑸家书"，广东人民出版社 2020 年版］

八、李若初玉田诗集

李若初（1893—1974），名景沆，号凤林山樵，晚号凤林老人，又号癯叟，古田县杉洋镇夏庄人。他出生后十个月丧父，寡母余氏立志抚孤，授以《三字经》《千字文》等启蒙读物；至11岁，入塾，师事当地秀才余良骏习书作画。民国元年（1912）从省城罗山学校毕业；次年，应聘为教师，先后执教于宁德樟溪学校、霞浦作元中学、福州三一中学及陶淑、毓英女中。为福建省首批检定为合格高中国文教员。中华人民共和国成立后执教于福州九中，1959年67岁退休；经黄寿祺先生推荐，又应聘于南平师专、福建第二师院等高校讲授书法及古文。李若初前后执教达50年，当选政协古田县二至四届委员。1965年72岁归里，自署"学稼楼"。终日练书作画，吟诗自娱。不幸于1974年9月被其宗侄谋财加害身亡，终年82岁。

一生作诗无数，大多散佚，此为辑佚本。

1.《竹阴主人日记》

近年，发现《竹阴主人日记》①，署名"李若初"，时间为民国癸丑，即1913年。另页有题词"多情自古空余恨，好梦由来最易醒"，署"多情子"。时李若初21岁，刚从闽优级师范毕业。估计他装订了这本小册子，用以随时抄录所写诗词、诗钟、联句

---

① 收入《竹阴主人日记》的折枝诗（诗钟）、对联、春联见附录。

等作品。诗题第六首《寄内》是婚后数年写给妻子的。1913年，其妻才13岁，二人尚未谈婚论嫁。她还是个未脱稚气的少女，绝非诗中那位操持家务有度的贤妇。可见这本小册子里的诗作是不同时期的作品。可推定《菊花吟》等诗是李若初早期之作。

这本小册子是古田县文化研究者阮以敏以电子邮件方式发给我的。他有个说明："兹将李士峰先生所珍藏之李若初先生诗联遗稿略作点校后整理出来，以便阅读和欣赏，也有便于日后出版时做基础性的准备。遗稿中个别文字辨认不清，或有误读，有些联句未必都是李若初先生所拟，都尚待推敲。另有庆寿、祠庙、佛教、基督等联句尚未收入。"

感谢李士峰、阮以敏先生舍得把珍藏或搜集的资料贡献出来，使我以此为据，进一步做些整理与解读的工作。李若初诗作多散失，期盼收藏者公布之，以推进李若初研究、古田文化研究。

菊花吟　有序

壬子秋，为友人邀往南台观妓，有菊花者丽甚，又善歌，彼此通情意，良厚长，乃枕席未荐。而余适为病魔所苦，殆未假之缘也。情见乎词，因作菊花吟。

相逢惊见尔嫣然，无限芳心最可怜。毕竟陶家秋色好，风流人醉菊花天。

[解读]

壬子（1912）秋，作者"为友人邀往南台观妓"。观妓是传统文人的一种娱乐活动。如明末徐𤊹、徐燉、曹学佺等都写有

"观妓"诗。主要是观赏其容貌风姿、歌舞演出。一般不荐枕席。从诗前小序及诗句可看出，青年诗人被名叫菊花者深深吸引，并有言语上的交流、互动。应当说，菊花的美强烈地震撼了诗人。其诗写得十分雅致。它巧妙地把女子名字菊花与陶渊明"采菊东篱下，悠然见南山"中的菊花联系起来，写出友人与他这些"风流人"都陶醉在"菊花天"里了。

又病后续成九首

风流人醉菊花天，云雨巫山亦偶然。难得心香焚不散，三生石上好因缘。

一回相见一回娇，也把琴心向汝挑。绝世佳人原独立，漫将俗笔去轻描。

这番风信为谁春，不有花时亦可人。脸际樱桃眉际柳，小蛮攀素合前身。

声声掩抑诉华筵，旧恨新愁托四弦。我是周郎来顾曲，令人羡杀广寒仙。

琵琶遮面轴依唇，三五声中带笑颦。商妇诉愁司马泣，多时相对话来因。

玉栏干外叫真真，扇影钗光对照频。鞍马不知红粉乐，当场拚与踏香尘。

扬州一梦去悠悠，鸿爪无情不少留。别后相思渺烟水，春朝秋晚怕登楼。

无言无语但盈盈，底事关心梦不成。若使红绡能寄泪，共伊对博别离情。

无端采药晤仙妆，洞口牵裾别阮郎。未必天台难再到，五陵年少莫轻狂。

［**解读**］

这九首诗是《菊花吟》主题的延续与发展。抒情主人公想象自己是周郎（瑜）来顾曲，听美人拨弦诉说旧恨新愁；是江州司马白居易听取商妇弹奏琵琶愁诉悲凉身世而热泪横流；是误入仙界的阮郎。历史或传说中的人物与抒情主人公融为一体。从第一首"云雨巫山亦偶然"发乎情，到第九首"五陵年少莫轻狂"警戒自我，止于理，展示了青年诗人对美人的爱慕、思念、幻想、镇定的心路历程。

病中口号

相思同在奈何天，红袖青衫两自怜。卿是黄花郎更瘦，为谁悴憔为谁妍。

［**解读**］

写两地相思之情。实际是单相思，一面之缘，妓女哪会记得一个"观妓"者？

夜坐有怀

梦入繁华却怕羞，雪泥无迹故情留。春风消息知何似，人面桃花两带愁。

[解读]

抒写"雪泥无迹故情留"，想象"人面桃花两带愁"。

月夜有寄

会时欢喜别时悲，情到真时不自知。明月也曾圆又缺，莫言薄命独如斯。

[解读]

"情到真时不自知"，感情是真实深挚的。安慰自己：月亮尚且有圆有缺，"莫言薄命独如斯"。

以上数首诗，或可谓青春狂想曲。

寄内（二首）

十载飘然作客身，一瓢双履老风尘。未应盐米长滋累，敢信诗书不疗贫。门外桃花初破雨，楼头柳色正含春。料卿定有当归寄，寄与天涯远志人。

年来生计半艰难，未展愁眉岁又阑。不信前途节潦倒，但言远道总平安。冰霜雨露恩同例，儿女英雄泪暗弹。极目苍茫遥寄语，几回闲倚小栏干。

[解读]

李若初夫人名林惠姿（1900—1961），杉洋村庠生林俊堂孙女。虽为家庭妇女，但受先生指点，能作画，常把自己画的梅竹等山水画贴在墙上或橱子上，还略通英语。育有六男二女。先生长年执教外地，家庭操劳重担全落在她身上。她与先生情意笃深。《寄内》二首写于婚后数年。第一首首联写自己飘零十年，沦落风尘。颔联写自己未关心家庭的盐米之累，暗含妻子操劳家务之苦，但生活教会他认识到一个道理：诗书再好也治不了贫穷。颈联荡开一笔，描绘春天美好景色。暗寓诗人并未放弃对美好未来的追求。春已至，人未归，转而至结联。结联妙用中药药名当归、远志表现妻望夫早归。采用"我"对"卿"（你）的对话（陈述）方式，显得格外亲切、温情。第二首首联写生计艰难，未展愁眉年关又至。颔联写自己不信前途会一直潦倒，信中但言远道总平安。颈联写冰霜雨露中夫妻恩爱，儿女英雄有泪却暗弹。展示诗人柔软又坚硬的人格底色。尾联结于"极目苍茫遥寄语，几回闲倚小栏干"的现场状态。

有所思（二首）

情人信是可怜人，第一繁华第一春。恍惚扬州风景好，梦中犹自叫真真。

也知色色即空空，其奈犀心一点通。太息绮怀言不得，向无人处怨东风。

[解读]

此二首可能是写实，也可能是拟人体，代人发声。感情真挚，对"爱"的体会十分深刻。第一首写有情人真是可怜人，哪管繁华春色、扬州美景，梦中犹自叫真真。心里只有一个他（她），痴情痴心不改。第二首写痴心人试图以佛家"色空"观念摆脱感情羁绊，无奈心有灵犀一点通。叹息"绮怀"对人言不得，只能"向无人处怨东风"，曲尽复杂微妙心态。

月夜赏菊

夙有陶潜癖，闻香眼便开。霜飞怜汝瘦，月出为谁陪。晚节蝉声咽，芳心蝶梦回。莫言欢乐少，且尽菊花杯。

[解读]

诗开首直言自己有陶渊明那样的癖好，一闻到菊花的香味便眼开心花放了。接着写对菊花的喜爱：霜飞时怜惜你的消瘦，月出之际有谁陪伴你呢。冬季将至，蝉声似咽，你保持晚节，依然挺立盛开，芳心仍带着美丽的蝶梦回归。诗人安慰自己：别说人生欢乐少，且饮尽杯中这菊花酒吧。对菊花的倾情之爱溢于言表。

柬黄絅堂

一日三秋想象同，别来无恙各西东。交情耿耿缘车笠，离绪依依托雁鸿。俎豆名山君自富，浮沉苦海我仍穷。此生博有钟期在，弹罢青琴万籁空。

[解读]

此诗写友情。写给朋友黄絅堂。钟子期（前413—前354），名徽，字子期，是春秋战国时代楚国汉阳（今湖北省武汉市）人。相传钟子期是一个戴斗笠、披蓑衣、背扁担、拿板斧的樵夫。伯牙探亲回国时，在汉江边鼓琴，钟子期正巧遇见，感叹说："巍巍乎若高山，洋洋乎若江河。"因志趣相投，两人遂成至交。钟子期死后，伯牙认为世上已无知音，终生不再鼓琴。首联写自己与友人黄絅堂别来无恙，各奔西东，但彼此间一日不见，如隔三秋，想念对方之情相同。次联将此友谊比作伯牙与钟子期。耿耿交情缘于车子与斗笠，暗含彼此身份不同，依依离绪只能托给书信往来。三联写彼此处境不同，你出身于书香门第自然富裕，我浮沉苦海仍然贫穷。尾联言尽管差异如此巨大，但此生博有钟子期在，伯牙弹罢青琴，视万籁皆空，我们的"知音"之情永恒。

贺友人再举子

小谢风华已自芳，而今玉树又成行。佳儿不独推文举，难弟居然得季方。从古德门夸济美，试看骨相定非常。张颠酒量原如故，闻喜何嫌写弄麞。

[解读]

孔融：字文举，东汉末著名学者，"建安七子"之一，孔子20世孙。少有异才，勤奋好学。献帝即位后官至北海相，时称孔北海。后因触怒曹操，为操所杀。 难弟：犹贤弟。 季方：借指才高德美之人。季，兄弟排行次序最小的，即季弟（小弟）。

方，人的品行端正、方直。　济美：谓在以前的基础上使美好之事物或精神发扬光大。语出《左传·文公十八年》："世济其美，不陨其名。"杜预注："济，成也。"孔颖达疏："世济其美，后世承前世之美。"　张颠：相传唐著名草书家张旭醉后颠狂状态下，"索笔挥洒，变化无穷，若有神助，时人号为张颠"。唐·张怀瓘《书断·张旭》："饮醉，辄草书，挥毫大呼，以头揾水墨中，天下呼为张颠。"唐·李白《草书歌行》："张颠老死不足数，我师此义不师古。"　弄麞：亦作"弄獐"。皆为"弄璋"之讹。因用以嘲写错别字。典出《旧唐书·李林甫传》："太常少卿姜度，林甫舅子，度妻诞子，林甫手书庆之曰：'闻有弄麞之庆。'客视之掩口。"苏轼《贺陈述古弟章生子》诗："甚欲去为汤饼客，惟愁错写弄麞书。"

此乃贺诗，贺友人再得子。首联写友人的儿子小谢已风华正茂，而今又喜生贵子。二联写友人不仅有佳儿才推孔融，而其贤弟居然也是才高德美之人。这是向友人表达良好的祝愿。三联谓自古树德之家夸耀后世承前世之美，发扬光大；试看其小儿骨相非凡。末联用草书圣手张旭酒量如旧，借指自己依然喝酒写字，喜闻友人再获小儿，还会嫌我写诗庆贺写了错别字！这是谦逊之词。全诗充满喜庆、欢快。足见诗人对友谊的推重。

寒夜写怀

天涯沦落已年年，人到穷冬倍惘然。避债有台头屡掉，步云无路眼频穿。家风□淡贫如故，瘦骨嶙峋病转缠。忍冷不禁谁是伴？一灯一卷一青毡。

[解读]

此乃感怀诗。前六句描绘沦落天涯、债台高筑、寒冬难熬、贫病交加的困境，以及试图突破重围屡遭失败的无奈。末二句写寒夜的孤寂，唯一灯一卷一青氈为伴也。

独坐写怀十首

少小曾居翰墨场，远游又阅几星霜。驽骀怎得追千里，孤矢祇堪志四方。潦倒英雄应气短，凄凉儿女倍情长。此生到底居何等，不是诗狂是酒狂。

相思永日总无聊，未老先教壮志消。自笑劳人残草草，那堪旅况更寥寥。家山回首身如寄，骨肉关情梦不遥。剩得吟肩拼独削，不妨心事托诗瓢。

叹息年来计亦差，春风秋雨半离家。谋生乏术鱼鳞涸，得志无期马齿加。瑟抱齐门才已尽，箫吹吴市愿犹奢。苍茫秋色增惆怅，数遍征鸿落日斜。

几回搔首问青天，颠倒如斯剧可怜。贫极每防人被贼，病深翻羡犬成仙。名山俎豆思身后，苦海浮沉任眼前。故我依然无一是，壮心孤负已年年。

[解读]

十首今仅存四首。乃感怀诗。第一首，写自己少小读书，又曾远游，自喻劣马难追千里，孤独一人，徒怀壮志。驽骀，劣马。《楚辞·九辩》："却骐骥而不乘兮，策驽骀而取路。"喻庸才。弧矢，喻生男孩，亦指男子当从小立大志。"潦倒英雄应气短，凄凉儿女倍情长。"感悟失意人生，十分真切、深刻。叩问自我：此生如何度过？"不是诗狂是酒狂"！无奈中蕴蓄着愤激。着眼于个人与社会的关系。第二首，着眼于个人与乡情、亲情的关系抒情。相思永日、未老志消；劳人草草、旅况寂寥；寄身异地，乡情亲情梦中寻。剩下的只有吟肩独削，寄托心事于诗中了。第三首，以"叹息"提挈全诗，先叙生计艰难，自己多半时间离家谋生。次用几个典故：涸，水干，干涸。涸麟之鲋，同"涸辙之鲋"。唐·骆宾王《畴昔篇》："涸鳞去辙还游海，幽禽释网便翔空。"鳞涸，喻处境十分危难、急待救助。抱瑟立齐门，同"抱瑟不吹竽"。元·仇远《和范爱竹》之三："乍可扣弦歌楚泽，何堪抱瑟立齐门。"箫吹吴市，春秋时楚国的伍子胥逃至吴国，在市上吹箫乞食，后人多用来比喻行乞街头过艰苦的流亡生活。谓谋生乏术，才已尽，连乞讨都成奢望，得志无期，年龄徒长。后回到眼前景色"苍茫秋色增惆怅，数遍征鸿落日斜"，充满无聊、无奈、无望之情。第四首前四句写搔首问天，为什么颠倒如斯，显得这么可怜？贫极，每每防备被人视为盗贼，病深反而羡慕犬成仙。极言生存困境，几沦入绝境。后四句谓壮志难酬。虽"故我依然无一是，壮心孤负已年年"，但"名山俎豆思身后，苦海浮沉任眼前"。悲观中寓达观。以上五首感怀诗以个人真实的现实人生和切身的深切感受，反映旧社会底层知识分子的生活与精神的痛苦，挣扎、失望、不屈的心路历程，具有某种"诗史"的意义。

2. 咏梅诗

题墨梅——咏勉新年进步

鬓发苍然放，又更岁月新。祝君无所赠，为写一枝春。

[解读]

此诗是李若初 1937 年题赠学生施作师。施作师回忆道：1937年，我就读于福州三一中学初一年级，若初先生是我的国文老师。临春节时，他在一张名片似的白纸上，画了一幅梅花，并写诗一首："鬓发苍然改，又更岁月新，祝君无所赠，为写一枝春——吟勉新年进步。"诗的上端贴着他剪成椭圆形的肖像送给我，我窃喜若狂。这珍贵的礼物，尽管经历了风风雨雨，70 多个年头，可我还是一直珍藏到今天。"不要人夸颜色好，只留清气满乾坤"，若初先生像梅花一样高洁、坚强、自豪、自爱，是我永远敬仰学习的榜样。

题画梅赠维之

维之金石书画，于余有同嗜焉。以其游上庠也，别余赴鹭江。临行索画，为作墨梅一帧。窃以三载入门，两秋同事，处贫守约，志行足多，作此有所望于维之焉。

维之别我去精修，为写梅花赠远游。寒操期于霜后见，温怀合向雪中求。

[解读]

余纲高中毕业时，因家庭贫困，只好放弃升学的机会，找工作养家。当时社会上找工作不容易，他很希望能留校工作。若初先生知道这情况后，就向学校领导反映，并极力推荐。余纲被留校，充当若初先生助手。1950 年夏，余纲辞去母校的工作，负笈厦门大学以求深造。离校前，曾向若初先生求画以作纪念。先生精心写了一幅墨梅，并题诗一首。已如上文。维之是若初先生给余纲取的字。这是诗人于 1950 年赠给门人余纲的题画诗。

此诗及跋总共不到百字，却高度概括师徒五载相处的情谊和先生对学生的期望，足见师徒情深。前二句叙惜别之情，后两句写对维之的希望。希望有二：一曰"寒操"，就是对自己要能坚贞自守，不挠不屈；二曰"温怀"，就是对他人要能雪中送炭，倾诚相助。

宽孙吟丈作墨梅见惠，以同润琴殿撰梅孤山旧作题其端。余拜嘉之余，披吟至再。梅劲诗清，名家妙品，自不待言。因念年来风雅苞桑，伊谁悬系。而昔之胜地胜游，名士风流，不禁为之向往不置也。为步原韵两截疥余白，复踵门呈政，藉以鸣谢，博庚叟一粲（二首）

湖山胜概想风流，笠屐花前得得游。洪令归来曾几载，更谁风雅事探幽。

自囿卑栖总俗流，探梅恨未得从游。披图如醉吟尊下，想见孤山景色幽。

辛卯履端若初谨识

附：庚叟题画诗及款识

品是人间第一流，君书我画合优游。今朝把臂湖西畔，斜日归舟入梦幽。

昔偕润琴殿撰从北京探梅孤山，漫成右句，兹再录润琴赐和一诗于下：

梅花令尹本风流，名画庸书共漫游。终日追游湖岸上，夕阳归棹一心幽。

　　　　庚寅暮冬若初我兄大法家指谬，弟庚叟作于换米斋

[**解读**]

殿撰：宋时有集贤殿修撰等官，简称殿撰。明清进士一甲第一名例授翰林院修撰，故称状元为修撰。　苞桑：《易·否》："其亡其亡，系于苞桑。"孔颖达疏曰："凡物系于桑之苞本，则牢固也。"　伊：句首语助词，同"维"，无实意。　弥余白：自谦语，意为破坏了画面空白之处。　洪令：疑指代宽孙。　辛卯：公元 1951 年。　履端：年历的推算始于正月朔日，谓之"履端"。朔日，指每月的第一日。

庚寅为 1950 年。收到友人宽孙作墨梅见赠，他用古时翰林院修撰润琴的诗《探梅孤山》题写在画面的上端，若初先生作此二绝句鸣谢。第一首写朋友宽孙遨游湖山，归来未几年，已探幽画梅赠我了。这是写对方。第二首写己方："自囿卑栖总俗流"，乃自谦之词。"探梅恨未得从游"，以未能跟随对方游历为恨；欣赏对方作品，想象孤山景色的清幽。

写罢梅花雪满门

自拥青毡寒彻骨，独摊残卷悄无言。平生心迹谁知己，写罢梅花雪满门。

> 庚子试灯后一日，凤林老人癯叟作于学稼楼退思室

[解读]

诗题为编者所加。题画诗多无题目，或从后序中标明题赠何人，或用诗的首句，或择其最能体现主题的一句作为诗题，可也。

庚子（1960）试灯（元宵节试灯）后一日，即正月十六日。凤林老人、癯叟：均为若初先生晚年的号。

不仅寒彻骨，而且有浓重的寂寞感、孤独感，自己爱梅、画梅、写梅，谁是知己？或许只有梅花是知己了。

题画梅册页自序诗

不似聪明不似痴，梅花与我最相知。狂吟自得贫何病，犹拥春风笔一枝。

[解读]

此为题画梅册页自序诗。姜夔《暗香》词："何逊而今渐老，都忘却春风词笔。"诗人反其意而用之，正见其书画自得。"梅花与我最相知"，此乃诗人一生的人生、艺术追求。

世称若初诗书画三绝，而墨梅声名尤著。在这首诗里，诗人把梅花推为知己，而自己一生清贫自得，借笔墨传写出梅花高尚

的品格，正是他的赏心乐事。此诗可视为诗人的内心独白及一生品行之写照。

题自家画梅（其一）

岂从上苑争春色，独向空山守岁寒。孤冷世区铜臭味，等闲画作自家看。

[解读]

此诗以梅自比，表现一种与世无争的心态和孤傲清高的风骨。

惟有寒梅伴到今

底用危桥踏雪寻，写花自慰寂寥心。故园访旧凋零尽，惟有寒梅伴到今。

庚子嘉平瘿叟作

[解读]

诗题为编者所加。

底用：何用。　庚子：1960 年。　嘉平：阴历十二月。

此诗写诗人回到故园，友人凋零殆尽，唯有寒梅相伴，只好"写花自慰寂寥心"。

梦绕罗浮六十年

暗香疏影润寒天，梦绕罗浮六十年。娱老画犹供作达，颂平花亦自争妍。铺张大地春无限，嘉惠穷檐暖最先。逸趣未能忘结习，南窗觅句耸吟肩。

一九六一年清明节 癯叟

[解读]

诗题为编者所加。

娱老：欢度晚年。　作达：振作达观。　颂平：颂祝平安。嘉惠：给予别人以恩惠。　穷檐：贫寒的居处。　结习：积习，长期养成的习惯。

诗谓60年画梅、吟梅，初心未改，晚年作画，依然振作达观，亦自争妍，梅花铺张大地，春意无限，嘉惠穷苦人家，令其最先感受到温暖。自己咏梅的逸趣已成难忘积习，在南窗之下，寻章觅句，耸一耸吟诗时摇晃的肩膀。动作何等潇洒！

往事樟溪五十年

冷月山斋寂夜禅，横斜疏影满窗前。写梅记取天然本，往事樟溪五十年。

壬子癸丑两岁均在宁德课读。山斋幽静，庭院古梅一本。月明之夜，枝条清影离披窗外，曾因取作写梅一本，至今事隔五十余载。别后樟溪（宁德西乡石厝又名樟溪）不复重到。人事沧桑，不知梅花健在否，思之忱然。

一九六一年辛丑岁履端晦日，凤林老人时年六十有九

[解读]

禅：禅境，此句言山斋如禅境一样，清静寂定。　壬子癸

· 675 ·

丑：1912 年、1913 年。 课读：教书。 怅然：怅然。 履端：年历的推算始于阴历正月朔日（初一），称为履端。 晦日：阴历月终之日，履端晦日即阴历一年中的最后一天。

诗题为编者所加。此诗的写作背景及内容，诗后小跋已交代清楚，不赘言。

为香港黄志华写梅（二首）

老干新枝各自春，奚庸赘笔费精神。水边篱落月明下，画本天然最可珍。

幔亭夜宿月光幽，余游武夷宿天心岩 窗外横斜笔底收。回首前尘三十载，有如何逊忆扬州。

[解读]

此诗作于 1962 年。第一首阐述画理：（1）根据老干新枝各自的特点来画，何用赘笔；（2）画本天然最可珍。第二首回忆 30 年前武夷作画，以窗前梅花为本，收于笔底。似以之为例，证明上述画理。谓此次作画，记忆犹新，有如何逊忆扬州。何逊（466—519），南朝齐、梁文学家，字仲言，东海郯（今山东省苍山县长城镇）人，侨居丹徒；出身贫寒，仕途多舛；天监中（502—519），为奉朝请，迁中卫建安王萧伟水曹行参军，随任江州（今江西九江）；后还建康（今南京），一度得武帝赏识，旋为所弃，出为安西安成王萧秀参军、兼尚书水部郎，人称"何水部"。诗作多不平之鸣。今存诗 110 多首，擅长抒写离情别绪及描绘景物，其《咏早梅》（一题《扬州法曹梅花盛开》）是首咏梅的名诗："兔园标物序，惊时最是梅。衔霜当路发，映雪拟寒开。枝横却月观，花绕凌风台。朝洒长门泣，夕驻临邛杯。应知早飘落，故逐上春来。"对后世影响很大。杜甫《和裴迪登蜀州东亭送客逢早梅相忆见寄》："东阁官梅动诗兴，还如何逊在扬州。"陆游《一笑》诗："莫愁艇子急冲雨，何逊梅花频倚阑。"若初先生用此典故表示对梅花的喜爱与画梅花的执着。

孤山嗜癖得家风

孤山嗜癖得家风，索画延津远道中。为尔圈花春未到，满江秋水月玲珑。

壬寅重九讲学客剑津，宜贵仁兄袖名笺索画梅，因吟此塞白，并乞双正。

凤林老人李若初

[解读]

诗题为编者所加。孤山嗜癖：北宋诗人林逋隐居西湖孤山赏梅养鹤，人称其"梅妻鹤子"。孤山嗜好癖即指此。 延津：指南平。塞白：填补画面的空白。此题画诗写于1962年，题于画面的空白处。写自己在南平师专任教时，友人宜贵远道而来索画，春天虽未到，但诗人为之画梅，置身于"满江秋水月玲珑"的美好氛围中。

江南香雪看成海

四代论交六十年，知医年少见君贤。江南香雪看成海，肘后春回二月天。

[解读]

诗题为编者所加。首句交代自己与余光同医师"四代论交六十年"。次句谓早知余光同虽年轻却医术高明、医德高尚。三句描写江南梅花成海的景象。末句赞其《肘后救卒方》（简称《肘后方》）如梅花迎春那样，妙手回春。

写罢梅花野色昏

写罢梅花野色昏，苔痕分绿上柴门。开轩明月侵堂幌，诗满山林雨后村。

[解读]

诗题为编者所加。此诗叙诗人画罢梅花，明月入轩，雨后村落，诗满山林的动人情景，流露对村居生活的喜爱之情。

漫向冬心求一本

英年华实两堪嘉，白鹤云中天半霞。漫向冬心求一本，江郎寸管会生花。

声树贤棣索梅写此贻之。

癸卯夏作于南平师范学院，七十一叟李若初

[解读]

诗题为编者所加。作于1963年。贤棣：贤弟。声树姓江。诗中借江淹夜梦笔花生五彩，而后文思勃发的故事来鼓励江声树。

春风坐上梅花发

学就而今马帐开，发蒙小试树人才。春风坐上梅花发，桃李门墙交荫来。

　　　　甲辰孟秋绪明宗台从师范毕业归索梅花作此祝之

[解读]

诗题为编者所加。作于 1964 年。马帐：绛帐。《后汉书·马融传》："常坐高堂，施绛纱帐，前授生徒，后列女乐。"后因以绛帐为师长或讲座的代称。门墙：师门。诗对刚从师范毕业的学子予以鼓励。

教鞭争与梅同发

苑悠艺游索画来，更征风雅不凡才。教鞭争与梅同发，一县春风妙化栽。

　　扬强贤侄任任县一中教席，归索画梅，作此贻之。

　　　　　　　　乙巳初夏，若初

[解读]

诗题为编者所加。此诗乙巳（1965 年）初夏题赠宗侄李扬强。时李扬强刚于 1964 年夏毕业于福建师范学院中文系，任古田一中语文教师。翌年初夏即拜访李若初先生，若初先生作墨梅一幅，题此诗于画空白处。勉励他成为"不凡才"，为古田教育贡献力量。扬强不负厚望，新时期评为中学高级教师，任语文组组长、古田县政协副主席，主编《古田县志》、著《蓝田古文化》

《蓝田引月》等书，其中，对李若初先生诗书画成就多有阐发。

合比梅花占早春

年少师才自有真，龙文且喜是家亲。秀峰雨化重重碧，合比花魁占早春。

绪明宗弟长秀峰学校。丙午上元踵门索画，作此更系以诗，即请双政。

[解读]

诗题为编者所加。宗弟李绪明任秀峰学校校长，丙午（1966年）上元（农历正月十五日）登门索画，若初先生画梅一枝，并作此题画诗，请其在画与诗两方面予以指正（"政"为"正"的通假字）。诗巧妙地借秀峰这一名称，展开想象，"秀峰雨化重重碧"，暗寓秀峰学校培养出一批批俊才，就像花魁梅花占尽了早春的美好风光。寄托了作为同宗兄长的画家诗人的良好祝愿。

及门陈立训壮年赴南洋诗巫，在彼都声誉甚著，领导诗巫福州公会及马星福州社团联合总会教育慈善事业，倡助甚力。本年六秩华诞，征集诗文书画。兹吟两律及画梅一幅，寄古田县城祖家以凭转致（二首）

琼枝立雪昔曾谙，在高中时曾及余门 岐嶷天资便出蓝。挥策龙文期更远，抟风鹏翮已图南。才符众望星辰系，泽在侨胞雨露含。勋誉至蒙英极赐，蒙英女王赐勋衔砂罗越州长赐勋章及拿督荣衔 嵩呼寿宴遍佳谈。

世界周游体验真，旅程琐记一书新。文章干济千秋业，鱼雅风流六秩身。汉璧秦璆殷嗜古，精于鉴别古董彝器 牙签玉轴富藏珍。收藏书画甚多 承欢莱彩俱麟凤，寿自无疆福骈臻。

［解读］

琼枝：指出身高贵。　立雪：即程门立雪，指耐心求教。谙：熟悉。　歧嶷：指幼时聪颖，与众不同。　出蓝：即"青出于蓝而胜于蓝"。　策：马鞭。　龙文：骏马。　抟：盘旋。鹏翮：大鹏的翅膀。抟风鹏翮，意指大鹏展翅高飞。　英极：英皇。英皇曾授陈立训先生 O·B·E 勋章。　嵩呼：颂祝之声。干济：求其济世。　鱼雅：有威仪貌。汉璧秦璆，秦汉两代宝贵玉器。　牙签玉轴：泛指古代翰墨文物。陈立训先生是历史文物的收藏家。　莱彩：用"二十四孝"老莱子戏彩娱亲事。　麟凤：指才华出众的子女。陈立训先生是马来西亚杰出的华侨领袖。

第一首首联写陈立训出身高贵，程门立雪，曾虚心向自己求教，天资聪颖，很快就青出于蓝而胜于蓝了。颔联赞陈立训像鞭策骏马期望跑得更远那样，有远大目标，像大鹏展翅高飞那样，已图谋在南洋发展。颈联写陈立训才符众望，如众星拱月，侨胞像草木含着雨露般受其恩泽。尾联谓陈立训贡献巨大，被英王授勋，遍地充溢庆其寿诞的美谈、颂祝之声。

第二首首联写陈立训周游世界体验真切，琐记旅程之书新颖。颔联赞陈立训文章济世，乃千秋大业，六秩之身，风流倜傥有威仪。颈联谓陈立训嗜古，是历史文物的收藏家，收藏许多秦汉两代宝贵玉器及古代的翰墨文物。尾联赞其子女十分出众，有如老莱子戏彩娱双亲般孝顺。诗人祝贺陈立训先生福寿无疆!

陈立训是马来西亚杰出的华侨领袖。1971 年六十寿辰时曾向海内外征集寿诗,李若初写此两首七律相赠。贺诗从才华、功业、勋誉及雅趣等方面对立训先生作了高度评价,并致以祝贺之意。诗中广征博引,借古喻今,对仗工巧,韵律铿锵,遣词优雅。是赠答诗中的杰作。

写梅祝陈立训六十寿庆

却为寿翁细写真,梅花自足证前身。远延芳誉钦南圉,好胜群英占首春。闲气挺生原异质,喜神遥寄愧佳珍。凭将一管冬心笔,表尽芹衷祝诞辰。

[解读]

作于 1971 年。除赠诗二首外,先生还画梅一幅庆贺。陈立训集海内外大家庆贺书画于一册,置先生此幅寒梅画于首页,足见对先生之推重。陈立训曾是先生三一中学的学生。

为锡盘贤侄讲题画梅诗

癯叟无拘束,画梅如画竹。画竹贵为直,画梅妙在曲。此为外体言,所见毋乃俗?梅花岁寒姿,性格独其独。冰雪空山里,凌厉岂畏缩。赋性高凡卉,写真宜直矗。节媲徂徕松,清逾陶家菊。千株九里山,高人结茅屋。

[解读]

陈锡盘:古田县人,常向若初先生请教书画之理,二人结为朋友。

前六句从外形上讲画梅的诀窍，与画竹相比较，"画竹贵为直，画梅妙在曲"。认为这种见解毋乃太俗了？却是实话。中六句从梅花的性格、精神上讲如何在画幅上表现之。"性格独其独"是对其性格最本质的概括。其岁寒之姿、凌厉之态，在"冰雪空山里"毫不畏缩，独自盛开怒放，它的禀性高于普通花卉，故描画它时要表现它的"直蠢"。这与画梅妙在曲岂不矛盾？曲是其外体，直（倔强、坚强，毫不害怕冰雪等外力的重压等等）是其内在特质。画梅要寓直于曲，曲直统一，外形与内在融为一体。这是在教人画梅，更是在赞扬梅花的高贵品质。末四句赞梅之节可与徂徕山之松相媲美、清香之气超过陶渊明园里的秋菊。它吸引隐士高人在九里山长栽种千株梅树，结庐其间与梅为伴，成为"梅花屋主"。《明史·王冕传》："（王冕）每大言天下大乱，携妻孥隐九里山，树梅千株，桃杏丰之，自号梅花屋主。"

笔底香生骨

笔底香生骨，枝头墨孕苞。写梅凭寄意，千里赘神交。

　　　壬子深秋画奉秉佺仁兄方家教正。八十叟李若初

[解读]

诗题为编者所加。此诗作于1972年深秋。画梅题诗奉赠友人医师秉佺，称之为"神交"。首二句"笔底香生骨，枝头墨孕苞"可视为对其画梅艺术的自我评价。

破腊冲寒朵朵开

破腊冲寒朵朵开，河山暖自一枝来。回春却似回生手，合为
先生写墨梅。

[解读]

诗题为编者所加。前二句写梅花冲破腊月寒冬，朵朵盛开，
河山暖意，正来自这一枝腊梅。第三句盛赞邓秉佺医师医术精
湛，妙手回春。末句写正合心意，为邓医师作墨梅图。诗巧妙地
抓住梅花报春送暖，邓医师医术妙手回春这二者之间的共同点或
相似点，把它们统一到写墨梅的绘画创作中，透露出他们的深厚
友情。

庆昌仁世讲索梅，为吟二截塞白（二首）

邮筒缄楮索梅花，老媿横斜笔力差。漫说交情联四代，何妨
留墨识通家。

数笔梅成日影斜，前尘如梦忆长溪。巢痕卅载风流邈，能否
而翁记旧题。

庆昌仁世讲索梅，因记其祖杰三亡友、父遗之学弟同客松城
学舍，迄今事隔三十余载，而老友逝世，遗之又阔别多年，头白孤
零，思之不胜怅惘。为吟二截塞白，发庆昌笃旧耳。时年七十有六。

[解读]

诗题为编者所加。世讲：谓两姓子孙世世有共同讲学的情

谊。后称朋友的后辈为世讲。缄楮：封好书信。楮，纸，此指信。通家：世交。巢：巢居，客居。而："尔"的通假字。 截：绝句的别称。截句即截律诗之半而成。二截，即二首绝句。诗人与庆昌祖父、父亲30多年前同客居霞浦学舍，今庆昌索梅，抚今追昔，诗人不胜怅惘，但诗的情感着眼于抒发通家之谊，仍然积极达观。

数笔横斜月影深

数笔横斜月影深，底须驴背雪中吟。医门拥有梅花在，佳话重新配杏林。

一九七二年岁次壬子中秋节前二日作似大国手秉佺仁兄方家教正。

玉田凤林老人李若初，时年八十

[解读]

诗题为编者所加。底须：何须。 驴背：南宋尤袤《全唐诗话》："相国郑綮善诗。或曰：'相国近为新诗否？'对曰：'诗思在灞桥风雪中驴子上，此何以得之？'" 杏林：医家的颂称。据《神仙传》，三国时吴国董奉为人治病不受报酬，只求治愈者种杏数株，数年后意得十万余株，蔚然成林。故后人常以"杏林"称颂医家。

前二句谓月夜数笔便可画出梅花的横斜疏影，何须要在驴背上作雪中之吟。亲近描写对象，仔细观察，对其外形、内质了然于心，于月夜屋内数笔便可画就一幅梅花图，也就不必雪夜骑驴去寻觅诗材，激发灵感了。这是对创作规律的一种感悟与总结。

后二句写杏林拥有梅花，梅与杏可堪匹配，实是一段佳话。暗寓诗家、画家与医家精神上是相通的。

为福州张心恪画梅

平生逸趣无人识，写罢梅花春色酣。苦茗一杯香一炷，又成诗梦到江南。

[解读]

写自己平生的逸趣无人赏识，写罢梅花，但见春光灿烂。自己一天的生活就是饮一杯苦茶，点一炷香，作画，吟诗，梦游江南。于悠闲中流露出几分寂寞。

为福州陈世辉写梅

大雪关门伴缟仙，写生不辍砚台前。幔亭已负重游约，一别梅花四十年。

壬申 1932 冬客武夷，居幔亭深院，院有梅花两株，雪霰弥天，写梅尽日未倦。回首前尘，为之悯然。

[解读]

写于 1972 年。回忆 1932 年客居武夷山幔亭深院，"院有梅花两株，雪霰弥天，写梅尽日未倦"。此后再也没去武夷，已负重游幔亭之约，"一别梅花四十年"，感慨系之。

数笔梅花一首诗

数笔梅花一首诗，怜无杰作副新知。老来休归长闲地，艺苑何妨笑卖痴。

癸丑中秋后三日，庆华同志雅嘱。

八十一叟凤林老人李若初作于蓝田学稼楼

[解读]

诗题为编者所加。癸丑（1973）中秋后三日，新结识的朋友庆华求画。李若初先生1965年以72岁退休后，一直住在家乡杉洋乡夏庄村学稼楼，时81岁。退休近十年。他谦称惜无杰作付与这位新朋友，抒发退休赋闲生涯的感慨，自嘲高龄老人还在作画赋诗，招惹艺苑同人笑自己在卖痴，曲折地透露对诗画艺术的执着追求。

笔底梅花十万枝

坐对寒梅夜赋诗，年来清兴有谁知？山居漫说春岑寂，笔底梅花十万枝。

癸丑寒食后作于蓝田学稼楼。

凤林老人八十一叟李若初

[解读]

诗题为编者所加。清明节前两天为寒食节。此诗作于1973年寒食节后一日。虽说山居岑寂，但凤林老人心中有赋诗之清兴，笔底有十万枝梅花，他的精神世界广阔而丰饶。诗虽短，气魄却很大。

老干犹能发雅枝

雪后颜开又有诗，闲庭明月影离披。东风一样怜清节，老干犹能发雅枝。

癸丑寒食玉田八十一叟李若初

[解读]

诗题为编者所加。作于1973年寒食节。前二句写雪后初霁，八旬翁又是作诗，又是漫步于月下花木"离披"参差的庭院，山居生活充满诗情画意。后二句既是写梅花"老干犹能发雅枝"，又是自况，自己老而还有所作为。而这，得益于"东风一样怜清节"，暗寓对政府所给予的退休待遇的感恩之情。

姗姗又见玉人来

一毡坐破读书台，闲路谁怜作赋才。好是月明疏影里，姗姗又见玉人来。

[解读]

诗题为编者所加。写自己的晚年生活、落寞心态和梅花带来的精神慰藉。读书台上铺的一块毡子已被磨破，闲居乡间有谁怜惜诗人的才华？寂寥之中，明月之下，疏影横斜，摇曳生姿，又见到玉人梅仙姗姗而来。有点喜悦之感吧。

梅　赞

梅仅两枝，花开数朵。清瘦耐寒，不食烟火。

玉田八十一叟李若初作

［解读］

诗题为编者所加。作于 1973 年，81 岁。16 个字概括梅花外在、内在特质，是首梅花赞歌。

题沈年仲画梅

香雪闲吟悟画禅，横斜犹自学逋仙。平生未醒罗浮梦，老矣梅花八十年。

甲寅中秋既望，写奉年仲仁兄方家双正。

玉田凤林老人李若初，时年八十有二

［解读］

此诗作于 1973 年。沈年仲：沈觐寿，著名书法家，原福建省书协主席。罗浮梦：据《龙城录》，隋开皇中，赵师雄迁罗浮，日暮于松林酒肆旁，见美人素服出迎，与语，芳香袭人，因与扣酒家共饮。师雄醉寝，比醒，起视乃在梅花树下，上有翠羽啾噪相顾，月落参横，但惆怅而已。后因以罗浮梦比喻梅花仙境。头两句言闲吟梅花感悟画梅之禅理，横斜挥笔犹自学梅仙林逋。写出诗人沉浸于画梅吟梅的氛围环境中。后两句言"平生未醒罗浮梦"，老了，80 年深爱着梅花，矢志不渝。这是对梅花的深情告白。

为黄之六写梅

入梦梨云朵朵妍，横斜岂为学逋仙。雪霜不畏怜清操，翰墨无聊伴暮年。叔度书来消鄙吝，元章老去仍穷坚。一支可写凭遥寄，合播春风满讲筵。

甲寅桂秋寄奉黄仁仲之六粲政　八十二叟

[解读]

逋仙：指林逋，北宋诗人，隐居西湖孤山，种梅养鹤，终身不仕，旧时称其"梅妻鹤子"，有咏梅名句："疏影横斜水清浅，暗香浮动月黄昏。"　鄙吝：庸俗。《世说新语·德行》："周子居常云'吾时日不见黄叔度，则鄙吝之心已复生矣！'"此以黄叔度比拟黄寿祺先生。　元章：元画家王冕，字元章，号煮石山农，工墨梅。出身农家，传曾以写梅换米充饥。　穷坚：穷则益坚。　可写：堪写，值得写。　粲政：笑正。

此诗写自己学林逋，清操自守，翰墨伴暮年，得到黄寿祺先生书信，消除身上的庸俗，像王冕那样，老来穷则益坚。遥寄画梅一幅，让春风充满黄寿祺先生的讲堂。既表白自己之坚守节操，又称颂黄先生的高尚品格，表现二人的深厚情谊。

写梅赠莆田方纪龙同学

剑津讲学侍文筵，阔别于今十二年。写罢梅花情不尽，白头惆怅暮春天。

[解读]

约作于1962年，先生70岁。写梅赠学生。前两句叙述莆田方纪龙在南平师专时当过自己的学生，于今阔别 12 年。可看出师生情谊深厚。后两句抒发对梅花的深情，"写罢梅花情不尽"，但暮春时节暮年老人未免伤感。透露出内心的不平静。

写梅赠老同学周述政老弟

谁似交期四十年，那堪垂老各云天。深情寸管书难尽，写罢梅花意惘然。

[解读]

写梅赠老同学，两人订交已 40 年，如今垂老，天各一方。诗人把深情贯注在那管画笔上，但写不尽自己对周述政老弟的深厚感情。因此，画完梅花心意惘然若失。

予弱冠客宁西，寄砚樟溪，山斋沉寂，枯坐无聊。庭有古梅一株，夜来月上，疏影横斜，真一幅冬心佳作也。日夕赏玩不厌，因吟一绝。至今事隔五十余载，诗犹历历能诵，不知梅花无恙否，思之怅然

喜为瞿仙日写生，幽窗余墨有诗情。分明梦似罗浮过，犹听枝头翠羽声。

[解读]

1913 年，李若初 21 岁，前一年刚从福建优级师范（省罗山学校）毕业，便到宁德西乡石厝樟溪学校教书。这是先生第一个工作单位。所住庭院，有古梅一株，先生感到这"真一幅冬心佳作也","日夕赏玩不厌，因吟一绝。至今事隔五十余载，诗犹历历能诵"。当时所写咏梅诗，我们未能拜读，但先生多次提起此事。1961年先生69岁，曾作《往事樟溪五十年》诗。70多岁，又作上诗。诗落笔于写作现场，先生欣喜于称自己作"癯仙"，整天忙于作画写生，幽窗余墨有诗情。作画写诗时，分明梦见从那株古梅身边经过，耳朵还听见古梅枝头鸟雀的叫声。先生对梅花的感情，可谓如痴如狂，他还挂念那株古梅，它"无恙否"？

为陆生写梅（二首）

小窗雨过月疑明，山枕凉痕入梦清。晓起思量风雅客，濡毫跃跃写花情。

数笔梅花两首诗，惭无杰作副新知。风流交谊君家事，亦仿江南赠一枝。

[解读]

陆生是李若初结识不久的年轻人。先生晓起想起他曾索梅，于是"濡毫跃跃写花情"。先生"愧无杰作"送给这位"新知"，只能送他"数笔梅花两首诗"了。

为朱文铸写梅

迎日文窗面面开，新晴几席绝纤埃。山林岑寂宜鸣鸟，笔砚清闲爱写梅。只任横斜存本性，却嗤临仿作重台。十年退处疏谈艺，喜有朱生索画来。

[解读]

此诗作于 1973 年。写新晴迎日，空气新鲜，几席洁净，山林寂静，鸟鸣声声，自己清闲，唯喜写梅。阐明自己作画所遵循的原则：只听凭梅枝横斜旁逸，以保存其本性；却嗤笑临摹、仿作他人作品，拾人牙慧，做他人的奴仆。通过对比，从正反两方面说透画理之根本。诗人谦虚地表示：退休十年，疏于谈艺，很高兴朱生来索画，让我不仅作梅，还谈起写梅的要领与诀窍。

为萨晓钟题梅

篱落风霜冷可容，但愁画笔逊金农。半生未醒罗浮梦，垂老犹寻香雪踪。

[解读]

诗人为画笔逊于清代书画家、扬州八怪之一金农而忧愁，可见其艺术追求的目标很高。他半生未醒画梅的梦想，垂老犹寻梅花的踪迹。表明画梅是其追求的最重要理想。

3. 交游诗

鸿雪留痕　题与培芳兄合影

我龄达古稀，君年符甲子。二老岁百三，犹自强步履。只差腴与瘦，我瘦难与比。不意晚年身，萍踪聚于此。师专托一枝，斗室我与尔。经年同偃卧，联床距一咫。风雨夜谈深，晴窗各徙倚。有时相垂问，疑义穷所以。有时赏奇文，中外无二理。培芳

君精外文 散馆暑假来，载咏江有汜。君将转白门，我亦归故里。校前并肩立，照影纪楼止。影固随诸身，身可登文几。他时梁屋月，室远人自迩。

壬寅夏在南平师范学院与培芳兄合照，若初自识

[解读]

江有汜：《江有汜》为《诗经·召南》之一首。原是女子被抛弃后所作。此借指诗人将与培芳分离。

写于壬寅，即 1962 年。首八句叙述自己与培芳的年龄、体形差别，犹自强步履，都还健康，不意相聚于此，合影留念，点明"鸿雪留痕"题意。中十句具体描写与培芳在南平师专相处一室，联床夜谈，相互垂问，疑义相与析，奇文共赏之的情景。后十句，写暑假来临，二人各自返里，校门前并肩合影，推想他时两家距离虽远，看着这照片，却觉得离得很近。此诗赞同事兼朋友之情，抒情寓于叙述之中。

萨君晓钟寄来印存数颗，刻篆俱工，因吟绝句三章以赠之

雅趣殊分书画殊，却将金石得清娱。鼎彝符印虽残缺，拟用心灵有智珠。

刀笔融成点缀新，纤波浓点见精神。六书八体庸参互，远致深钩更可珍。

篆章颗颗尽琳琅，拙朴精严笔法藏。欧赵不生谁集古，却教艺苑得称扬。

[解读]

第一首写金石篆刻是雅趣清玩，也是心灵智慧的结晶。主要阐明篆刻的意义。鼎彝：古代青铜器。符印：古代凭证印记。第二首赞萨晓钟所寄数颗印存刻篆俱工，刀笔有新鲜之处，显示出精神，六书八体用来相互参照，远致深钩更可珍惜。六书：古代造字的六种方法。许慎《说文解字》把六书之名定为象形、指事、会意、形声、转注、假借。八体：指秦书八体，即大篆、小篆、刻符、虫书、摹印、署书、殳书、隶书。庸：用。主要描写、赞誉萨君篆刻的功力。第三首从总体上肯定萨君篆刻的艺术价值，"篆章颗颗尽琳琅"，笔法融拙朴精严于一体。末二句离开萨君篆刻之艺而溯源至古代书法家欧阳询、赵孟頫的贡献，认为不生此二人，后来谁还能"集古"（集古人之长），使得书画篆刻在艺苑得以称许、发扬。

答张一白诗老惠诗，即步原韵

远数西崐先世才，张君不足作舆台。却承珠玉长吟顷，恰似当头月在杯。

效颦煮石学元章，生为梅花枉自忙。那得横斜传绝唱，始知画管负春光。

旧游鸿雪记犹新，书剑纷披感客尘。为问三山风月夜，与公酬唱几诗人。

稀年诗老旧知名，吟次无缘酒共倾。最是思公嗟白发，剡溪空慰梦游情。

附：张一白吟丈原诗

玉溪风调谪仙才，才藻纷披咏玉台。好是斲轮称巨手，公诗一读一擎杯。

凤林风月费平章，三绝劳形作嫁忙。共说先生老弥健，岿然几个鲁灵光。

写梅自辟一蹊新，冷艳寒香绝点尘。不向罗浮寻梦去，冬心以后复何人。

卌载书坛噪盛名，龙蛇夭矫见心倾。黄庭经好无鹅换，争慰山阴道士情。

[解读]

第一首赞张老诗才。西方昆仑山群玉之府，相传为古帝王藏书之地。西昆体是宋初诗歌流派，因《西昆酬唱集》而得名，代表诗人有杨亿、刘筠、钱惟演等。舆台：古代十等人中两个低微等级的名称。舆为第六等，台为第十等，泛指操贱役者、奴仆。诗写您有西崑派先世之才，不做诗坛地位低下的奴仆。却承接珠玉般的长吟之术，恰似拥揽当头的明月在杯中。这是对张老予以很高的评价，也是对张老称赞自己的回应。张一白赞先生："玉溪风调谪仙才，才藻纷披咏玉台。好是斲轮称巨手，公诗一读一擎杯。"真是惺惺相惜。

第二首为"咏梅诗",录于此,因其乃组诗之二。效颦:东施效颦。元章:元画家王冕,字元章,号煮石山农,工墨梅。横斜:林逋咏梅名句"疏影横斜水清浅,暗香浮动月黄昏"传为绝唱。诗人谦逊地表示,自己像东施效颦那样学习王冕画梅,一生为梅花枉自忙碌,却没有取得可喜的成就。哪能够写出林逋咏梅名句,传为绝唱。这才知道自己的画笔辜负了自然界的大好春光。

第三首忆昔。犹记当年凭仗书剑豪情遨游的情景,要问一下张一白先生,福州风月夜,与您酬唱的有几个诗人?

第四首慨今。感叹古稀之年的诗老,旧时已是知名人,以前虽无缘与您吟唱、共饮美酒。最思念您那嗟叹白发的诗篇,未能实现剡溪之约,却能慰藉梦游之情。用了"雪夜访戴"的典故。东晋时期的王徽之(338—386),字子猷,大书法家王羲之的第五个儿子。他梦见隐居在剡县(今嵊州)的好友戴逵,就从山阴(今浙江绍兴)出发,于雪夜,乘小舟,溯流而上,前去拜访,到了戴家门口,没有进去,就原路返回。

一白吟友赐诗两章,因作原韵,草此藉呈

谁信蒙庄物可齐,家鸡野鹜有高低。况予聚墨成形笔,敢献南宫宝晋斋。

想是文窗几案齐,琅玕风过月痕低。何妨相访深宵话,茶沸香温习静斋。

附：张一白诗一首

先生大名孰能齐，一识荆州首即低。遥祝康强闲染翰，墨梅汉隶补寒斋。

[**解读**]

一白吟友赠诗先生，称"一识荆州首即低"，表达敬仰之情。先生依原韵作此二首。第一首用十分浅显事例"家鸡野鹜有高低"，对庄子"齐物论"提出质疑，也回应一白吟友的夸奖，认为书画艺术确有高低之别。蒙庄：即庄周，有《齐物论》。《齐物论》包含齐物、齐论。齐物：世间万物，包括人的品性、感情，看似千差万别，归根结底是齐一的。齐论：人们的各种看法、观点，看似千差万别，但万物既是齐一的，观点、言论归根结底也应是齐一的，没有所谓是非和不同。先生谓自己聚墨成形，墨梅汉隶，敢于献给米芾的宝晋斋。一方面称一白的书斋为宝晋斋，肯定一白的诗书之艺，另一方面也暗示自己有勇攀书画艺术高峰之志。米公祠，原名宝晋斋，位于无为县城西北隅。北宋著名书画家米芾知无为军，为官清廉，勤政爱民，时人感其德政，在他离任去世后，于米公军邸的旧址上建米公祠以示纪念。米芾，人称"米襄阳"。他曾官礼部员外郎，故又称"米南宫"。第二首改变写法，不用典故，而是想象一百吟友习静斋环境：文窗几案齐，风吹竹子月痕低；表示愿深夜相访，互通款曲，享受习静斋茶沸香温的美好、静谧。

林介愚诗丈以塔湖春泛摄影见惠并题绝句一首，因而有感吟成五绝却寄

一舸春随岸卉香，湖漪云影焕文章。山川着个骚人影，留得渔樵话晚凉。

诗思山光压一舟，飘然独泛自风流。洪塘不见翁文简，寂寞能无发古愁。

高涨乘船得意多，鉴湖贺监更如何。风光人物差相似，却少飘香十里荷。

记得买舟上塔湖，只今吟侣健存无。他年若作重游客，忍见波心塔影孤。

往事重重同幻梦，残年在在启愁河。悬知春水连天碧，流尽前朝文献多。

[解读]

第一首写林介愚塔湖春泛留影，此事将给民间留下佳话。第二首转而怀古，叙写林介愚飘然独泛，充溢诗思山光，自是风流，但在侯官洪塘见不到翁文简，难以与之对话，深感寂寞，能不发思古之幽情？翁正春（1553—1626），侯官（今福州）人，明万历二十年（1592）进士，曾任礼部尚书，忤逆奸臣魏忠贤。受责，乞归。卒谥文简。第三首继续描写泛舟情景，其得意高涨的情绪比游贺监湖毫不逊色，但风光人物相似，却缺少鉴湖的十

里荷花香。鉴湖位于绍兴城西南郊，因湖水清可鉴人而得名。又称镜湖、庆湖、南湖、长湖、大湖、照湖、贺家湖、贺监湖、带湖等。东汉永和五年（140），由会稽太守马臻主持建造，今为浙江省风景名胜区。第四首关切地询问，当年泛舟的吟侣还健在吗？想象"他年若作重游客，忍见波心塔影孤"。第五首总写往事残年，有幻梦感、迟暮感、哀愁感，"悬知春水连天碧，流尽前朝文献多"。

前诗蒙介愚诗丈和作，兹步原韵吟成却寄

终日闲忙笔砚间，衰颓已改旧时颜。关门正想南窗卧，索画人来去复还。

朽质谁云爨里琴，自知老拙不宜今。无才藉饰长闲地，小技居然诩艺林。

墙下虫声悲恻恻，窗前鸟语了惺惺。物情不顾怀人夜，只影孤灯分外青。

贺火征诗诚达士，生花有笔媲江郎。十年胜友悭谋面，贺火记前曾填词一阕，呈赠文字，神交已多年矣 云树相望各一方。

[解读]

这四首还是回赠林介愚诗丈。前三首写诗人的晚年景况。第一首写日常生活场景：终日闲忙笔砚之间，衰颓已改旧时容貌，透露出老境的一丝悲凉。关门正想卧于南窗之时，索画人来来往

往，给平淡的乡间退休生涯增添一点生气。第二首写自己的艺术生命：谁说我这老朽还是爨里琴。爨下琴，陆游《夜兴》诗："平生耻露囊中颖，垂老甘同爨下琴。" 爨里：灶里。爨下琴，比喻遭受摧残的良材。"自知老拙不宜今"。我无才藉此修饰长闲之地，想不到写字画梅这些小技还能夸耀于艺林。写字画梅，这是诗人最大的心灵慰藉。第三首写虫声悲切，鸟语相悦，物情不顾怀人之夜的特有氛围，"只影孤灯分外青"，油然而生孤独感。第四首写别人，不是林介愚，而是另一诗友贺火。称赞贺火征诗，是诚达之士，有生化妙笔，才华可与江郎媲美。他是自己结识十年的好友，虽神交已久，却未曾见面，只能远隔云树相互遥望。表现对诗友的友好态度与思念之情。

癸丑长至后二日夜坐有怀林仲铉（二首）

分手东西已十秋，芗江剑水忆前游。旋崖杰阁登明翠，仲铉邀同高展院长及教授龚达青并学生等游明翠阁 绕市东桥访释流。漳州东桥亭同仲铉马海髯访比丘尼画家 师弟一灯文共赏，漳州师院赍夜研究古文 别离百幅字长留。仲铉来函说文化革命数载后他所有我写的文字均保藏无失 敢云酬爱题斐几，却识深情为白头。

炉香垂烬警邻鸡，莫抒离愁月欲低。延誉情叨后辈下，仲铉屡为人前说项 相思梦入八闽西。仲铉下放长汀 培如桃李欣芳实，交胜云霞忍久暌。蚨蝶山房回首忆，几经春草绿萋萋。

[**解读**]

斐：有文彩的。 斐然：有文彩的样子，如"斐斐成章"；

显著，如"成绩斐斐"。

此诗写于 1973 年。林仲铉，福建师大历史系教授。第一首，首联写与林仲铉分别已十年，回忆从前南平、漳州一起出游的情景。二联具体描写随同林仲铉登览剑溪畔旋崖杰阁之明翠阁，绕过漳州东桥亭拜访比丘尼画家。表现教学之余偕游的踪迹，纸背透露出欣喜。三联写与仲铉师弟在漳州师院灯下共研古文，"文革"其间，他保藏的若初先生所有文字安然无恙。敢说他酬爱我题写的书法，却认识到他的深情是为了我这白发人。历史跨越度大，流露出对同事、师弟的敬重。第二首，写自己深夜凌晨思念仲铉，他当年常在人前说我好话，为我延誉，我思念他梦入他下放的闽西长汀县。表达感谢与思念。第三联出句写两人献身教育，培养出桃李芬芳。对句写交情深，忍受久暌之苦。尾联具体描述身处蝴蝶纷飞的学稼山房，回首往事，忆念友人，几次三番经过萋萋春草绿的岁月，却无法再见面。心底的遗憾、无奈藏于无文字处。

寄杭州吴其玉教授

书来每恨答为迟，盼望劳君半载期。知有清游常忆旧，偏于美景易伤离。月来寒夜思成梦，云敛新晴促献诗。尤想六桥秋柳瘦，西风压帽一筇枝。

[解读]

首联写吴其玉教授写信来，自己每每迟复，深以为憾，"迟复"即以为憾，说明友谊之深。盼望到他那儿已半年，也未能成行。遗憾之情转深，只是并未明言。二联写清游常忆旧，易伤离。离情愈深。三联写寒夜思君成梦，新晴赶忙献诗给对方。思念之情化为做梦与写诗的行动。末联想象秋柳细瘦的六桥，西风吹来，吴教授压低帽檐，拄着一根竹拐杖看风景、思友人的动人情景。把双方互相思念的感情抒写得淋漓尽致。末联尤佳。

呈邓秉佺医师（二首）

远函索我书，我书怜太俗。晋唐乏师承，笔阵何局促。乃羡君学书，晨曦与夜烛。祖述邓完白，家法得正鹄。是我篆隶古，难和阳春曲。所慕重切磋，他山得攻玉。

右五古一章。壬子菊秋，秉佺仁兄雅属，吟此奉赠。

八十叟李若初

忽飞片简到山乡，文字神交信靡常。临古篆佳规碧落，回春药妙胜青囊。银毫洒墨完书课，玉锸锄云配禁方。卅载榕垣悭一面，却教晚岁炷心香。

邓君秉佺吾闽之良医也。曾得名僧传授良药，术益精，活人无数。性尚风雅，嗜书画，富收藏秦汉碑刻。每诊病与入山采药配制之余，必搦管临池，于籀文古隶尤深造可观也。近掷函索书画，因吟一律，知不值一噱，然志景仰，籍博双正耳。

玉田凤林老人八十叟若初李景沆，作于蓝田学稼楼，时在一九七二年壬子申秋

[解读]

祖述：效法前贤。　邓完白：清篆刻家、书法家邓石如，别号完白山人。　规：模仿。　碧落：天空，此指自然。　炷：点

火燃烧。　心香：中心虔诚，就能通佛道，同焚香一样灵验。

　　第一首头四句写邓秉佺医师从远方写信向我索字，我的字可惜太平常了，缺乏对晋、唐两代中国书法史上成就最辉煌书法的师承研习，笔法布局显得十分局促逼仄。这是以自己书法的不足来衬托下文对邓秉佺书法的称颂。中四句谓我羡慕您学书法，无论晨曦还是夜烛，都非常努力刻苦，效法前贤，继承先祖、清代著名书法家邓石如的家法，得其真传。后四句回到自己的书法，认为自己的篆、隶书都太古朴了，难以与高雅的阳春曲调相应和，我所追求的是重视切磋，借他山之石得以攻玉。表达若初先生学习书法不趋时附和、重视切磋、多方借鉴的艺术精神。

　　第二首首联写邓秉佺医师忽飞片简到山乡，我与他的文字神交实在很不平常。颔、颈联赞叹邓秉佺临古篆刻模仿佳美、自然，挥毫洒墨，完成书法功课；医术高明，回春妙药胜过医书，玉锸锄云勤挖草药、巧配秘方。尾联回应开首，谓神交已久，30年榕城难得见一面，却教晚年炷心香，心灵虔诚，相通相连。

蒋屏韶书课习作寄来询问，因成一律以归之

　　却循家学绍心源，榘矱函潭出一门。蒋衡，字拙存，又号函潭，老布衣，清贡生，举鸿博不赴，著有《游艺秘录》浓点纤波均得势，三真六草合同论。空烦问道逢盲叟，君两度以真书行草惠函垂问 想见临池有宿根。自是艺林成圣手，行看佳作遍榕垣。

　　[解读]

　　绍：接续、继承。　心源：佛教术语，心为万法之根源，故曰心源。认为若欲照知，须知心源，心源不二，则一切诸法皆同

虚空。　榘矱：规矩、法度。　蒋衡（1672—1742），原名蒋振生，号拙斋，又号函潭。祖皆精书法，他自幼临摹，尤工行楷，成年浪迹江湖，临摹碑帖 300 多种，刻成《拙存堂临古帖》28卷；重写《十三经》，历时 12 年，至乾隆二年（1737）告成。转呈朝廷，收藏在懋勤殿。乾隆皇帝为此授蒋为国子监学正。翌年，谕旨以蒋衡手书为底本，刻石太学，于五十九年（1794）刻成，定名《乾隆石经》。一生还著有《读易私记》《拙存堂诗文集》《易卦私笺》等。　浓点：书法用墨，可分作墨、淡墨、浓墨、极淡墨和焦墨，而每一种墨色又有干、湿的变化。所谓浓与淡指的是用笔的深浅和墨色的浓淡，能使字的点画丰满而有神韵。　波：即"捺"，亦称"磔"。或曰"微直曰磔，横过曰波"。三过笔中又有三过，如水波之起伏。晋王羲之云："每作一波，常三过折笔。"故后人常有"一波三折"之谓。　三真六草：泛指各种书体。时人谓"三真六草，为天下宝"，出自《南史·王彬传》。

蒋屏韶是蒋衡后代，他写了书法习作求教于若初先生。首联点明求教青年蒋屏韶有家学渊源，他接续心源，书法规矩出于蒋衡一门。次联赞屏韶书法浓点、纤波均得其势，三真六草各种书体相结合。三联自称盲叟，未能对其指导，想必他临池写字有灵根。末联希望并相信，蒋屏韶能在艺林成为圣手，将看到其佳作遍布于榕城书苑。

谢篆刻家莆田孔仲雅赠印

艺林誉著八闽喧，乐嗜从知以道尊。百石罗轩征气节，孔君

所居榜曰乐石轩 六书摹印有根源。纤波浓点折钗股，汉鼎秦碑玉箸痕。拜赐珍逾圭璧重，愧难踵谢一登门。

[解读]

折钗股：书法术语。比喻用笔的一种技法。钗原系古代妇女头上的金银饰物，质坚而韧；后被借以形容转折的笔画，虽弯曲盘绕而其笔致依然圆润饱满。 玉箸：指秦李斯所创之小篆。

莆田篆刻家孔仲雅赠印先生，先生写此诗答谢。首联称赞孔仲雅誉满八闽艺林，乐嗜从知尊道。颔联赞其所居乐石轩象征其气节宛若石头般坚硬，篆刻继承传统根脉。颈联具体描写其捺如纤波起伏，点用浓墨丰满而有神韵，转折有力圆润饱满；葆有汉鼎、秦碑、李斯小篆的遗风痕迹。尾联表示谢意，为未能登门道谢致歉。全诗起承转合，婉转自如。

赠王知庸索书

至亭为羡先畴法，艺苑宜扬后起名。漫感王君索字诚，勉书篆隶得诗呈。兰弃家鸡求野鹜，底须布鼓混雷鸣。谓予墨海涵濡久，学不知方岂有成。

[解读]

至亭：登山到达亭子（多在半山）。宋·孔武终《喜至亭》："岭路蟠蟠石似龙，亭轩更在最高峰。" 先畴：先人所遗的田地。 兰弃：即抛弃。宋·赵崇嶓《金明池（素盘）》有"应似惜、潇湘蕙疏兰弃"之句。 底须：何须，何必。元·许有壬《摸鱼子·和明初韵》词："倾绿醑，底须按乐天池上《霓裳》谱!"

首联谓人到中晚年会羡慕先人留下的法则规定，艺苑宜扬后起名。次联言有感于王知庸索字的诚意，勉强书写篆隶二体字幅并赋诗赠送。三联用形象比喻指出不必弃传统而求标新立异，何须敲鼓混同雷鸣，滥竽充数。这是先生的书画艺术追求，切实可行。尾联述己之书法是长期坚持练笔的结果，谦称自己学而不知方圆规矩，岂有成功之理。此诗是先生对书画艺术创作的经验总结，十分精辟。

题福州朱文铸同学远求名家书画装订巨册之一页

慧业青衿嗜好嘉，远求书画访名家。收藏玉椟缄缥帙，展玩琳窗灿碧纱。挹雅尚稽诗在草，题签已见笔生花。名画家陈子奋先生为题"艺苑集珍"艺林合与传佳话，岂为疏慵惜齿牙。

[解读]

青衿：周代学子的服装，或作为贤士的代称。古指读书人。《诗经·郑风·子衿》："青青子衿，悠悠我心。" 玉椟：玉制的箱子，古代天子用以秘藏玉册。指珍藏秘籍之所。 缥帙：淡青色的书衣。亦指书卷。南朝·陈·徐陵《玉台新咏序》："方当开兹缥帙，散此绦绳，永对玩于书帷，长循环于纤手。" 琳窗：美玉雕成的窗户。 挹雅：挹取风雅。《广韵》："挹，酌也。"挹，舀取。 齿牙：称誉，说好话。宋·苏轼《上王荆公书》之二："愿公少借齿牙，使增重于世。"

诗写青年学子朱文铸喜爱好嘉，远求名家书画，收藏在玉制的匣子里，匣子外包裹着淡青色的封面书皮，在美玉雕成的窗前展玩，那光芒会照亮碧纱窗帘。远求名家书画，挹取风雅，稽寻他们写在草稿里未刊刻的诗，仅题签就已见笔生花。此举会在艺林传为佳话，难道谁会因为疏忽慵懒吝惜说好话？

吴其玉书来道其儿媳并文孙新回武林团聚之乐，并观菊展，吟以报之

笑颜可掬展双眉，家宴团圞乐可知。数武得游名胜地，吴居杭州西湖 老来快事更何期。

村叟如余伍草莱，九秋不见菊花开。餐英君近名湖里，胜似陶家三径来。

[解读]

数武：不远处，没有多远的意思。武，量词，古代六尺为步，半步为武。泛指脚步，如行不数武。吴其玉写信告知先生儿媳及文孙回杭州团聚，并观赏菊展，先生作此诗庆贺。第一首写一家团聚之乐，没走几步就能游览名胜之地，感叹老来快事更何期。第二首先写像我这样作为村叟与草根为伍，九月秋高也看不到菊花盛开。而你身处名湖餐菊之英，啜其露水，胜似陶渊明来往于开满菊花的田园间小径。

吟赠黄之六仁仲 之六名寿祺，福建师范大学中文系主任

老归村野断知闻，日见衰颓瘦几分。漫说山人同饭颗，却欣门士有河汾。膠痒片席千间屋，著述群书一代文。久别十年殷再

晤，那堪梁月与江云。

[解读]

之六：黄寿祺先生的字。黄寿祺（1912—1990），字之六，福建师范大学教授，曾任中文系主任、副校长，我国著名易学家、古典文学研究专家。饭颗：即饭颗山，谓作文写诗拘谨费力。典出孟棨《本事诗·高逸》："白（李白）才逸气高，与陈拾遗子昂齐名……尝言'兴寄深微，五言不如四言，七言又其靡也。况使束于声调俳优哉'？故戏杜曰：'饭颗山头逢杜甫，头戴笠子日卓午。借问何来太瘦生，总为从前作诗苦。'盖讥其拘束也。"河汾：隋王通设教河、汾之间，受业者达千余人，房玄龄、杜如晦、魏征等皆出其门下，时称"河汾门下"。旧以此比喻名师门下人才盛出。此是称赞黄寿祺为名师。膠庠：指大学校。诗人草稿中此原句曾为"钧陶土接千间屋"，钧陶比喻造就人才，古诗云"三千硕士在钧陶"。原句意与此句同，后改为此句。席：教席，教师职位。千间屋，指所培养的学子人才之多。那堪：哪能。梁月、江云：杜甫《梦李白二首》："落月满屋梁，犹疑照颜色。"《春日忆李白》："渭北春天树，江东日暮云。"此诗言己老归村野断知闻，人也日见衰颓瘦几分，作文写诗拘谨费力。欣喜黄寿祺先生师出名门，不仅桃李满天下，而且著述群书，称得上一代之文。诗人期盼久别十年能重得晤谈机会，以慰相思之苦。

拟题倪云林秋树空亭画赠之六

吾爱云林画，成诗细细吟。乔松撑碧汉，新涨渡遥岑。平渚空亭静，疏林秋色深。高人多寄意，弦外孰知音？

[解读]

倪瓒（1301—1374）：字泰宇，号云林子，江苏无锡人。元末明初画家、诗人，与黄公望、王蒙、吴镇合称"元四家"。擅画山水和墨竹，师法董源，受赵孟頫影响。早年画风清润，晚年变法，平淡天真。疏林坡岸，幽秀旷逸，笔简意远，惜墨如金。墨竹偃仰有姿，寥寥数笔，逸气横生。书法从隶书入，有晋人风度，亦擅诗文。

首联谓自己喜爱元代倪瓒的画，写成此诗后细细地吟咏。二、三联描绘倪瓒《秋树空亭》的画面、意境。尾联指出，高人在画中多有寄托，可有谁是其弦外之意的知音呢？

致友人

本拟榕台再度游，得联新契与诗俦。谁知晚岁悭清福，未许良宵得唱酬。

[解读]

前两句写我本想重游福州南台岛，得以联系新结识的契友和诗友。后两句写谁知道晚岁悭吝享清福，不允许我同新契诗俦于良宵诗酒唱酬。写出感情从充满希望到有些失望。

和谢义耕结褵四十周年自颂，依原韵

宣城家法仰多年，不作重台学米颠。共羡鹅经名籍甚，相庄鸿案乐陶然。琴瑟在御歌兴夜，花烛重谐庆旧缘。从此琼东林下路，双双挽鹿好骈肩。

科举时代中试举人年八十重宴鹿鸣，结婚八十周年日重偕花烛。谢君四十周年得其半，喜为预祝也。

[解读]

结褵：成婚。　宣城：南朝齐诗人谢朓曾任宣城太守，被称谢宣城。义耕姓谢，书法家，故有宣城家法之说，谓自己对其仰慕多年。　重台：奴婢的奴婢。　米颠：指米芾。　鹅经：黄庭经。王羲之写经换鹅，故称鹅经。　鸿案：梁鸿与孟光夫妻相敬如宾。《后汉书·梁鸿传》："（梁鸿）为人赁春，每归，妻为具食，不敢于鸿前仰视，举案齐眉。"称鸿案相庄。　琴瑟在御：《诗经》："琴瑟在御，莫不静好。"　琼东：琼林苑是古代为新进士举行宴会之地，宴会名曰鹿鸣宴。　挽鹿：《后汉书·鲍宣妻传》："妻乃悉归侍御服饰，更著短布裳，与宣共挽鹿车归里。"称赞夫妻同心，安贫乐道，同甘共苦。

此诗和谢义耕结婚40周年而作。将自己及义耕对书法艺术的追求——不做书界画坛的奴婢，而要学米芾、王羲之具有独创性，与对义耕伉俪结婚40周年的祝愿结合起来抒写，显得真切深挚。

题柳枝双燕图，贺绪明弟新婚吉席

同心缔结志同坚，万里前程好并肩。恰似春塘双燕子，比飞柳外艳阳天。

　　　　　　戊申季冬写赠绪明弟新婚吉席

[解读]

戊申季冬：1968年农历十二月。绪明弟结婚，若初先生作柳枝双燕图，题此诗于画面左下角表示祝贺，表达其美好祝愿。

芬芳同学以小照见惠，为题其后

家传要典属闺英，君家安定公谓《春秋》为要典 丽质清才两得名。为赘诗坛留片影，殷勤自署女门生。

［解读］

安定公：指北宋初学者、教育家胡瑗。曾言："致天下之治者在人才，成天下之才者在教化，教化之所本者在学校。" 芬芳姓胡，故云家传，为若初先生得意之入室女门生，被收为义女。其诗书深得先生真传。后移居海外。

此诗前两句赞芬芳丽质清才，属于胡瑗家传之闺英。后两句抒写师生情谊深厚。

赠林宜贵

吾知林氏子，风雅有灵根。作画稿成帙，学诗师及门。君嗜学及门王远甫为之课授唐诗 长才闻菊部，畅叙馨芳鐏。予讲学南平师院，君同远甫来访，对饮竟日 春早梅开未，何当话故园？

［解读］

林宜贵：古田县闽剧团名演员。 王远甫（1907—1996）：名福钟，笔名王远甫，古田县平湖人；曾任古田玉田高中、古田一中语文教师，从教 40 多年，其教学深受学生欢迎。曾任古田县闽剧团编剧。1959 年因历史问题受到不公平待遇，辗转生活于东北长春、古田平湖、云南省等地，1979 至 1981 年重返古田一中执教。1981 年历史冤案得以昭雪。王远甫乃福建诗词名家，其诗无体不工，追求平易、自然、清新，颇具功力。共写诗词 3000 首，有诗集存世。 菊部：旧时戏班或戏曲界的泛称。诗开头认为林宜贵"风雅有灵根"，此乃一篇纲领，下面从作画、学诗、演戏等方面述其风雅。并述及自己讲学南平师院时，他跟随远甫来访，三人畅谈、对饮竟日之事。末尾期待早日相聚对梅话故园。体现对后生的关爱。此诗写得情真意切。

知尊嫂逝世甚为痛悼

闾里称贤巷亦歌，深谙内则助君多。鸾分钗折悲鸿案，其奈人生不免何。

[解读]

尊嫂指张一白夫人。此为悼亡诗。前两句赞张一白夫人以贤被里巷称道，她深谙妇道，助夫甚多。后两句以鸾分、钗折等形象比喻举案齐眉的历史故事，来描写梁鸿、孟光夫妇阴阳相隔，曲折表现张一白夫妇生离死别的悲痛，感叹对于人生不幸事的无奈，以此慰问张一白节哀自便。

挽福州书法家李挺 字子英

旅榕未访觅宗枝，孰意今朝赋挽诗。不憖艺舟同击楫，却醒尘梦独骑箕。真行遗作宜千古，亲旧追思匪一时。底事稀年群速逝，自伤风烛鬓如丝。

［解读］

恝：无动于衷；不经心。 愁：宁愿；忧愁，伤心。 骑箕：亦作"骑箕尾"。《庄子·大宗师》："傅说得之，以相武丁，奄有天下，乘东维，骑箕尾，而比于列星。"傅说一星，在箕星、尾星之间，相传为傅说死后升天而化。后因以指游仙；指仙家；谓青云直上，高升；指去世。此指去世。

首联写自己旅榕，未去拜访书法家李挺，冷落了书法界这一秀枝，谁能想到今天要为他赋挽诗！颔联写不愁与你艺舟同击楫，不料你却梦醒尘世独成仙而去。颈联写李挺的书法遗作当千古流传。尾联感叹友人稀年速逝，自伤风烛鬓如丝。

4. 题画诗

题画竹

渭川初过雨，梁苑亦生凉。清节须磨砺，他山石一方。

［解读］

1965 年，先生 73 岁，退休，独居夏庄学稼楼。5 月，古田一中语文教师李扬强拜访先生，先生行书毛主席《长征》诗四屏条，作墨梅、墨竹各一幅，并分别题诗鼓励这位宗侄。此为题墨竹诗。梁苑，汉梁孝王花园，此处泛指天下名园。渭川，即渭河，在陕西。《诗经》云："他山之石，可以为错。"意为借助别人的话来磨砺自己的意志；错，磨刀石。古代常以虚心、劲节之竹喻君子，以他山之石相互勉励。此诗将两者有机组合，赋予画幅新的内涵，并含激励扬强及年轻人，向翠竹学习，磨砺自我，赢得清节。

题松鹤图

不为隆冬苍翠稀，百年荣悴似忘机。相依羽客怜沉寂，为鼓寒涛展翼飞。

[解读]

忘机：忘却、泯灭机心。羽客：原指道士，此指白鹤。一二句阐发画意，松树长寿、耐寒，经百年荣悴，似乎已泯灭了机心。第三句写它与白鹤相依相怜，忍耐住沉寂。第四句发挥想象，写与松相依为伴的鹤为了鼓起松间寒涛，而展翅飞翔。透露先生的人生态度与艺术追求。此乃借画言志。

题菊石图（二首）

东篱秋色淡如无，那得芙蓉倩与扶。天上支机容下降，不虚夜月与花俱。

海岳携来曾百拜，柴桑种后更长开。高人事远风流在，菊石成图右别裁。

一九七一年辛亥小春之月望日作于蓝田学稼楼。应锡盘仁兄大雅之属。

[解读]

支机：支机石，即织女支撑织机之石。　海岳：宋书画家米芾号海岳外史。　拜石：《宋史·米芾传》："无为州治有巨石，状奇丑，芾见大喜曰：'此足以当吾拜。'具衣冠拜之，呼之为兄。"世称米颠拜石。 柴桑：陶潜故乡。此借指陶潜。

第一首前两句写菊，于"东篱秋色淡如无"，哪要荷花来帮扶？三句写石，安是天上降下的织女支撑织机的石头，美化、神化石。末句写石在夜月下不虚与花在一起，把菊与石联系起来。第二首首句写石，第二句写菊，第三句写米颠、陶潜其事虽远，风流仍在。第四句点题，以菊石成图，别出心裁为贵。

题山水画诗

山远依天际，村孤傍水滨。桃花开灼灼，疑是武陵春。

[解读]

此诗再现或强化该幅山水画的画意。前两句是远景，后两句为近景。暗寓对世外桃源的向往。

题山水画诗

层峦松绚碧，去天仅咫尺。云脚倚高楼，疑有仙人迹。

庚子荷花生日，抚耕烟散人万松叠翠画法，并吟系以诗一首，六十有八。

[解读]

庚子：1960 年。 荷花生日：古时江南习俗，以农历六月廿四日为荷花生日。 抚：按。 王翚（1632—1717），字石谷，号耕烟散人，江苏常熟人，清代著名画家。被称为清初画圣，代表作有《康熙南巡图》（与杨晋等人合作）及《秋山萧寺图》

《虞山枫林图》《秋树昏鸦图》《芳洲图》（常熟博物馆藏）等。著有《清晖画跋》。

此画裱于学稼楼厅壁上，足见若初先生对它的珍视。前两句写层层山峦松树茂盛碧绿，它离天仅咫尺之距。后两句写高楼倚靠于云脚，疑有仙人足迹来往其间，几为仙境矣。让人联想先生居于学稼楼上，对于书画艺术有勇攀高峰的强烈愿望。

题荷花图

玉井香风远，银塘翠叶齐。生身原皎洁，不肯染淤泥。
声树仁仲疋嘱。

[解读]

声树：江声树，李若初在南平师专、漳州师院时的学生。毕业后若干年任福建省教育厅宣教处处长。疋嘱：雅嘱。前两句写荷花生长于玉井之中、银塘之上，环境十分美好。远风送香，突出荷花之香味。后两句阐述荷花的本质特征："生身原皎洁，不肯染淤泥。"

5. 感怀诗

无题（二首）

十里平畴一鹭飞，初黄稻熟浸斜晖。凤林山下秋风早，野径凌兢薄袷衣。

林峦高洁路迢迢，随着耕夫过石桥。樽上却留僧侣跡，镌年绍圣忆前朝。

[**解读**]

袷衣：夹衣。凌兢：亦作"凌竞"，形容寒凉。樽：古代的盛酒器具。第一首写家乡凤林山下十里平畴，初黄稻熟浸在斜晖中，天空万里无云，只有一只白鹭在飞翔。景色优美。山区秋风来得早，野外小路上已有寒意，穿着夹衣还感到单薄。这是体味家乡的气候特点。这一首写景，透露对家乡的热爱与适意。第二首怀古，暗寓对历史变迁的感喟。用"高洁"赞家乡的林峦，以"迢迢"状路之遥远。终于到达目的地。庙里的酒樽上留有僧侣的痕迹，上面镌刻着北宋哲宗绍圣年间（1095—1098）的字样，于是回忆起以前朝代更迭的故事。有怀古的意味。二首纯用叙事写景，而感慨寓于其中。

万松书屋

曙色岚光处处浓，梵王宫殿碧重重。林峦如此因能记，三载楼居拥万松。

[**解读**]

梵王宫殿：泛指佛教寺院。此处借指于抗战后期迁来古田之三陶联中所借用之古田新义山原圣公会妇女工读学校之校舍。该处位于古田八景之一的"仙岭樵歌"山麓，风光优美，景色宜人。这是作者晚年家居所作的一首题画诗。画的是当年三陶联中的借用校舍。诗中描写故土风光的美景，抒发对那段静谧楼居生活的怀念，表现诗人热爱家乡的感情。

乙酉槐序万松楼讲席，吟题谋成仁仲手册

万松影里读书台，日与诸生讲贯来。结翠琳窗寒白昼，穿云石磴冷青苔。静观独得居幽旨，壮举谁为命世才。朝夕莫辜运甓意，中原雾色未曾开。

[解读]

乙酉：1945 年。　槐序：四月。　运甓：甓，砖。运甓，喻指因立志建功立业而勤勉自励。唐·元稹《纪怀赠李六户曹崔二十功曹五十韵》："运甓调辛苦，闻鸡屡寝兴。"

先生讲学于万松楼，毕业季将至，学生纷纷制作毕业手册，先生作此诗，题于谋成手册。首联写日与诸生讲学万松楼情景。次联写万松楼周围景色，以此衬托战争后方读书求学环境。三联写于此讲学、求学，造就人才，可谓独得居幽之旨，实乃壮举。末联写中原雾色未曾开，喻抗战尚未胜利，表示我们朝夕切莫辜负立志建功立业而勤勉自励的意愿。这是一首感情深沉的励志爱国诗篇。

题义重仁仲手册

三年风雨此潜修，树杪书灯烂不收。底事可堪回首忆，一楼明月万松幽。

三一玉田校舍据山巅，绕以长松万本。夜分灯火荧然，漏林罅而出。书声琅琅间松涛竹籁而发。案头吟眺，佳趣横生。义重仁仲有同情者，嘱予吟题其手册。得以其毕业也，行将离此，他时鸿雪，回念前尘，得毋惓惓向往乎。

[**解读**]

义重制作毕业手册，求题诗，先生题此诗赠之。回顾义重三年潜修于书灯灿烂树杪间，最可堪回首者，"一楼明月万松幽"也。"风雨"喻抗战背景下，三一中学多次迁徙不安定。但书灯明亮，谓其勤读不辍。于万松幽静中，灯光明月交织一片。先生以此光明鼓励学子，也勉励自己。

丙午仲春既望野行口占

羊裘初卸一身轻，曳杖东阡信步行。山上花开红踯躅，田间草长紫云英。乘风燕剪当头掠，出水秧针照眼明。大块安排春景色，文章谁道笔端成？

[**解读**]

丙午仲春既望：1966年夏历二月十六日。　曳杖：拖着拐杖。　红踯躅：植物名，即映山红。　紫云英：一种草，当时曾大力提倡在田间种植，用以肥田。　燕剪：燕翅。燕翅燕尾如剪。　大块：大自然。李白《春夜宴桃李园序》："况阳春召我以烟景，大块假我以文章。"诗人信步春光，见山花烂漫，田间草长，燕剪掠飞，秧苗出水，大自然安排的春天景色，何等美好！由此悟出"文章谁道笔端成"的深刻道理。篇末画龙点睛，意味无穷。

八旬杂感八首

一生所事在成均，转瞬流年八十春。向学为山勤覆篑，总期改火见传薪。悬锥难脱囊中颖，韫椟谁陈席上珍？合是村民耕有耦，归休长作太平民。

[解读]

成均：即太学。《礼记·文王世子》郑玄注引董仲舒曰："五帝名太学曰成均。"这里泛指学校。篑：盛土的竹器。覆篑：用篑倒土成山。《尚书·旅獒》："为山九仞，功亏一篑。"改火：古代钻木取火，四季所用树木种类不同。指随着时节改易，一年一轮回地不断取火。传薪：传火于薪。《庄子·养生主》："指穷于为薪火传也，不知其尽也。"传薪比喻师生递相传授知识。颖：锋颖，尖端。脱颖是指有才能的人得到机会，即能显现出来。《史记·平原君虞卿列传》："平原君曰：'夫贤士之处世也，譬若锥之处囊中，其末立见……'"韫椟：存在柜子里。《论语·子罕》："有美玉于斯，韫椟而藏诸？求善贾而沽诸？"席上珍：《礼记·儒行》："儒有席上之珍以待聘。"席珍指有才。耦：两人各持一耜骈肩而耕。《论语·微子》："长沮、桀溺耦而耕。"耕有耦，有耕作的伙伴。首联写一生在学校从教，转瞬已过80年。颔联写自己努力向学，期望薪火相传。颈联写自己的才能未能得到显示。尾联写村民有耕作的伙伴，自己归休长作太平民，颇感适意。

无才早愧尸师席，不怠差堪慰此心。疑义穷搜三箧富，一文窜定五更深。为求桃李春成荫，至使须眉雪早侵。赢得齿牙余论在，樗材犹幸有知音。

[解读]

尸：尸位，指居其位而无所事、未尽职，诗人自谦之词。师席：教师的职位。差堪：略可。箧：书箱。窜：此指改易文字。窜定：改定。齿牙：这里指齿舌，引申为议论。爨：灶。《后汉书·蔡邕传》："吴人有以烧桐以爨者，邕闻火烈之声，知其良木，因请而裁为琴……"爨材：喻被发现的有用之材。首联写自己无才，却占据教席，但尽力不息，稍慰此心。颔联具体写自己勤奋钻研学问的情景："疑义穷搜三箧富，一文窜定五更深。"颈联写自己"为求桃李春成荫，至使须眉雪早侵"。尾联写自己的艰苦用功赢得人们的好口碑，庆幸有了知音。

却似屠龙技莫售，纵如绣虎错难原。画留长卷三千轴，诗有成篇九万言。今识茧蚕还自缚，终同刍狗一遭燔。于时无补非为学，食粟人间耻苟存。

[解读]

屠龙：技高而不合实用，被称为屠龙之技。莫售：不能卖得出去。绣虎：谓有才华英气的人。原：原谅。刍狗：草和狗。《老子》："圣人不仁，以百姓为刍狗。"刍狗的另一种说法是指草把扎成的狗，用于祭祀时烧掉。燔：焚烧。无补：无益。学：学问。食粟：武王克殷，伯夷叔齐耻食周粟。这里指俸禄。首联写自己有屠龙之技，技高却不切实用，虽有才华，这一过错却难以原谅。颔联写自己创作成果丰硕，"画留长卷三千轴，诗有成篇九万言"。颈联写自己至今仍于书画笔耕不辍，如作茧自缚，最终会像草把扎成的狗那样被烧毁。尾联写自己的学问"于时无补"，称不上学问，甚至拿着俸禄苟活都感到羞耻。全诗隐含着诗人才能无法施展的苦闷，抒写潜心沉浸诗书画印，不为时尚所重视，可能招致如同刍狗一样被贱视和遗弃的命运，表达了不思改悔、坚持到底的决心，显示出坚韧的人格特征与可贵的艺术精神。

太悭庸福或前因，菽水犹难得事亲。失怙无知才周岁，殓慈违侍已经旬。纸灰洒泪纷寒食，风木伤心痛忌辰。生事未能长抱憾，墓门草长又逢春。

[**解读**]

悭：少。庸福：平常的福分。前因：前世因缘。菽水：豆和水，指最平常的食品。菽水常用做孝养父母之称，如菽水承欢。失怙：指失去父亲。殓慈：下棺入殓母亲。旬：一旬为十日或十年。风木：犹风树。《韩诗外传》卷九："夫树欲静而风不止，子欲养而亲不待。"这是齐国的孝子皋鱼对孔子所说的话，后比喻父母亡故，儿子不及待养。忌辰：即忌日，父母亡故的日子。陆游作《焚黄》："早岁已兴风木叹，余生永废《蓼莪》诗。"此诗写自己的家庭变故：周岁丧父，丧母后，经十年才收殓，为自己不及待养父母而深深抱憾，而今又逢春回，墓门草长，如此憾事，无可奈何，充分体现传统的孝道思想。

听雨新添一炷香，衰龄闭户百堪伤。青灯同辈存无几，白首深交隔远方。奖掖每承先达教，谦游曾逐少年场。追思往事浑如梦，凉月虚窗泪数行。

[解读]

奖掖：推许，提拔。先达：前辈达人贤士。谯，同宴。谯游：乐游。此诗写晚年乡居的哀伤：同辈存无几，深交隔远方；追思往事：自己的成长得到前辈贤士的奖掖，年轻时也曾追逐于宴乐游玩。往事如梦，泪流数行。

过了稀龄又十年，当时讲学剑江边。居停风雅开文苑，人日壶觞启寿筵。直使桑榆忘在客，敢叨礼数比推贤！独遭知遇平生几？一为回思感涕涟。

[解读]

稀龄：70 岁，人生 70 岁称古稀。剑江：指南平剑溪。诗人曾在南平师专讲学。居停：寄居的处所。人日：旧历正月初七日为人日。桑榆，《后汉书·冯异列传》："失之东隅，收之桑榆。"桑榆原指日落处，后用来比喻人垂老之年。敢：岂敢的省词。叨：承受。礼数：古代指按名位而分的礼仪等级制度，亦解作礼节。比：按照。推：推举、推荐。这句系诗人自谦之辞。遭：逢，遇。知遇：受到赏识、重用。几：几回。感涕涟：感激流泪。此诗回忆 70 岁时任教南平师专情景：在寄居之所"开文苑"，农历正月初七"启寿筵"，致使年老却忘了身在做客，岂敢按照礼数而被举荐为贤者。感叹人生能几回受到赏识重用，想起这知遇之恩，每每感激涕零。

心禀穷坚度险艰，不曾热附与高攀。连绵疾病天贻寿，锻炼风波拙自顽。虚誉只添书画债，良辰难得酒诗闲。幔亭归后肠堪断，老矣无缘再看山。

[解读]

禀：承受。穷坚：穷则益坚。《后汉书·马援列传》："穷当益坚，老当益壮。"热附：趋炎附势。贻：赠送。锻炼：经历磨难和波折。拙：粗劣，自谦之词。顽：顽强。"文革"期间，诗人曾受到冲击和摧残。幔亭：武夷山幔亭峰。此诗写诗人心灵承受贫穷，虽贫穷，意志益坚，度过艰险，不曾趋炎附势；虽连绵疾病，老天却赠送自己长寿，经历磨难波折，却得到锻炼，显得十分顽强；获得虚誉，不过是增添还人索书索画之债，吉日良辰也难得诗酒清闲。从武夷幔亭归来后心肠堪断，因为老矣，无缘再看山了。虽有伤感，但更多的是刚强、孤傲，不随流俗。

人笑无能自笑迂，那知饭颗以诗癯。神形大不从前及，性度居然到老殊。步履稍佳非矍铄，语言重听更糊涂。于今食饩叨公廪，广厦奚分庇宿儒？

[解读]

饭颗：即饭颗山，谓作文写诗拘谨费力。癯：体瘦。矍铄：形容老年人精神旺健。《后汉书·马援传》："援据鞍顾眄，以示可用。帝笑曰：'矍铄哉，是翁也！'"重听：听觉失灵。食饩、公廪：饩与廪均指粮食，食饩、公廪，指政府给的俸禄。叨：犹言辱承，即得到。奚：何。宿儒：素有声望的博学之士。广厦：杜甫诗句："安得广厦千万间，大庇天下寒士俱欢颜。"此诗写晚年退休生活和人生慨叹。首联先从人的禀性落笔，谓"人笑无能自笑迂"，暗含对自己人生禀性的肯定；次言作文写诗严谨费力，因苦吟而体瘦，诗人自号癯叟。诗句中蕴蓄着不但不后悔，反而感到骄傲的意思。颔联叙自己形神大不如前，但品格气质到老居然更好。颈联写自己已老，"步履稍佳非蹩躠，语言重听更糊涂"。尾联写于今自己领取退休金，吃公家饭，感叹政府建了许多楼房分给老知识分子居住。

6. 词二首

满江红

六草三真，传妙品、贵同良璧。谁博览，秦镠周鼎、籀文金石。作草几同驱兔手，写真独运飞鸿笔。见悬针垂露起崩云，临池黑。　从艺苑，徇书癖。融篆隶，参飞白。有石文兰叶，神奇波磔。竹垞板桥开别径，倦翁逝矣余双楫。羡陈郎、善学灿心珠，饶胎息。

青年书法家陈奋武同志飞翰索书，并嘱题词。因揩谛其挥毫落墨，燕瘦环肥，独饶韵致，为作《满江红》一阕书以赠之，并乞双政。

甲寅寒食作于古田学稼楼，玉田八十二叟李若初

[解读]

六草三真：泛指各种书体。秦镠：秦朝的金币。籀文：大篆。驱兔、飞鸿：形容作草书和楷书运笔娴熟奔放。悬针垂露：书写竖画的两种形体，出锋的叫"悬针"，不出锋的叫"垂露"。崩云：形容运笔气势之盛。徇：舍身之意。飞白：书画中枯笔露白的线条。波磔：横笔与捺笔，这里泛指各种笔画。竹垞：即朱

彝尊，号竹垞，清文学家、书法家。《桐荫论画》称"竹垞古隶笔意秀劲，韵致超逸，亦善行书"。板桥：即郑燮，号板桥，清书画家，扬州八怪之一，其书法用隶体参入行楷，自称六分半书。倦翁：即包世臣，号倦翁，清学者、书法家、书论家。双楫：即《艺舟双楫》，包世臣撰，计六卷，其中论文四卷、论书二卷，故名双楫。论书中提倡学习北碑，对后来书风的变革颇有影响。灿心珠：心智明慧。饶：富，富有。胎息：练气功时一种功力较深的呼吸法。晋·葛洪《抱朴子·释滞》："得胎息者，能不以鼻口嘘吸，如在胞胎之中。"道教有胎息功，认为胎息之功已达到服气的最佳境界。谂，同"谂"，知道。燕瘦环肥：燕，指赵飞燕，汉成帝皇后，汉时女人以体瘦为美；环，指杨玉环，即杨贵妃，小字玉环，唐时女人以肥为美。燕瘦环肥，喻陈奋武先生挥毫落墨，肥瘦皆美。此词赞扬陈奋武先生的书法有很深的功力，达到很高的境界，体现了老一辈书画家对青年书画家的关怀与勉励。同时，也表露若初先生对书画艺术的精湛见解。

齐天乐

　　此身溓落成何事？蓬飘竟随师席。榕峤卅春，松城十稔，赢得桃红李白。延津上舍，移铎振芎江。远迎词客，记住名山，幔亭灯火校吟集。　　而今衰老纵甚，少年情味在，豪气难抑。选石眠云，寻梅赏雪，自笑烟霞顽癖。山庄伏枥，拼长物诗瓢、画乂耕笠。瘦影谁怜，鬓须摧秃笔。

　　调寄《齐天乐》，一九六六年夏李若初自题，时年七十有四

[解读]

漶落：空廓貌，引申为廓落无用。榕峤：即榕城。松城：霞浦。十稔：十年。延津：南平。上舍：宋制太学分外舍、内舍、上舍。延津上舍指南平师专。铎：钟。振铎，古代鸣钟以教众，后用以指从事教职。芗江：漳州，当年福建第二师范学院设在漳州。幔亭：武夷山幔亭峰。烟霞顽癖：对山水的癖好。倪瓒《次韵郑九成见寄》："残生竟抱烟霞癖，好事犹传《海岳图》。"山庄：指诗人的家乡杉洋夏庄。伏枥：马伏于槽枥。曹操诗："老骥伏枥，志在千里；烈士暮年，壮心不已。"拼：合拼。长物：多余之物。诗瓢：贮诗稿的瓢。乂：刈的古字，原指镰刀，此处似借指画画的工具。本句意思是说，合计着家里若有多余之物，只剩吟诗作画和耕田的东西而已。这首《齐天乐》，以此身廓落无用，漂泊四方，竟当了教师领起全词。上阕紧扣"蓬飘""师席"叙写任教福州30年，霞浦十年，"赢得桃红李白"，接着是南平师专、福建第二师范学院。教余，远迎词客，校稿武夷，有所成就。下阕写退休生活。虽衰老，而少年情味仍在，豪气难抑。选石眠云，寻梅赏雪，流连山水，老骥伏枥于山庄，家中无余物，只有诗瓢、画乂、耕笠，勤于写诗作画。最后，以"瘦影谁怜，鬓须摧秃笔"，收束全词，呼应开篇。言有尽而味无穷。

附录

◎**诗钟**（102 首）

写景七一（9 首）

大田晓露割新麦　　烟渚晚风吹白蘋

橹影一船撑月去　　春风隔巷卖花来

粉墙竹影天然画　　云壑松声自在禅

午月当窗圆塔影　　急潮冲雨壮桥声

影飞天末孤帆度　　秋满楼头一笛横

归鸦背日关山暮　　万马嘶风栈道秋

寒秋捣杵霜团屋　　半夜闻钟月在天

露华满地都明月　　山气千峰半夕阳

归鸟与人争夕照　　万花向客媚春风

写景七二（6 首）

绝好山光偏傍晚　　将春天气转添寒

月白风清如此夜　　春归花落奈何天

远树风来沙作雨　　荒江潮落月如烟

如林剑戟秋屯戍　　争下帆樯晚趁潮

老秋叶落万山瘦　　边塞雁啼明月凄

压船山影何曾重　　入枕溪声不碍喧

写景七三（9 首）

匹马过中花夹道　　美人去后月当帘

豆花半亩肥秋雨　　枫叶江田瘦夕阳

一天鹤梦有梅意　　九日秋阴迟菊花

潮逢大雨晚来急　　屋近青山春到佳

半江雪影芦边棹　　一夜机声竹里灯

莺啼晓日人犹梦　　雁落平沙夜有声

官道大旗风倒卷　　宫门银箭日斜催

千寻石壁悬飞瀑　　一角春山卧夕阳

西风大漠沙如雨　　明月银河水不波

写景七四（13 首）

野碓春泉分涧急　　山钟送曙出云迟

花柳人家春雨里　　市桥灯火夜潮初

水涨忽惊两岸阔　　云归遥露一峰尖

四五人家江杏隔　　两三村落绿杨围

欹枕西风吹梦去　　开门黄叶打头来

浅水欲平鸂鶒下　　荒山皆竹鹧鸪啼

麴尘蘸岸摇寒碧　　桃雨团花妒落红

漫空桃片飞红雨　　卧地藤花放紫霞

湖山似玉夜方雪　　花竹绕庐春渐深

当筵记曲翻红豆　　隔岸移家傍绿杨

萍点半浮风约住　　花痕夹道月移来

塔势忽孤云去去　　花阴如水月溶溶

枫叶千山霜有信　　芦花一色月无痕

写景七五（6首）

梨花梦里春三月　　蟋蟀声中火一星

抱叶病蝉和露坠　　依林乳燕受风欺

秋光忽敞山楼月　　暝色全收万灶烟

飞絮池塘风有力　　落花门巷鸟无声

秋从黄叶声中老　　人在名花艳处游

排闼山添青琐色　　调琴水韵不弦风

写景七六（6首）

秋水双波银海活　　朔风万里铁衣寒

一月当楼如水泻　　万山随棹欲浮来

衰柳残烟十里驿　　断桥流水数家村

半山斜日随人下　　一路名花拥马迎

杨柳阴中孤杖立　　芦花丛里一灯摇

山鸟与云争路出　　邻花拥月越墙来

写景七七（12首）

病叶辞秋先脱木　　闲花得月两无言

水落钓收渔户月　　山空钟洗客心尘

飞来远浦孤帆直　　突出群峰一塔尖

微有清光云鳞月　　全无寒色酒边人

东风有力花应速　　明月才圆□又终

孤灯凉梦三间屋　　明月寒蛩满地霜

疏林官道鸦如叶　　斜月宫墙漏已三

燕雁秋风谈逆旅　　棠梨春雨梦闲门

腾空岚影唧山照　　背郭江声拍岸潮

山到穷时翻有路　　水流阔处转无声

楼影渐随残照远　　碪声紧促暮天秋

已凉庭院纤纤月　　未晓楼台隐隐钟

雄迈七一 （16首）

酒肉论交肝胆少　　诗文求合品流卑

珠帘画栋凌高阁　　铁板铜琶唱大江

天家贵胄生龙种　　治世清才数凤毛

才大愈伤知己少　　家贫偏觉受恩多

江山晋宋皆残破　　四六齐梁有剪裁

黄河直泻胸中去　五岳都从眼底过

宦海寄身鸥笑我　风尘失路马骄人

青天不阻诗魂上　大漠何堪战骨枯

结习未忘犹纵酒　苍生无补枉耽书

治法一新扶杖看　天心已改挂冠归

秋毫未敢违军律　白眼何妨睨俗流

雪天裘被分朋辈　平地楼台待子孙

明镜有情怜我瘦　黄金无语笑人忙

同辈唯公早台省　九重一诏起渔樵

痴儿庸福多纨袴　赤子天真见笑啼

酒当醉后思吞海　家到贫时欲卖天

雄迈七二（25首）

乍复杖瘢还抗疏　频年盾墨几封侯

斧声烛影留疑案　剩水残山吊故墟

孤城落日羁䕫府　匹马西风过秣陵

零诗坏壁何年寺　　衰草孤坟几处山

到头富贵皆春梦　　从古江山剩劫灰

深山日暮吟梁甫　　浊酒天寒过赵州

倡首竟撄陈涉难　　偷生忍谤李陵降

不白冤终无地诉　　有谁力可替天回

无地可容吾辈坐　　此心只许故人知

逃名未必皆高士　　误国何曾尽美人

凄清池馆难为夜　　烽火关山易觅愁

宦海引身担事业　　酒边放眼论英雄

唧石难销填海恨　　落花莫护坠楼魂

头巾亦耐寒酸气　　名刺羞投富贵门

三章宽大更秦法　　十面仓皇起楚歌

见地不高终落俗　　知心未得莫论交

黄金世界文章贱　　青史功名感慨多

雄心拼酒腰双剑　　羸马寻花袖一鞭

逝水年从忙里过　　如天事付醉中休

羸马一鞭驱瘦影　　长城万杵筑愁声

出山小草怜生世　　明日黄花感过时

葬花自向寻愁地　　炼石无从补恨天

依人门户无余地　　看小功名不出山

三山落到青天外　　众绿生于夏雨时

白下闲游双榼酒　　暹罗达使一航云

◎**联句**（110 副）

楼台山阁本无异　　鱼鸟江湖只自知

雨过潮平江海碧　　风高月暗水云黄

眼净尘空无可扫　　水清石瘦便能奇

宝晋斋前题洞石　　垂虹亭下破霜柑

闻得书香心自悦　　深于画意品能高

人倚画栏初月上　　径回平野晚烟横

芝草瑶林新几席　　玉杯珠柱古琴书

洗砚春波临褉帖　调琴夜雨和陶诗

三余素业青箱秘　六代豪华彩笔收

春天诗思行花径　月夜书声坐竹楼

无多风雨闲敲句　小有壶觞可对花

奇文应世三千牍　古镜宜宫十八秋

袖里虹霓冲霁色　笔端风雨驾云涛

白云初晴幽鸟相逐　流水今日明月前身

直度三台横抗八极　友取十室书据百城

行道应时立身得地　倚天有力画日须才

刻竹题诗闲人忙事　横经说法剑侠佛心

朗月满怀春风在抱　梅花作骨秋水为神

慎言其余毋行所悔　淡泊明志庄敬日强

红杏在林幽鸟相逐　碧桃满树清露未晞

如筼斯清比蕙又畅　逢岑爱曲值石怜歌

夏鼎商彝云霞色泽　金枝琼叶雨露精神

丝竹娱情风流自咏　　林泉致志俛仰同观

茂林修竹兰亭帖　　流水桃花笠泽诗

落笔已吞云梦泽　　叠鼓谁掺渔阳挝

好山入座清如洗　　嘉树当窗翠欲流

不除庭草留生意　　爱养池鱼悟化机

避俗花犹堪作史　　著书茶亦可名经

事能知足心常乐　　人到无求品自高

焚香扫地清闲课　　煮茗浇花快活忙

青山北苑壁间画　　秋水南华架上篇

道德光华温润色　　文章和气吉祥花

碧水游龙瞻气象　　丹峰仪凤著精神

纵怀花事当春去　　畅足清游载月归

无数云山供点笔　　满江风月不论钱

春风颠似唐张旭　　天气和於鲁展禽

乳鼎余香留竹叶　　胆瓶新月漫梨花

清闲人品温如玉　　不俗文章淡若仙

心当有悟香微入　　圣欲无言月自高

唐碑汉志文皆古　　云叶风光致自嘉

气节为真金介石　　心神如秋月春风

岁星仙气原方朔　　璧月新词是义山

蓬莱文章建安骨　　米家图画郏侯书

虚静亡怀长年无极　　清流在品万汇咸欣

乐事引年虚怀观化　　清言若水和气当春

品峻于山怀虚若水　　风清在竹气静为兰

华藻云浮五色为瑞　　鸿才海富百川所都

存淡泊怀殊俗嗜好　　得雄直气为古文章

门外清游三五明月　　园中乐事廿四春风

家无长物琴书自乐　　天生高人风雅之家

石气纵清花姿自润　　诗怀始畅琴德且和

对月披书来哉益友　　燃香品画佐以清言

景星庆云于时为瑞　浴日沐月盖代之华

智府朗悬仁寿镜　福田普写吉祥云

看尽好山春卧稳　醉残红日夜吟多

汉世所重在经义　晋人常好为清谈

玉德金声寓于石　明窗净几清无尘

挥兹一觞未知明日事　达之八表正赖古人书

德能润身礼不愆器　玉韫比德兰自生香

张颠草圣雄千古　焦遂高谈惊四筵 遗山句

轻鸥白鹭定吾友 山谷句　绿竹高松无俗尘 刘公是句

流水断桥芳草路　淡云微雨养花天

寄觞外情怀人赋水　得弦间趣咏古临风

履蹈中和身为律度　安行仁义福垂子孙

礼门义路君子之居　秋实春华学人所种

胸中已无少年事　门外自多长者车

缲成玉雪三千丈　净扫清风五百间

闲看秋水心无事　　静听天和兴自浓

松间明月长如此　　身外浮云何足论

山水有灵亦惊知己　　性情所得未能忘言

玉粹金和浑然元气　　礼耕义种必有丰年

怀与惠和岁同彭永　　文随迁茂弦得秬清

秋阳光耀近于有若　　清风微起古之伯夷

柔日读经刚日读史　　无酒学佛有酒学仙

寒云野鹤自来往　　碧水丹山任古今

名高北斗星辰上　　诗在南山烟雨中

枫叶获花秋瑟瑟　　浴鹭飞凫晚悠悠

家醅满瓶书满架　　山花如绣草如茵 集唐人句

川原缭绕浮云外　　台榭参差积翠间

薜引山茵荷抽水盖　　琴名珠柱书号玉杯

行道有福能勤有继　　居安思危在约思纯

驰此长风快浪　　欣然临水观山

前身定是明月　　几生修到梅花

放怀形骸以外　　浪迹山水之间

斯文在天地　　至乐寄山林

竹雨松风梧月　　茶烟琴韵书声

红藕香中酒味　　碧萝阴里琴声

如此风神唯须饮酒　　既佳光景当是剧棋

玉树瑶林照春色　　物华天宝借余光

江湖万里水云阔　　草木一溪文字香

入世须才更须节　　传家积德还积书

若以空花观我相　　早知明月是前身

名花照眼春光满　　奇句开天妙论多

松雪夜灯人影静　　莎庭春雨道心空

菩提心性长生海　　幽隐山林小有天

十里水光心地朗　　一林花色性天空

道德神仙增荣益誉　　福禄欢喜长乐永康

闲坐小窗读周易　　每依南斗望京华

千首新诗一竿竹　　墙西明月水东亭

五香佛海真无地　　百尺书城半倚天

楼台近水涵明镜　　琴酒和云入旧山

几多坚石全胜画　　无限好山都上心

半榻茶烟新雨后　　小栏花韵午晴初

大翼垂天四万里　　长松拔地三千年

使我闲怀唯夜月　　令人清省是晨钟

反己修为学圣贤尽其在我　　由人毁誉肖天地何所不容

左琴右书谁识个中趣味　　南邻北里那知物外佳游

大本领人当时不见有奇异处　　敏学问者终身无所为满足时

及时为乐请自今日始　　与世无争长如泰古初

希圣希贤希天此等地位岂肯让他人做去
立言立功立德这般事业还须属自己担当

宗　祠

乔木发千枝岂非一本　　长江分万派总是同源

尊祖敬宗岂专在黍稷馨香最贵心齐明而躬节俭
光前裕后诚唯是簪缨炳赫自当家礼乐而户诗书

春露秋霜遵戴程遗规钦崇祀典　父慈子孝式文公懿训笃念伦常

秩元祀礼莫愆继祢继祖继高曾孝思不匮
屡丰年岁大有奉牲奉盛奉酒醴明德惟馨

北　帝

德容静镇凝金阙　法服高悬炳玉虚

帝德常高北阙　神威普庇南方

道尊龙虎伏　德重鬼神钦

仗剑威风元德周旋世界　挥旗应电恩光适被寰区

剑击风雷天地动　旗翻海岳鬼神惊

帝德渊源流北海　神威显赫耀南天

万派尽朝宗法著南天开帝座　五云扶圣教气腾北极普神庥

大　士

香阁峙中流万众恒河自在　慈灯悬彼岸千年般若常明

水洒杨枝散愁城而跻欢喜地　身骑鳌背回苦海以登极乐乡

慈云遍满大千界　甘露低垂咫尺天

紫竹婀娜瞻佛性　白莲波荡见婆心

杨公庙

大节凛东都数百载至今如昨　洪名标北宋几千年弗替犹隆

城　隍

此地难通线索　当年枉用机关

但愿回头便是岸　何须到此悔前非

社　神

枌榆共乐升平日　井里咸歌大有年

祖　堂

举目思祖功宗德　存心为孝子贤孙

祭用蒸尝仰酬祖德　礼循昭穆克序人伦

先代贻谋由德泽　后人继述在书香

玉树芳兰承俎豆　金章紫绶答蒸尝

太后元君

德满乾坤内　恩深鞠育中

扶婴高鹤算　启胤育麟祥

佛　堂

悟来大道无多事　勘破禅机总是空

昙花现瑞留仙掌　贝叶传声悟佛机

真心寂静浑无迹　妙相尊严倍有光

五灵官

三眼分明良观大地　五灵显赫护道南天

瞪眼举鞭除奸赏善　忠心赤胆护道降魔

智慧万千法留东土　金身丈六果澄西方

神庙通用

英灵赫濯垂千古　俎豆馨香报四时

金炉香篆青云绕　玉盏灯辉紫气腾

千载威名重祀典　万年宗社属神灵

百年苹藻沾余泽　万姓香花报大功

玄　坛

铁面扬威功能点铁　金鞭耀武术自堆金

火灿宝光炉飞玉屑　鞭横金穴虎卫银山

僧　家

色相本空妄念忘来浑是佛　菩提无种善根培处即为因

梦熟五更天几许钟声敲不破　神游三宝地半山云影去无踪

开法雨于西方天花散影　　布慈云于中国贝叶成文

一片白云闲补衲　　半帘明月静参禅

水月镜花色相　　闲云野鹤丰神

一笑手拈花问梅子黄乎木樨香未　　三乘心印月待净瓶踢倒水镜参开

丈室春深花影泉声俱寂　　禅关昼永松风鹤梦同清

夜静霜林惊落叶　　晓闻天籁发清机

戏　台

如君真是奇脚色　　惟我亦披假衣冠

千古风流犹有新声传得出　　一朝忠佞全凭绝技演将来

新筑傍南冈映带溪流熏风送爽池　　宏图垂奕世经营庐舍百堵具歌□

以古为今今亦古　　将真作假假还真

救主诞联

声出天衢喜听和平雅曲　　祥征星象欣看灿烂荣光

天地掌权位长不替　　神人具性品大莫京

仁义双全独垂宇宙　　贤愚万籁俱祝冈陵

马槽栖身甘辞天阙　　羊群善牧已降人寰

圣子降生喜关天下　世人沐泽声达云中

有典又型克称至圣　无人无我斯为大公

体性肖真神六合齐瞻无量寿　道风同大地万方共享太平春

降自天亘古未有　生而主普世同赓

圣子降尊恩隆万国　景星耀彩光被五洲

圣子临凡大胜诸敌　景星献瑞普照列邦

云灿星辉千秋景仰　足蹈手舞万姓欢腾

宣德达情群生在宥　牖民觉世大道为公

男女寿通用

丽日祥云光笼玉树　春风寿德戏舞莱衣

男寿通用

厥德不回介尔景福　资富能训唯以永年

春满西园樽开北海　星辉南极桃献东方

椿树敷荣当春正茂　椒馨衍庆如日初升

树种丁年花开甲帐　浓培子夜桃进辛盘

夫妻双寿

堂上双亲俱垂白发　阶前诸子同舞斑衣

寿祝千秋椿荣萱茂　　堂开五代桂馥兰芳

鸿案齐眉樽开北海　　兕觥拜手颂献南山

夫妻同六十
鸿案凝禧双周花甲　　鲤庭献颂载咏林壬

男五十
不惑于今龄增十载　　知非从此寿晋千秋

喜仙盘初晋长生果　　欣锦砌新开称意花

男六十
寿届六旬椿庭集瑞　　堂开五代桂蕊腾芳

银汉月明辉光宝婺　　瑶池日暖茂映金萱

女寿通用
春发万花香凝寿席　　云缠五彩瑞映仙杯

挽联 男通用
椿影已随云气散　　鹤声犹带月光寒

此事无常空留尘榻　　音容何觅怅望人情

白马素车含愁入梦　　青天碧海徒怅招魂

烟径云迷风凄翠竹　　石坛露冷雨泣黄花

挽联 女通用

萱帷春去早　　婺宿夜来寒

胸有绀珠贤推巾帼　　星沉宝婺悲到丝萝

彤管芬扬久钦懿范　　绣帷□冷空仰徽音

挽岳母

大雅云亡梁木顿坏　　老成彫丧泰岳其颓

昔年樗质乘龙谊邀半子　　今日蓉城驾鹤情自含辛

挽　友

契合有幽兰情怀菭雨　　飘云悲玉榭泪洒西风

挽文人

学富雕龙文修天上　　才雄倚马星陨人间

◎春联（28 副）

火树银花元夕今宵竟不夜　　碧桃春水洞中此处别无天

火树千层恍借烛龙之耀　　琪花四照岂因羯鼓之催

庆此良宵任玉漏催更还须彻夜　　躬逢美景不金鱼换酒尚待何时

乐事无边万井春灯传五夜　　太平有象一天晴雪兆三丰

春夜灯花几处笙歌腾朗月　　良宵美景万家箫管乐丰年

灯月灿华筵留得元宵余景问当场谁惜千金一刻
笙歌沸羽曲果然大地长春能胜赏再来五夜三更

时际上元玉烛长调千古乐　　月当五夜花灯遍照万方春

风盘双阙壶天外　　鳌驾三山陆海中

五夜星桥连月阙　　六街灯火步天台

陈绮席灿瑶琳看五夜灯繁恍似幻蜃横水面
当阳春歌白雪到三更月转何人倚鹤听楼头

龙烛风灯灼灼光明全盛世　　玉箫金管雍雍齐颂太平春

三千世界笙歌里　　十二都城锦绣中

快兹鸟语花香羡甚么瑶池金谷　　常是风光月色分哪个酒馆茶炉

笙歌声拂长春地　　星月光回不夜天

锦里灯涵银汉月　　春风人醉上林花

玉宇无尘月明碧玉三千界　　银河散影人醉春风十二楼

人在锦丛中五夜星桥联月阙　　春辉碧落际六街灯火步天台

宝炬散春辉挹清光于灯下　　金吾开夜禁闻乐事于钧天

中原无鹿海无波击壤尽歌帝力　　明月在天灯在市开樽长醉春风

谁家见月能闲坐　　何处闻灯不看来

星月花灯光辉元夕春无限　　笙箫歌舞响彻长空狂欲浮

银花大放春采日　　金吾不禁夜行天

玉宇无尘千顷碧　　银花有焰万家春

一天星斗移蓬岛　　万井笙歌聒凤城

盛世文明万丈青云才子路　　元宵光彩一轮皓月众家灯

台阁风和招友开樽邀月共　　江山景媚携筇出郭为花忙

金市灯花游子月　　珠帘香草美人风

◎**学稼楼楹联**（2 副）

尚友契钟王，垂露在手；卧游同泰华，开门见山。

禾黍满前门，万顷良田资学稼；文章鸣上舍，千秋盛业在传薪。

◎**学稼楼题跋**

予先世业农，曾大父登云公耕余常治粑，因筑其场。场之上粗盖一楼。至先王父俊英公晚年营茶业，又拓楼为制茶之所焉。先严承先志谨德力田，不幸早世。母氏守节抚孤，谓羸弱如予，不宜田作，令入学。自是，置身士林，于田功未之习也。1912 年从省垣求学归，其明年应聘为教师，迄于今留异乡从事教育者垂四十余年。虽然，予农家子耳，于稼穑树艺梦寐不忘。五八年冬退休家居，寝于楼厢，楼临野，开门睹农人春种秋收，辄低徊向往，有不能去者。第念年老力衰，非曰能之愿学焉。识此，示子侄辈继先业安畎亩云尔。

[解读]

李若初先生在外从教 40 多年后，于 1958 年退居家乡杉洋夏村，身居"小楼"，日赋诗书画，佳作联翩。且关注农事，怀祖勉"子侄辈继先业"，特作"学稼楼"题跋木匾，悬挂于住楼厅壁上。惜今此匾失落。曾大父、曾祖，祖父的父亲。先王父：已故的祖父。先严：已故的父亲。谨德力田：恭承祖德致力务农。省垣：省城福州。稼穑：种植与收割。树艺：种植。《周礼·地官·大司徒》："以教稼穑树艺。"稼穑树艺泛指农业劳动。辄：总是。第念：第，但；念，考虑。畎亩：田地。安畎亩：安心业农。这篇短文先叙从曾祖到父亲均务农，耕余，或常治粕，或营茶业，粗盖此楼。次写母亲守节抚孤，因子羸弱，不宜田作，令入学，后已从教 40 多年，未习田功。再次写虽然如此，但我乃农家子，梦寐不忘务农。退休家居，"寝于楼厢，楼临野"，开门睹农人春种秋收，"常低徊向往，有不能去者"。但年老力衰，已不能学焉。最后，写此《学稼楼题跋》示子侄辈，继先业，安畎亩也。言短意长，葆有农家子弟本色。

◎名家赠诗

赋此以谢二首

黄寿祺

李若初先生退休归古田，中秋前夕写墨梅一枝并题两绝寄怀，赋此以谢二首

在涧诗翁乐啸歌，凤林霜树日摩挲。怀人偶洒丹青笔，缀玉苔枝寄意多。

桂露凝香皓月团，山斋此夕有余欢。已栽篱菊娱秋晚，更得梅花伴岁寒。

（1960年作，载《六庵诗选·朝阳集》）

[解读]

1960年，李若初先生刚退休不久，中秋前夕画墨梅一幅、题绝句二首赠黄寿祺先生。黄寿祺先生赋此二首表示感谢。第一首写诗翁若初乐啸歌，日日锤炼，诗艺颇高，怀念友人时偶尔作画，寄意良多。今天寄赠的梅花及题画诗便寄寓了若初先生的关切与深意。第二首写若初先生乡居山斋，今夕有余欢，今获赠诗画，不仅若初先生有梅菊相伴，自己也有梅花伴岁寒了，正所谓"已栽篱菊娱秋晚，更得梅花伴岁寒"也。

临江仙

黄寿祺

谢凤林老人李若初先生寄赠《春秋鼎盛图》，图写梅菊各三枝

少日松城曾问字，老犹梦寐难忘。凤林山色翠屏张，高人槃涧，笠屐乐翱翔。　　艺苑艳称才独步，尺图万丈光芒。春梅秋菊竞芬芳，启予诗思，驰骋入遐荒。

（1961年作，载《六庵诗选》末所附《蕉窗词选》）

[解读]

词上阙写六庵就读省立第三初级中学时，在家乡霞浦曾向若初先生求教，至今年老仍梦寐难忘此事。赞若初先生扬名古田，退休隐居于山涧，戴箬笠，穿木屐，欢乐地翱翔其间。《诗经·卫风·考槃》："考槃在涧，硕人之宽。"毛《传》："考，成；槃，乐也。山夹水曰涧。"朱熹《诗集传》："诗人美贤者隐处涧谷之间，而硕大宽广，无戚戚之意。"后因以"槃涧"指山林隐居之地。下阙高度评价若初先生的书画成就，"艺苑艳称才独步，尺图万丈光芒"，指出其创作对自己产生深刻影响，"春梅秋菊竞春芳，启予诗思，驰骋入遐荒"。

重游古田杂咏三首（选一）

黄寿祺

犹记当年承过爱，长悲暮齿竟遭狙。凤林山色浑如旧，三绝

难忘李若初。

凤林老人李若初先生，名景沅，诗书画称三绝，不意八十之年，竟为窃贼所刺杀，殊可悲也！

（1987年4月作，原载《六庵诗选·意园集》）

[解读]

六庵老人游古田，就想起当年承受过若初先生的关爱，感叹若初先生暮年竟遭窃贼杀害。"犹记""长悲"透露六庵对若初先生的深挚感情。热情赞扬若初先生诗书画三绝，令自己，也令世人难忘。

赠李若初先生（二首）

李拓之

古田李夫子，垂老见童心。三绝诗书画，一庐醉睡吟。不期头角露，直任鬓毛侵。频拭看花眼，溪山自在寻。

最忆乡居好，春深绿满畦。连朝山雨暗，永夜瘴云低。欹枕来畲语，当门去马嘶。与君分手处，人在九龙溪。

[解读]

李拓之（1914—1983）：福州人，初中时与邓拓同学，1927年毕业于福建省立一中。1948年，其代表作《焚书》（内收历史小说12篇）出版，其中《文身》独辟蹊径，引人注目。20世纪30年代初在福州主编《南华日报》文艺副刊《前夜》及《朝报》文艺副刊《明日》。1948年8月到北京新华社工作。1953年调厦门大学中文系任教。1957 年被错划为"右派",离开厦大。1978
年平反,重回厦大。第一首赞李若初先生"垂老见童心""三绝
诗书画"。从年轻时初露头角,到鬓毛衰老,一生矢志书画,遂
能达到诗书画三绝的境界。第二首赞若初先生的乡居生活,"最
忆乡居好,春深绿满畦",写自己与若初先生分别是在九龙溪畔。
若初先生曾在福建第二师院任教,与李拓之有所交往,"与君分
手处,人在九龙溪"。

缅怀书画家李若初先生

陈立训

半轮秋月照蓝田,相忆先师逝三年。德艺双馨桑梓誉,诗书
一代玉田传。"一文不值"何谦逊,万贯难求标哲贤。绣几锦心
才八斗,并称"三绝"入闽仙。

[解读]

蓝田:李若初先生家乡杉洋的别称。玉田,即古田。李若初
先生称自己的书画作品为:"一文不值,万文不卖。"此诗热情歌
颂李若初先生的高尚人格与书画艺术。

怀念先师李若初先生

余 纲

生离死别事悠悠,结伴来寻学稼楼。自愧庸才负企望,共嗟
遗稿费搜求。诗篇破损糊窗牖,书卷飘零委蠹蚰。且喜凤林祠宇

壮，煌煌遗画炳千秋。

[**解读**]

1984 年，余纲先生造访若初先生故里，人去楼空，痛定思痛，遂赋诗一首，表达对先生的深切怀念，赞扬其书画煌煌炳千秋。

李若初年表

游友基

1893 年　癸巳　清光绪十九年　一岁

10 月 13 日，出生于古田县杉洋镇夏庄村一个贫苦农民家庭。名景沆，号凤林山人，晚号凤林老人，又号癯叟。（见族谱）

1894 年　甲午　清光绪二十年　二岁

出生十个月，父去世。寡母余氏立志扶孤，授以《三字经》《千字文》等启蒙读物。语人曰："吾儿笃于学，余劳作不为苦也。"

1903 年　癸卯　光绪二十九年　十一岁

入私塾，向本地名流余良骏先生学文习字作画。（见若初手稿《追忆》）

勤于练字，用当地"甲纸"，先用淡笔在纸的正面写字，晾干后，又在反面写，再晾干。用浓笔在正反面写，一张纸如此写四遍，所用纸张堆叠如山，写过之后，细加揣摩，务求精当。小时其屋前沟水常为洗笔砚所染黑。

1909 年　己酉　宣统元年　十七岁

入福建优级师范学堂（今福建师大主要前身之一）之罗山学校学习。刻苦攻读，成绩优异。

1912 年　壬子　民国元年　二十岁

从福建优级师范（罗山学校）毕业。

1913 年　癸丑　民国二年　二十一岁

执教宁德樟溪学校（宁德西乡石厝，又名樟溪）。

1916 年　丙辰　民国五年　二十四岁

在霞浦县作元中学任教。此期间教过黄寿祺（又名黄之六，后成易学大师）

年轻时即有诗名。在霞浦吟社一次吟唱折枝诗活动中，曾以"海秋六唱"之"个桨独支通海浪，篇诗自诉一秋衷"一联夺元（第一名）。霞浦文坛老前辈赞他"工吟工画又工书，愧我粗才总弗如"。

1918 年　戊午　民国七年　二十六岁

约于是年，与杉洋村林惠姿（1900—1961）结婚。林惠姿，杉洋村庠生林俊堂孙女。虽为家庭妇女，但受先生指点，能作画，常把自己画的梅竹等山水画贴在墙上或橱子上，还略通英语。育有六男二女。先生长年执教外地，家庭操劳重担全落在她身上。她与先生情意笃深。

1923 年　癸亥　民国十二年　三十一岁

母五十寿庆，霞浦作元中学学生送贴金匾额。其跋文首语："若初李师，振铎吾校有年矣，循循善诱，吾侪如坐春风也。"今匾额仍存。

1927 年　丁卯　民国十六年　三十五岁

受聘于福州三一中学。

1929 年　己巳　民国十八年　三十七岁

夏，在李若初、黄仰英的指导下，公推福州三一中学高中学生李利淮、黄先修、陈海亮、郑端秀为代表，组织大规模的请愿和游行示威。约300名学生在学校大门口排队，手执标语旗，高呼"打倒帝国主义走狗林步基""打倒英帝分子来必翰"和"来必翰滚出中国"等口号。列成双行队伍，整齐、浩荡地向城内进发，一直走到福建省教育厅及国民党省党部请愿。他们高呼反帝口号、散发传单揭明真相，得到沿途民众的同情、鼓励和支持。《福建民报》等报刊，连日以第一版整版篇幅报道这次罢课反帝请愿和示威游行的壮举。这次三一学校中学部全体师生一致的罢课、罢教、请愿、游行示威，以抗议英国传教士来必翰及其走狗林步基三次蛮横开除学生而掀起的大规模反帝学潮，以师生的胜利而结束，实为自"五四"全国学生爱国运动以来，福州教会学校师生反帝爱国运动规模最大的一次，是福州学生运动史的丰碑。（林精华文，载《福州晚报》）

冬，任福建金门县督学。（见族谱）

1930 年　庚午　民国十九年　三十八岁

福州三一学校改名福州三一中学。三一学校 1912 年由英国圣公会创办。该校培养出九叶诗人杜运燮、著名学者谢冕等。今为福州外国语学校。

先生 1927 年应聘该校，此后 31 年任教于福州三一中学。

1932 年　壬申　民国二十一年　四十岁

冬，客武夷，居幔亭深院，院有梅花两株，雪霰弥天，写梅尽日未倦。40 年后先生回首前尘，为之惘然。（李若初：《为福州陈世辉写梅》）

1933 年　癸酉　民国二十二年　四十一岁

年底，县长张海容与绅士蓝保田来到杉洋，因慕先生大名请题写楹联。先生对两人鱼肉百姓印象极劣，拒不从命。卫兵见状拔枪威胁说："不写，就没有命。"先生益加气愤地说："名头尖，墨香浓，纸青白，手干净，不为权贵写鸿图。"担心老师遭不测，由先生学生余兆苐代写。（许少鹤：《书艺高超学识高深品格高尚——忆书法家李若初先生》）

1934 年　甲戌　民国二十三年　四十二岁

母去世，享年 61 岁。福建省省长萨镇冰拜余氏遗像题四言古诗，赞其"节凛冰雪，持家有则，教子有方"。母亲品德人格对先生影响深远。

1937 年　丁丑　民国二十六年　四十五岁

施作师就读于三一中学初一，先生教其国文，临近春节，先生自制贺年卡，上画梅花，书一诗，贴剪椭圆形肖像，赠给施作师。施作师珍藏 70 年，提及此事，感慨系之。

抗战全面爆发，三一中学高中部迁往古田县城关。先生随校回故乡古田县。该校杉洋学子与古田百姓以先生为荣。先生鼓励杉洋学子努力用功。先生假期返乡，常与乡亲们一块聊天，谈笑风生。

1939 年　己卯　民国二十八年　四十七岁

为母亲画遗像，并题跋，略述其劳苦一生及平凡而伟大之母爱，抒失恃之痛。

初夏，三一中学中学部全部内迁崇安县（今武夷山）。先生随之前往。

1941 年　辛巳　民国三十年　四十九岁

福州沦陷，福州陶淑女中迁至崇安，与三一中学联办，称为三陶联中（简称）。

1942 年　壬午　民国三十一年　五十岁

三陶联中高中部再迁古田县。

秋，县长王亚武又派人请先生作书。先生再次拒绝。后王亲自前来邀请往县衙一叙，先生迫不得已才偕其学生余兆苇同往。至衙中，王亚武又多次相请作书，先生辞以旅途劳累，终不命笔，最后还是由余兆苇代笔了事。（许少鹤：《书艺高超学识高深品格高尚——忆书法家李若初先生》）

1945 年　乙酉　民国三十四年　五十三岁

抗战胜利。三一、陶淑二校全部迁回原址。

秋，余纲从省一中高一转学到三一中学。曾拜访先生。

1947 年　丁亥　民国三十六年　五十五岁

余纲读高三时，先生教其国文。先生兼任高三两个班班主任，创作班歌歌词。

一次，余纲所在班一位同学获全校演讲比赛第一名，先生作三幅画，作为前三名的奖品。给第一名墨梅画题诗二句："已将他月调羹意，先向百花头上开。"给学生以莫大鼓舞。常组织学生参加课外活动，指导学生制作《同学录》《毕业纪念册》。毕业前夕，为学生作画题词留念。耳提面命，修改余纲诗词习作，将其两大册《鹪寄轩诗草》借余纲阅读、学习。（余纲：《怀念先师李若初先生》）

1948 年　戊子　民国三十七年　五十六岁

余纲毕业，经先生引荐，留校担任先生助手。

幼子仕同从小跟随先生，在福州三一中学附小读书。他回忆说："小时，生活相当困难，每天三餐饭都不够吃，只能用些地瓜米等杂粮来充饥，为了让孩子们多吃点米饭，父亲总是自己吃

杂粮，还装作一副吃得津津有味的样子。"（李仕同：《回忆父亲》）

1949 年　己丑　五十七岁

中华人民共和国成立前夕，国民政府曾下令要先生接任古田县长之职，先生断然拒绝，并对人说："我宁肯当我的穷教员。"

8 月 13 日，古田县解放。

1950 年　庚寅　五十八岁

余纲入厦门大学深造，先生精心写墨梅，题诗赋跋："窃以三载及门，两秋同事，处贫守约，志行足多，作此有所望于继之焉。"师生依依惜别。（余纲：《怀念先师李若初先生》）

1952 年　壬辰　六十岁

人民政府接办三一中学，改名福州第九中学。先生在该校教国文直至退休。先生在三一中学时，被评定为福建省首批合格高中国文教员。

1958 年　戊戌　六十六岁

先生教学严谨而生动。南京师大地理系教授李立文回忆：先生教学很透彻，如讲解王勃千古诗句"落霞与孤鹜齐飞，秋水共长天一色"，声情并茂，丝丝入扣，70 多年，印象还很深。每一本教案密密麻麻，写满蝇头小字，俨然一部书法大观。板书非常好，学生多模仿其字体。

冬，退休归里。住夏庄小楼，名曰"学稼楼"。为勉励"子侄辈继先业安畎亩"，作《学稼楼题跋》于木匾，悬挂于住楼厅壁上，惜今已失落。

南平师专创办。

1959 年　己亥　六十七岁

古田政协成立于 1956 年 10 月。第二届会议于 1959 年 1 月召开，被选为委员。

得黄寿祺举荐，应聘于南平师专，担任古典文学和书法教学工作。

在学稼楼厅壁"补壁"山水画上题诗："层峦松绚碧，去天仅咫尺。云脚倚高楼，疑有仙人迹。"寄托其对书画艺术的追求。

1960 年　庚子　六十八岁

文化部举办全国书画大赛，先生以"数风流人物，还看今朝"行草中堂一幅名居全国第六。

困难时期，尽其所能，帮助乡亲们解燃眉之急。

1961 年　辛丑　六十九岁

妻林惠姿病逝。

福建省院校调整，南平师专与福州师院合并。

古田政协第三届会议于 1961 年 12 月举行，被选为委员。

1962 年　壬寅　七十岁

南平师专更名为南平师院（本科）。

暑假，回乡，在杉洋凤林祠小住。为凤林祠创作《凤林祠全景图》等画作。其作画过程令人神往。清早起床，吟唱先贤李斌诗句："山如抟凤下平林，风卷松涛调好音。"早饭后，迎着"凤林栖霞"，端坐在祠前桌旁，铺开画纸，极目四方：抟凤山峦、"玉印"朝堂、冲天旗峰、西立屏峰、东衔象嶂、北倚狮岩、南驰马山，静眺龙舞溪水、遥瞻紫气东来……万千景象，尽揽于其千载峨峨祖祠前，描形绘神于盈桌云蒸霞蔚的横幅之中。先生一连几天，画成一幅笔墨酣畅的长卷《凤林祠全景图》。画有尽而意无穷。先生又叫外甥在祠堂后厅两壁和两厢原仕宦祠、象贤祠墙壁旁架起脚手架，先生由外甥扶护着登上木架，接连多日，在各厢墙壁上画《童子侍》《老翁纳凉》《荒扛钓艇》《秋水闲步》《老树扶幼》和《孤叟夕照》等六幅壁画。在那幅题款为"醉后写"的《孤叟夕照》画中，一老人持龙头杖，独影孤桥，踽踽而行；远山静卧，近水无声，一棵擎天老树，枝桠遒劲，却无一叶；而紧围树墩，却是溪石嶙峋，绿树青壮，一派生机；一抹淡淡的夕阳余晖从天际传来，不显眼地抹在山脊上。这幅壁画，可谓"张之于意而思之于心"。亦其人生之自我写照。

福建省在福州西湖宛在堂举办第一届书展，先生又另书"数风流人物还看今朝"草书一幅参展，博得书界一致好评。组委会借用怀素《自叙帖》中"寒猿饮水撼枯藤，壮士拔山伸劲铁"来高度评价先生的草书艺术。该作品被刊登于1962年4月7日《福建日报》。其草书与龚礼逸（1903—1965，福州人）的行书、罗丹（1904—1983，连城县人）的隶书被称为"闽省书法三绝"。其书画作品多次被选送出国展览，为日本多家艺术院、馆收藏。

20世纪60年代，先生书画誉满省城，许多书法爱好者以求得先生墨迹为珍宝，省城部分商号题匾也出自先生的大手笔。

1963年　癸卯　七十一岁

秋，南平师院迁往漳州，与厦门、泉州等几所院校合并，组建为福建第二师院，后改名漳州师院。先生随校迁往漳州，仍从事古典文学与书法的教学与研究。

先生严于家教。"父亲寒暑假回家，晚上都不准我们兄弟几个出去玩，叫大家都坐在大厅里听他说教"，要他们记住先祖方莲公的遗训"教子孙两条正路，惟读惟耕"，"他一遍又一遍给我

们讲做人的道理，叫我们如何待人处世"。（李仕同：《回忆父亲》）

1964 年　甲辰　七十二岁

古田政协第四届会议于 1964 年 2 月举行，被选为委员。

福建省文联主席马宁专程到古田县夏庄村拜访先生，求赐墨宝。

1965 年　乙巳　七十三岁

退休。独居夏庄学稼楼。终日写字、作画、吟诗以自娱。

5 月，古田一中语文教师李扬强拜访先生，先生行书毛主席《长征》诗四屏条，作墨梅、墨竹各一幅，并分别题诗鼓励这位宗侄。

1966 年　丙午　七十四岁

诗名益盛，又因先后任教于福州、南平、漳州等地，影响愈大，与诗友往来十分频繁，从其学诗者甚众。其诗汇集成《鹧寄轩诗草》两大册，是全部用小楷抄正的玉扣纸线装本。"文革"期间，担心被当作"黑货"烧掉，便把两大册清稿寄藏到侄辈家。侄辈无知，竟拿去包扎糟菜瓮头，烂湿如泥，随后当垃圾丢弃。先生每每提及，便痛心疾首，怅恨不已。因先生年迈力衰，心力交瘁，无法再去回忆、复原这些诗篇。

若初书画，雅俗共赏。县内外、省内外、海内外慕名远道而来求其墨宝者众，长年接踵而至；当地乡民尤以其题字为荣，常持粪桶、棕衣、农具等请他写字，他亦欣然挥毫。而对那些势利浅薄之徒，则置之不理。他曾自刻"一文不值，万文不卖"一枚闲章，对自己满意之作，则郑重钤盖，以见其虚心傲骨之文品人格。

"文革"初期"横扫一切牛鬼蛇神",因历史问题,被列为"四类分子"。白天,站街、扫街、游街……乡亲们给予他同情与照顾;晚上回家,他在本子上写道:"天理不会冤枉无辜之人。"

1968 年　戊申　七十六岁

春节后 19 日,李扬强再次拜访先生。先生对雪呵冻,以隶书写毛泽东《菩萨蛮·黄鹤楼》相赠。

1971 年　辛亥　七十九岁

为马来西亚侨领陈立训先生作诗并书。

1972 年　壬子　八十岁

9 月,福建省文化厅请李若初先生去北京人民大会堂福建厅题写书法,因年老体衰未能成行。(古田县杉洋镇李丁文口述)

1973 年　癸丑　八十一岁

3 月,画家陈子奋题写:"李若初先生墨梅。"

1974 年　甲寅　八十二岁

春节后,李扬强受好友、同事之托,请先生赐墨宝,先生欣然命笔。先生无论相识不相识,只要是普通人有所求,他都不会拒绝。先生书楷、草、隶、篆四体字帖,在宣纸上一一钤盖珍藏的 32 枚印鉴,亲题"凤林老人印存""扬强珍藏"赠予扬强。扬强没有辜负先生厚望,他后来成为中学高级教师,主编《古田县志》,出版《杉洋古文化》《蓝田引月》等著作,对古田文化、蓝田文化发掘与研究,发挥了开拓、引领的作用。

中秋节,为书法家沈觐寿画梅花并题诗。沈觐寿视其梅花、书法为至宝,密不示人。

寒食节,作《满江红》一阕并书赠书法家陈奋武。陈奋武赞其不愧是"著名书法家""福建省书画界泰斗级人物"。

同年，为易学大师黄寿祺画梅并题诗。黄非常赏识其诗、书、画，赞叹"三绝难忘李若初"。

吟友张一白敬慕先生，曾赋诗云："先生名大孰能齐？一识荆州首即低。"先生82岁高龄仍为这位吟友写作多首"藉呈诲政"的诗篇。

9月，因为不愿付钱给宗侄赌博，惨遭杀害，享年82岁。

逝后，其所集《凤林老人印存》一册，散佚。存于学稼楼的手迹亦散失殆尽。幸其为海内外得其墨宝者所珍藏，使其大量书画篆刻佳作得以传世。

先生毕生创作极其丰富，正如他自己所言："画留长卷三千轴，诗有成篇九万言。"其书法早年学柳公权，行草习二王及怀素，隶书学史晨、礼器二碑。中年之后，融汇百家，自成风格，各体皆备，真草隶篆样样出色。其行草最负盛名，笔势雍容尔雅，不经雕琢而气概自豪；其狂草笔力奇崛，不意经营而意境自华；其隶书，笔锋端庄秀丽，不事铅华而格调自高。行、草书博采众长，以神采飘逸、妍美流韵取胜。一幅作品，笔走龙蛇，行云流水，极具动态美。到晚年，人书俱老，更是挥洒自如，旁若无人。先生还精于篆刻，系西泠印社社员。数十年如一日，手摹大量盘敦钟鼎铭文和古玺汉印，对古代金石文字广收博取，为篆刻打下坚实的基础。其篆刻从秦汉印入门，后受西泠八家影响，取神遗貌，平中见奇，给人以浑厚、含蓄、精气内蕴的感觉。篆法娴熟，用刀如笔，讲究章法，疏密、轻重、方圆、完缺处理得当，分朱布白，虚实呼应。在刀法上冲切并施，线条圆润秀雅，古拗峭折，是位素养深厚的艺术家。先生"善画梅，墨梅尤精绝，不落凡蹊，自成一家"。（林公武主编：《二十世纪福州名人

墨迹》）

杉洋乡约堂有先生遗墨"槐庙古迹"；街中心地段写擘窠大书"杉洋文化宫"；基督教堂"天一堂"存楹联："天何言哉，圣经即帝谓；一以贯之，吾道有真存。"

1974 年

12 月，日本友人通过福建省文化部门求赐先生墨梅，但先生已去世两个多月。

1984 年

春，厦门大学教授余纲回到阔别 48 年的故乡杉洋，拜谒学稼楼、李氏凤林祠，见墙上先生遗画，感慨万千，作七律一首："生离死别事悠悠，结伴来寻学稼楼。……且喜凤林祠宇壮，煌煌遗画炳千秋。"

2004 年

马来西亚侨领陈立训作《缅怀书画家李若初先生》："半轮秋月照蓝田，相忆先师逝卅年。德艺双馨桑梓誉，诗书一代玉田传。'一文不值'何谦逊，万贯难求标哲贤。绣口锦心才八斗，并称'三绝'入闽仙。"

2007 年

陈奋武为古田县政协主编的《李若初诗书画集萃》题签，连写 60 多幅，均不满意，最后才择定一幅，足见其对先生的敬仰之情。

本年表据以下文献整理。

[1] 李扬强：《蓝田引月·故土文宗李若初三题》，福建省地图出版社 2011 年版。

［2］政协福建省古田县委员会：《李若初诗书画集萃》，《古田文史资料》第二十二辑（2007．6）。

［3］阮以敏：《书画名家李若初》，见古田县社会科学界联合会主编：《书画名家李若初》（2016．11）。

［4］林殷：《福州三一学校与民国福建社会》，福建师范大学历史学院 2006 年硕士论文。

主要参考文献

明·万历版《古田县志》，福建省文史研究馆整理：《万历福州府属县志永福县志罗源县志古田县志》，方志出版社 2007 年版。

清·乾隆版《古田县志》，乾隆十六年辛未（1751）版，福建省古田县地方志编纂委员会办公室整理，1987 年版。

民国版《古田县志》（民国三十一年即 1942 年版），古田县修志委员会民国二十九年（1940）重修，震文江记印务局印刷。

古田县地方志编纂委员会编，李扬强主编：《古田县志》，中华书局 1997 年版。

游友基编：《玉田典籍选刊》，海峡书局 2021 年版。

明·杨德周纂修，游友基点校：《玉田识略》，华侨出版社 2022 年版。

宋·朱熹著，郭齐、尹波点校：《朱熹集》，四川教育出版社 1996 年版。

束景南：《朱子大传》（上、下），商务印书馆 2003 年版。

清·王懋竑撰、何忠礼点校：《朱熹年谱》，中华书局 1998 年版。

束景南：《朱熹年谱长编》（上、下），华东师范大学出版社 2001 年版。

陈长根：《朱子行迹传》，海潮摄影艺术出版社 2007 年版。

陈国代：《朱熹在福建的行踪》，作家出版社 2007 年版。

宋·朱熹撰，郭齐笺注：《朱熹诗词编年笺注》（上、下），巴蜀书社 2000 年版。

胡迎建：《朱熹诗词研究》，中山大学出版社 2011 年版。

陈长根：《朱熹诗选 365 鉴赏》，海潮摄影艺术出版社 2007 年版。

张以宁：《翠屏集》，影印本，文渊阁《四库全书》集部一六五，第一二二六册，台湾商务印书馆 1986 年版。

陈广宏：《闽诗传统的生成：明代福建地域文学的一种历史省察》，上海古籍出版社 2018 年版。

江山编著：《张以宁乡情诗选析》，鹭江出版社 2013 年版。

明·张以宁著，游友基编：《翠屏集》（简体横排版），鹭江出版社 2012 年版。

明·张以宁著，游友基整理：《翠屏集》（繁体竖排版），广陵书社 2016 年版。

游友基：《张以宁论》，海峡书局 2017 年版。

明·袁表、马荧选辑，苗健青点校：《闽中十子诗》，福建人民出版社 2005 年版。

明·徐𤊽著，陈庆元编著：《徐𤊽集》，广陵书社 2005 年版。

明·徐𤑔著，陈庆元、陈炜编著：《鳌峰集》，广陵书社 2012 年版。

明·谢肇淛著，江中柱点校：《小草斋集》（上、下），福建人民出版社 2009 年版。

明·曹学佺著，庄可庭、潘群、高祥杰主编：《曹学佺诗文集》，香港文学报社出版公司 2013 年版。

陈瑸撰，丁宗洛编注：《陈清端公诗文集》（全四册），影印本，清代宦台文人文献选编第二种，台湾龙文出版社 2012 年版。

陈瑸著，唐有伯、龙鸣整理点校：《陈瑸全集》（上、中、下），广东人民出版社 2020 年版。

邓碧泉编选、校注：《陈瑸诗文集》，人民日报出版社 2004 年版。

易卓奇：《天下第一清官陈瑸》，安徽文艺出版社 2018 年版。

刘振茂主编：《天下清官陈瑸与古田》，海峡文艺出版社 2021 年版。

古田县政协编印，江宋堂主编：《李若初诗书画集萃》（古田文史资料第二十二辑），2007 年版。

古田县社科联主编，阮以敏撰：《书画名家李若初》，2016 年版。

后　记

　　一本书的出版需要方方面面许多人的共同努力，所以到写后记时，便要开列长长的致谢名单。

　　古籍的发掘、整理、点校、注释、浅析，首先需要有原书。本书共收八本历代名人的玉田诗集，有的存完帙，如张以宁《翠屏集》一二卷"诗集"，朱熹、张栻、林择之《南岳倡酬集》，《陈瑸全集》中有关古田的诗；有的已散佚，如郭文涓《享帚集》、林春秀《枕曲集》，只能从他书中搜集；余尊玉《绮窗叠韵》据说有全本，但属私人藏书，根本无缘拜读，所能见到的只有选集，我苦寻两年未果，幸得古田文化研究者程灵章先生借助其外甥女及友人之力，帮助弄到了两种藏本。没有他的支持，恐怕余氏二姐妹的诗将湮没于浩瀚书海中矣。李若初先生大量诗作流落民间。古田县政协编印《李若初诗书画集萃》，内收古田文化研究专家、诗人江山先生《李若初先生诗文选》，收李若初先生诗词近70首（不以诗题计），这是李若初先生的作品首度公开集中露面。古田文化研究者阮以敏先生获悉我在编著《历代名家玉田诗集汇编》，便将他搜集的李若初先生的早年诗作及经他初步整理的李若初先生创作或记录的折枝诗及对联寄给我。而这些原始材料竟是他并不认识的李士峰先生提供给他作研究用的。为了核对《福安厦西郭氏族谱》所载郭文涓的一首诗《咏文周公》，程灵章先生多次挂电话联系，福安老先生几番查阅旧志，终于弄清了全诗的字句。为了书前彩插有一二幅余文龙故居的照片，阮以敏先生将他电脑上的照片发给我，他与古田县教师进修学校校长吴谨先生还嘱托前洋村摄影家重新拍照，他们冒着酷暑拍了好几张照片转发给我……对这些认识不认识的朋友，难道是一声"谢谢"就可以了结其深情厚谊吗？我知道，是宏扬中华优秀传统文化的共同意愿把我们联系起来了。

书稿写成后，我立即打印一份寄泉州师院陈忠义教授，他是我20世纪60年代的大学同学，长期从事中国古代文学的教学与研究，他在古代文化、古典文学方面造诣颇深，我请他审稿，尽量把一些差错消灭在"初稿"阶段。感谢他为我所编的几本书做这单调而繁重的工作。

本书为古田县委宣传部主编的"古田诗文丛书"第一辑，为本书操心最多的当推古田县文联主席张敏熙女士。因人事变动，丛书的模式是否继续？该如何继续？正由于她的执着坚韧，本书才能顺利付梓。感谢九叶（宁德）文化发展有限公司为本书的出版提供了及时到位的支持与帮助。

特别要感谢本书的两位位序言作者。福建省政协秘书长、乡贤陆开锦先生曾为本人编的多本书作序，此次，他一如既往，热情洋溢地讴歌古田山川之胜，古田诗歌之美，激励古田人继续努力，取得更大成就。陈庆元教授的序从学术研究的角度对本书作了评价，予以鼓励，提出希望。他比我年轻，但我始终奉之为师。本人当不辜负各位领导、朋友的期望，将在古田文化研究的园地里继续耕耘。

　　感谢宁德师院教授、宁德市书法家协会主席、乡贤阮宪镇先生为本书封面题签。

　　海峡文艺出版社为本书的出版多有助力，在此一并致谢。

　　由于中国传统文化博大精深，本人文化素养浅陋，错误在所难免，敬希专家、读者不吝赐教。

游友基 2023 年秋于榕城花香园